Reader's Digest
Auswahlbücher

Die Kurzfassungen in diesem Buch erscheinen
mit Genehmigung der Autoren und Verleger

398 (218)
Printed in Germany
ISBN 3 87070 747 X

Reader's Digest Auswahlbücher

VERLAG DAS BESTE
STUTTGART · ZÜRICH · WIEN

INHALT

Seite 7

Frederick Forsyth

Das Schwarze Manifest

Frühling 1999. Rußland versinkt im Chaos. Die letzte Rettung, so scheint es, ist Igor Komarow, und sein Erfolg bei der Präsidentschaftswahl ist so gut wie sicher. Dann enthüllt das streng geheime „Schwarze Manifest" die schrecklichen Absichten des Kandidaten – doch nur wenige nehmen es ernst. Zu ihnen gehört Jason Monk, ein Ex-CIA-Agent, der sich mitten ins Herz des heraufziehenden Infernos wagt ...

Seite 195

Di Morrissey

Tingulla

Tingulla, der großen Farm im australischen Outback, gilt Queenie Hanlons ganze Leidenschaft: Hier wuchs sie auf, hier wurde sie in die Geheimnisse der Wildnis eingeweiht, und hier verliebte sie sich zum erstenmal.
Doch dann treffen die Farm eine Reihe von Schicksalsschlägen, und Queenie erkennt, daß sie im Kampf um die Zukunft Tingullas ganz auf sich allein gestellt ist.

Peter Mayle
Trüffelträume

Mr. Bennett ahnt nicht, worauf er sich einläßt, als er sich im Auftrag seines steinreichen Landsmanns Julian Poe in dessen Luxusappartement in Monte Carlo einquartiert. Schon bald wird er in Poes Geschäfte verwickelt und befindet sich mitten in einer Verfolgungsjagd quer durch die Provence. An seinen Fersen kleben sowohl Polizei als auch Mafia. Ihr Ziel: ein Koffer, der eine kulinarische Sensation enthält – das kostbare Geheimnis des Trüffelanbaus!

Fred Bodsworth
Der Karibujäger

Das Karibuvolk im Norden Kanadas lebt von der Jagd, und so messen die Stammesangehörigen den Wert eines Mannes daran, wie viele Tiere er erlegt. Nur Jacob Atook ist anders. Die Lehren des Missionars von einem gütigen Manitu, der das Töten verbietet, kommen ihm entgegen. Doch im Kampf ums Überleben beginnen die Grenzen zwischen der Geisterwelt seiner Ahnen und dem neuen Glauben zu verschwimmen.

FREDERICK FORSYTH

DAS SCHWARZE MANIFEST

1999

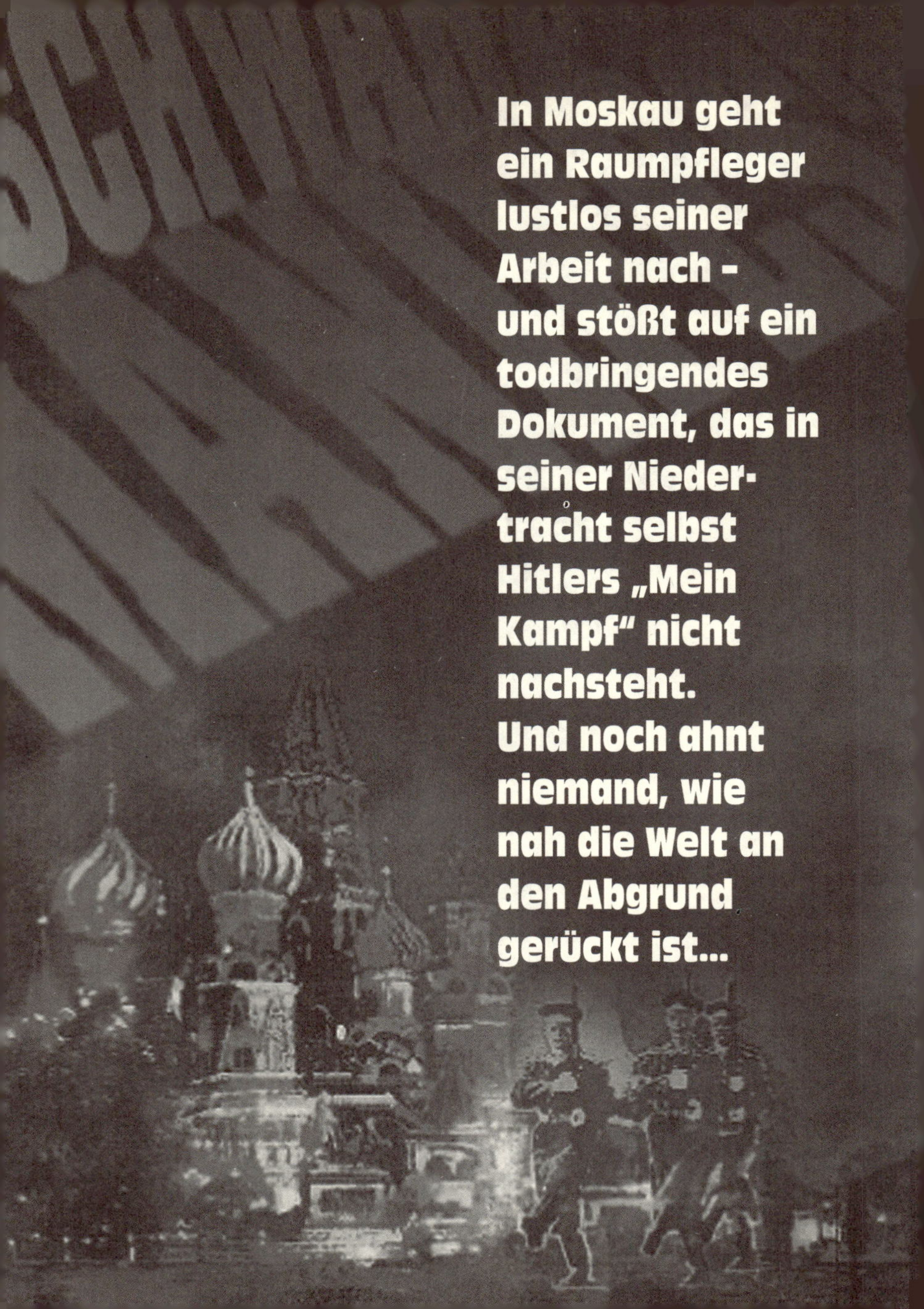

In Moskau geht ein Raumpfleger lustlos seiner Arbeit nach – und stößt auf ein todbringendes Dokument, das in seiner Niedertracht selbst Hitlers „Mein Kampf“ nicht nachsteht.
Und noch ahnt niemand, wie nah die Welt an den Abgrund gerückt ist…

TEIL 1

1

Es war der Sommer, in dem der Preis für einen kleinen Brotlaib auf über eine Million Rubel stieg. Es war der Sommer der dritten aufeinanderfolgenden Weizenmißernte und des zweiten Jahres mit Hyperinflation.

Es war der Sommer, in dem in den hintersten Winkeln abgelegener Provinzstädte die ersten Russen an Unterernährung starben.

Es war der Sommer, in dem der Präsident in seiner Limousine zusammenbrach, zu weit von ärztlicher Hilfe entfernt, um gerettet werden zu können, und in dem ein alter Raumpfleger ein Schriftstück stahl.

Danach würde nichts mehr so wie früher sein.

Es war der Sommer des Jahres 1999.

DER LANGE schwarze Mercedes rollte langsam unter dem Torbogen hindurch und auf den Staraja Ploschtschad, den Alten Platz, hinaus. Auf dem Rücksitz der Limousine saß Präsident Tscherkassow, allein, tief in Gedanken versunken.

Während der Fahrt durch die grauen Moskauer Außenbezirke und später durch die offene Landschaft war der russische Präsident zutiefst bedrückt, wozu er auch allen Grund hatte. Die Zeit, seit er das Amt des Präsidenten übernommen hatte, war die schlimmste seines Lebens gewesen.

Im Jahr 1998 war Rußland in eine Hyperinflation gestürzt. Die Regierung hatte versucht, ihre Probleme mit der Notenpresse zu lösen. In den Städten hatte der Brotpreis astronomische Höhen erreicht. Auf dem flachen Land, das sich – so sollte man meinen – eigentlich selbst hätte ernähren können müssen, waren die Zustände am schlimmsten. Die Kolchosen – mit dünner Kapitaldecke, ohne genügend Arbeitskräfte – lagen brach, und ihre fruchtbaren Böden brachten nur Unkraut hervor.

In den ersten Frühlingsmonaten des Jahres 1999 hatte es der Westen schließlich aufgegeben, weitere Hilfsgelder in dieses Faß ohne Boden zu schütten, und die ausländischen Investoren hatten sich zurückgezogen. Die russische Wirtschaft brach vollständig zusammen und starb an Verzweiflung.

Gedanken an jenes düstere Szenario beschäftigten Präsident Tscherkassow, als er an diesem heißen Sommertag zu seinem Landsitz am Ufer der Moskwa hinausfuhr.

Obwohl die Klimaanlage voll arbeitete, hatte der Präsident plötzlich das Gefühl, nicht mehr genug Luft zu bekommen. Er drückte auf die Taste, um das hintere Seitenfenster neben seinem Kopf herunterzulassen und sich Luft von draußen ins Gesicht wehen zu lassen. Sie war heiß, aber nun konnte er etwas besser atmen. Wegen der Trennscheibe bemerkten weder sein Fahrer noch der Leibwächter, daß er das Fenster geöffnet hatte. Rechts zweigte die Straße nach Peredelkino ab. Als sie an der Abzweigung vorbeifuhren, lehnte der russische Präsident sich nach links und fiel seitlich über den Rücksitz.

Dem Fahrer fiel zunächst nur auf, daß der Kopf des Präsidenten in seinem Rückspiegel nicht mehr sichtbar war. Eine gemurmelte Bemerkung machte den Leibwächter darauf aufmerksam, der sich den Kopf verrenkte, um nach hinten zu sehen. Der Präsident lag halb auf der Seite, halb auf dem Rücken, hatte die Augen geschlossen und atmete geräuschvoll, fast hechelnd.

Um 16.10 Uhr wurde der Präsident in der Staatsklinik Nummer eins in den viele Kilometer entfernten Sperlingsbergen für tot infolge Herzversagens erklärt.

IM SOMMER 1999 hatte es Igor Komarow zum unumstrittenen Führer der Ultrarechten gebracht. Er hatte die Rechtsparteien in Rußland zu einer Allianz zusammengeführt, der Union Patriotischer Kräfte.

Nach seinem Ingenieurstudium hatte Komarow zur Halbzeit der

Jelzin-Periode beschlossen, Politiker zu werden, und hatte sich einen Namen als leidenschaftlicher und charismatischer Volksredner gemacht. Sein Thema war immer das gleiche und immer populär: Rußland, Rußland und nochmals Rußland. Er zog über die Ausländer her. Er forderte die Ausweisung aller „Schwarzen" – die umgangssprachliche russische Bezeichnung für Armenier, Georgier, Aserbaidschaner und andere Menschen aus dem Süden. Er rief nach Gerechtigkeit für das arme, entrechtete russische Volk.

Komarow versprach allen alles. Für die Arbeitslosen würde es Arbeit geben. Für die Alten, deren Ersparnisse die Inflation aufgefressen hatte, würde es wieder eine stabile Währung geben. Für alle, die die Uniform des Vaterlands trugen, würde es wieder Stolz geben.

Das russische Volk hörte ihn. Und als er ihnen versprach, der Engel des Todes werde grimmige Ernte unter den Betrügern und Mafia-Verbrechern halten, die ihr geliebtes Mütterchen Rußland vergewaltigt hatten, liebten sie ihn.

Im Frühjahr 1999 hatte Igor Komarow auf Drängen seines PR-Beraters, eines sehr cleveren jungen Mannes, der ein amerikanisches College absolviert hatte, internationale Prominenz zu einer Reihe von Privatgesprächen eingeladen. Der junge Boris Kusnezow hatte die Gesprächspartner gut ausgewählt: hauptsächlich Senatoren, Abgeordnete und Journalisten mit konservativer Grundeinstellung aus Nordamerika und Westeuropa. Die Gespräche verfolgten den Zweck, deren Ängste zu beschwichtigen.

Die Kampagne war ein brillanter Erfolg. Die meisten Gäste erwarteten, einem fanatischen rechtsradikalen Demagogen zu begegnen. Statt dessen sahen sie sich einem nachdenklichen, unauffällig gekleideten Mann mit guten Manieren gegenüber. Da Komarow kein Englisch sprach, saß sein PR-Berater als Dolmetscher neben ihm. Äußerte sein verehrter Führer etwas, das im Westen falsch interpretiert werden konnte, machte Kusnezow daraus einfach etwas, das im Englischen akzeptabler klang. Das merkte niemand, denn er hatte Wert darauf gelegt, nur Gäste einzuladen, die kein Russisch sprachen.

So konnte Komarow ihnen erklären, daß die Wiederherstellung einer stabilen Währung einfach nicht möglich sei, ohne daß zunächst drakonische Maßnahmen gegen Verbrechen und Korruption ergriffen würden. Die Senatoren nickten verständnisvoll, und die Journalisten schrieben, Igor Komarow sei ein Mann, der in wirtschaftlichen und politischen Fragen vernünftigen Argumenten zugänglich sei. Er stehe vielleicht zu weit rechts, um in einer europäischen oder amerikanischen Demokratie akzeptabel zu sein, aber für Rußland in seiner gegenwärtigen Notlage sei er möglicherweise der richtige Mann. Jedenfalls werde er die Präsidentschaftswahl im Juni 2000 ziemlich sicher gewinnen.

IM NORDEN des Moskauer Innenstadtgebiets, auf halber Strecke des Kiselniboulevards, zweigt eine Seitenstraße ab. In der Mitte ihrer Westseite liegt ein kleiner Park, ungefähr zweitausend Quadratmeter groß, der auf drei Seiten von einer aus Hohlblocksteinen errichteten Mauer umgeben und zur Straße hin durch drei Meter hohe grüngestrichene Stahlplatten abgeschirmt ist. In die Stahlwand ist ein zweiflügeliges Tor, ebenfalls aus Stahl, eingelassen.

Der kleine Park ist in Wirklichkeit der Garten eines vorrevolutionären eleganten Stadthauses. Die klassische Fassade ist in Pastelltönen gehalten und der Stuck über Türen und Fenstern weiß abgesetzt. Dies war die eigentliche Parteizentrale Igor Komarows.

Auf beiden Seiten der Villa verlief ein fest an die gegenüberliegende Mauer geschraubter Maschendrahtzaun bis zu den Ecken des Areals. Hinter dem Zaun waren die Hunde. Nachts, wenn die Angestellten gegangen waren und die Hunde frei herumliefen, taten zwei Wachmänner Dienst in der Villa. Aber Staub und Spinnweben respektieren kein noch so hohes Amt, und allabendlich, außer an Sonntagen, ließ einer der Wachmänner einen Raumpfleger ein.

Putzkolonnen rekrutieren sich in Moskau fast ausschließlich aus Frauen, aber Komarow zog es vor, sich nur mit Männern zu umgeben, und dazu gehörte auch der Raumpfleger, ein harmloser alter Soldat namens Leonid Saizew. Der Familienname leitet sich aus dem russischen Wort für „Hase“ ab, und wegen seines hilflosen Auftretens, des abgewetzten alten Armeemantels und der drei Vorderzähne aus Edelstahl, die in seinem Mund blinkten – die zahnärztliche Versorgung in der Roten Armee war ziemlich primitiv gewesen –, nannte das Wachpersonal in der Villa ihn einfach Hase. Am Abend nach dem Tod des russischen Präsidenten wurde er wie üblich um 22 Uhr eingelassen.

Es war ein Uhr morgens, als der Alte, mit Mop und Eimer in der Hand und den Staubsauger hinter sich herziehend, das Büro von Komarows Privatsekretär N. I. Akopow erreichte. Er war diesem Mann nur einmal begegnet, als ungefähr ein Jahr zuvor einige der leitenden Mitarbeiter noch sehr spät gearbeitet hatten. Der Mann war äußerst unfreundlich zu ihm gewesen und hatte ihn mit einem Schwall von Schimpfworten aus seinem Büro gejagt. Seit damals hatte er sich manchmal ein bißchen dafür gerächt, indem er sich in Akopows bequemem Ledersessel niedergelassen hatte.

Da er wußte, daß die Wachmänner unten waren, ließ der Hase sich auch diesmal in den Drehsessel sinken und genoß die luxuriöse Behaglichkeit der Lederpolster. Auf der Schreibunterlage lag ein Schriftstück: ungefähr vierzig Schreibmaschinenseiten mit Spiralbindung zwischen Vorsatzblättern aus schwarzem Zeichenpapier. Der Hase fragte sich, warum es dort liegengeblieben war. Normalerweise sperrte Akopow alles in seinen Wandsafe. Er klappte den schwarzen Umschlag auf und las den Titel. Dann schlug er aufs Geratewohl irgendeine Seite auf.

Er war nicht gerade ein guter Leser, aber er kam einigermaßen zurecht. Bei seiner Pflegemutter hatte er vor vielen Jahren lesen gelernt. Was er sah, beunruhigte ihn.

Einige der Wörter waren lang und kompliziert, und der Hase las einige Absätze wieder und wieder durch, bis er den Inhalt ungefähr erfaßt hatte. Aber die wahre Bedeutung blieb ihm unverständlich. Igor Komarow war ein großer Mann. Er würde der nächste russische Präsident werden. Warum sollte er also solche Dinge sagen? Der Hase machte sich Sorgen. Sollte er vielleicht die Wachmänner unten danach fragen? Aber die würden ihm nur eine Kopfnuß geben und ihn anbrüllen, er solle sich zu seiner Arbeit zurückscheren.

Um zwei Uhr morgens stopfte er sich das Schriftstück vorn ins Hemd, beendete seine Arbeit und bat dann, hinausgelassen zu werden. Er ging etwas früher als sonst, aber das war den Wachmännern egal.

Saizew überlegte, ob er heimgehen sollte, und tat es dann lieber doch nicht. Ginge er gleich heim, würde er seine Tochter und ihre zwei Kinder wecken. Das würde ihr nicht gefallen. Also wanderte er weiter ziellos durch die Straßen und überlegte, was er tun sollte. Gegen halb vier fand er sich auf dem Kremljowskaja-Kai unterhalb der südlichen Kremlmauer wieder. Er ging zu einer Bank, setzte sich und starrte auf den Fluß hinaus.

WEIT draußen, auf der sich kräuselnden Oberfläche des Karibischen Meeres, steuerte die *Foxy Lady* auf ihren Heimathafen zu. Unten auf dem Hinterdeck holte Julius, der Decksmann, die Leinen ein. Ein ganztägiger, gutbezahlter Charterausflug ging zu Ende.

Der amerikanische Skipper auf der Brücke überprüfte den Kurs auf die Inseln und drehte den Motor allmählich von gemächlicher Geschwindigkeit auf ein höheres Tempo hoch. Er schätzte, daß er in weniger als einer Stunde in Turtle Cove einlaufen würde.

An Steuerbord rauschte Arthur Dean mit seiner *Silver Deep* vorbei und winkte grüßend.

Die *Foxy Lady* sicherte dem Skipper einerseits den Lebensunterhalt, und andererseits war sie seine große Liebe. Sie war eine zehn Jahre alte, knapp zehn Meter lange Bertram Moppie, und obwohl sie weder das größte noch das luxuriöseste Charterboot in Turtle Cove war, nahmen sie und ihr Skipper es mit jedem Seegang und jedem Fisch auf. Als er fünf Jahre zuvor auf die karibischen Inseln übergesiedelt war, hatte er die *Foxy Lady* gekauft, und obwohl er den Kaufpreis noch immer abstottern mußte, hatte ihn noch kein Dollar gereut, den er für sie ausgegeben hatte.

Die *Foxy Lady* schien zu wissen, daß ihre Arbeit fast getan war und ihr Liegeplatz im Hafen auf sie wartete. So durchpflügte ihr schlanker Körper mit gesenktem Heck und erhobenem Bug das blaue Wasser.

AUCH nach zwei Stunden auf der Parkbank am Fluß hatte Leonid Saizew noch immer keine Lösung für sein Problem gefunden. Er wünschte sich jetzt, er hätte das Schriftstück nicht an sich genommen. Wenn sie's rauskriegten, würde er bestraft werden. Andererseits – das Leben hatte ihn schon immer bestraft, und nie hatte er recht verstanden, warum.

Der Hase war 1936 in einem kleinen Dorf westlich von Smolensk zur Welt gekommen. Sein Vater war Landarbeiter, und sie hausten in einer elenden Kate unmittelbar an der Durchfahrtsstraße.

An einem Tag Ende Juli 1941 kam der Tod ins Dorf. Der kleine Leonid hörte ein Rasseln und Rumpeln und rannte sofort aus der Scheune. Von der Überlandstraße her kamen riesige eiserne Ungetüme aufs Dorf zugerasselt. Das vorderste machte zwischen den Häusern halt. Es fuhr auf Ketten und hatte eine lange Kanone, die nach vorn wies. Ganz oben über der Kanone stand ein Mann, dessen Oberkörper ins Freie ragte. Aus seinem ausdruckslosen Blick sprach weder Liebe noch Haß, nur eine gewisse Langeweile. Der Mann griff ziemlich langsam an sein Koppel und zog eine Pistole aus ihrer Ledertasche.

Irgend etwas sagte Leonid, daß hier etwas nicht stimmte. Er machte kehrt und lief weg. Dann hörte er einen Knall, und etwas zerzauste ihm die Haare, aber er rannte weiter. Hinter sich hörte er ein stetiges Hämmern, und er nahm den Geruch von brennendem Holz wahr. Er sah den Wald vor sich und lief weiter.

Im Wald wußte er nicht, was er tun sollte. Er schluchzte noch immer, rief nach seiner Mama und seinem Papa. Aber sie kamen nicht. Sie kamen niemals mehr.

Er begegnete einer Frau, die laut um ihren Mann und ihre Töchter weinte, und erkannte Frau Dawidowa, die Frau des Bäckers. Sein Vater hatte ihn vor dem Umgang mit dem Bäcker und seiner Familie gewarnt, weil sie Juden seien, aber der Knabe wußte nicht, was das bedeutete. Sie umarmte ihn und drückte ihn an ihren Busen.

Das ganze Dorf brannte nieder, und die SS-Panzerabteilung machte kehrt und rasselte weiter. Im Wald fanden sich einige weitere Überlebende zusammen. Später trafen sie auf Partisanen: harte, bärtige, bewaffnete Männer, die in den Wäldern hausten. Unter Führung eines Partisanen zog die Flüchtlingskolonne nach Osten, immer weiter nach Osten.

Wenn Leonid müde wurde, trug Frau Dawidowa ihn, bis sie endlich nach vielen Wochen Moskau erreichten. Dort kannte sie einige Leute, bei denen sie unterschlüpfen konnten. Sie waren nett zu ihm und sahen mit ihren von den Schläfen bis zum Kinn reichenden Ringellocken und breitkrempigen Hüten wie Herr Dawidow aus. Obwohl Leonid kein Jude war, bestand Frau Dawidowa darauf, ihn zu adoptieren, und sie sorgte jahrelang für ihn.

Nach dem Krieg entdeckten die Behörden, daß er nicht wirklich ihr Sohn war, trennten die beiden und wiesen ihn in ein Waisenhaus ein. Als sie Abschied nehmen mußten, schluchzte er herzzerreißend, und sie weinte ebenfalls laut, aber er sah sie nie wieder. Im Waisenhaus lernte er dann, daß Jude zu sein in der Sowjetunion nichts Gutes bedeutete.

Der Hase saß auf seiner Bank und dachte über das Schriftstück unter seinem Hemd nach. Er begriff nicht ganz, was Ausdrücke wie „totale Extermination" oder „völlige Liquidierung" bedeuteten, aber er hatte eine ungefähre Vorstellung und wußte, daß es keine guten Wörter waren. Er konnte nicht verstehen, warum Komarow Menschen wie seiner Adoptivmutter so etwas antun wollte.

Der Skipper griff nach seinem Daiquiri, stand vom Tisch auf und trat an das stabile Holzgeländer am Kai. Er blickte auf den in der Abenddämmerung liegenden Hafen hinaus. „Neunundvierzig", sagte er sich. „Jason Monk, du wirst langsam alt und taugst zu nichts mehr." Er nahm einen Schluck und fühlte die von dem Rum mit Limonensaft ausgehende wohlige Wärme. „Hol's der Teufel, es ist ein ziemlich gutes Leben gewesen. Jedenfalls ereignisreich."

Dabei hatte es nicht so angefangen. Begonnen hatte es in einem recht bescheidenen Holzhaus in der Kleinstadt Crozet im Süden Mittelvirginias.

Jason Monks Vater arbeitete als Förster im Shenandoah-Nationalpark. Als Angestellter der Forstverwaltung war noch keiner Millionär geworden, aber für einen Jungen war das ein schönes Leben. Er erinnerte sich daran, wie sein Vater ihn mit in die Blue Ridge Mountains genommen hatte, um ihm die Unterschiede zwischen Rottannen, Hemlocktannen, Fichten und Eichen zu erklären. Der Junge lernte, mit unfehlbarer Sicherheit zu schießen, Fährten zu suchen, sich anzupirschen, ein Lager aufzuschlagen und es am nächsten Morgen wieder spurlos zu beseitigen.

Kurz nach seinem dreizehnten Geburtstag wechselte Jason auf die County High School in Charlottesville über und stand jeden Morgen vor Tagesanbruch auf, um aus Crozet in die große Stadt zu fahren. Und dort in der High-School sollte sich etwas ereignen, das sein ganzes Leben verändern würde.

Jahre zuvor, 1944, war ein amerikanischer Sergeant in der Normandie in der Nähe von St. Lô ins Visier eines deutschen Scharfschützen geraten. Verletzt hatte er sich bis zum nächsten Bauernhaus geschleppt, wo die Familie ihm Unterschlupf gewährt hatte. Als die sechzehnjährige Tochter des Hauses ihm in die Augen sah, während sie kalte Kompressen auf seine Wunde drückte, war dem Soldaten bewußt geworden, daß er schwerer getroffen war, als jede deutsche Kugel ihn hätte treffen können. Ein Jahr später war er aus Berlin zurückgekehrt und hatte sie geheiratet. Dann hatte er seine junge Frau mit zu sich heim nach Virginia genommen.

Zwanzig Jahre später war dieser Mann stellvertretender Direktor der County High School in Charlottesville, und seine Frau unterrichtete in der Schule als Französischlehrerin. Und da Mrs. Josephine Brady hübsch und charmant war und außerdem Französin, waren Plätze in ihren Kursen hoch begehrt.

Im Herbst 1965 hatte sich ein Neuer für den Französischkurs angemeldet: ein ziemlich schüchterner Blondschopf mit gewinnendem Lächeln, der Jason Monk hieß. Binnen Jahresfrist konnte Mrs. Brady beschwören, noch nie einem Ausländer begegnet zu sein, der so perfekt Französisch sprach wie Jason Monk. Der Junge war offensichtlich ein Naturtalent. Weder Grammatik, Satzbau noch Aussprache machten ihm irgendwelche Schwierigkeiten.

Im letzten Schuljahr besuchte Jason seine Lehrerin oft zu Hause, und sie lasen gemeinsam Rimbaud und Verlaine. Es war nicht beabsichtigt, aber es passierte trotzdem. Vielleicht waren die Dichter daran schuld, aber trotz des Altersunterschieds, der ihnen beiden egal war, hatten sie eine kurze Affäre.

Zu dem Zeitpunkt, als Jason Monk die High-School verließ und in den Militärdienst eintrat, sprach er ausgezeichnet Französisch – und er war ein sehr guter Liebhaber.

Zu jener Zeit war der Vietnamkrieg voll entbrannt. Nach der Grundausbildung wurde Monk nach Saigon geflogen, wo die meisten älteren Bewohner dieser ehemals französischen Kolonie auch Französisch sprachen. Er war dort zwei Jahre im Einsatz. An seinem Entlassungstag im Jahr 1971 ließ sein Kommandeur ihn zu sich rufen. In seinem Dienstzimmer saßen zwei Zivilisten. Der Oberst verließ den Raum.

„Nehmen Sie bitte Platz, Sergeant", sagte der ältere und umgänglichere der beiden Männer. Er spielte mit seiner Bruyèrepfeife, während sein Begleiter in einen französischen Wortschwall ausbrach. Monk antwortete ebenso fließend. Nach zehn Minuten wandte der Mann, der Französisch gesprochen hatte, sich an seinen Kollegen. „Er ist gut, Carey, er ist verdammt gut." Und auch er verließ den Raum.

„Also, was halten Sie von Vietnam?" fragte Monks Gegenüber. Er war etwa vierzig und hatte ein faltiges Gesicht mit amüsiertem Ausdruck.

„Es ist ein Kartenhaus, Sir", sagte Monk. „Und es ist dabei einzustürzen. In spätestens zwei Jahren müssen wir hier raus."

„Sie haben recht. Aber das dürfen Sie der Army nicht erzählen. – Was haben Sie denn jetzt vor?"

„Das weiß ich noch nicht genau, Sir."

„Nun, Ihre Entscheidungen müssen Sie selbst treffen, aber vielleicht kann ich Ihnen dabei helfen. Sie besitzen nämlich ein seltenes

Sprachtalent. Und Uncle Sam findet, daß Sie ein Studium verdient haben. Wenn Sie als Hauptfach Russisch wählen, kann Ihnen die Organisation, für die ich arbeite, vielleicht etwas anbieten."

„Das würde vier Jahre dauern, Sir."

„Oh, wir sind geduldige Leute, da wo ich arbeite."

„Sie kommen aus Langley, stimmt's, Sir? Sie sind von der CIA!"

„Oh, nur ein kleines Rädchen."

Tatsächlich war Carey Jordan weit mehr als bloß ein kleines Rädchen. Er sollte später zum stellvertretenden Direktor aufsteigen – zum Leiter der gesamten Auslandsspionage.

Monk befolgte seinen Rat und schrieb sich an der Universität von Virginia ein. Er trank wieder Tee mit Mrs. Brady, aber nur noch als Freund. Er lernte akzentfrei Russisch, so daß sein Professor, selbst ein Russe, ihn als „bilingual" bezeichnete. Im Jahr 1975 schloß er sein Studium als 25jähriger ab und wurde kurz nach seinem nächsten Geburtstag in die CIA aufgenommen.

Fünf Jahre später sollte er seinen ersten Auslandsposten erhalten – in der kenianischen Hauptstadt Nairobi.

Corporal Meadows von der königlich-britischen Marine tat an dem herrlichen Morgen des 16. Juli 1999 seine Pflicht. Er ließ die Karabiner der verstärkten Flaggenkante in die Ösen der Flaggenleine einschnappen und zog die Flagge am Mast hoch. Dort wehte sie in der Moskauer Morgenbrise und verkündete aller Welt, wer unter ihr residierte. Die britische Regierung hatte das hübsche alte Stadtpalais am Sofiskaja-Kai dem ursprünglichen Besitzer, einem Zuckermagnaten, kurz vor der Revolution abgekauft, es zu ihrer Botschaft umgebaut und sich seit damals darin behauptet.

Josef Stalin, der letzte Diktator, der die Staatsgemächer im Kreml tatsächlich bewohnt hatte, war jeden Morgen aufgestanden, hatte die Vorhänge geöffnet und gleich jenseits des Flusses die britische Flagge wehen sehen. Das hatte ihn jedesmal geärgert. Die Briten wurden mehrmals unter Druck gesetzt, um sie zum Auszug zu bewegen. Aber sie hatten sich geweigert.

Im Lauf der Jahre war das Stadtpalais zu klein geworden, um alle Botschaftsabteilungen aufnehmen zu können, die in Moskau benötigt wurden, so daß einzelne Abteilungen über die gesamte Stadt verstreut waren. Aber trotz wiederholter Angebote, alle Abteilungen in einem einzigen Botschaftskomplex unterzubringen, antwortete London höflich, es ziehe die jetzige Lage am Sofiskaja-Kai vor. Da das Gebäude exterritoriales britisches Gebiet war, blieb die Botschaft dort.

Leonid Saizew saß auf dem gegenüberliegenden Flußufer und beobachtete, wie die britische Flagge wehte, während das erste Tageslicht die Hügel im Osten erhellte. Der Anblick rief eine alte Erinnerung in ihm wach.

Mit achtzehn Jahren war der Hase zur Roten Armee eingezogen und nach der üblichen minimalen Grundausbildung zu einer Panzerbrigade in Ostdeutschland versetzt worden. An einem Sommertag des Jahres 1955 hatte er bei einem Geländemarsch durch die Wälder um Potsdam den Anschluß an seine Gruppe verloren. Er war verängstigt weitergeirrt, bis er endlich auf einen sandigen Waldweg hinausgestolpert war. Dort war er plötzlich wie angewurzelt stehengeblieben – vor Angst wie gelähmt. Zehn Meter von ihm entfernt hatte ein offener Jeep gestanden, der mit vier Soldaten besetzt war.

Zwei Soldaten hatten noch im Fahrzeug gesessen; die beiden anderen hatten daneben gestanden. Jeder hatte eine Bierflasche in der Hand gehabt. Ihm war sofort klar gewesen, daß sie – Angehörige der Alliierten Militärmission in Potsdam, die 1945 gemäß dem Viermächteabkommen, von dem er natürlich nichts wußte – der Feind waren, der gekommen war, um den Sozialismus zu vernichten und dabei möglichst auch ihn umzubringen.

Einer der Soldaten war auf ihn zugeschlendert. Der Mann war jung gewesen – mit roten Haaren und Sommersprossen. Er hatte Saizew angegrinst und ihm eine Flasche hingehalten. „He Kumpel! Trink 'n Bier mit uns!"

Leonid hatte die Kälte der mit Feuchtigkeit beschlagenen Flasche in seiner Hand gefühlt. Er hatte die Flasche an seinen Mund gesetzt und getrunken. Die kalte Flüssigkeit war stark gewesen, besser als russisches Bier, und hatte gut geschmeckt. Also hatte er die Flasche ganz geleert. Nach zehn Minuten waren die beiden ausgestiegenen Soldaten hinten in den Jeep geklettert. Der Rothaarige hatte sich noch einmal umgedreht und ihm zugewinkt.

Bevor der ausländische Jeep davongefahren war, hatte Saizew bemerkt, daß an der Antenne eine Flagge angebracht war. Sie hatte drei Kreuze aufgewiesen: ein stehendes in Rot und zwei diagonale in Rot und Weiß – alles auf blauem Untergrund. Eine komische Flagge in Rot, Weiß und Blau.

44 Jahre später hatte er sie nun plötzlich wieder vor sich – über dem

Dach eines Gebäudes jenseits des Flusses. Der Hase wußte, daß er das Schriftstück nicht hätte stehlen dürfen, aber jetzt konnte er's nicht mehr zurückbringen. Also würde er's den Leuten mit der komischen Flagge geben, die einem Bier schenkten. Sie würden wissen, was damit zu tun war.

Er stand von seiner Bank auf und machte sich am Fluß entlang auf den Weg zur Großen Steinbrücke, die über die Moskwa zum Sofiskaja-Kai hinüberführt.

NAIROBI, 1983

Als der kleine Junge Kopfschmerzen und leichtes Fieber bekam, dachte seine Mutter zuerst an eine Sommergrippe. Gegen Abend schrie der fünfjährige Juri jedoch vor Kopfschmerzen und hielt seine Eltern die ganze Nacht wach. Ihre Nachbarn in der sowjetischen Diplomatensiedlung fanden ebenfalls kaum Schlaf, weil die Wände dünn und ihre Fenster wegen der Hitze offen waren.

Am Morgen fuhr die Mutter mit ihrem Sohn zum Nairobi General Hospital. Da Ludmilla kein Englisch sprach, wurde sie von ihrem Mann, dem Zweiten Botschaftssekretär Nikolai Iljitsch Turkin, begleitet.

Der Doktor war ein sehr guter Arzt, der sich mit Tropenkrankheiten auskannte. Er untersuchte den Kleinen gründlich und richtete sich dann lächelnd auf. „Plasmodium falciparum", verkündete er. „Eine Malariavariante." Er injizierte dem Kleinen intravenös ein sehr wirksames Breitbandantibiotikum. Es schien zu helfen. Zumindest anfangs. Aber nach einer Woche zeigte sich wieder das alte Krankheitsbild. Unterdessen war die Mutter nahezu hysterisch. Sie lehnte alle Formen ausländischer Medizin ab und bestand darauf, mit ihrem Sohn nach Moskau zurückzufliegen.

In Moskau wurde der Junge in eine der exklusiven KGB-Kliniken eingeliefert. Das war möglich, weil der Zweite Botschaftssekretär Nikolai Iljitsch Turkin in Wirklichkeit ein KGB-Major war.

Wegen der ungeklärten Erkrankung des Kleinen nahm der Chefarzt der tropenmedizinischen Abteilung sich seines Falles persönlich an. Eine Reihe von Computertomographien und Ultraschalluntersuchungen machten dem Arzt große Sorgen.

Als er die Mutter des Kleinen in sein Arbeitszimmer bat, war sein Gesichtsausdruck ernst. „Es handelt sich um eine seltene Krankheit. Sie wird Melioidose genannt, und sie kann nicht geheilt werden. Ihr

Sohn hat vielleicht noch einen Monat zu leben. Wahrscheinlich nicht länger. Ich bedauere sehr, Ihnen keine andere Auskunft geben zu können."

Die weinende Mutter wurde hinausgeführt.

Die Amerikaner hatten die Krankheit während des Vietnamkriegs identifiziert. Amerikanische Hubschrauberpiloten waren die ersten Opfer dieser neuartigen und meist tödlichen Krankheit geworden. Untersuchungen hatten gezeigt, daß die Rotorblätter im Schwebeflug über Reisfeldern dünne Wasserschleier aufwirbelten, die einige Piloten eingeatmet hatten. Der gegen alle bekannten Antibiotika resistente Bazillus hatte sich in diesem Wasser befunden. Soviel hatten die Russen erfahren.

In einem langen, von Weinkrämpfen unterbrochenen Telefongespräch teilte Frau Turkin ihrem Mann mit, ihr Sohn werde sterben. An Melioidose sterben. Major Turkin notierte sich diesen Namen. Dann ging er zu seinem Vorgesetzten, einem Oberst, dem ranghöchsten KGB-Angehörigen in Nairobi.

Der Oberst ließ Mitgefühl erkennen, blieb aber knallhart. „Wir sollen uns an die Amerikaner wenden? Sind Sie übergeschnappt?"

„Genosse Oberst, wenn die Yankees die Krankheit identifiziert haben, und das bereits vor sieben Jahren, haben sie jetzt vielleicht ein Gegenmittel."

„Aber wir können sie nicht danach fragen", widersprach der Oberst. „Hier geht's um unser nationales Prestige."

„Hier geht's um das Leben meines Sohns!" rief der Major.

„So, das reicht. Sie können wegtreten! Die Antwort lautet nein!" Der KGB-Oberst war nicht grausam, ließ sich aber nicht umstimmen.

Als Nikolai Turkin die Treppe hinunterstapfte, überlegte er sich voller Wut, daß der Generalsekretär der KPdSU, Juri Andropow, durch Medikamente am Leben erhalten wurde, die täglich aus London eingeflogen wurden. Dann ging er los, um sich zu besaufen.

Er setzte sich im Garten des Thorn Tree Café an einen Tisch, bestellte einen Wodka und überließ sich seiner tiefen Verzweiflung. Eine halbe Stunde später stand ein Mann in seinem Alter von seinem Hocker auf und kam zu ihm herüber.

Turkin hörte eine Stimme auf englisch sagen: „He, nicht unterkriegen lassen, alter Junge, vielleicht wird's ja gar nicht so schlimm."

Der Russe sah auf. Er kannte den Amerikaner vage. Irgend jemand aus ihrer Botschaft. Turkin hatte den Amerikaner in Verdacht, für die

CIA zu arbeiten, denn er hatte gelernt, *alle* amerikanischen Diplomaten seien vermutlich CIA-Agenten.

Der Amerikaner setzte sich und streckte ihm seine rechte Hand hin. „Jason Monk. Sie sind Nikolai Turkin, stimmt's? Wir sind uns letzte Woche auf der Gartenparty der Engländer begegnet. Sie machen ein Gesicht, als hätten Sie gerade von Ihrer Versetzung nach Grönland erfahren."

Turkin betrachtete den Amerikaner. Er hatte einen weizenblonden Haarschopf, der ihm in die Stirn fiel, und ein liebenswürdiges Grinsen. Sein Gesichtsausdruck wirkte arglos; vielleicht war er doch nicht bei der CIA. An jedem anderen Tag wäre Nikolai Turkin höflich, aber unverbindlich gewesen. Aber dies war nicht jeder andere Tag. Er *mußte* mit irgend jemandem reden. Er begann zu sprechen und schüttete dem Amerikaner sein Herz aus. Monk reagierte mitfühlend. Er notierte sich das Wort Melioidose auf einem Bierdeckel. Sie gingen erst lange nach Einbruch der Dunkelheit auseinander.

CELIA STONE war 26, schlank, schwarzhaarig und hübsch. Beruflich war sie die Stellvertreterin des Presseattachés der britischen Botschaft in Moskau – ihr erster Auslandsposten. Außerdem genoß sie ihr Leben.

An diesem 16. Juli trat sie aus dem großen Portal des Botschaftsgebäudes und ging die fünf Stufen hinunter, die zum Parkplatz führten. Celia Stone nickte dem Wachmann am Tor zu, stieg in ihren hellroten Rover und ließ den Motor an. Sie rollte auf den Sofiskaja-Kai hinaus und bog nach links zur Großen Steinbrücke ab, um zum Mittagessen mit einem Journalisten der Zeitung *Sewodnja* zu fahren. Sie merkte nicht, daß ein ärmlich gekleideter alter Mann ihr in verzweifelter Hast zu folgen versuchte. Und ihr war nicht bewußt, daß ihr Wagen der erste war, der die Botschaft an diesem Vormittag verließ.

Die Große Steinbrücke überspannt nicht nur den Fluß Moskwa, sondern auch den Sofiskaja-Kai. Um sie vom Kai aus zu erreichen, muß man als Autofahrer dort wenden und zur Brücke hinauffahren. Aber als Fußgänger kann man die Treppe hinauflaufen, die vom Kai zur Brücke hinaufführt. Genau das tat der Hase.

Als der rote Rover vorbeifuhr, stand er auf dem Gehsteig der Steinbrücke und schwenkte die Arme. Die junge Frau am Steuer starrte ihn verwundert an und fuhr weiter. Aber Saizew hatte sich das russische Kennzeichen gemerkt und gesehen, daß das Auto auf der Nordseite der Brücke halblinks ins Verkehrsgewühl abbog.

Celia Stones Ziel war der Rosy O'Grady Pub. Ohne Mühe fand sie einen Parkplatz gleich um die Ecke und ging das kurze Stück zurück. Wie immer, wenn ein als Ausländer erkennbarer Passant sich einem Restaurant näherte, kamen die Bettler aus den Hauseingängen, um ihn aufzuhalten und um Essen zu betteln.

Der Türsteher des Rosy O'Grady sah sie kommen, rannte ihr entgegen und stieß mehrere seiner russischen Landsleute grob beiseite, um einem wichtigen, mit harter Währung zahlenden Gast des Restaurants freie Bahn zu verschaffen.

Saizew, der sein Ziel unbeirrbar weiterverfolgte, suchte die ganze Straße nach dem roten Rover ab. Zu seinem freudigen Erstaunen fand er ihn schließlich, bezog in der Nähe des Rovers Position und begann wieder zu warten. Da er sich durch nichts von den wartenden Bettlern unterschied, fiel er kaum auf.

NAIROBI, 1983

Seit Jason Monks erstem Semester an der University of Virginia waren zehn Jahre vergangen, und er hatte kaum noch Verbindung zu ehemaligen Studienfreunden. Aber er erinnerte sich noch gut an Norman Stein. Sie beide – den Footballspieler vom Land und den unsportlichen Sohn eines jüdischen Arztes aus Fredericksburg – hatte eine seltsame Freundschaft verbunden. Vor allem ihr gemeinsamer Sinn für ironisch trockenen Humor hatte sie Freunde werden lassen. Während Monk eine auffällige Begabung für Sprachen hatte, war Stein der Star der biologischen Fakultät gewesen.

Er hatte sein Biologiestudium ein Jahr vor Monk mit Bestnote abgeschlossen und war dann auf die Medical School gegangen. Er hatte sich auf Tropenmedizin spezialisiert und konnte sich gerade jetzt über eine Anstellung in dem Forschungslabor freuen, das dem Walter Reed Army Hospital angegliedert war. Jason Monk suchte aus seinem Adreßbuch Steins Telefonnummer heraus und rief ihn an. Nach dem zehnten Klingeln meldete sich eine undeutliche Stimme. „Ja?“

„Hallo, Norm. Ich bin's – Jason Monk aus Nairobi.“

„Großartig! Nairobi. Hier ist's fünf Uhr morgens, verdammt noch mal, und mein Wecker ist auf sieben gestellt! Vielen Dank auch, Kumpel!“

„Immer mit der Ruhe, Norm. Hast du schon mal was von einer Krankheit namens Melioidose gehört?“

Plötzlich klang seine Stimme überhaupt nicht mehr verschlafen. „Warum fragst du?“

Monk hatte sich eine Story zurechtgelegt, und die erzählte er jetzt. Ein russischer Diplomat kam darin nicht vor. Er berichtete von einem kranken Kind, dem Sohn eines Mannes, den er kenne. Er habe vage gehört, Uncle Sam habe Erfahrungen mit dieser seltenen Krankheit gesammelt.

„Gib mir deine Nummer!“ verlangte Stein. „Ich muß ein paar Leute anrufen. Ich melde mich dann wieder.“

Es war fünf Uhr nachmittags, als Monks Telefon klingelte.

„Vielleicht gibt's wirklich etwas“, begann Stein gedehnt. „Ein revolutionäres Mittel, noch im Entwicklungsstadium. Es ist noch nicht einmal bei der Gesundheitsbehörde registriert.“

„Was ist schon zu verlieren, wenn der Junge sonst stirbt?“

Stein seufzte schwer. „Ich weiß nicht recht. Das verstößt gegen sämtliche Vorschriften.“

„Ehrenwort, davon erfährt niemand was.“

48 Stunden später wurde für Monk ein Päckchen abgegeben. Ein internationaler Kurierdienst hatte es nach Nairobi befördert. Es enthielt eine Thermosflasche mit Trockeneis. Auf einem ohne Unterschrift beigelegten Zettel stand, das Eis kühle zwei Ampullen. Monk rief bei der sowjetischen Botschaft an und ließ Turkin eine Nachricht übermitteln: „Vergessen Sie nicht, daß wir uns heute um 18 Uhr auf ein Bier treffen wollen.“

Als Monk ihm im *Thorn Tree Café* sein Päckchen überreichte, machte Turkin ein besorgtes Gesicht. „Was ist das?“ fragte er.

Monk sagte es ihm. „Vielleicht schlägt es nicht an, aber es ist alles, was wir haben.“

Der Russe erstarrte, sein Blick wurde eisig. „Und was wollen Sie für dieses ... Geschenk haben?“

Eigentlich hätte Monk den Mann jetzt erpressen müssen, damit er etwas herausrückte, etwas Geheimes verriet. Aber diesmal kam das nicht in Frage. Er hatte überprüft, daß Turkins Geschichte von seinem kleinen Jungen kein Schwindel war.

„Behalten Sie's, mein Freund. Hoffentlich hilft's. Es kostet nichts.“

Er wandte sich ab. Dann hörte er eine Stimme hinter sich. „Mr. Monk, Sie verstehen Russisch?“

Monk nickte. „Ein bißchen.“

„Dann wissen Sie, was das Wort *spasibo* heißt.“

SIE KAM kurz nach vierzehn Uhr aus dem Rosy O'Grady und ging zu ihrem Rover. Sie war mit angelegtem Sicherheitsgurt und laufendem Motor abfahrbereit, als die Beifahrertür aufgerissen wurde. Erschrokken sah sie auf. Da stand er, gebückt an der offenen Autotür. Abgewetzter uralter Armeemantel, am Aufschlag vier Orden mit schmuddeligen Bändern, Stoppelkinn. Als er den Mund öffnete, blinkten drei Vorderzähne aus Edelstahl. Er warf ihr einen schmalen Ordner auf den Schoß. Dank ihrer guten Russischkenntnisse konnte sie später wiederholen, was er sagte.

„Bitte, dem Botschafter geben. Für das Bier."

Sein Anblick erschreckte sie. Offensichtlich war der Mann verrückt. Celia Stone war kreidebleich, als sie die lächerliche Bittschrift – oder was immer das sein mochte – in den Fußraum vor dem Beifahrersitz warf und zur Botschaft zurückfuhr.

2

Kurz vor Mittag an ebendiesem 16. Juli drückte Igor Komarow in seinem Büro im ersten Stock der Villa in einer Seitenstraße des Kiselni-Boulevards auf die Sprechtaste der Gegensprechanlage, die ihn mit seinem Privatsekretär verband. „Haben Sie schon Gelegenheit gehabt, das Schriftstück zu lesen, das ich Ihnen gestern überlassen habe?" fragte er.

„Gewiß, Herr Präsident", bestätigte Akopow. „Wirklich brillant, wenn ich mir die Bemerkung erlauben darf." Komarow wurde von allen Mitarbeitern mit „Herr Präsident" angesprochen, was sich auf seine Stellung als Präsident des Exekutivkomitees der Union Patriotischer Kräfte bezog. Außerdem waren sie ohnehin davon überzeugt, daß er innerhalb von zwölf Monaten nicht mehr nur der Präsident der UPK sein würde.

„Danke", sagte Komarow, „dann bringen Sie's mir bitte zurück."

Die Gegensprechanlage wurde knackend ausgeschaltet. Akopow stand auf und trat an seinen Wandsafe. Er kannte die Kombination auswendig und stellte die sechs Zahlen nacheinander auf dem Mittelrand ein. Dann zog er die Safetür auf und wollte das Schriftstück mit dem Umschlag aus schwarzem Zeichenpapier herausnehmen. Es lag nicht darin.

Verwirrt räumte er seinen Safe aus, Akte für Akte, Schnellhefter für Schnellhefter. Eisige Angst erfaßte ihn. Er riß sich zusammen und fing noch einmal von vorn an. Nach dem Wandsafe waren die

Schreibtischschubladen an der Reihe, dann die Regale und Schränke. Kurz vor ein Uhr klopfte er bei Igor Komarow an, wurde vorgelassen und gestand, das Schriftstück nicht finden zu können.

Igor Komarow war mittelgroß, weder dick noch dünn, hatte kurzgeschnittenes eisgraues Haar und trug keinen Bart. Zu seinen auffälligsten Kennzeichen gehörten ein übertriebenes Bedürfnis nach Reinlichkeit und sein Abscheu gegen körperliche Kontakte. Im Gegensatz zu den meisten russischen Politikern, deren Jovialität sich darin äußerte, daß sie einem auf den Rücken klopften und mit Wodka zuprosteten, bestand Komarow bei seinem persönlichen Gefolge auf steifer Förmlichkeit in Kleidung und Ausdrucksweise. Er selbst trug meist einen grauen Zweireiher mit weißem Hemd und Krawatte.

Wie alle erfolgreichen Politiker verstand Komarow sich jedoch darauf, das Chamäleon zu spielen. Auf Kundgebungen verwandelte er sich, und auf dem Podium war dann nichts mehr von dem früheren pedantischen Ingenieur zu spüren. An seine Stelle trat ein brillanter Redner, ein leidenschaftlicher Magier der Worte, ein Mann der kleinen Leute, der ihre Hoffnungen, Ängste und Wünsche, ihren Zorn und ihre Bigotterie unfehlbar treffend ausdrückte.

Unter diesen beiden Personen verbarg sich noch eine dritte: die eine, die Nikita Akopow fürchtete. Zweimal in zehn Jahren war Akopow Zeuge geworden, wie der dämonische Zorn dieses Mannes aufgewallt und völlig außer Kontrolle geraten war. Akopow hatte zusehen müssen, wie der Mann, der ihn faszinierte und kontrollierte, und den er anbetete, sich in einen kreischenden, tobenden Dämon verwandelt hatte.

Komarow hatte Telefone und Vasen geworfen, er hatte die übelsten Ausdrücke benutzt, die Akopow jemals gehört hatte, Mobiliar zertrümmert und einmal sein Opfer so brutal mißhandelt, daß man ihn hatte zurückreißen müssen, damit er den Mann nicht umbrachte.

Akopow kannte die Anzeichen für einen bevorstehenden Wutausbruch. Komarow wurde leichenblaß, seine ganze Art noch förmlicher und höflicher, aber auf seinen Backenknochen brannten zwei hektische rote Flecken.

„Soll das heißen, daß Sie's verloren haben, Nikita Iwanowitsch?"

„Nicht verloren, Herr Präsident. Anscheinend verlegt."

„Es gibt insgesamt nur drei Ausfertigungen, zwei liegen in meinem eigenen Safe. Ich habe es selbst getippt, um sie keiner Schreibkraft anvertrauen zu müssen. So vertraulich ist dieses Schriftstück."

„Sehr klug, Herr Präsident."

„Und jetzt melden Sie mir, daß Sie es verloren haben!"

„Verlegt, glauben Sie mir, nur zeitweilig verlegt, Herr Präsident."

Komarow starrte ihn an. „Wann haben Sie es zuletzt gesehen?"

„Gestern abend, Herr Präsident. Ich bin länger hiergeblieben, um es in Ruhe lesen zu können. Als ich ging, habe ich es in den Safe gesperrt."

„Ist der Safe aufgebrochen worden?"

„Anscheinend nicht, Herr Präsident."

Igor Komarow dachte einige Minuten lang nach. Hinter seiner ausdruckslosen Miene fühlte er Panik in sich aufsteigen. Zuletzt rief er die Sicherheitszentrale im Erdgeschoß an. „Riegeln Sie das Gebäude ab! Niemand darf herein, keiner darf hinaus."

Er entließ seinen zitternden Privatsekretär. „Sie gehen in Ihr Büro zurück. Sie reden oder telefonieren mit niemandem. Sie warten dort auf weitere Anweisungen."

UM SECHZEHN UHR hatte Oberst Anatoli Grischin sich davon überzeugt, daß das fehlende Schriftstück sich nicht innerhalb des Gebäudes befand. Jetzt saß er in Igor Komarows Büro und teilte ihm diese Tatsache mit.

Grischin hatte 1994 seine KGB-Karriere als Oberst an den Nagel gehängt. Seit damals waren die beiden Männer voneinander abhängig geworden und gemeinsam zur Macht aufgestiegen. Grischin hatte eine Komarow treu ergebene persönliche Schutztruppe aufgestellt: die Schwarze Garde, die nun aus sechstausend durchtrainierten jungen Männern bestand, die er persönlich befehligte. Unterstützt wurde die Garde von den Jungen Kämpfern, der zwanzigtausend Köpfe starken Jugendorganisation der UPK – von der korrekten Ideologie durchdrungen und fanatisch loyal.

„Sie wissen bestimmt, daß das Schriftstück nicht mehr in diesem Gebäude ist?" fragte Komarow.

„Das ist ausgeschlossen", sagte Grischin. „Wir haben es praktisch auf den Kopf gestellt. Jedes Regal, jeder Schrank, jede Schublade ist kontrolliert worden. Der Müll von gestern abend ist beschlagnahmt und durchsucht worden. Nichts."

„Ihre Theorie, Anatoli?" fragte Komarow.

„Akopow ist natürlich der Hauptverdächtige. Seine Wohnung ist durchsucht worden. In seiner Gegenwart. Nichts. Ich möchte ihn ..., äh ..., gründlich vernehmen."

„Erlaubnis erteilt."

„Und danach?“

Igor Komarow drehte seinen Sessel etwas zur Seite und sah aus dem Fenster. Er überlegte einige Zeit. „Akopow ist ein sehr guter Privatsekretär gewesen“, sagte er dann. „Aber nach diesem Vorfall werde ich mir einen neuen suchen müssen. Problematisch ist jedoch, daß er das Schriftstück kennt. Würde er entlassen, könnte er Ressentiments empfinden oder sogar versucht sein, sein Wissen preiszugeben. Das wäre bedauerlich, höchst bedauerlich.“

„Ich verstehe vollkommen“, bestätigte Oberst Grischin.

In diesem Augenblick trafen die beiden verängstigten Wachmänner der Nachtschicht ein, und Grischin ging hinunter, um sie zu vernehmen. Sie fürchteten sich sichtlich vor ihm, wozu sie auch allen Grund hatten. Sein Ruf war Grischin vorausgeeilt.

Um zwanzig Uhr kannte Grischin den gesamten Ablauf der letzten Nachtschicht. Er wußte, daß sie ihrer Pflicht, durchs Gebäude zu patrouillieren, nur ungenügend nachgekommen waren, weil sie vor dem Fernseher gesessen hatten, um die Sondersendung anläßlich des Todes des Präsidenten zu verfolgen. Und er hatte zum ersten Mal von der Existenz des Raumpflegers gehört.

LAUT seiner Akte lebte Leonid Saizew, 63 Jahre alt, mit seiner Tochter und ihrem Mann, einem Lastwagenfahrer, zusammen. Ihre Wohnung lag in der Nähe des so sonderbar benannten Enthusiastenboulevards und damit im vermutlich schäbigsten und heruntergekommensten Stadtteil Moskaus. In einem Triumph kommunistischer Stadtplanung war er im Windschatten der Forschungsstelle für chemische Kriegführung erbaut worden. Wahrscheinlich der einzige Enthusiasmus, den seine Bewohner jemals an den Tag legten, war bei denen zu beobachten, die kurz vor dem Umzug in ein anderes Wohnviertel standen.

Es war halb ein Uhr morgens in dieser noch immer warmen Sommernacht, als eine elegante schwarze Tschaika-Limousine vor diesem Wohnblock hielt. Einen Aufzug gab es hier nicht. Vier Männer polterten die Treppe hinauf und hämmerten an die Tür, von der die Farbe abblätterte.

Die Frau, die ihnen schläfrig und mit verquollenen Augen aufmachte, mußte Mitte Dreißig sein, sah aber zehn Jahre älter aus. Grischin trat höflich, aber sehr bestimmt auf. Seine Männer drängten sich an ihr vorbei und schwärmten aus, um die Wohnung zu durchsuchen. Viel gab es nicht zu durchsuchen, denn sie war winzig: lediglich zwei

Zimmer, ein übelriechender Abort und eine mit einem Vorhang abgetrennte Kochnische.

Saizews Tochter erklärte, daß ihr Mann nicht da sei, sondern auf einer Tour nach Minsk unterwegs. Sie schwor, ihr Vater sei seit dem Morgen am Vortag nicht heimgekommen. Sie mache sich Sorgen um ihn.

Binnen zehn Minuten hatten die Männer der Schwarzen Garde festgestellt, daß in der Wohnung niemand versteckt war, und Grischin war zu der Überzeugung gelangt, die Frau sei zu verängstigt, um zu lügen. Eine halbe Stunde nach ihrem Eindringen waren sie wieder verschwunden.

Grischin ließ die Tschaika nicht in Richtung Stadtmitte, sondern zu dem Lager fahren, in dem Akopow festgehalten wurde. Für den Rest der Nacht nahm er den unglücklichen Sekretär persönlich in die Mangel. Noch vor Tagesanbruch gestand der Schluchzende, er müsse das wichtige Schriftstück auf seinem Schreibtisch liegengelassen haben. So was sei ihm noch nie passiert. Er bat um Verzeihung, Grischin nickte verständnisvoll und klopfte ihm auf die Schulter.

Draußen vor der Unterkunft nahm er einen seiner zuverlässigsten Männer beiseite. „Heute wird's bestimmt wieder verdammt heiß. Unser Freund dort drinnen ist ganz erschöpft. Ich glaube, ein erfrischendes Bad vor Tagesanbruch täte ihm gut."

Dann fuhr er in die Stadt zurück. Wenn das Schriftstück auf Akopows Schreibtisch zurückgeblieben war, überlegte Grischin, mußte der Raumpfleger es entwendet haben. Warum ein des Lesens kaum kundiger alter Mann das getan haben sollte, blieb Grischin ein Rätsel. Nur der Alte konnte seine Motive erklären. Und Grischin würde dafür sorgen, daß er dies tat.

Schon am frühen Morgen waren zweitausend Männer seiner Truppe, der Schwarzen Garde, auf den Straßen Moskaus im Einsatz, wo sie nach einem alten Mann in einem abgewetzten langen Armeemantel fahndeten. Die Hinterhöfe und Parks der Stadt waren von zehnmal mehr Obdachlosen bevölkert, aber nur einer von ihnen würde drei Stahlzähne und einen schwarzen Ordner haben. Grischin verlangte, daß beide schnellstens herangeschafft würden.

LANGLEY, DEZEMBER 1983

Jason Monk stand von seinem Schreibtisch auf, reckte sich und beschloß, in die Kantine hinunterzugehen. Er war seit einem Monat aus Nairobi zurück und hatte erfahren, daß er dort gut beurteilt worden war. Er konnte mit einer Beförderung rechnen und ebenso mit der Zuteilung zur Südamerikaabteilung.

Der KGB war südlich des Rio Grande sehr aktiv, und die CIA war entschlossen, ihm das Handwerk zu legen. Deshalb war Lateinamerika für den jetzt 33jährigen Monk ein Gebiet, in dem er Karriere machen konnte.

Er rührte gerade seinen Kaffee um, als er merkte, daß jemand vor seinem Tisch stehenblieb. „Prima Sonnenbräune", sagte eine Stimme.

Monk sah auf und erkannte den Mann, der lächelnd auf ihn herabsah – es war der vor kurzem ernannte Chef des Referats Spionageabwehr, Abteilung Sowjetunion. Was Monk staunen ließ, war die Tatsache, wie unscheinbar dieser wichtige Mann wirkte. Sie waren etwa gleich groß, ungefähr einssiebenundsiebzig, aber der andere, der allerdings neun Jahre älter war, schien völlig außer Form zu sein. Monk fielen das straff aus der Stirn nach hinten gekämmte fettige Haar, ein buschiger Schnauzbart, der die Oberlippe des schwachen und eitlen Mannes verdeckte, und seine eulenhaften, kurzsichtigen Augen auf. „Drei Jahre Kenia", gab er als Erklärung für seine Sonnenbräune zurück.

„Aber jetzt wieder im frostigen Washington, was?" fragte der Mann.

„Ja, Sir", antwortete Monk.

Die Hand eines Rauchers mit gelben Tabakflecken wurde ausgestreckt. Monk fielen nicht nur die Flecken, sondern auch das Netz aus geplatzten Äderchen am Ansatz der Nasenflügel auf, das oft einen Gewohnheitstrinker verrät. Er stand auf und bedachte den Mann mit einem Grinsen.

„Und Sie sind ...?" fragte der Mann.

„Monk. Jason Monk."

„Freut mich, Sie kennenzulernen, Jason. Ich bin Aldrich Ames."

WÄRE Hugo Grays Wagen an diesem Morgen wie sonst angesprungen, hätte die Weltpolitik einen anderen Lauf genommen. Aber die Magnetschalter von Anlassern gehorchen nur ihren eigenen Gesetzen. Gray, ein einfacher Angestellter in der Moskauer Niederlassung des britischen Geheimdienstes, lief hinter einem roten Rover her, der sich der Schranke des Botschaftsgeländes näherte, und klopfte an die Seitenscheibe. Seine Kollegin Celia Stone nahm ihn gern mit.

Er saß neben ihr, als sie schwungvoll auf den Kutusowprospekt hinausfuhr. Unter seinen Absätzen spürte er etwas, das vor ihm im Fußraum lag. Er bückte sich und hob es auf.

Sie sah zu ihm hinüber und erkannte den Ordner in seinen Händen. „O Gott, den wollte ich gestern noch in die Tonne schmeißen. Irgendein alter Spinner hat ihn mir ins Auto geworfen. Hat mir 'nen schönen Schreck eingejagt!"

„Noch 'ne Bittschrift", sagte Gray. Er schlug das schwarze Deckblatt auf und warf einen Blick auf die Titelseite. „Nein, dies hier ist eher politisch." Er blätterte in dem Ordner herum, und er wurde still.

„Meinetwegen kannst du das Ding behalten", meinte Celia schließlich. Sie ließen den Alexandergarten hinter sich und bogen in Richtung Große Steinbrücke ab.

HUGO GRAY wollte die unerbetene Gabe rasch überfliegen und dann im Papierkorb verschwinden lassen. Aber nachdem er zehn Seiten davon gelesen hatte, ging er damit zu seinem Abteilungsleiter, einem cleveren Schotten namens Jock Macdonald.

„Ja, mein Junge?" fragte der Stationsleiter.

„Hören Sie, Jock. Gestern ist was Merkwürdiges passiert. Ein alter Mann hat das hier in Celia Stones Auto geworfen. Vermutlich ist nichts dran, aber ..."

Macdonald streckte eine Hand nach dem schwarzgebundenen Schriftstück aus. „Vielleicht eine Bittschrift?" fragte er.

„Das hat sie auch gedacht, aber der Inhalt scheint mehr politisch zu sein. Der Innentitel trägt einen UPK-Stempel, und das Ganze liest sich, als sei es von Igor Komarow persönlich verfaßt."

„Unserem zukünftigen Präsidenten. Seltsam. Also gut, lassen Sie's mir da."

„Danke, Jock", sagte Gray. Er stand auf und ging hinaus.

Der Abteilungsleiter legte das schwarze Schriftstück beiseite. Er hatte einen arbeitsreichen Tag vor sich, und es sollte Abend werden, bevor er das Schriftstück las, das später als das Schwarze Manifest bekannt werden sollte.

MADRID, AUGUST 1984

An Indiens Unabhängigkeitstag gab der indische Botschafter wie üblich einen großen Empfang für führende Mitglieder der spanischen Regierung und das diplomatische Korps. Er fand wie immer am 15. August statt. Die Amerikaner wurden von ihrem Geschäftsträger vertreten, dem der Zweite Handelssekretär, ein gewisser Jason Monk, zur Seite stand.

Für Monk war es bisher ein gutes Jahr gewesen. Er hatte einen sechsmonatigen Spanischlehrgang bravourös absolviert. Nicht schlecht für ihn war auch, daß CIA-Direktor William Casey vor kurzem einen neuen stellvertretenden Direktor ernannt hatte. Dieser Mann leitete nun die gesamte Nachrichtenbeschaffung des Dienstes und war deshalb Vorgesetzter jedes Agenten im Einsatz. Der Neue war Carey Jordan, der Mann, der Monk ursprünglich angeworben hatte.

Nach Abschluß des Spanischlehrgangs war Monk nicht, wie er erwartet hatte, der Südamerikaabteilung, sondern Westeuropa zugewiesen worden – Spanien selbst. Einem 34jährigen ledigen CIA-Agenten hatte, die glanzvolle spanische Hauptstadt verdammt viel mehr zu bieten als Tegucigalpa.

Bei brütender Hitze lief der Empfang wie alle Veranstaltungen dieser Art ab: die Gäste bildeten in wechselnder Zusammensetzung kleine Gruppen, nippten Champagner der indischen Regierung und machten höfliche Konversation.

Monk wollte schon gehen, als er ein bekanntes Gesicht entdeckte. Er wartete, bis der Mann allein war. Dann fragte er auf russisch: „Nun, mein Freund, wie geht's Ihrem Sohn?"

Der Mann erstarrte. Dann lächelte er. „Juri hat sich wieder erholt", antwortete Nikolai Turkin. „Er ist gesund und munter."

„Das freut mich", sagte Monk. „Wir sollten uns mal zum Abendessen treffen", schlug er dann vor. Der Russe starrte ihn fast erschrokken an. Monk hob die Hände, als ergebe er sich. „Keine Anwerbung, Ehrenwort!"

Turkin atmete auf. Jeder von ihnen wußte, was der andere für einen Job hatte. Allein die Tatsache, daß Monk so perfekt Russisch sprach, war ein eindeutiger Hinweis darauf, daß er nicht wirklich in der Handelsabteilung der US-Botschaft tätig war. Und Monk wußte seinerseits, daß Turkin ein KGB-Offizier sein mußte, weil er es sich leisten konnte, im Gespräch mit Amerikanern gesehen zu werden.

Das Wort „Anwerbung" verriet alles, und die Tatsache, daß Monk es eher scherzhaft gebrauchte, ließ erkennen, daß Monk für sie beide einen kurzen Waffenstillstand im kalten Krieg vorschlagen wollte. Unter „Anwerbung" wäre in diesem Fall zu verstehen gewesen, daß ein Geheimdienstagent einem Kollegen von der anderen Seite vorschlug, das Team zu wechseln.

Drei Abende später kamen die beiden Männer einzeln in ein kleines Restaurant in der Madrider Altstadt. Das Essen war ausgezeichnet, und Monk bestellte einen roten Marqués de Riscal. Aus Höflichkeit verzichteten sie darauf zu „fachsimpeln“, sondern sprachen über Frau und Kinder – wobei Monk zugeben mußte, daß er noch immer keine Familie hatte. Der kleine Juri verbrachte die Sommerferien bei seinen Großeltern. Der Wein floß, eine zweite Flasche kam auf den Tisch.

Monk erkannte nicht gleich, daß Turkin hinter seiner liebenswürdigen Fassade vor Wut kochte: nicht etwa auf die Amerikaner, sondern auf das System, das seinen Sohn kaltblütig hätte sterben lassen.

Die zweite Flasche Rotwein war fast geleert, als Turkin plötzlich fragte: „Sind Sie mit Ihrer Arbeit bei der CIA zufrieden?“

Soll das eine Anwerbung sein? fragte Monk sich. Versucht der Idiot etwa, mich anzuwerben? „So ziemlich“, antwortete er leichthin. „Meine Leute sind immer für einen da, wenn man Hilfe braucht. Das gehört zu unserem Ehrenkodex.“

„Es muß schön sein, für Leute zu arbeiten, die in solcher Freiheit leben“, sagte Turkin.

Monk sah verblüfft über den Tisch. Er hatte versprochen, keinen Anwerbeversuch zu machen, aber jetzt hatte der Russe selbst seine Mitarbeit angeboten. „Hören Sie, mein Freund, das System, für das Sie arbeiten, wird sich ändern. Schon bald. Sie könnten mithelfen, damit es sich schneller ändert. Juri wird als freier Mann leben können.“

Beim Kaffee war Turkin angeworben; er würde auf seinem Platz im Herzen des KGB bleiben, aber von nun an für die CIA arbeiten.

Monk hatte das Glück, daß sein Vorgesetzter im Urlaub war. Wäre er dagewesen, hätte Monk die Führung Turkins anderen überlassen müssen. Aber jetzt fiel ihm die Aufgabe zu, die streng geheime Nachricht mit der Schilderung der Anwerbung zu verschlüsseln und nach Langley zu schicken.

Verständlicherweise überwog anfangs Skepsis, aber im Oktober übergab Turkin der CIA seine erste Lieferung. Monk brachte das Päckchen persönlich nach Langley. Sein Inhalt war sensationell. Turkin verriet praktisch alle KGB-Unternehmen in Spanien. Um ihre Quelle zu schützen, gaben die Amerikaner ihr Wissen nur bruchstückhaft an die Spanier weiter, wobei sie dafür sorgten, daß die Verhaftungen von Spaniern, die für Moskau spionierten, zufällig oder wie Aufklärungserfolge der spanischen Spionageabwehr wirkten. In jedem einzelnen Fall erfuhr der KGB (durch Turkin), der Agent habe einen dummen Fehler gemacht, durch den er aufgeflogen sei.

Moskau schöpfte keinen Verdacht. In seinen drei Madrider Jahren stieg Turkin zum Stellvertreter des KGB-Residenten auf und hatte nun Zugang zu praktisch allen Geheimakten. Nachdem er das Jahr 1987 in Moskau verbracht hatte, wurde er im Jahr darauf Leiter der Unterverwaltung K innerhalb des riesigen KGB-Apparates in Ostdeutschland. Während er in toten Briefkästen Hunderte von Nachrichten und Geheimunterlagen hinterlegte, bestand Turkin in all diesen Jahren darauf, sein Führungsoffizier müsse Jason Monk bleiben, sein Freund jenseits der Mauer. Das war sehr ungewöhnlich. Die meisten Spione hatten im Verlauf von sechs Jahren mehrere Führungsoffiziere, aber Turkin beharrte darauf, und Langley mußte sich seinem Wunsch fügen.

Als Monk im Herbst 1986 nach Langley zurückkam, ließ Carey Jordan ihn zu sich kommen. „Ich habe mir das Zeug angesehen", sagte der stellvertretende Direktor. „Es ist gut. Ihr Mann ist in Ordnung. Gut gemacht!"

Monk nickte dankend.

„Nur noch eines", sagte Jordan. „Wir müssen Ihren Mann an die Abteilung SO abgeben."

Monks Laune verdüsterte sich.

Ganz oben an der Spitze der CIA steht immer ein Direktor. Auf der Ebene darunter gibt es die Hauptabteilungen Auswertung und Beschaffung. Beide unterstehen jeweils einem stellvertretenden Direktor; erstere hat den Auftrag, die in Massen hereinkommenden Rohinformationen zu sichten und zu analysieren. Für die eigentliche Nachrichtenbeschaffung ist die andere Hauptabteilung zuständig. Und in den vier Jahrzehnten des kalten Kriegs – von 1950 bis 1990 – war die wichtigste Unterabteilung die Abteilung Sowjetunion/Osteuropa, allgemein als SO bezeichnet.

Mitarbeiter anderer Abteilungen waren oft verärgert, wenn ein wertvoller sowjetischer Informant, der beispielsweise in Bogotá angeworben worden war, danach der Abteilung SO zugeordnet wurde. Die Begründung dafür lautete, der Angeworbene werde eines Tages ohnehin aus Bogotá abberufen und höchstwahrscheinlich in die UdSSR zurückversetzt.

Da die Sowjetunion der Hauptfeind war, waren die Jobs in der Abteilung SO begehrt. Obwohl Monk im College Russisch als Hauptfach studiert hatte, war er zunächst zur Afrikaabteilung gekommen und arbeitete gegenwärtig in der Westeuropaabteilung.

„Wollen Sie mit ihm gehen?“ fragte Jordan dann.

Monks Laune besserte sich schlagartig. „Ja, Sir. Bitte.“

„Okay, Sie haben ihn entdeckt, Sie haben ihn angeworben. Sie führen ihn.“

Binnen einer Woche wurde Monk zur Abteilung SO versetzt. Er kehrte nie wieder nach Madrid zurück, um dort zu leben, kam jedoch manchmal auf Besuch und traf sich heimlich mit Turkin auf Picknickplätzen, wo sie über tausenderlei Dinge sprachen, nachdem Gorbatschow an die Macht gekommen war und sein Doppelprogramm aus Perestroika und Glasnost bewirkt hatte, daß die Vorschriften sich zu lockern begannen. Darüber war Monk froh, denn er betrachtete Turkin nicht nur als einen Informanten, sondern als seinen Freund.

Schon 1984 war die CIA eine riesige, schwerfällige Bürokratie gewesen, die sich mehr auf ihre Aktenbestände als auf die Nachrichtenbeschaffung konzentrierte. Monk haßte jegliche Bürokratie, weil er der Überzeugung war, alles Niedergeschriebene könne gestohlen oder kopiert werden. Den ultrageheimen Kern der Aktenbestände der Abteilung SO bildete die Akte 301 mit genauen Angaben über alle sowjetischen Agenten, die für Uncle Sam arbeiteten. Im Herbst dieses Jahres, nach der erfolgreichen Anwerbung Turkins, hatte Monk „vergessen“, die Angaben über Major Turkin, Deckname Lysander, in die Akte 301 einzufügen.

JOCK MACDONALD, der Leiter der Dependance des britischen Secret Intelligence Service (SIS) in Moskau, kam am Abend des 17. Juli nicht nach Hause. Kurz nach Mitternacht rief er seine Frau an, um ihr zu sagen, er sei leider aufgehalten worden, und las dann in der schwarzen Akte weiter.

Er las die Ausführungen über die Wiederherstellung eines Einparteienstaats und die Wiedererrichtung der Arbeitslager für Dissidenten und andere unerwünschte Personen.

Er analysierte die Pläne zur Endlösung der Judenfrage sowie zur Behandlung aller übrigen ethnischen Minderheiten.

Er studierte die Seiten, auf denen ein Nichtangriffspakt mit Polen zur Sicherung der Westgrenze und die Rückeroberung Weißrußlands, der baltischen Staaten und der südlichen Republiken der früheren UdSSR – Ukraine, Georgien, Armenien und Moldawien – vorgeschlagen wurden.

Er brütete über den Plänen zur nuklearen Wiederaufrüstung.

Er las die Seiten, auf denen detailliert beschrieben wurde, wie mit der russisch-orthodoxen Kirche und allen sonstigen Glaubensgemeinschaften verfahren werden sollte.

Dieser Denkschrift nach würde die Bevölkerung der zurückeroberten Gebiete als Sklaven arbeiten, um Nahrungsmittel für die russische Herrenrasse zu erzeugen. Für nationale Disziplin würde die Schwarze Garde sorgen, die auf zweihunderttausend Mann aufgestockt werden sollte. Außerdem sollte sie die Sonderbehandlung von Asozialen übernehmen: Liberalen, Journalisten, Geistlichen, Homosexuellen und Juden.

Das Schriftstück gab auch die Antwort auf eine Frage, über die sich Macdonald und andere schon seit langem den Kopf zerbrachen: die Quelle der unbegrenzten Wahlkampfmittel der Union Patriotischer Kräfte. Nach dem Zusammenbruch des Kommunismus hatte die kriminelle Unterwelt Rußlands aus einer Vielzahl einzelner Banden bestanden, die sich anfangs blutige Revierkämpfe geliefert hatten. Seit 1995 war ein Vereinigungsprozeß in Gang gekommen. Im Jahr 1999 war Rußland von seiner Westgrenze bis zum Ural unter vier große Gangstersyndikate aufgeteilt, von denen das der von Moskau aus agierenden Dolgoruki das mächtigste war. Waren die Angaben in diesem Schriftstück zutreffend, finanzierten sie die UPK, um später ihren Lohn kassieren zu können: die Zerschlagung der übrigen Banden und die Alleinherrschaft ihrer eigenen.

Es war fünf Uhr morgens, als Jock Macdonald das Schwarze Manifest nach mehrmaligem intensivem Durchlesen zuklappte. Er sperrte die Denkschrift in seinen Safe und verließ die Botschaft. Sein Weg zu Fuß führte ihn ins erwachende Stadtzentrum und über den Lubjankaplatz. Dort hatte jahrzehntelang die Statue Felix Dserschinskis – des Eisernen Felix – gestanden, der in Lenins Auftrag den ursprünglichen Terrorapparat, die Tscheka, aufgebaut hatte. Im Hintergrund des Platzes erhob sich ein großes, grau und ockergelb gestrichenes Gebäude: die KGB-Zentrale. Hinter dem alten KGB-Gebäude liegt das berüchtigte Lubjanka-Gefängnis, in dem während der Sowjetzeit unzählige Geständnisse erpreßt und zahllose Menschen hingerichtet wurden. Hinter dem Gefängnis beginnen zwei Straßen, die Große und die Kleine Lubjanka. Er nahm die zweite. Etwa in der Mitte dieser „Malaja Lubjanka" steht die St.-Ludwigs-Kirche, deren Gottesdienste von vielen Diplomaten und einigen der wenigen russischen Katholiken besucht werden.

Zweihundert Meter hinter ihm und wegen des KGB-Gebäudeblocks für ihn nicht sichtbar schliefen einige Obdachlose im geräumigen Eingangsbereich des riesigen Spielwarengeschäfts „Djetski mir".

Zwei stämmige Männer in Jeans und Lederjacken traten an sie heran und fingen an, die Schlafenden auf den Rücken zu wälzen. Einer der Obdachlosen trug einen abgewetzten langen Armeemantel mit mehreren Orden am Aufschlag. „Heißt du Saizew?" knurrte einer der beiden ihn an, während er den Alten wachrüttelte.

Der Alte nickte. Der andere Mann zog ein Mobiltelefon aus seiner Hemdtasche, tippte eine Nummer ein und erstattete Meldung. Binnen fünf Minuten hielt ein Auto mit quietschenden Reifen am Randstein. Die beiden Männer schleppten den Alten zum Wagen und stießen ihn auf den Rücksitz. Der Wagen raste um den Platz, röhrte die Malaja Lubjanka hinauf und kam dort an einem britischen Diplomaten auf dem Gehsteig vorbei.

Macdonald ließ sich von einem verschlafenen Kirchendiener das Portal aufsperren, ging im Mittelgang nach vorn und kniete vor dem Altar nieder. Er sah auf, und die Gestalt des Gekreuzigten blickte auf ihn herab. Und er betete. „Lieber Gott, ich bitte dich, laß dieses Schriftstück eine Fälschung sein. Denn ist es keine, wird uns ein großes und schlimmes Übel heimsuchen."

BEVOR jemand anderer vom Botschaftspersonal zur Arbeit kam, saß Jock Macdonald bereits wieder an seinem Schreibtisch. Er hatte eine schlaflose Nacht hinter sich, aber das hätte ihm niemand angemerkt. Er hatte sich gewaschen, rasiert und das frische Hemd angezogen, das er für alle Fälle in seinem Schrank hängen hatte.

Das Büro des Chefs wurde jeden Tag nach Wanzen durchsucht, aber die wirklich geheimen Konferenzen wurden in der „Blase" abgehalten, einem Raum, der als abhörsicher eingeschätzt wurde.

Bruce „Gracie" Fields, Macdonalds Stellvertreter, wurde in seinem Apartment geweckt und aufgefordert, bis neun Uhr zu erscheinen. Auch Hugo Gray wurde angerufen. Um acht Uhr verständigte Macdonald das Sicherheitspersonal, damit sie die „Blase" für eine Besprechung um Viertel nach neun vorbereiteten.

„Gestern", erläuterte Macdonald seinen zwei Kollegen zur festgesetzten Zeit, „bin ich in den Besitz eines Schriftstücks gelangt. Ist das Ding eine Fälschung oder ein Schwindel, vergeuden wir unsere Zeit.

Ist es dagegen echt, so enthält es bedeutsame Informationen. Hugo, erzählen Sie Gracie, was wir darüber wissen, ja?"

Gray berichtete, was Celia Stone ihm erzählt hatte.

„Im Idealfall", sagte Macdonald, „wüßte ich gern, wie der Alte in den Besitz dieser Akte gekommen ist und warum er sie an diesem Ort in dieses Auto geworfen hat. Hat er gewußt, daß es der Wagen einer Angehörigen der britischen Botschaft ist? Und falls ja – warum wir? Aber zuerst etwas anderes: Haben wir in der Botschaft jemand, der zeichnen kann?"

„Zeichnen?" fragte Fields.

„Richtig – ein Bild, ein Porträt."

„Soviel ich weiß, gibt eine der Ehefrauen Zeichenkurse", sagte Fields.

„Gut, prüfen Sie das. Kann sie zeichnen, bringen Sie sie mit Celia Stone zusammen. Gracie, haben Sie nicht einen Mann bei der Polizei?"

Fields nickte. Er war am längsten in Moskau und hatte einige Informanten übernommen und einige weitere dazugewonnen. „Inspektor Nowikow. Aus dem Morddezernat. Gelegentlich nützlich."

„Reden Sie mit ihm", sagte Macdonald. „Aber nicht über in Autos geworfene Schriftstücke. Nur über einen alten Knacker, der unser Personal auf der Straße belästigt, weil er den Botschafter unbedingt privat sprechen will. Zeigen Sie ihm das Bild, falls wir eines bekommen."

Gemeinsam mit Hugo Gray verbrachte Celia die Mittagspause mit der Frau des stellvertretenden Leiters der Rechtsabteilung, die nach ihrer Beschreibung ein Kohle- und Bleistiftporträt des Obdachlosen anfertigte. Silbernes Tipp-Ex hob die drei Vorderzähne aus Stahl besonders hervor. Als das Porträt fertig war, nickte Celia und sagte: „Das ist er!"

WASHINGTON, APRIL 1985

Wäre der Erzengel Gabriel nach Washington herabgestiegen, um den KGB-Residenten in der sowjetischen Botschaft zu fragen, von welchem aller CIA-Agenten er sich wünsche, er solle zum Verräter werden und für Rußland spionieren, hätte er geantwortet: Am liebsten wäre mir der Leiter des Referats Spionageabwehr der Abteilung Sowjetunion/Osteuropa in der Hauptabteilung Beschaffung.

Alle Geheimdienste haben ein Referat Spionageabwehr, das innerhalb des Apparates mit anderen Abteilungen zusammenarbeitet. Die

Mitarbeiter dieses Referats haben den Auftrag, alle anderen zu kontrollieren, was sie bei ihren Kollegen nicht unbedingt beliebt macht. Ihre Arbeit gliedert sich in drei Aufgabenbereiche. Die Spionageabwehr nimmt an der Befragung von Überläufern teil, um herauszufinden, ob der Überläufer echt oder ein raffiniert getarnter Spitzel ist. Ihre Mitarbeiter überprüfen Leute auf der Gegenseite, die sich als Spione haben anwerben lassen, in Wirklichkeit aber auch Doppelagenten sein könnten. Letztlich hat die Spionageabwehr sicherzustellen, daß der eigene Dienst nicht unterwandert wird, daß er keinen Verräter in seinen Reihen hat.

Um diese Aufgaben erfüllen zu können, muß der Spionageabwehr unbeschränkte Akteneinsicht möglich sein. Sie kann die Akten aller Überläufer mit den Protokollen ihrer Befragung anfordern – auch noch nach Jahren. Sie kann die Laufbahn und die Anwerbung aller gegenwärtigen Informanten, die tief im Feindesland arbeiten, unter die Lupe nehmen. Und die Spionageabwehr kann die Personalakte jedes eigenen Mitarbeiters anfordern.

Strikte Abschottung und das Prinzip, daß jeder nur erfahren darf, was er wissen muß, sorgen dafür, daß ein Nachrichtendienstler, der für ein oder zwei Projekte zuständig ist, zwar diese Projekte verraten kann, aber normalerweise keine Ahnung hat, was seine Kollegen tun. Nur die Spionageabwehr hat den Gesamtüberblick. Wer Spione jagt, muß zu den treuesten der Treuen gehören.

Im Juli 1983 wurde Aldrich Ames zum Leiter des Referats Spionageabwehr der Abteilung SO ernannt. Am 16. April 1985 kam er, in Geldnöten steckend, in die sowjetische Botschaft in Washington und erbot sich, für Rußland zu spionieren. Für fünfzigtausend Dollar.

Später würden Analytiker darüber nachgrübeln, wie ein so völlig unzulänglicher, unfähiger, saufender Taugenichts jemals vom einfachen Agenten in diese erstaunliche Vertrauensstellung hatte aufsteigen können. Die Antwort auf diese Frage läßt sich in einem einzigen Namen zusammenfassen: Ken Mulgrew.

In den zwanzig Dienstjahren, bevor Ames zum Verräter wurde, hatte er zwei Posten in Übersee. In der Türkei hielt der dortige CIA-Resident ihn für völlig untauglich. In Mexiko war er ständig alkoholisiert, beleidigte Kollegen und Außenstehende, betrank sich sinnlos und wurde von der mexikanischen Polizei nach Hause gebracht, verstieß gegen alle nur denkbaren Dienstvorschriften und schaffte es natürlich auch nicht, jemanden anzuwerben.

Von seinen beiden Auslandseinsätzen brachte Ames erschreckend schlechte Beurteilungen heim. Bei einer breitgefächerten Leistungsbewertung belegte er unter zweihundert CIA-Mitarbeitern den hundertachtundneunzigsten Platz. Aber dann trat Ken Mulgrew auf den Plan. Er wurde Ames' Freund und Beschützer. Er war der Mann, der seine schaurigen Beurteilungen und Leistungsbewertungen säuberte. Als sein Vorgesetzter wischte er alle Einwände vom Tisch und brachte Ames in der Zeit, in der er die Abteilung Personalplanung leitete, im Referat Spionageabwehr unter.

Eigentlich waren die beiden nicht mehr als Saufkumpane, zwei Gewohnheitstrinker, die sich mit dem weinerlichen Selbstmitleid von Alkoholikern darüber einig waren, der Dienst behandle sie beide höchst unfair. Das war eine Fehleinschätzung, die bald viele Menschen das Leben kosten würde.

LEONID SAIZEW, der Hase, litt schreckliche Schmerzen. Oberst Grischin vertraute auf Schmerzen. Saizew hatte gesündigt, und der Oberst hatte befohlen, ihn die volle Bedeutung von Schmerzen spüren zu lassen, bevor er starb.

Das Verhör hatte den ganzen Tag über gedauert, und sie hätten eigentlich keine Gewalt anzuwenden brauchen, weil Saizew auf alle Fragen bereitwillig geantwortet hatte. Er hatte seine Geschichte mehrmals wiederholen müssen, bis Grischin bestimmt wußte, daß er nicht das Geringste ausgelassen hatte. In Wirklichkeit gab es nicht allzuviel zu erzählen. Erst als er erläuterte, warum er's getan hatte, machte der Oberst ein ungläubiges Gesicht. „Ein Bier? Die Engländer haben dir ein Bier gegeben?“

Am frühen Nachmittag war der Oberst überzeugt, alles aus ihm herausbekommen zu haben. Er vermutete, daß die junge Engländerin nach ihrer Begegnung mit dieser Vogelscheuche das Schriftstück weggeworfen hatte, aber in dieser Hinsicht brauchte er absolute Sicherheit. Er schickte einen Wagen mit vier Männern los, damit sie die Botschaft überwachten und auf den roten Kleinwagen warteten. Dann erteilte er seinen Gardisten die letzten Befehle und ging.

Die Gardisten waren zu viert. Zwei von ihnen hielten Saizews Oberarme umklammert. Die beiden anderen arbeiteten langsam und methodisch; sie brachten ihre Schläge wirkungsvoll an. Auf ihren großen Fäusten saßen schwere Messingschlagringe. Die Schläge zerquetschten seine Nieren, zerrissen die Leber und zerfetzten seine Milz.

Er wurde zweimal ohnmächtig, aber ein Eimer kaltes Wasser brachte ihn wieder zu Bewußtsein, und die Schmerzen kehrten zurück. Kurz vor dem Ende knackten und brachen die Rippen seines schmächtigen Brustkorbs. Zwei von ihnen bohrten sich tief in seine Lunge. Sein Blickfeld verengte sich zu einem Tunnel, und er sah nicht mehr die grauen Hohlblocksteine eines Raums, sondern einen hellen, sonnigen Tag mit einem Sandweg zwischen Kiefern. Er konnte den Sprechenden nicht sehen, aber eine Stimme sagte zu ihm: „He, Kumpel! Trink 'n Bier mit uns! … Trink 'n Bier mit uns!" Dann verschwand das Licht endgültig.

WASHINGTON, JUNI 1985

Fast auf den Tag genau zwei Monate nachdem Aldrich Ames die ersten fünfzigtausend Dollar in bar erhalten hatte, vernichtete er an einem einzigen Nachmittag fast die gesamte Abteilung SO der CIA-Hauptabteilung Beschaffung.

Ames betrat das Chadwick's, eine Bar mit Restaurant am Potomac, traf sich dort mit seinem Verbindungsmann und übergab zwei Tragetaschen mit Geheimmaterial. Er verlangte nicht einmal einen Preis. Als die Zahlung dann kam, erhielt er eine Riesensumme – die erste von vielen, die Ames zum Millionär machen würden. Diese Plastiktüten enthielten detaillierte Angaben über vierzehn Agenten – fast sämtliche Informanten der Abteilung SO in der Sowjetunion.

Ein CIA-Beamter ermittelte später, daß 45 gegen den KGB gerichtete CIA-Operationen, praktisch die ganze Aktionspalette des Dienstes, nach dem Sommer 1985 zusammengebrochen waren. Kein einziger Agent, der in Akte 301 aufgeführt war, führte seine Tätigkeit nach dem Frühjahr 1986 fort.

AM 18. JULI 1999 um 18.30 Uhr erhielt Jock Macdonald eine Nachricht in seinem Büro. Celia Stones Apartment war aufgebrochen und völlig durchwühlt worden. Sie war heimgekommen und hatte zwei maskierte Männer überrascht, von denen einer sie mit einem Stuhlbein niedergeschlagen hatte. Jetzt lag sie im Krankenhaus, war aber nicht lebensgefährlich verletzt.

Nachdem Macdonald am nächsten Morgen Celia Stone im Krankenhaus besucht hatte, ging er zu ihrer Wohnung. Dort ermittelten noch russische Kriminalbeamte, die alle Fragen des englischen Diplomaten bereitwillig beantworteten. Die beiden Milizionäre an der

Schranke zum Hof des Wohnkomplexes für Angehörige des diplomatischen Dienstes hätten kein russisches Auto eingelassen, also müßten die Männer zu Fuß gekommen sein. Da die Wohnungstür nicht gewaltsam aufgebrochen worden sei, müßten die Einbrecher sie mit einem Dietrich geöffnet haben – es sei denn, sie hätten den passenden Schlüssel gehabt, was unwahrscheinlich sei. Vermutlich seien sie auf der Suche nach Devisen gewesen. Ein höchst bedauerlicher Vorfall. Macdonald nickte.

Tatsächlich verdächtigte er Männer der Schwarzen Garde, in die Wohnung eingedrungen zu sein. Wahrscheinlicher war jedoch, daß es sich um eine Auftragsarbeit von Gangstern der hiesigen Unterwelt handelte. Moskauer Einbrecher vergriffen sich nur sehr selten an Diplomatenwohnungen; das Risiko war ihnen zu hoch. Die Durchsuchung war gründlich und professionell gewesen, aber die Eindringlinge hatten nichts mitgenommen – nicht einmal Schmuck aus dem Schlafzimmer. Ein Profijob wegen eines bestimmten Gegenstandes, der offenbar nicht aufgefunden worden war.

Nach seiner Rückkehr in die Botschaft hatte Macdonald eine Idee. Er rief die Staatsanwaltschaft an und ließ den Kriminalbeamten, der die Ermittlungen leitete, um seinen Besuch bitten. Chefinspektor Tschernow suchte ihn um fünfzehn Uhr auf. „Ich kann Ihnen vielleicht behilflich sein", begrüßte ihn Macdonald.

Der Kriminalbeamte zog die Augenbrauen hoch. „Dafür wäre ich Ihnen sehr dankbar", antwortete er.

„Miß Stone, unsere junge Mitarbeiterin, war heute morgen bereits wieder auf dem Weg der Besserung. Sie war daher imstande, einen der Angreifer einigermaßen gut zu beschreiben."

„Ihrer ersten Aussage nach hat sie keinen der beiden gesehen", stellte Tschernow fest.

„Heute morgen war sie in besserer Verfassung. Die Frau eines unserer Mitarbeiter hier ist zufällig Malerin. Sie hat nach Miß Stones Angaben ein Bild des Einbrechers gezeichnet." Er reichte die Fotokopie eines Kohle- und Bleistiftporträts über seinen Schreibtisch.

Die Miene des Chefinspektors hellte sich auf. „Das ist sehr nützlich", sagte er. „Ich werde es im Einbruchsdezernat verteilen lassen. In diesem Alter ist der Mann sicher mehrfach vorbestraft."

„Freut mich, wenn ich Ihnen helfen konnte", sagte er. Sie schüttelten sich die Hand, und der Kriminalbeamte ging.

Celia Stone und die Künstlerin waren in diese neue Version der Entstehungsgeschichte des Porträts eingeweiht worden. Obwohl sie über den Grund dafür im unklaren gelassen wurden, waren beide bereit, sie zu bestätigen, falls Chefinspektor Tschernow danach fragte. Er tat es jedoch nie.

Ebensowenig erkannten die Männer seiner über ganz Moskau verteilten Einbruchskommissionen das Gesicht. Aber sie hängten die Fotokopien trotzdem in ihren Diensträumen auf.

MOSKAU, JULI 1985

Nach dem unverhofften Glückstreffer, zu dem Aldrich Ames dem KGB verholfen hatte, tat der russische Geheimdienst etwas ziemlich Ungewöhnliches.

Zu den eisernen Regeln des großen Spiels gehört, daß ein Dienst, der plötzlich einen wertvollen Informanten mitten im Zentrum des Feindes gewinnt, ihn wirksam schützen muß. Enttarnt die neue Quelle eine ganze Reihe von Verrätern, zieht der frisch aufgeklärte Dienst die Genannten sehr langsam und vorsichtig aus dem Verkehr, wobei er bewußt den Eindruck erweckt, für jede Verhaftung habe es andere Gründe gegeben. Wollte man anders vorgehen, könnte man ebensogut eine ganzseitige Anzeige mit folgendem Text in die New York Times setzen: „Hallo, Leute! Wir haben jetzt einen wichtigen Maulwurf mitten in Eurer Organisation – und seht euch an, was er uns geliefert hat."

Da Ames weiter im innersten Zentrum der CIA arbeitete und hoffentlich noch jahrelang gute Dienste leisten würde, hätte der KGB sich lieber an die Spielregeln gehalten und die vierzehn enttarnten Verräter langsam und vorsichtig unschädlich gemacht. Aber in diesem Punkt wurde er trotz der fast unter Tränen vorgebrachten Einwände überstimmt, von Michail Gorbatschow, dem seit März des Jahres amtierenden Generalsekretär.

Bei der Durchsicht des aus Washington angelieferten Materials erkannte die rasch gebildete Geheimdienstsonderkommission, daß einige der Beschriebenen auf Anhieb identifizierbar waren, während andere erst durch sorgfältige Ermittlungen aufgespürt werden konnten. Einige der sofort Identifizierbaren waren noch im Ausland stationiert und würden geschickt in die Heimat zurückgelockt werden müssen. Das konnte Monate dauern.

Einer der vierzehn war ein altgedienter Agent der Briten. Die Amerikaner hatten seinen Namen nie erfahren, aber da London die

Informationen, die er geliefert hatte, an Langley weitergegeben hatte, wußte die CIA einiges über ihn und konnte sich den Rest zusammenreimen. Der Agent war ein KGB-Oberst, der Anfang der siebziger Jahre in Dänemark rekrutiert worden war und seit zwölf Jahren für die Briten spionierte. Obwohl er bereits verdächtigt wurde, kehrte er trotzdem von seinem Posten als KGB-Resident in der sowjetischen Botschaft in London zu einem letzten Besuch nach Moskau zurück. Ames' Verrat bestätigte lediglich den Verdacht der Russen.

Aber Oberst Oleg Gordiewski hatte Glück. Als er erkannte, daß er überwacht wurde und jederzeit mit seiner Verhaftung zu rechnen war, gab er ein für Notfälle vereinbartes Signal ab. Der britische SIS schnappte ihn auf der Straße beim Dauerlauf und brachte ihn nach Finnland in Sicherheit.

Noch ein weiterer aus dem Kreis der vierzehn konnte den Kopf aus der Schlinge ziehen: Sergei Bochan, der als Offizier des sowjetischen Militärgeheimdienstes GRU in Athen stationiert war, wurde überraschend mit der Begründung nach Moskau zurückbefohlen, sein Sohn habe Examensprobleme an der Militärakademie. Er wußte jedoch, daß die Leistungen seines Sohnes gut waren. Er wandte sich an die CIA-Außenstelle Athen und wurde schnellstens außer Landes gebracht.

Für die Sonderkommission des KGB – Rattenfängerkommission genannt – blieb trotzdem viel zu tun. Zu ihrem Leiter hatte man einen vierzigjährigen Oberst berufen. Sein Name war Anatoli Grischin.

DER ALTE Gennadi suchte seit Jahren Pilze in den Wäldern. Als Ruheständler nutzte er diese kostenlose Gabe der Natur, um seine kleine Rente aufzubessern, indem er die Pilze frisch an die besten Moskauer Restaurants lieferte oder sie für die wenigen Feinkostläden, die es noch gab, in Scheiben geschnitten in der Sonne trocknete. Wer Pilze sammeln will, muß sehr früh am Morgen unterwegs sein, möglichst schon vor Tagesanbruch. Pilze wachsen nachts, und nach Tagesanbruch machen Wühlmäuse und Eichhörnchen oder – noch schlimmer – andere Pilzsammler sich über sie her. Russen lieben Pilze.

Am frühen Morgen des 24. Juli 1999 radelte Gennadi, von seinem Hund begleitet, aus dem kleinen Dorf, in dem er lebte, in einen Wald, der an der großen Überlandstraße nach Minsk lag. Bevor der Tau getrocknet war, wollte er einen schönen Korb Pilze gesammelt haben.

Eine halbe Stunde später, als sein Korb zur Hälfte gefüllt war, verschwand sein Hund winselnd im Unterholz. Offenbar hatte der Köter, der auf Pilze abgerichtet war, etwas Gutes aufgespürt.

Als sich Gennadi der Stelle näherte, stieg ihm ein Übelkeit erregender, süßlicher Geruch in die Nase. Er stieß auf eine Leiche. Sie war hier abgeladen worden – oder der Mann war ins Unterholz gekrochen und dort gestorben. Es war ein hagerer alter Mann, stark verfärbt, Mund und Augen offen. Drei Stahlzähne glitzerten taunaß. Sein Oberkörper war bis zur Taille nackt, aber in der Nähe lag ein achtlos zusammengeknüllter Armeemantel. Gennadi durchsuchte die Taschen, fand aber keinen Ausweis.

Gennadi gehörte der Generation an, die noch einen Begriff von Bürgerpflichten hatte; er überlegte eine Weile, aber Pilze blieben Pilze, und für diesen armen Teufel konnte er ohnehin nichts mehr tun.

Er sammelte seinen Pilzkorb voll und radelte ins Dorf zurück. Nachdem er die Pilzernte in der Sonne zum Trocknen ausgebreitet hatte, ging er zur Gemeindeverwaltung, die über einen Telefonanschluß verfügte. Er wählte die Nummer der Notrufzentrale. „Ich hab eine Leiche gefunden", meldete er.

„Sagen Sie mir Ihren Namen und Ihren Standort", bat der diensthabende Beamte.

Am späten Morgen wurde der übel zugerichtete, nicht identifizierte Körper zur Leichenhalle des Zweiten Medizinischen Instituts in Moskau gebracht. Dort wurde er in ein Kühlfach gelegt.

WASHINGTON, SEPTEMBER 1985

Noch bevor Ames damals im Jahr 1985 Spion geworden war, hatte er sich für den Posten des Leiters der Abteilung Sowjetunion in der großen CIA-Außenstelle Rom beworben. Im September 1985 erfuhr er, daß er den Posten bekommen hatte. Das brachte ihn in eine Zwickmühle. Auf dem Posten in Rom war Ames von Langley fort und hatte keinen Zugang mehr zur Akte 301. Andererseits galt Rom als erstklassiger Posten und sehr attraktiver Dienstort.

Ames beriet sich mit den Russen, die sich für diese Versetzung aussprachen, denn vor ihnen lagen Monate voller Ermittlungen, Festnahmen und Verhöre. Das von Ames gelieferte Material war so umfangreich, daß die vollständige Analyse jahrelang dauern würde.

In der Zwischenzeit hatte Ames nämlich noch viel mehr geliefert – Hintergrundmaterial über praktisch alle einigermaßen wichtigen Führungsoffiziere in Langley, inklusive ihrer Lebensläufe und Fotos. In

Zukunft würde der so vorgewarnte KGB diese CIA-Agenten identifizieren können, wann und wo immer sie aufkreuzten. Außerdem würde Ames in Rom nach Einschätzung der Russen Zugang zu allen CIA-Operationen im Mittelmeerraum haben – ein Gebiet, das für Moskau von vitalem Interesse war.

Deshalb meldete Ames sich noch im September des Jahres 1985 in der Sprachenschule an, um Italienisch zu lernen. Seinen neuen Posten in Rom würde er im Juli 1986 antreten.

In Langley war von dem Desaster, das der CIA bevorstand, noch nicht viel zu spüren. Die Verbindung zu zwei oder drei der besten Agenten des Nachrichtendienstes in der Sowjetunion schien abgerissen zu sein, was besorgniserregend, aber noch nicht katastrophal war.

Zu den CIA-Agenten, deren Personalakten Ames dem KGB übergeben hatte, gehörte die eines gerade zur Abteilung SO versetzten jungen Mannes, den Ames wegen dieser Versetzung als aufgehenden Stern bezeichnet hatte. Er hieß Jason Monk.

WÄHREND der nächsten sechs Monate zerfiel das Agentennetz der Abteilung SO buchstäblich Stück für Stück. Die im Ausland für die CIA arbeitenden russischen Spione wurden nacheinander mit plausiblen Gründen in die Heimat zurückgerufen: Ihre Mutter ist erkrankt, ein Beförderungsausschuß tritt zusammen. Einer nach dem anderen fiel auf diese Tricks herein und kehrte in die UdSSR zurück. Nach ihrer Ankunft wurden sie sofort verhaftet und in Oberst Grischins neue Operationsbasis gebracht, die einen ganzen abgeteilten Flügel des festungsartigen Lefortowo-Gefängnisses einnahm. Das CIA-Hauptquartier ahnte nichts von den Verhaftungen, sondern wußte nur, daß ein Mann nach dem anderen verschwand.

Was die in der Sowjetunion stationierten Agenten betraf, so hörten sie einfach auf, routinemäßig „Lebenszeichen" zu geben. In der UdSSR war es ausgeschlossen, einen Mann einfach im Büro anzurufen. Alle Telefone wurden abgehört, alle Diplomaten beschattet. Kontakte wurden im allgemeinen über tote Briefkästen abgewickelt.

Ein toter Briefkasten ist lediglich ein kleines Behältnis oder irgendein Versteck – ein Kanalrohr, eine Felsspalte, ein hohler Baumstamm. Der Agent kann einen Mikrofilm in dem toten Briefkasten hinterlegen und dann seine Auftraggeber durch ein Kreidezeichen an einer Mauer oder einem Laternenpfahl davon benachrichtigen. Die Position des Kreidezeichens besagt: Im Briefkasten Nummer soundso liegt etwas für euch. Ein Mann in einem Botschaftsauto kann ein solches Zeichen im Vorbeifahren durch die Scheibe erkennen, selbst wenn er gerade von der feindlichen Spionageabwehr beschattet wird, und, ohne anzuhalten, weiterfahren. Später holt ein anderer Geheimdienstmann das hinterlegte Päckchen ab, wobei er möglicherweise Geld hinterläßt. Oder weitere Anweisungen. Danach bringt er seinerseits an der vereinbarten Stelle ein Kreidezeichen an, und der Absender erfährt so, daß der tote Briefkasten geleert ist.

Wo die räumliche Entfernung diese Art von Geheimbotschaften verhindert, gibt ein Agent üblicherweise in regelmäßigen Abständen „Lebenszeichen“. „Wunderschöne reinrassige Neufundländerwelpen zu verkaufen. Telefon ...“ könnte ganz unschuldig zwischen sonstigen Kleinanzeigen in der Zeitung stehen, doch dahinter könnte sich eine codierte Nachricht wie „Mir geht's gut“ verbergen. Entscheidend ist, daß solche Lebenszeichen regelmäßig gegeben werden. Ihr Ausbleiben weist auf ein Problem hin.

Genau das passierte den Amerikanern im Herbst 1985 und im Winter 1985/86 bis ins Frühjahr hinein. Die Lebenszeichen blieben aus. Nur Gordiewski meldete verzweifelt: „Bin in höchster Gefahr!“ und wurde von den Briten in Sicherheit gebracht; und Major Bochan in Athen schöpfte Verdacht und rettete sich in die USA. Die übrigen zwölf verstummten einfach.

Jeder einzelne Führungsoffizier der Agenten wußte jetzt, daß sein Agent geschnappt worden war, und meldete diese Tatsache. Und Carey Jordan hatte den Gesamtüberblick. Er wußte, daß hier etwas ganz und gar faul war, und forderte eine Überprüfung der Akte 301, die sämtliche Informationen enthielt, an. Das Ergebnis war erschreckend. Zugang zu der Akte hatten insgesamt 198 Personen. Für jeden, der sich im Herzen der UdSSR unter Lebensgefahr im Einsatz befand, konnte es nur absolut inakzeptabel sein, daß 198 völlig Fremde Zugang zu seiner Akte hatten.

3

Professor Georgi Kusmin, ein gerichtsmedizinischer Pathologe am Zweiten Medizinischen Institut, dachte mit Widerwillen an die bevorstehende dritte Obduktion dieses Tages. „Wer kommt als nächster dran?“ fragte er seinen Assistenten.

„Nummer eins-fünf-acht“, antwortete der. „Männlich, weiß. Todesursache unbekannt, Identität unbekannt.“

Wie in jeder anderen Großstadt fiel in Moskau nächtlich eine bestimmte Anzahl von Leichen an. Bei den weitaus meisten gab es „natürliche Todesursachen“. Als nächste in der Rangfolge kamen die Unfälle: Haushalts-, Arbeits- und Verkehrsunfälle. Danach kamen die Fälle von Mord und Totschlag. Sie wurden dem Morddezernat gemeldet, das Professor Kusmin hinzuzog. Auch in diesen Fällen war die Obduktion oft nur eine Formalität. Wie in allen Großstädten passierten die meisten Gewalttaten im Familienmilieu. Der Täter war ein Familienangehöriger, und die Autopsie bestätigte nur, was die Polizei bereits wußte – Iwan hatte seine Frau erstochen.

Gelegentlich kam es vor, daß einer namenlos blieb. Die Leiche Nummer 158 war so ein Namenloser. Professor Kusmin zog seinen Mundschutz hoch, bewegte die Finger in seinen Gummihandschuhen und trat an den Tisch.

Hm, dachte er, seltsam. Sogar interessant. Der Kopf schien unversehrt zu sein, und die Beine waren unverletzt. Zwischen Halsgrube und Genitalien fand sich jedoch kaum ein Quadratzentimeter Rumpf, der nicht aufgrund starker Prellungen schwarz verfärbt war.

Professor Kusmin dachte, daß eine Herde Büffel genau diese Wirkung erzielen könnte. Aber in Moskau gab es ausgesprochen wenig Büffel. Leiche Nummer 158 war offensichtlich ein Mordopfer. Er griff nach seinem Skalpell und führte den ersten Schnitt, wobei er dem mitlaufenden Recorder seine Befunde diktierte. Mit Hilfe der Tonbandaufzeichnung würde er später seinen Bericht für die Trottel vom Morddezernat schreiben. Er begann mit dem Datum: 2. August 1999.

Langley, März 1986

Carey Jordan stand am Fenster und starrte hinaus in die Landschaft, die ihm so sehr gefiel. Die ersten zarten Grünschleier legten sich über den Wald zwischen CIA-Hauptgebäude und Potomac River. Er liebte Washington; es besaß mehr Wälder, Parks und Gärten als jede andere amerikanische Großstadt, die er kannte, und das Frühjahr war für ihn immer die schönste Jahreszeit. Zumindest war es das bisher gewesen. Das Frühjahr 1986 hatte sich bisher als der reinste Alptraum erwiesen. Sergei Bochan, der GRU-Offizier, den die CIA in Athen geführt hatte, hatte bei wiederholten Befragungen erklärt, seiner Überzeugung nach sei er verraten worden. Da Bochan zu den ersten gehört hatte, die in Schwierigkeiten geraten waren, war die CIA zunächst skeptisch gewesen. Jetzt waren ihre Zweifel weitgehend beseitigt. Fünf weitere

Agenten in aller Welt waren ungewöhnlicherweise vorzeitig nach Moskau zurückgerufen worden und schienen sich in Luft aufgelöst zu haben.

Das machte sechs. Mit Gordiewski, der für die Briten gearbeitet hatte, waren es sogar sieben. Sechs weitere Agenten der Abteilung SO, die in der UdSSR stationiert gewesen waren, waren ebenfalls verschwunden. Alle wichtigen Quellen, die jahrelang harte Arbeit und hohe Beträge an Steuergeldern verschlungen hatten, waren jetzt versiegt. Bis auf eine.

Hinter ihm saß Harry Gaunt, der Leiter der Abteilung SO, in Gedanken versunken da. Gaunt war gleich alt wie der stellvertretende Direktor Carey Jordan; die beiden hatten sich gemeinsam von unten heraufgearbeitet und vertrauten einander wie Brüder.

Das war das eigentliche Problem: In der Abteilung SO hatten alle Vertrauen zueinander. Das mußten sie. Sie waren der innerste Kern, der exklusivste Klub, die Angriffsspitze im Geheimdienstkrieg. Es konnte keinen Verräter geben, nicht in der Abteilung Sowjetunion/Osteuropa. Es *durfte* keinen geben.

Dann klopfte jemand an. Die Stimmung besserte sich. Der einzige Mann, der noch Erfolge vorzuweisen hatte, wartete darauf, hereingebeten zu werden.

„Nehmen Sie Platz, Jason", sagte der stellvertretende Direktor. „Harry und ich wollten Sie nur kurz sprechen, um Ihnen unsere Anerkennung auszudrücken. Ihr Mann in Madrid, Lysander, liefert wirklich erstklassiges Material. Unsere Auswerter sind ganz begeistert."

„Er schickt regelmäßig Berichte, aber seine Dienstzeit läuft demnächst ab. Er wird bald nach Moskau zurückkehren."

„Aber er ist nicht vorzeitig zurückgerufen worden?"

„Nein, Sir. Sollte er?"

„Natürlich nicht, Jason."

„Darf ich etwas sagen, ganz offen sprechen?"

„Schießen Sie los."

„In der Abteilung wird darüber geredet, daß wir in diesem letzten halben Jahr in ziemliche Turbulenzen geraten sind."

„Wirklich?" fragte Gaunt. „Nun, die Leute tratschen eben gern."

Monk holte tief Luft und sprach weiter. „Geredet wird davon, daß wir Agenten verloren haben. Ich habe von bis zu zehn Mann gehört."

„Sie kennen die Vorschrift, daß jeder nur erfahren darf, was er wissen muß, Jason."

„Ja, Sir, aber sollte die Zahl zehn annähernd stimmen, gibt es nur einen einzigen Ort, an dem alle einschlägigen Informanten gesammelt sind: die Akte 301."

„Wie kommt's dann, daß Lysander noch frei herumläuft?" fragte der stellvertretende Direktor geduldig. „Sie dürfen nicht vergessen, daß die Akte 301 auch alle Angaben über ihn enthält."

„Nein, das tut sie nicht", korrigierte Monk.

Danach war es plötzlich so still, daß man eine Erdnuß auf den hochflorigen Teppichboden hätte fallen hören können.

„Irgendwie bin ich nie dazu gekommen, seine Unterlagen bei der Zentralregistratur abzugeben. Ein bedauerliches Versehen. Tut mir leid", ergänzte Monk schließlich.

„Aber wo sind die Originale? Ihre eigenen Berichte mit allen Details der Anwerbung, der bisherigen Treffs?" fragte Gaunt schließlich.

„In meinem Safe. Den haben sie nie verlassen."

„Und die operativen Details Ihrer Führungsarbeit?"

„In meinem Kopf."

Nun folgte eine noch längere Pause. „Danke, Jason", sagte der stellvertretende Direktor endlich. „Sie hören noch von uns."

Vierzehn Tage später fand auf der Führungsebene der Hauptabteilung Beschaffung eine große Strategiedebatte statt. Gemeinsam mit nur zwei weiteren Analytikern hatte Carey Jordan die 198 Mitarbeiter, die in den letzten zwölf Monaten theoretisch Zugang zur Akte 301 gehabt hatten, auf 41 reduziert. Aldrich Ames stand mit auf der kürzeren Liste.

Jordan und Gaunt plädierten für ernsthafte Ermittlungen, so schmerzlich sie auch sein mochten, gegen diese 41. Dazu hätten ein Lügendetektortest und die Überprüfung ihrer finanziellen Verhältnisse gehört. Hätte man nur geahnt, daß Aldrich Ames, der vor zwölf Monaten nach einer unerfreulich verlaufenen Scheidung und seiner Wiederverheiratung pleite und verzweifelt gewesen war, jetzt förmlich in Geld schwamm – alles seit April 1985 auf sein Bankkonto eingezahlt! An der Spitze der Gruppe, die Jordans Vorschlag ablehnte, stand Ken Mulgrew. Er stützte seine Argumentation vor allem darauf, daß die Überprüfung der finanziellen Verhältnisse eine Verletzung von Bürgerrechten bedeuten würde.

Die Falken unterlagen schließlich. Die Bürgerrechte blieben Sieger. Die gründliche Überprüfung der 41 wurde abgelehnt.

INSPEKTOR PAWEL WOLSKI seufzte, als wieder eine Akte auf seinem Schreibtisch landete. Vor einem Jahr war er zu seiner Freude zum Morddezernat versetzt worden. Nicht vorhergesehen hatte er jedoch, daß man ihm die Identifizierungsstelle aufhalsen würde. Beim Anblick der Flut von „Wer-weiß-wen-kümmert's"-Akten, die er zu bearbeiten hatte, wünschte er sich in die Abteilung Organisiertes Verbrechen zurück.

Immerhin war bei den meisten anonymen Mordopfern das Tatmotiv klar. Natürlich Raub. Im Fall eines aufrechten Bürgers, dessen Geldbörse einen Überfall lohnte, gab es meistens Angehörige. Sie erstatteten Anzeige bei der Vermißtenstelle, die ihm jede Woche eine Zusammenstellung von Familienfotos schickte, aus der sich oft Übereinstimmungen ergaben.

Aber diese Akte vom 4. August 1999 war anders als die meisten. Raub als Tatmotiv schied praktisch aus, die Auflistung des persönlichen Eigentums war deprimierend. Der Tote hatte nur schäbige Kleidung getragen. Kein Hemd, keine Krawatte oder Jacke. Das einzige weitere Kleidungsstück war ein in der Nähe aufgefundener langer Mantel, der als sehr zerschlissener ehemaliger Armeemantel aus den fünfziger Jahren beschrieben wurde. Tascheninhalt null.

Armes altes Schwein, dachte Wolski, dich hat garantiert keiner wegen eines Schweizer Bankkontos umgelegt. Er schlug den Autopsiebericht auf. Nachdem er sich durch alle Fachausdrücke hindurchgearbeitet hatte, blieben einige Aspekte unklar. Deshalb wählte er die auf dem Dienstsiegel des Zweiten Medizinischen Instituts angegebene Nummer. „Professor Kusmin?" fragte er.

„Am Apparat. Wer sind Sie?"

„Inspektor Wolski, Morddezernat. Ich habe Ihren Autopsiebericht vor mir liegen. Sie schreiben von massiven Quetschungen an beiden Oberarmen. Können Sie mir sagen, was sie hervorgerufen hat?"

„Nicht als Pathologe. Aber unter uns gesagt, stammen die Abdrücke von Fingern. Zwei starke Männer haben ihn hochgehalten, während andere ihn mit harten, stumpfen Gegenständen zusammengeschlagen haben."

„Todesursache ... Ersticken?"

Kusmin seufzte. „Zwei seiner Rippen sind in seine Lunge eingedrungen und haben eine Blutung ausgelöst, die zum Tod durch Ersticken geführt hat."

„Er ist an seinem eigenen Blut erstickt, meinen Sie?"

„Genau das habe ich Ihnen zu erklären versucht“, sagte der Professor. „Einen schönen Tag noch, Inspektor.“

Wolski überflog den Bericht nochmals. Der alte Knabe war also mißhandelt worden. Die äußeren Umstände deuteten auf eine Unterweltfehde hin. Aber Gangster waren im allgemeinen erheblich jünger.

Wolski las die Eintragung unter „Besondere Kennzeichen“. Der Pathologe hatte festgestellt: im Mund zwei Vorderzähne und ein Eckzahn aus Edelstahl.

Dieser letzte Hinweis erinnerte Wolski an etwas. Jetzt war Mittagszeit, und er hatte vor, sich mit einem Kollegen zum Essen zu treffen. Er stand auf, schloß sein schäbiges Büro hinter sich ab und ging.

Buenos Aires, Juni 1987

Es war ein cleverer junger Agent der CIA-Außenstelle in der argentinischen Hauptstadt, der als erster vermutete, Waleri Kruglow von der sowjetischen Botschaft könne möglicherweise angeworben werden. Der dortige CIA-Resident konsultierte Langley.

Die Abteilung Lateinamerika hatte bereits eine Akte über Kruglow angelegt. Aus ihr ging hervor, daß er ein russischer Südamerikaexperte war, geboren im Jahr 1944 als Sohn eines Diplomaten. Der Einfluß seines Vaters brachte den Jungen ins angesehene Institut für internationale Beziehungen, das MGIMO, wo er Spanisch und Englisch lernte. Er war zweimal in Lateinamerika stationiert gewesen – in Kolumbien und in Mexiko –, bevor er als Erster Sekretär in Buenos Aires auftauchte.

Nach Ansicht der CIA war er kein KGB-Offizier, sondern ein regulärer Diplomat. Charakterisiert wurde er als verhältnismäßig liberaler, unter Umständen prowestlicher Russe. Der Grund für die Eilmeldung im Sommer 1987 war ein an die Abteilung SO weitergegebenes Gespräch Kruglows mit einem argentinischen Beamten. Darin hatte der Russe erwähnt, daß er bald nach Moskau heimkehren und nie mehr im Ausland eingesetzt werde und daß er fürchte, sein Lebensstandard werde dramatisch sinken. Harry Gaunt schlug vor, Kruglow mit einer vor Ort unbekannten Person zu konfrontieren. Wegen seiner Sprachkenntnisse in Russisch und Spanisch sollte Jason Monk diesen Auftrag übernehmen. Jordan war einverstanden.

Buenos Aires war eine recht legere Hauptstadt, und dem amerikanischen „Geschäftsmann“ fiel es leicht, Kruglow auf einem Empfang kennenzulernen. Monk sorgte dafür, daß sie gut miteinander auskamen, und lud ihn zum Abendessen ein.

Der Russe, der als Erster Sekretär weder von seinem Botschafter noch vom KGB scharf kontrolliert wurde, fand Gefallen an der Idee, mit jemandem außerhalb diplomatischer Kreise zu essen. Bei diesem Abendessen machte Monk eine Anleihe bei der wahren Lebensgeschichte Mrs. Bradys, seiner ehemaligen Französischlehrerin. Er erzählte, seine Mutter habe im Zweiten Weltkrieg als Dolmetscherin in der Roten Armee gedient und nach dem Fall Berlins einen jungen amerikanischen Offizier kennengelernt und sich in ihn verliebt. Die beiden hätten sich entgegen allen Vorschriften abgesetzt und im Westen geheiratet. So sei er in seinem Elternhaus zweisprachig aufgewachsen und beherrsche nun Russisch wie Englisch. Danach gingen die beiden zum Russischen über, was Kruglow als große Erleichterung empfand. Er sprach ausgezeichnet Spanisch, aber das Englische fiel ihm schwer.

Innerhalb von vierzehn Tagen stellte sich Kruglows wahres Problem heraus. Der 43jährige hatte aus einer geschiedenen Ehe zwei Kinder im Teenageralter und würde in Moskau bei seinen Eltern wohnen müssen. Könnte er nur über einen Betrag von rund zwanzigtausend Dollar verfügen, wäre er in der Lage, sich in Moskau eine eigene kleine Wohnung zu kaufen.

Die Masche, mit der Monk arbeitete, war das Spiel „Aufgeklärte gegen Kriegshetzer". Kruglow, so wußte er, war ein überzeugter Anhänger Gorbatschows. „Gorbi", führte Monk nun aus, sei aufrichtig bemüht, Frieden und Vertrauen zwischen ihren beiden Völkern zu schaffen. Aber auf beiden Seiten gebe es leider noch immer überzeugte kalte Krieger – sogar im sowjetischen Außenministerium. Daher wäre es äußerst hilfreich, wenn Kruglow ihn, seinen neuen Freund, darüber informieren könnte, was im Moskauer Außenministerium wirklich vor sich gehe. Kruglow mußte inzwischen wissen, wen er vor sich hatte, aber er ließ sich keine Überraschung anmerken.

Monk, schon damals ein begeisterter Sportangler, kam sich vor, als ziehe er einen großen Thunfisch an Land, der sich ins Unvermeidliche ergeben hatte. Kruglow bekam seine Dollars und ein Kommunikationspaket. Nachrichten sollten mit Geheimtinte geschrieben in einem harmlosen Brief an einen „aktiven" Briefkasten in Ostberlin geschickt werden. Schriftstücke sollten dagegen fotografiert und über einen der toten Briefkästen in Moskau an die dortige CIA-Außenstelle weitergeleitet werden.

Beim Abschied umarmten sie sich nach russischer Art.

„Nicht vergessen, Waleri", sagte Monk. „Wir ..., die Guten sind auf der Siegesstraße. Bald ist dieser ganze Unsinn vorbei, und wir werden mitgeholfen haben, ihm ein Ende zu bereiten. Sollten Sie mich jemals brauchen, melden Sie sich, und ich komme."

Kruglow flog heim nach Moskau, und Monk kehrte nach Langley zurück.

INSPEKTOR WOLSKI hatte schon etwas Verspätung, deshalb marschierte er rasch durch die Korridore des großen grauen Gebäudes an der Petrowkastraße, in dem die Zentrale der Moskauer Miliz untergebracht ist. Er fand seinen Freund Inspektor Nowikow im Bereitschaftsraum, wo er ihn im Gespräch mit einigen Kollegen antraf. „Tut mir leid, daß ich mich verspätet habe", sagte er.

„Kein Problem. Komm, wir hauen gleich ab."

Männer mit ihrem Gehalt konnten es sich nicht leisten, zum Essen auszugehen, aber die Miliz betrieb eine sehr preiswerte Kantine, und das Essen war nicht einmal schlecht. Die beiden wandten sich der Tür zu. Gleich rechts daneben war ein Schwarzes Brett angebracht. Nach einem Blick darauf blieb Wolski wie angenagelt stehen.

„Los, komm schon!" drängte sein Freund. „Sonst sind alle Tische weg."

„Hör mal", sagte Wolski, als jeder seinen Eintopf mit Fleischeinlage und einen halben Liter Bier vor sich stehen hatte, „an eurem Schwarzen Brett gleich neben der Tür hängt ein Bild. Anscheinend eine Zeichnung. Ein alter Kerl mit komischen Zähnen. Was ist mit dem?"

„Ach, der", sagte Inspektor Nowikow. „Das ist unser Phantom. Bei einer Angehörigen der englischen Botschaft ist eingebrochen worden. Von zwei Tätern. Sie haben sie niedergeschlagen, aber sie hat einen der Kerle gesehen. Irgend jemand hat eine Zeichnung angefertigt."

„Irgendwelche Hinweise?" fragte Wolski.

„Nö. Tschernow vom Einbruchsdezernat leitet die Ermittlungen. Er weiß nicht, wer der Kerl ist oder wo er ihn suchen soll. – Die Fleischeinlage besteht von Mal zu Mal aus mehr Fett, find ich."

„Ich weiß nicht, wer er ist, aber ich weiß, wo er im Augenblick ist", sagte Wolski.

Nowikow starrte ihn an, das Bierglas halb an den Mund gehoben.

„Er liegt in der Leichenhalle. Identität unbekannt. Vor etwa einer Woche in den westlichen Wäldern aufgefunden worden. Totgeprügelt. Kein Ausweis in der Tasche."

„Nun, das solltest du Tschernow schnellstens mitteilen. Der wird dir dafür um den Hals fallen."

Inspektor Nowikow, der langsam das letzte Fleischstück aus seinem Eintopf zerkaute, war plötzlich ein sehr nachdenklicher Mann.

WÄHREND die beiden Kriminalinspektoren Nowikow und Wolski in der Kantine der Milizzentrale ihr informatives Mittagessen genossen, war die Duma zu einer Plenarsitzung zusammengetreten.

Es hatte einige Zeit gedauert, das russische Parlament in der sommerlichen Sitzungspause einzuberufen, denn das Staatsgebiet ist so riesig, daß viele der Abgeordneten Tausende von Kilometern weit anreisen mußten, um an der Debatte teilnehmen zu können. Aber diese galt als außerordentlich wichtig, weil es diesmal um eine Verfassungsänderung ging.

Nach Präsident Tscherkassows überraschendem Tod hatte gemäß Artikel 59 der russischen Verfassung der Ministerpräsident das Amt des Staatspräsidenten für drei Monate kommissarisch zu verwalten, dann waren Neuwahlen vorgesehen. Ministerpräsident Iwan Markow, der nun als Präsident amtierte, hatte sich in Beratungen mit Sachverständigen davon überzeugen lassen, daß ein Wahltermin im Oktober 1999 ernstliche Erschütterungen, sogar ein Chaos auslösen könne. Vor dem Hintergrund, daß die nächste reguläre Präsidentenwahl bereits für Juni 2000 vorgesehen war, lag der Duma ein Antrag vor, sie möge durch einen Verfassungszusatz die Amtsperiode des amtierenden Interimspräsidenten einmalig um weitere drei Monate verlängern und für die Wahl einen Termin im Januar des Jahres 2000 festlegen.

Die rechtsradikale Union Patriotischer Kräfte bestand auf Anweisung Igor Komarows darauf, die Präsidentenwahl solle im Oktober stattfinden – drei Monate nach dem Tod Tscherkassows und in Übereinstimmung mit der Verfassung. Ihre Taktik war verständlich. Die UPK lag nach allen Umfragen so uneinholbar in Führung, daß der Wahltermin im Oktober sie früher an die Macht bringen mußte.

Die Neokommunisten und die Demokratische Allianz lagen beide in den Umfragen weit zurück und brauchten möglichst viel Zeit, um ihre Position noch zu verbessern.

Die Debatte – oder der Schreiwettbewerb – wütete bis Sonnenuntergang, ehe der erschöpfte und heisere Parlamentspräsident schließlich entschied, eine Abstimmung anzusetzen. Die Linke und das

Zentrum stimmten gemeinsam gegen die Ultrarechte, und ihr Antrag wurde angenommen. Als Termin für die Präsidentenwahl wurde der 16. Januar 2000 bestimmt.

LANGLEY, NOVEMBER 1986

Carey Jordan und Jason Monk diskutierten ein Thema, das Jordan schon einmal angesprochen hatte.

„Echte Bauchschmerzen machen mir Ihre verdammten Privatakten, Jason", sagte der stellvertretende Direktor. „Stößt Ihnen mal was zu, weiß hier kein Mensch, wie Lysander zu führen ist. Sie müssen seine Akten wie alle anderen bei der Registratur abgeben."

„Aber dieser Junge setzt sein Leben aufs Spiel", wandte Monk ein. „Wir vertrauen einander. Lassen Sie's damit gut sein."

Jordan kannte die seltsame Bindung, die zwischen Agent und Führungsoffizier entstehen kann. Derartige Beziehungen mißbilligte die CIA offiziell aus zwei Gründen. Erstens konnte es notwendig sein, den Führungsoffizier auf einen anderen Posten zu versetzen – oder er konnte pensioniert werden oder sterben. Zweitens konnte dem Agenten etwas zustoßen, worauf der Führungsoffizier womöglich in so tiefe Depressionen verfiel, daß er dienstunfähig wurde.

Andererseits tat Monk alles, um seine Beziehung zu beiden Agenten weiter zu festigen. Zum Glück konnte Jordan nicht ahnen, daß er bewußt darauf achtete, daß seine Quellen in Moskau (Turkin hatte Madrid verlassen, war wieder in der Heimat und lieferte erstaunliches Material) außer den üblichen Auftragslisten lange persönliche Briefe von ihm erhielten.

Jordan begnügte sich mit einem Kompromiß. Die Akten mit Angaben über Lysander – mit Ausnahme seines Namens – würden in seinem persönlichen Safe deponiert werden. Wollte jemand sie einsehen, mußte er zuerst ihm, dem stellvertretenden Direktor, erklären, wozu er sie brauchte.

„GUTEN Abend, britische Botschaft", meldete sich die Telefonistin.

„Ist dort nicht die Kasse des Bolschoitheaters?" fragte eine Stimme auf russisch.

„Tut mir leid, aber Sie haben sich verwählt", antwortete die Telefonistin und legte auf.

Die Überwacher an den Geräten in der Zentrale der FAPSI, des russischen Abhördienstes für Fernmeldeeinrichtungen, hörten diesen Anruf mit und registrierten ihn, ohne sich jedoch weiter darum zu kümmern. Daß Leute eine falsche Nummer wählten, kam schließlich oft genug vor.

In der Botschaft sah die Telefonistin in einem kleinen Notizbuch nach und wählte eine interne Nummer. „Mr. Fields?"

„Ja."

„Hier ist die Vermittlung. Eben hat jemand angerufen und die Kasse des Bolschoitheaters verlangt."

„Gut. Danke."

Fields rief Jock Macdonald an. „Eben hat mein Freund von der Gendarmerie angerufen", berichtete er. „Er hat den Notfallcode benutzt. Er muß zurückgerufen werden."

„Halten Sie mich auf dem laufenden", sagte der Stationsleiter.

Zehn Minuten später verließ Fields die Botschaft und fuhr zum Hotel Kosmos, wo an den Seitenwänden der Eingangshalle Reihen öffentlicher Münztelefone angebracht sind. Eine Stunde nach dem Anruf in der Botschaft zog er seinen Notizblock aus der Jacke, schlug eine Nummer nach und wählte sie. „Boris?"

Inspektor Nowikows Vorname war Jewgeni, aber wenn er Boris hörte, wußte er, daß Fields am Apparat war. „Ja. Diese Zeichnung, die Sie mir gegeben haben. Ich hab was darüber erfahren. Wir sollten uns treffen, glaub ich."

„Also gut. Ich lade Sie zum Abendessen ins Rossija ein."

Keiner der beiden hatte vor, in das gigantische Hotel Rossija zu gehen. Ihr wirklicher Treffpunkt war die Karussellbar. Dort war es kühl und dunkel genug, um einen diskreten Treff zu ermöglichen.

Eine Stunde später saßen Jewgeni Nowikow und „Gracie" Fields bei kühlem Bier in der dunklen Karussellbar.

Fields hatte die Beziehung zu dem jungen Milizionär gepflegt und ihm irgendwann suggeriert, ein kleines Monatssalär in harter Währung könne einem Mann, der in Inflationszeiten von seinem festen Gehalt leben müsse, das Leben erleichtern. So wurde Inspektor Nowikow ein Informant – nicht sehr bedeutend, das stimmte, aber gelegentlich nützlich.

In dieser Woche sollte der Kriminalbeamte beim Moskauer Morddezernat sich als lohnende Investition erweisen. „Wir haben eine Leiche", berichtete er Fields. „Ich bin mir ziemlich sicher, daß es sich um den Mann handelt, dessen Bild Sie mir gegeben haben. Sie wissen schon: Mitte Sechzig, Metallzähne ..."

Er schilderte die Ereignisse, wie er sie von seinem Kollegen Wolski von der Identifizierungsstelle gehört hatte.

„Ich brauche ein Foto von ihm", sagte Fields.

„Das wird bestimmt schwierig."

„Versuchen Sie's, Boris, versuchen Sie's wenigstens. Hier geht's jetzt um einen Mord. Das ist schließlich Ihr Beruf, Morde aufzuklären, nicht wahr?"

„An sich schon", gab Nowikow bedrückt zu. Die Aufklärungsquote bei Morden im Unterweltmilieu lag bei drei Prozent.

„Dafür gibt's einen Bonus für Sie", versprach Fields.

„Also gut", raffte Nowikow sich auf. „Ich werd's versuchen."

Wie sich dann zeigte, brauchte er sich nicht viel Mühe zu geben. Die Akte des Unbekannten landete von selbst im Morddezernat.

Am nächsten Morgen, am fünften August, tauchte Inspektor Tschernow in der britischen Botschaft auf und wurde zu Jock Macdonalds Büro geleitet.

„Ich denke, wir haben möglicherweise den Mann aufgespürt, der bei Ihrer Kollegin eingebrochen hat", sagte Tschernow.

„Meinen Glückwunsch, Chefinspektor."

„Leider ist er tot."

„Oh, aber Sie haben bestimmt ein Foto?"

„Das habe ich." Tschernow legte ein Hochglanzfoto auf Macdonalds Schreibtisch. Es war ziemlich grausig, aber der Kohlezeichnung sehr ähnlich.

„Ich schlage vor, daß ich Miß Stone zu mir bitte, damit wir sehen, ob sie diesen armen Kerl identifizieren kann", sagte Macdonald.

Celia Stone wurde von Fields hereinbegleitet, der an ihrer Seite blieb. Macdonald warnte sie, der Anblick, der sie erwarte, sei nichts für schwache Nerven, aber er wäre ihr für ihre Mithilfe dankbar. Celia warf einen Blick auf das Foto und bedeckte ihren Mund mit der Hand. „Das ist er. Das war der Mann, der –"

„Den Sie aus Ihrem Apartment haben flüchten sehen", beendete Macdonald den Satz, bevor Celia einen Fehler machen konnte. „Natürlich. Diebe bekommen manchmal Streit, Chefinspektor. Das ist bestimmt auf der ganzen Welt so."

Celia Stone wurde hinausbegleitet.

„Ich darf Ihnen im Namen der britischen Regierung erklären, Chefinspektor, daß Sie ausgezeichnete Arbeit geleistet haben. Sie können sicher sein, daß dem Kommandierenden General der Moskauer Miliz ein höchst anerkennender Bericht zugeht", erklärte Macdonald dem strahlenden Russen.

Als Tschernow die Botschaft verließ, kam Fields in Macdonalds Dienstzimmer zurück. Der Stationsleiter goß sich gerade einen Kaffee ein. „Also, was denken Sie?" fragte er.

„Mein Informant sagt, daß der Mann zu Tode geprügelt worden ist. Der alte Knabe muß ungefähr eine Woche im Wald gelegen haben, bevor er aufgefunden wurde."

„Und wann ist das gewesen?"

Fields warf einen Blick in seine Notizen, die er sich sofort nach dem Gespräch in der Karussellbar gemacht hatte.

„Am vierundzwanzigsten Juli."

„Also ... am siebzehnten oder achtzehnten Juli ermordet. Einen Tag nachdem er das Schriftstück in Celia Stones Wagen geworfen hatte. Diese Jungs vergeuden keine Zeit."

„Welche Jungs?"

„Na ja, ich wette eine Million Pfund gegen ein Glas abgestandenes Bier, daß er von einem Schlägertrupp dieses Scheißkerls Grischin erledigt worden ist."

„Des Chefs von Komarows Sicherheitsdienst?"

„So kann man's auch ausdrücken", sagte Macdonald. „Kennen Sie seine Akte?"

„Nein."

„Die sollten Sie mal einsehen. Widerlich brutal."

„Wer ist der Alte gewesen, wenn er zur Strafe so verprügelt wurde, daß er daran gestorben ist?"

Macdonald starrte aus seinem Fenster und über die Moskwa zum Kreml hinüber. „Vermutlich der Dieb selbst."

„Wie soll ein alter Stadtstreicher wie er an so ein Schriftstück kommen können?"

„Ich kann nur vermuten, daß er irgendein obskurer kleiner Mitarbeiter gewesen ist, der mal Glück gehabt hat. Oder richtiger gesagt, verdammtes Pech."

MOSKAU, OKTOBER 1987

Oberst Grischin war frustriert. Die letzten Verhöre der von Ames verratenen Agenten waren längst abgeschlossen, die letzten Erinnerungen und Informationen aus den zitternden Männern herausgequetscht.

Insgesamt waren zwölf Männer in den modrigen Kellerverliesen des alten Lefortowo-Gefängnisses eingekerkert gewesen, um auf Befehl in Grischins rückwärtigen Spezialraum gebracht zu werden.

Obwohl Grischin dagegen protestiert hatte, waren zwei von ihnen nicht zum Tode, sondern nur zu langen Lagerstrafen verurteilt worden. Das geschah, weil sie nur sehr kurz für die CIA gearbeitet hatten oder wegen ihrer niedrigen Dienststellung nicht viel hatten verraten können. Die restlichen zehn waren hingerichtet worden. Kniend hatten sie den Genickschuß erwarten müssen. Bei sämtlichen Hinrichtungen war Grischin anwesend gewesen.

Der zehnte Verräter wurde am 15. Oktober 1987 erledigt, und die Rattenfängerkommission wurde an diesem Tag formell aufgelöst. Damals wurde eine neue Kommission eingesetzt, die Monach-Kommission, um einem amerikanischen Agenten auf die Spur zu kommen, der sich bis dahin Grischin und dem KGB entzog.

Monach ist das russische Wort für Mönch – die englische Entsprechung dieser Vokabel lautet: *monk.*

„HIER ist Boris. Ich hab das Bild, das Sie haben wollten. Die Akte ist zum Morddezernat zurückgekommen, und ich hab eines der besten Fotos."

„Gut gemacht, Boris. In meiner Jackentasche habe ich einen Umschlag mit tausend Pfund. Aber ich möchte, daß Sie noch etwas für mich tun."

In seiner Telefonzelle holte Inspektor Nowikow tief Luft. Er konnte sich nicht mal ausrechnen, wie viele hundert Millionen Rubel er für einen Umschlag dieser Art bekommen würde. Jedenfalls mehr als ein Jahresgehalt. „Bitte weiter."

„Ich möchte, daß Sie zum Personalchef der Zentrale der UPK gehen und ihm das Foto zeigen."

„Was zum Teufel hat die UPK damit zu tun?"

„Bloß so eine Idee. Vielleicht hat der Mann den Ermordeten schon mal gesehen."

„Mit welcher Begründung soll ich dort aufkreuzen?"

„Sie sind Kriminalbeamter. Sie gehen einem Hinweis nach. Der Mann könnte in der Nähe der UPK-Parteizentrale gesehen worden sein. Hat einer der Wachmänner ihn auf der Straße herumlungern sehen? Irgend etwas in dieser Art."

„Also gut. Aber wenn ich dafür rausfliege, ist's Ihre Schuld."

„Warum sollten Sie dafür rausfliegen? Sie sind ein kleiner Milizionär, der seine Pflicht tut. Dieser Bandit ist in der Nähe von Komarows Villa gesehen worden. Das rechtfertigt doch eine Nachfrage!"

Jewgeni Nowikow brummelte noch etwas und legte dann auf. Diese Engländer spinnen, sagte er sich. Schließlich hat der alte Trottel nur bei ihnen eingebrochen. Aber für tausend Pfund konnte man schon mal ein paar Finger krumm machen.

FALLS Pawel Wolski geglaubt hatte, der Pathologe aus der Leichenhalle werde sich nicht wieder melden, hatte er sich getäuscht. Sein Telefon klingelte an dem Vormittag, an dem sein Freund Nowikow heimlich mit einem britischen Nachrichtendienstoffizier telefonierte: am 7. August.

„Kusmin", meldete sich eine Stimme.

„Ah, richtig, Professor, was kann ich für Sie tun?" fragte Wolski.

„Andersherum wird eher ein Schuh daraus. Ich habe möglicherweise etwas für Sie."

„Nun, vielen Dank, was denn?"

„Letzte Woche ist ein Toter aus der Moskwa gefischt worden. Er hat seit ungefähr zwei Wochen im Wasser gelegen. Ich bin gerade mit ihm fertig."

Im Hochsommer zwei Wochen im Wasser. Der Professor mußte einen Magen wie ein Betonmischer haben. „Ermordet?" fragte Wolski.

„Keineswegs. Nur mit einer Unterhose bekleidet. Ist vermutlich wegen der Hitze ins Wasser gegangen, hat kaum schwimmen können und ist ertrunken."

„Aber das ist ein Unfall! Ich bin im Morddezernat", protestierte Wolski.

„Passen Sie auf, junger Mann! Hören Sie einfach zu! Die Finger des Mannes waren so geschwollen, daß ich es beinahe nicht bemerkt hätte. Vom Fleisch verdeckt. Ein Ehering, massives Gold. Ich habe ihn abbekommen – mußte erst den Finger abnehmen, um dranzukommen. Innen sind die Worte *N. I. Akopow von Lidia* eingraviert."

„Sehr gut, Professor, aber wenn's kein Mord ist ..."

„Hören Sie, haben Sie gelegentlich mit der Vermißtenstelle zu tun?"

„Natürlich. Die Kollegen schicken mir jede Woche ihr Fotoalbum rüber, damit ich nachsehen kann, ob's irgendwelche Übereinstimmungen gibt."

„Nun, ein Mann mit einem breiten goldenen Ehering könnte eine

Familie haben. Und wenn er verschwunden ist, müßten die Angehörigen Vermißtenanzeige erstattet haben. Da ich bei der Vermißtenstelle niemanden kenne, habe ich Sie angerufen.“

Wolski grinste zufrieden. Er war ständig darauf angewiesen, die Vermißtenstelle um Gefälligkeiten zu bitten. Vielleicht konnte er sich jetzt einmal dafür revanchieren, indem er einen ihrer Fälle aufklärte. Er bedankte sich bei dem Professor und legte auf.

Sein Kontaktmann kam in der Vermißtenstelle ans Telefon.

„Ist bei euch ein gewisser N. I. Akopow als vermißt gemeldet?“

„Ja, sicher. Vermißt gemeldet seit dem 17. Juli. Vermißtenmeldung erstattet von Frau Akopow, seiner Ehefrau …“

„Frau Lidia Akopow?“

„Woher weißt du das? Sie ist schon viermal dagewesen, um sich nach dem Stand der Ermittlungen zu erkundigen. Wo ist er?“

„In der Leichenhalle des Zweiten Medizinischen Instituts. Ist schwimmen gegangen und dabei ertrunken. Letzte Woche aus der Moskwa gefischt worden.“

„Na, wunderbar. Seine Alte wird sich freuen. Daß das Rätsel gelöst ist, mein ich. Du hast wohl keine Vorstellung, wer er ist – oder vielmehr gewesen ist?“

„Keine Ahnung“, sagte Wolski.

„Nur der Privatsekretär Igor Komarows, unseres nächsten Präsidenten. Danke. Pawel, dafür bin ich dir ’nen Gefallen schuldig.“

Das bist du allerdings, dachte Wolski, bevor er weiterarbeitete.

OMAN, NOVEMBER 1987

In diesem Monat mußte Carey Jordan zurücktreten. Nicht wegen der vielen enttarnten Agenten, sondern wegen der Iran-Contra-Affäre. Vor Jahren hatte sich die CIA die nötigen Mittel zur Unterstützung der nicaraguanischen Rebellen durch ungenehmigte Waffenlieferungen an den Iran beschafft. Carey Jordan hatte die Anweisungen seines Präsidenten und seines Direktors ausgeführt. Nun litt der eine an Gedächtnisschwund, und der andere hatte das Zeitliche gesegnet.

Zum neuen stellvertretenden Direktor (Beschaffung) war ein CIA-Veteran ernannt worden, Richard Stolz, der seit sechs Jahren im Ruhestand lebte. Deshalb war er nicht in die Iran-Contra-Affäre verwickelt gewesen, aber er wußte auch nichts von dem vernichtenden Schlag, den die Abteilung SO zwei Jahre zuvor hatte hinnehmen müssen. Während er sich einzuarbeiten versuchte, ergriffen die Bürokraten das

Ruder. Zwei Akten aus dem Safe des stellvertretenden Direktors wurden wieder in die Akte 301 eingegliedert. Sie enthielten detaillierte Angaben über einen Agenten mit dem Decknamen Lysander sowie über einen Neuzugang namens Delphi.

Jason Monk ahnte davon nichts. Er machte Urlaub im Sultanat Oman. In einer Zeitschrift für Hochseeangler, in der er stets auf der Suche nach Fischgründen war, die noch Geheimtips waren, hatte er von den gelben Thunfischen gelesen, die im November und Dezember in riesigen Schulen gleich vor der Hauptstadt Maskat an der omanischen Küste vorbeiziehen.

Da er auf See etwas zuviel Sonne abbekommen hatte, blieb er am dritten Tag seines Aufenthalts lieber an Land, um Einkäufe zu machen. Nachdem er mit einer hinreißenden Blondine aus der Botschaft ausgegangen war, fuhr er mit einem Taxi zum Basar, um zu sehen, ob sich unter dem dortigen Angebot an Stoffen und Antiquitäten ein Geschenk für sie finden ließ. Er entschied sich für eine langschnäbelige Kaffeekanne. Der Antiquitätenhändler verpackte sie gut und gab sie ihm in einer Tragetüte mit.

Monk, der sich in dem Labyrinth aus Gassen und Innenhöfen völlig verlaufen hatte, fand sich am Ende in einem Innenhof mit zwei schmalen Zugängen wieder. Vor ihm ging ein Mann über den Hof. Er schien ein Europäer zu sein. Hinter ihm näherten sich zwei Araber. Als sie auf den Hof hinaustraten, zogen beide einen Krummdolch aus dem Gürtel. Damit rannten sie an Monk vorbei auf ihr Opfer zu.

Monk reagierte instinktiv. Er schwang die Tragetasche mit aller Kraft und traf einen der Attentäter damit seitlich am Kopf. Mehrere Pfund Metall, die mit voller Wucht aufprallten, ließen den Mann zu Boden gehen.

Der andere Bewaffnete zögerte und griff dann Monk an. Monk sah die blitzende Klinge hoch in der Luft, duckte sich unter den Arm, blockierte ihn und traf den Angreifer mit einem Fausthieb in Höhe des Solarplexus. Der Mann war zäh. Er stöhnte, ohne seinen Dolch fallen zu lassen, und entschloß sich zur Flucht. Sein Komplize rappelte sich auf, rannte hinter ihm her und ließ seinen Dolch auf dem Pflaster liegen.

Der Europäer hatte sich umgedreht und diesen kurzen Kampf wortlos verfolgt. Er mußte wissen, daß er ohne das Eingreifen des zehn Meter von ihm entfernten blonden Unbekannten ermordet worden wäre. Monk sah einen schlanken jungen Mann mit dunklem Teint und schwarzen Augen, der einen dunkelblauen Anzug mit weißem Hemd trug. Er wollte ihn eben ansprechen, als der andere ihm kurz dankend zunickte und verschwand. Monk bückte sich, um den Dolch aufzuheben. Er hielt keine omanische *Kunja* in der Hand. Der Dolch war ein jemenitischer *Gambiah* mit viel schlichterem und fast geradem Griff. Monk glaubte, daraus auf die Herkunft der beiden Attentäter schließen zu können. Sie gehörten den Stämmen im Innern des Jemen an. Was hatten sie so weit von dort entfernt in Oman zu suchen – und warum haßten sie diesen jungen Europäer so sehr?

Er folgte seinem Instinkt, fuhr in die amerikanische Botschaft zurück, suchte seinen CIA-Kollegen auf und stellte sich vor. „Haben Sie zufällig eine Steckbriefsammlung unserer Freunde in der neuen sowjetischen Botschaft?“ fragte er.

Seit dem Bürgerkriegsfiasko im Januar 1986 hatte die Sowjetunion sich bekanntlich völlig aus dem Jemen zurückgezogen und die moskautreue jemenitische Regierung verarmt und verbittert zurückgelassen. Seit damals hing das Leben jedes Russen im Jemen an einem seidenen Faden. Ende 1987 hatte die UdSSR dann in dem antikommunistischen Golfstaat Oman eine Botschaft eröffnet.

„Ich nicht“, sagte Monks Kollege, „aber die Briten haben bestimmt eine.“

Von der amerikanischen Botschaft waren es nur wenige Schritte zur luxuriösen britischen diplomatischen Vertretung hinüber. Monk und sein Kollege gingen durch das mit Schnitzereien reich verzierte Holzportal, nickten dem Pförtner zu und überquerten den Innenhof in Richtung Botschaftsgebäude, wo der SIS-Stationsleiter sie erwartete. „Was ist Ihr Problem, alter Junge?“ fragte er Monk.

„Das Problem ist“, antwortete Monk, „daß mir vorhin auf dem Basar ein Kerl begegnet ist, der ein Russe gewesen sein könnte und über den ich mehr erfahren möchte.“

„Schön, sehen wir uns mal unser Album an“, schlug der Brite vor.

Er führte sie die Treppe hinauf. Der britische SIS residierte im obersten Stock des Botschaftsgebäudes. Der Engländer nahm ein Fotoalbum aus seinem Safe, und sie blätterten es gemeinsam durch.

Alle neu eingetroffenen Angehörigen der sowjetischen Botschaft waren darin versammelt – auf dem Flughafen, beim Überqueren einer Straße oder auf einer Caféterrasse unter freiem Himmel fotografiert. Die letzte Aufnahme zeigte den schwarzhaarigen jungen Mann.

„Ist er das?“ fragte der SIS-Offizier.

„Ja. Was wissen Sie über ihn?"

Der Stationsleiter suchte eine Karteikarte heraus. „Ah, da haben wir ihn. Er ist Dritter Sekretär, Alter achtundzwanzig. Er heißt Umar Gunajew. Klingt irgendwie tatarisch."

„Nein", sagte Monk nachdenklich, „er ist Tschetschene, ein moslemischer Tschetschene."

„Sie glauben, daß er beim KGB ist?" fragte der Brite.

„O ja, er ist ein Geheimdienstmann, das steht fest."

„Danke. Sollen wir irgendwas gegen ihn unternehmen?"

„Nein", antwortete Monk. „Ich habe mich nur gefragt, wer er ist."

Als sie in ihre Botschaft zurückschlenderten, fragte der CIA-Agent Monk: „Woher haben Sie gewußt, daß er Russe ist?"

„Bloß so 'ne Ahnung."

Seine Vermutung basierte nur auf einer Kleinigkeit, aber der Unbekannte vom Basar hatte den Kragen seines offenen weißen Hemdes über dem Jackenkragen getragen, wie es Russen im Gegensatz zu westlichen Ausländern oft taten.

INSPEKTOR NOWIKOW hatte bei der UPK um einen Termin gebeten und mußte sich nun am 10. August um zehn Uhr in der Parteizentrale einfinden. Weil er befürchtete, kurz abgefertigt zu werden, ging Nowikow nicht ohne Unbehagen in dieses Gespräch.

Schilin, der Personalchef, gab sich äußerst korrekt, was sich äußerlich in seinem dunkelgrauen Anzug spiegelte. „Meine Zeit ist knapp bemessen, Inspektor. Fassen Sie sich also bitte kurz."

„Gewiß. Wir untersuchen den Tod eines Mannes, bei dem es sich um einen Einbrecher gehandelt haben könnte. Eine Zeugin glaubt gesehen zu haben, daß er um dieses Gebäude herumschlich. Haben Sie diesen Mann schon einmal gesehen?"

Schilin warf einen Blick auf das Foto. „Mein Gott, das ist ja Saizew!"

„Wer?"

„Saizew, der alte Raumpfleger. Wurde vor etwa einem Jahr eingestellt. Kriegsveteran. Schien zuverlässig. Kam von Montag bis Samstag jeden Abend."

„Aber doch nicht mehr in der letzten Zeit?"

„Nein. Erschien einfach nicht mehr zur Arbeit. Nach zwei Tagen mußte ich ihn ersetzen."

Schilin zog einen Ordner aus einem Aktenschrank. „Da haben wir's. Er kam wie gewöhnlich am Abend des fünfzehnten Juli und ging kurz vor Tagesanbruch. Wurde seither nicht mehr gesehen. Ihre Zeugin muß ihn im Morgengrauen bemerkt haben."

Nowikow verneigte sich. „Damit sind alle Fragen geklärt."

„Nicht ganz!" bellte Schilin. „Sie haben ihn als Einbrecher bezeichnet."

„Zwei Abende nach seinem Verschwinden war er offenbar an einem Einbruch beteiligt. Die Bewohnerin des Hauses hat ihn identifiziert. Eine Woche später wurde er tot aufgefunden."

„Eine Schande!" knurrte Schilin. „Diese Flut von Verbrechen ist ein Skandal! Sie sollten endlich was dagegen tun!"

„Wir versuchen es ja", meinte Nowikow mit einem Achselzucken. „Aber wir haben zuwenig Personal und bekommen von oben keine Unterstützung."

„Das wird sich ändern, Inspektor." Schilin bekam auf einmal leuchtende Augen. „In einem halben Jahr wird Komarow unser Präsident sein. Dann werden Sie schon sehen, was sich alles ändert. Wir können doch hoffentlich auf Ihre Stimme zählen."

„Selbstverständlich. Äh, kennen Sie zufällig die Privatadresse des Raumpflegers?"

Schilin kritzelte sie auf einen Zettel.

SAIZEWS Tochter weinte, zeigte sich aber ansonsten gefaßt. Sie sah das Foto nur kurz an und nickte. Dann warf sie einen Blick auf das Feldbett an der Wohnzimmerwand. Wenigstens hatten sie von jetzt an etwas mehr Platz.

Nowikow ging. Er wollte Wolski Bescheid sagen, doch er wußte jetzt schon, daß kein Geld für die Beerdigung vorhanden sein würde. Sollte sich die Stadt Moskau um die Angelegenheit kümmern.

Zumindest konnte Wolski die Akte jetzt schließen. Der Mord an Saizew würde damit auf dem Stoß der übrigen 97 Prozent ungeklärter Fälle landen.

MOSKAU, JUNI 1988

Waleri Kruglow, Agent Delphi, war nun schon seit zehn Monaten wieder zu Hause. Bei im Ausland angeworbenen Informanten bestand immer die Gefahr, daß sie es sich nach ihrer Rückkehr doch wieder anders überlegten und den Kontakt einschlafen ließen. Die Bekämpfung eines tyrannischen Systems von innen erforderte starke Nerven, die nicht jedermann hatte.

Doch Kruglow hatte Wort gehalten. Bereits dreimal hatte er Monk über tote Briefkästen mit aufschlußreichen Dokumenten hoher Beamter des Außenministeriums beliefern können. In den Jahren 1987 und 1988 steuerten die osteuropäischen Satelliten auf eine offene Revolte zu – Polen war bereits weg, in Rumänien, Ungarn und der Tschechoslowakei gärte es. In dieser Situation war es unbedingt erforderlich, in Erfahrung zu bringen, wie die Sowjetunion damit umgehen würde. Kruglow lieferte die entsprechenden Informationen.

Doch im Mai übermittelte Delphi die Botschaft, daß er dringend ein Treffen brauche. Er habe etwas besonders Wichtiges und wolle seinen Freund Jason sehen.

Harry Gaunt, Direktor der SO-Abteilung, war außer sich. „Es könnte genausogut eine Falle sein. Wer sagt uns denn, daß er nicht erwischt worden ist und ausgepackt hat? Sie wissen einfach zuviel."

„Harry, heutzutage fahren Zigtausende Amerikaner als Touristen nach Moskau. Es ist nicht mehr so wie früher. Der KGB kann unmöglich alle durchleuchten. Meine Tarnung wird perfekt sein. Ich bin ein harmloser Einfaltspinsel aus Amerika mit einem Stadtführer unter dem Arm. Vertrauen Sie mir."

Eine Stiftung organisierte gerade eine Studienreise nach Moskau, deren Höhepunkt die Besichtigung des berühmten Museums für orientalische Kunst war. Monk buchte seine Teilnahme als Dr. Philip Peters.

Seine Papiere und seine Biographie waren nicht nur absolut stimmig, sondern authentisch. Als die Reisegruppe Mitte Juni in Moskau eintraf, war Kruglow in Kenntnis gesetzt worden. Ein Intourist-Reiseleiter nahm sie in Empfang und brachte sie zum Hotel Rossija, einem häßlichen Bau, der mindestens so groß wie das Gefängnis von Alcatraz war, nur nicht mit dem gleichen Komfort ausgestattet. Am dritten Tag besuchten sie das Museum für die Kunst der Völker des Orients.

Monk entdeckte seinen Kontaktmann nach zwanzig Minuten. Pflichtbewußt folgte er weiter seinem Führer, und Kruglow trottete in einigem Abstand hinterher. Beschattet wurden sie nicht; dessen war Monk sich absolut sicher, als er in die Cafeteria des Museums strebte.

Sie tranken ihren Kaffee, jeder für sich, doch Monk stellte Blickkontakt her. Wäre Kruglow dem KGB in die Hände gefallen, hätten sie ihn sicher mit Folter gefügig gemacht, und das hätte sich auch in seinen Augen widergespiegelt. Angst. Verzweiflung. Kruglows Augen funkelten vor Vergnügen. Folglich war er entweder der größte Doppelagent, den die Welt je gesehen hatte, oder er war sauber. Monk stand auf und verschwand in der Herrentoilette. Kruglow folgte ihm. Nur ein einziger Mann wusch sich noch die Hände. Kaum war dieser draußen, umarmten sie sich.

„Wie geht es Ihnen, mein Freund?" fragte Monk.

„Bestens. Ich habe jetzt eine eigene Wohnung. Meine Kinder können mich besuchen und über Nacht bleiben."

„Und niemand hat Verdacht geschöpft? Sie wissen schon, wegen des Geldes."

„Nein. Heutzutage deckt sich jeder mit allem möglichen ein. Ich war eher noch zu naiv."

Ihr Gespräch dauerte gut zehn Minuten, und Kruglow überreichte Monk einen Stoß Papiere. Brisante Dokumente, Kopien aus dem Büro des Außenministers Eduard Schewardnadse.

Nach einer letzten Umarmung verließen die zwei Männer kurz hintereinander die Toilette. Monk stieß wieder zu seiner Gruppe und flog zwei Tage später nach Hause.

Die Dokumente enthüllten, daß die Sowjetunion den Rückzug aus so gut wie jedem Entwicklungshilfeprojekt einschließlich derer auf Kuba plante. Die ganze Wirtschaft brach zusammen, das Ende war in Sicht. Das State Department war entzückt.

Wie Monk bei seiner Rückkehr nach Langley mitgeteilt wurde, war er erneut befördert worden. Außerdem erfuhr er, daß Nikolai Turkin, sein Agent Lysander, nach Ostberlin ziehen und das Direktorat K des dortigen KGB leiten sollte. Das war eine Spitzenposition, die ihm Zugang zu Informationen über jeden einzelnen in Westdeutschland stationierten sowjetischen Agenten verschaffen würde.

INSPEKTOR NOWIKOW wollte seinem Kollegen Wolski die gute Nachricht nach Dienstschluß bei einem Glas Bier mitteilen. So trafen sie sich in der Kantine, wo das Bier am billigsten war.

„Rat mal, wo ich heute vormittag war."

„Im Bett mit einer liebestollen Tänzerin?"

„Zu schön, um wahr zu sein. Nein, ich war in der Zentrale der UPK. Ach, übrigens, das Bier geht auf deine Rechnung. Ich habe deinen Fall für dich gelöst."

„Welchen denn?"

„Den mit dem alten Knacker, den sie im Wald gefunden haben. Er war in der Zentrale der UPK Raumpfleger, bis er auf Einbrecher umsattelte, weil er sich davon mehr versprach. Da, lies!“

Wolski überflog kurz das Blatt, das Nowikow ihm gegeben hatte. „Die von der UPK sind zur Zeit ja nicht gerade vom Glück verfolgt“, brummte er dann.

„Wie meinst du das?“

„Komarows persönlicher Sekretär ist letzten Monat schwimmen gegangen und nicht wieder aufgetaucht. Letzte Woche haben sie ihn aus dem Fluß gefischt.“

Nowikow überlegte. Eigentlich müßte er das Bier bezahlen, denn immerhin erwartete er von diesem Engländer tausend Pfund. Und jetzt konnte er ihm noch ein bißchen mehr erzählen. Als Dreingabe.

LANGLEY, SEPTEMBER 1988

Die Macher der bevorstehenden Silicon-Valley-Konferenz über theoretische Physik hatten im Vorfeld der Tagung nicht damit gerechnet, daß die UdSSR ihrer Einladung folgen würde. Doch Ende 1987 hatte sich ein Erfolg von Gorbatschows Reformpolitik abgezeichnet, und so entsandte Moskau zur Überraschung der Organisatoren eine Abordnung von acht Teilnehmern.

Zuallererst mußte die Einwanderungsbehörde die Teilnehmer durchleuchten. Die Behörde ersuchte das Außenministerium um Mithilfe. Als die Liste in Langley eintraf, wanderte sie sogleich zur Abteilung Sowjetunion/Osteuropa und landete schließlich bei Monk. Monk ging die Liste mit den Namen durch, vermochte jedoch nichts damit anzufangen. Die Wissenschaftler waren für die CIA samt und sonders unbeschriebene Blätter.

Aber irgendwie witterte Monk etwas, und so unternahm er einen letzten Versuch. Er wußte, daß das FBI eine umfangreiche Liste über Sowjetbürger führte, die in den USA Asyl erhalten hatten. Die Frage war nicht so sehr, ob das FBI helfen würde, sondern vielmehr, ob die UdSSR tatsächlich einen Wissenschaftler ausreisen ließ, der einen nahen Verwandten in Amerika hatte. Die Chancen standen alles andere als günstig, denn solche Leute galten beim KGB als enormes Sicherheitsrisiko.

Von den acht Familiennamen auf der Liste tauchten auch zwei im FBI-Verzeichnis auf. Einer erwies sich als zufällige Überschneidung – eine Familie in Baltimore hatte absolut nichts mit dem in Kürze erwarteten Wissenschaftler zu tun.

Bei der zweiten Person stutzte Monk jedoch. Es handelte sich um eine gewisse Jewgenia Rosina, eine vor Jahren nach Wien geflohene sowjetische Jüdin, die in der dortigen amerikanischen Botschaft Asyl beantragt hatte und jetzt in New York lebte. Nach kurzem Aufenthalt in einem Transitlager in Österreich hatte sie die Einreiseerlaubnis für die USA erhalten und wenig später einen Sohn geboren. Sie hatte ihn aber unter einem völlig anderen Namen gemeldet: Iwan Iwanowitsch Blinow. Monk wußte, daß die zwei Vornamen Iwan, Sohn des Iwan bedeuteten. Der Junge war eindeutig ein uneheliches Kind.

Nun hieß einer der Professoren auf der russischen Wissenschaftlerliste Iwan J. Blinow. War das wirklich ein Zufall? Monk stieg in den nächsten Zug nach New York und suchte Mrs. Rosina auf.

JEWGENIA ROSINA war um die Vierzig, dunkelhaarig, energisch und sehr hübsch. Monk paßte sie im Treppenhaus ihres Wohnblocks ab. Sie hatte ihren Sohn von der Schule abgeholt.

Kaum hatte Monk sich als Beamter der Einwanderungsbehörde vorgestellt, verschwand das Lächeln aus ihrem Gesicht. Die bloße Erwähnung der Behörde löst bei Nichtamerikanern Angst aus, selbst wenn ihre Papiere in Ordnung sind.

Sie unterhielten sich im Wohnzimmer ihrer kleinen, aber äußerst gepflegten Wohnung. Jewgenia zeigte sich mißtrauisch und wortkarg, doch Monk hatte ein freundliches, gewinnendes Lächeln, und allmählich taute sie auf. „Sie wissen ja, wie es in unseren Ämtern zugeht, Mrs. Rosina: Akten, Akten und nochmals Akten. Wenn sie vollständig ausgefüllt sind, ist der Boß glücklich. Aber sobald irgendwas fehlt ..."

„Meine Papiere sind in Ordnung", sagte sie. „Ich bin Wirtschaftswissenschaftlerin und Übersetzerin. Ich zahle regelmäßig Steuern."

„Das wissen wir alles, Ma'am. Alles in bester Ordnung. Das einzige Problem ist der Name des kleinen Iwan. Warum haben Sie ihn nicht unter Ihrem eigenen Namen eintragen lassen?"

„Ich habe ihm den Namen seines Vaters gegeben."

„Natürlich. Wissen Sie, wir schreiben das Jahr 1988. Mit unehelichen Kindern haben wir keine Probleme. Aber Akten sind nun mal Akten. Könnten Sie uns den Namen seines Vaters angeben? Bitte."

„Iwan Jewdokimowitsch Blinow", antwortete sie.

Volltreffer! Der Name auf der Liste.

„Sie haben ihn sehr geliebt, nicht wahr?“

Ein abwesender Ausdruck trat in ihre Augen. „Ja“, flüsterte sie.

„Wollen Sie mir von Iwan erzählen?“ Zu Jason Monks vielen Talenten gehörte die Gabe, das Vertrauen anderer zu gewinnen. Nach zwei Stunden hatte sie ihm alles über den Vater ihres Sohnes erzählt.

Blinow wurde 1938 in Leningrad als Sohn eines Physikprofessors geboren. Der Vater starb 1942 während der Belagerung Leningrads durch die Deutschen. Nach seinem Abschluß am angesehenen Moskauer Institut für Physik und Technologie bot man dem jungen Blinow eine Stelle in einer Wissenschaftsstadt an, die so streng geheimgehalten wurde, daß der Westen erst sehr viel später davon erfuhr: Arsamas-16. Für sowjetische Verhältnisse führte er dort ein Luxusleben: eine kleine Wohnung für sich ganz allein, Geschäfte mit Waren, die man sonst im ganzen Land vergeblich suchte, ein höheres Gehalt, unbegrenzte Forschungsmöglichkeiten. Eines hatte er freilich nicht: das Recht wegzugehen.

Noch vor seinem dreißigsten Geburtstag heiratete er die junge Bibliothekarin und Englischlehrerin Walja. Die Ehe war nur am Anfang glücklich. Im Lauf der Jahre litten beide zunehmend darunter, daß ihr sehnlicher Wunsch nach einem Kind unerfüllt blieb.

Im Herbst 1977 lernte Iwan Blinow in dem im Nordkaukasus gelegenen Kurort Kislowodsk Jewgenia Rosina kennen. Wie es im goldenen Käfig gängiger Brauch war, durfte seine Frau ihren Jahresurlaub nicht zur gleichen Zeit nehmen.

Jewgenia war eine lebhafte und unerschrockene Frau. Sie hörte regelmäßig die verbotenen Sender BBC und Voice of America. Iwan Blinow war von ihr hingerissen. Sie beschlossen, sich gegenseitig zu schreiben.

1979 trafen sie sich in Jalta wieder. Dort flammte ihre Liebe auf, doch wurde ihnen klar, daß es keine Hoffnung für sie gab. Blinow sah sich außerstande, sich von seiner Frau scheiden zu lassen. Er wollte sie nicht mit einer Scheidung kompromittieren, vor allem nicht in dem kleinen Kreis, in dem sie lebten.

Jewgenia stimmte ihm zu, allerdings aus einem anderen Grund. Sie vertraute ihm an, daß eine Ehe mit ihr das Ende seiner Karriere bedeuten würde, da sie Jüdin war. Sie hatte bereits die Genehmigung für die Auswanderung nach Israel beantragt. Vor dem Abschied liebten sie sich ein letztes Mal.

„Den Rest kennen Sie“, schloß Jewgenia.

„Und Iwan Iwanowitsch?“

„Sechs Wochen nach dem Urlaub in Jalta merkte ich, daß ich von Iwan schwanger war.“

„Haben Sie Ihrem Sohn von seinem Vater erzählt?“

„Ja. Daß er ein großer, ein liebevoller Mann ist. Aber weit weg.“

„Haben Sie Blinow je geschrieben, es ihm mitgeteilt?“

„Wozu?“ lautete ihre bittere Gegenfrage. „Er ist verheiratet. Er lebt in einem goldenen Gefängnis. Was hätte ich denn tun sollen? Alles wiederaufleben lassen? Seine Sehnsucht nach etwas wecken, das er ja doch nicht bekommen kann?“

„Blinow sollte von seinem Sohn erfahren“, sagte Monk. „Lassen Sie doch den Jungen schreiben. Ich werde dafür sorgen, daß der Vater den Brief bekommt.“

Noch vor dem Zubettgehen schrieb ein kleiner siebenjähriger Junge in rührend fehlerhaftem Russisch einen zweiseitigen Brief. Die ersten Worte lauteten: „Lieber Papa ...“

4

„Gracie“ Fields kehrte am elften August kurz vor Mittag in die Botschaft zurück und klopfte sogleich bei Macdonald an. Sein Stationsleiter wirkte ziemlich bedrückt. „Sturmwarnung?“ fragte der Ältere.

Fields nickte. Sobald sie sich ins Konferenzzimmer zurückgezogen hatten, warf er ein Foto auf den Tisch. „Er war Raumpfleger in der Zentrale der UPK.“

„Raumpfleger?“

„Richtig. Zuständig fürs Büro. Aber ich habe noch mehr für Sie.“

Fields berichtete vom Schicksal N. I. Akopows, Igor Komarows vormaligem persönlichem Sekretär.

Macdonald stand abrupt auf und durchmaß mit großen Schritten den Raum. „Lassen Sie uns mal ein bißchen mutmaßen“, sagte er. „Akopow ließ das vermaledeite Dokument auf dem Schreibtisch liegen. Der alte Raumpfleger überflog es, fand den Inhalt nicht sehr erbaulich und steckte es ein. Ergibt das einen Sinn?“

„Kein Widerspruch, Jock. Sie bemerken den Verlust des Dokuments, Akopow geht mit zwei kräftigen Begleitern schwimmen, die ihn eine Weile unters Wasser drücken.“

„Als der Raumpfleger nicht mehr zur Arbeit erscheint, geht ihnen ein Licht auf“, murmelte Macdonald. „Sie machen sofort Jagd auf ihn, doch er hat das Ding schon in Celia Stones Wagen geworfen. Warum, werden wir wohl nie erfahren."

„Wie dem auch sei", fuhr Fields fort, „die Schwarze Garde spürt ihn auf, nimmt ihn in die Mangel, und er spuckt alles aus. Aber wie haben sie rausgefunden, wo Celia wohnt?"

„Sind ihr wahrscheinlich gefolgt. Also Jock, wir wissen Bescheid, und Komarow weiß das. Was wollen Sie jetzt tun?"

„Dieses teuflische Dokument hat schon zwei Menschen das Leben gekostet. Ich glaube, es ist Zeit, nach London zu fliegen."

San José, November 1988

Die internationale Konferenz für Nukleartechnologie wurde im größten Ort von Silicon Valley, in San José, abgehalten. Die acht Mitglieder der sowjetischen Delegation wurden im Hotel San José Fairmont untergebracht, begleitet von einer Gruppe von KGB-Agenten.

Im Foyer des Hotels wurde Monk mit seiner Tweedjacke, seiner an einem Band um den Hals baumelnden Brille und seinem Stoß Fachzeitschriften bald ein wohlvertrauter Anblick. Sogar die Leute vom KGB verloren ihr Interesse an ihm. Im Auditorium hörte sich Monk die Vorträge an. Er verstand nicht ein Wort.

Am Tag vor der Abreise wartete Monk, bis Professor Blinow sich in sein Zimmer zurückzog. Wenig später klopfte er bei ihm an.

„Ja", sagte eine Stimme auf englisch.

„Zimmerdienst", erklärte Monk.

„Ich habe keinen Zimmerdienst angefordert."

„Ich bin auch kein Page, sondern der Nachtportier. Ein kleines Dankeschön des Hotels."

Monk trat ein, stellte einen Korb mit Obst ab, wandte sich um und schloß die Tür. Der Wissenschaftler blinzelte ihn erschrocken an. „Ich weiß, wer Sie sind. Gehen Sie, oder ich alarmiere meine Leute!"

Monk lächelte ihn nur an und wechselte ins Russische über. „Klar, Professor, wann immer Sie wollen. Aber lassen Sie uns nur fünf Minuten miteinander sprechen. Dann gehe ich wieder, freiwillig und ohne Ärger zu machen."

„Was Sie auch sagen, ich will nichts davon hören. Man hat mich gewarnt ..."

„Jewgenia lebt in New York", sagte Monk. Der Professor verstummte abrupt und brachte den Mund nicht mehr zu.

„Nach Ihrem letzten gemeinsamen Urlaub in Jalta kam sie statt nach Israel hierher. In einem Transitlager merkte sie, daß sie von Ihnen schwanger war. Jetzt lesen Sie bitte diesen Brief."

Der Professor las langsam und mit wachsendem Erstaunen. Als er fertig war, ließ er die zwei Bogen in seiner Hand sinken und starrte lange die Wand an. Ganz langsam kullerten zwei Tränen seine Wangen hinab. „Ich habe einen Sohn", flüsterte er. „Gütiger Himmel, ich habe einen Sohn."

Monk zog ein Foto aus seiner Tasche. Es zeigte einen sommersprossigen Jungen mit Baseballmütze, der über das ganze Gesicht grinste. „Iwan Iwanowitsch Blinow", sagte Monk.

„Ich haben einen Sohn", wiederholte der Mann, der Wasserstoffbomben konstruieren konnte.

„Sie haben auch eine Frau", murmelte Monk.

Blinow schüttelte den Kopf. „Walja ist letztes Jahr an Krebs gestorben."

Das Herz rutschte Monk in die Hose. Dann war der Mann ja frei. Er würde in den Staaten bleiben wollen und ihm einen Strich durch die Rechnung machen.

Und Blinow hatte ihn durchschaut. „Was wollen Sie?"

„In zwei Jahren werden wir Sie nach Amerika holen. Sie werden ein angenehmes Leben bei uns führen. Eine Professur an einer angesehenen Universität, ein großes Haus, zwei Autos. Jewgenia und Iwan werden bei Ihnen sein. Für immer."

„Zwei Jahre."

„Ja. Noch zwei Jahre in Arsamas-16. Aber wir müssen alles erfahren. Verstehen Sie?"

Blinow nickte. Bis zur Dämmerung brachte Monk ihn dazu, sich eine Ostberliner Adresse einzuprägen und eine Dose Rasierschaum anzunehmen, in der ein Röhrchen mit unsichtbarer Tinte versteckt war. Daß ein Fremder sich in Arsamas-16 einschleichen könnte, schloß man von vornherein aus. Darum mußte ein Treffen für die Übergabe des Materials, das Blinow sammeln sollte, geplant werden. Und ein Jahr danach sollte er mit allem, was er mitnehmen konnte, fliehen.

Als Jason Monk das Foyer zum Hotelausgang durchquerte, schwor er sich, daß Iwan Blinow eines Tages von Uncle Sam reichlich Entschädigung für jede Minute dieser zwei Jahre bekommen sollte.

Sir Henry Coombs war knapp sechzig. Er absolvierte gerade sein letztes Jahr im britischen Geheimdienst. Wie seine Vorgänger hatte er alle Abteilungen durchlaufen und sich im kalten Krieg verdient gemacht.

Das Treffen zwischen Jock Macdonald und Coombs fand über dem Vauxhall Cross, dem Hauptquartier des britischen Geheimdienstes, in Sir Henry Coombs' Büro statt. Zugegen waren bei diesem Treffen auch die Koordinatoren für die westliche und die östliche Hemisphäre sowie Marchbanks, der Leiter der Rußlandabteilung.

Macdonald erstattete fast eine Stunde lang Bericht über das Schwarze Manifest; nur gelegentlich wurde er durch Zwischenfragen seiner Vorgesetzten unterbrochen.

„Nun, meine Herren?“ fragte Coombs schließlich.

Jeder gab seinen Eindruck wieder. Es bestand Einigkeit darüber, daß das Schwarze Manifest einen authentischen Schlachtplan für Komarows Vorgehen nach seiner Machtergreifung darstellte: die Schaffung einer Einparteiendiktatur, Krieg gegen das Ausland und Völkermord im eigenen Land.

„Können Sie alles, was Sie uns berichtet haben, schriftlich fixieren, Jock? Ich muß es nach oben weitergeben. Außerdem sollten wir unsere Kollegen in Langley informieren. Sean, können Sie sich darum kümmern?“

Der Koordinator für die westliche Hemisphäre nickte.

„Schlimme Sache“, knurrte der Chef und erhob sich. „Der Mann muß natürlich auf der Stelle gestoppt werden. Die Politiker müssen uns nur noch grünes Licht geben.“

Doch dazu kam es nicht. Statt dessen gab es in den letzten Augusttagen ein Treffen zwischen Sir Henry Coombs und Sir Reginald Parfitt, einem hohen Beamten im Außenministerium in der King Charles Street.

„Dieses vermaledeite Dokument, das Ihre Leute letzten Monat aus Rußland gebracht haben ...“, brummte Parfitt.

„Das Schwarze Manifest.“

„Genau. Schwärzer geht es nicht. Na gut, wir haben es den Amerikanern übermittelt. Unser Herr und Gebieter“ – er meinte den Premierminister – „hat es sich kurz vor seinem Abflug zum Urlaub in der Toskana angesehen. Es erübrigt sich zu sagen, daß es auf allen Seiten Abscheu hervorgerufen hat.“

„Werden wir reagieren, Reggie?“

„Reagieren. Tja, da liegt der Hund begraben. Regierungen stehen offiziell nur mit Regierungen im Dialog, nicht mit irgendwelchen Oppositionspolitikern des Auslands. Offiziell existiert das hier gar nicht. Ich fürchte, der Weisheit letzter Schluß ist, daß keine der beiden Regierungen sich in der Lage sieht, offizielle Schritte einzuleiten."

„Offiziell", knurrte Coombs. „Andererseits hat unsere Regierung in ihrer unendlichen Weisheit meinen Dienst nur zu dem einen Zweck ins Leben gerufen, im Bedarfsfall inoffiziell handeln zu können."

„Gewiß, Henry, gewiß. Sie wollen sicher auf eine Art verdeckte Aktion hinaus", sagte Sir Reginald und verzog das Gesicht, als hätte jemand das Fenster geöffnet und stinkende Abgase hereingelassen.

„Der Mann wäre nicht der erste geisteskranke Verbrecher, den man auf diese Weise gestoppt hätte, Reggie."

„Henry, verdeckte Aktionen, so geheim sie gegenwärtig auch sein mögen, werden später doch öffentlich. Ich glaube nicht, daß die beiden beteiligten Regierungen diesem Mann neue Kredite gewähren werden, sollte er denn an die Macht kommen. Aber das ist auch schon alles. Was aktive Maßnahmen betrifft, so lautet die Antwort: Nein."

Sir Reginald begleitete Coombs zur Tür. Ihre Blicke trafen sich. Die Augen des Spitzenbeamten aus dem Außenministerium funkelten, der oberste Spion sah finster drein. „Und, Henry, das heißt wirklich und unwiderruflich nein."

WLADIMIR, JULI 1989

Der amerikanische Gelehrte Dr. Philip Peters hatte die UdSSR schon einmal besucht und dort seiner harmlosen Leidenschaft für östliche Kunst und russische Antiquitäten gefrönt.

Im Jahr danach strömten noch mehr Touristen nach Moskau, und die Kontrollen wurden noch laxer gehandhabt. Monk fragte sich nur, ob er erneut in die Identität des Dr. Peters schlüpfen solle. Er fand keinen Grund, der dagegen sprach.

Professor Blinows Brief ließ keinen Zweifel offen. Er hatte eine reiche Ernte eingefahren. Jetzt war er zur Übergabe bereit, sah aber keine Möglichkeit, nach Moskau zu gelangen.

Doch nur eine neunzigminütige Zugreise von Arsamas-16 entfernt lag Gorki, eine ebenfalls von wissenschaftlichen Einrichtungen strotzende Stadt. Und die war für ihn erreichbar, zumal der KGB auf den üblichen „Schatten" verzichtete. Immerhin, so hatte er argumentiert, sei er ja auch schon in Kalifornien gewesen. Was sei dann noch gegen Gorki einzuwenden? Er konnte die Fahrt nach Gorki und von dort die

Weiterreise zur Kathedralenstadt Wladimir planen und bei Anbruch der Nacht wieder zurück sein. So teilte er Monk mit, er werde ihn am 19. Juli um zwölf Uhr mittags unter der Westempore der Uspenski-Kathedrale in Wladimir erwarten.

Zwei Wochen lang bereitete sich Monk auf Wladimir vor. Die im Mittelalter erbaute Stadt ist berühmt für ihre zwei prächtigen Kathedralen mit Fresken von Andrei Rubljow, dem Ikonenmaler aus dem fünfzehnten Jahrhundert. Die Uspenski-Kathedrale ist die größere von beiden, die kleinere ist dem heiligen Demetrios geweiht.

Den Experten von Langley gelang es nicht, eine Reisegruppe aufzutreiben, die am fraglichen Tag Wladimir besuchte. Schließlich kam man auf die Idee, einen Verein von Liebhabern alter russischer Sakralarchitektur zu gründen, auf dessen Programm für Juli eine Fahrt nach Moskau stand. Dr. Peters schloß sich ihnen an.

Die Haare zu einer dichten grauen Lockenpracht aufgetürmt und mit einem Reiseführer unter der Nase, streifte Dr. Peters drei Tage lang durch die mächtigen Kathedralen des Moskauer Kreml. Um Viertel nach sieben am Morgen des 19. Juli ließ Dr. Peters dem Reiseleiter von Intourist ausrichten, daß er wegen Magenkrämpfen nicht an dem geplanten Tagesausflug teilnehmen könne und den Tag lieber im Bett verbringen wolle. Um acht Uhr ging er zu Fuß zum Kasaner Bahnhof, wo er den nächsten Zug nach Wladimir bestieg. Kurz vor elf kam er in der Kathedralenstadt an.

Er schlenderte in der St.-Demetrios-Kathedrale umher, bewunderte die Mauern mit ihren 1300 Basreliefs von Vögeln, Blumen, Fabeltieren, Heiligen und Propheten. Um zehn vor zwölf spazierte er zur dreihundert Meter entfernten Uspenski-Kathedrale und stellte sich sofort unter die Westempore. Dort bestaunte er ausgiebigst die Rubljow-Gemälde, bis sich hinter ihm jemand räusperte.

„Hallo, Professor, wie geht es Ihnen?“ fragte er leise.

„Gut, aber ich bin etwas nervös“, antwortete Blinow. „Ich habe etwas für Sie!“

„Und ich habe etwas für Sie. Einen langen Brief von Jewgenia und einen vom kleinen Iwan. Ich glaube, den Verstand hat er von Ihnen geerbt. Sein Mathematiklehrer sagt, er sei seinen Alterskameraden weit voraus.“

Obwohl ihm der Angstschweiß auf der Stirn stand, strahlte der Professor vor Stolz.

Monk händigte ihm das Päckchen mit den Briefen aus Amerika aus.

Was Blinow dagegen Monk übergab, war ungleich sperriger – zusammen mehrere Zentimeter dick. Monk steckte den Packen unter sein Hemd und schob ihn über das Gesäß. Dann verabschiedete er sich lächelnd mit einem Händedruck. „Nur Mut, Iwan Jewdokimowitsch. Ein Jahr noch, dann haben Sie es geschafft."

Am 20. Juli flog Monks Reisegruppe von Moskau nach New York. In derselben Nacht traf im John F. Kennedy Airport noch ein weiterer Jet aus Europa ein. An Bord befand sich Aldrich Ames. Nach drei Jahren in Italien kehrte er nach Langley zurück, um dort seine Spionagetätigkeit für den KGB wiederaufzunehmen.

Vor dem Abflug hatte er einen neunseitigen Brief mit den neuesten Instruktionen aus Moskau auswendig gelernt und verbrannt. Hauptaufgabe war die Enttarnung der von der CIA angeworbenen Agenten. Ein Postskriptum war auch dabeigewesen: Konzentrieren Sie sich auf den Mann, den wir unter dem Namen Jason Monk kennen.

Am letzten Tag im August 1999 lud Sir Henry Coombs seinen Vorgänger im Amt des Secret Intelligence Service zum Lunch im White's Club ein.

Fünfzehn Jahre war es her, daß der mittlerweile 74jährige Sir Nigel Irvine seinen Beruf an den Nagel gehängt hatte. Er hatte sich in sein Landhaus in Dorset zurückgezogen. Dort schrieb er, las viel, ging an der Küste spazieren und fuhr gelegentlich mit dem Zug nach London, um alte Freunde zu besuchen. Für diese zählte er noch nicht zum alten Eisen. Vielmehr stand für sie fest, daß sich hinter den freundlichen blauen Augen ein messerscharfer Verstand verbarg.

Irvine war nicht so naiv zu glauben, sein ehemaliger Protegé hätte ihn bloß wegen eines Mittagessens gebeten, die Mühe einer Zugreise von Dorset ins hektische London auf sich zu nehmen.

„In Rußland ist etwas passiert", sagte Coombs, während sie von ihrem Fensterplatz aus auf die St. James's Street hinabsahen. „Ich möchte jetzt nicht ins Detail gehen, sondern Ihnen nur die Umrisse skizzieren."

Irvine nickte. „Selbstverständlich."

Coombs schilderte in groben Zügen die Ereignisse der letzten sechs Wochen in Moskau und in London. „Sie wollen nichts unternehmen", schloß er. „Das ist ihr letztes Wort. Die Ereignisse sollen ihren Lauf nehmen, so bedauerlich das auch sein mag. So hat es mir zumindest unser hochgeschätzter Außenminister vor zwei Tagen erklärt."

„Ich fürchte, Sie überschätzen meine Fähigkeiten, wenn Sie glauben, ich könnte die Mandarine im Außenministerium auf Trab bringen“, sagte Sir Nigel. „Ich bin ein alter Mann. Wie sagt der Dichter? Meine Rennen habe ich gelaufen, meine Leidenschaften bis zur Neige ausgekostet.“

„Ich habe das Dokument für Sie hier und wäre froh, wenn Sie einen Blick darauf werfen könnten“, entgegnete Coombs. „Nehmen Sie es mit nach Hause, lesen Sie es, und bilden Sie sich Ihr eigenes Urteil.“

Nach dem Dessert bestellte Sir Henry Coombs Kaffee und zwei Gläser Portwein der Hausmarke, eines edlen Fonseca.

„Und wenn ich Ihre Ansicht über dieses Manifest teile, was wahrscheinlich der Fall sein wird, was weiter?“ fragte Irvine.

„Ich dachte da an etwas, Nigel ... Treffen Sie nächste Woche nicht bestimmte Leute in Amerika ...?“

„Du lieber Himmel, Henry, darüber sollten doch nicht einmal Sie Bescheid wissen!“

Insgeheim freute Coombs sich, daß sein Gefühl ihn nicht getäuscht hatte. Der sogenannte Council of Lincoln trat also tatsächlich zusammen, und Irvine nahm daran teil.

„Schön zu hören, daß sich seit meiner Zeit nicht allzuviel geändert hat. Also gut“, bemerkte Irvine, „angenommen, ich treffe bestimmte Leute in Amerika. Was dann?“

„Das überlasse ich ganz Ihnen. Sollten Sie zu dem Schluß kommen, daß das Dokument in den Müll gehört, tun Sie sich keinen Zwang an. Wenn Sie meinen, es sollte den Atlantik überqueren, liegt es ganz bei Ihnen, was weiter daraus wird.“

„O Gott, wie aufregend!“

Coombs zog einen versiegelten Umschlag aus seiner Tasche und reichte ihn über den Tisch. Irvine verstaute ihn in seiner Tasche, in der bereits seine Einkäufe für Lady Irvine lagen, die an Winterabenden gerne Kissenbezüge bestickte.

Nachdem die zwei Männer sich in der Vorhalle verabschiedet hatten, nahm Sir Nigel ein Taxi zum Bahnhof und bestieg dort den nächsten Zug nach Dorset.

LANGLEY, SEPTEMBER 1989

Als Aldrich Ames nach Washington zurückkehrte, hatte er immer noch die zweite Hälfte seiner erstaunlichen neunjährigen Karriere als Spion für den KGB vor sich. Zum Einstand in sein neues Leben erwarb er für eine halbe Million in bar ein Haus und brauste mit einem nagelneuen Jaguar zur Arbeit. Und das alles bei einem Jahreseinkommen von fünfzigtausend Dollar. Doch niemand schöpfte Verdacht.

Sehr bald frischten er und sein alter Zechkumpan Ken Mulgrew, der nun das ganze Personalwesen unter sich hatte, ihre Freundschaft auf. In dieser Funktion hievte Mulgrew seinen Freund binnen kurzer Zeit an die Spitze des Bereichs Externe Operationen der Abteilung SO. Aber Externe Operationen war nur für die außerhalb der Sowjetunion und ihrer Vasallenstaaten tätigen Maulwürfe zuständig. Lysander, der in Ostberlin das Direktorat K des KGB leitete, war also genausowenig dabei wie Delphi, der ein hohes Amt im sowjetischen Außenministerium bekleidete, und wie Pegasus, der in einer Kernforschungsanlage irgendwo zwischen Moskau und dem Ural ein Dasein in völliger Abgeschiedenheit führte.

Obwohl Ames seine neuen Kompetenzen gleich dazu benutzte, Monk nachzuspüren, wurde er nicht fündig. Aber wenn die Akten der Externen Operationen nichts über Monk hergaben, so konnte das nur bedeuten, daß die Agenten, die er führte, innerhalb der Sowjetunion tätig sein mußten. Den Rest erzählten ihm Scuttlebutt und Mulgrew.

Im ganzen Haus hieß es, daß Monk die einzige Hoffnung einer Abteilung war, die durch Verrat ruiniert sei. Man flüsterte sich hinter vorgehaltener Hand aber auch zu, daß er ein Einzelgänger sei, der sich von niemandem dreinreden ließe und längst rausgeboxt worden wäre, hätte er nicht so viele Erfolge erzielt.

Wie so viele Bürohengste verabscheute Mulgrew Leute vom Schlag eines Jason Monk. Seine Unabhängigkeit, seine beharrliche Weigerung, Formblätter in dreifacher Ausfertigung abzuliefern, und vor allem seine scheinbare Immunität gegen Beschwerden, wie besonders Mulgrew sie hatte, waren ein ständiger Stachel in seinem Fleisch. Diese Abneigung nutzte Ames weidlich aus. Und weil er der Trinkfestere von beiden war, funktionierte sein Verstand auch noch, wenn der Alkohol Mulgrew die Zunge gelöst hatte.

So platzte Mulgrew einmal im September 1989 spät in der Nacht damit heraus, er habe gehört, daß Monk einen Agenten führe, „irgend so ein hohes Tier, das er vor vielleicht zwei Jahren in Argentinien angeworben hat“.

Den Namen oder Codenamen wußte er nicht, aber den Rest fand der KGB heraus. Anders als die CIA faßte die Abteilung Gegenspionage des KGB keinen ihrer eigenen Leuten mit Samthandschuhen an. Sie prüfte sofort nach, wer plötzlich an viel Geld herangekommen war, einen höheren Lebensstandard genoß, sich eine kleine Wohnung gekauft hatte ...

SIR NIGEL schritt den Küstenpfad entlang und sog die salzige Meeresluft in tiefen Zügen ein. Das Wetter war prächtig an diesem ersten September. Vom Ärmelkanal wehte eine frische Brise herüber, und zwischen den Klippen und der Küste der Normandie gab es nichts als die weißen Kronen der vom Wind aufgewühlten Wellen. Seinen Wanderungen dort, dessen war er sich sicher, verdankte er den klaren Kopf, das Gespür für arglistig ausgelegte falsche Fährten und die Fähigkeit zur Konzentration auf das Wesentliche.

Die ganze Nacht hatte er über dem von Henry Coombs an ihn ausgehändigten Dokument gebrütet, dessen Inhalt ihn zutiefst schockierte. Wenn der russische Demagoge dieses Programm tatsächlich verwirklichen wollte, würde sich ein längst überwunden geglaubter Teil der Geschichte wiederholen, dessen Schrecken Nigel in seiner Jugend mit eigenen Augen gesehen hatte. Der frischgebackene Leutnant war gerade erst zwanzig Jahre alt gewesen, als er mit der Achten Armee den Rhein überquerte und mit einem Anblick konfrontiert wurde, der jedem Menschen erspart bleiben sollte: dem des Konzentrationslagers Bergen-Belsen. Sir Nigel würde die Alpträume zeitlebens nicht mehr loswerden. Er wandte sich seinem Haus zu. Was sollte er nun tun?

Er öffnete das Tor und durchquerte den kleinen Garten, in dem Penny Obst und Gemüse anbaute. Ein kleines Feuer war am Erlöschen. Sie hatte wieder einmal die Bäume beschnitten. Es wäre ja so einfach, die Akte ins Feuer zu werfen und die Sache abzuhaken. Henry Coombs und auch sein Nachfolger würden das Thema nie wieder anschneiden; das wußte er. Niemand würde je von den Dokumenten erfahren. Diskretion gehörte einfach zum Kodex.

Durch das offene Küchenfenster hörte er seine Frau rufen. „Da bist du ja! Im Wohnzimmer steht Tee. Ich war im Dorf und habe Muffins und Marmelade gekauft.“

„Sehr schön. Ich liebe Muffins.“

„Das weiß ich inzwischen.“

Penelope Irvine war einmal eine atemberaubende Schönheit gewesen und hätte sich unter einem Dutzend Bewerber den reichsten aussuchen können. Aus Gründen, die nur sie kannte, hatte sie sich für den mittellosen Geheimdienstoffizier entschieden, der ihr Gedichte vorgelesen hatte und hinter dessen Schüchternheit sich ein Gedächtnis verbarg, das so umfassend war wie ein Computer. Dreißig Jahre lang hatte Penelope geduldig auf ihren Mann gewartet, während er seine Agenten im Innersten der Sowjetunion geführt oder im kalten Schatten der Berliner Mauer gestanden hatte, bis der eine oder andere tapfere, aber verängstigte Mann über den Checkpoint Charlie in die Lichter Westberlins schlüpfte. Wenn er nach Hause kam, brannte immer ein Kaminfeuer, und es gab Tee und Muffins. Trotz ihrer fast siebzig Jahre fand er sie nach wie vor schön und liebte sie sehr.

Er saß am Tisch, aß sein Abendbrot und starrte ins Kaminfeuer.

„Du gehst schon wieder weg", stellte sie mit leiser Stimme fest.

„Ich muß wohl."

„Für wie lange?"

„Ach, ein paar Tage in London und dann eine Woche in Amerika."

„Ich komme auch allein zurecht. Im Garten ist ja jede Menge zu tun. Rufst du mich an, wenn du kannst?"

„Natürlich." Dann fügte er hinzu: „Es darf nicht noch einmal geschehen, weißt du."

„Natürlich nicht. Trink deinen Tee aus."

DIE VEREINIGTEN STAATEN sind bekannt für die unterschiedlichsten Dinge, unter anderem für sogenannte *Non-Governmental Organizations* – eine kaum zu überschauende Menge von Verbänden, Vereinen und Stiftungen. Doch sie haben zwei Dinge gemeinsam: Sie geben ihre Existenz öffentlich bekannt und haben eine Zentrale. Alle bis auf eine, die wahrscheinlich einflußreichste von allen.

Der „Council of Lincoln" ist unabhängig und dient dem Ziel, wichtige aktuelle Ereignisse zu untersuchen. Mitglied wird man nur durch persönliche Einladung. Im Sommer 1999 hatte der Club sechs britische Mitglieder und 32 Vertreter aus Amerika. Sein Motto verdankte der Council dem großen amerikanischen Präsidenten Lincoln: „Regierung des Volkes, durch das Volk und für das Volk". Man traf sich einmal jährlich an einem abgeschiedenen Ort. Die Mitglieder bezahlten die Anreise selbst, für Unterkunft und Verpflegung sorgte der Gastgeber.

Im Jahr 1999 war der Washingtoner Finanzier Saul Nathanson Gastgeber, der sich eine 25 Hektar große Ferienranch in einem Tal namens Jackson Hole gebaut hatte. Die Farm war nur zu Fuß erreichbar, und für zusätzliche Sicherheit sorgten als Camper getarnte Wachmänner, die neugierige Beobachter fernhielten. Am 7. September trafen die ersten Gäste in Denver ein, wo sie einer von Nathansons Bediensteten in Empfang nahm und mit einer Privatmaschine zum Jackson Airport flog. Dort stiegen sie in einen Hubschrauber um und wurden fünf Minuten später auf der Farm abgesetzt.

Nach seinem Eintreffen packte Sir Nigel Irvine zunächst seine Sachen aus, duschte, zog sich zwanglosere Kleidung an und setzte sich dann zu Expräsident George Bush und dem früheren Außenminister Henry Kissinger, mit denen er ein Blockhaus teilte, auf die Terrasse. Es war eines von zwanzig Häusern auf der Farm.

Sir Nigel Irvine warf einen Blick auf die Tagesordnung. Für die nächsten zwei Tage würden die Mitglieder drei verschiedene Arbeitsgruppen bilden und je nachdem geopolitische, strategische oder wirtschaftliche Themen erörtern. Am dritten sollten die jeweiligen Ergebnisse im Plenum diskutiert werden. Auf seinen Antrag hin war Sir Nigel für den vierten Tag eine Stunde bewilligt worden, in der er sein persönliches Anliegen vortragen wollte.

Irgendwo auf einem der dichtbewaldeten Hänge ringsum stieß ein Elchbulle einen Brunftschrei aus. Ein Fischadler schwebte mit weit ausgebreiteten, schwarz umrandeten Flügeln in der Luft. Ein idyllisches Fleckchen Erde, befand der alte Meisterspion. Nur dieses üble Machwerk in seinem Gepäck, das seinen Weg von einem russischen Schreibtisch bis zu ihm gefunden hatte, störte den Frieden.

WIEN, JUNI 1990

Da er fürchtete, vom FBI überwacht zu werden, hielt es Ames für äußerst riskant, sich in Washington mit sowjetischen Diplomaten zu treffen. So flog er im Juni 1990 zu einem Treffen mit seinem langjährigen Unterhändler Oberst Wladimir Metschulajew nach Wien. Ames lieferte zwei Lebensläufe ab, die Metschulajew beglückten: Bei einem handelte es sich um einen Wissenschaftler, der in einer absolut geheimgehaltenen Stadt lebte, aber in Kalifornien angeworben worden war. Der andere war ein KGB-Oberst, ebenfalls außerhalb der UdSSR rekrutiert. Dieser Mann, der Spanisch sprach, war jetzt irgendwo im Warschauer Pakt, aber nicht in seinem Heimatland tätig.

Binnen drei Tagen wurde in der Zentrale der Ersten Hauptverwaltung des KGB in Jasenewo die Jagd eröffnet.

„HÖRT ihr nicht ihre Stimme sich über den Nachtwind erheben, meine Brüder und Schwestern? Hört ihr nicht die Stimme eurer geliebten Mutter Rußland? Ich aber höre sie über den schneebedeckten Weiten schluchzen. ‚Warum tut ihr mir das an?' fragt sie. ‚Bin ich nicht genug verraten worden? Warum verkauft ihr mich wie eine Hure an Ausländer, die wie Krähen auf meinen geschundenen Leib einhacken?'"

An der Kopfseite des Gemeinschaftsraums war eine große Leinwand aufgestellt worden. Am anderen Ende lief ein Projektor. Achtunddreißig Augenpaare folgten gebannt den Bildern von einer Massenkundgebung, die Anfang des Sommers stattgefunden hatte. Beschwörend hob und senkte sich dazu die sonore Stimme des Redners. Ganz im Kontrast dazu stand die mit gedämpften Worten gesprochene Übersetzung.

Die Stimme schwoll wieder an. „Ich komme, geliebte Mutter. Ich, Igor, dein Sohn, bin bald bei dir." Das letzte Wort ging unter in einem tosenden Schlachtgesang: KO-MA-ROW! KO-MA-ROW!

Der Projektor wurde ausgeschaltet, und das Bild verschwand. Als die Lichter angingen, trat Sir Nigel Irvine nach vorn an das Kopfende der hufeisenförmig aufgestellten Kiefernholztische.

„Ich glaube, Sie alle wissen, wen Sie da gesehen haben", sagte er mit leiser Stimme. „Das war Igor Komarow, Führer der Union der Patriotischen Kräfte, der Partei, die aller Voraussicht nach die Wahl im nächsten Januar gewinnen wird. Ich habe den Rat nicht deswegen um Redezeit gebeten, um mit Ihnen über die Perspektiven Rußlands nach Igor Komarows Wahl zu diskutieren, sondern um Ihnen ein meiner Überzeugung nach authentisches Dokument vorzulegen, das die Entwicklung dieses Landes entscheidend beeinflussen wird. Ich habe aus England einen Bericht mitgebracht, der das Schwarze Manifest genannt wird. Ich habe es eben siebenunddreißigmal fotokopiert. Ich bitte Sie, dieses Dokument in aller Ruhe zu studieren. Ich muß Sie bitten, es vor dem Verlassen dieses Anwesens zu verbrennen. Abschließend möchte ich noch darauf hinweisen, daß wegen dieses Papiers bereits zwei Männer sterben mußten."

LANGLEY, AUGUST 1990

Die CIA-Abteilung in Moskau sandte die erste Hiobsbotschaft. Agent Delphi war eliminiert worden. Zweimal hatten die Moskauer CIA-Mitarbeiter die verabredeten Kreidezeichen angebracht, um Kruglow zu benachrichtigen, daß in dem toten Briefkasten etwas für ihn bereitlag. Zweimal war Kruglow nicht aufgetaucht. War er nicht mehr am Ort? Vielleicht plötzlich versetzt worden?

Wenn dem so wäre, hätte er das verabredete Zeichen für „Mir geht es gut“ geben müssen. Aber da war nichts.

Obendrein traf aus Westberlin die Nachricht ein, daß auch die Verbindung zu Pegasus abgebrochen war. Sowohl sein monatlicher Brief an die sichere Ostberliner Adresse als auch die übliche Anzeige in der Zeitschrift des russischen Hundezüchterverbands waren ausgeblieben. Weil die strengen Sicherheitsvorkehrungen in Arsamas-16 zunehmend gelockert wurden und der Professor kleinere Fahrten in die Umgebung unternehmen durfte, hatte Monk ihm vorgeschlagen, er solle einmal pro Monat einen völlig harmlosen Brief nach Ostberlin schicken. Seit dem Fall der Mauer war es nicht mehr nötig, die Briefe nach Westberlin zu schmuggeln. Überdies hatte Monk Blinow geraten, sich ein Paar reinrassige Cockerspaniels zuzulegen. Was war schon dabei, wenn sich ein verwitweter Wissenschaftler der Hundezucht widmete? So bot der Professor jeden Monat per Annonce im *Hundezüchterjournal* stubenreine, neugeborene oder demnächst erwartete Welpen zum Verkauf an. Aber nun war auch dieses Lebenszeichen ausgeblieben.

Wenn Kruglow und Blinow geschnappt und verhört worden waren, hätten sie alles erzählt. Widerstand war sinnlos, es hätte nur die Qualen verlängert. Entweder war ihr Verschwinden Zufall, oder der KGB hatte eine sichere Quelle.

Monk war zutiefst beunruhigt. Er meldete nach oben, daß etwas nicht stimmte, mußte sich aber vorhalten lassen, er sei zu ungeduldig; statt in Panik zu geraten, solle er lieber noch etwas warten; der Kontakt werde sicher bald wiederhergestellt. Doch Monk gab keine Ruhe. Er ging davon aus, daß im Innersten von Langley ein Maulwurf saß, und wurde nicht müde, seine Vorgesetzten mit Memoranden darauf hinzuweisen.

Der Mann, der ihn ernst genommen hätte – Carey Jordan –, war pensioniert. Die neuen Direktoren, die seit dem Winter 1985 nach und nach aus fremden Behörden geholt worden waren, reagierten verärgert.

„NIGEL, es fällt mir schwer, das zu glauben“, meinte ein vormaliger US-Justizminister, als nach dem Frühstück die Plenumsdiskussion eröffnet wurde. „Beide Regierungen haben das bekommen und wollen nichts unternehmen?“

Die anderen Mitglieder der Runde hefteten ihre Blicke auf den früheren Spionagechef, als erwarteten sie von ihm eine Versicherung, daß alles nur ein Alptraum sei.

„Übereinstimmend kam man zu dem Schluß, daß eine offizielle Reaktion ausbleiben muß“, fuhr Irvine fort. „Der Westen darf das Schwarze Manifest offiziell nicht haben. Komarow würde es ohnehin als Fälschung brandmarken.“

„Darf ich etwas sagen?“ meldete sich schließlich der Gastgeber Saul Nathanson zu Wort. „... Vor acht Jahren hatte ich noch einen Sohn. Er fiel im Golfkrieg.“

Es herrschte Schweigen; einige nickten düster vor sich hin.

„Wenn es für diesen Verlust einen Trost gibt“, fuhr Nathanson fort, „dann das Wissen, daß er im Kampf gegen etwas wirklich Böses gestorben ist.“ Er beugte sich vor und klopfte auf das Schwarze Manifest. „Und auch dieses Dokument steht für das Böse. Der Mann, der es verfaßt hat, steht für das Böse. Und da sollen wir uns einfach abwenden und es wieder geschehen lassen?“

Die Teilnehmer nickten stumm. Jeder wußte, daß er mit „es“ einen zweiten Holocaust meinte – nicht nur an den Juden in Rußland, sondern ebenso an anderen ethnischen Minderheiten.

Die Worte der früheren britischen Premierministerin Margaret Thatcher brachen das Schweigen: „Ich stimme zu. Jetzt ist nicht die Zeit, den Schwanz einzuziehen.“

James Baker, der ehemalige US-Außenminister, wandte sich an Nigel Irvine. „Sie haben dieses erschreckende Dokument mitgebracht. Wozu raten Sie denn?“

„Ich rate zu gar nichts“, antwortete Irvine. „Aber ich kann Ihnen ein Rezept anbieten. Der Council müßte eine Initiative gutheißen – nicht selbst in die Wege leiten, sondern nur gutheißen –, die so verdeckt wäre, daß, komme, was da wolle, niemand in diesem Raum damit in Verbindung gebracht werden könnte.“

Henry Kissinger meldete sich mit seinem deutschen Akzent: „Ist Nigel zu einer so verdeckten Operation in der Lage?“

„Ja“, antworteten unisono zwei Stimmen. In seiner Zeit als Chef des britischen Geheimdienstes hatte Sir Nigel gleichermaßen Margaret Thatcher und ihrem ebenfalls anwesenden Außenminister Lord Carrington unterstanden.

Der Council of Lincoln faßte nie formelle Beschlüsse, die schriftlich festgehalten wurden. Er erzielte mündliche Übereinkünfte. In bezug auf das Schwarze Manifest traf der Rat lediglich die Vereinbarung, die Prüfung und gegebenenfalls Einleitung der geeignetsten Schritte an ein kleineres Komitee zu delegieren. Die Vollversammlung war sich einig darüber, daß sie mögliche Folgen weder gutheißen noch verurteilen, noch auf irgendwo gefaßte Beschlüsse zurückführen würde.

Moskau, September 1990

Oberst Anatoli Grischin saß in seinem Büro im Lefortowo-Gefängnis am Schreibtisch und studierte zwei Todesurteile, die soeben bei ihm eingegangen waren. Er wurde schier zerrissen von zwei Gefühlen, die gegensätzlicher nicht hätten sein können. Zuallererst empfand er Triumph. Die Leute von der Gegenspionage hatten ihm in kurzer Folge zwei Verräter präsentiert.

Der erste war der Diplomat Kruglow gewesen. Zwei Umstände hatten zu seiner Entlarvung geführt: Er hatte in der Botschaft von Buenos Aires gedient, und er hatte sich kurz nach seiner Rückkehr eine Wohnung für zwanzigtausend Rubel gekauft. Ohne zu zögern, hatte er alles zugegeben, und als er nichts mehr zu berichten gewußt hatte, war er in eines der tiefsten Verliese gesteckt worden, wo selbst im Sommer die Temperaturen kaum über ein Grad Celsius kletterten.

Im Juli war der Professor für Kernphysik hinter Gitter gewandert. Es gab wenige Wissenschaftler seines Kalibers, die in Kalifornien Vorlesungen gehalten hatten und bei einer Blitzdurchsuchung von Blinows Wohnung hatte man eine Phiole mit unsichtbarer Tinte gefunden. Auch er hatte sehr schnell gestanden.

Beide hatten geschildert, wie dieser lächelnde Amerikaner, der sich ihre Probleme so geduldig angehört und ihnen so vernünftige Vorschläge unterbreitet hatte, an sie herangetreten war. Und das war der Grund für Grischins zwiespältige Gefühle in diesem Moment: In den Triumph mischte sich eine gräßliche Wut auf diesen aalglatten Kerl, dessen Namen er jetzt kannte – Jason Monk.

Zweimal war dieser dreiste Schurke fröhlich in die UdSSR eingereist, hatte mit seinen Spionen gesprochen und war wieder davonspaziert. Und das unter den Augen des KGB! Je mehr er über diesen Mann erfuhr, desto unversöhnlicher wurde sein Haß.

Er ließ die zum Tode Verurteilten eine halbe Stunde lang im Hinterhof schmoren. Als er sich dann nach unten begab, knieten sie auf dem Kies im von hohen Mauern umgebenen Hof, den nie ein Sonnenstrahl erreichte.

Der Diplomat kam als erster an die Reihe. Er schien unter Schock zu stehen und murmelte permanent „Njet, njet“, als der für die Hinrichtung abkommandierte Sergeant den Lauf seiner 9-Millimeter-Makarow gegen seinen Hinterkopf drückte. Es regnete Blut und Knochensplitter, und Kruglow prallte auf dem Boden auf. Wenige Augenblicke später kippte auch der Wissenschaftler mit dem Gesicht nach vorn.

Als Grischin in sein Büro zurückkehrte, um mit dem Bericht zu beginnen, leuchtete das rote Licht seines Telefons auf. Der Anruf kam von einem Kollegen aus der Ermittlungsabteilung der Zweiten Hauptverwaltung.

„Wir glauben, daß wir den dritten in Ostberlin bald haben“, meldete der Mann. „Wollen Sie bei der Verhaftung dabeisein?“

„Ich werde dasein“, sagte Grischin. „Mit ihm ist es eine persönliche Sache.“

Die Projektgruppe war auf fünf Mitglieder begrenzt worden. Dazu gehörten der Vorsitzende des geopolitischen Komitees, sein Pendant von der Abteilung Strategie, der Sprecher der Wirtschaftsexperten, Saul Nathanson und Sir Nigel Irvine. Letzterer fand sich automatisch in der Rolle des Vorsitzenden wieder, während die anderen vor allem Fragen stellten.

„Reden wir nicht lange um den heißen Brei herum“, eröffnete Ralph Brooke, der Vertreter der freien Wirtschaft, die Diskussion. „Ziehen Sie die Ermordung dieses Komarow in Erwägung?“

„Nein“, antwortete Irvine. „Das Problem wäre damit nicht gelöst. Der Mann würde ein Märtyrer werden. Ein anderer würde in seine Fußstapfen treten und wahrscheinlich dasselbe Programm durchsetzen.“

„Was schlagen Sie dann vor?“

„Kein Politiker ist gegen Destabilisierung gefeit.“

„Was wäre vonnöten?“

„Geld.“

„Kein Problem“, sagte Saul Nathanson. „Was noch?“

„Und ein Mann. Ein sehr guter Mann, der nach Rußland gehen und dort bestimmte Dinge auf die Beine stellen kann.“

„Das ist Ihr Bereich, Nigel. Wenn es also gelingt, Komarow in Mißkredit zu bringen, wie geht es dann weiter?“

„Nun, das ist das eigentliche Problem“, gab Irvine zu. „Komarow ist kein Scharlatan. Er ist äußert geschickt und hat Charisma. Er hat ein

Gespür für die tatsächlichen Wünsche des Volkes. Er ist eine Art Symbol."

„Wie meinen Sie das?"

„Alle Nationen brauchen etwas – eine Person oder ein Symbol –, woran sie sich festhalten können, das einer wild zusammengewürfelten Masse ein Gefühl der Identität und Einheit verleiht. Ohne ein solches einheitsstiftendes Symbol würden die Splittergruppen nur übereinander herfallen. Rußland ist ungeheuer groß und besteht aus vielen verschiedenen Völkern. Der Kommunismus war zwar brutal, aber er gewährleistete Einheit. Einheit durch Zwang. Zum freiwilligen Zusammenschluß bedarf es eines solchen Symbols. Wir Briten haben unsere Krone. Im Moment ist Igor Komarow das einzige Symbol der Russen. Was für üble Kratzer dieses Symbol hat, das sehen nur wir."

„Aber was ist, wenn er ausgeschaltet wird? Dann herrscht doch nur wieder Chaos."

„Wahrscheinlich. Es sei denn, wir bringen eine andere und bessere Figur ins Spiel. Eine, die der Liebe des russischen Volkes auch wert ist."

„Der Mann müßte erst noch geboren werden."

„Ach, es gab mal einen", sagte Nigel Irvine. „Vor langer, langer Zeit. Das war der Zar."

LANGLEY, SEPTEMBER 1990

Oberst Turkin alias Agent Lysander schickte eine dringende Nachricht an Jason Monk persönlich. Sie stand auf einer Postkarte von der Terrasse des Ostberliner Operncafés. Der Inhalt war so schlicht wie harmlos: „Hoffentlich sehen wir uns bald wieder. Alles Gute, José-Maria." Adressiert war die Karte an eine sichere CIA-Außenstelle in Bonn, und laut Poststempel war sie in Westberlin aufgegeben worden.

Turkin hatte sie fertig frankiert durch das offene Fenster in ein Auto mit Westberliner Nummer geworfen und dem verblüfften Fahrer im Weitergehen „Bitte!" zugerufen. Als seine Beschatter um die Ecke bogen, war alles schon wieder vorbei. Der Berliner war so nett gewesen und hatte die Karte aufgegeben.

Die Karte war am achten September abgestempelt worden, aber über dem Text stand 23. 9. 90. Für Monk bedeutete das: Ich muß Sie am dreiundzwanzigsten Tag dieses Monats um neun Uhr treffen. Der Treffpunkt war klar: die Terrasse des Operncafés in Ostberlin. Und dem spanischen Namen entnahm Monk: Lage kritisch. Dringend!

Irgend etwas brannte Turkin unter den Nägeln, und er wollte es seinem Freund persönlich sagen. Und zwar dringend. Im Gegensatz zu Turkin wußte Monk von Delphis und Pegasus' Verschwinden. Mit jedem Tag, der verstrich, wuchsen Monks Sorgen.

SIR NIGEL IRVINE verließ gemeinsam mit dem Gastgeber Wyoming. Er war ihm dankbar, daß er in seiner Privatmaschine mit nach Washington fliegen durfte. Vom Flugzeugtelefon aus rief er einen alten Freund an, der in der Nähe von Washington lebte, und verabredete sich mit ihm zum Essen in einem hübschen kleinen Restaurant, La Chaumière, in Georgetown.

Irvine war als erster da. Ein Taxi fuhr vor, aus dem ein weißhaariger Amerikaner seines Alters kletterte. Irvine begrüßte Carey Jordan, und sie wurden in ein Hinterzimmer geführt, wo sie ungestört reden konnten. Der Kellner brachte ihnen die Speise- und Weinkarte. Beide entschieden sich für eine Vorspeise und danach Filetsteak. Beim Studium der Bordeauxweine entdeckte Irvine einen exzellenten Beychevelle. Der Kellner strahlte. Die Flasche war nicht billig. Binnen weniger Minuten servierte er Wein und Vorspeise und verschwand.

„Nun?" fragte Carey Jordan, als sie allein waren. „Was führt Sie in dieses Nest?"

„Ein Problem. In Rußland braut sich etwas ganz Übles zusammen."

„Wie kommen Sie da gerade auf mich? Ich habe damit nichts mehr zu tun. Seit zwölf Jahren schon."

„Ich brauche einen Spezialisten, Carey. Einen, den man nach Rußland schicken kann. Einen, der dort nicht auffällt."

Carey kaute nachdenklich seine Brasse. „Nein", erklärte er schließlich mit einem bedächtigen Kopfschütteln, „der würde nicht mehr hingehen. Der wäre nicht mehr bereit."

„Wer? Wer wäre nicht mehr bereit?"

„Jemand, an den ich gerade dachte. Jason Monk. Der beste Agentenführer, den ich je hatte. Sprach Russisch wie seine Muttersprache."

„Okay, erzählen Sie mir über diesen Jason Monk."

OSTBERLIN, SEPTEMBER 1990

Es war ein milder Herbstabend, und die Caféterrasse war überfüllt. Mit einem leichten Sommeranzug bekleidet, ließ sich Turkin an einem Tisch unmittelbar beim Bürgersteig nieder.

Weil Turkin in der Gegenspionage groß geworden war, galt er auch als Experte für Gegenüberwachung. Aus diesem Grund hielten seine

Beschatter vom KGB tunlichst Abstand. Aber sie waren da: ein Mann und eine Frau auf der gegenüberliegenden Seite vom Platz vor der Oper. Die beiden standen mit zwei um die Ecke geparkten Wagen in Verbindung. In den Wagen saßen die Männer vom Zugriffskommando. Der langersehnte Haftbefehl war erteilt worden.

Die Verhaftung hatte schon früher stattfinden sollen, doch dann hatte sich Grischin angemeldet. Er bestand auf seiner Teilnahme.

Ein marokkanischer Schuhputzer schlurfte über den Bürgersteig auf die Caféterrasse zu und bot den Besuchern durch Gesten seine Dienste an. Er erntete von den Berlinern nur ein allgemeines Kopfschütteln. Es gab schon zu viele Asylbewerber aus der dritten Welt in ihrer reichen Stadt. Schließlich nickte wenigstens einer dem Mann zu. Sofort klappte er seinen winzigen Hocker auf und kauerte sich vor seinem Kunden nieder.

„Lange Zeit nicht mehr gesehen, Nik“, murmelte der Schuhputzer auf spanisch. „Wie geht's Ihnen?“

Der Russe beugte sich vor. „Nicht so gut. Ich fürchte, es gibt Probleme.“

„Welche?“

„Vor zwei Wochen war ein Offizier aus Moskau hier. Bei einer Feier war er fürchterlich betrunken und prahlte damit, daß sie in Moskau mehrere Leute verhaftet haben. Einen Wissenschaftler und einen aus dem Auswärtigen Amt.“

Die Nachricht traf Monk wie ein Schlag ins Gesicht. „Sie müssen raus, Nik. Heute nacht noch. Wechseln Sie in den Westen rüber.“

„Ich kann doch Ludmilla und Juri nicht allein zurücklassen. Sie sind in Moskau.“

„Holen Sie sie zu sich, mein Freund. Lassen Sie sich irgendeine Ausrede einfallen.“

„Sie haben recht. In den nächsten zehn Tagen kommen wir rüber, die ganze Familie. Helfen Sie uns?“

„Das nehme ich persönlich in die Hand. Aber Sie dürfen nicht länger zögern.“

Der Russe drückte dem Schuhputzer eine Handvoll Ostmark in die Hand. Als der Schuhputzer weiterschlurfte, schossen Autos um die Ecke und rasten auf die Caféterrasse zu. Drei Männer sprangen aus dem ersten, stießen Passanten um, die ihnen im Weg waren. Unter den entsetzten Schreien der anderen Gäste wurde der Mann mit dem Sommeranzug zum zweiten Auto geschleift und hineingestoßen. Dann wurde die Tür zugeknallt, und der Wagen jagte mit quietschenden Reifen davon.

Aus einer Entfernung von höchstens hundert Metern mußte Jason Monk hilflos dem Geschehen zusehen.

„WAS IST nach Berlin geschehen?“ erkundigte sich Sir Nigel Irvine.

Er hob die Flasche Beychevelle ins Licht, stellte fest, daß sie leer war, und bedeutete dem Kellner, noch eine zweite zu bringen.

Der Kellner brachte die neue Flasche und füllte auf Nigels Nicken hin die Karaffe.

„Worauf wollen wir trinken?“ fragte Carey Jordan.

„Auf die alten Tage. Und auf die Integrität. Die vermisse ich bei den Jungen wohl am meisten. Moral und Integrität.“

„Darauf stoße ich gern an. Doch zurück nach Berlin. Seit seiner Rückkehr war Monk wütender als ein Berglöwe, dem sie Feuer unterm Hintern gemacht haben. Er rannte durch das ganze Haus und sagte so gut wie jedem, daß in der Abteilung Sowjetunion ziemlich weit oben ein Maulwurf sitzen müsse. Er bezichtigte so ziemlich jeden der Unfähigkeit. Ames wurde aus dem Zuständigkeitsbereich für die Sowjetunion hinauskomplimentiert, aber der Direktor hatte alle Abteilungen neu strukturiert. Für diesen Zweig wurde ein für die Operationen zuständiger Mann aus dem früheren Direktorat gebraucht. Mulgrew schlug Ames vor, und der bekam doch glatt den Job. Dreimal dürfen Sie raten, an wen sich Monk mit seiner Beschwerde wenden mußte. An Aldrich Ames höchstpersönlich.“

„Der Teufel kümmert sich um die Seinen, Carey.“

Jordan nickte verbittert. „So kann man es wohl nennen. Wie dem auch sei, es gab eine interne Untersuchung, und am Ende stellten sie fest, Monk habe das Treffen in Berlin nur inszeniert, um seinen verblassenden Ruhm noch einmal aufzupolieren.“

„Und was wurde aus Monk?“ fragte Sir Nigel.

„Der wäre fast gefeuert worden. Aber dann degradierten sie ihn nur, ließen ihn in der Registratur versauern. Er hätte kündigen sollen, seine Abfindung kassieren und gehen. Aber er hielt unbeirrt durch, in der festen Überzeugung, daß er eines Tages rehabilitiert würde. Und das war schließlich auch der Fall.“

„Man glaubte ihm?“

„Natürlich. Aber zu spät“, seufzte Carey Jordan. „Jetzt erinnern Sie sich wohl an das Ende dieser unseligen Geschichte.“

„Im großen und ganzen. Aber schildern Sie mir doch die Einzelheiten.“ Irvine erspähte den Kellner, winkte ihn herbei und sagte: „Bringen Sie uns bitte zwei Espressos.“

„Nun, 1993, knackte das FBI endlich die Nuß: Sie erledigten das, was eigentlich unsere Aufgabe gewesen wäre. Sie besorgten sich gerichtliche Verfügungen zur Überprüfung sämtlicher Bankkonten der Verdächtigen. Und es klappte. Am 21. Februar 1994 nahmen sie Ames fest.“ Der ehemalige DDO fixierte einen Punkt im Restaurant, doch nicht ihn sah er, sondern eine Namenliste und Gesichter, die es längst nicht mehr gab. „45 Operationen, die zerschlagen, 22 Männer, die verraten wurden, 18 davon Russen, 4 aus dem Westen. 14 von ihnen hingerichtet! Und das alles, weil so ein abgestürzter kleiner Weißer-Kragen-Serienmörder ein großes Haus und einen Jaguar haben wollte.“

„Und Monk?“ fragte Irvine.

„Ja, Monk. Nun, er hörte es in den Nachrichten am nächsten Morgen. Und am selben Tag traf auch dieser Brief bei ihm ein.“

WASHINGTON, FEBRUAR 1994

Der Brief kam am 22. Februar. Er steckte in einem steifen weißen Umschlag, mit dem Siegel einer US-Botschaft. Er mußte mit der übrigen Diplomatenpost in die USA gelangt sein.

Darin befand sich ein zweiter Umschlag von weitaus schlechterer Qualität, wie sich unschwer an den von der Oberfläche abstehenden Holzschlifffragmenten erkennen ließ. Der eigentliche Brief war so brüchig, daß er bei bloßer Berührung zu zerfallen drohte. Toilettenpapier? Durchaus möglich.

Die Schriftzeichen waren kyrillisch, die Hand, die die Buchstaben hingekritzelt hatte, mußte gezittert haben. Überschrieben war der Brief mit „Nischni Tagil, September 1993“.

> Mein lieber Freund Jason,
> falls diese Zeilen Sie je erreichen, bin ich bis dahin tot. Typhus, wissen Sie. Er kommt mit den Läusen und Flöhen. In Moskau herrscht jetzt ein Mann namens Jelzin, und einem Dutzend Politischen ist Amnestie gewährt worden. Das Lager wird jetzt geschlossen. Einer von den Freigelassenen ist ein Freund, ein Schriftsteller aus Litauen. Er hat mir versprochen, diesen Brief aus dem Lager zu schmuggeln und Ihnen zu schicken, sobald er seine Heimat erreicht hat.

Es folgte eine Schilderung dessen, was vor Jahren nach seiner Verhaftung in Ostberlin geschehen war. Turkin beschrieb das Verhör durch Oberst Grischin, wie man ihn geschlagen hatte, und er beschrieb die stinkende, mit Exkrementen beschmierte Zelle. Grischin sei überzeugt gewesen, daß Turkin wie die anderen Verräter bald hingerichtet werden würde. Aber die Zeiten hatten sich geändert. Als der Hinrichtungsbefehl gegen den ehemaligen KGB-Oberst Turkin auf dem Schreibtisch des Präsidenten gelegen habe, habe dieser dem Geheimdienstchef das Dokument ohne die nötige Unterschrift zurückgereicht. Gorbatschow habe beschlossen, Gnade walten zu lassen, und Turkins Urteil sei in sieben Jahre Zwangsarbeit umgewandelt worden.

Die neue Hiobsbotschaft habe bei Grischin das Faß zum Überlaufen gebracht. Jetzt habe er nur noch dafür sorgen können, daß das Sklavenlager, in das sie Turkin schicken würden, zu der Sorte gehörte, in der keiner lange überlebte.

> In diesem Lager begeht ständig jemand Selbstmord, aber irgendwie klammerte ich mich an die Hoffnung, ich könnte durchhalten und eines Tages frei sein.
>
> Ich bedauere nichts von dem, was ich getan habe, denn das System war von Grund auf schlecht. Vielleicht gibt es bald Freiheit für mein Volk. Irgendwo dort draußen ist meine Frau. Ich hoffe von Herzen, daß sie glücklich ist und auch mein Sohn Juri, der Ihnen sein Leben verdankt. Dafür bin ich Ihnen ewig dankbar. Leben Sie wohl, mein Freund.
>
> Ihr Nikolai Iljitsch

Jason Monk faltete den Brief wieder zusammen und legte ihn auf einen Abstelltisch, verbarg den Kopf in den Händen und schluchzte hemmungslos wie ein Kind. An diesem Tag ging er nicht zur Arbeit. Wenn das Telefon klingelte, nahm er nicht ab. Um sechs Uhr abends, als es schon fast dunkel war, stieg er in seinen Wagen und fuhr nach Arlington.

Er klopfte höflich an der Tür des Hauses, das er gesucht hatte. Als eine Frau öffnete, sagte er mit einer Verbeugung: „Guten Abend, Mrs. Mulgrew“ und ging an der völlig überraschten Frau einfach vorbei.

Mulgrew war der größere von ihnen beiden. Aber er war in keiner guten Verfassung und litt unter den Folgen eines äußerst feuchten Mittagessens. Monk schlug ihn insgesamt dreimal. Je einmal für jeden seiner verratenen Agenten. Er zertrümmerte ihm nicht nur den Kiefer, sondern schlug ihm auch auf beide Augen. Danach marschierte er hinaus.

„KLINGT recht entschlossen“, meinte Sir Nigel Irvine. „Was ist danach geschehen?“

„Nun, dankenswerterweise alarmierte Mrs. Mulgrew nicht die Polizei, sondern rief nur das Amt an. Die schickten auch gleich ein paar Typen hin, die bei ihrem Eintreffen aber nur noch mitbekamen, wie Mulgrew in einen Krankenwagen gehoben wurde. Mulgrews Frau identifizierte Monk als den Täter. Er wurde fristlos entlassen und zog fort.“

„Haben Sie eine Ahnung, wohin?“

„Als ich zuletzt von ihm hörte, war er in einer der Kolonien Ihrer Majestät.“

„Protektorate – niemand sagt heutzutage mehr Kolonien. Welches denn?“

„Die Turks- und Caicosinseln. Als ich von ihm hörte, hatte er sich ein Boot gekauft und schipperte Touristen für Geld über die Bucht.“

Vom La Chaumière aus traten sie schließlich in einen herrlichen Herbsttag hinaus und hielten nach einem Taxi Ausschau.

„Ich war vom Essen ganz begeistert, Nigel“, bedankte sich Jordan. „Aber Sie haben Ihre Zeit verschwendet. Jason wird nicht wieder nach Rußland gehen. Weder für Geld noch wegen Drohungen. Er will nicht mehr.“

5

Jason Monk steuerte die *Foxy Lady* aus der Turtle Cove heraus und hielt auf Sellar's Cut zu. Er hätte auch Northwest Point ansteuern können, aber dahinter war die See wahrscheinlich zu stürmisch für den älteren englischen Herrn, der an diesem Morgen sein einziger Kunde war. So entschied er sich für eine Stelle hinter Point Kelly, wo es erfahrungsgemäß ruhiger zuging. Vierzig Minuten fuhr er mit Volldampf voraus, bis er einen breiten Algenteppich erspähte, in dessen Schatten sich gern Goldmakrelen aufhielten.

Sobald der Motor abgestellt war, setzte Julius, sein Decksmann, die Segel, warf vier Angelschnüre aus, und sie begannen, den Algenteppich zu umkreisen. Während der dritten Runde biß ein Fisch an.

Eine der Ruten bog sich durch, und die Schnur sauste mit einem Kreischen durch das Gewinde. Der Engländer verließ seinen Platz unter dem Sonnensegel und setzte sich bedächtig auf den Kampfstuhl. Julius reichte ihm die Rute und klemmte ihm den Kolben zwischen die Schenkel.

„Lassen Sie so lange locker, bis die Rute wieder gerade ist!“ rief Monk mit leiser Stimme. „Dann lassen Sie sie sinken und kurbeln die Schnur langsam zurück.“

Der Engländer versuchte es mit dieser Methode. Nach zehn Minuten brummte er: „Ich glaube, ich bin da etwas überfordert. Daß Fische so stark sein können ...“

„Okay, wenn Sie wollen, übernehme ich.“

„Ich wäre Ihnen sehr dankbar.“

Monk ließ sich auf dem Kampfstuhl nieder, während der Engländer zu seinem Platz unter dem Sonnensegel zurückkehrte. Es bedurfte weiterer zehn Minuten harter Arbeit, bis Monk den Fisch an die Oberfläche geholt hatte. Julius hielt den großen Haken bereit, und als Monk die große Goldmakrele herangekurbelt hatte, warf er ihn geschickt aus, so daß er den Vierzigpfünder an Bord hieven konnte.

Monk kletterte aus seinem Stuhl, entfernte den Angelhaken aus dem Maul der Goldmakrele und löste den Stahlhaken.

„Übernimm das Ruder, Julius. Steuere den Hafen an.“

Julius erklomm die Leiter. Monk holte unterdessen zwei Bierdosen aus der Kühltruhe und bot eine davon seinem Kunden an.

„Sie sind nicht wegen der Fische gekommen, Mr. Irvine.“ Es war eine Feststellung, keine Frage.

„Nicht unbedingt eine Leidenschaft von mir.“

„Nein. Und Sie sind auch nicht einfach nur *Mister* Irvine, nicht wahr? Etwas geistert mir schon die ganze Zeit im Kopf herum: der Besuch eines VIP in Langley vor vielen Jahren. War ein großes Tier beim britischen Geheimdienst.“

„Sie haben ein erstaunliches Gedächtnis, Mr. Monk.“

„Also gut, Sir Nigel, können wir das Geplänkel lassen? Wer hat Sie geschickt?“

„Ach, niemand. Carey Jordan hat mir von Ihnen erzählt. Er läßt Sie grüßen.“

„Nett von ihm. Richten Sie ihm meinen Dank aus, wenn Sie ihn wiedersehen. Aber Ihnen ist sicher nicht entgangen, daß er nicht mehr dabei ist. Ich übrigens auch nicht.“

„Ach ja, das hat auch Carey gemeint. Sparen Sie sich die Mühe, hat er gesagt. Aber ich habe sie trotzdem auf mich genommen. Es war eine weite Reise. Was dagegen, wenn ich loslege?"

„Na schön. Von mir aus können Sie reden, wenn Sie wollen, aber die Antwort steht jetzt schon fest: nein."

„Haben Sie schon mal von einem Mann namens Igor Komarow gehört?"

„Wir kriegen hier auch Zeitungen. Sie kommen vielleicht zwei Tage später, aber wir kriegen sie. Ja, ich habe von ihm gehört. Der kommende Mann, hm?"

„So heißt es. Was haben Sie über ihn gehört?"

„Er führt eine Rechtspartei und spricht die patriotischen Gefühle seiner Landsleute an. Ist bei den Massen beliebt."

„Für wie weit rechtsaußen würden Sie ihn halten?"

Monk zuckte mit den Schultern. „Keine Ahnung. Ehrlich gesagt, die Politik des sicher wenig sympathischen Komarow betrifft mich nicht."

„Wird sie aber. Eines Tages. Wir, einige Freunde, Kollegen und ich, meinen, daß er um jeden Preis gestoppt werden muß. Dazu brauchen wir einen Mann, der nach Rußland geht. Carey hat mir gesagt, daß Sie früher gut waren. Daß Sie damals der Beste waren."

„Von mir aus, aber das war mal." Monk stand auf und warf seine Bierdose in den Mülleimer. „Tut mir leid, Sir Nigel. Das Geld für das Flugticket hätten Sie sich wirklich sparen können. Die Bootsfahrt geht auf Kosten des Hauses."

Er kletterte auf die Kommandobrücke und übernahm das Steuer. Zehn Minuten später hatte die *Foxy Lady* das Riff passiert und legte am Pier an.

„Ich habe Sie in böswilliger Absicht angeheuert", sagte der Engländer, „aber Sie haben den Auftrag in gutem Glauben ausgeführt. Was kostet die Miete für einen halben Tag?"

„Dreihundertfünfzig."

„Mit einer kleinen Vergütung für Ihren jungen Freund." Irvine zählte vier Hundertdollarscheine ab. „Ach, übrigens, haben Sie auch Kunden für den Nachmittag?"

„Nein. Ich gehe jetzt heim."

Irvine zog aus seiner Schultertasche einen braunen Umschlag. „Er enthält eine Akte. Lesen Sie sie einfach. Lassen Sie sie keinen Moment aus den Augen. Sie ist brisanter als alles, was Ihnen Lysander, Delphi oder Pegasus je beschafft haben."

Er hätte Jason Monk genausogut einen Fausthieb mitten in die Magengrube versetzen können. Während der ehemalige Geheimdienstchef den Pier hinunterschlenderte und sein Mietauto suchte, gaffte ihm Monk mit offenem Mund nach. Schließlich stopfte er den Umschlag kopfschüttelnd unter sein Hemd und ging zur „Tiki Hut", um sich einen Hamburger zu genehmigen.

Als Monk auf die Inseln gekommen war, hatte er wenig Geld besessen. Bei all den Hafengebühren, Wartungs- und Unterhaltskosten sowie den Sonderausgaben für den Erwerb einer Geschäfts- und Fischereilizenz blieb ihm nicht mehr viel für anderes übrig. So hatte er gegen ein geringes Entgelt einen kleinen Holzbungalow an der Sapodilla Bay gemietet. Das Boot und ein zerbeulter Chevrolet stellten seine einzigen irdischen Besitztümer dar. Er saß noch auf seiner Veranda und betrachtete den Sonnenuntergang, als ein Auto mit stotterndem Motor auf dem Sandweg hinter seinem Haus anhielt. Sekunden später kam die hagere Gestalt des Engländers um die Ecke.

Irvine schien bester Laune zu sein. „Mir wurde gesagt, ich würde Sie hier antreffen." Er stapfte die Treppe hinauf und deutete auf einen freien Schaukelstuhl. „Was dagegen, wenn ich mich setze?"

Monk grinste. „Sie sind mein Gast! Ein Bier gefällig?"

„Im Moment nicht, danke."

„Oder einen Daiquiri straight? Ist bis auf frische Limonen ganz ohne Früchte."

„Ja, klingt gut."

Monk verschwand kurz in der Küche und erschien mit zwei Gläsern Daiquiri wieder auf der Veranda. Beide Männer genehmigten sich einen Schluck.

„Hatten Sie Zeit, es zu lesen?" fragte Irvine.

„Ja."

„Und?"

„Er ist pervers."

Irvine antwortete mit einem nachdenklichen Nicken. Die Sonne versank gerade über Westcaicos. Das Wasser zwischen den Inseln leuchtete rot.

„Und Sie glauben, daß man ihn ausschalten kann, wenn man es nur vorsichtig genug anstellt?"

„Nein. Ich habe von ‚stoppen' gesprochen. Das ist nicht das gleiche." Er erklärte ihm den Grund.

„Vielleicht haben Sie recht, Sir Nigel. Vielleicht kann ihn jemand stoppen. Aber nicht ich. Dafür werden Sie einen anderen Kandidaten finden müssen."

„Meine Auftraggeber sind keine Geizhälse. Es gäbe selbstverständlich ein angemessenes Honorar. Ein halbe Million amerikanische Dollar."

Monk überlegte. Damit könnte er seine Schulden für die *Foxy Lady* tilgen. Und dann würde ihm immer noch gut die Hälfte für eine Geldanlage übrigbleiben. Er schüttelte den Kopf. „Ich war in diesem Land. Und ich habe mir geschworen, nie wieder zurückzukehren. Das Angebot ist verlockend, aber die Antwort ist nein."

Seufzend nahm Irvine das Schwarze Manifest an sich. Monk erhob sich. „Ich kann nicht sagen, daß es mir ein Vergnügen war."

Sir Nigel stand ebenfalls auf. „Das kann ich nachvollziehen. Schade. Ach, eines muß ich Ihnen noch sagen: Wenn Komarow an die Macht kommt, wird er nicht allein sein. Wenn der Völkermord losgeht, wird sein Sicherheitschef ihn befehligen."

Er zog ein Foto aus der Tasche. Monk starrte das kalte Gesicht eines Mannes an, der gut fünf Jahre älter sein mochte als er. Der Engländer ging zu seinem hinter dem Haus geparkten Wagen.

„Wer zum Teufel ist das?" schrie ihm Monk nach.

„Das?" drang aus der hereinbrechenden Dunkelheit die Stimme des Chefspions an sein Ohr. „Das ist Oberst Anatoli Grischin."

Am nächsten Morgen gab Sir Nigel am Flughafen von Providenciales seine Koffer ab, wurde zur Paßkontrolle durchgelassen und schlenderte gleich darauf in die Abflughalle. Die Maschine nach Miami wartete bereits in der Sonne. Wegen der enormen Hitze waren die meisten Gebäude nach allen Seiten offen, und nur ein Maschendrahtzaun sicherte die Start- und Landebahn. Dort stand ein Mann, der anscheinend um die Hallen herumgelaufen war und nun hineinspähte. Irvine trat auf ihn zu.

„Okay", brummte Jason Monk. „Wann und wo?"

Irvine zog aus seiner Brusttasche einen Flugschein und schob ihn durch das Gitter. „Providenciales – Miami – London. Selbstverständlich erster Klasse. In fünf Tagen. Wenn Sie in Heathrow landen, werden Sie dort abgeholt."

„Sir, Sie sind ein gerissener Dreckskerl!"

„Das will ich doch auch hoffen", sagte Sir Nigel.

KAUM nach London zurückgekehrt, stürzte sich Nigel Irvine in die Arbeit. Als erstes machte er sich daran, ein kleines, aber absolut vertrauenswürdiges und hochprofessionelles Team aus ehemaligen britischen Elitesoldaten um sich zu sammeln.

Saul Nathanson hatte Wort gehalten und ein Konto bei einer britischen Bank mit Hauptsitz auf dem Kontinent eingerichtet. Bei Bedarf konnte Irvine den gewünschten Betrag zur Londoner Zweigstelle überweisen lassen. Binnen 48 Stunden standen ihm sechs junge Männer zur Verfügung, von denen zwei Russisch sprachen. Als er sie alle mit Arbeit versorgt hatte, nahm er ein anderes Problem in Angriff.

Vor 55 Jahren hatte er der Abteilung Aufklärung in General Horrocks dreißigstem Korps angehört, das verzweifelt versucht hatte, die Straße von Nimwegen zu einem von britischen Fallschirmeinheiten gehaltenen Brückenkopf bei Arnheim freizukämpfen. Ein anderes Mitglied dieses dreißigsten Korps war ein junger Major namens Nigel Forbes gewesen, mit dem Irvine viel zu tun gehabt hatte.

Nach dem Tod seines Vaters hatte Major Forbes dessen Titel geerbt und durfte sich Lord Forbes, Premier Lord of Scotland nennen. Diesen Mann nun spürte Irvine nach einer Reihe von Telefonaten im Army and Navy Club in London auf.

„Ich weiß, es ist ein Versuch auf gut Glück“, erklärte er bei ihrem ersten Wiedersehen nach langer Zeit, „aber ich muß ein kleines Seminar abhalten. Eine private Angelegenheit. Sehr privat. Sie kennen doch die Highlands. Fällt Ihnen da etwas ein?“

„Wann brauchen Sie es?“ wollte der schottische Peer wissen.

„Morgen.“

„Ach, so ist das ... Mein eigenes Haus wird Ihnen nichts nützen; es ist ziemlich klein. Und das Schloß habe ich vor einiger Zeit meinem Jungen überlassen. Kann aber sein, daß er verreist ist. Ich erkundige mich mal.“

Eine Stunde später rief er zurück. Sein „Junge“, der 53jährige Malcolm, hatte bestätigt, daß er am nächsten Tag zu einer vierwöchigen Reise zu den griechischen Inseln aufbrechen werde.

„Tja, dann können Sie es wohl mieten“, meinte Lord Forbes. „Ich rufe Mrs. McGillivray an und sage ihr Bescheid. Sie wird Sie versorgen.“

Im Morgengrauen des sechsten Tages nach Irvines Rückkehr landete eine Maschine der British Airways aus Miami in Heathrow und spuckte auch Jason Monk aus. Unbehelligt von den Zollbeamten passierte Monk den Durchgang zur Ankunftshalle. Eine Stimme dicht an seinem Ohr fragte: „Mr. Monk?"

Sie gehörte einem etwa dreißigjährigen Mann in Jeans und brauner Lederjacke. Er wirkte extrem sportlich, und ihm stand das Wort „Exsoldat" förmlich ins Gesicht geschrieben.

„Das bin ich."

„Mein Name ist Ciaran. Wenn Sie mir bitte folgen würden." Der Mann nahm Monks Gepäck und brachte den Amerikaner zum Zubringerbus.

„Wir fahren nicht nach London?" fragte Monk.

„Nein, Sir, wir fliegen weiter nach Schottland."

Eine Stunde später hob das Flugzeug nach Aberdeen ab. Am Flughafen von Aberdeen wartete ein Landrover auf sie. Hinter dem Steuer saß Mitch, ein weiterer Exsoldat.

Sie fuhren in die Berge. Kurz vor Keig bog der Landrover auf eine schmale Serpentinenstraße ab. Nach zwei Kurven erhob sich vor ihnen ein altes Schloß. Von dort oben hatte man einen guten Blick über die Berge. „Willkommen im Schloß von Lord Forbes, Mr. Monk", sagte der Fahrer.

Die hagere Gestalt Sir Nigel Irvines, eine flache Tuchmütze auf dem Kopf, tauchte unter dem Steinportal auf. „Guten Flug gehabt?" fragte er.

„War recht angenehm."

„Ist trotzdem anstrengend. Ciaran wird Ihnen Ihr Zimmer zeigen. Gönnen Sie sich ein Nickerchen. In zwei Stunden gibt's Mittagessen. Vor uns liegt viel Arbeit."

Es gab gehacktes Lammfleisch mit Kartoffelkruste und würzige schwarze Soße dazu. Die Briten nannten es Shepherd's Pie. Sie saßen zu fünft am Tisch: Sir Nigel Irvine – der liebenswürdige Gastgeber –, Monk, Ciaran, Mitch und ein schmächtiger, doch drahtiger kleiner Mann mit weißen Haaren, der Englisch mit russischem Akzent sprach.

„Mindestens vier Stunden täglich werden Sie sich mit Oleg auf russisch unterhalten", erklärte Irvine. „Er, Ciaran und Mitch werden permanent hier wohnen. Andere werden kommen und gehen. Zu den letzteren gehöre ich."

Falls Monk geglaubt hatte, man würde ihn nach dem langen Flug schonen, hatte er sich getäuscht. Im Anschluß an das Mittagessen stand eine vierstündige Sitzung mit Oleg auf dem Programm. Noch vor der Morgendämmerung mußte er am nächsten Tag mit Ciaran und Mitch einen Querfeldeinlauf absolvieren.

„Wir fangen mit einer leichten Tour an, Boß", meinte Mitch. Folglich legten sie nur acht Kilometer zurück, immer durch schenkelhohes Heidekraut. Am Anfang dachte Monk, er müsse sterben, wenig später hoffte er es.

Am Nachmittag brütete Monk stundenlang über einem riesigen Moskauer Stadtplan und prägte sich die Stadt und die vielen hundert neuen Straßennamen ein. Sämtliche Huldigungen an Marx, Engels, Lenin, Dserschinski und andere Berühmtheiten des Kommunismus waren aus dem Straßenregister verschwunden.

In der nächsten Woche mußte er lesen – Bücher, Komarows Reden, russische Zeitungen und Zeitschriften. Das schlimmste aber waren die privaten Telefonnummern, die er auswendig lernen mußte. Es waren an die fünfzig.

Zu Beginn der zweiten Woche kehrte Sir Nigel zurück. Er brachte etwas mit, das seine Mitarbeiter nach langem Stöbern in einem Londoner Antiquitätenladen aufgetrieben hatten.

Monk drehte es verwundert hin und her. „Wie haben Sie das nur in Erfahrung gebracht?"

„Ist nicht so wichtig. Ich habe spitze Ohren. Ist es das gleiche?"

„Absolut identisch, soweit ich mich erinnere."

„Gut, dann müßte es ja klappen."

Monk fühlte sich jetzt fitter als in den ganzen letzten zehn Jahren. Seine Muskeln waren wieder hart, und seine Ausdauer hatte sich enorm verbessert.

In der Mitte der Woche traf George Sims ein, Schotte und ehemaliger Offizier der britischen Eliteeinheit SAS. Die Arbeit mit ihm begann am nächsten Morgen, als Sims Monk in einen Wald führte und ihm die 9-Millimeter-Selbstladepistole des Schweizer Typs SIG-Sauer vorführte.

„Sie kennen noch den beidhändigen Griff und den kauernden Mann, Sir?"

Als Berufsanfänger war Monk einmal bei der CIA an Faustfeuerwaffen ausgebildet worden. Damals war er der beste Schütze seines Kurses gewesen. Der Schotte stellte eine Zielscheibe, einen kauernden Pappkameraden, auf, entfernte sich fünfzehn Schritte, drehte sich um und versenkte fünf Kugeln in dessen Herz. Monk zerfetzte der kauernden Gestalt das linke Ohr. Nach drei Tagen mit Trainingseinheiten sowohl am Morgen als auch am Nachmittag mit jeweils hundert Schuß brachte Monk schließlich drei Kugeln im Gesicht unter.

„Das reicht normalerweise, um jemanden zu stoppen", kommentierte Sims.

Am Ende der dritten Woche erklärten sich alle Trainer mit den Ergebnissen zufrieden. Am nächsten Morgen fuhren Ciaran und Mitch Monk wieder zum Flughafen von Aberdeen und begleiteten ihn auf dem Flug in den Süden der Insel. In London verbrachte Monk zusammen mit Sir Nigel noch fünf Tage im Montcalm, einem ruhigen, verschwiegenen Hotel in der Nähe vom Marble Arch. Dort wies der ehemalige Chefspion Monk bis ins Detail in seine Aufgaben in Rußland ein. Dann war es Zeit für den Abschied. Sie gaben sich die Hand.

„Nach Heathrow begleite ich Sie nicht", sagte Irvine, „Flughäfen sind mir ein Greuel. Verdammt noch mal, Sie haben eine Chance, da bin ich mir sicher."

Der Flug verlief ruhig. Monk passierte die Paßkontrolle im Moskauer Flughafen Scheremetjewo und wuchtete seinen Koffer auf den Tisch des Zollbeamten. Dieser sah ihn kurz an, dann deutete er auf die Aktentasche.

„Öffnen", sagte er auf englisch.

Der amerikanische Geschäftsmann kam der Aufforderung mit einem freundlichen Lächeln nach. Der Beamte blätterte die Papiere durch und holte dann den Laptop heraus. „Hübsch", meinte er und stellte ihn wieder zurück. Noch ein flüchtiges Kreidezeichen auf die beiden Gepäckstücke, dann wandte sich der Beamte dem nächsten Passagier zu.

Monk nahm seine Taschen auf, passierte die Glastür und betrat einmal mehr das Land, in das er nie wieder hatte zurückkehren wollen.

TEIL 2

6

Das Hotel Metropol stand immer noch da, wie Monk es in Erinnerung hatte, ein großer grauer Steinkasten gegenüber dem Bolschoitheater auf der anderen Seite des Platzes. Er bekam das Zimmer, um das er gebeten hatte. Es war ein Eckzimmer im achten Stock mit Blick auf den Kreml und, wichtiger noch, einem Balkon, der an der Längsseite des Gebäudes entlangführte. Im Oktober war es hier schon so kalt, daß die Menschen auf der Straße Mäntel trugen.

Es war bereits früher Abend, als er ausgepackt hatte. An diesem Abend aß Monk im Hotel und ging früh zu Bett.

Am nächsten Morgen hängte Monk das „Bitte-nicht-stören"-Schild an die Tür und schloß ab. Im Bad nahm er das Farblösemittel mit dem Etikett AUGENSPÜLUNG aus dem Kulturbeutel und ließ eine Schüssel mit warmem Wasser vollaufen. Unter den dichten grauen Locken von Dr. Philip Peters kam das blonde Haar von Jason Monk zum Vorschein. Der Schnurrbart wich der Rasierklinge, und die getönte Brille zum Schutz der schwachen Augen des Akademikers wanderte in einen Mülleimer im Flur.

Am Vormittag fuhr Monk hinunter ins Erdgeschoß, durchquerte die gewölbte Vorhalle und verließ das Hotel durch die dem Empfang abgewandte Tür. Er nahm eines der Taxis am Stand vor dem Metropol. Inzwischen sprach er wieder fließend Russisch. „Olympisches Penta“, sagte er. Der Fahrer kannte das Hotel und fuhr los.

Der gesamte für die Olympischen Spiele von 1980 erbaute Komplex liegt nördlich des Stadtzentrums. Das Stadion überragt noch immer die umgebenden Gebäude, und in seinem Schatten liegt das von Deutschen gebaute Penta. Monk ließ sich unter der Eingangsmarkise absetzen, bezahlte für die Fahrt und betrat die Vorhalle. Als das Taxi verschwunden war, verließ er das Hotel und ging einen halben Kilometer zu Fuß.

An die Durowastraße grenzte ein eingezäuntes Areal, das im Gegensatz zur trostlosen Umgebung einen gepflegten und sauberen Eindruck machte. Das Gelände beherbergte eine Moschee, die wichtigste Moskaus. Sie war 1905 erbaut worden, zwölf Jahre vor Lenins Rückkehr nach Rußland, und sie war geprägt von der Eleganz der vorrevolutionären Epoche. Siebzig Jahre lang hatte sie wie die christlichen Kirchen unter der Verfolgung des atheistischen Staates gelitten. Nach dem Zusammenbruch des Kommunismus hatte Saudi-Arabien durch großzügige Unterstützung die Renovierung des Komplexes ermöglicht. Die Moschee war ein ziemlich kleines Gebäude in Hellblau und Weiß.

Wie bei allen Moscheen fehlten Stühle und Bänke. Kostbare Teppiche bedeckten den Boden; eine von Säulen gestützte Empore zog sich um den Innenraum.

Monk zog die Schuhe in der Eingangshalle aus und fand einen Platz an der Wand in der Nähe des Eingangs. Er setzte sich mit überkreuzten Beinen auf den Boden und blickte um sich. Da es nicht Freitag war, waren nur ein paar Dutzend Gläubige da. Die meisten der Männer waren alt: Aserbaidschaner, Tataren, Inguschen, Osseten.

Nach einer halben Stunde erhob sich ein alter Mann vor Monk von den Knien und wandte sich zur Tür. Er bemerkte Monk, und ein Ausdruck des Erstaunens huschte über sein Gesicht. Diese sonnengebräunte Haut, das blonde Haar, das Fehlen einer Gebetskette.

„Friede sei mit dir“, murmelte er.

„Und mit dir“, erwiderte Monk.

„Sind Sie des rechten Glaubens?“ fragte der alte Mann.

„Leider nein, ich suche einen Freund. Wir haben den Kontakt

verloren. Ich habe gehofft, daß ich ihn hier finde. Oder jemanden, der ihn vielleicht kennt."

Der Alte nickte. „Unsere Gemeinde ist klein."

„Er ist Tschetschene", antwortete Monk. „Sein Name ist Umar Gunajew."

In den Augen des Mannes flackerte es. „Warten Sie", sagte er schließlich. „Ich werde fragen, ob jemand von diesem Mann gehört hat."

„Danke", sagte Monk. „Ich möchte gern noch ein wenig hier sitzen und Ihre schöne Moschee bewundern."

Nach zwei Stunden kamen sie. Es waren drei, alle jung. Einer kniete bei der Tür nieder und ließ sich auf die Fersen zurücksinken, die Hände auf die Schenkel gestützt. Er sah aus wie ein Betender, aber Monk wußte, daß niemand an ihm vorbeikommen würde.

Die anderen zwei gingen auf Monk zu und plazierten sich links und rechts von ihm. Die Fragen wurden in einem murmelnden Tonfall gestellt, um die Betenden vor ihnen nicht zu stören.

„Sprechen Sie Russisch?"

„Ja, aber ich bin Amerikaner."

„Warum suchen Sie unseren Bruder?"

„Wir haben uns vor langer Zeit kennengelernt. In einem fernen Land. Er hat etwas zurückgelassen. Ich habe mir vorgenommen, es ihm wiederzugeben, sollte ich je nach Moskau kommen. Vielleicht können Sie es ihm geben."

„Haben Sie es dabei?"

Monk ließ die Verschlüsse seines Aktenkoffers aufschnappen und öffnete den Deckel. Drinnen lag eine flache Pappschachtel. „Nein, es ist keine Bombe", sagte Monk auf russisch. „Bitte öffnen Sie sie."

Die beiden Männer blickten sich kurz an, dann beugte sich einer vor, um den Deckel der Pappschachtel aufzuklappen. Sie starrten den darin liegenden Gegenstand an.

Der Mann links von Monk schloß die Schachtel und nahm sie aus dem Aktenkoffer. Dann stand er auf. „Warten Sie", sagte er und verschwand mit der Schachtel.

Monk und seine zwei Aufpasser warteten weitere zwei Stunden. Die Zeit für das Abendessen war längst vorbei. Hinter den kleinen Fenstern dämmerte es bereits, als der Bote zurückkehrte. Ohne ein Wort nickte er seinen beiden Glaubensbrüdern zu und wies mit dem Kopf zur Tür.

„Kommen Sie", sagte der Tschetschene auf Monks rechter Seite.

Alle drei erhoben sich. In der Vorhalle holten sie ihre Schuhe und zogen sie an. Die beiden, die neben Monk gesessen hatten, stellten sich links und rechts von Monk in Position, der Türwächter bildete die Nachhut. Zusammen marschierten sie auf die Straße, wo Umar Gunajews großer Mercedes mit kugel- und bombensicherer Ausstattung wartete.

Monk landete auf dem Rücksitz zwischen seinen beiden Begleitern. Der dritte nahm neben dem Fahrer Platz, und der Mercedes fuhr los.

EINES der Phänomene, das westliche Rußlandbeobachter nach dem Sturz des Kommunismus in Erstaunen versetzte, war der scheinbar rasante Aufstieg der dortigen kriminellen Unterwelt, die als russische Mafia bezeichnet wurde, weil ein treffenderer Begriff fehlte.

In Rußland gibt es jedoch bereits seit Jahrhunderten eine weitverzweigte Unterwelt. Stalin versuchte, sie zu zerschlagen, indem er Tausende ihrer Mitglieder in Arbeitslager schicken ließ. Das führte lediglich dazu, daß sie letztlich praktisch die Leitung der Lager übernahmen – mit Einverständnis der Wachen.

Zu den Ironien des kalten Krieges gehört die Tatsache, daß der Kommunismus ohne die Unterwelt wahrscheinlich zehn Jahre früher zusammengebrochen wäre. Selbst die Parteibosse hatten zuletzt einen Geheimpakt mit ihr schließen müssen. Der Grund dafür war einfach: Die Mafia war die einzige Organisation in der UdSSR, die einigermaßen effektiv funktionierte. Sie kontrollierte den immer weiter expandierenden Schwarzmarkt, und nach 1991 tat sie nichts anderes, als aus ihren Schlupfwinkeln zu kriechen und zu blühen und zu gedeihen.

Besonders eindrucksvoll war die Geschwindigkeit, mit der die Übernahme der legal operierenden Wirtschaft ablief. Der Prozeß dauerte fünf Jahre. Im Jahr 1995 besaß beziehungsweise kontrollierte die Mafia vierzig Prozent der russischen Volkswirtschaft.

IM HERZEN Moskaus, in einer Seitenstraße, die man besser nicht betritt, gibt es schon seit Jahren ein kleines Café namens Kaschtan, Kastanie. Man half Monk aus dem Wagen und führte ihn in einen Privatraum hinter der Bar. Es gab einen Tisch und vier Stühle. Aus einer nahe gelegenen Küche roch es nach Knoblauch, Gewürzen und Kaffee. Zum erstenmal ergriff der Anführer der drei Aufpasser, der während der Befragung beim Eingang gesessen hatte, das Wort.

„Setzen Sie sich. Kaffee?"

„Danke. Schwarz. Mit Zucker."

Er kam, und er schmeckte gut. Als Monk die leere Tasse absetzte, öffnete sich eine Tür, und Umar Gunajew trat ein.

Er hatte sich verändert. Der Hemdkragen hing nicht mehr über das Jackett, und der Anzug war von einer italienischen Designermarke. Die breite Seidenkrawatte stammte wahrscheinlich aus der Jermyn Street oder der Fifth Avenue.

Der Tschetschene war in den zwölf Jahren gereift und wirkte jetzt mit vierzig Jahren attraktiv, weltmännisch und elegant. Mit einem stillen Lächeln nickte er Monk mehrmals zu. Dann setzte er sich und legte die flache Pappschachtel auf den Tisch.

„Ich habe Ihr Geschenk erhalten", sagte er. Er klappte den Deckel hoch und holte einen jemenitischen *Gambiah* hervor. Er hielt ihn gegen das Licht und fuhr mit der Fingerspitze die Schneide entlang.

„Einer von ihnen hat ihn auf dem Pflaster liegenlassen", sagte Monk. „Ich dachte, vielleicht können Sie ihn als Brieföffner verwenden."

Gunajew grinste. „Wie haben Sie meinen Namen erfahren?"

Monk erzählte ihm von den Schnappschüssen ankommender Russen, die die Briten in Oman gesammelt hatten.

„Und was haben Sie seither gehört?"

„Ich habe gehört, daß Hauptmann Gunajew nach zehn Jahren beim KGB die rassistischen Witze satt hatte. Ich habe gehört, er hat den KGB verlassen und widmet sich jetzt anderen Aufgaben. Auch verdeckt, aber anders."

Gunajew lachte. „Verdeckt, aber anders. Ja, das stimmt."

„Weiter habe ich gehört, daß Umar Gunajew in seinem neuen Leben zum unumstrittenen Herrscher des tschetschenischen Untergrunds westlich des Urals aufgestiegen ist. Ich habe gehört, daß er den alten Werten des tschetschenischen Volkes treu geblieben ist. "

Gunajew nickte. „Was Sie gehört haben, stimmt. Was wollen Sie von mir?"

„Schutz. Einen Platz zum Leben", sagte Monk. „Wenn Sie in Amerika verschwinden müßten, könnte ich Sie verschwinden lassen. Aber das ist nicht mein Land. Können Sie mich in Moskau verschwinden lassen?"

„Ja." Gunajew stand auf und wandte sich an seine drei Bandenmitglieder. „Dieser Mann hat mir das Leben gerettet. Jetzt ist er mein Gast. Solange er hier ist, ist er einer von uns."

Die drei Ganoven umringten Monk, schüttelten ihm die Hand, grinsten, stellten sich vor. Aslan, Magomed, Scharif.

„Sie müssen Hunger haben.“ Auf Gunajews Befehl brachte ein Kellner Essen und Getränke.

Wie alle Mafiabosse hatte der Führer des Tschetschenenclans zwei verschiedene Persönlichkeiten. Für die Öffentlichkeit trug er die Maske des überaus erfolgreichen *bisnessmen*, der ungefähr zwanzig profitable Unternehmen kontrollierte. Gunajews Spezialgebiet waren Immobilien.

In den ersten Jahren hatte er einfach erstklassige Erschließungsgrundstücke in ganz Moskau erworben und sich zu diesem Zweck eines schlichten Mittels bedient: Er bestach oder erschoß die Beamten, die nach dem Zusammenbruch des Kommunismus über den öffentlichen Verkauf dieser Grundstücke verfügten.

Nach und nach übernahm der Tschetschene die Kontrolle über die sechs führenden Hotels der Stadt und dehnte seine Geschäftstätigkeit auf Stahl, Beton, Holz, Ziegel und Fensterglas aus. Wer renovieren, umbauen oder bauen wollte, hatte es mit einer Firma im Besitz von Umar Gunajew zu tun.

Das war das öffentliche Gesicht der tschetschenischen Mafia. Die weniger sichtbare Seite der Geschäfte spielte sich wie bei allen Moskauer Banden im Bereich Schwarzmarkt und Unterschlagung ab.

Ende 1994 trat jedoch ein neuer Faktor in die Gleichung. Kurz vor Weihnachten begann Boris Jelzin seinen unglaublich dummen Krieg gegen Tschetschenien. Nun legten die Tschetschenen die letzten Skrupel gegenüber dem russischen Staat ab, und das Oberhaupt ihrer Gemeinschaft wurde zum Helden und zum Führer des Widerstands. Im Spätsommer 1999 hatte diese Rolle der frühere KGB-Hauptmann Umar Gunajew inne.

„Ich muß Ihnen etwas zeigen“, sagte Monk, als er gegessen hatte. „Ich hoffe, Sie finden es interessant.“

Er öffnete seinen Aktenkoffer und drückte auf die beiden Knöpfe zur Entriegelung des doppelten Bodens. Er reichte ihm das Schwarze Manifest in einem grauen Pappeinband. Gunajew zog eine Augenbraue nach oben. „Muß ich?“

„Ihre Geduld wird belohnt werden. Bitte.“

Gunajew seufzte und begann zu lesen. Das Geschriebene zog ihn allmählich in seinen Bann. Dann verengten sich seine Augen zu Schlitzen. Monk wußte, welchen Punkt er erreicht hatte. „Die endgültige und vollständige Ausrottung aller Tschetschenen in Rußland ... die Vernichtung des Rattenvolks, damit es sich nie mehr erheben kann ... die Verwandlung der Stammesheimat in eine Weidelandschaft für Wildziegen ..."

Gunajew las zu Ende und legte das Manifest beiseite.

„Das haben schon viele versucht", sagte er. „Die Zaren haben es versucht, Stalin hat es versucht, Jelzin hat es versucht."

„Mit Schwertern und Maschinengewehren. Aber was ist mit Milzbrand und Nervengas? Die Kunst der Ausrottung ist modernisiert worden."

„Sie wollen, daß Komarow eliminiert wird?" fragte Gunajew.

„Nein. So funktioniert es nicht." Monk erklärte es ihm. Ein Volk im Chaos, das in den Abgrund gerissen würde, vielleicht in einen Bürgerkrieg. Oder ein anderer Komarow, vielleicht seine rechte Hand, Grischin, der auf einer Welle der Entrüstung zur Macht stürmen würde. „Tötet man den einen, reißt der andere das Zepter an sich", schloß er. „Und die Vernichtung Ihres Volkes geht weiter."

Gunajew beugte sich mit angespanntem Gesicht über Monk. „Sie glauben, Sie können ihn aufhalten?"

„Es gibt eine Chance." Monk setzte ihm auseinander, was sich Sir Nigel und die übrigen Ratsmitglieder ausgedacht hatten.

„Sie sind verrückt", erwiderte Gunajew bestimmt. „Aber – wenn ich Ihnen helfe, was brauchen Sie?"

„Ich muß mich verstecken. Und das mitten im Geschehen. Ich muß mich bewegen können, darf aber nicht erkannt werden. Ich muß die Leute treffen, derentwegen ich hergekommen bin."

„Ich kann Sie verstecken. In unserer Gemeinde gibt es viele sichere Adressen."

„Sichere Adressen sind in Ordnung", meinte Monk. „Dort kann ich schlafen. Aber um mich zu bewegen, brauche ich Papiere."

Gunajew nickte. „Was brauchen Sie sonst noch?"

„Zunächst einmal diese Sachen." Monk schrieb mehrere Zeilen auf ein Blatt Papier und gab es Gunajew, der die Liste durchlas. Kein Problem. Er kam zum letzten Punkt auf der Liste. „Wofür zum Teufel brauchen Sie das?"

Monk erklärte es ihm.

Um Mitternacht war Monk wieder in seinem Zimmer im Metropol. Am frühen Morgen wurden zwei Koffer auf sein Zimmer gebracht.

DIE MEISTEN Moskauer glauben, daß der Patriarch der russisch-orthodoxen Kirche in einer luxuriösen Suite tief im Herzen des mittelalterlichen Danilow-Klosters residiert. Tatsächlich übt der Patriarch in einem der großen Gebäude innerhalb des Klosters sein Amt aus. Aber er lebt nicht dort.

Er wohnt in einem bescheidenen Stadthaus in der Tschisti Pereulok 5. Diese „Saubere Gasse“ ist eine enge Seitenstraße am Rande des Stadtzentrums. Hier wird er von einem Privatsekretär, einem Kammerdiener, zwei Kosaken und zwei Nonnen, die kochen und saubermachen, bewacht und versorgt.

Im Winter 1999 war Seine Heiligkeit Alexij II. Inhaber des Amts, in das er zehn Jahre zuvor, kurz vor dem Fall des Kommunismus, gewählt worden war. Der damals knapp über Fünfzigjährige wurde zum Erben einer von innen demoralisierten und zerrütteten und von außen verfolgten und korrumpierten Kirche.

Schon in den frühesten Revolutionstagen hatte Lenin, der den Priesterstand verachtete, erkannt, daß der Kommunismus im Kampf um die Gunst der großen Masse der russischen Bauern nur eine ernsthafte Rivalin hatte, und die wollte er vernichten. Es wäre ihm und seinen Nachfolgern auch fast gelungen.

Aber selbst Lenin und Stalin schreckten vor der vollkommenen Auslöschung der Kirche zurück. Und so verlegte man sich nach den ersten Pogromen darauf, die Kirche durch Diskreditierung zu untergraben. Intelligente Bewerber wurden aus den Priesterseminaren verbannt. Die meisten Kirchen wurden einfach geschlossen und verfielen. Nur wenige blieben geöffnet und wurden vor allem von Alten besucht. Die amtierenden Priester mußten regelmäßig dem KGB berichten und sagten als Informanten gegen die Mitglieder ihrer Gemeinde aus.

Nach dem Zusammenbruch des Kommunismus ergab sich die Chance einer großen Renaissance, einer Wiedergeburt, mit der Kirche und Evangelium ihren zentralen Platz im Leben des traditionell tiefreligiösen russischen Volkes hätten zurückerobern können.

Doch statt die Priester auszusenden, um den Glauben und das Wort Gottes zu verbreiten, saß die russisch-orthodoxe Kirche in Diözesen, Klöstern und Seminaren und wartete auf die Menschen. Nur wenige kamen.

Wenn nach dem Fall des Kommunismus leidenschaftliche und inspirierte Führungsstärke dringend benötigt wurde, so war der sanftmütige

Gelehrte Alexij II. eigentlich nicht der geeignete Mann für diese Aufgabe. Dennoch erreichte er zwei wichtige Dinge.

Seine erste Reform war die Aufteilung Rußlands in hundert relativ kleine Diözesen. Dies hatte es ihm ermöglicht, eine ganze Reihe neuer und junger Bischöfe zu ernennen, die nicht in die Kollaboration mit dem KGB verwickelt gewesen waren.

Zweitens hatte er gegen großen Widerstand seine persönliche Zustimmung zum Wirken des Paters Gregor Rusakow gegeben, eines charismatischen jungen Geistlichen, der sowohl die Übernahme einer eigenen Pfarrei ablehnte als auch die Vorschriften der Bischöfe, durch deren Bezirke er als Wanderprediger zog. Viele Patriarchen hätten den nonkonformistischen Mönch verurteilt, aber Alexij II. lehnte ein solches Vorgehen ab. Lieber ging er das Risiko ein, Pater Gregor seinen Willen zu lassen, weil er im Gegensatz zu den Bischöfen mit seinen bewegenden Ansprachen Junge und Ungläubige erreichte.

Anfang November 1999 wurde der Patriarch kurz vor Mitternacht mit der Nachricht in seinen Gebeten unterbrochen, daß draußen ein Bote aus London sei und um eine Audienz bitte. Er nahm einen Brief mit dem Briefkopf der Diözese London aus der Hand seines Sekretärs entgegen. Der Patriarch erkannte die Unterschrift seines Freundes, des Metropoliten Anthony. Dieser bat ihn dringend, einen Mann zu empfangen, der wichtige Nachrichten für die Kirche überbrachte, beunruhigende und streng vertrauliche Nachrichten.

Der Patriarch fragte: „Ist er Priester?"

„Ja, Eure Heiligkeit."

Der Patriarch seufzte. „Bitten Sie ihn herein."

Der wachhabende Kosake erhielt eine geflüsterte Anweisung vom Sekretär und öffnete die Tür zur Straße. „Seine Heiligkeit wird Sie empfangen, Pater", sagte er.

Im Haus wurde der Mann in ein kleines Wartezimmer gewiesen. Nach zehn Minuten trat ein dicklicher Priester ein und begleitete ihn in einen Raum, der ganz offensichtlich das Studierzimmer eines Gelehrten war. Außer einer Ikone in einer Ecke befanden sich an den weißen Gipswänden nur Regale, auf denen im Schein der Schreibtischlampe viele Reihen von Büchern schimmerten. Hinter dem Schreibtisch saß Patriarch Alexij. Er wies seinen Gast zu einem Stuhl.

„Pater Maxim, würden Sie uns bitte Kaffee und ein paar Kekse bringen." Der dickliche Kammerdiener verschwand.

„Nun gut, mein Sohn, und wie geht es meinem Freund Anthony in London?"

Es war nichts Falsches an der schwarzen Soutane und der Kopfbedeckung, dem schwarzen *Klobuk*, den der Besucher jetzt abnahm und unter dem sein blondes Haar zum Vorschein kam. Ein wenig seltsam war nur, daß er, anders als die meisten orthodoxen Geistlichen, keinen Bart trug. Aber die englischen Priester hatten nicht alle einen Bart.

„Ich fürchte, das kann ich nicht sagen, Eure Heiligkeit, weil ich ihn nicht gesehen habe."

Verständnislos starrte Alexij Monk an. „Ich begreife nicht."

Monk holte tief Luft. „Eure Heiligkeit, zunächst muß ich gestehen, daß ich kein Priester bin. Auch der Brief stammt nicht von Erzbischof Anthony. Der Grund für diese unwürdige Komödie ist, daß ich Sie unbedingt sprechen muß, privat."

Die Augen des Patriarchen flackerten besorgt. War der Mann ein Irrsinniger? Unten stand ein bewaffneter Kosake, aber konnte er ihn noch rechtzeitig rufen? „Bitte erklären Sie mir das", forderte er.

„Ich bin Amerikaner. Meine Name ist Jason Monk. Ich komme als Gesandter einer Gruppe von Leuten im Westen, die Rußland und der Kirche helfen wollen. Sie haben ein Telefon zur Hand. Sie können es benutzen, um Hilfe zu holen. Ich werde Sie nicht aufhalten. Aber vorher möchte ich Sie bitten, etwas zu lesen, was ich mitgebracht habe."

Alexij legte die Stirn in Falten. Der Mann machte nicht den Eindruck eines Geistesgestörten. „Also gut. Was haben Sie mir mitgebracht?"

Monk holte unter seiner Soutane eine Mappe hervor und legte sie auf den Schreibtisch. „Das private und persönliche Manifest von Igor Wiktorowitsch Komarow, der wohl bald Präsident von Rußland sein wird."

Es klopfte an der Tür. Pater Maxim brachte auf einem Tablett Kaffee und Kekse. Er stellte es auf den Schreibtisch und schlurfte zur Tür. „Also", sagte der Patriarch, „was steht in Komarows Manifest?"

Pater Maxim schloß die Tür hinter sich und hoffte, daß sein Zusammenzucken bei der Erwähnung Komarows nicht aufgefallen war. Auf dem Gang kniete er sich auf den Boden und legte sein Ohr ans Schlüsselloch.

Monk schlürfte seinen Kaffee, während Alexij II. las.

Eine Stunde später lehnte sich der Patriarch zurück und starrte auf einen Punkt über Monks Kopf. „Das kann nicht sein Ernst sein", sagte er schließlich. „Das kann er doch nicht wirklich vorhaben. Das ist satanisch."

„Eure Heiligkeit, diese Pläne würden auch Ihre heilige Kirche ins finsterste Mittelalter zurückstoßen."

„Weshalb sind Sie zu mir gekommen, Mr. Monk?"

„Ich möchte eine Antwort. Wird die russisch-orthodoxe Kirche diesem Mann entgegentreten?"

„Ich werde beten. Ich werde Gott um Rat bitten ... Aber wie soll man ihm entgegentreten?"

Monk erhob sich und steckte die Mappe in seine Soutane. Er griff nach seinem *Klobuk* und reichte dem Patriarchen eine kleine Karte. „Eure Heiligkeit, in Kürze wird ein Mann kommen, auch aus dem Westen. Das ist sein Name. Bitte empfangen Sie ihn. Er wird Ihnen vorschlagen, was man unternehmen kann."

„Brauchen Sie ein Auto?" fragte Alexij.

„Danke, nein. Ich werde zu Fuß gehen."

„Gott sei mit Ihnen."

Monk verabschiedete sich von ihm. Tief beunruhigt stand Alexij neben seiner Ikone. Als Monk die Tür erreichte, glaubte er, davor ein leises Scharren auf dem Teppich zu hören, aber als er sie öffnete, war der Gang leer. Unten traf er auf den Kosaken, der ihn hinausbrachte.

Vor dem Morgengrauen schlich eine stämmige Gestalt aus dem Haus des Patriarchen und hastete durch die Straßen bis zu einer Telefonzelle im Foyer des Hotels Rossija. Er erreichte nur einen Wachposten, bei dem er aber eine Nachricht hinterlassen konnte.

„Sagen Sie dem Oberst, ich heiße Pater Maxim Klimowski. Ich arbeite im Haus des Patriarchen. Ich muß den Oberst sprechen. Ich werde um zehn Uhr vormittags noch einmal diese Nummer anrufen."

Um zehn hatte er Erfolg. „Ja, Pater, Oberst Grischin am Apparat."

„Herr Oberst, Sie kennen mich nicht. Aber ich bin ein glühender Verehrer von Igor Wiktorowitsch Komarow. Gestern nacht hat ein Mann den Patriarchen aufgesucht. Er brachte Dokumente mit. Eines davon hat er als Schwarzes Manifest bezeichnet ... Hallo, hallo, sind Sie noch dran?"

„Mein lieber Pater Klimowski, ich glaube, wir sollten uns unbedingt treffen", sagte die Stimme.

Am Slawjanskiplatz befindet sich eine der kleinsten, ältesten und schönsten Kirchen Moskaus – die Allerheiligenkirche in Kulischki. Unter den Kommunisten wurde sie geschlossen, blieb jedoch unversehrt.

Dorthin fuhr Pater Maxim Klimowski am Tag nach seinem Telefongespräch. In der Mitte der Kirche befinden sich golden leuchtende Deckenfresken. Maxim besorgte sich eine Votivkerze, zündete sie an und stellte sich damit, scheinbar in stille Andacht versunken, vor eine Ikone rechts des Portals.

Fünf Minuten nach dem vereinbarten Zeitpunkt hörte er hinter sich das leise Knirschen von Sohlen auf den Steinplatten. „Pater Maxim?"

„Ja."

„Ich bin Oberst Grischin. Sie haben mir etwas mitzuteilen, wie ich glaube."

Der Priester riskierte einen Seitenblick. Der Mann war größer als er, schlank und mit einem dunklen Wintermantel bekleidet. Jetzt konnte er nur hoffen, daß er das Richtige getan hatte.

„Nennen Sie mir als erstes den Grund, Pater. Warum der Anruf?"

„Herr Oberst, Sie müssen wissen, daß ich seit langem ein glühender Bewunderer Igor Komarows bin. Seine Politik, seine Pläne für Rußland – einfach großartig."

„Wie erfreulich. Und was ist vorgestern nacht geschehen?"

„Ein Mann hat den Patriarchen aufgesucht. Er war gekleidet wie ein Priester, aber er war blond und hatte keinen Bart. Ich mußte Kaffee servieren. Als ich ging, hörte ich Seine Heiligkeit sagen: ‚Was steht in Komarows Manifest?' Ich machte die Tür zu und preßte das Ohr ans Schlüsselloch."

„Sehr klug. Was redeten sie?"

„Nicht sehr viel. Es gab eine lange Gesprächspause zuerst. Dann wirkte der Patriarch verstört. Der Fremde sprach mit sehr leiser Stimme, aber ich schnappte die Worte ‚Schwarzes Manifest' auf. Dann stand der Fremde auf, und ich mußte schnell weglaufen. Darum sah ich ihn nicht gehen. Am nächsten Tag dann … Mein Gott, so verstört hatte ich Seine Heiligkeit noch nie gesehen … Er war leichenblaß und betete stundenlang in seiner Kapelle. Darum hatte ich ja Zeit für meinen Anruf bei Ihnen. Hoffentlich habe ich das Richtige getan."

„Mein Freund, Sie haben ganz gewiß das Richtige getan. Es sind antipatriotische Kräfte am Werk, die es darauf anlegen, einen großen Staatsmann zu verleumden, der bald der Präsident Rußlands sein wird. Nur eines noch: Sie wissen nicht zufällig, woher dieser Fremde kam?“

Die Kerze war inzwischen fast heruntergebrannt. Zwei Gläubige hatten sich in ihrer Nähe vor die Wandmalereien gestellt und beteten.

„Nein. Aber später erfuhr ich vom wachhabenden Kosaken, daß er mit dem Taxi gekommen war. Eines von den städtischen, den grauen.“

Oberst Grischin packte seinen Informanten am Arm. „Hören Sie gut zu, Pater! Sie haben uns einen großen Dienst erwiesen, aber wir brauchen mehr. Ich will, daß Sie über alles, was in Ihrem Haus geschieht, Buch führen. Sobald Sie etwas haben, rufen Sie mich an. Sagen Sie einfach ‚Maxim ist da‘. Haben Sie verstanden?“

„Ja, Herr Oberst. Ich werde mein möglichstes für Sie tun.“

„Natürlich werden Sie das. Aber jetzt sollten Sie gehen. Ich werde etwas später folgen.“

Oberst Grischin starrte weiter die frommen Gemälde an, die er so sehr verachtete, und ließ sich das Gespräch noch einmal durch den Kopf gehen. An der Rückkehr des Schwarzen Manifests nach Rußland bestand kein Zweifel mehr. Nach Monaten des Schweigens war also jemand im Land und zeigte dieses Dokument herum, ohne allerdings eine Kopie zurückzulassen. Dieser Jemand konnte nur ein Ziel haben: die Leute aufwiegeln, versuchen, den Gang der Dinge zu beeinflussen.

Wer der Fremde auch sein mochte, mit der Kirche setzte er auf das falsche Pferd. Sie hatte weder Macht noch Einfluß. Grischin fielen Stalins höhnische Worte wieder ein: Wie viele Divisionen hat denn der Papst? Aber: Wer auch immer sich eingeschlichen hatte, er konnte für Ärger sorgen. Grischins Aufgabe konnte also nur lauten: den Mann finden und eliminieren, und zwar so gründlich, daß sowohl er als auch das Manifest für immer von der Erdoberfläche verschwanden.

VIER mit Kapuzenmasken vermummte Männer stürmten in das Büro des Zentralen Taxidienstes, bedrohten den Geschäftsführer und verlangten die Herausgabe der Fahrtenverzeichnisse der letzten drei Nächte. Ihr Anführer beugte sich über die Bogen, bis ein Eintrag sein besonderes Interesse zu wecken schien. Der Eintrag bezog sich auf eine mitternächtliche Fahrt vom Metropol zu einer kleinen Nebenstraße. Der Anführer riß einen Stoß Seiten aus dem Buch und zog mit seinen Leuten ab.

GRISCHIN hatte in der Zentrale der Moskauer Miliz eine ganze Reihe informeller Mitarbeiter. Einer davon war Inspektor Dimitri Borodin vom Morddezernat. Der Inspektor betrat das Hotel Metropol bei Sonnenuntergang und verlangte den Geschäftsführer zu sprechen. Er zeigte seinen Ausweis.

„Mordkommission?" fragte der Geschäftsführer besorgt. „Ist etwa einem unserer Gäste etwas zugestoßen?"

„Ich möchte nur die Gästeliste von vorvorgestern nacht einsehen", beruhigte ihn Borodin.

Der Geschäftsführer ging in sein Büro und holte die Informationen auf den Computerbildschirm. „Soll ich es Ihnen ausdrucken?" fragte er.

„Ja, bitte. Papier ist mir lieber."

Borodin ging die Spalten durch. Unter den sechshundert Gästen war nur ein Dutzend Russen. Der Rest verteilte sich auf Westeuropäer, Amerikaner und Kanadier. Normalerweise konnten sich nur Touristen und Geschäftsleute ein Zimmer im Metropol leisten.

„Haben Sie keinen Priester unter Ihren Gästen?" fragte er.

Der Geschäftsführer starrte ihn verblüfft an. „Soviel ich weiß, nein ..."

„Ich werde die Liste mitnehmen müssen", sagte Borodin.

Der Hotelchef war vor allem froh, daß er ging.

Erst am nächsten Vormittag fand Oberst Grischin Zeit, die Liste zu studieren. Als ihm kurz nach zehn ein Hausdiener seinen Kaffee ins Büro brachte, fand er den Sicherheitschef der UPK leichenblaß und am ganzen Leib zitternd vor. Er fragte schüchtern, ob dem Oberst etwas fehlte, wurde jedoch mit einer ungeduldigen Geste hinausgescheucht.

Der Name stand auf der dritten Seite des Ausdrucks: Dr. Philip Peters, Privatgelehrter aus den USA.

Grischin kannte den Namen. Seit zehn Jahren schon. Zweimal hatte er damals in den Verzeichnissen über sämtliche ins Land eingereiste Touristen und Geschäftsleute nach ihm gesucht. Zweimal war er damals auf diesen Namen gestoßen. Zweimal hatte er das zugehörige Paßfoto angestarrt: die dichten grauen Locken und die getönte Brille.

In den Zellen des Lefortowo-Gefängnisses hatte er dieses Foto Kruglow und Professor Blinow unter die Nase gehalten, und die hatten bestätigt, daß das der Mann war, den sie heimlich in der Toilette des Museums für orientalische Kunst und in der Kathedrale von Wladimir getroffen hatten. Und jetzt war er wieder da.

Grischin ging zum Aktenschrank hinüber und suchte eine Porträtaufnahme heraus, die Vergrößerung eines Fotos, das Aldrich Ames einmal geliefert hatte. Das Gesicht war heute gewiß nicht mehr so jung wie damals, und das blonde Haar war zerzaust. Aber es war dasselbe Gesicht – das Gesicht von Jason Monk.

Grischin tätigte einen Anruf, der keinen Zweifel daran aufkommen ließ, daß er eine Verzögerung nicht dulden würde. Borodin erhielt den Auftrag, unverzüglich ins Metropol zurückzukehren und herauszufinden, welche Zimmernummer Dr. Peters hatte.

Nachdem sie sich im Lauf des Abends mehrmals durch Anrufe vergewissert hatten, daß sich niemand in Zimmer 841 aufhielt, drangen zwei von Grischin beauftragte Männer mit einem Nachschlüssel ein. Trotz einer gründlichen Durchsuchung fanden die Gangster nichts von Belang. Keine Akten, keine persönlichen Papiere. Wo immer er auch sein mochte, Monk hatte alles mitgenommen.

Am Zimmer gegenüber öffnete sich die Tür einen Spaltbreit. Der Tschetschene, der es gemietet hatte, sah die Männer eindringen und wieder gehen und gab seine Beobachtung per Mobiltelefon weiter.

Um zehn Uhr betrat Jason Monk das Hotel und nahm einen der beiden Aufzüge. Kaum war Monk eingestiegen, forderten zwei unauffällige Herren den anderen an. Im achten Stock angekommen, ging Monk den Flur entlang und klopfte an der Tür gegenüber der seinen. Diese öffnete sich auch sofort, und eine Hand reichte ihm einen Koffer heraus. Damit verschwand Monk in Zimmer 841. Die beiden Gangster, die den anderen Aufzug genommen hatten, erschienen gerade rechtzeitig am Ende des Flurs, um beobachten zu können, wie die Tür zufiel. Sie ließen sich in den Klubsesseln nieder, von denen aus sie den Flur gut überblicken konnten.

Um Viertel vor elf klingelte bei Monk das Telefon. Zimmerdienst. Man wollte wissen, ob er frische Handtücher brauche. Er verneinte.

Nun bereitete sich Monk mit dem Inhalt seines Koffers auf sein Verschwinden aus dem Hotel vor. Um elf Uhr trat er auf den schmalen Balkon und schloß die Schiebetür hinter sich. Dann ließ er sich mit einem reißfesten Seil bis zum Balkon des Zimmers 741 direkt unter dem seinen hinunter. Von dort kletterte er von Balkon zu Balkon weiter, bis er vor dem Fenster von Zimmer 733 stand, das unbewohnt war.

Um zehn nach elf spazierte Monk, von niemandem beobachtet, den Flur des siebten Stockwerks entlang und ging zu Fuß die Treppe hinunter. Auf der Straße wartete bereits Magomed in seinem Volvo auf ihn.

Um Mitternacht verschafften sich drei Männer mit einem Nachschlüssel Zutritt zu Zimmer 741. Sie hatten einen Koffer dabei. Nach zwanzig Minuten Arbeit gingen sie wieder.

Um vier Uhr morgens explodierte ein unterhalb der Decke von Zimmer 741 angebrachter Sprengsatz. Das darüberliegende Zimmer 841 wurde vollständig zerstört. Von der Matratze blieb nichts als verkohlte Sprungfedern übrig. Und die Daunen der Steppdecke bildeten einen Film aus Ruß und Asche über verkohlten Holzsplittern, Scherben und Knochenfragmenten. Notärzte und Feuerwehr waren in Null Komma nichts zur Stelle, zogen aber wieder ab, weil niemand gerettet werden konnte. Die Spurensicherung dagegen hatte alle Hände voll damit zu tun, den Schutt, darunter auch die Knochensplitter, zu durchsuchen und ins Labor zu transportieren.

Das Morddezernat, vertreten durch Inspektor Borodin, war auch zugegen. In diesem Zimmer gab es nichts, das größer war als eine Handfläche, doch mitten unter den Trümmern im Badezimmer fand Borodin einen angesengten und zerkratzten, aber ansonsten intakt gebliebenen Diplomatenkoffer. Sein Inhalt jedenfalls hatte den Anschlag unbeschadet überstanden. Borodin vergewisserte sich, daß ihn niemand beobachtete, und steckte die beiden darin befindlichen Dokumente hastig ein.

Oberst Grischin bekam sie gerade rechtzeitig zum Kaffee. Schlagartig war er bester Laune. Voller Genugtuung nahm er sie in Augenschein. Ein Dokument war das Schwarze Manifest. Beim anderen handelte es sich um einen amerikanischen Paß. Ausgestellt auf einen gewissen Jason Monk.

Einen, um reinzukommen, dachte er, und einen, um rauszukommen. Aber diesmal kommst du nicht mehr raus, Freundchen.

AM GLEICHEN Tag ereigneten sich noch zwei andere Dinge, die allerdings völlig unbeachtet blieben. Ein Russisch sprechender britischer Reisender, laut Reisepaß ein gewisser Brian Marks, kam mit der Nachmittagsmaschine aus London in Moskau an, und zwei weitere Engländer reisten mit einer Volvo-Limousine aus Finnland ein.

Für die Flughafenbehörden war der Neuankömmling einer von vielen hundert. Nachdem er in einem kleinen Hotel abgestiegen war, machte er sich an verschiedene Aufgaben. Tatsächlich handelte es sich um einen bei den unterschiedlichsten Sondereinsätzen erprobten Exsoldaten mit guten Russischkenntnissen. Er mietete einen Wagen und fuhr in einen Vorort Moskaus. Zwei Tage lang beobachtete er dort eine große Fabrikhalle mit kahlen Mauern. In der Nacht näherte er sich dem Gebäude zu Fuß. Mit einer Flasche Wodka in der Hand umrundete er das Gelände mehrmals. Kam ihm tatsächlich ein Fußgänger entgegen, fing er ganz einfach an zu torkeln – eine perfekte Tarnung.

Auf einem Gebrauchtwagenmarkt, wo man gegen Bargeld von der Rostlaube bis hin zu frisch gestohlenen Limousinen so ziemlich alles bekam, kaufte er sich ein Paar Moskauer Nummernschilder und einen Bolzenschneider. Anschließend erwarb er ein Dutzend Swatch-Uhren, mehrere Batterien, Kupferdraht und Isolierband. Danach kehrte er in sein Hotel zurück und wartete auf den Volvo, der sich jetzt irgendwo zwischen St. Petersburg und der Hauptstadt befand.

Das Treffen mit Ciaran und Mitch fand wie verabredet im MacDonald's in der Twerskajastraße statt. Die zwei ehemaligen Elitesoldaten hatten eine lange, aber störungsfreie Reise hinter sich.

In einer Werkstatt im Süden Londons hatte man den Volvo für eine etwas ungewöhnliche Fracht umgebaut. Dazu hatte man die Vorderräder entfernt und veraltete Reifen, die noch richtige Schläuche besaßen, montiert. Die Schläuche hatte man aufgeschlitzt und mit Plastiksprengstoff in Form Hunderter daumengroßer Semtexkügelchen gefüllt. Durch das ständige Drehen der Räder hatten sich die wachsähnlichen Kügelchen zu einer festen Masse verbunden, die sich wie eine innere Haut an den Schlauch legte. Die Zünder waren in einer Schachtel Havannazigarren.

Brian stieg zu Ciaran und Mitch in den Volvo und dirigierte sie zu einem brachliegenden Grundstück. Dort bockten sie den Wagen auf und ersetzten die Vorderräder durch Reserveräder, die die beiden „Touristen“ mitgebracht hatten. Es dauerte nur wenige Minuten, um die Schläuche zu entfernen und ins Hotel zurückzukehren. Es galt, die drei Pfund Sprengstoff in zwölf solide, zigarettenschachtelgroße Päckchen zu stopfen und mit einem Zünder, einer Batterie und einer Uhr zu versehen. Die fertigen Bomben wurden mit kräftigem Plastikband umwickelt.

Der Überfall auf die Fabrik wurde, sechs Tage nachdem Oberst Grischin das Schwarze Manifest erhalten hatte, durchgeführt.

Am Steuer des zuverlässigen Volvo mit seinen neuen Vorderrädern und seinen falschen Nummernschildern saß Brian. Falls jemand sie anhalten sollte, konnte er auf russisch verhandeln.

Sie parkten drei Häuserblocks vor ihrem Ziel und bewältigten den Rest des Wegs zu Fuß. Der Maschendrahtzaun war dank des Bolzenschneiders im Handumdrehen überwunden.

Eine Viertelstunde später hörte der Nachtwächter ein Rülpsen hinter sich. Er wirbelte herum und leuchtete mit seiner Taschenlampe in die Richtung, aus der der Laut gekommen war. An der Wand erblickte er einen Betrunkenen mit einer Flasche Wodka in der Hand. Er konnte nicht sehen, daß eine Gestalt in einem schwarzen Overall heranschlich und ihm ein Bleirohr auf den Hinterkopf drosch. Nach einem kurzen Feuerwerk in seinem Kopf wurde es Nacht um ihn. Brian fesselte und knebelte den Mann mit reißfestem Klebeband, während Ciaran und Mitch das Schloß zum Gebäude aufbrachen.

Ciaran und Mitch kannten den Typ Druckmaschine, von dem drei in dieser Halle standen. Es waren in den USA hergestellte Baker-Perkins, für die es in Rußland keinen Ersatz gab. Für eine neue Lieferung wäre eine lange Seereise von Baltimore nach St. Petersburg vonnöten. Die Einzelteile waren für die Luftfracht zu groß.

Die zwei Saboteure verbrachten zwanzig Minuten bei den Maschinen. Sie brachten die kleinen Bomben jeweils dort an, wo sie den Mechanismus für immer zerstören würden. Dann zeigte Mitch auf seine Uhr. Es war ein Uhr, und sie hatten die Zeitzünder auf halb zwei gestellt. Fünf Minuten später sprangen sie in den Volvo und fuhren los. Zum Flughafen, wo sie eine Maschine nach Helsinki nehmen würden. Um halb zwei waren sie so weit entfernt, daß sie die Serie von Detonationen nicht hörten, die die Pressen, Rollen und Farbzylinder zerfetzten und auf den Betonboden schleuderten.

Der Propagandachef der Union Patriotischer Kräfte, Boris Kusnezow, erschien um fünf Uhr in der Fabrik. Er war außer sich. Seit zwei Jahren verbreitete die Samstagszeitung *Probuditje!* (Wacht auf!) Woche für Woche die Botschaften Igor Komarows in fünf Millionen Haushalte bis in die entlegensten Landesteile. Er selbst hatte die Idee gehabt, eine Postille ins Leben zu rufen, die ausschließlich der UPK gehörte. Auch das einmal monatlich erscheinende Magazin *Rodina* (Heimat) ging auf ihn zurück. In den nächsten zwei Monaten würden weder *Wacht auf!* noch *Heimat* erscheinen. Und in sechs Wochen wurde gewählt.

Auch Inspektor Borodin erlebte keinen sonderlich angenehmen

Morgen, obwohl er beim Betreten seines Büros noch bestens gelaunt gewesen war. Die Übergabe eines wertvollen Dokumentes an Oberst Grischin nach der immer noch ungeklärten Explosion im Metropol hatte ihm zusätzlich zu seinem Monatsgehalt eine stattliche Prämie eingebracht.

Seit dem Eintreffen der Nachricht von der Zerstörung der Druckerei der UPK war im Morddezernat jedoch der Teufel los. Borodins Telefon schrillte.

„Inspektor Borodin am Apparat."

„Professor Kusmin vom gerichtsmedizinischen Labor. Haben Sie mir das Beweismaterial vom Bombenattentat auf das Metropol geschickt?"

„Ja, richtig. Ich bin der für den Fall zuständige Inspektor."

„Ein Volltrottel sind Sie! Ich habe soeben die Untersuchung der im Zimmer gefundenen Leichenteile abgeschlossen."

„Und wo ist das Problem, Professor?"

Der Professor schlug einen Ton an, als müsse er einem begriffsstutzigen Kind etwas erklären: „Ich habe Knochen, Inspektor Borodin. Ich hätte aber auch Gewebe-, Muskel- und Sehnenfetzen, Fragmente von Haaren, Nägeln, Eingeweiden und vielleicht auch ein paar Gramm Knochenmark erwartet. Aber was habe ich? Knochen, Knochen, nichts als Knochen!"

„Ich kann Ihnen nicht ganz folgen. Was ist so schlimm an Knochen?"

Die Geduld des Professors war endgültig aufgebraucht. „Überhaupt nichts! Es sind wunderbare Knochen. Und das schon seit zwanzig Jahren! So lange liegt ihr früherer Eigentümer nämlich meiner Einschätzung nach unter der Erde! Verstehen Sie jetzt, was ich die ganze Zeit in Ihr stecknadelgroßes Gehirn hämmern will? Jemand hat die Mühe auf sich genommen, ein Skelett in die Luft zu jagen!"

Borodins Mund klappte auf und zu wie ein Fischmaul. „Der Amerikaner war nicht im Zimmer?" brachte er hervor.

„Nicht, als die Bombe hochging", sagte Professor Kusmin und legte auf.

Borodin rief Grischin an und erstattete Meldung. Eine Prämie bekam er diesmal nicht.

Bis zum Einbruch der Nacht hatte Anatoli Grischin seine Privatarmee mobilisiert – ein riesiges Heer von Informanten –, um Jason Monk zu suchen. Der Aufwand, der hier betrieben wurde, stellte die

Fahndung nach Leonid Saizew, dem Raumpfleger, noch in den Schatten.

Angesichts eines solchen Heuschreckenschwarms könne sich der Amerikaner nirgendwo lange verstecken, versicherte Grischin Igor Komarow. Für den Amerikaner bleibe kein Schlupfloch, wenn er sich nicht gerade in der eigenen Botschaft verstecke. Aber dort könne er keinen Schaden mehr anrichten. Der Oberst hatte fast recht. Es gab allerdings einen Ort, in den die Russen nicht eindringen konnten: die hermetisch abgeriegelte Welt der Tschetschenen.

Und in dieser Welt hatte Jason Monk Aufnahme gefunden. Er lebte in einer sicheren Wohnung über einem Gewürzladen, beschützt von einem Schirm aus unsichtbaren Leuten auf den Straßen, die das Nahen eines Russen bemerkten, wenn er noch einen Kilometer entfernt war, und die Nachricht in einer Sprache weitergaben, die außer ihnen keiner verstand.

7

Unter den vielen heute noch in Großbritannien bestehenden geheimnisumwitterten historischen Institutionen nimmt das College of Arms, das während der Herrschaft König Richards III. gegründet wurde, einen besonderen Rang ein. Es handelt sich um eine Offiziersschule, deren höchstrangige Mitglieder nach alter Tradition *Kings of Arms* und *Heralds* genannt werden. Im Mittelalter wurden die Heralds, wie schon der Name sagt, als Boten ihres Kriegsfürsten eingesetzt. Zwischen den Kriegen nahmen die Heralds andere Funktionen wahr.

In Friedenszeiten war es bei Rittern und Edelleuten üblich, in Form von Turnieren und Schauwettkämpfen Krieg zu spielen. Den Heralds kam hierbei die Aufgabe zu, das nächste Duell anzukündigen. Das war allerdings nicht immer ganz leicht, weil die Ritter in ihren Rüstungen und heruntergeklappten Visieren kaum noch zu erkennen waren. Die Lösung des Problems bestand in der Kennzeichnung der Schutzschilde mit Wappen. Wenn nun also der Herald einen Schild mit dem Zeichen eines Bären erblickte, wußte er, daß der Earl of Warwick in der Rüstung steckte.

Aufgrund dieser Funktion wuchs den Heralds im Lauf der Zeit die Rolle von Schiedsrichtern und Experten zu. Sie hatten zu entscheiden, wer wer war. Sie verfolgten und registrierten von Generation zu Generation die Ahnenlinien der Adligen.

Auch heute noch entscheiden die Heralds bei Streitigkeiten, entwerfen Wappen für neu in den Adelsstand erhobene Industrielle oder verfolgen gegen eine Gebühr den Stammbaum zurück. Einige spezialisieren sich auf die Ahnenforschung des europäischen Adels. Auf einen Vertreter dieser Richtung, einen Experten für die Romanow-Dynastie in Rußland, war Sir Nigel Irvine durch diskretes Nachforschen gestoßen: Dr. Lancelot Probyn. Diesem Mann nun stellte sich Irvine am Telefon als pensionierter Diplomat vor, der für das Außenministerium ein Arbeitspapier über die Bestrebungen zur Wiederherstellung der Monarchie in Rußland schreibe, und lud ihn zu einem Gespräch bei Tee und Kuchen ins Hotel Ritz ein.

Dr. Probyn war ein gemütlicher kleiner Mann, der sein Lieblingsthema bescheiden und sehr humorvoll erläuterte.

„Ein Thema interessiert mich wirklich brennend", fing Sir Nigel an, als Gurkensandwich und Earl Grey serviert wurden. „Könnten wir unser Augenmerk auf die Frage der Nachfolge in der Romanow-Dynastie lenken?"

Dr. Probyn wurde nicht gerade fürstlich bezahlt, und eine Einladung zum Tee im exklusiven Ritz war für den Doktor etwas Neues. So ließ er sich die Sandwiches schmecken. „Die Romanows sind ja nur mein Hobby, verstehen Sie. Meine eigentlichen Aufgaben liegen woanders. Womit kann ich Ihnen dienen?"

„Wie sieht es mit der Nachfolge der Romanows aus. Ist sie geregelt?"

Dr. Probyn biß herzhaft in sein Sandwich und warf einen Blick auf den Kuchen. „Im Gegenteil. Das ist das reinste Chaos. Wie Sie wissen, wurde Nikolaus II. mit seiner Frau Alexandra und seinen fünf Kindern 1918 bei Jekaterinburg abgeschlachtet. Das war die direkte Linie. Alle angeblichen zeitgenössischen Thronanwärter entstammen einer Nebenlinie."

„Es gibt also keinen unanfechtbaren Anspruch?"

„Nein. In meinem Büro könnte ich Ihnen das genauer darlegen. Da habe ich sämtliche Tabellen rumliegen mit allen Namen und Verzweigungen."

„Aber theoretisch wäre die Wiedereinrichtung der Monarchie doch denkbar, nicht wahr?"

„Ist das Ihr Ernst, Sir Nigel?"

„Wir sprechen ja nur über eine theoretische Möglichkeit."

„Na ja, theoretisch ist alles möglich. General Franco schuf in Spanien neue Gesetze zur Wiederherstellung der Monarchie für die Zeit nach seinem Tod. Als König bestimmte er den Enkel von Alfonso III., Prinz Juan Carlos, und der regiert das Land heute noch. Aber dort war die Ahnenlinie absolut eindeutig. In der Romanow-Linie ist die Thronfolge total umstritten. Eine absolut verfahrene Situation."

„Gibt es da einen heißen Kandidaten?"

„Spontan fällt mir niemand ein. Da müßte ich erst nachsehen. Es ist ziemlich lange her, daß mich jemand so was gefragt hat."

„Könnten Sie noch einmal nachschauen?" bat ihn Sir Nigel. „Ich muß jetzt zunächst einmal verreisen. Aber danach rufe ich Sie in Ihrem Büro an."

ZWEI TAGE nach seinem Gespräch mit Dr. Probyn flog Sir Nigel Irvine nach Moskau. Als Begleiter hatte er einen Dolmetscher dabei. Zwar hatte er früher einmal die russische Sprache für den Hausgebrauch beherrscht, aber seine Kenntnisse waren seitdem zu lückenhaft geworden, als daß er sich in heiklen Diskussionen darauf hätte verlassen können.

Sein Begleiter war der des Russischen mächtige Exsoldat Brian Marks, der diesmal allerdings mit seinen richtigen Papieren, ausgestellt auf Brian Vincent, einreiste.

Die zwei Briten gingen ins Hotel National. Sie begaben sich zum Abendessen ins Hotelrestaurant und warteten noch bis zehn Uhr, ehe Brian zum Telefon griff. Er wählte die Privatnummer des Patriarchen, die nur sehr wenige Personen kannten.

„Ja", meldete sich der Patriarch vorsichtig.

„Eure Heiligkeit, wir kennen uns noch nicht. Ich bin lediglich der Dolmetscher des Herrn, den ich hierherbegleitet habe. Vor einigen Tagen waren Sie so freundlich und empfingen einen Pater aus London. Er kündigte Ihnen für die nächsten Tage einen hochrangigen Besucher an. Nun, dieser Mann steht jetzt neben mir und läßt fragen, ob Sie bereit sind, ihn zu empfangen."

„Heute nacht noch?"

„Eile ist dringend geboten, Eure Heiligkeit."

„Nun gut. In einer halben Stunde dann."

Diesmal war der Kosake vorgewarnt. Er ließ die Besucher sofort und ohne Fragen zu stellen herein. Ein nervöser, doch überaus neugieriger Pater Maxim führte die Fremden ins private Büro des Patriarchen. Er hieß seine Besucher willkommen und forderte sie auf, sich zu setzen.

Mit Brian Vincent als Übersetzer stellte sich Sir Nigel vor, wobei er erwähnte, daß er ein Veteran des Auswärtigen Amtes Großbritanniens sei und jetzt eigentlich im Ruhestand lebe. Den *Council of Lincoln* streifte er mit keinem Wort. Um so ausführlicher erklärte er, daß das Schwarze Manifest hochstehenden Männern und Frauen gezeigt worden war, die ausnahmslos zutiefst entsetzt reagiert hätten.

Alexij nickte düster.

„Und so bin ich gekommen, um Ihnen unser Angebot zu unterbreiten. Die gegenwärtige Situation betrifft alle, die guten Willens sind, ob inner- oder außerhalb Rußlands. Wenn Rußland, eines der größten Länder dieser Erde, wieder in die Hände eines grausamen Diktators fiele, wäre das eine Tragödie."

„Ich gebe Ihnen voll und ganz recht", sagte der Patriarch, „aber die Kirche kann sich nicht in die Politik einmischen."

„Offen sicher nicht. Aber die Kirche kann die Gläubigen vor einer Entwicklung warnen, die der Kirche schaden würde, nicht wahr?"

„Wenn die Kirche sich öffentlich gegen Igor Komarow wendet und er dennoch zum Präsidenten gewählt wird, hat sie ihre eigene Zerstörung herbeigeführt."

„Vielleicht gibt es noch einen anderen Weg", sagte Sir Nigel und setzte dem Patriarchen mehrere Minuten lang die Möglichkeit einer Verfassungsreform auseinander. Alexij II. brachte vor Staunen den Mund nicht mehr zu.

„Das kann doch nicht Ihr Ernst sein, Sir Nigel", murmelte der Patriarch schließlich. „Die Monarchie wiederherstellen und den Zarismus wiedereinführen?"

„Sehen wir uns doch mal die Realität an", meinte Irvine. „Wir wissen, daß es nach der Wahl nur noch schlimmer für Rußland kommen wird. Was sind denn die Alternativen? Chaos, vielleicht sogar Bürgerkrieg. Oder aber es kommt eine Diktatur, eine blutige Tyrannei, die alles in den Schatten stellt, was Ihr seit Jahrhunderten geschundenes Land hat erdulden müssen. Welche Zukunft wäre Ihnen denn lieber für Ihr Volk?"

„Keine!" stöhnte der Patriarch. „Das eine wäre genauso entsetzlich wie das andere!"

„Dann denken Sie daran, daß eine konstitutionelle Monarchie immer ein Bollwerk gegen jeden Despotismus ist. Alle Nationen brauchen ein Symbol, an das sie sich in schlechten Zeiten halten können. Komarow wird zu so einem Symbol aufgebaut. Keiner wird gegen ihn und für das Vakuum stimmen. Es muß eine andere Symbolfigur geben, die eine echte Alternative darstellt.“

Geschickt breitete Nigel Irvine vor dem Patriarchen die verlockenden Aussichten aus: die Vereinigung von Kirche und Thron, die Wiederherstellung der orthodoxen Kirche in ihrer ganzen Pracht.

„Was Sie da sagen, wärmt mir das Herz“, antwortete Alexij II. nach längerem Überlegen. „Aber für die Restauration predigen und gegen Komarow... Nein, Sir Nigel.“

„Aber wenn sich eine andere Stimme meldete? Eine Stimme mit Ausstrahlung und Überzeugungskraft, die Ihre stillschweigende Unterstützung hat?“ Er meinte Pater Gregor Rusakow, den Querdenker innerhalb der orthodoxen Kirche, dem der Patriarch die Erlaubnis zu predigen erteilt hatte.

Pater Rusakow war in seiner Jugend von sämtlichen Priesterseminaren abgelehnt worden. Dem KGB war er einfach zu intelligent gewesen. So hatte er sich in ein einsames Kloster in Sibirien zurückgezogen, dort die Priesterweihe empfangen und war dann Wanderprediger geworden. Überall im Land hatte er die Leute mit seinen Predigten begeistert und war, ehe ihn die Geheimpolizei festnehmen konnte, wieder verschwunden. Irgendwann hatten sie ihn aber dann doch erwischt und wegen seiner angeblich staatsfeindlichen Äußerungen zu fünf Jahren Zwangsarbeit verurteilt. Als Pater Gregor aufgrund von Gorbatschows Amnestie für Geistliche wieder freigelassen wurde, hatte er nichts von seinem Feuer eingebüßt.

Seine Predigten fesselten seine Zuhörer wie eh und je. Er sprach die Sprache des Volkes. Er kannte die Popidole der Jugend, wußte, wie schwer es für Hausfrauen war, über die Runden zu kommen, und verstand, daß Wodka einem bisweilen die Not erträglicher machte.

Ein größerer Fernsehsender hatte sich bereit erklärt, wöchentlich seine Predigten, die ohnehin schon für Volksaufläufe sorgten, zu übertragen, um sie somit in Millionen Haushalte zu bringen. Und so kam es, daß dieser Priester im Winter 1999 noch vor Igor Komarow als der wortgewaltigste Redner Rußlands galt.

Der Patriarch schwieg eine ganze Weile. Schließlich murmelte er: „Ich werde mit Pater Gregor über die Rückkehr des Zaren sprechen.“

DER DICKLICHE Priester verbarg sein Gesicht vor dem Wind und hastete in die Wärme der Allerheiligenkirche in Kulischki. Er roch nach Weihrauch und feuchter Wolle.

Auch diesmal kam Oberst Grischin nach ihm. „Sie haben angerufen“, sagte er, als sie nebeneinander standen.

„Gestern abend kam ein Besucher. Ein älterer Herr aus England mit einem Dolmetscher.“

„Sie haben an der Tür gehorcht?“

„Ich habe es versucht. Aber offenbar hat der Dolmetscher seinen Schal über die Türklinke gehängt, jedenfalls habe ich nichts gesehen und konnte auch fast nichts hören.“

„Hat er seinen Namen genannt, dieser ältere Engländer?“

„Nein. Und was ich verstehen konnte, ergibt keinen Sinn.“

„Erzählen Sie nur, vielleicht werde ich ja schlau draus, Pater Maxim.“

„Einmal wurde der Patriarch lauter. Ich hörte, wie er ausrief: ‚Den Zaren zurückholen?‘ Er wirkte ziemlich erstaunt.“

Oberst Grischin starrte die Bilder der Mutter Gottes mit dem Kind im Arm an, und ihm war, als hätte man ihm eine Ohrfeige verpaßt. Das Gehörte mochte für den dummen Priester keinen Sinn ergeben, aber er wußte, was es zu bedeuten hatte. Mit einem Zaren an der Spitze eines Staates würde es keinen Präsidenten geben – keinen Präsidenten Igor Komarow.

„Wie sah er aus?“ fragte er leise.

„Mittelgroß, hager, silberfarbenes Haar, Anfang bis Mitte Siebzig.“

„Keine Ahnung, wo er herkam?“

„Er kam mit dem Wagen, und der Fahrer hat auf ihn gewartet. Eine Limousine. Ich habe die Nummer aufgeschrieben.“ Er gab dem Oberst einen Zettel.

„Gut gemacht, Pater Maxim. Das wird man Ihnen nicht vergessen.“

Anatoli Grischins Detektive brauchten nicht lange. Eine Stunde später wußte er Bescheid – die Limousine gehörte zum Hotel National.

KUSNEZOW, der Propagandachef, spielte den Laufburschen. Sein amerikanisches Englisch war fast perfekt und konnte jeden russischen Angestellten davon überzeugen, daß er tatsächlich Amerikaner war. Er ging ins National und wandte sich an den Portier. „*Hi, sorry*, sprechen Sie Englisch?“

„*Yes*, Sir, natürlich.“

„Prima. Hören Sie, ich war gestern abend in einem Restaurant, und am Nachbartisch saß ein englischer Gentleman. Wir kamen ins Gespräch, aber als er ging, hat er dies hier auf seinem Tisch liegenlassen." Er hielt ein goldenes Cartier-Feuerzeug in die Höhe.

„Ich bin ihm hinterhergelaufen, aber es war schon zu spät. Er fuhr gerade ab..., ein langer schwarzer Mercedes. Der Kellner meinte, der Wagen würde zu Ihrem Hotel gehören. Ich konnte mir die Nummer notieren."

Der Portier überprüfte die Eintragungen vom Abend zuvor.

„Das müßte Herr Trubshaw gewesen sein. Soll ich ihm das Feuerzeug aushändigen?"

„Nicht nötig. Ich geb's einfach an der Rezeption ab."

Mit einem freundlichen Winken schlenderte Kusnezow zur Rezeption hinüber. „*Hi!* Könnten Sie mir bitte die Zimmernummer von Herrn Trubshaw sagen?"

Das russische Mädchen strahlte ihn an. „Einen Augenblick bitte." Sie tippte den Namen in ihren Computer. „Herr Trubshaw ist heute morgen abgereist. Wir haben seinen Flug bestätigt. Er nahm die Mittagsmaschine nach London."

Kusnezow berichtete Oberst Grischin, was er herausgefunden hatte. Kaum war er fort, nutzte Grischin seine Kontakte zur Einwanderungsbehörde. Die Visumsunterlagen des Herrn Trubshaw wurden ihm zugefaxt, und ein Bote brachte ihm das Foto, das mit dem Antrag abgegeben worden war. Das Gesicht des ältlichen Engländers sagte ihm nichts. Aber er kannte einen Mann, dem das Gesicht vielleicht mehr sagen würde.

In den Blütezeiten des kalten Krieges war General Juri Drosdow für die ultrageheime „Abteilung Illegale" des KGB verantwortlich gewesen. Die „Illegalen" sind jene Agenten, die ohne diplomatischen Schutz auf feindliches Territorium vordringen, um als Geschäftsleute, Akademiker oder in ähnlichen Berufen in einer fremden Gesellschaft unterzutauchen und jene heimischen Agenten zu „führen", die sie angeworben haben. Falls man sie schnappt, werden sie nicht ausgeliefert, sondern verurteilt und ins Gefängnis gesteckt. Jahrelang hatte Drosdow die Illegalen des KGB ausgebildet und zum Einsatz geschickt. Grischin war ihm nie sympathisch gewesen.

Er zog Scharfsinn und Geschick der brutalen Gewalt vor. Trotzdem hatte er eingewilligt, ihn in seiner Wohnung in der Marosejkastraße zu empfangen.

Grischin legte ihm das vergrößerte Foto vor. „Haben Sie den schon einmal gesehen?" fragte er.

Verblüfft sah er, wie der alte Spionagechef den Kopf in den Nacken warf und laut und schallend lachte.

„Wissen Sie denn nicht, wer das ist?"

„Nein, sonst wäre ich wohl kaum hier."

„Tja, wir nannten ihn den Fuchs. Nigel Irvine. Hat in den Sechzigern und Siebzigern sämtliche Operationen gegen unsere Seite geleitet und war anschließend sechs Jahre Chef des britischen Geheimdienstes. Und er war einer der Besten. Warum interessieren Sie sich für ihn?"

„Er war gestern in Moskau."

„Ach herrje, und wissen Sie, warum?"

„Nein", log Grischin.

Drosdow beobachtete ihn aufmerksam. Diesem Nein schenkte er keinen Glauben. „Was geht Sie das überhaupt an? Sie sind doch jetzt draußen. Sind Sie nicht neuerdings der Anführer von Komarows schwarzuniformierter Verbrecherbande?"

„Ich bin der Sicherheitschef der Union Patriotischer Kräfte", bestätigte Grischin pikiert.

„Ist doch das gleiche", knurrte der alte General. Er begleitete Grischin zur Tür. „Falls Irvine noch mal wiederkommt, sagen Sie ihm, er soll auf einen Drink vorbeischauen!" rief er hinterher und schloß die Tür.

VON ALLEN Soldaten Rußlands, ob noch im Dienst oder pensioniert, stand keiner in so hohem Ansehen wie General Nikolai Nikolajew. Obwohl er demnächst 74 wurde, war er immer noch eine ehrfurchtgebietende Erscheinung. Mit seiner einsfünfundachtzig hohen, stets kerzengerade aufgerichteten Gestalt, seinem schlohweißen Haar, seinem wettergegerbten Gesicht und seinem Markenzeichen, einem an beiden Enden gezwirbelten Schnurrbart, stach er in jeder Versammlung hervor.

Zeitlebens war er Panzersoldat gewesen. An jedem Kriegsschauplatz, an jeder Front hatte er gekämpft – zunächst als gemeiner Soldat, später als General. Bei denjenigen, die unter ihm gedient hatten – und das waren bis zum Jahr 1999 mehrere Millionen –, war er eine Legende. Hätte er dem Politbüro gegenüber nur ein bißchen mehr Zurückhaltung geübt, hätte man ihn nicht nur zum Marschall gemacht, sondern ihn auch mit einer Gratisdatscha beehrt. Aber er konnte eben nicht mit seiner Meinung hinter dem Berg halten, und das behagte den hohen Herren im Kreml nicht immer. Folglich baute er sich für seinen Lebensabend einen bescheidenen Bungalow in der Nähe der Autobahn Moskau – Minsk, in einer Gegend mit vielen Militärbasen, so daß er zumindest in der Nähe seiner geliebten Armee sein konnte. Geheiratet hatte er nie. Und so lebte er zusammen mit einem treuen Diener, einem ehemaligen Stabsfeldwebel, der nur noch ein Bein hatte, und einem irischen Wolfshund.

Monk hatte den wirklich schlichten Alterssitz des ehemaligen Generals durch geduldiges Fragen in den umliegenden Dörfern aufgespürt. Immer wieder hatte er sich erkundigt, wo „Onkel Kolja" lebte. Seine Offiziere hatten dem alternden General diesen Spitznamen verpaßt.

Kurz nach neun Uhr klopfte Monk an die Tür des Generals. Es war stockdunkel und bitter kalt in dieser Nacht. Der einbeinige Diener humpelte zur Tür, erblickte eine Uniform und ließ den Besucher herein. General Nikolajew saß in seinem Lieblingssessel vor einem prasselnden Holzfeuer und las. Er sah von seinem Buch auf, als sein Diener einen Besucher ankündigte und die zwei Männer sogleich allein ließ. „Wer sind Sie?" knurrte er.

„Jemand, der mit Ihnen sprechen muß, General!"

„Na gut, wenn Sie schon mal hier sind – raus mit der Sprache!"

„Lassen Sie mich offen mit Ihnen reden. Ich gehöre nicht der russischen Armee an. In Wahrheit bin ich Amerikaner."

„Sie sind ein Hochstapler!" donnerte der General, vor Zorn bebend. „Sie sind ein verdammter Spion! Ich dulde keine Spione in meinem Haus! Raus!"

Monk blieb, wo er war. „Also gut, ich gehe gleich. Aber vorher bitte ich Sie, sich das hier anzuschauen." Mit einem Griff in seine Aktentasche förderte Monk das Schwarze Manifest zutage und reichte es ihm.

Der General schwankte zwischen Zorn und Neugier. „Yankeepropaganda?"

„Nein. Die Zukunft Rußlands. Schauen Sie rein."

Grummelnd beugte sich Nikolajew über das Dokument und überflog die markierten Textpassagen. Sein Gesicht wurde fleckig. „Ausgemachter Unsinn!" rief er. „Welcher Schwachkopf hat das geschrieben?"

„Haben Sie schon mal von Igor Komarow gehört?"

„Dumme Frage. Natürlich. Er wird im Januar Präsident."

„Ist das gut oder schlecht?"

„Woher soll ich das wissen? Das sind doch sowieso alles Flaschen!"

Nun setzte ihn Monk in aller Kürze über die Ereignisse in Kenntnis.

„Das glaube ich nicht!" schnaubte der General. „Sie kommen mit einer an den Haaren herbeigezogenen Räuberpistole zu mir und ..."

„Wenn es eine Räuberpistole wäre, dann wären nicht bereits zwei Männer deswegen gestorben. Es ist die Wahrheit!"

Der alte General warf die Akte in Monks Schoß. „Was erwarten Sie von mir, Amerikaner? Sie kommen in mein Haus und vergiften mir das Hirn mit diesem Mist. Selbst wenn das alles stimmt, was soll ich tun? Ich gehöre zum alten Eisen, bin seit elf Jahren in Pension ..."

Monk stand auf und steckte das Dokument wieder ein. „Die da draußen kennen Sie immer noch. Millionen von Veteranen. Wenn Sie zu ihnen sprechen, hören sie auf Sie."

„Schauen Sie, Amerikaner. Dieses Land, mein Land, hat mehr gelitten, als Sie je begreifen können. Es ist mein Vaterland, und seine Erde ist mit dem Blut seiner Söhne und Töchter getränkt. Und jetzt sagen Sie, daß noch mehr Blut fließen soll. Ich trauere um mein Land, um seine Menschen, wenn das wirklich so ist, aber ich kann nichts tun."

„Haben Sie ein Auto, General?"

Der alte Mann sah Monk verblüfft an. „Natürlich. Ein kleines."

„Fahren Sie nach Moskau. Zum Alexandergarten. Zum Grabmal des Unbekannten Soldaten. Da, wo das ewige Feuer brennt. Wo auf einer großen polierten Steinplatte die Worte stehen: ‚Unbekannt ist dein Grab, unsterblich dein Verdienst.' Fragen Sie die Leute dort, was Sie tun sollen. Nicht mich. Fragen Sie Ihre Leute!"

AM NÄCHSTEN Tag gab Armeegeneral i. R. Nikolai Nikojalew der größten Zeitung des Landes, der *Iswestija*, ein Interview. Für die Zeitung war das Gespräch ein Knüller, denn bisher hatte sich der alte Kämpe noch nie den Medien gestellt.

Es war ausgemacht, daß sich das Interview um den bevorstehenden 74. Geburtstag des Generals drehen sollte, und es begann mit einigen allgemeinen Fragen nach seiner Gesundheit. Der General saß kerzengerade in einem Ledersessel und erzählte dem Reporter, daß seine Gesundheit ausgezeichnet sei. „Ich habe noch meine eigenen Zähne", blaffte er, „brauche keine Brille und marschiere jedem jungen Spund in Ihrem Alter davon."

Dann wandte sich das Gespräch der allgemeinen politischen Lage zu.

„Erbärmlich“, fauchte Onkel Kolja. „Eine Schande.“

„Bei der Wahl im Januar“, sagte der Reporter, „stimmen Sie doch sicherlich für die UPK und Igor Komarow, nicht wahr?“

„Niemals“, schnaubte der General. „Ein Haufen Faschisten, nichts sonst. Mit einer sterilisierten Kneifzange würde ich die nicht anfassen.“

„Ich verstehe nicht“, sagte der Journalist mit zitternder Stimme. „Ich hatte gedacht, Sie ...“

„Junger Mann, glauben Sie doch bloß nicht, daß ich auf den falschen Patriotenquatsch reinfalle, den dieser Komarow vom Stapel läßt. Ich habe Vaterlandsliebe erlebt, mein Junge. Ich habe Männer dafür bluten sehen, und ob Deutscher oder Russe, ein Faschist ist ein Faschist, alle nichts als ...“ Er hätte ein Wort aus der Fäkalsprache benutzen können, doch da eine Frau – die Fotografin – anwesend war, entschied er sich für „Ganoven“.

„Aber Komarow will doch den Gangstern an den Kragen!“

„Dieser verdammte Igor Komarow wird von den Gangstern finanziert, begreifen Sie das denn nicht? Was glauben Sie denn, wo der das ganze Geld her hat? Von der Glücksfee?“

„Aber was sollen wir tun?“

Der alte General griff nach einer Ausgabe der Tageszeitung und zeigte auf ein Bild auf der Rückseite. „Haben Sie gestern abend diesen Prediger im Fernsehen gesehen?“

„Pater Gregor? Nein, warum?“

„Ich glaube, der hat es kapiert. Holen wir Gott und den Zaren zurück.“

Das Interview war eine Sensation; für Aufsehen sorgte allerdings nicht so sehr der Inhalt, sondern die Person, die das Interview gegeben hatte. Rußlands berühmtester Soldat hatte Anklage erhoben, und jeder Offizier, jeder einfache Soldat im Land und auch etliche Millionen Veteranen würden seine Worte lesen.

ZUR ZEIT des Kommunismus hatte es nur eine Bank gegeben, die Narodni- oder Volksbank. Doch mit dem einsetzenden Kapitalismus waren Banken wie Pilze aus dem Boden geschossen. Viele waren, kaum hatten sie Fuß gefaßt, mitsamt dem Geld der Einzahler schon wieder verschwunden. Zu den bedeutendsten Banken zählte im

Winter 1999 die Moskauer Unionsbank. In der ersten Dezemberwoche wandte sich Jason Monk an den Vorsitzenden dieser Bank. Die Sicherheitsvorkehrungen erinnerten an Fort Knox.

Ein Gespräch mit Leonid Grigorjewitsch Bernstein, das nicht mindestens einige Tage zuvor angemeldet worden war, galt schlichtweg als unvorstellbar. Doch Monk schaffte es. Er brachte etwas mit, das als gleichermaßen unvorstellbar galt.

Der Brief war auf überaus edlem cremeweißem Büttenpapier geschrieben und trug im Kopf das Emblem der fünf gespaltenen Pfeile, die an die fünf Söhne von Mayer Amschel Rothschild aus Frankfurt erinnern sollten. Das Papier war echt. Nur die Unterschrift von Sir Evelyn de Rothschild am Ende des Briefes war gefälscht. Doch es gibt wohl kaum einen Bankier, der einen persönlichen Boten von N. M. Rothschild & Söhne aus der Londoner City nicht empfangen würde.

„Sir Evelyn geht es gut?“ fragte Bernstein. Der Bankier war untersetzt, breitschultrig, sein Haar grau und gewellt, der Blick scharf und inquisitorisch, der Anzug elegant und aschgrau.

Monk antwortete auf russisch: „Gewiß, soweit mir bekannt ist, aber er hat diesen Brief nicht unterschrieben.“

„Warum sind Sie dann hier?“

Monk schilderte ihm die Ereignisse seit dem 15. Juli.

„Blödsinn“, erklärte Bernstein schließlich, „so einen Blödsinn habe ich mein Lebtag noch nicht gehört. Ich kenne Komarow. Für meinen Geschmack steht er zu weit rechts, aber wenn Sie glauben, Juden zu beleidigen sei etwas Neues in Rußland, dann kennen Sie das Land noch nicht. Das tut hier jeder, aber sie alle brauchen die Banken.“

„Beleidigungen sind eine Sache, Herr Bernstein. Was ich in dieser Aktenmappe mit mir herumtrage, deutet auf mehr als nur Beleidigungen hin.“

Bernstein musterte ihn lange und aufmerksam. „Dieses Manifest, haben Sie das mitgebracht?“

„Ja.“ Monk gab ihm den schwarzen Ordner.

Der Bankier begann zu lesen. Eine Seite las er mehrere Male. Schließlich schaute er auf und starrte Monk an. „Das kann er doch nicht ernst meinen.“

„Die völlige Vernichtung? Sie wurde schon einmal versucht.“

„In Rußland leben eine Million Juden, Mr. Monk.“

„Ich weiß. Und zehn Prozent können es sich leisten, das Land zu verlassen.“

Bernstein ging zu den Fenstern, die den Blick über die Dächer Moskaus freigaben. „Das kann er nicht ernst meinen."

„Die Leute, die mich geschickt haben, denken da anders: mächtige, einflußreiche Leute, die Angst vor diesem Mann haben."

„Er wird gewinnen, nicht? Die Umfragen sagen, er sei nicht mehr aufzuhalten."

„Das kann sich ändern. Gestern hat General Nikolajew schwere Vorwürfe gegen ihn erhoben. Das könnte Folgen haben. Außerdem hoffe ich darauf, daß die russisch-orthodoxe Kirche noch eine gewisse Rolle spielen wird. Vielleicht läßt er sich noch stoppen."

„Ach, die Kirche. Die ist kein Freund der Juden, Mr. Monk."

„Nein, aber mit der hat er auch was vor."

„Also sind Sie auf eine Allianz aus?"

„Etwas Ähnliches. Kirche, Armee, Banken, ethnische Minderheiten. Jedes bißchen kann helfen. Haben Sie die Berichte über den Wanderprediger gelesen? Er ist für eine Wiederkehr des Zaren."

„Ja. Verrückt, meiner Meinung nach. Aber lieber einen Zaren als einen Nazi. Was wollen Sie von mir, Mr. Monk?"

„Ich? Nichts. Die Wahl liegt bei Ihnen. Sie sind der Vorsitzende eines Konsortiums von vier Banken, die zwei unabhängige Fernsehsender kontrollieren. Ihre Maschine steht am Flughafen?"

„Ja."

„Bis Kiew sind es nur zwei Flugstunden."

„Warum Kiew?"

„Sie könnten Babi Yar aufsuchen."

Leonid Bernstein wirbelte herum. „Sie können jetzt gehen, Mr. Monk."

Monk nahm die Akten vom Tisch und ließ sie in die dünne Ledermappe gleiten, in der er sie hergebracht hatte. Er wußte, er war zu weit gegangen. Babi Yar ist eine Schlucht außerhalb Kiews. Im September 1941 waren mehr als 30000 Juden am Rande der Schlucht von Maschinengewehren niedergemäht worden, so daß ihre Leichen in den Abgrund fielen.

Monk hielt die Türklinke schon in der Hand, als Leonid Bernstein ihn noch einmal ansprach. „Sind Sie schon einmal dort gewesen, Mr. Monk?"

„Nein. Ich hörte, daß es ein trostloser Ort sein soll."

„Ich war einmal in der Schlucht von Babi Yar. Ein grauenhafter Ort. Guten Tag, Mr. Monk."

Als Sir Nigel Irvine hereingeführt wurde, sprang Dr. Lancelot Probyn auf, fegte den Stammbaum der Familie Grimaldi auf den Boden und bat seinen Besucher, auf dem derart frei gewordenen Stuhl Platz zu nehmen.

„Nun, wie steht's um die Nachfolge der Romanows?“ wollte Irvine wissen.

„Nicht besonders gut. Wie ich befürchtet habe. Es gibt da einen, der Anspruch erheben könnte, aber der will nicht; dann einen, der will, aber aus zwei Gründen nicht in Frage kommt; und einen Amerikaner, der sowieso keine Chance hat.“

„So schlecht sieht's aus?“ fragte Irvine.

Dr. Probyn blinzelte und hüpfte aufgeregt umher. Er war in seinem Element. „Fangen wir mit den Betrügern an“, sagte er. „Erinnern Sie sich noch an Anna Anderson? Sie war jene Frau, die ihr Leben lang behauptet hat, Großfürstin Anastasia zu sein. DNA-Tests haben zweifelsfrei bewiesen, daß sie eine Hochstaplerin war. Vor einigen Jahren starb ein anderer Betrüger in Madrid, ein selbsternannter Großfürst Alexij. Er erwies sich als Schwindler aus Luxemburg. Also bleiben noch drei, die hin und wieder in der Presse erwähnt werden. Prinz Georgi ist ein junger Mann, der seit Jahren von seiner ehrgeizigen Mutter, der Großfürstin Maria, Tochter des verstorbenen Großfürsten Wladimir, überall in Europa und Rußland herumgereicht wird. Wladimir hätte als Großenkel eines regierenden Herrschers vielleicht einen gewissen Anspruch anmelden können, doch Maria hat eine wesentliche Bedingung der Thronfolge nicht erfüllt. Das Paulsche Gesetz, wissen Sie.“

„Und das besagt ...?“

„Es wurde von Zar Paul I. erlassen. Für die Thronfolge kommt einzig die männliche Nachkommenschaft in Betracht, und außerdem war Maria zur Zeit von Georgis Geburt nicht Mitglied der orthodoxen Kirche.

„Sie erwähnten noch einen Amerikaner, Dr. Probyn.“

„Nun, das ist eine seltsame Geschichte. Als die Bolschewiken kamen, ermordeten sie den Zaren, seinen Bruder und seinen Onkel Paul. Doch Paul hatte einen Sohn, einen Vetter des Zaren. Durch Zufall war dieser lebhafte junge Mann, Großfürst Dmitri, in die Ermordung von Rasputin verwickelt worden. Er floh und landete schließlich in Amerika.“

„Nie davon gehört“, sagte Irvine. „Fahren Sie fort.“

„Nun, Dmitri lebte, heiratete und hatte einen Sohn namens Paul. Leider heiratete Dmitri eine bürgerliche Amerikanerin, ebenso wie sein Sohn Paul. Und nach Erlaß Nr. 188 des Herrscherhauses darf niemand unterhalb seines Standes heiraten, falls er nicht will, daß seine Nachkommenschaft den Anspruch auf sein Erbe verliert."

„Wer bleibt also übrig?"

„Der letzte, der mit der reinsten Abstammung. Und das ist Prinz Semjon Romanow. Er züchtet Äpfel in der Normandie."

„Ist er mit dem ermordeten Zaren verwandt? Keine Töchter, keine unstandesgemäßen Ehen?" fragte Irvine.

„Genau, aber dazu muß ich weit ausholen. Sie müssen vier Zaren zurückdenken. Vom ermordeten Zaren Nikolaus II. müssen wir drei Generationen zu seinem Urgroßvater Nikolaus I. zurückgehen und dann die Nebenlinie des jüngeren Sohnes nehmen, um schließlich vier Generationen später zu Semjon zu gelangen."

„Scheint mir ziemlich weit hergeholt, Dr. Probyn."

„Stimmt, aber so ist das nun mal mit Stammbäumen. Technisch gesprochen kommt Semjon der direkten Nachkommenschaft am nächsten. Doch das ist reine Theorie. Er ist über siebzig, hat keine Kinder und hat wiederholt geäußert, daß er kein Interesse am Zarenthron habe. Es kommt noch schlimmer. Er ist eine Art Lebemann, begeistert sich für schnelle Autos und junge Frauen. Das schlimmste allerdings ist, wie mir zugeflüstert wurde, daß er beim Backgammon betrügt."

„Gütiger Himmel!" Sir Nigel war zutiefst schockiert. Er blickte nachdenklich drein. „Aber wie sähe es ohne Semjon aus?"

„Mein lieber Freund, letztlich können die Russen jeden verdammten Kerl auf dieser Welt zu ihrem Zaren machen. So einfach ist das."

„Gibt es Präzedenzfälle für die Krönung eines Ausländers?"

„Ach, viele. Wir Engländer haben es dreimal getan." Dr. Probyn vermutete längst, daß Irvines Nachfragen keineswegs rein akademischer Natur waren. „Darf ich Sie etwas fragen, Sir?" bat er.

„Natürlich."

„Haben Sie jemand Bestimmten im Sinn?"

„Das ist ja das Problem, Dr. Probyn. Niemanden. Lassen Sie uns kurz überlegen, wie ein künftiger Zar beschaffen sein müßte. Einverstanden?"

Die Augen des Heraldikers blitzten. „Das wäre viel faszinierender als meine übliche Arbeit. Wie steht's mit dem Alter?"

„Vierzig bis sechzig, meinen Sie nicht? Keine Aufgabe für einen

Teenager, keine für einen Greis. Reif, aber nicht zu alt. Was kommt als nächstes?“

„Er müßte Prinz eines Herrscherhauses sein, entsprechend aussehen und einen angemessenen Lebenswandel führen“, sagte Probyn.

„Ein europäisches Herrscherhaus?“

„Auf jeden Fall“, sagte Probyn. „Außerdem brauchte er einen lebenden, ehelichen Sohn, und beide müßten sich zur orthodoxen Kirche bekehren lassen wollen. Aber jetzt kommt ein echtes Problem. Seine Mutter müßte der orthodoxen Kirche angehören.“

„Okay. Sonst noch etwas?“

„Königliches Blut in beiden Elternteilen ...“, sagte Probyn. „Und: Er müßte fließend Russisch sprechen können. Die Russen wären bestimmt nicht begeistert, wenn der Zar einen italienischen Redeschwall loslassen würde.“

Sir Nigel erhob sich und zog ein Stück Papier aus seiner Brusttasche. Es war ein Scheck, und zwar ein Scheck über eine ziemlich große Summe.

„Wirklich schrecklich anständig von Ihnen“, sagte der Heraldiker.

„Ich schätze, das College hat so seine Unkosten, mein lieber Doktor. Würden Sie mir einen Gefallen tun? Schauen Sie sich um. Überprüfen Sie die Herrscherhäuser Europas. Suchen Sir mir einen Mann, der all den Anforderungen genügt.“

SIEBEN Kilometer nördlich vom Kreml liegt der Gebäudekomplex des Ostankino-Fernsehzentrums. Das staatliche Fernsehen, das weitgehend der Kontrolle der amtierenden Regierung unterliegt, wird ebenso von hier ausgestrahlt wie die Programme der beiden kommerziellen Sender, die sich über Werbung finanzieren.

Boris Kusnezow wurde von einem Chauffeur in einem Mercedes der UPK hergebracht. Er hatte den Videofilm mit den Aufnahmen von einer überwältigenden Kundgebung, die Igor Komarow am Vortag abgehalten hatte, dabei. Der Film erwies sich als exzellentes Meisterwerk. Vor einer wild jubelnden Menge hatte Komarow jenen Wanderprediger lächerlich gemacht, der eine Rückkehr zu Gott und Zar forderte. „Männer von gestern mit den Hoffnungen von gestern!“ schrie er seinen Anhängern entgegen.

Fünftausend Menschen waren auf dieser Versammlung gewesen, eine Menge, die sich unter der geschickten Kameraführung des jungen Regisseurs zu verdreifachen schien.

Kusnezow wurde unmittelbar ins Büro Anton Gurows geführt, des Programmdirektors des größeren der beiden kommerziellen Sender. Er schätzte ihn als persönlichen Freund und kannte ihn als Unterstützer von Igor Komarow und der UPK. Er warf die Kassette auf den Tisch Gurows. „Es war einfach phantastisch", sagte er begeistert. „Ich bin dagewesen. Das wird Ihnen gefallen."

Gurow spielte mit seinem Stift. „Boris, es hat sich da leider ein Problem ergeben. Sie wissen doch, daß ich voll und ganz hinter Präsident Komarow stehe, nicht wahr?"

Als leitender Programmplaner wußte Gurow genau, welche bedeutende Rolle das Fernsehen als einflußreichstes Medium in jeder modernen Gesellschaft vor einer Wahl spielt. Das staatliche Fernsehen berichtete ausgiebig über den Wahlkampf des amtierenden Präsidenten Iwan Markow, erwähnte aber die beiden anderen Kandidaten nur beiläufig. Einer davon, Gennadi Sjuganow von der neokommunistischen Sozialistischen Union, hatte offensichtlich Probleme, das Geld für seinen Wahlkampf aufzutreiben, während Komarow über Unsummen zu verfügen schien. Letzterer hatte die Öffentlichkeit buchstäblich nach amerikanischer Art gekauft, indem er bei den beiden kommerziellen Sendern gleich stundenweise Sendezeit bezahlte. Sollte Komarow siegen, würde es bei den staatlichen Sendern zu massiven Entlassungen kommen.

„Es hat da offenbar eine Art politischen Meinungsumschwung auf Vorstandsebene gegeben, Boris. Mit mir hat das nichts zu tun, verstehen Sie mich richtig. Ich bin bloß der Botenjunge. Die Sache ist hoch über meinem Kopf abgelaufen."

„Was für einen politischen Meinungsumschwung, Anton? Wovon reden Sie überhaupt?"

Gurow rutschte unbehaglich hin und her. „Sie wissen doch sicherlich, Boris, daß wir wie alle großen Unternehmen auf die Zusammenarbeit mit den Banken angewiesen sind. Normalerweise lassen sie uns in Ruhe, aber jetzt machen sie Druck."

Kusnezow starrte ihn entgeistert an. „Geht der Sender baden?"

„Na ja. Der Sender kann weitermachen, aber sie verlangen einen Preis."

„Was für einen Preis? Spucken Sie es endlich aus!"

„Also gut, der Sender wird keinerlei Berichterstattung mehr über Komarows Reden oder Wahlversammlungen bringen. So lautet die Anordnung."

Kusnezow sprang auf, zornrot im Gesicht. „Sind Sie völlig verrückt geworden? Wir kaufen die Sendezeit! Ihr könnt unser Geld nicht ablehnen! Ich kann auch zum Sender nebenan gehen!“

„Boris, die nebenan sind bei denselben Banken.“

Kusnezow setzte sich wieder, seine Knie zitterten. „Was zum Teufel geht hier vor?“

„Boris, ich begreife es selbst nicht ganz.“

„Was wollen Sie statt dessen bringen? Tanzende Kosaken?“

„Nein, das ist ja das Seltsame. Der Sender wird statt dessen über die Kundgebungen dieses Pfaffen berichten, Pater Gregor.“

„Sie sind verrückt. Der hat doch keine zwei Rubel in der Tasche.“

„Das ist es ja gerade. Das Geld scheint dazusein. Wollen Sie den Terminplan anschauen?“

„Nein, ich will seinen verdammten Terminplan nicht sehen!“

Mit diesen Worten stürmte Kusnezow hinaus. Er hatte keine Ahnung, wie er seinem Idol mit diesen Neuigkeiten gegenübertreten sollte. Doch ein Verdacht, der ihn seit Wochen beschäftigt hatte, hatte sich nun bestätigt. Komarow und Grischin hatten bedeutsame Blicke gewechselt, als er ihnen von den Druckerpressen und später dann vom General erzählt hatte. Sie wußten etwas, das er nicht wußte. Doch eines war ihm klar, irgend etwas lief katastrophal schief.

8

In Rußland zählt die Polizei, die dort Miliz genannt wird, zum Zuständigkeitsbereich des Innenministeriums, des MVD. Wie die meisten Polizeiapparate zerfällt sie in zwei Kategorien: die Bundesmiliz auf der einen und die Bezirksmiliz auf der anderen Seite. Kurz nach dem Fall des Kommunismus breitete sich das organisierte Verbrechen offen, unverschämt und flächendeckend aus. Aufgabe der Bundesmiliz war es, das Verbrechen im gesamten Land zu bekämpfen, doch hatte sich die organisierte Kriminalität derart auf Moskau konzentriert, daß das dortige Bezirksdezernat zur Bekämpfung des organisierten Verbrechens, kurz GUVD genannt, beinahe ebenso groß wurde wie sein Gegenpart auf Bundesebene.

Das GUVD hatte bis in die neunziger Jahre nur bescheidene Erfolge aufweisen können, bis es schließlich von Polizeigeneral Walentin Petrowski übernommen wurde. Er begann sein Regime, indem er ein Dutzend der höchsten Offiziere feuerte, die dem organisierten Verbrechen „zu nahe“ gestanden hatten. Anschließend veranstaltete er bei den hochrangigen Ermittlern eine Reihe von Tests unter dem Motto: „Wer nimmt Bestechungsgelder an?“ Schlug jemand ein von ihm lanciertes Bestechungsangebot aus und forderte den Agenten auf zu verschwinden, wurde er befördert und bekam eine Gehaltserhöhung. Sobald Petrowski über eine verläßliche und ehrliche Truppe verfügte, erklärte er dem organisierten Verbrechen den Krieg.

Bis 1998 hatte Petrowski begriffen, daß die bei weitem größte Gruppe der Mafia die in Moskau beheimatete Dolgoruki-Gang war, die einen Großteil Rußlands westlich des Ural kontrollierte. Im Winter 1999 führte er bereits seit zwei Jahren einen persönlichen Krieg gegen die Dolgoruki, und sie haßten ihn deshalb bis aufs Blut.

MONK wollte lieber nicht wissen, woher Umar Gunajew den Ausweis hatte, aber das Dokument sah gut aus. Das Foto zeigte Monk mit kurzgeschorenem blondem Haar, und die Angaben bezeichneten ihn als Oberst der Miliz aus dem Innenministerium. Walentin Petrowski würde ihn also für einen Kollegen aus der Bundesmiliz halten und sich nicht wundern, daß dieser Oberst ihm nicht persönlich bekannt war.

Der Wagen, den Monk an diesem Abend fuhr und den Gunajew sich wundersamerweise beschafft hatte, war eine echte schwarze Tschaika der MVD-Miliz. Monk hielt an dem Schlagbaum vor dem Innenhof des Häuserblocks, in dem Petrowski mit vielen anderen Milizoffizieren unter einem Dach lebte. Ein Wachposten deutete an, er solle das Fenster herunterkurbeln, während ihn ein zweiter, mit einer Maschinenpistole bewaffneter Wachposten im Auge behielt.

Monk zeigte seinen Ausweis. Der Wachposten musterte das Dokument und nickte. Der Schlagbaum ging in die Höhe. Im Erdgeschoß war eine Wache postiert, zwei weitere Wachen standen vor dem Fahrstuhl im achten Stock. Sie tasteten Monk ab, durchsuchten den Diplomatenkoffer und überprüften seinen Ausweis. Dann meldete sich einer der Posten über die Gegensprechanlage. Zehn Sekunden später ging die Tür auf.

Ein Dienstbote im weißen Jackett stand vor ihm, doch Körperbau und Haltung des Mannes deuteten an, daß er notfalls auch noch etwas anderes als Appetithäppchen servieren konnte; dann machte sich die familiäre Atmosphäre bemerkbar. Ein kleines Mädchen rannte aus dem Wohnzimmer, starrte Monk an und sagte: „Das ist meine Puppe.“ Sie hielt ihm eine flachshaarige Puppe im Nachthemd hin. Monk grinste. „Die ist aber hübsch. Und wie heißt du?“

„Tatjana."

Eine Frau, Ende Dreißig, ging zu ihr, lächelte entschuldigend und scheuchte das Kind fort. Hinter ihr tauchte ein Mann auf und wischte sich den Mund ab, so wie es jeder Mensch tut, der beim Essen gestört wird. „Seltsame Zeit für einen Besuch", sagte er.

„Tut mir leid. Ich warte gern, bis Sie Ihre Mahlzeit beendet haben."

„Nicht nötig. Ich war gerade fertig. Kommen Sie herein." Er führte ihn über den Flur in sein Arbeitszimmer.

Dreimal, beim Patriarchen, beim General und beim Bankier, hatte Monk das Gespräch damit eröffnet, daß er eine falsche Identität vorgegeben hatte, und jedesmal war er damit durchgekommen. Diesmal, so überlegte er, konnte es ihn leicht Kopf und Kragen kosten. Vielleicht würde man ihn umbringen lassen und sich hinterher dafür entschuldigen. Er klappte den Diplomatenkoffer auf. Die Wachen hatten ihn durchsucht, aber nur zwei Aktenmappen mit russischen Papieren gefunden und kein Wort gelesen. Monk hielt seinem Gegenüber das Schwarze Manifest hin. „Hier, General. Wir halten die Sache für ziemlich besorgniserregend."

„Kann ich das nicht später lesen?"

„Es könnte durchaus sein, daß wir noch heute abend losschlagen müssen."

„Kaffee?"

„Gern, es war ein langer Tag."

General Petrowski lächelte. „Wann ist das nicht so?" Er rief seinen Burschen und bestellte Kaffee. Der Mann im weißen Jackett kam, servierte den Kaffee und ging wieder. Dann begann Petrowski zu lesen. Schließlich blickte er auf. „So ein Blödsinn. Damit würde er nicht durchkommen."

„Bisher hat er es geschafft. Die Schwarze Garde und die Jungen Kämpfer sind hervorragend ausgerüstet und werden mit Hilfe der Dolgoruki-Mafia gut bezahlt."

„Sie haben keine Beweise."

„Das Manifest ist Beweis genug", sagte Monk. „Und wenn Komarow an die Macht kommt, werden die Paten der Dolgoruki ihren Anteil wollen. Sämtliche Geschäftszweige ihrer Rivalen. Aber die werden noch mehr wollen. Rache an denen, die sie verfolgt haben. Und mit dem Kollegium der Anti-Mafia-Einheiten werden sie anfangen. Außerdem brauchen sie Nachschub für ihre neuen Sklavenlager, um Gold zu schürfen, Salz und Blei abzubauen. Wer wäre da besser geeignet als die jungen Männer, die unter Ihrem Kommando stehen."

„Woher zum Teufel haben Sie das Manifest?"

„Vom britischen Geheimdienst."

„Was?"

„Es wurde mir gegeben."

„Und wie hat sich das MVD eine Kopie davon besorgt ..." General Petrowski starrte ihn an. „Sie sind nicht vom MVD. Wer zum Teufel sind Sie?"

„Ich komme aus Amerika." Monk erklärte, wie der schwarze Ordner zur britischen Botschaft, dann nach London und von dort nach Washington gelangt war.

„Wie lautet Ihr wahrer Name?"

„Jason Monk."

„Ihr Russisch ist verdammt gut."

Der General las weiter und sagte dann: „Komarows Stimmenanteile sinken. Vielleicht verliert er."

„Wenn er meint, nicht gewinnen zu können, könnte er gegen den Staat losschlagen."

„Wenn jemand gegen den Staat vorgeht, Mr. Monk, wird sich der Staat zu verteidigen wissen."

„Haben Sie schon mal daran gedacht, daß Ihre Feinde die Sippenhaft anwenden könnten, General?"

„Nein, noch nie. So weit sind nicht mal die Kommunisten gegangen!" fauchte Petrowski.

„Komarow ist verrückt, wissen Sie. Hinter der öffentlich gezeigten Maske verbirgt sich ein anderer Mensch. Und Grischin wird alles tun, was diesem Kerl in den Sinn kommt. Kann ich jetzt gehen?"

„Verschwinden Sie lieber, ehe ich Sie verhaften lasse."

Monk stand an der Tür. „An Ihrer Stelle würde ich vorsichtshalber einige Vorkehrungen treffen. Falls er siegt, werden Sie vielleicht noch um Frau und Kind kämpfen müssen."

Mit diesen Worten zog er die Tür hinter sich zu.

DR. PROBYN war aufgeregt wie ein kleiner Schuljunge. Stolz zeigte er Sir Nigel Irvine das offensichtlich von ihm selbst gezeichnete Diagramm, das er an die Wand geheftet hatte. „Ich glaube, ich habe Ihren Mann."

Sir Nigel starrte das Papier verständnislos an. Namen, Dutzende von Namen, die alle mit horizontalen und vertikalen Linien miteinander verbunden waren.

„Sie sehen hier die Verbindungslinien zwischen den vier europäischen Königshäusern der Dänen, Griechen, Briten und Russen“, begann Probyn.

„Erklären Sie“, bat Irvine.

Dr. Probyn nahm einen großen roten, einen blauen und einen schwarzen Markierstift. „Lassen Sie uns oben anfangen. Bei den Dänen. Vor hundertsechzig Jahren herrschte in Dänemark ein König, der zwei Söhne hatte. Sehen Sie hier.“ Er zeigte auf die obere Diagrammhälfte. „Nun, der ältere trat die Nachfolge seines Vaters an, wodurch er für uns unwichtig wird. Aber der jüngere, Prinz Wilhelm, wurde aufgefordert, König Georg I. von Griechenland zu werden. Er verschwindet nach Athen, und was macht er dort? Er heiratet die Großfürstin Olga von Rußland, und gemeinsam zeugen sie Prinz Nikolaus, halb Däne und halb Russe.“

Probyn markierte Nikolaus' Namen in Blau für Griechenland und zeigte dann wieder auf die Dänen an der Spitze des Diagramms.

„Der alte König hatte auch einige Töchter. Dagmar zog nach Moskau und wurde die Zarin von Rußland; sie änderte ihren Namen in Maria und gebar Nikolaus II., der mitsamt seiner Familie in Jekaterinburg ermordet wurde.“

„Aber“, fuhr Probyn fort, „eine weitere Tochter des dänischen Königs, Alexandra von Dänemark, kam nach England und heiratete unseren Prinzen, den späteren Edward VIII. Dann zeugten sie Georg V. Verstehen Sie?“

„Also waren Zar Nikolaus und König Georg V. miteinander verwandt?“ hakte Sir Nigel nach.

„Richtig. Ihre Mütter waren Schwestern. Doch jetzt schauen Sie sich die britische Erbfolge an. König Georg V. hatte fünf Söhne. Der jüngste interessiert uns besonders, Prinz Georg.“ Der rote Stift fuhr in den unteren Teil des Diagramms und umkreiste den jüngsten Sohn. „Er ist bei einem Flugzeugabsturz im Zweiten Weltkrieg ums Leben gekommen, aber er hatte zwei Söhne, und beide leben noch. Auf den jüngeren der beiden müssen wir uns konzentrieren. Der rote Stift fuhr noch weiter hinab bis fast ganz ans Ende des Diagramms und umkreiste einen Namen. „Dieser Mann hier ist durch Heirat seiner Vorfahren mit dem Haus der Romanows verbunden! Aber es geht noch weiter. Schauen Sie sich das an.“

Probyn schob Irvine zwei Fotos über den Tisch zu. Zwei bärtige, düstere Gesichter starrten direkt in die Kamera. „Was halten Sie davon?“

„Sie sehen aus wie Brüder."

„Sind sie aber nicht. Zwischen den beiden Aufnahmen liegen achtzig Jahre. Der hier ist Nikolaus II., der andere ist der noch lebende englische Prinz. Aber das Beste kommt noch. Sie erinnern sich noch an Prinz Nikolaus?"

„Prinz von Griechenland, eigentlich jedoch halb Däne und halb Russe?"

„Eben der. Zar Nikolaus II. hatte eine Cousine, die diesen Prinzen Nikolaus heiratete. Er war nur ein halber Romanow, sie aber stammte direkt vom russischen Herrscherhaus ab. Ihre Tochter war Prinzessin Marina, die nach England kam und Prinz Georg von Windsor heiratete. Ihre beiden Söhne sind also zu drei Achteln Romanows, und noch etwas: Ihre Mutter Marina gehörte bei ihrer beider Geburt der orthodoxen Kirche an."

„Was ist mit ihrem Alter?"

„Nun, Sir Nigel. Der ältere Bruder ist vierundsechzig, scheidet also aus, wenn wir Ihre Kriterien zugrunde legen. Der jüngere wurde dieses Jahr siebenundfünfzig. Gebürtiger Prinz eines Herrscherhauses, verheiratet, ein zwanzigjähriger Sohn, ein ehemaliger Soldat. Aber das Beste ist, daß er früher beim Nachrichtendienst war und dort Russisch gelernt hat. Er beherrscht die Sprache nahezu perfekt."

Mit strahlendem Gesicht trat Dr. Probyn von seinem vielfarbigen Diagramm zurück.

Sir Nigel starrte auf das Foto. „Dr. Probyn, gibt es noch einen Mann, der all diese Bedingungen gleichermaßen erfüllen würde?"

„Nicht auf dieser Welt", sagte der Heraldiker.

Am folgenden Wochenende fuhr Sir Nigel Irvine nach Westengland, um den jüngeren der beiden Prinzen in seinem Landhaus aufzusuchen. Er wurde herzlich empfangen und aufmerksam angehört. Schließlich brachte ihn der Prinz zu seinem Wagen. „Ich werde sorgfältig darüber nachdenken, Sir Nigel, mich ausführlich mit meiner Familie beraten und natürlich um eine Privataudienz bei Ihrer Majestät nachsuchen."

„Vielleicht wird es nie soweit kommen, Sir, vielleicht kommt es nie zu einer Volksabstimmung, vielleicht entscheidet das Volk sich auch ganz anders."

„Dann werden wir bis zu diesem Tag warten müssen. Gute Fahrt, Sir Nigel."

Im dritten Stock des Hotels Metropol befindet sich eines der besten traditionellen Restaurants Moskaus. Der *Bojarski Sal* oder Bojarensaal ist nach jenen Adligen benannt, die einst dem Zaren zur Seite standen. Es ist ein mit Holzpaneelen verkleideter und mit herrlichen Ornamenten verzierter Gewölbesaal, der an lange vergangene Zeiten erinnert. In dieses Restaurant wurde General Nikolai Nikolajew am 12. Dezember von seinem einzigen noch lebenden Verwandten, seinem Neffen Mischa, eingeladen, um seinen 74. Geburtstag zu feiern.

Die Schwester des Generals und ihr Mann waren 1963 bei einem Autounfall ums Leben gekommen: Ein besoffener, nach Wodka stinkender Idiot war direkt in sie hineingefahren. Oberst Nikolajew war aus seiner Kaserne in Sibirien heimgeflogen, um an der Beerdigung teilzunehmen. Er hatte am Grab neben einem kleinen, ernsten Jungen, der nicht weinen wollte, gestanden und gelobt, sich um ihn zu kümmern.

Es hatte so seine Vorteile, wenn man drei Heldenorden auf der Brust trug; sie verhalfen dem eigenen Wort zu einem gewissen Nachdruck. Normalerweise wurden Jungen erst im Alter von zehn Jahren zur renommierten Militärakademie Nachimow zugelassen, doch in diesem Fall waren die Behörden mit einer Ausnahme einverstanden. Der siebenjährige Mischa wurde in eine Kadettenuniform gesteckt und in die Nachimow aufgenommen.

Als Mischa Andrejew mit achtzehn seinen Abschluß an der Akademie machte, war er bereits Leutnant und entschied sich, was niemanden überrascht haben dürfte, für eine Laufbahn in einer Panzereinheit. Fünfundzwanzig Jahre später war er Generalmajor und Kommandeur einer vor Moskau stationierten Panzerdivision.

Die beiden Männer betraten das Restaurant kurz nach acht, ihr Tisch war reserviert. Die wenigen russischen Gäste raunten sich zu: „Ist das nicht Kolja Nikolajew?"

Wiktor, der Chefkellner, der früher in einem Panzerbataillon gedient hatte, hatte ihnen auf Kosten des Hauses zwei randvolle Gläser mit eisgekühltem Moskowskaja bereitgestellt. Mischa Andrejew prostete seinem Onkel zu, dem einzigen Vater, an den er sich erinnern konnte.

„Auf die nächsten vierundsiebzig!"

„Blödsinn. *Na sdarowje*."

Beide Männer kippten den Wodka hinunter und brummten behaglich, als der Schnaps seine Wirkung tat.

„Hab letztens den Artikel in der *Iswestija* gelesen", sagte Mischa. „Hat in der Kaserne für ziemliche Aufregung gesorgt."

General Nikolajew blickte ihn aufmerksam an. „Der Mann ist ein Faschist."

„Wenn du meinst, Onkel. Sieht allerdings so aus, als würde er das Rennen machen. Vielleicht hättest du lieber den Mund gehalten."

„Dafür bin ich zu alt. Ich rede, wie mir der Schnabel gewachsen ist."

Der alte Mann schien eine Weile in Gedanken versunken zu sein und starrte hinauf zur Galerie, von wo aus den Gästen russische Volksmusik vorgespielt wurde. Dann legte der General seinem Neffen die Hand auf den Arm. „Hör mal, Junge, wenn mir etwas passiert ..."

„Red keinen Unsinn, du wirst uns alle überleben."

„Ich mein's ernst. Wenn mir was passiert, dann bring mich auf dem Nowodewitschi-Friedhof unter die Erde. Klar? Ich will keine elende Zivilbestattung, ich will den Bischof, mit allem Pomp!"

„Du? Einen Bischof? Ich wußte gar nicht, daß du gläubig bist."

„Sei nicht blöd. Wenn sechs Meter neben dir eine deutsche Achtundachtziger landet und nicht explodiert, dann mußt du einfach daran glauben, daß es da oben irgend jemanden gibt. Natürlich hab ich mich verstellt, das gehörte zum Beruf. Gut, du weißt jetzt wenigstens, was ich will, und nun runter mit dem Kaffee und los."

Es war ein gutes Mahl gewesen. Bei den Preisen im Bojarski würde es Mischa Andrejew ein Monatsgehalt kosten, aber er fand, sein Onkel war es wert.

DER SCHLAFWAGENZUG aus Kiew, der Hauptstadt der Ukraine, ratterte durch die eiskalte Dunkelheit auf Moskau zu. Im sechsten Wagen, Abteil 28, saßen zwei Engländer und spielten Rommé.

Brian Vincent schaute auf seine Uhr. „Noch eine halbe Stunde bis zur Grenze, Sir Nigel. Sie gehen jetzt besser zu Bett."

„Wahrscheinlich haben Sie recht", sagte Nigel Irvine. Vollständig angezogen stieg er ins obere Bett und zog die Decke hoch bis ans Kinn. An der Grenze hielt der Zug für einen Augenblick an. Die ukrainischen Beamten im Zug hatten die Pässe der Reisenden bereits kontrolliert. Nun stiegen die Russen zu.

Zehn Minuten später klopfte es an die Tür zum Schlafwagenabteil. Vincent machte auf. „*Da?*"

„*Pasport, poschaluista!*"

Im Abteil brannte nur ein schwaches blaues Licht, und trotz der helleren Beleuchtung auf dem Gang konnte der russische Beamte die Dokumente kaum lesen. „Keine Visa?" fragte er.

„Dies sind Diplomatenpässe. Wir brauchen keine Visa."

Der Russe nickte. „Der alte Mann?" fragte er und wies auf den zweiten Paß.

„Der liegt da oben", sagte der junge Diplomat. „Er ist der Vater unseres Botschafters in Moskau. Ich begleite ihn. Er möchte seinen Sohn besuchen."

Der Beamte war verwirrt. Der rundgesichtige, glatzköpfige Mann auf dem Paßfoto wies keinerlei Ähnlichkeit mit der Beschreibung auf, die man ihm übermittelt hatte. Auch der Name nicht. Kein Trubshaw, kein Irvine. Nur ein Lord Asquith.

„Da draußen auf dem Gang muß es doch bitter kalt sein", sagte Vincent. „Hier. Ein Freundschaftsgeschenk. Aus dem Sondervorrat unserer Botschaft in Kiew." Der Wodka war von besonderer Qualität, eine Sorte, die man für Geld nicht kaufen konnte. Der Russe brummte, stempelte beide Pässe ab und ging weiter.

„Hab unter der Decke kaum etwas verstanden, aber es klang nicht schlecht", sagte Sir Nigel, sobald die Tür wieder geschlossen war.

„Ich habe langsam den Verdacht, Ihnen macht diese ganze Geschichte sogar Spaß", meinte der einstige Sergeant Vincent.

„Mein lieber Junge, soviel Spaß habe ich seit Jahren nicht mehr gehabt."

„Er ist wieder da, Oberst Grischin." Die Stimme von Pater Maxim am Telefon klang schrill vor Aufregung.

„Beruhigen Sie sich, Pater Maxim. Wer ist wieder da?"

„Der alte Engländer. Seit einer Stunde ist er bei Seiner Heiligkeit."

„Das ist unmöglich." Grischin hatte für jeden Mitarbeiter in der Einwanderungsbehörde des Innenministeriums eine große Belohnung ausgesetzt, um rechtzeitig vorgewarnt zu sein, aber ihm war nichts mitgeteilt worden. „Wissen Sie, wo er wohnt?"

„Nein, aber er ist mit derselben Limousine gekommen."

Im National, dachte Grischin. Der alte Trottel hat sich für dasselbe Hotel entschieden. Allein die Erinnerung daran, wie er den alten Spionagechef beim letztenmal verloren hatte, weil „Mr. Trubshaw" zu schnell für ihn gewesen war, ließ ihn noch immer zusammenzucken. Diesmal würde er keinen Fehler machen. „Wo sind Sie jetzt?"

„Ich stehe auf der Straße und telefoniere über das Handy."

„Das ist nicht sicher. Gehen Sie zum üblichen Treffpunkt, und warten Sie da auf mich!“ Grischin knallte den Hörer auf die Gabel, griff dann wieder danach und befahl seinem Stellvertreter, sich sofort in seinem Büro zu melden.

Eine Viertelstunde später legte er seinem Stellvertreter ein Foto von Sir Nigel vor. „Das ist er. Wahrscheinlich in Begleitung eines jüngeren Mannes, dunkles Haar, durchtrainiert. Sie sind im National. Bringen Sie zehn Männer mit, Ihre besten Leute. In Zivil. Und drei Wagen. Sobald er drin ist, darf er ohne mein Wissen nicht wieder hinaus.“

„Und wenn er das Hotel im Wagen verläßt?“

„Folgen Sie ihm. Er darf den Flughafen nicht erreichen.“

„In Ordnung, Oberst.“

Während sein Stellvertreter die Instruktionen an seine Mannschaft weitergab, telefonierte Grischin mit einem weiteren Experten auf seiner Gehaltsliste, einem ehemaligen Einbrecher, der in der Lage war, jede Tür in Moskau zu öffnen. „Suchen Sie Ihre Sachen zusammen, und lassen Sie Ihr Handy eingeschaltet. Sie müssen heute nacht für mich in ein Hotelzimmer einbrechen, wann genau, ist noch unklar.“

Eine halbe Stunde später war Oberst Grischin in der Allerheiligenkirche in Kulischki. Pater Maxim wartete auf ihn.

„Wann ist er angekommen?“ fragte Grischin.

„Er kam um vier.“

„Haben Sie an der Tür gelauscht?“

„Ich habe es versucht. Es war nicht leicht. Die Putzfrauen trieben sich vor der Tür herum.“

„Was haben Sie gehört?“

„Wenig. Es wurde viel von einem ausländischen Prinzen geredet. Ich hörte die Formulierung ‚das Blut der Romanows‘. Meistens hat der Engländer geredet. Ich habe angeklopft und bin hineingegangen, um zu fragen, ob ich den Samowar nachfüllen soll. Sie waren still, da Seine Heiligkeit einen Brief schrieb. Er sagte nein und winkte mich fort.“

Grischin starrte nachdenklich vor sich hin. Was mit dem „Prinzen“ gemeint war, war zwar ihm, aber nicht dem Diener klar. Er drehte sich zu Pater Maxim um und lächelte. „Ich fürchte, der Patriarch konspiriert mit ausländischen Mächten gegen unseren künftigen Präsidenten. Das ist wirklich äußerst ungeschickt. Nach der Wahl kann man diesen ganzen Unsinn natürlich einfach vergessen. Doch Sie, mein Freund, Sie wird man nicht vergessen. Nach der Wahl werde ich

Präsident Komarow vorschlagen, daß die Garde einen Geistlichen braucht. Der Rang eines Bischofs wird dazu sicherlich notwendig sein."

„Zu freundlich, Herr Oberst."

„Sie wissen noch gar nicht, wie freundlich ich sein kann, Pater Maxim. Doch zurück zum Patriarchen. Halten Sie mich auf dem laufenden. Nehmen Sie lieber dies hier mit. Sie werden wissen, wie man damit umgehen muß."

Kaum hatte der Informant Oberst Grischin verlassen, befahl dieser seinem Fahrer, ihn zum Hotel National zu bringen. Es war an der Zeit, dachte er, diesem lästigen Westler und dem amerikanischen Aufrührer einige harte Tatsachen über das moderne Moskau beizubringen.

Die beiden Engländer warteten, bis die Ampel grün wurde, und gingen dann auf die andere Seite. „Sie wissen, daß wir beschattet werden?" fragte Vincent beiläufig.

„Zwei Männer vor uns, zwei hinter uns, ein Wagen im Kriechtempo auf der anderen Straßenseite", sagte Sir Nigel.

„Ich bin beeindruckt, Sir."

„Mein lieber Junge, ich mag ja alt und grau sein, aber ich will doch hoffen, daß ich es noch merke, wenn ich derart auffällig und ungeschickt verfolgt werde."

Grischins Empfangsgerät knackte, als einer der Beschatter in sein Handgerät sprach. „Sie sind abgebogen. Sie gehen ins Restaurant."

Das „Silberne Zeitalter" ist ebenfalls eines dieser traditionellen altrussischen Restaurants und liegt in einer verwinkelten Gasse hinter dem Bolschoitheater. Früher war es einmal ein russisches Bad gewesen, die Wände gefliest und mit Mosaiken ländlicher Szenen aus längst vergangenen Tagen bedeckt. Das Restaurant war gut besucht, nahezu alle Tische waren besetzt. Der Oberkellner eilte ihnen entgegen. „Tut mir leid, meine Herren, wir sind ausgebucht", sagte er. „Eine geschlossene Gesellschaft. Tut mir wirklich leid."

„Da ist doch noch ein freier Tisch", antwortete Vincent. „Schauen Sie, da hinten."

Der Kellner wußte, daß die beiden Touristen Ausländer waren und wahrscheinlich in Dollar zahlen würden. „Da muß ich den Gastgeber fragen", beschied er sie und hastete davon. Er sprach einen attraktiven Mann mit olivenfarbener Haut an, der am größten Tisch im Saal saß. Der Mann betrachtete die beiden Fremden nachdenklich und nickte dann. Der Oberkellner kam zurück. „Er hat eingewilligt. Bitte folgen Sie mir."

Sir Nigel Irvine nickte dem Gastgeber des Festes dankend zu. Der Mann nickte zurück. Sie bestellten Ente in Beerensoße.

Draußen ließ Grischin die Gasse von vier seiner Soldaten abriegeln. Der Mercedes des Obersts fuhr bis vor die enge Gasse, dann stieg Grischin aus, besprach sich kurz mit seinen Männern, setzte sich anschließend wieder in den Wagen und griff zum Telefon. „Wie kommen Sie voran?" fragte er.

Vom Flur des zweiten Stockwerks des Hotels National hörte er die Antwort: „Arbeite noch am Schloß."

„Sagen Sie mir Bescheid, sobald Sie drin sind", sagte Grischin.

Zehn Minuten später gab das Schloß von Zimmer 252 nach. Grischin wurde informiert. „Jedes Blatt Papier, sämtliche Dokumente fotografieren und zurücklegen", befahl er.

Die Durchsuchung von Sir Nigel Irvines Zimmer erfolgte schnell und gründlich. Der Einbrecher blieb zehn Minuten im Bad, kam dann wieder heraus und schüttelte den Kopf. Die Schubladen der Kommode enthielten nur die zu erwartende Ansammlung von Schlipsen, Hemden, Unterwäsche und Taschentüchern. Die Schublade vom Nachttisch war leer. Der Einbrecher ging in die Knie. Dann stieß er einen langen, zufriedenen Seufzer aus.

Der Diplomatenkoffer lag mitten unter dem Bett, wo er kaum zufällig zu entdecken gewesen wäre. Für das Zahlenschloß brauchte der Ganove ganze drei Minuten. Als der Deckel aufklappte, war er enttäuscht. In einem Plastikumschlag fand er Reiseschecks und eine Brieftasche mit einigen Kreditkarten. Die Deckelinnentasche enthielt ein Flugticket von Moskau nach London. Mit einer Kleinbildkamera fotografierte er die Papiere.

„Es muß noch ein Brief dasein", drang die Stimme aus der Straße durch das Mobiltelefon.

Dieser Hinweis brachte den Einbrecher dazu, den Diplomatenkoffer noch einmal gründlich zu untersuchen, und so entdeckte er den doppelten Boden. Er enthielt einen langen cremefarbenen Umschlag, in dem sich ein einzelnes Blatt Papier befand, das den eingeprägten Briefkopf des Patriarchen von Moskau und Rußland trug. Dies wurde gleich dreimal fotografiert.

„Packen Sie Ihre Sachen zusammen, und verschwinden Sie!" befahl Grischin.

Der Mann legte den Brief wieder in den Umschlag, steckte ihn zurück in den doppelten Boden, stellte am Zahlenschloß dieselbe Zahlenkombination ein, die er vorgefunden hatte, und schob den Koffer wieder unters Bett. Als das Zimmer aussah, als wäre es nicht mehr betreten worden, seit Sir Nigel Irvine es verlassen hatte, ging der Mann hinaus.

DIE TÜR zum Silbernen Zeitalter ging auf und schloß sich mit leisem Zischen wieder. Grischin und vier Männer durchquerten den kleinen Vorraum und schoben die schweren Vorhänge zur Seite, die den Durchgang zum Speisesaal verdeckten.

Der Oberkellner stürzte auf sie zu. „Tut mir leid, meine Herren…"

„Aus dem Weg", herrschte Grischin ihn an, ohne ihn auch nur anzuschauen. Er musterte die Gäste, bis sein Blick auf die beiden Ausländer fiel, die am anderen Ende des Saals speisten. Mit einem Kopfnicken befahl er einem seiner Männer, ihn zu begleiten.

„Ich glaube, wir bekommen Besuch von den Gentlemen, deren Druckerpressen Sie vor einigen Wochen ein wenig demoliert haben", sagte Irvine zu Vincent. Er wischte sich den Mund ab. Die Ente war köstlich gewesen.

Der Mann im schwarzen Mantel kam auf sie zu, blieb vor ihnen stehen und sah auf sie herab.

„Sir Irvine?"

„Nun, eigentlich heißt es Sir Nigel."

„Treiben Sie keine Spielchen mit mir!" Grischin sprach russisch, und Vincent übersetzte. „Sie mischen sich in die inneren Angelegenheiten Rußlands ein, und das paßt mir nicht. Ihre amerikanische Marionette, diesen Monk, den werden wir bald geschnappt haben, und dann werde ich meine Rechnung mit ihm persönlich begleichen."

„Sind Sie fertig, Oberst? Sie sind doch Oberst Grischin, nicht wahr? Denn sollten Sie fertig sein, werde ich Ihnen, da Sie nun einmal so offen zu mir sind, ebenso offen antworten. Sie sind ein zutiefst verabscheuungswürdiger Mensch, allein der Mann, dem Sie dienen, ist vielleicht noch widerlicher als Sie."

Vincent öffnete den Mund, schloß ihn wieder und murmelte dann auf englisch: „Halten Sie das für klug, Chef?"

„Übersetzen Sie nur, seien Sie so lieb."

Vincent tat, wie befohlen.

„Das russische Volk", fuhr Irvine im Plauderton fort, „mag viele

Fehler begangen haben, aber Sie hat es ebensowenig verdient, wie irgendeine andere Nation der Erde solchen Abschaum wie Sie verdient hat. Aber das Volk durchschaut langsam Ihre Fassade, und in dreißig Tagen werden Sie hoffentlich feststellen müssen, daß es seine Meinung geändert hat. Und was wollen Sie dagegen schon unternehmen?"

„Ich glaube", antwortete Grischin bedächtig, „ich werde damit anfangen, daß ich Sie umbringe."

Der Saal verstummte. Die Gäste an den Tischen zu beiden Seiten hatten den von Vincent gedolmetschten Wortwechsel verfolgen können.

„Das wäre wohl kaum eine kluge Entscheidung", meinte Irvine.

Grischin schnaubte verächtlich. „Was glauben Sie denn, wer Ihnen helfen sollte? Diese Schweine hier vielleicht?" Er blickte in die Runde.

Schweine war das falsche Wort. Etwas schlug links von Grischin heftig auf dem Tisch auf. Er wandte sich halb danach um. Die glitzernde und noch immer vibrierende Klinge eines Springmessers stak im Holz der Tischplatte. Ein Gast zu seiner Rechten nahm seine weiße Serviette auf. Darunter lag eine 9-Millimeter-Steyr.

Über die Schulter gewandt fragte Grischin seinen Schwarzgardisten hinter ihm: „Wer sind diese Leute?"

„Tschetschenen", zischte der Gardist.

„Alle?"

„Ich glaube, ja", bestätigte Irvine, nachdem Vincent für ihn übersetzt hatte. „Und sie mögen es überhaupt nicht, wenn man sie Schweine nennt. Moslems, wissen Sie."

Es war ein lautes metallisches Klicken zu hören, als fünfzig Gäste ihre Waffen entsicherten. Sieben Revolver richteten sich auf die drei Schwarzgardisten am Durchgang. Der Kellner duckte sich hinter seiner Kasse und betete darum, seine Enkel noch einmal wiedersehen zu dürfen.

Grischin sah auf Sir Nigel herab. „Ich habe Sie unterschätzt. Das passiert mir nicht noch mal. Verschwinden Sie aus Rußland, und hören Sie auf, sich in unsere inneren Angelegenheiten einzumischen!" Er machte auf dem Absatz kehrt und stolzierte zur Tür. Seine Wachen folgten ihm.

Vincent stieß einen langen Seufzer aus. „Sie wußten über diese Leute im Lokal Bescheid, stimmt's?"

„Nun, ich hatte gehofft, daß meine Nachricht angekommen ist.

Sollen wir gehen?“ Er hob sein Glas und prostete dem Saal zu. „Auf Ihr Wohl, meine Herren. Und vielen Dank.“

Vincent übersetzte, dann gingen sie. Sie gingen alle zusammen. Die verbleibenden Stunden der Nacht bewachten die Tschetschenen das Hotel, und am nächsten Morgen begleiteten sie die Besucher zum Flughafen.

„Was Sie mir auch anbieten, Sir Nigel“, sagte Vincent, als die Maschine der British Airways über der Moskwa drehte und nach Westen schwenkte, „ich werde nie, ich wiederhole, nie wieder nach Moskau zurückkehren.“

„Das trifft sich gut, ich nämlich auch nicht.“

„Aber eines interessiert mich noch: Wo ist der Amerikaner?“

„Oh, ich fürchte, der ist immer noch irgendwo da unten und lebt am Rand des Abgrunds, direkt am Abgrund. Wirklich ein ganz besonderer Mensch.“

UMAR GUNAJEW trat ein, ohne anzuklopfen. Monk saß am Tisch und betrachtete einen detaillierten Stadtplan von Moskau. Er blickte auf.

„Wir müssen miteinander reden“, sagte der Tschetschenenführer. „Ihre Freunde sind fort. Sie leben. Aber was letzte Nacht im Silbernen Zeitalter passiert ist, war einfach verrückt. Ich habe eingewilligt, weil ich Ihnen seit damals etwas schuldig bin. Aber ich allein stehe in Ihrer Schuld. Warum soll ich meine Männer in Gefahr bringen?“

„Tut mir leid. Der alte Mann mußte unbedingt nach Moskau kommen. Er hatte eine überaus wichtige Verabredung. Und Grischin hatte entdeckt, daß er im Land war.“

„Es gibt in Moskau achthundert private Sicherheitsdienste, Jason. Er hätte problemlos fünfzig Mann anheuern können.“

„Das Problem ist nur, Umar, daß man sie kaufen kann. Die sehen Grischin und wissen, der verdoppelt ihr Gehalt. Sie würden die Seiten wechseln.“

„Also haben Sie meine Männer genommen, weil die Sie nicht verraten würden?“

„Mir blieb keine andere Wahl.“

„Ihnen ist klar, daß Grischin nun genau weiß, wer Sie beschützt? Auf der Straße gibt es bereits erste Gerüchte, die besagen, daß die Dolgoruki sich zu einem größeren Bandenkrieg rüsten.“

„Wenn Komarow an die Macht kommt, werden die Dolgoruki Ihr geringstes Problem sein. Wir können es nicht mehr aufhalten, Umar.“

„Wir? Ich höre immer ‚wir‘. Sie haben mich um Hilfe gebeten. Ich habe Ihnen meine Gastfreundschaft angeboten, aber jetzt droht man mir mit offenem Krieg!“

„Ich könnte versuchen, mit General Petrowski zu reden.“

„Mit Petrowski? Wissen Sie, wie viele Geschäfte der und sein GUVD mir versaut haben? Wissen Sie, wie viele Razzien der in meinen Klubs, meinen Lagerhäusern und Kasinos durchgeführt hat?“

„Er haßt die Dolgoruki mehr, als er Sie haßt. Außerdem muß ich mich mit dem Patriarchen treffen. Ein letztes Mal. Aber wenn ich wieder ungeschoren davonkommen will, brauche ich noch einmal Hilfe. Das Haus wird bewacht.“

Umar schüttelte ungläubig den Kopf.

„Wissen Sie, mein Freund, was Sie mit Ihrem verdammten schwarzen Dokument hier angerichtet haben?“

IGOR KOMAROW studierte die Fotografie des Briefs, der in Sir Nigels Diplomatenkoffer gefunden worden war. Er war auf dem offiziellen Briefpapier des Patriarchen geschrieben worden und begann mit den Worten: „An Seine Königliche Hoheit.“ Unterschrift und Siegel stammten von Seiner Heiligkeit Alexij II.

„Was ist das?“ fragte Komarow.

„Die ausländische Verschwörung gegen Sie, Herr Präsident, ist aufgedeckt. Sie geht in zwei Richtungen vor. Hier in Rußland versucht man, Ihre Wahlkampagne zu destabilisieren und Besorgnis und Mutlosigkeit zu verbreiten, indem man gewissen ausgewählten Personen Ihr privates Manifest zeigt. Resultat war die Sabotage an den Druckerpressen, die Anordnungen der Banken, jede landesweite Berichterstattung über Sie einzustellen, und die hetzerische Rede des alten Trottels von General. Das hat Schaden angerichtet, kann aber Ihren Sieg nicht verhindern. Der zweite Teil der Verschwörung ist auf gewisse Weise sogar noch gefährlicher. Er zielt auf eine Restauration des Zarentums, um Sie damit schachmatt zu setzen. Aus Eigennutz hat der Patriarch dem zugestimmt. Vor Ihnen liegt sein persönlicher Brief an einen gewissen Prinzen im Westen. In dem Schreiben wird die Idee der Restauration befürwortet, und für den Fall ihrer Realisierung verspricht die Kirche, sich für diesen Mann einzusetzen.“

„Und was schlagen Sie vor, Oberst?“

„Ganz einfach. Ohne einen Thronfolger bricht die Verschwörung in sich zusammen.“

„Kennen Sie einen Mann, der … diesen blaublütigen Herrn entmutigen könnte?"

„Für alle Zeit. Der Mann ist gut, und er ist daran gewöhnt, im Westen zu arbeiten. Spricht mehrere Sprachen."

„Ich denke, dann sollten wir die Dienste dieses Mannes in Anspruch nehmen, Oberst."

„Überlassen Sie alles weitere mir, Herr Präsident. In zehn Tagen gibt es keinen Thronfolger mehr."

GENERALMAJOR WALENTIN PETROWSKI, der Chef des GUVD, hatte sein Essen beendet und hielt seine kleine Tochter auf dem Knie, als das Telefon klingelte. Seine Frau nahm ab. „Für dich."

„Wer ist dran?"

„‚Der Amerikaner' hat er einfach nur gesagt."

Petrowski setzte Tatjana auf den Boden und stand auf, um den Hörer in die Hand zu nehmen. „Ja?"

„General Petrowski? Wir haben letztens miteinander gesprochen. Ich habe einige Informationen über die Dolgoruki-Mafia, die für Sie interessant sein könnten. Haben Sie einen Stift und ein Blatt Papier zur Hand?"

„Schießen Sie los!"

Monk betete sechs Adressen herunter. „Die ersten beiden sind Waffenarsenale der Dolgoruki. Die dritte Adresse ist ein Kasino, in der die Buchhaltung der Dolgoruki aufbewahrt wird. An den letzten drei finden Sie Lagerhäuser der Bande."

„Woher wissen Sie das?"

„Ich habe so meine Kontakte. Kennen Sie die folgenden Offiziere?" Monk nannte ihm zwei Namen.

„Natürlich. Einer meiner Stellvertreter und ein Truppenkommandeur. Warum?"

„Sie stehen beide auf der Gehaltsliste der Dolgoruki."

„Ich kann nur hoffen, Amerikaner, daß Ihre Angaben stimmen."

„Sie stimmen." Monk beendete das Gespräch.

Nachdenklich legte Petrowski den Hörer auf.

IN DEN frühen Morgenstunden des 16. Dezember ließ General Petrowski gleichzeitig sechs Razzien durchführen, nachdem die beiden Verräter zu einem privaten Essen eingeladen worden waren und so lange mit Wodka abgefüllt wurden, bis sie sturzbetrunken waren.

Die drei Lagerhäuser boten kaum Schwierigkeiten. Vier Wachen, die die Kostbarkeiten schützen wollten, wurden niedergeschossen. Acht weitere Wachen ergaben sich. Man fand Fernseher, Videogeräte und Computer, die allesamt im Westen gestohlen worden waren.

Die beiden Arsenale enthielten genügend Waffen für ein ganzes Infanterieregiment.

Im Kasino führte Petrowski die Fahndungsaktion persönlich an. Der Manager behauptete, daß sein Geschäft vollkommen legal sei. Erst als sein Tisch im Büro zur Seite geschoben, der Teppich angehoben und eine Falltür zum Keller freigelegt wurde, fiel er in Ohnmacht.

Noch am späten Vormittag luden Petrowskis Truppen Kiste um Kiste mit Unterlagen in Lastwagen, und gegen Mittag strahlte das Fernsehen einen ziemlich vollständigen Bericht aus. 27 Mafiosi seien lebend gefaßt worden, zwei von ihnen hätten bereits ausführliche Geständnisse abgelegt. Die letzte Behauptung stimmte zwar nicht, war aber von Petrowski an die Medien weitergegeben worden, um für zusätzliche Panik unter den Führern der Dolgoruki zu sorgen.

Letztere standen tatsächlich wie unter Schock. Die meisten gingen davon aus, daß die Ausschaltung ihrer beiden Spitzel auf eine undichte Stelle hinwies. Es ging das Gerücht um, daß ein hoher Offizier der Schwarzen Garde geplaudert habe. Angesichts der Millionen Dollar, die die Dolgoruki in Igor Komarows Wahlkampf gesteckt hatten, waren die Mafiabosse nicht gerade begeistert.

Sie sollten nie erfahren, daß dieses Gerücht auf Anraten von Jason Monk von den Tschetschenen in die Welt gesetzt worden war.

OBERST ANATOLI GRISCHIN war in seiner Wohnung und wollte gerade zu Bett gehen, als sein Handy klingelte. Es war 0.30 Uhr. Er erkannte die Stimme auf Anhieb.

„Er ist hier. Der Amerikaner. Er ist gerade bei Seiner Heiligkeit."

„Wo sind Sie?"

„In der Flurküche. Ich mache Kaffee, muß jetzt aber wieder gehen."

Er hatte aufgelegt. Grischin bemühte sich, seine Erregung zu zügeln. Jetzt hatte er den verhaßten Amerikaner schon fast im Sack.

Er rief den Anführer der Kerntruppe der Schwarzen Garde zu sich. „Ich brauche zehn Leute, drei Wagen, Mini-Uzis, und zwar sofort. Riegeln Sie beide Enden der Straße Tschisti Pereulok ab. Wir treffen uns da in dreißig Minuten."

Zehn Minuten nach eins erhob sich Monk und wünschte dem Patriarchen eine gute Nacht. „Ich glaube nicht, daß wir uns noch einmal begegnen werden, Eure Heiligkeit."

Alexij II. erhob sich ebenfalls und begleitete ihn bis zur Tür.

„Leben Sie wohl, mein Sohn. Mögen die Engel Ihnen beistehen."

Im Augenblick, dachte Monk, als er die Treppe hinunterging, wären mir ein paar tschetschenische Kämpfer lieber.

Der fette Kammerdiener stand wie immer an der Tür und wollte ihm seinen Mantel geben.

„Bitte keinen Mantel, Pater", sagte er. Was ihn in seinen Bewegungen behindern mochte, konnte er jetzt nicht gebrauchen. Er zog ein Handy aus der Tasche und tippte eine Nummer ein. *„Monach"*, sagte er.

„Fünfzehn Sekunden", antwortete eine Stimme. Monk erkannte Magomed. Monk zog die Haustür einen Spaltbreit auf und starrte nach draußen.

Am einen Ende der engen Gasse wartete ein einsamer Mercedes unter einer funzligen Straßenlampe. In ihm saßen vier Männer, einer am Steuer, die anderen drei hielten Mini-Uzis in der Hand. Der Motor lief. An ihrem anderen Ende verbreiterte sich die Gasse zu einem kleinen Platz. Dort standen im Schatten der Häuser zwei weitere schwarze Wagen. Wer die Gasse verlassen wollte, mußte an diesem Hinterhalt vorbei.

Von dort, wo der Mercedes stand, näherte sich ein weiteres Fahrzeug, ein Taxi; das gelbe Licht leuchtete über der Windschutzscheibe. Für Grischins Leute mußte es so aussehen, als sei der Wagen herbestellt, um ihr Opfer abzuholen. Das Taxi befand sich neben dem Mercedes, als mit doppeltem Klirren zwei grapefruitgroße Metallkugeln auf die eisige Straße fielen und unter die Limousine rollten. Kaum war das Taxi am Mercedes vorbei, da hörte Monk hinter der Haustür das zweifache Krachen der Sprengsätze.

Gleichzeitig rollte ein großer Lieferwagen auf den Platz am anderen Ende, ratterte bis zum Anfang der Gasse und hielt an. Der Fahrer sprang aus dem Wagen und sprintete über das Pflaster.

Monk nickte dem zitternden Priester zu, zog die Tür weit auf und trat auf die Straße. Das Taxi war fast auf seiner Höhe, als die hintere Tür aufflog. Er warf sich auf den Rücksitz. Der Lastwagenfahrer folgte ihm auf dem gleichen Weg. Im Rückwärtsgang schoß das Taxi die Strecke zurück, die es gerade gekommen war. Jemand lag flach hinter dem unbeweglichen Laster auf dem Boden und ließ aus einer Maschinenpistole einen Kugelhagel über sie niedergehen. Dann flogen die beiden Sprengsätze unter dem Fahrgestell des Lastwagens in die Luft, und das Schießen hörte auf.

Magomed drehte sich auf dem Fahrersitz um. „Du machst das Leben interessant, Amerikaner."

Auf dem kleinen Platz am anderen Ende der Gasse stand Oberst Grischin und betrachtete das Wrack des Lieferwagens, das den Zugang zur Straße blockierte. Zwei seiner Männer lagen tot unter den Trümmern, getötet von zwei kleinen am Fahrgestell befestigten Sprengsätzen. Als er um das Fahrzeug herum in die Gasse starrte, konnte er den Wagen an ihrem anderen Ende brennen sehen. Er nahm sein Handy, tippte sieben Ziffern ein. Eine verschreckte Stimme flüsterte: „Ja?"

„Er ist uns entwischt. Haben Sie, was ich haben will?"

„Ja."

„Am selben Ort. Um zehn Uhr."

DIE KLEINE Allerheiligenkirche in Kulischki war wie immer um diese Uhrzeit fast leer. Pater Maxim stand an der rechten Wand und hielt eine flackernde Kerze in der Hand, als Oberst Grischin neben ihm auftauchte.

„Der Amerikaner ist entkommen", begann Grischin leise.

„Das tut mir leid. Ich habe mein Bestes versucht, aber offenbar hat er angenommen, daß das Haus bewacht wird."

„Und der Kassettenrecorder, den ich Ihnen gegeben habe?"

„Den habe ich angemacht, bevor ich mit dem Kaffee ins Zimmer gegangen bin. Als draußen die Explosionen zu hören waren, kam Seine Heiligkeit aus der Bibliothek, beugte sich über die Brüstung und fragte, was los sei. Und noch während er hinunterblickte, habe ich die Kaffeetassen und den Kassettenrecorder aus dem Zimmer geholt."

Wortlos streckte Grischin seine Hand aus.

„Ich hoffe, ich habe das Richtige getan", sagte Pater Maxim furchtsam, als er aus seiner Soutane eine Kassette hervorzog.

Grischin hätte dieser Kröte am liebsten mit bloßen Händen den Hals umgedreht. Vielleicht würde er es eines Tages noch tun. „Sie haben genau das Richtige getan, Pater", sagte er.

9

Oberst Anatoli Grischin verbrachte den Rest des Vormittags damit, sich eingeschlossen in seinem Büro die Kassette mit dem Gespräch zwischen Patriarch Alexij II. und Jason Monk anzuhören.

Dreimal hörte er sich die vierzig Minuten währende Unterhaltung an, ehe er selbst eine Abschrift anfertigte. Dies war keine Arbeit für eine Sekretärin, mochte sie auch noch so vertrauenswürdig sein.

Monk legte dar, daß man in einer gemeinsamen Anstrengung unmittelbar nach Neujahr die Wahlchancen von Igor Komarow durch eine landesweit ausgestrahlte Kampagne der Diskreditierung zunichte machen sollte.

Die Einstellung der Berichterstattung über Igor Komarow durch die beiden kommerziellen Fernsehsender war das Werk der Bankiers; ihr Wortführer war Leonid Bernstein. Das allein war schon eine Rechnung, die es noch zu begleichen galt.

Monks zweiter Schlag hatte die Dolgoruki getroffen. Für Grischin waren sie allesamt nur Abschaum, aber die Partei war auf ihre finanzielle Unterstützung angewiesen. Die Kassette verriet auch, daß ein Team fähiger Buchhalter sich bereits über die Akten hermachte, die im Casino gefunden worden waren, und daß man bald damit rechnete, die finanzielle Unterstützung der UPK durch die Mafia beweisen zu können. Und im selben Zeitraum wollte General Petrowski die Dolgoruki unablässig mit weiteren Razzien unter Druck setzen. Falls ihm dies gelang, so überlegte Grischin, würden die Dolgoruki wohl kaum noch seiner Versicherung glauben, daß das GUVD keinen Informanten bei der Schwarzen Garde hatte.

Der Beitrag des Patriarchen, der sich erst gegen Ende der Kassette zu Wort meldete, barg möglicherweise die schlimmsten Informationen. Der amtierende Präsident Iwan Markow würde die Neujahrsfeiern bei seiner Familie außerhalb Moskaus verbringen und am dritten Januar in die Stadt zurückkehren. An diesem Tag wollte er den Patriarchen empfangen, der versprach, sich persönlich beim amtierenden Präsidenten dafür einzusetzen, daß Igor Komarow aufgrund des vorliegenden Beweismaterials zur „ungeeigneten Person“ erklärt werden solle. Markow würde nur allzugern bereit sein, dieser Bitte stattzugeben. Schließlich war er selbst ein Kandidat und wollte sich nicht mit Komarow an der Wahlurne messen.

Drei Verräter, grübelte Grischin. Vier, wenn man Nikolai Nikolajew dazuzählte. Nun, er hatte sein Leben damit zugebracht, Verräter zu bestrafen. Er wußte, wie man mit ihnen fertig wurde.

Eigenhändig tippte er den handschriftlichen Text ab und bat dann Komarow um zwei ungestörte Stunden seiner Aufmerksamkeit am Abend.

IGOR KOMAROW las die letzte Seite und lehnte sich zurück. Sein Gesicht hatte schon immer ein wenig farblos gewirkt, aber jetzt fiel Grischin auf, daß es weiß wie ein Blatt Papier geworden war. „Das sieht schlecht aus“, sagte der UPK-Führer.

„Sehr schlecht, Herr Präsident. Aber mit dem, was wir jetzt wissen, können wir den Spieß einfach umdrehen. Sie werden Ihre Rache bekommen. Sie müssen mich nur machen lassen.“

„Wie meinen Sie das, Anatoli Grischin?“

„In einigen Tagen wird es keinen Anwärter auf den Thron aller Reußen mehr geben. Und ich schlage noch einmal Gegenmaßnahmen vor, Maßnahmen, die zugleich Ihren Wunsch nach Rache erfüllen werden.“

„Für alle vier?“

„Wir haben keine Wahl.“

„Man darf uns nichts nachweisen können. Noch nicht. Dafür ist es noch zu früh.“

„Natürlich. Aber Sie wünschen, daß diese vier Männer, die Ihre Vernichtung planen, nicht länger gegen Sie agieren?“

„Natürlich.“

„Danke, Herr Präsident. Mehr wollte ich nicht wissen.“

DAS HOTELZIMMER war auf den Namen Kusischkin vorbestellt worden, und ein Mann dieses Namens hatte sich auch angemeldet. Doch nachdem er dies getan hatte, war er wieder hinausgegangen und hatte Jason Monk den Schlüssel zugesteckt. Dieses Vorgehen war vergleichsweise sicher, wenn man telefonieren und ein zwanzigminütiges Gespräch führen wollte, das, sollte man es zurückverfolgen wollen, nur zu einem Zimmer in einem nicht von Tschetschenen geleiteten Hotel weit außerhalb des Stadtzentrums wies.

„General Petrowski?“

„Sie schon wieder. Ich weiß nicht, woher Ihre Informationen stammen, Amerikaner, aber sie scheinen zu stimmen.“

„Danke. Aber Komarow und Grischin werden dies kaum widerstandslos hinnehmen. Ich möchte, daß Sie Ihre Frau und Tatjana aus der Stadt bringen. Heute abend noch. Und Sie sollten ebenfalls verschwinden. Ziehen Sie in die Milizkaserne. Bitte."

Monk legte auf und wählte Leonid Bernsteins Nummer in der Zentrale der Moskauer Unionsbank. Es war spätnachts, und er erreichte nur einen Anrufbeantworter. Monk konnte nur hoffen, daß Bernstein seine Nachrichten innerhalb der nächsten Stunden abhören und das Land mit seiner Familie verlassen würde.

Der dritte Anruf galt dem Patriarchen.

„Sie sollten ins Dreifaltigkeitskloster nach Sergijew Possad fahren."

„Warum?"

„Ich fürchte um Ihr Leben. Die Dinge werden gefährlich."

„Ich werde über Ihre Worte nachdenken." Er legte auf. Beim vierten Anruf antwortete eine grummlige Stimme: „Ja?"

„General Nikolajew?"

„Wer ist da ..., warten Sie einen Augenblick, ich kenne Sie. Sie sind dieser verdammte Yankee."

„Der bin ich. Sie sollten verschwinden und zu Ihrem Neffen in die Kaserne ziehen."

„Warum?"

„Ein paar Ganoven werden Ihnen bald einen Besuch abstatten."

„Gangster, wie? Ach, Blödsinn. Hab noch nie gekniffen. Und jetzt fang ich damit nicht mehr an." Er hatte aufgelegt.

Monk seufzte und legte ebenfalls auf. Er sah auf seine Uhr. 25 Minuten waren vergangen. Zeit zu gehen. Zurück in die labyrinthischen Rattenlöcher der tschetschenischen Unterwelt.

Die Killer zogen in vier Gruppen los und schlugen am 21. Dezember zu. Der größte Trupp nahm sich die Datscha von Leonid Bernstein vor. Ein Dutzend Wachposten hatten Dienst, vier von ihnen starben im Kugelhagel. Zwei Schwarzgardisten mußten ebenfalls dran glauben. Der Anführer der Wachposten wurde brutal zusammengeschlagen, wiederholte aber immer wieder nur, daß sein Arbeitgeber nach Paris geflogen sei. Die übrigen Wachposten, die in der Küche festgehalten wurden, bestätigten diese Angabe.

Der zweite Angriff galt dem Wohnblock von General Walentin Petrowski. Ein schwarzer Mercedes fuhr durch die Toreinfahrt und hielt am Schlagbaum. Einer der Posten kam aus dem warmen Wachhäuschen, um sich die Papiere anzusehen. Ein Schuß durch den Hals tötete ihn. Der Sicherheitsposten am Empfang im Erdgeschoß erlitt das gleiche Schicksal. Vier Schwarzgardisten sicherten die Eingangshalle, sechs Mann fuhren mit dem Fahrstuhl nach oben. Eine gründliche Durchsuchung der Wohnung ergab, daß sich dort niemand aufhielt. Enttäuscht zog der Trupp wieder ab.

In der Residenz des Patriarchen öffnete der Kosake die Tür. Er wurde gleich erschossen, sein Leichnam nach oben getragen. Laut Plan sollte der Privatsekretär mit dem Gewehr des Kosaken erschossen werden, während der Patriarch mit derselben Waffe getötet werden sollte, die man für den Kosaken benutzt hatte. Diese Waffe wollte man dann dem toten Sekretär in die Hände legen. Pater Maxim hätte dann beschwören müssen, daß Kosake und Patriarch den Sekretär dabei überrascht hatten, wie er die Schränke durchwühlte. Im anschließenden Schußwechsel seien dann alle drei gestorben.

Statt dessen fanden die Killer einen fetten Priester oben auf der Treppe, der sie anschrie: „Was wollen Sie hier?"

„Wo ist Alexij?" fauchte ihn einer der schwarzen Männer an.

„Er ist nicht da", stammelte der Priester, „er ist zum Dreifaltigkeitskloster St. Sergius nach Sergijew Possad gefahren."

Die Killer verschwanden, zurück blieb die Leiche des Kosaken.

In dem einsamen Haus an der Straße nach Minsk öffnete ein alter Diener die Tür. Er bekam einen Schuß in die Brust, dann stürmten vier Männer ins Haus. Der Wolfshund rannte durch das Wohnzimmer auf sie zu und sprang dem ersten Schwarzgardisten an die Kehle. Der nächste Schwarzgardist schoß ihm in den Kopf.

Vor dem glimmenden Kaminfeuer saß ein alter Mann mit borstigem weißem Schnauzbart, der mit einer Makarow, einer Dienstwaffe der Armee, auf die Männer an der Tür zielte und zweimal abdrückte. Die erste Kugel landete im Türrahmen, die zweite traf den Mann, der gerade seinen Hund getötet hatte.

Dann trafen den alten General drei Kugeln in rascher Folge in die Brust.

KURZ nach zehn Uhr morgens rief Umar Gunajew an. „Ich bin gerade in mein Büro gekommen. Draußen ist die Hölle los."

„Wie meinen Sie das?" fragte Monk.

„Alles wimmelt von Miliz. Irgendein Überfall letzte Nacht auf einen Wohnblock hoher Milizoffiziere."

„Das war schnell. Ich werde ein sicheres Telefon brauchen.“

„Geben Sie mir eine halbe Stunde. Ich schicke Ihnen ein paar Männer.“

Um elf saß Monk in dem kleinen Büro eines Lagerhauses voller geschmuggeltem Schnaps. Ein Telefontechniker wurde gerade mit seiner Arbeit fertig. „Falls jemand Ihren Anruf zurückverfolgen will“, sagte er zu Monk, „wird er in einem zwei Meilen entfernten Café landen.“

Monk begann mit dem Hauptquartier des GUVD. „Verbinden Sie mich mit General Petrowski“, sagte er.

„Er ist beschäftigt. Wer sind Sie?“ fragte die Vermittlerin.

„Gehen Sie zu ihm. Sagen Sie, es geht um Tatjana.“

Petrowski war zehn Sekunden später am Apparat.

„Ich bin’s, Ihr später Besucher. Sind beide aus der Stadt, Frau und Kind?“

„Ja, kilometerweit fort.“

„Ich habe gehört, es hat einen Überfall auf Ihr Wohnhaus gegeben.“

„Sie waren zu zehnt, bis an die Zähne bewaffnet. Sie haben zwei Wachen umgebracht.“

„Die waren auf der Suche nach Ihnen.“

„Ich habe Ihren Rat befolgt und wohne in der Kaserne. Wer zum Teufel waren diese Leute?“

„Keine Gangster. Sie gehörten zur Schwarzen Garde.“

„Grischins Bande. Warum?“

„Diese Papiere, die Sie beschlagnahmt haben. Sie haben Angst, man könnte dadurch einen Zusammenhang zwischen der Dolgoruki-Mafia und der UPK nachweisen.“

„Nun, kann man nicht. Das Zeug ist wertlos, meist nur Kasinoquittungen.“

„Das weiß Grischin aber nicht, General. Er fürchtet das Schlimmste. Haben Sie schon von Onkel Kolja gehört?“

„Dem Panzergeneral? Was ist mit ihm?“

„Sie haben ihn erwischt. Ein zweites Mordkommando. Letzte Nacht. Er hat sich gegen Komarow ausgesprochen. Erinnern Sie sich?“

„Natürlich, aber ich hätte nie geglaubt, daß sie so weit gehen. Dreckskerle.“

Monk legte auf und rief dann die Moskauer Unionsbank an. Bernsteins persönlicher Assistent versicherte ihm, daß sein Chef kilometerweit fort sei.

„Raten Sie ihm, daß er bleiben soll, wo er ist.“

„Keine Sorge.“

Monks nächste Anrufe galten sieben verschiedenen Zeitungen.

Bei der *Prawda*, dem ehemaligen Zentralorgan der kommunistischen Partei, wurde er mit dem Journalisten, der für die Berichterstattung über Verbrechen zuständig war, verbunden.

„Wir kennen uns nicht“, sagte Monk, „aber ich glaube, ich habe da etwas für Sie. Letzte Nacht hat es einen Überfall auf die Residenz des Patriarchen gegeben. Man hat versucht, ihn umzubringen. Warum fahren Sie nicht hin?“

„Ins Danilowski-Kloster?“

„Da wohnt er nicht. Sein Haus ist in der Tschisti Pereulok Nummer fünf.“

Der Journalist saß an seinem Schreibtisch und hörte auf das Wimmern des Freitons. Er war verblüfft. Wenn von dem Gesagten auch nur die Hälfte stimmte, war dies die größte Story seines Lebens.

Am 23. Dezember konzentrierten sich die Zeitungen in ihren Frühausgaben jeweils auf die Story, auf die Monk sie angesetzt hatte. Doch kaum hatten die Journalisten die anderen Blätter gelesen, wurden Zusammenhänge zwischen den vier Überfallen hergestellt. Der Behauptung, daß es sich um Einbrüche gehandelt habe, wurde kein Glauben geschenkt. Diebstahl könnte als Motiv für den Überfall auf das Haus des außerordentlich reichen Bankiers Leonid Bernstein in Frage kommen, aber ein Einbruch im Haus eines pensionierten Generals sei nicht sonderlich wahrscheinlich, ebensowenig wie der Einbruch in die Wohnung eines hohen Polizeioffiziers, da doch alle übrigen Apartments in dem Wohnblock ignoriert worden waren. Für die Residenz des Patriarchen gelte ähnliches.

Seine zweite Telefonaktion begann Monk am späten Vormittag. Ein zusammengerolltes Papiertaschentuch in jeder Wange verstellte seine Stimme so weit, daß sie sich kaum als die des gestrigen Anrufers wiedererkennen ließ. So übermittelte er jeder der sieben Tageszeitungen: „Sie kennen mich nicht, und ich kann Ihnen meinen Namen nicht nennen, dafür ist mir mein Leben zu lieb. Ich bin ein Offizier der Schwarzen Garde, aber ich bin auch ein gläubiger Christ. Seit vielen Monaten höre ich mit wachsendem Entsetzen die Kommentare von höchster Stelle der UPK. Trotz der schönen Worte, die sie in der Öffentlichkeit sagen, hassen sie die Kirche und die Demokratie; sie wollen eine Einparteienherrschaft, um dann wie die Nazis zu regieren.

Mir reicht es jetzt. Ich muß jetzt einfach reden. Die Schwarze Garde ist für alle vier Überfälle verantwortlich."

Am Nachmittag umlagerte die Presse das Hauptquartier von Igor Komarow. Drinnen herrschte eine Stimmung, die schon fast an Panik grenzte.

Boris Kusnezow, Schweißflecken unter den Armen, versuchte, mit der Reihe von Telefonapparaten vor ihm fertig zu werden, die pausenlos klingelten. „Nein, das *stimmt* nicht!" wetterte er bei jeder Nachfrage. „Das ist eine verdammte Lüge, eine üble Verleumdung! Nein, es gibt keine Verbindung der Partei zur Mafia!"

In der südwestlichsten Ecke der Innenstadt Moskaus, auf einer Landzunge, die von einer engen Schleife in der Moskwa gebildet wird, steht das historische Kloster Nowodewitschi, und im Schatten seiner Mauern liegt der große Friedhof. Auf zwanzig Morgen Land, überschattet von Kiefern, Birken, Weiden und Linden, liegen hier in zwanzigtausend Gräbern die Großen Rußlands aus zwei Jahrhunderten versammelt.

Gagarin, der Kosmonaut, der, mit Wodka abgefüllt, beim Flug mit einem neuen Prototyp starb, liegt hier wenige Schritte neben dem rundköpfigen Abbild Nikita Chruschtschows. Hier war der Platz im Winter 1999 überaus rar, doch für den Armeegeneral Nikolai Nikolajew war eine Grabstelle reserviert worden, und am 26. Dezember trug der Neffe Mischa Andrejew hier seinen Onkel Kolja zu Grabe. Er hatte das Begräbnis so zu arrangieren versucht, wie es sich der alte Mann bei ihrem letzten gemeinsamen Essen gewünscht hatte. Mit allem Pomp hatte es der alte Kämpe gewollt, also schwangen die Ministranten die Weihrauchfässer, und der aromatische Duft stieg in Schwaden in die bitterkalte Luft.

Der Grabstein war wie ein Kreuz geformt, doch das Gesicht des Toten war nicht eingemeißelt, statt dessen standen dort nur sein Name und darunter die Wörter: *Russkij Soldat*, ein russischer Soldat.

Generalmajor Mischa Andrejew hielt die Grabrede. Er faßte sich kurz. Onkel Kolja hatte überschwengliche Lobreden immer gehaßt.

Während der Bischof zum Schlußgebet ansetzte, legte der Generalmajor die dunkelroten Bänder und die goldenen Orden des dreifachen Helden der Sowjetunion auf den Sarg, der von acht seiner Soldaten aus der Division Tamanskaja getragen wurde. Langsam ließen sie ihn in die Erde sinken. Andrejew trat einen Schritt zurück und salutierte. Zwei Minister und achtzehn weitere Generäle taten es ihm nach.

Als sie über den Mittelweg zurück zum Eingang gingen, legte der stellvertretende Verteidigungsminister, General Butow, eine Hand auf Generalmajor Andrejews Schulter. „Eine schreckliche Geschichte", sagte er, „entsetzlich, wenn man so abtreten muß."

„Eines Tages", sagte Andrejew, „werde ich sie mir schnappen, und dann werden sie dafür büßen."

Als am frühen Nachmittag allmählich die Winterdämmerung einsetzte, eilte acht Kilometer vom Friedhof entfernt ein untersetzter Priester in Soutane und *Klobuk* durch den Schnee und schlich geduckt in die Zwiebelturmkirche am Slawjanskiplatz. Fünf Minuten später gesellte sich Oberst Anatoli Grischin zu ihm.

„Ich habe fürchterliche Angst", gestand Pater Maxim.

„Das müssen Sie nicht. Es hat zwar einige Rückschläge gegeben, aber damit werde ich schon fertig. Sagen Sie, warum ist der Patriarch so plötzlich abgereist?"

„Ich weiß nicht. Am Morgen des Einundzwanzigsten erhielt er einen Anruf. Ich erfuhr es erst, als man mir sagte, daß ich seinen Koffer packen soll. Er blieb ein paar Tage im Kloster und ist erst gestern zurückgekommen."

„Also ist er zurück. Haben Sie mich deshalb angerufen?"

„Nein, natürlich nicht. Es geht um die Wahl."

„Um die Wahl brauchen Sie sich keine Sorgen zu machen, Pater Maxim. Trotz des angerichteten Schadens besiegen wir den amtierenden Präsidenten in der ersten Wahlrunde. Und in der Stichwahl wird Igor Komarow über den Kommunisten Sjuganow triumphieren."

„Darum geht es ja gerade, Oberst. Heute morgen fuhr Seine Heiligkeit zum Alten Platz zu einem privaten Treffen mit dem amtierenden Präsidenten. Offenbar waren auch zwei Generäle der Miliz und einige andere Leute anwesend."

„Woher wissen Sie das?"

„Er kam zum Mittagessen zurück. Nur sein Privatsekretär war bei ihm. Ich habe aufgetragen, und sie haben mich nicht weiter beachtet. Beim Essen sprachen sie dann über den Entschluß, zu dem Iwan Markow sich durchgerungen hat."

„Was für einen Entschluß?"

Pater Maxim Klimowski zitterte wie Espenlaub. Die Flamme der Kerze in seiner Hand flackerte, und ihr Licht huschte unstet über das

Gesicht der Muttergottes an der Wand. „... das wird mir alles zu gefährlich."

„Beruhigen Sie sich, Pater. In einundzwanzig Tagen werden Sie mit Igor Komarow zu unerhörten Höhen aufsteigen. Also, worum ging es bei diesem Treffen mit dem amtierenden Präsidenten?"

„Es wird keine Wahl geben."

„Was?!"

„Na ja, es gibt eine Wahl. Aber nicht mit Komarow."

„Das wird er nicht wagen", flüsterte Grischin. „Der erklärt Igor Komarow doch niemals für geisteskrank!"

„Sie gehen viel weiter, Oberst. Ich glaube, die Generäle haben darauf bestanden. Die Ermordung General Nikolajews und die Attentatsversuche auf den Bankier, den Polizisten und vor allem auf Seine Heiligkeit haben sie offenbar dazu veranlaßt."

„Zu was veranlaßt?"

„Man will ein Heer von vierzigtausend Mann aufstellen. Die Präsidentengarde, die Schnelle Eingreiftruppe und die Elite der Truppen des Innenministeriums."

„Und wozu?"

„Um alle zu verhaften. Am ersten Januar. Unter Anklage der Verschwörung gegen den Staat. Ein Offizier der Schwarzen Garde ist bereit auszusagen."

Oberst Grischin sah aus, als habe ihn der Schlag getroffen. Ein Teil seines Verstands sagte ihm, daß diese Schlappschwänze nicht den Mumm hatten, so etwas durchzuziehen. Ein anderer Teil sagte ihm, daß es durchaus stimmen konnte, wenn der amtierende Präsident und die Männer um ihn herum begriffen hatten, was sie nach Komarows Wahlsieg erwartete. „Kehren Sie in die Residenz des Patriarchen zurück, Pater Maxim", sagte er schließlich. „Ich will alles wissen, was passiert, will jedes Wort hören, das Sie aufschnappen können. Von heute bis zum Neujahrstag."

Dankbar huschte der verängstigte Priester davon. In den nächsten sechs Stunden erkrankte seine ältliche Mutter an einer schweren Grippe. Sein liebenswürdiger Patriarch gewährte ihm Urlaub. Bei Anbruch der Dämmerung saß Pater Maxim im Zug nach Tschitomir. Er hatte sein Bestes getan, sagte er sich. Er hatte alles getan, worum man ihn gebeten hatte, sogar noch mehr. Doch selbst der Erzengel Michael und all seine Heerscharen würden ihn nicht einen Augenblick länger in Moskau halten können.

Igor Komarow saß an seinem Tisch und sah im Lampenlicht aschfahl aus. Grischin hatte gerade zu sprechen aufgehört und dem Führer der Union Patriotischer Kräfte mitgeteilt, welche Neuigkeiten er von Pater Maxim erhalten hatte. Als Grischin das Wort ergriffen hatte, schien Komarow immer weiter in sich zusammenzusinken. Die einst eisige Kontrolle versagte, die blitzschnelle Entschlossenheit schien ihn verlassen zu haben. Die Welt um ihn herum fiel auseinander.

„Es war falsch, die vier Attentatsversuche zu unternehmen", sagte Komarow schließlich.

„Bei allem Respekt, Herr Präsident, es war taktisch durchaus vernünftig. Wir haben einfach nur fürchterlich Pech gehabt, weil drei von den vier Opfern gerade nicht zu Hause waren."

Komarow stöhnte. Pech vielleicht, aber die Folgen waren katastrophal gewesen. Woher wußte die Presse nur, daß er hinter den Anschlägen steckte? Wer hatte es ihr verraten? Die Medien hatten ihm immer an den Lippen gehangen; und jetzt beschimpften sie ihn.

„Kann man sich auf diesen Pater Maxim verlassen, Oberst?"

„Ja, Herr Präsident."

„Vertrauen Sie dem Mann?"

„Natürlich nicht. Ich verlasse mich nur auf seine Gier. Er strebt ein hohes Amt an, und das ist ihm versprochen worden."

„Aber ... glauben Sie wirklich, die besitzen die Unverfrorenheit, gegen uns loszuschlagen?"

„Ich glaube nicht, daß wir die Möglichkeit außer acht lassen dürfen. Ab jetzt wird mit harten Bandagen gekämpft. Unser Idiot von amtierendem Präsidenten weiß selbst, daß er vielleicht gegen Sjuganow, aber niemals gegen Sie gewinnen kann. Und die Generäle der Miliz haben in letzter Sekunde begriffen, welche Säuberung ihnen nach Ihrer Wahl bevorsteht. Aus dem Vorwurf einer finanziellen Verbindung zwischen der UPK und der Mafia könnten sie sich eine Anklage zurechtzimmern. Ja, ich glaube, sie könnten es wirklich versuchen."

„Wären Sie an ihrer Stelle, was würden Sie tun?"

„Genau das gleiche. Je länger ich darüber nachdenke, um so logischer scheint es mir zu sein. Der erste Januar bei Tagesanbruch, ein brillant gewählter Zeitpunkt. Wer hat da keinen Kater vom Abend zuvor? Welche Posten sind da noch wach? Ja, das alles ergibt durchaus einen Sinn."

„Was wollen Sie damit sagen? Daß wir am Ende sind? Daß alles, was wir getan haben, umsonst gewesen ist? Daß sich unsere große Vision nie verwirklichen wird?"

Grischin beugte sich über den Tisch. „Nein, Herr Präsident. Die Kenntnis der Pläne des Feindes ist der Schlüssel zum Erfolg. Und diese Pläne kennen wir. Sie lassen uns keine Wahl. Wir müssen zu einem Präventivschlag ausholen."

„Einem Präventivschlag? Gegen wen?"

„Herr Präsident, an Silvester werden unsere Feinde feiern, und ihre Truppen sitzen bis zur Dämmerung eingesperrt in den Kasernen. Ich kann eine Armee von achtzigtausend Mann aufstellen und Moskau noch in derselben Nacht einnehmen. Und wer Moskau hat, dem gehört Rußland."

Komarow dachte nach. Er würde die Fernsehsender besetzen und eine Rede an die Nation halten. Er würde behaupten, daß er handeln mußte, um eine Verschwörung gegen das Volk und die Absetzung der Wahl zu verhindern. Man würde ihm glauben. „Können Sie es schaffen?" fragte er.

„Herr Präsident, in diesem korrupten Land kann man alles kaufen. Mit Geld kann ich so viele Soldaten kaufen, wie ich brauche. Erklären Sie mir Ihr Einverständnis, und am Nachmittag des Neujahrstags sind Sie im Kreml."

Igor Komarow stützte das Kinn auf seine gefalteten Hände und sah auf den Notizblock auf seinem Tisch. Nach einigen Minuten hob er den Blick und schaute Oberst Grischin an. „Also gut", sagte er.

WENN es Grischins Aufgabe gewesen wäre, innerhalb von vier Tagen aus dem Nichts eine bewaffnete Truppe zur Eroberung Moskaus aufzustellen, dann hätte er dies niemals geschafft. Aber er hatte die Vorarbeiten längst geleistet. Seit Monaten wußte er, daß es in den Tagen unmittelbar nach Igor Komarows Wahlsieg seine Aufgabe sein würde, alle staatlichen Truppen zu unterwerfen und zu entwaffnen.

Während der Vorbereitungen auf diese Aufgabe hatte er längst herausgefunden, wer seine natürlichen Verbündeten und wer seine offensichtlichen Gegner sein würden. Unter den letzteren war vor allem die Präsidentengarde zu nennen, 30 000 bewaffnete Männer, von denen sechstausend in Moskau stationiert waren. Unter Führung von General Sergei Korin würden sie für den Staat und gegen den Putsch kämpfen. Danach kam das Innenministerium mit seiner über ganz Rußland verstreuten Armee von 150 000 Mann. Als drittes waren die Soldaten der beiden Anti-Mafia-Einheiten zu verhaften, jene vom nationalen Hauptquartier des MVD am Tschitnyplatz befehligte Bundesabteilung und die Moskauer Abteilung des GUVD, die vom Quartier des Generals Petrowski geführt wurde, sowie deren schnelle Eingreiftruppen.

Grischin selbst konnte über 6000 Schwarzgardisten und 20000 Junge Kämpfer im Teenageralter verfügen. Die Gardisten waren eine Elitetruppe, die er selbst aufgebaut hatte, doch einer der vierzig Offiziere war ein Verräter. Irgend jemand war ganz offensichtlich mit den Medien in Kontakt getreten, um die vier Attentatsversuche vom 21. Dezember als Werk der Schwarzgardisten zu brandmarken.

Ihm blieb keine Wahl. Er mußte diese vierzig Offiziere von der Truppe isolieren, und der beste Tag hierfür war der 28. Dezember. Er mußte die jüngeren Offiziere befördern, damit sie die Lücken füllten. Er würde ihnen sagen, daß sich ihre Kommandeure auf einem Lehrgang befänden.

Grischin beugte sich über einen detaillierten Plan vom Moskauer Gebiet und bereitete seinen Schlachtplan für den Silvesterabend vor. Es war sein großer Vorteil, daß die Straßen der Stadt an diesem Abend nahezu leer sein würden.

Silvester zählt in Rußland zu den bedeutendsten Feiertagen. Am Nachmittag des letzten Tages im Jahr ist fast überhaupt keine Arbeit mehr möglich, da die Moskauer mit entsprechendem Schnapsvorrat auf dem Weg zu privaten Partys sind, wo sie zumeist auch über Nacht bleiben. Nachmittags gegen halb vier bricht die Dunkelheit an, und danach wagen sich nur noch jene verzweifelten Menschen in die eisige Nacht hinaus, die ihren zur Neige gegangenen Vorrat an Alkohol wiederauffüllen wollen.

Alle Welt feiert, selbst die unglückseligen Nachtwächter. Wer arbeiten muß, der bringt seine flüssigen Vorräte eben zur Arbeit mit. Um sechs Uhr, so hatte Grischin ausgerechnet, würde er die Straße für sich haben.

Zuerst mußte er sieben Ziele einnehmen, fünf sekundäre und zwei primäre. Für eines der beiden primären Ziele, den großen Studiokomplex am Fernsehzentrum Ostankino, wollte er zweitausend seiner sechstausend Schwarzgardisten abkommandieren. Mit den restlichen, von ihm selbst angeführten viertausend Mann wollte er in das Herz Moskaus vorstoßen, zum wichtigsten Ziel, dem Kreml. Der Kreml mußte bei Tagesanbruch in seiner Hand und die Besatzung überwältigt sein; aus dem Funkraum durfte kein Hilferuf nach draußen dringen, denn sonst konnte das Pendel noch zur anderen Seite ausschlagen. Die fünf sekundären Ziele umfaßten den Amtssitz des Bürgermeisters in der Twerskajastraße, das Innenministerium am Tschitnyplatz, den Komplex der präsidialen und ministeriellen Gebäude am Alten Platz; den Flugplatz Chodinka mit seinen GRU-Kasernen und das Parlamentsgebäude, die Duma.

Ein achtes und selbstverständliches Ziel würde das Verteidigungsministerium sein, ein riesiger grauer Steinklotz am Arbatplatz. Grischin hatte bezüglich des Verteidigungsministeriums besondere Pläne.

Für einen Putschversuch der extremen Rechten in Rußland waren Verbündete nicht unbedingt schwer zu finden. Als erstes boten sich da die Vereinigten Sicherheitsdienste, die VSD, an. Sie waren die Erben der einst allmächtigen Zweiten Hauptabteilung des KGB.

Den VSD waren zwei Kommandos Schneller Eingreiftruppen zugeordnet, das Kommando Alpha und das Kommando Wimpel. Diese beiden Kommandos hatten gute Kämpfer und waren schwer bewaffnet. Grischin boten sich zwei Vorteile: Sie neigten politisch zur äußersten Rechten, und sie waren antisemitisch, ausländerfeindlich und antidemokratisch eingestellt. Darüber hinaus hatten sie seit sechs Monaten keinen Sold erhalten.

Grischins Angebot mußte in ihren Ohren wie Sirenengesang klingen: die Wiedereinsetzung des KGB in die alten Machtpositionen, eine Vorzugsbehandlung, wie wahre Eliten sie verdient hatten, und doppeltes Gehalt, sofort nach Komarows Staatsstreich.

In der Silvesternacht sollte das Kommando Wimpel zum Flugplatz Chodinka vorstoßen und Startbahnen und Stützpunkt sichern. Das Innenministerium wurde dem Kommando Alpha anvertraut.

Am 29. Dezember nahm Oberst Grischin in einem luxuriös eingerichteten Landhaus außerhalb Moskaus an einem Treffen der Dolgoruki teil. Soweit es die Mafia betraf, hatte er ziemlich viel zu erklären.

Die Razzien von General Petrowski waren noch lange nicht vergessen, und als seine Zahlmeister verlangten sie dafür eine Erklärung. Grischins Rede veränderte die Stimmung. Als er ihnen mitteilte, daß es Absichten gebe, Igor Komarow von der kommenden Wahl auszuschließen, schlug die Verärgerung in Entsetzen um. Sie alle hatten ein handfestes Interesse an Komarows Wahlsieg. Grischins Mitteilung, daß der Staat beabsichtige, Komarow zu verhaften und die Schwarze Garde aufzulösen, versetzte ihnen einen Tiefschlag. Als Grischin ihnen seine Pläne darlegte, wirkten die Dolgoruki wie vor den Kopf gestoßen. Räubereien, Betrug, Schwarzmarkt, Erpressung, Drogen, Prostitution und Mord waren ihre Spezialität, aber einen Staatsstreich fanden sie wirklich ziemlich hochgegriffen.

„Ein Staatsstreich ist einfach nur der größte Diebstahl, den es gibt, der Diebstahl der Republik“, sagte Grischin. „Halten Sie sich raus, dann müssen Sie sich weiter jagen lassen. Machen Sie mit, gehört das Land uns.“

Am Kopf der Tafel saß der oberste Mafioso, der wie sein Vater in die Unterwelt hineingeboren worden war und für die Dolgoruki so etwas wie der Pate aller Paten war. Er starrte Grischin lange an, während alle übrigen Anwesenden warteten. Dann nickte er, sein faltiger Schädel hob und senkte sich wie der Kopf einer alten Echse, die ihre Zustimmung verkündet. Die nötigen Geldmittel waren genehmigt worden.

Und damit konnte Grischin auch über seine dritte bewaffnete Macht verfügen. Zweihundert der etwa achthundert privaten „Sicherheitsfirmen“ in Moskau waren Tarngesellschaften der Dolgoruki. Sie konnten ihm über zweitausend Mann zur Verfügung stellen.

Am selben Tag rief Jason Monk General Petrowski an. „Ich bin's wieder. Sie packen doch nicht etwa gerade?“

„Wie kommen Sie darauf?“

„Alle Russen wollen Silvester bei ihren Familien verbringen.“

„Hören Sie, mein Flug geht in einer Stunde.“

„Ich glaube, den sollten Sie stornieren lassen. Es wird andere Silvesterabende geben. Sie sagten, wenn der russische Staat angegriffen wird, dann wird er sich zu verteidigen wissen.“

„Verdammt, wissen Sie etwas, das ich nicht weiß?“

„Ich weiß überhaupt nichts. Ich bin nur mißtrauisch. Ich dachte, Mißtrauen sei ein russischer Charakterzug!“

Petrowski legte den Hörer auf und packte den Koffer wieder aus.

Mit seinem letzten Verbündeten wurde Grischin sich am 30. Dezember in einer Bar einig. Sein Gesprächspartner war ein bierbäuchiger Kretin, doch wohl der einzige, der sich mit einiger Berechtigung Chef der Straßenbanden der Bewegung Neues Rußland nennen konnte, ein hochtrabender Name für eine lockere Gruppierung von tätowierten, glatzköpfigen Schlägern der extremen Rechten.

Der Stapel Dollarscheine, den Grischin hervorgeholt hatte, lag auf dem Tisch zwischen ihnen, und der BNR-Typ starrte gierig auf das

Geld. „Ich kann Ihnen jederzeit brauchbare Jungs besorgen", sagte er. „Worum geht's?"

„Silvester zwischen zehn Uhr abends und Mitternacht stürmen und halten Sie das Büro des Bürgermeisters, allerdings nur unter einer Bedingung: Vor Morgengrauen wird nicht gesoffen."

Der Kommandeur der BNR dachte nach. Er war zwar nicht gerade der hellste Kopf, konnte sich aber ausrechnen, daß die UPK aufs Ganze ging. Wurde auch langsam Zeit. Er beugte sich über den Tisch. „Aber wenn alles vorbei ist, kriegen wir die Itzigs."

Grischin lächelte. „Abgemacht."

Zu gegebener Zeit, dachte Grischin, als er im Wagen saß, würde man sich tatsächlich um die Juden in Moskau kümmern, allerdings auch um diesen Abschaum von BNR. Es dürfte amüsant werden, wenn man sie in denselben Zügen nach Osten verfrachtete.

Am Morgen des 31. Dezember rief Jason Monk noch einmal General Petrowski an. „Immer noch auf dem Posten?"

„Ja, verdammt!"

„Verfügt das GUVD über einen Hubschrauber?"

„Natürlich."

„Warum fliegen Sie nicht mal über die Standorte der Schwarzen Garde außerhalb der Stadt, um Sie sich anzusehen? In vier Stunden rufe ich Sie wieder an."

Als er zurückrief, klang Petrowski ziemlich bedrückt. „Vier Stützpunkte sehen aus, als wären sie geschlossen, aber Grischins Hauptquartier im Nordosten gleicht einem Ameisenhaufen. Man könnte glauben, daß er sein ganzes Heer an diesem einen Standort zusammenzieht. Mir gefällt das nicht."

„Das riecht nach Nachtübung, nicht wahr."

„Zu Silvester? Sie sind ja verrückt. Jeder Russe besäuft sich an Silvester."

„Eben. Jeder Soldat in Moskau wird bis Mitternacht sternhagelvoll sein. Es sei denn, man befiehlt ihm, nüchtern zu bleiben. Kein Befehl, der Sympathien verschafft, aber, wie gesagt, es wird noch andere Silvesterabende geben. Hören Sie, von Mann zu Mann, falls Komarow doch noch gewinnt, was glauben Sie, was dann mit Ihnen, Ihrer Frau und Tatjana geschieht? Würde sich da nicht eine Nachtwache lohnen? Ein paar Anrufe?"

Nachdem er aufgelegt hatte, griff Jason Monk noch ein letztes Mal zum Telefon. „Umar, mein Freund. Ich muß Sie um einen letzten Gefallen bitten. Ja, ich schwöre es Ihnen, es ist der letzte. Ein Auto mit Telefon und eine Waffe. Falls Ihnen das keine allzugroßen Schwierigkeiten bereitet."

Er lauschte auf das Lachen am anderen Ende der Leitung. „Eine bestimmte Waffe?"

„Sie können mir nicht zufällig eine Schweizer SIG-Sauer besorgen?"

10

Zwei Zeitzonen westlich von Moskau war das Wetter völlig anders, ein strahlendblauer Himmel, die Temperaturen kaum zwei Grad unter Null, als der Mechaniker zwischen den Bäumen hindurch zum Landhaus schlich.

Wie stets hatte er sich sorgfältig auf seine Reise vorbereitet und war auf seinem Weg durch Europa auf keinerlei Probleme gestoßen. Er hatte es vorgezogen, mit dem in Moskau gemeldeten Volvo zu fahren. Waffen und Flugzeuge, das vertrug sich nicht, aber ein Auto bot viele Verstecke.

Nachdem er die Nacht in einem achtzig Kilometer entfernten Motel verbracht hatte, fuhr er vor dem Morgengrauen in die Zielgegend, stellte seinen Wagen etwa drei Kilometer vor dem Landhaus ab, ging die restliche Strecke durch den Wald zu Fuß und tauchte schließlich am Waldrand hinter dem Haus auf. Während die blasse winterliche Sonne am Himmel aufstieg, suchte er sich am Stamm einer großen Buche eine Auflage für sein Gewehr und wartete. Von hier aus ließen sich Haus und Hof aus dreihundert Schritt Entfernung überschauen, ohne daß er selbst gesehen werden konnte.

Um neun Uhr trat ein Mann in den Hof. Der Mechaniker nahm sein Fernglas und stellte die Schärfe nach. Es war nicht sein Opfer, nur ein Hausangestellter, der einen Korb mit Feuerholz aus einem Schuppen an der Hofmauer holte und wieder ins Haus ging.

Der Hof wurde auf einer Seite von mehreren Ställen begrenzt. Die Köpfe von zwei großen Pferden beugten sich über eine Türklappe. Kurz vor Mittag kam ein älterer Mann heraus, ging über den Hof und tätschelte die Nüstern der Pferde. Der Mechaniker betrachtete das Gesicht durch sein Fernglas und blickte prüfend auf das Foto im rauhreifbedeckten Gras an seiner Seite. Kein Zweifel.

Er hob das Jagdgewehr und blickte durch das Zielfernrohr. Die Tweedjacke füllte sein Blickfeld. Entsichern, langsam abdrücken.

Der Schuß hallte durch das Tal. Der Mann in der Tweedjacke schien gegen die Stalltür geschleudert zu werden. Das Loch in seinem Rükken auf der Höhe des Herzens war im Tweedmuster kaum auszumachen. Die Knie gaben nach, der Mann glitt zu Boden, und der zweite Schuß riß ihm den halben Kopf weg.

Auf dem Land sind zwei Schüsse an einem Wintermorgen keine Seltenheit. Ein Bauer, der ein Kaninchen schießt. Irgendwann würde jemand aus dem Fenster sehen, dann würde ein Streifenwagen kommen, schließlich würde man Straßensperren errichten.

Zu spät. Eine Viertelstunde später war der Mechaniker an seinem Wagen. Eine Stunde nach der Tat hatte er Gewehr und Futteral über die Brüstung einer Brücke in einen Fluß geschleudert und sah der Waffe nach, wie sie im schwarzen Wasser verschwand. Dann brach er zu seiner langen Heimfahrt auf.

DIE ERSTEN Scheinwerfer tauchten kurz nach sieben auf und bewegten sich langsam durch die Dunkelheit auf den hell erleuchteten Gebäudekomplex des Fernsehzentrums Ostankino zu. Jason Monk saß am Steuer seines Wagens, der Motor lief, damit die Heizung die Kälte vertreiben konnte. Er parkte in einer Nebenstraße, direkt vor ihm das zentrale Bürohaus. Als er merkte, daß die Scheinwerfer diesmal nicht zu einem einzelnen Auto gehörten, sondern von einer Wagenkolonne stammten, machte er den Motor aus, und der verräterische Auspuffqualm verflog.

Es waren etwa dreißig Laster, doch nur drei davon fuhren auf den Parkplatz vor dem Hauptgebäude. Bewaffnete, schwarzgekleidete Männer sprangen von den drei Lastwagen und rannten sofort in die Eingangsbereiche. Mit vorgehaltener Waffe wurde das verängstigte Empfangspersonal innerhalb von Sekunden an die Rückwand getrieben, wo es für Monk gut sichtbar war. Dann mußte er zusehen, wie die Leute aus seinem Blickfeld gejagt wurden.

Ein Schwarzgardist trat aus der Tür, eine Taschenlampe in der Hand, und gab dem restlichen Konvoi ein Signal, woraufhin die Laster sich wieder in Bewegung setzten, auf den Parkplatz rollten und das Bürogebäude mit einem Verteidigungsring umgaben. Zu Hunderten strömten Gardisten aus den Transportern und liefen ins Gebäude.

Monk griff zum Autotelefon und rief Petrowski an.

Er nahm ab und fragte: „Wo sind Sie?“

„Ich sitze in einem sehr kalten Auto draußen in Ostankino. Ich sehe gerade zu, wie die Schwarze Garde das Fernsehzentrum einnimmt."

Am anderen Ende der Leitung herrschte Totenstille. Dann: „Er macht tatsächlich Ernst."

„Er ist verrückt. Vielleicht ist er aber auch nicht völlig verrückt. Er könnte gewinnen. Gibt es heute abend genügend nüchterne Soldaten in Moskau, um den Staat zu verteidigen?"

„Geben Sie mir Ihre Nummer, Amerikaner, und dann verschwinden Sie aus der Leitung."

Monk gab ihm die Nummer.

Es war zu still. Wer immer die Übernahme des Fernsehzentrums geplant hatte, hatte gute Arbeit geleistet. Der Boulevard wurde von Wohnblöcken gesäumt, in denen die Lichter brannten und die Bewohner in Hemdsärmeln, Glas in der Hand, vor dem Fernseher saßen und sich das Programm des Senders anschauten, der nur wenige Schritte entfernt in aller Stille überfallen wurde.

Monk stieg aus, duckte sich und verfeuerte sein ganzes Magazin auf Laster und Fernsehgebäude. In zweihundert Meter Entfernung klingen die Schüsse einer Pistole wie Knallfrösche, aber die Kugeln fliegen weit genug, und ein Zufallstreffer riß einem Schwarzgardisten ein Ohr ab. Einer seiner Kameraden gab mit seiner Kalaschnikow einen Feuerstoß in die Nacht ab. Die Kugeln zertrümmerten drei Wohnzimmerscheiben, und einige Leute steckten in panischer Angst ihre Köpfe aus den Fenstern. Dann verschwanden sie, da die Leute zu ihren Telefonapparaten rannten, um die Polizei anzurufen.

Im Hauptquartier des MVD am Tschitnyplatz war der höchste Offizier vom Dienst, der Kommandeur des OMON-Regiments, General Iwan Koslowski, der in seinem Büro saß, ebenso mißmutig wie die dreitausend Männer in seiner Kaserne, deren Urlaub er heute gestrichen hatte. Der Mann, von dem er dazu überredet worden war, Generalmajor Petrowski, telefonierte mit ihm, und Koslowski schrie ihn an. „Verfluchter Quatsch. Ich sehe mir doch gerade diese verdammte Sendung an. Wer sagt das? Sekunde, einen Moment..."

Es blinkte an seinem zweiten Apparat. Er langte nach dem Hörer und schrie: „Ja?"

Eine nervöse Telefonistin meldete sich. „Tut mir leid, daß ich Sie belästigen muß, General, aber ich habe einen Mann in der Leitung, der behauptet, auf den Straßen im Bezirk Ostankino würde geschossen."

General Koslowskis Ton änderte sich. Er sprach langsam und deutlich: „Holen Sie jedes Detail aus diesem Mann heraus, und rufen Sie mich zurück."

In den anderen Hörer sprach er: „Sie könnten recht haben, Walentin. Ich gebe roten Alarm."

„Ich auch. Übrigens habe ich vorhin mit General Korin im Kreml telefoniert. Er war damit einverstanden, ein paar Männer der Präsidentengarde in Bereitschaft zu versetzen."

„Gute Idee. Ich rufe ihn an."

Acht weitere Anrufer meldeten eine Schießerei auf den Straßen von Ostankino. Die Angreifer seien schwarz gekleidet, aber nicht von der Armee. Koslowski rief seine eigenen Soldaten, die unten saßen.

„Aufsitzen und abfahren!" befahl er. „Ich will zweitausend Mann draußen auf den Straßen sehen; tausend bleiben hier, um den Stützpunkt zu verteidigen."

Falls ein Staatsstreich stattfand, mußten die Angreifer das Innenministerium und die Kasernen neutralisieren. Zum Glück war der Stützpunkt ausgebaut wie eine Festung.

Draußen waren bereits andere Einheiten im Anmarsch, die allerdings nicht zu Koslowskis Leuten gehörten. Das Kommando Alpha war auf dem Weg zum Ministerium.

Grischins Problem war der Zeitplan. Ohne die Funkstille in letzter Minute zu durchbrechen, mußte er die Angriffe aufeinander abstimmen. Schlug er zu früh los, hatten die Verteidiger vielleicht noch gar nicht richtig angefangen zu feiern; kam er zu spät, verlor er einige Stunden Dunkelheit. Das Kommando Alpha sollte um neun Uhr angreifen.

Um halb neun verließen zweitausend OMON-Soldaten ihre Kasernen in Lastwagen und Panzern. Kaum waren sie fort, verriegelte die restliche Truppe ihre Festung und besetzte die Verteidigungspositionen. Um neun gerieten sie unter Beschuß, aber die Angreifer konnten das Überraschungsmoment nicht mehr nutzen. Ihr Feuer wurde sofort beantwortet; Kugeln sirrten über die Straßen um das Ministerium und flogen über den Tschitnyplatz. Das Kommando Alpha mußte in Deckung gehen.

In der Zwischenzeit hatte Generaloberst Sergei Korin, Kommandeur der Präsidentengarde, die Kasernen innerhalb der Kremlmauern erreicht und das Kutafjator hinter sich geschlossen, als Grischins Hauptkolonne auf den Manegeplatz marschierte. General Korin eilte in sein Büro und telefonierte mit dem Verteidigungsministerium. „Geben Sie mir den ranghöchsten Offizier vom Dienst!" rief er. Es folgte ein Pause, und dann hörte er eine ihm bekannte Stimme.

„Hier Butow, stellvertretender Verteidigungsminister."

„Gott sei Dank, daß Sie da sind. Wir haben ein Problem. Hier findet irgendein Staatsstreich statt. Ostankino ist verloren. Das MVD wird angegriffen, vor dem Kreml steht eine Kolonne gepanzerter Fahrzeuge und Mannschaftswagen. Wir brauchen Hilfe."

„Die werden Sie bekommen. Was benötigen Sie?"

„Alles, so rasch wie möglich."

Korin wußte, daß kaum eine Flugstunde entfernt eine Elitebrigade der Fallschirmjäger lag, die über dem Flugplatz Chodinka abspringen konnte, falls es gelang, die Flugleitfeuer für die Männer einzuschalten.

„Sie kriegen alles, was ich Ihnen besorgen kann, General. Einen Moment, bitte."

Eine Gruppe von Schwarzgardisten stürmte unter dem Sperrfeuer ihrer Maschinengewehre vor, erreichte den Schutz des überdachten Borowitskitors und brachte Plastiksprengstoff an allen vier Scharnieren an. Als sich die Gruppe zurückzog, fielen zwei Leute im Feuer der Verteidiger auf den Festungsmauern. Sekunden später bebten die zwanzig Tonnen schweren Holztore, als die Angeln zerbarsten, taumelten und krachten dann zu Boden.

Ungeachtet des Gewehrfeuers fuhr ein Schützenpanzer über die Zufahrt in den Schutz des Torbogens. Die Holztore hatten den Blick auf ein riesiges Stahlgitter freigegeben, hinter dem jetzt auf dem Parkplatz, auf dem die Touristen so gern spazierengingen, ein Soldat der Präsidentengarde zu sehen war, der mit einer Panzerabwehrrakete durch das Gitter auf den Schützenpanzer zielte. Doch noch ehe er feuern konnte, wurde er von der Kanone auf dem Schützenpanzer zerfetzt.

Schwarzgardisten sprangen aus dem Bauch des gepanzerten Fahrzeugs und brachten auch am Stahlgitter Sprengladungen an. Der Schützenpanzer fuhr wieder außer Reichweite, und das Gitter baumelte an einem einzelnen Scharnier. Dann preschte das Fahrzeug vor und riß das Gitter ab.

Trotz des Kugelhagels stürmten die Schwarzgardisten in die Festung und stellten sich in vierfacher Übermacht der Präsidentengarde.

„Was zum Teufel ist eigentlich los, Jason?“ Umar Gunajew war am Autotelefon.

„Grischin will Moskau einnehmen, mein Freund.“

„Geht’s Ihnen noch gut?“

„Bis jetzt noch, ja.“

„Wo sind Sie?“

„Ich fahre von Ostankino nach Süden. Warum?“

„Einer meiner Männer ist gerade die Twerskaja heraufgefahren. Da treibt sich eine Riesenmeute von diesen BNR-Schlägern herum und prügelt sich in den Amtssitz des Bürgermeisters vor.“

„Sie wissen, was die Bewegung Neues Rußland von Ihnen und Ihren Leuten hält?“

„Natürlich“, sagte Gunajew.

„Warum lassen Sie da nicht ein paar von Ihren Jungs alte Rechnungen begleichen?“

Eine Stunde später tauchten dreihundert bewaffnete Tschetschenen mit langen kaukasischen Messern, Revolvern und Mini-Uzis in der Twerskajastraße auf, wo die Typen der BNR im Amtssitz des Moskauer Bürgermeisters herumrandalierten. Nach zehn Minuten war der Kampf entschieden.

Monk bog auf den Arbatplatz ein und hielt verblüfft an. Auf der Ostseite des weiten Dreiecks lag still und verlassen der graue Granitblock des Verteidigungsministeriums. Keine Schwarze Garde, keine Feuergefechte, kein Zeichen von gewaltsamem Eindringen. Warum war das Verteidigungsministerium nicht eingenommen worden? Warum wurde es nicht belagert? Er sah in seinem schmalen Adreßbuch nach und tippte eine Nummer in sein Autotelefon.

In seinen Privaträumen auf dem Stützpunkt Kobjakow, ungefähr fünfzig Kilometer vor Moskau, schob Generalmajor Mischa Andrejew seinen Schlips zurecht und machte sich ausgehfertig, um am Silvesterabend den Vorsitz im Offiziersklub zu übernehmen.

Das Telefon klingelte. Das mußte der Stellvertretende Kommandeur sein, der ihn zur Eile ermahnen und daran erinnern würde, daß die Jungs endlich zulangen wollten. Er griff nach dem Hörer.

„General Andrejew?“ Die Stimme war ihm unbekannt.

„Ja.“

„Sie kennen mich nicht. Ich war gewissermaßen ein Freund Ihres verstorbenen Onkels. Er war ein guter Mann. Er hat getan, was er tun konnte, um Komarow in seinem Interview anzuschwärzen.“

„Das denke ich auch. Worauf wollen Sie hinaus?“

„Igor Komarow unternimmt gerade in Moskau einen Staatsstreich. Heute nacht. Die Schwarze Garde erobert Moskau und damit auch Rußland.“

„Hören Sie! Sie haben jetzt Ihren Spaß gehabt. Jetzt greifen Sie wieder zur Wodkaflasche, und verschwinden Sie aus dieser Leitung!“

„Wenn Sie mir nicht glauben wollen, General, dann rufen Sie doch irgendeinen Bekannten in der Moskauer Innenstadt an. Auf den Straßen ist die Hölle los. Die halbe Stadt kann die Schießerei hören. Und noch eins. Onkel Kolja wurde von der Schwarzen Garde umgebracht. Auf Befehl von Oberst Grischin.“

Mischa Andrejew starrte verblüfft auf das Telefon und hörte auf den Summton des Freizeichens. Er legte den Hörer auf.

Im selben Augenblick klingelte der Apparat erneut. Es war der Stellvertretende Kommandeur. „Kommen Sie, Mischa“, sagte der Mann, „wir warten auf Sie.“

„Ich komme, Konni. Muß nur noch ein paar Anrufe erledigen.“

„Lassen Sie uns nicht zu lange warten, sonst müssen wir ohne Sie anfangen.“

Er wählte eine Nummer. „Verteidigungsministerium“, sagte eine Stimme.

„Geben Sie mir den diensthabenden Offizier der Nachtwache.“

In Sekundenschnelle war eine andere Stimme in der Leitung zu hören.

„Hier spricht der stellvertretende Verteidigungsminister Butow.“

„Aha, tut mir leid, daß ich Sie belästige. Generalmajor Andrejew. Ist in Moskau alles in Ordnung?“

„Natürlich. Warum fragen Sie?“

„Ich habe da einige Gerüchte gehört..., höchst seltsam... Ich könnte unterwegs sein in...“

„Sie bleiben auf Ihrem Stützpunkt, General. Das ist ein Befehl! Alle Einheiten bleiben auf ihren Stützpunkten!“

„Jawohl, Herr Minister.“ Der stellvertretende Verteidigungsminister? In der Schaltzentrale um zehn Uhr abends in der Silvesternacht? Warum war er nicht bei seiner Familie? Er legte auf, zog ein geheimes Militärtelefonbuch zu Rate und wählte. Er hörte es lange klingeln und sah auf seine Uhr. Zehn vor elf. Die waren natürlich alle besoffen. Dann nahm jemand auf dem Flughafen Chodinka den Hörer ab. „Ja, hallo?“

Im Hintergrund war ein lautes Scheppern zu hören.

„Ist Oberst Demidow da?" fragte er.

„Woher soll ich das wissen?" schrie die Stimme. „Ich liege hier auf dem Boden und bin froh, wenn mich keine Kugel trifft! Sind Sie vom Verteidigungsministerium?"

„Nein."

„Dann hör zu, Mann! Ruf sie an, und sag ihnen, sie sollen Verstärkung schicken, und zwar schnell!"

„Was für eine Verstärkung?"

„Das Ministerium will uns Truppen aus der Stadt schicken." Der Sprecher knallte den Hörer auf und kroch wahrscheinlich wieder in Deckung.

General Andrejew stand da, den Hörer in der Hand und dachte: Nein, das tut es nicht; es wird euch überhaupt nichts schicken!

Der Befehl war korrekt und eindeutig. Er kam von einem Viersternegeneral, einem Minister der Regierung. Bleiben Sie auf dem Stützpunkt! Er brauchte nur dem Befehl zu gehorchen, und er würde seine Laufbahn unbehelligt fortsetzen können.

Er starrte hinaus auf die hell erleuchteten Fenster des Offiziersklubs, aus dem Lachen und fröhliches Geschrei herüberklangen. Doch dann sah er im Schnee eine hohe, gerade Gestalt mit einem kleinen Kadetten an der Seite. Was sie dir auch versprechen, sagte der große Mann, ob Geld, Beförderung oder Ehre, ich will nicht, daß du jemals diese Männer verrätst.

Er tippte auf die Telefongabel und wählte. „Konni, ich will sämtliche Fahrzeuge dieser Kaserne, jeden Soldaten, der noch stehen kann, in einer Stunde mit voller Bewaffnung abmarschbereit sehen. Wir marschieren nach Moskau."

Eine Minute nach Mitternacht im Jahr 2000 rollten 26 T-80-Kampfpanzer und 41 BTR-80-Schützenpanzer aus der Kobjakow-Kaserne und wandten sich der Minsker Autobahn und den Toren des Kreml zu.

Sechs Kilometer vor Moskau verlangsamte General Andrejew das Tempo seiner Kolonne und stellte zwei Kommandos zusammen. Fünf Panzer und zehn Panzerwagen schickte er nach rechts, um die auf dem Flugplatz Chodinka belagerte Garnison zu verstärken, und eine Ahnung veranlaßte ihn, weitere fünf Panzer und zehn Panzerwagen nach links zu schicken, damit sie im Nordosten Moskaus das Fernsehzentrum Ostankino sicherten. Seine übrigen sechzehn T 80 und 21 Schützenpanzer lenkte er in Richtung Kreml.

Die Kolonne donnerte über den Arbatplatz, am Verteidigungsministerium vorbei und quer über den Borowitskiplatz auf die Mauern des Kreml zu. Keiner der Soldaten in den Kampfpanzern und Schützenpanzern bemerkte den Mann in Steppjacke und Stiefeln, der aus einem der am Platz geparkten Wagen stieg und ihnen hinterherlief.

Um ein Uhr morgens hatte die Schwarze Garde alles besetzt, bis auf die Zinnen der Kremlmauer, die 2235 Meter lang und so breit war, daß fünf Mann nebeneinander marschieren konnten. Dicht zusammengedrängt hielten sich hier die letzten paar hundert Mann der Präsidentengarde und verhinderten die endgültige Eroberung des Kreml durch Grischins Männer.

Von Westen her näherte sich Andrejew in seinem Führungspanzer über den Borowitskiplatz, sah einen BTR-80-Schützenpanzer der Schwarzen Garde und jagte ihn mit einem einzigen Schuß in die Luft. Als Andrejews Panzer über die Trümmer fuhren, waren die Reste kaum größer als Radkappen.

Um vier Minuten nach eins rollte General Andrejews T 80 in den Kreml. Wie sein Onkel haßte es Andrejew, unter dem geschlossenen Panzerturm zu hocken und durch das Periskop zu starren. Seine Luke war aufgeklappt, Kopf und Oberkörper ragten hinaus in die Kälte, der Helm war wattiert, das Gesicht durch eine Schutzbrille maskiert.

Zwei Schützenpanzer der Schwarzen Garde versuchten, es mit ihm aufzunehmen. Beide wurden in heiße Metallsplitter zerfetzt.

Noch durchkämmten dreitausend kampferprobte Schwarzgardisten die achtzehn Hektar des Kreml, doch mit gepanzerten Fahrzeugen hatte Grischin nicht gerechnet; also hatten seine Leute auch keine Panzerabwehrwaffen dabei. Ihre stärkste Wirkung war psychologischer Natur. Für den Infanteristen ist der Panzer ein wahres Ungeheuer. Innerhalb von fünfzig Minuten brach der Widerstand der Schwarzen Garde nun zusammen, ihre Soldaten stürmten ins Freie und suchten Schutz in den Palästen und Kathedralen. Manche schafften es, andere wurden vom Maschinengewehrfeuer der Panzer erfaßt.

An den verschiedenen Kampfplätzen innerhalb der Stadt befanden sich die Auseinandersetzungen in den unterschiedlichsten Stadien. Das Kommando Alpha stand kurz davor, das Innenministerium zu stürmen, als einer der Angreifer per Funk einen Hilferuf eines entsetzten Schwarzgardisten aus dem Kreml auffing. Der Mann beging den Fehler, die T 80 zu erwähnen. Die Nachricht von den Panzern verbreitete sich in Windeseile, und das Kommando Alpha entschied, daß es jetzt genug sei. Also zog man sich zurück und versuchte, wenigstens die eigene Haut zu retten.

Am Rathaus waren die Schlägerbanden der Bewegung Neues Rußland bereits von den Tschetschenen aufgerieben worden.

Am Alten Platz trieben die OMON-Truppen mit Hilfe von General Petrowskis SOBR-Männern die Söldner der „Sicherheitsfirmen“ der Dolgoruki-Mafia aus dem Amtssitz der Regierung.

Am Flughafen Chodinka hatten die dorthin abkommandierten fünf Kampfpanzer und zehn Schützenpanzer das Kommando Wimpel in die Flucht getrieben.

Die restlichen Angehörigen der „Sicherheitsfirmen“ hielten die Duma noch besetzt. Sie fingen aber ebenfalls den Hilferuf aus dem Kreml auf, ahnten, welche Wirkung die Panzer haben würden, und machten sich einer nach dem anderen aus dem Staub, doch redete sich jeder von ihnen ein, daß man seinen Namen mit etwas Glück niemals erfahren würde.

Ostankino war immer noch in Grischins Hand, die triumphale Verkündung des Staatsstreichs aber, die für die Morgennachrichten vorgesehen war, wurde verschoben, da die zweitausend Schwarzgardisten aus den Fenstern zusehen konnten, wie die Panzer langsam den Boulevard hinauffuhren und ihre Laster einen nach dem anderen in Brand schossen.

Der Kreml ist auf einem Hügel an der Moskwa erbaut worden, dessen Hänge mit Bäumen und vielen immergrünen Sträuchern bewachsen sind. Hinter der Westmauer liegt der Alexandergarten. Unter Bäumen führen Wege zum Borowitskitor.

Keiner der Soldaten innerhalb der Kremlmauern sah die einsame Gestalt, die auf das offene Tor zuging; es sah auch niemand, wie der Mann in den Kreml huschte. Als er aus dem Torbogen auftauchte, glitt das Licht eines der Scheinwerfer von Andrejews Panzern über ihn, aber die Mannschaft hielt ihn für einen ihrer Leute. Seine Steppjacke ähnelte ihren eigenen Uniformjacken, und sein runder Pelzhut glich eher ihrer Kopfbedeckung als den schwarzen Stahlhelmen von Grischins Garde. Der Scheinwerferstrahl huschte über ihn hinweg und verschwand, als Jason Monk den Torbogen verließ, auf die rechte Seite des Tors rannte und die Kiefern dort als Deckung nutzte.

Bei Tagesanbruch würden die Staatstruppen die Besiegten aus ihren

Verstecken treiben. Wer am Leben bleiben und auch nicht im Gefängnis landen wollte, würde wissen, daß er bald durch das einzige offene Tor des Kreml verschwinden mußte.

Im Schutz der Dunkelheit wartete Monk und beobachtete die Szenerie. Kurz nach zwei bemerkte er eine Bewegung an der Mauer des Großen Kremlpalasts, dann sah er einen schwarzuniformierten Mann in gebückter Haltung an der Fassade der Rüstkammer entlanglaufen, jenes berühmten Schatzhauses der russischen Geschichte, dessen Tür jetzt, von einem Panzer zertrümmert, in ihren Scharnieren hing. Monk hatte sein Gesicht in dem gelben Licht eines brennenden Schützenpanzers erkannt. Er hatte es nur einmal zuvor gesehen, und zwar auf einem Foto. Monk trat hinter seinem Baum hervor. „Grischin!"

Der Mann blickte auf, und dann erkannte er, wer ihn gerufen hatte. Er trug eine Kalaschnikow, eine AK 47 mit Klappkolben. Monk sah, wie der Lauf hochkam, und sprang zurück hinter den Baum. Dann hörte er einen knatternden Feuerstoß. Holz splitterte aus dem Stamm. Gleich darauf war es wieder still. Gerade noch rechtzeitig sah Monk, wie sich die Mündung der AK 47 aus der Tür der Rüstkammer schob, und wich zurück, als die Kugeln erneut den Baum vor ihm zerfetzten. Dann setzte das Feuer wieder aus. Zwei Magazinhälften, schätzte Monk, sprang hinter dem Baum hervor und rannte über die Straße, um sich eng an die ockerfarbene Wand des Museums zu drücken. Die SIG-Sauer hielt er an die Brust gepreßt.

Monk hörte hastige Schritte auf den Bodenfliesen der Rüstkammer. Sekunden später kauerte er in der pechschwarzen Finsternis des Eingangs zum Museum.

Das Museum erstreckt sich über zwei Stockwerke und enthält neun große Säle mit 55 Schaukästen. In ihnen liegen historische Artefakte, die mehrere Milliarden Dollar wert sind, denn der Reichtum und die Macht Rußlands waren einst so groß, daß alles, was die Zaren besessen hatten – ihre Kronen, Throne, Waffen, Kleider –, mit Silber und Gold ausgelegt und mit Diamanten, Smaragden, Rubinen, Saphiren und Perlen besetzt war.

Als sich Monks Augen an die Dunkelheit gewöhnt hatten, konnte er vor sich die fahle Kontur der Treppe zum oberen Stockwerk erkennen. Zu seiner Linken führte ein Torbogen zu den vier ebenerdigen Sälen. Von innen hörte er ein leises Scheppern, als sei jemand an einen der Schaukästen gestoßen.

Monk holte tief Luft, warf sich mit einem Hechtsprung durch den

Torbogen. Als er an der Tür vorbeikam, sah er blauweißes Mündungsfeuer aufblitzen, und Glassplitter regneten auf ihn herab, als ein Schaukasten von einer Kugel getroffen wurde. Auf die unschätzbar wertvollen Krönungsroben der Romanow-Zaren fielen Scherben.

Monk spitzte die Ohren und hörte schließlich ein unterdrücktes Keuchen, nahm einen Glassplitter und schleuderte ihn durch die Dunkelheit auf dieses Geräusch zu.

Glas prallte auf Glas, und wieder zerriß ein zielloser Feuerstoß die Stille, doch war zwischen den Schüssen das Echo hastiger Schritte zu hören. Monk lief gebückt in den Saal und versteckte sich hinter der Vitrine in der Mitte, bis er begriff, daß Grischin sich bereits in den nächsten Saal geflüchtet hatte und dort auf ihn wartete.

Monk schlich zum Torbogen, der die Säle trennte, einen zweiten Glassplitter in der Hand. Als er dort war, schleuderte er den Splitter in den Raum, sprang dann durch das Tor, lief zur Seite und versteckte sich hinter einem Schaukasten. Diesmal wurde kein Schuß abgefeuert. Monks Blick gewöhnte sich allmählich an die Dunkelheit, und er sah, daß er sich in einer kleineren Halle befand, die mit Juwelen und Elfenbein geschmückte Thronsitze enthielt.

Er sah das Mündungsfeuer in der Dunkelheit und schoß sofort zurück. Wieder zerplatzte Glas über seinem Kopf, und Grischins Kugel ließ Brillanten aus dem Diamantenthron Zar Alexejs regnen.

Monk hatte Grischin offenbar nur knapp verfehlt, denn der wandte sich um und rannte in die nächste Halle, die, was Monk nicht wußte und Grischin offenbar vergessen hatte, der letzte Raum war, eine Sackgasse, der Saal der historischen Kutschen. Monk rannte rasch hinterher, ehe Grischin eine neue Schußposition finden konnte.

Er duckte sich hinter eine prunkvolle Staatskarosse, die Elisabeth I. von England im Jahr 1600 Boris Godunow zum Geschenk gemacht hatte, und versuchte, seinen Feind auszumachen, aber im Saal war es stockfinster; selbst die Kutschen ließen sich nur als vage Umrisse erkennen.

Dann riß draußen die Wolkendecke auf und ließ einen einzelnen Mondstrahl durch die Fenster in den Saal fallen; das Licht war äußerst schwach.

Doch etwas blitzte auf. Irgendwo hinter dem reichverzierten und vergoldeten Rand der Kutsche der Zarin Elisabeth leuchtete in dieser tiefen Dunkelheit ein winziger Punkt auf.

Monk versuchte sich an die Anweisungen George Sims' in Schloß

Forbes zu halten. Mit beiden Händen halten, Junge, und ruhig bleiben. Er hob die SIG-Sauer mit beiden Händen und zielte auf einen Punkt zehn Zentimeter über dem Lichtpunkt. Langsam einatmen, ruhig bleiben, Feuer.

Die Kugel schlug durch die Radspeichen und traf auf irgend etwas dahinter. Er hörte, wie etwas Schweres zu Boden glitt und dumpf aufschlug.

Das konnte eine Falle sein. Er wartete fünf Minuten, doch der Schatten auf dem Boden neben der Kutsche rührte sich nicht. Vorsichtig huschte er von Deckung zu Deckung, vorbei an den alten, hölzernen Fahrzeugen, bis er den Rumpf und den Kopf mit zu Boden gewandtem Gesicht sehen konnte. Erst dann trat er näher heran, die Pistole schußbereit, und drehte den Körper um.

Der Schuß hatte Oberst Anatoli Grischin direkt über dem linken Auge erwischt. Das, hätte George Sims gesagt, dürfte für eine Weile reichen. Jason Monk sah auf den Mann, den er gehaßt hatte, und fühlte nichts. Er hatte nur getan, was getan werden mußte.

Er steckte die Pistole ein, drehte sich um und ging zurück, hinaus aus dem Kreml zu seinem Wagen. Die Schlacht um Moskau war zu Ende.

Epilog

Am Morgen des ersten Januar erfuhren die Moskauer und ganz Rußland, welch schreckliche Ereignisse sich in ihrer Hauptstadt zugetragen hatten. Fernsehkameras übertrugen die Bilder in jeden Winkel des großen Landes.

Der Kreml bot einen Anblick der Verwüstung. Die Fassaden der Uspenski- und der Erzengel-Michael-Kathedrale waren von Einschüssen übersät. Glasscherben glitzerten auf Schnee und Eis. Schützenpanzer qualmten und rauchten im Morgenlicht.

Der amtierende Präsident Iwan Markow flog sogleich aus seinem Urlaubsort zurück. Am späten Nachmittag empfing er den Patriarchen von Moskau und ganz Rußland zu einem Gespräch unter vier Augen.

Alexij II. übte zum ersten und einzigen Mal direkten Einfluß auf die politischen Geschehnisse in Moskau aus. Er betonte, daß es nun unmöglich sei, die Präsidentschaftswahl wie geplant am 16. Januar abzuhalten, und daß dieses Datum einer Volksabstimmung über die Wiedereinrichtung der Monarchie vorbehalten sein sollte.

Markow stand diesem Gedanken sehr aufgeschlossen gegenüber.

Da sich die Wahlchancen der Union Patriotischer Kräfte zerschlagen hatten, wußte er, daß sich das Rennen zwischen ihm und dem Neokommunisten Sjuganow entscheiden mußte. Wahrscheinlich würde er nur den zweiten Platz belegen. Doch ein konstitutioneller Monarch würde in einer seiner ersten Amtshandlungen einen erfahrenen Politiker zur Bildung einer Regierung der nationalen Einheit berufen müssen. Und wer wäre da besser geeignet, so dachte er sich, als er selbst? Am selben Abend berief er die Abgeordneten der Duma zu einer Eilsitzung ein.

Die Eilsitzung fand am 4. Januar statt. Die Stimmung war gedämpft, nicht zuletzt wegen der Abgeordneten der UPK, die allen, die bereit waren, ihnen zuzuhören, versicherten, daß sie persönlich nichts von Igor Komarows irrsinnigen Plänen gewußt hätten. Im Auftrag Markows brachte der Parlamentspräsident den Antrag ein, daß die gesamte Nation am 16. Januar über die Frage der Wiedereinführung der Monarchie abstimmen sollte. Die Neokommunisten stimmten geschlossen gegen diesen Antrag. Doch Markow hatte gute Vorarbeit geleistet. Einzeln hatte er mit den Vertretern der UPK in der Duma gesprochen. In diesen Gesprächen war ihnen mit Entschiedenheit der Eindruck vermittelt worden, daß die Frage einer Aufhebung ihrer parlamentarischen Immunität sehr wohl unter den Tisch fallen könnte, falls sie in der Abstimmung für den Vorschlag des amtierenden Präsidenten votierten.

Gemeinsam mit der Union Patriotischer Kräfte überstimmte Markows Partei, die Demokratische Allianz, die Neokommunisten. Der Antrag wurde angenommen.

AM 5. JANUAR fügte der für den Hafen der kleinen nordrussischen Stadt Wiborg zuständige Polizist Pjotr Gromow der Geschichte seines Landes eine Fußnote hinzu. Kurz nach dem Morgengrauen sah er, wie das schwedische Frachtschiff *Ingrid B* sich anschickte, nach Göteborg auszulaufen. Zwei Gestalten in blauen Steppjacken kamen hinter einem Stapel Kisten hervor und liefen zur Gangway, die soeben hochgezogen werden sollte. Er konnte später nicht sagen, warum er ihnen zurief, daß sie stehenbleiben sollten.

Die beiden Matrosen rannten davon. Gromow zog eine Waffe und gab einen Warnschuß ab. Sie blieben stehen.

Ihre Papiere wiesen sie als Schweden aus. Gromow hatte lange genug im Hafen gearbeitet, um sich ganz passabel auf schwedisch verständlich machen zu können. Also fauchte er den Älteren an: „Wozu die Eile?“

Beide Männer konnten ihn nicht verstehen. Er streckte die Hand aus und zog dem Alten die Pelzmütze vom Kopf. Irgendwie kam ihm das Gesicht bekannt vor. Der Polizist und der flüchtige Russe starrten sich an. Dieses Gesicht ... an einem Rednerpult ..., wie es zu den Massen schrie.

„Ich weiß, wer Sie sind“, sagte er. „Sie sind Igor Komarow!“

Komarow und Kusnezow wurden verhaftet, des Hochverrats angeklagt und bis zum Prozeß in Untersuchungshaft gesteckt. Es entbehrte nicht einer gewissen Ironie, daß Komarow seine Zeit im Lefortowo-Gefängnis absitzen mußte.

AM FREITAG nachmittag, dem 14. Januar, hielt Pater Gregor Rusakow eine Erweckungsversammlung im Olympiastadion in Moskau ab. Seine Rede wurde landesweit übertragen und erreichte laut Meinungsumfragen etwa achtzig Millionen Russen. Sein Anliegen war einfach und klar. Siebzig Jahre lang hatte das russische Volk die beiden Götter des dialektischen Materialismus und des Kommunismus angebetet und war von beiden betrogen worden. Er drängte seine Zuhörer, sich wieder dem Gott ihrer Vorväter zuzuwenden, zur Kirche zu gehen und um Beistand zu bitten.

Dieses große Land, das sich über 6000 Kilometer und neun Zeitzonen von Weißrußland bis Wladiwostok erstreckt, gliedert sich in hunderttausend Kirchsprengel, und alle ihre Pfarrkirchen haben große oder kleine Zwiebeltürme. Zu ebendiesen Kirchen strömten am 16. Januar siebzig Prozent der russischen Bevölkerung durch bittere Kälte und hörten ein von jeder Kanzel verlesenes Sendschreiben des Patriarchen, das später als große Enzyklika bekannt werden sollte. Es war vermutlich das kraftvollste und mitreißendste Schriftstück, das Alexij II. jemals aufgesetzt hatte.

Nach dem Frühgottesdienst gingen die Russen aus den Kirchen in die Wahllokale. Aufgrund fehlender technischer Hilfsmittel dauerte die Auszählung der Stimmen zwei Tage. Das Verhältnis der gültigen Stimmen war 65 zu 35 Prozent – für die Monarchie.

Am 20. Januar nahm die Duma den Entscheid an und bestätigte das Ergebnis.

Einen Monat später baten der amtierende Präsident und die Duma einen 57jährigen Prinzen des Hauses Windsor, die Aufgaben des

Herrschers innerhalb der konstitutionellen Monarchie wahrzunehmen und den Titel eines Zaren zu tragen.

Zehn Tage später landete ein russisches Verkehrsflugzeug in Moskau. Aus dem Flugzeug trat der Mann, den die Duma eingeladen hatte.

Weit im Westen, in einer ehemaligen Remise am Rand eines Dörfchens in Dorset, verfolgte Sir Nigel Irvine die Zeremonie auf dem Bildschirm.

In der Küche spülte Lady Irvine das Frühstücksgeschirr, wie sie es immer tat, ehe ihre „Perle" zum Saubermachen kam. „Was schaust du dir an, Nigel?" rief sie. „Du siehst doch sonst morgens nie fern."

„Ach, irgendwas aus Rußland, meine Liebe."

Es war, dachte er, verdammt knapp gewesen. Sein erster Schritt war es gewesen, Jason Monk dazu zu bringen, jene Kräfte zu einem lokkeren Bündnis zusammenzuschließen, die allen Grund hatten, Igor Komarow zu fürchten oder zu verachten. Zur ersten Kategorie zählten diejenigen, deren Vernichtung geplant war – die Tschetschenen und die Juden, außerdem die Miliz, die Komarows Verbündeten, die Mafia, gejagt hatte. Zu den übrigen gehörten Kirche und Armee, verkörpert durch den Patriarchen und den angesehensten aller lebenden Generäle, Nikolai Nikolajew.

Die nächste Aufgabe hatte darin bestanden, einen seit langem ruhenden Agenten zu aktivieren, den er Jahre zuvor angeworben hatte, den Sohn eines ehemaligen Moskauer Universitätsprofessors, der für demokratische Reformen eingetreten war und deshalb seine Stelle verloren hatte. Damit war auch für den Sohn jegliche Hoffnung auf ein Studium an der Universität verloren. Der junge Mann hatte sich dann der Kirche angeschlossen und war nach nicht bedeutsamen Aufenthalten in diversen Kirchensprengeln beim Patriarchen Alexij als Hausdiener und Butler eingestellt worden.

Pater Maxim Klimowski war ermächtigt worden, Irvine und Monk an Oberst Grischin zu verraten, um ihn als einen Verräter zu etablieren, dem das Vertrauen des feindlichen Lagers sicher war.

Im Anschluß an seinen zweiten Besuch in der Residenz des Patriarchen hatte Irvine in Moskau bleiben müssen, damit Grischin und seine Schläger genügend Zeit hatten, sein Zimmer zu durchsuchen, den Umschlag zu finden und den belastenden Brief zu fotografieren.

Der Brief war eine Fälschung gewesen, die in London angefertigt worden war. Darin berichtete der Patriarch dem Adressaten, daß er dem Gedanken an eine Wiedereinführung der Monarchie in Rußland sehr gewogen sei (was nicht stimmte, da er noch unentschlossen war) und daß er darauf drängen werde, dem Empfänger dieses Briefs dieses Amt anzutragen.

Unglücklicherweise war der Brief an den falschen Prinzen gerichtet. Auf dem Umschlag stand der Name Prinz Semjon, der mit seinen Pferden und seiner Freundin in einem Bauernhaus in der Normandie lebte. Man hatte ihn der Notwendigkeit geopfert.

Jason Monks zweiter Besuch beim Patriarchen hatte die nächste Phase eingeleitet – den Feind dazu anzustiften, auf eine vermeintliche, aber nicht existente Bedrohung gewaltsam zu reagieren. Dies wurde durch den Mitschnitt jener Unterhaltung erreicht, die angeblich zwischen Monk und Alexij II. stattgefunden hatte.

Eine echte Stimmprobe des Patriarchen war während Irvines erstem Besuch aufgenommen worden, da sein Dolmetscher Brian Vincent ein Tonband hatte laufen lassen.

In London hatte ein russischer Stimmenimitator und Schauspieler jene Sätze auf Kassette gesprochen, die angeblich von Alexij II. stammten, und mit Computertechnologie waren die entsprechenden Hintergrundgeräusche kreiert worden, selbst das Klappern der Löffel in den Kaffeetassen.

Jedes Wort auf der Kassette war eine Lüge gewesen. Der Patriarch hatte nicht die geringste Absicht gehabt, sich in die Politik einzumischen.

Doch weder Grischin noch Komarow hatten das gewußt. Sie hatten geglaubt, einer schrecklichen Gefahr gegenüberzustehen, so daß sie völlig überreagierten und vier Attentate befahlen. Monk nutzte die Überreaktion, um die Zahl der bisher wenigen Feinde Komarows um eine wütende Meute kritischer Journalisten zu vermehren. Als nun die Kritik an Komarow zunahm, wuchs mit ihr seine Paranoia. Und Sir Nigel Irvine setzte bei den letzten Zügen in seinem Spiel auf ebendiese Paranoia.

Als der Patriarch aus dem Dreifaltigkeitskloster zurückkehrte, hatte er keineswegs den amtierenden Präsidenten aufgesucht. Mit Hilfe von Pater Maxim wandte Irvine die alte Taktik an, den Feind davon zu überzeugen, daß seine Gegner weit zahlreicher, mächtiger und entschlossener waren, als er bislang vermutet hatte. Dieser zweite „Stich" überzeugte Komarow schließlich von der Notwendigkeit, zuerst losschlagen zu müssen.

Und von Monk gewarnt, verteidigte sich der russische Staat dann selbst.

Lady Irvine kam ins Zimmer und schaltete den Fernseher ab.

„Komm schon, Nigel, es ist so schönes Wetter draußen, und wir müssen noch die Kartoffeln setzen."

Der Exspionagechef hievte sich aus dem Sessel. „Natürlich", sagte er, „ich hole meine Stiefel." Er haßte die Graberei im Garten, aber Penny Irvine liebte er über alles.

KURZ nach Mittag verließ die *Foxy Lady* Turtle Cove und steuerte aufs Meer hinaus. Auf halbem Weg zum Riff kam Arthur Dean mit seiner *Silver Deep* längsseits. „Hallo, Jason, lange nicht gesehen."

„Stimmt. War eine Weile drüben in Europa."

„Und wie war's?"

Monk dachte nach. „Interessant", sagte er schließlich.

„Schön, daß du wieder da bist."

Der Motor der *Silver Deep* heulte auf, und das Schiff zog davon. Die *Foxy Lady* glitt durchs Wasser, und Monk fühlte das Auf und Ab der Wellen unter seinen Füßen und den herrlich riechenden Salzwind im Gesicht.

Er schob den Gashebel vor, wendete die *Foxy Lady*, ließ die Inseln hinter sich und fuhr unter weitem Himmel hinaus auf das offene Meer.

FREDERICK FORSYTH

Foto: Richard Open, Camera Press

Der unbestrittene Meister des Politthrillers

Der Mann liebt den Nervenkitzel. Schon als Siebzehnjähriger übte er sich in Spanien in der Kunst des Stierkampfs, aber dies blieb nur Episode einer Vita, die es in sich hat. Mit neunzehn Jahren hatte es der 1938 in Ashford/Kent geborene Frederick Forsyth zum jüngsten Jetpiloten der Royal Air Force gebracht, doch schon damals war ihm klar, daß er seine Talente bei weitem noch nicht ausgereizt hatte. Der Journalismus zog ihn an, und auch hier machte er schnell Karriere bis hin zum Auslandskorrespondenten der BBC. Den größten Ruhm – und auch Reichtum – brachten ihm jedoch seine Politthriller wie *Der Schakal, Die Akte Odessa, Des Teufels Alternative* oder *Das vierte Protokoll* ein. Die Gesamtauflage seiner Romane liegt mittlerweile bei über 35 Millionen.

Kein Wunder, daß ihm das Recherchieren und Schreiben nach wie vor Spaß bereitet, zumal die Zeitläufte immer wieder die Realitätsnähe seiner Romane belegen. Als im Frühsommer 1997 die Nazigoldaffäre die internationalen Schlagzeilen beherrschte, konnte Forsyth genüßlich auf seine *Akte Odessa* aus dem Jahr 1972 verweisen, in der er schon damals Zusammenhänge zwischen Raubgold, SS und Schweizer Banken hergestellt hatte.

Und selbstverständlich ist auch *Das Schwarze Manifest* solide recherchiert. So gibt es zum Beispiel tatsächlich einen Prinzen, der zu fünf Achteln mit der Romanow-Dynastie verwandt ist: Prince Michael of Kent aus dem Hause Windsor. Der, so erzählt Forsyth mit trockenem Humor, habe sein Buch gelesen, und die Berufsaussichten hätten ihm durchaus geschmeichelt.

DI MORRISSEY
Tingulla

Queenie Hanlon liegt die Welt zu Füßen: Sie ist jung, schön und selbstbewußt, und sie versteht es, auch bei der harten körperlichen Arbeit auf der Farm ihres Vaters tüchtig mit anzupacken. Geborgen in einer großen Familie und umgeben von einer Landschaft von wilder Schönheit, scheint Queenies Glück vollkommen, als der ebenso gutaussehende wie vorlaute Cowboy TR Hamilton ihr Herz erobert.

Doch als sie es am wenigsten erwartet, fällt ein erster Schatten auf ihr Leben. Und drohend ziehen am Horizont bereits weitere dunkle Wolken auf...

DIE SECHZIGER JAHRE – TINGULLA

Erstes Kapitel

Queenie saß auf dem rissigen Holzgeländer, ihre Reitstiefel hingen unter ihr an einem Pfosten. Sie hatte ihren Lieblingscowboyhut weit in die Augen gezogen und war tief in Gedanken versunken.

Für die Treiber, Viehhändler und Gelegenheitsarbeiter, die auf Tingulla herumwimmelten, war Queenie früher immer die dürre Tochter des Chefs gewesen, doch inzwischen hatte sie sich zu einer jungen Frau entwickelt. Ihre Schönheit war atemberaubend: Dichtes goldbraunes Haar fiel ihr, wenn sie es nicht aufsteckte, in weichen Wellen über die Schultern. Ihr Gesicht mit den hohen Wangenknochen war offen, ihre Lippen waren sanft geschwungen und ihr breites Lächeln war unwiderstehlich. Doch besonders ihre Augen fesselten den Betrachter, Augen von tiefem Smaragdgrün, die von schweren schwarzen Wimpern umrahmt wurden. Zudem bewegte Queenie sich mit katzenhafter Anmut, selbst dann, wenn sie harte Arbeit verrichtete. Die Männer hatten längst aufgehört, mit ihr herumzualbern, wie sie es früher getan hatten, als sie noch „die Kleine“ gewesen war.

An diesem für den australischen Busch so typischen blau- und goldfarbenen Tag waren ein paar Dutzend Freunde und Nachbarn zu Besuch, die sich auf der berühmten Tingulla-Station für das Wochenende versammelt hatten, um Queenies einundzwanzigsten Geburtstag zu feiern. Im Augenblick war gerade ein improvisiertes Rodeo im Gange. Unter ihrem Hut hervor ließ Queenie den Blick über die jungen Leute schweifen, die sich im Kreis um den Viehhof drängten. Jungen und Mädchen waren nur schwer zu unterscheiden – alle trugen die gleiche Buschuniform aus Jeans, blauen oder grauen Hemden, ausgebeulten Hüten auf dem Kopf und staubigen Stiefeln an den Füßen. Ihre spöttischen oder ermunternden Zurufe hallten zu Queenie herüber, während einer nach dem anderen auf dem engen Hof sein Glück mit einem noch nicht zugerittenen Pferd versuchte.

Mit einemmal fühlte Queenie sich beobachtet und hob den Kopf wie ein Tier, das Gefahr wittert. Sie erblickte ein Paar amüsierter blauer Augen und ein leichtes Grinsen in einem gebräunten Gesicht.

Es war TR Hamilton, ein Farmgehilfe auf Bilbao, einem Besitz ganz in der Nähe. Er war älter als Queenie, und sie hatte bisher nicht viel mit ihm zu tun gehabt. Vor ein paar Wochen hatte sie ihn zum erstenmal gesehen, als er sich mit ihrem Vater Pferde angeschaut hatte. Frech und ausgekocht, so hatte sie ihn eingeschätzt. Sie wandte den Kopf ab und ignorierte ihn.

Erneut erhob sich Geschrei, als ein Reiter in den Staub flog. Einer von den jungen Arbeitern brüllte: „He, Queenie, warum zeigst du diesen Typen nicht, wie's gemacht wird?"

„Los, Queenie!" rief ein Mädchen.

„O ja, ich würde auch gern sehen, wie die berühmte Miß Hanlon eins dieser Biester zur Vernunft bringt", ließ sich eine weiche, aber herausfordernde Stimme vernehmen.

Queenie wandte wieder den Kopf und sah, daß TR Hamilton sie breit anlächelte. Sie sprang vom Geländer und rückte energisch ihren Hut zurecht.

Charlie, ein Treiber, der im Hof aushalf, grinste Queenie entgegen, als sie auf den engen Pferch zuging. Gerade wurde das nächste Pferd vorbereitet, indem man ihm ein Strickhalfter anlegte und einen leichten Sattel überwarf und festzurrte.

Queenie kletterte auf den Rand des Pferchs, blickte dem Pferd in die ebenso angsterfüllten wie wütenden Augen und begann, beruhigend auf das Tier einzureden. Dabei bemerkte sie aber die beiden Jungen nicht, die den Flankenstrick enger zogen, so daß er die Hoden des Pferdes quetschen mußte, sobald Queenie im Sattel saß.

„Wollen doch mal sehen, ob sie bei dem oben bleiben kann", zischte der eine Junge und blinzelte dem anderen zu.

Queenie ließ sich in den Sattel sinken und wickelte die Zügel um ihre Fäuste. Das Pferd legte die Ohren an, und seine Nüstern blähten sich vor Schmerz. Mit grellem Wiehern stieg es hoch und versuchte, die Last auf seinem Rücken loszuwerden.

Das Gatter des Pferchs flog auf, und das Pferd schoß in den Hof hinaus. Doch schon nach wenigen Sekunden merkte es, daß es kein Entkommen gab, und begann, heftig zu bocken, so daß Queenie im Sattel auf- und abgeschleudert wurde. Sie ließ sich aber nicht abwerfen und stemmte die Füße fest in die Steigbügel. Ihr dichtes Haar flog ihr wild um den Kopf, während ihr Hut zu Boden segelte.

Während die Menge Queenie zujubelte, musterte TR Hamilton das rasende Tier mit den Augen eines pferdeerfahrenen Outback-Mannes. Plötzlich hörte es auf zu bocken und drängte sich gegen die Umzäunung, um Queenie an den dicken Holzpfählen abzustreifen. Sofort sprang TR in den Ring, lief auf das Pferd zu und fuchtelte heftig mit den Armen in der Luft herum. Das Tier schoß jäh herum und bäumte sich auf.

Queenie prallte auf den Boden. Die Zuschauer hielten die Luft an, als TR sich zwischen die stampfenden Hufe duckte, um nach dem Zaum zu fassen. Charlie kam ihm zu Hilfe, und schließlich gelang es den beiden, das Pferd unter Kontrolle zu bekommen. Keuchend stand es da und starrte die beiden Männer an.

„Was passiert?" fragte TR, während er Queenie auf die Füße half.

Sie stieß seine Hand fort. „Was sollte denn das? Ich hatte ihn vollkommen unter Kontrolle, bis du auf ihn losgelaufen bist!" fauchte sie.

„Deine Freunde hatten den Flankenstrick angezogen", erklärte TR. „Das Pferd hat durchgedreht. Du hast noch Glück gehabt, daß es nicht sofort versucht hat, dich am Zaun abzustreifen."

„Ich stehe meine Kämpfe selber durch, danke!"

„Du hättest schwer verletzt werden können. Ich habe nur versucht, dir zu helfen." TR hob Queenies Hut auf und hielt ihn ihr hin, aber sie rührte sich nicht.

„Wohl kaum. Du hast mehr Schaden angerichtet, als wenn du dich nicht eingemischt hättest."

TR ging auf sie zu und drückte ihr den Hut energisch auf den Kopf. „Du könntest ruhig danke sagen, da bräche dir kein Zacken aus der Krone! Aber keine Sorge, ich halt mich ab jetzt raus."

Queenie warf ihm einen finsteren Blick zu und marschierte vom Hof.

„Sie ist nicht so, wie du denkst", ließ Charlie sich in seiner ruhigen Art vernehmen. „Queenie ist nicht eingebildet. Sie reitet besser als die meisten Männer auf der Farm."

„Tatsächlich?" fragte TR knapp. „Mir kommt sie eher vor wie ein verzogener Balg."

„Ach was, Queenie bekommt nur deshalb meistens, was sie will, weil sie meistens auch recht hat. Ihr jüngerer Bruder Colin ist verzogen. Offenbar kennst du die Hanlons nicht."

„Nein, jedenfalls nicht gut. Mr. Hanlon habe ich auf Bilbao kennengelernt, und er hat mich zur Geburtstagsparty seiner Tochter eingeladen."

Der alte Treiber deutete zum Wohnhaus hinüber. „Da drüben ist er. Ich muß die Pferde versorgen. War nett, dich kennenzulernen."

TR hätte viel lieber Charlie mit den Pferden geholfen, als sich nun ins Geburtstagsgetümmel zu stürzen. Doch sein Vertrag auf Bilbao lief aus, und er verband mit dieser Party die Hoffnung, Patrick Hanlon werde ihm vielleicht einen neuen Job anbieten.

QUEENIE ging ums Haus herum und an der hinteren Veranda vorbei. Dort war es schön kühl, weshalb die Mädchen sich nach dem Rodeo hier versammelt hatten und nun schwatzten, in knarrenden Schaukelstühlen wippten und sich an mit klirrenden Eiswürfeln gekühlten Drinks labten. Doch Queenie war nicht nach Gesellschaft zumute. Sie trat ins schattige Haus und schlich sich an der Küche vorbei, wo ihre Mutter mit dem Halbblut Millie, der Haushälterin, redete.

Millie war dagewesen, solange Queenie denken konnte. Nach der Missionsschule war sie als scheues junges Kindermädchen ins Haus gekommen, um sich um das neugeborene Töchterchen von Rose und Patrick zu kümmern. So war auch Millie in der Hanlon-Familie groß geworden, während Rose sich von einer zaghaften jungen Braut, die frisch aus England herübergekommen war, zur huldvollen und warmherzigen Herrin von Tingulla entwickelt hatte. Später hatte Millie Jim Nicholson geheiratet, einen weißen Mechaniker, der sich auf Tingulla um die Fahrzeuge und Maschinen kümmerte. Die beiden waren jetzt fünfzehn Jahre verheiratet und unentbehrlich für das reibungslose Funktionieren des riesigen Besitzes.

Auf Zehenspitzen ging Queenie die Treppe zu ihrem Zimmer hinauf. Ihre Glieder schmerzten von dem Sturz, und sie hatte Mühe, ihre schmutzigen Sachen auszuziehen. Allmählich ging ihr das ganze Theater um ihren Geburtstag auf die Nerven; sie fühlte sich mit einemmal einsam und sehnte sich nach jemandem, mit dem sie ihre widerstreitenden Empfindungen und Gedanken hätte teilen können. Als kleines Mädchen hatte sie ihre Geheimnisse Pegasus anvertraut, dem großen Rappen, der während eines schrecklichen Unwetters gestürzt war. Der Gnadenschuß, den sie Gus hatte geben müssen, war ihr damals als der Übergang von unbeschwerten Kindertagen in die wirkliche Welt erschienen, und Queenie spürte, daß ihr auch jetzt ein weiterer Schritt ins Leben bevorstand. Sie fragte sich, was sie wohl nach ihrem einundzwanzigsten Geburtstag erwarten mochte. Seufzend warf sie sich auf den geblümten Überzug ihres Bettes.

Es war schon dunkel, als ihre Mutter die Tür aufmachte und das Licht anknipste. Queenie richtete sich auf. Rose betrachtete ihre hochgewachsene Tochter und seufzte.

„Queenie, die Party hat längst angefangen! Alle fragen nach dir. Sie denken, du bist hier oben und machst dich zurecht, dabei hast du noch nicht einmal angefangen!"

Rose sah ausgesprochen elegant aus. Sie trug ein weiches graues Chiffonkleid mit einer prachtvollen, tief hängenden Perlenkette. Sie mahnte Queenie noch einmal, sich zu beeilen, und ging wieder nach unten. Auf dem Treppenabsatz traf sie Patrick.

„Wann kommt sie denn endlich? Daß sie so lange braucht, kenne ich gar nicht bei Queenie. Sie will wohl bei den Jungs besonderen Eindruck schinden."

Rose blickte zärtlich in das braungebrannte Gesicht mit den Falten um die Augen und dem Grübchen im markanten Kinn, das sie so sehr liebte. „Sie war eingeschlafen, aber in ein paar Minuten ist sie unten."

Tingulla erstrahlte im Lichterglanz. Fackeln brannten zwischen den Gartenbeeten, Laternen auf den Tischen der Veranda. In der Vorhalle hüllte ein Kronleuchter die alten Möbel und die alte Standuhr in schimmernden Glanz.

Im Musikzimmer hatte sich eine Gruppe um das Pianola versammelt; einer der jungen Männer trat kräftig in die Pedale, während ein anderer eine Ukulele mit Händen bearbeitete, die mehr Erfahrung darin besaßen, mit dem Lasso umzugehen. Die staubigen Jungen vom Nachmittag waren jetzt gebürstet und gestriegelt, ihre Stiefel waren auf Hochglanz poliert, während die jungen Frauen ihre Vorzüge in pastellfarbenen Kleidern höchst wirkungsvoll zur Geltung brachten und die neueste Frisurenmode zur Schau stellten.

Eine von ihnen, die am Pianola lehnte, rief durch den Raum: „Komm her und spiel, TR!"

Dieser lächelte und griff in die Brusttasche seines Smokings. Seine Mundharmonika hatte er immer dabei, das wußte jeder. In einsamen Nächten im Busch mit der Herde war sie oft seine einzige Gesellschaft gewesen, und wenn er ein Lied zweimal gehört hatte, konnte er es bereits nachspielen. Jetzt führte er das kleine silberne Instrument an die Lippen und nahm die Melodie auf.

Mit sechsundzwanzig war TR Hamilton ein Bild von einem Mann. Im Busch und mit Pferden kannte er sich besser aus, als die meisten es je verstehen würden. Er war groß, hatte sonnengebleichtes Haar, himmelblaue Augen und dunkle Brauen und Wimpern. Sein einnehmendes Lächeln bekam durch einen schiefen Zug um den Mundwinkel einen leicht spöttischen Ausdruck. Er hatte eine weiche Stimme und ein sanftes Wesen, und doch schien ein Kern aus Stahl in ihm zu sein.

Während TR die Mundharmonika blies, hielt er die Augen geschlossen und verlor sich vollständig in der Musik. Er dachte an die Zeiten, als er seinen Vater *Oh, Danny Boy* hatte singen hören – in der Regel, wenn dieser zu tief ins Glas geschaut hatte.

TRs Vater, Riann Hamilton, war ein hübscher irischer Bursche gewesen, der es nirgends lange aushielt. Als Jockey mit bescheidenen Erfolgen war er nach Sydney gekommen, um Ruhm und Reichtum zu suchen. Dort heiratete er Mary, die Tochter einer wohlhabenden Familie, und zeugte Terence Ryan. Nachdem er Marys Mitgift und seine bescheidenen Renngewinne durchgebracht hatte, überredete er seine Frau, samt ihrem Baby mit ihm in den Busch zu ziehen, wo er die lokalen Rennbahnen unsicher machen wollte.

Riann war manchmal wochenlang nicht zu Hause. Wenn er dann wiederkam, verbrachte er die meiste Zeit damit, sich von den Einheimischen im Pub freihalten zu lassen oder auf seiner kleinen Veranda zu sitzen, TR auf den Knien zu schaukeln und Geschichten von Pferderennen zu erzählen. Seinem Sohn versprach er, er werde eines Tages sein eigenes Pferd haben.

Doch dieses Versprechen wurde nie eingelöst. Riann Hamilton wurde ein Opfer seines Whiskykonsums und starb im schmuddeligen Hinterzimmer eines Wirtshauses. Seine paar Habseligkeiten schickte man seiner Frau – eine Taschenuhr, eine Blechschachtel mit persönlichen Unterlagen sowie eine Rennschärpe und Rennkappe in den Farben Pink und Blau.

TRs Mutter kehrte zu ihren Eltern zurück, und sein Großvater schickte ihn auf eine gute Schule. Doch die Familie war zutiefst enttäuscht, als er mit gerade vierzehn, nach dem Tod seiner Mutter, ins Outback durchbrannte. Mit achtzehn entdeckte er sein spezielles Talent für Pferde: Er brauchte ein Pferd nur anzusehen, um über sein Temperament, seinen Mut und sein Leistungsvermögen urteilen zu können. Er wußte sofort, welches Pferd das Zeug hatte weiterzumachen, wenn andere versagten. Diese Gabe war viel wert im Busch, wo Leben und Erfolg eines Mannes oft von seinem Pferd abhingen. So war TR vom Hilfsarbeiter zum Viehhändler einer der großen Familien im Norden aufgestiegen, und er träumte davon, eines Tages sein eigenes Vermögen zu machen.

Das Lied war zu Ende; TR öffnete die Augen, als die Umstehenden applaudierten. Überwältigt von Erinnerungen, entschuldigte er sich und schlüpfte aus dem Zimmer in den mondbeglänzten Garten hinaus.

IM OBEREN Stockwerk mühte sich Queenie mit dem Verschluß ihres smaragdfarbenen Taftkleides ab. Beim Blick in den Spiegel rümpfte sie die Nase über das trägerlose Abendkleid mit dem reich besetzten Rock. Sie schlang ihr glänzendes Haar zunächst zu einem Knoten, entschied sich dann aber doch dagegen und steckte es statt dessen hinterm Ohr mit einem Perlmuttkamm fest. Sie trat einen Schritt zurück und begann plötzlich zu lächeln – jetzt wußte sie, was ihr noch fehlte.

Barfüßig raffte sie den Rock, setzte sich aufs Fensterbrett und schwang die Beine hinaus auf das schräge Dach. Indem sie sich mit den Zehen an das Wellblech klammerte, arbeitete sie sich zu jener Ecke vor, wo die Zweige eines Pfefferbaumes das Dach berührten. Zwischen den Ästen hatte sich Jasmin emporgerankt, übersät mit süß duftenden weißen Blüten.

Sie beugte sich vor, um nach den Blumen zu greifen, glitt dabei aber aus und rutschte polternd zum Rand des Daches. Die Dachrinne bremste ihren Fall. Sie warf sich auf das Dach, einen Fuß bereits in der Luft.

Von unten drang eine ruhige Stimme an ihr Ohr: „Was genau machst du da eigentlich?“ Es war TR. Trotz der heiklen Situation, in der Queenie sich zu befinden schien, wirkte er leicht amüsiert.

Während er sie aus dem Schatten des Pfefferbaumes heraus beobachtete, brachte Queenie ihren Körper in Schräglage, so daß sie über den Dachrand blicken konnte. „Nur zu deiner Information: Ich wollte mir ein paar Blumen holen und bin ausgerutscht!“

„Auf dem Dach bist du nicht so gut wie auf einem Pferd, soviel steht fest“, sagte TR, schwang sich in den Baum und kletterte hinauf, bis er sich auf einer Höhe mit Queenies Nasenspitze befand. „Hinter denen warst du her, vermute ich.“ Er streckte den Arm aus, pflückte einen

Zweig der berauschend duftenden weißen Blüten und schnupperte daran. „Ganz wunderbar! Du gestattest doch?“ Er reichte sie Queenie, die sie ihm schweigend abnahm. „Und jetzt, wie kommst du wieder rein? Los, steig mit mir den Baum hinunter.“ TR hielt ihr die Hand hin.

„Nein, vielen Dank“, entgegnete Queenie eigensinnig, während sie sich bloßgestellt vorkam. Sie nahm den Zweig zwischen die Zähne und kletterte wie ein Krebs zurück zum Fenster. TRs leises Lachen folgte ihr.

ROSE kam in die Küche, wo Millie und ihre junge Küchenhilfe Ruthie, eine Aborigine, letzte Hand an die Platten mit Salaten, Gemüse und Früchten legten. „Perfekt wie immer, Millie“, lobte sie lächelnd und trat dann auf die Veranda, wo die jungen Leute in Gruppen zusammenstanden. Als sie Queenies beste Freundin, Sarah Quinn, über den Rasen kommen sah, ging sie ihr entgegen.

„Sarah, wo ist Queenie? Ich kann sie nirgends finden“, sagte sie.

„Ich habe sie nicht gesehen, Mrs. Hanlon. Sie ist wohl immer noch beim Umziehen.“

„Aber Queenie verschwendet doch nie viel Zeit damit, sich herauszuputzen.“

Eine Stimme ließ Rose herumfahren. „Mrs. Hanlon, Ihre Tochter war vor ein paar Minuten auf dem Dach. Sie ist bestimmt noch oben.“

„Auf dem Dach? Dieses Äffchen! Was hat sie dort bloß gemacht?“ fragte Rose und musterte den attraktiven jungen Mann, der vor ihr stand.

TR zuckte die Achseln. „Ich bin nur zufällig vorbeigekommen. Ich habe ihr angeboten, ihr herunterzuhelfen, aber sie hat darauf bestanden, wieder ins Zimmer zurückzuklettern.“

Rose seufzte. „Ich werde lieber mal nachsehen ... Danke.“

Sie verschwand im hell erleuchteten Haus. TR sah ihr nach und wunderte sich, daß eine so elegante und nette Frau eine so tolpatschige und hochnäsige Tochter hatte.

ROSE stieß die Tür zum Zimmer ihrer Tochter auf. Da stand Queenie und betrachtete sich erschrocken im Spiegel: Ihr neues Kleid war zerknittert und zerrissen.

Rose schluckte hinunter, was sie sagen wollte, um Queenie nicht noch mehr aus der Fassung zu bringen.

„Tut mir leid, Mum. Ich kam mir so steif und … unfreundlich vor. Da dachte ich, ich hole mir was von dem Jasmin, um …“

Rose nahm sie in die Arme. „Macht doch nichts, Liebling. Wir finden schon was in meinem Schrank.“

Arm in Arm gingen sie den Korridor entlang ins elterliche Schlafzimmer, wo Rose ihren Kleiderschrank durchforstete.

„Hier, Queenie, probier das an! Das war mein Lieblingskleid, wenn ich mit deinem Vater in Sydney tanzen ging. Es ist zwar ein bißchen altmodisch, aber ich glaube, es steht dir.“

Sie hielt das silbrig schimmernde Satinkleid Queenie hin, deren Augen aufleuchteten. „An das Kleid kann ich mich gut erinnern! Wenn Sarah und ich uns als feine Damen verkleiden wollten, dann habe ich immer das genommen!“

Queenie streifte ihr ruiniertes Taftkleid ab und schlüpfte in das schimmernde Satinkleid, das ihren Körper umschmeichelte und durch seine klassische Schlichtheit bestach.

„Ich habe das immer mein Jean-Harlow-Kleid genannt“, sagte Rose lächelnd. Sie ergriff Queenie bei den Schultern und drehte sie langsam zum Standspiegel hin. Wer war dieses schlanke, elegante Geschöpf in einem Kleid, das wie Mondlicht auf dem Wasser schimmerte und seine weichen Kurven und Schultern und den langen, anmutigen Hals betonte?

Rose legte den Kopf auf Queenies Schulter und richtete sich an deren Spiegelbild: „Du mußt allmählich einsehen, daß du nicht immer ein Wildfang in Hosen bleiben kannst. Du mußt dich daran gewöhnen, daß die Leute eine erwachsene Frau in dir sehen.“

Queenie grinste, und aus der zarten Schönheit im Spiegel wurde ein amüsiert kicherndes junges Mädchen. „Mit dem Kleid müßte ich mal aufs Pferd steigen!“

Rose mußte lachen. Queenie war immer noch dieselbe – ihre Tochter, die fest mit beiden Beinen auf dem Boden stand. Sie lächelte ihr liebevoll zu und streichelte ihr Haar. „Queenie, bevor du gehst …“ Sie nahm eine kleine, mit blauem Samt bezogene Schachtel von ihrem Schminktisch. „Dein Vater und ich wollten dir das erst später geben, aber ich glaube, jetzt ist der richtige Augenblick. *Happy birthday*, mein Liebling.“

Queenie riß den Mund auf. Ein opalbesetztes Halsband schimmerte auf dem Seidenfutteral der Schachtel. Mit beiden Händen hob sie ihre glänzende Haarfülle, und ihre Mutter schloß das Band um ihren Hals.

Die milchigen Opale schienen bei der Berührung mit Queenies Haut zum Leben zu erwachen und erglühten in ihrem Inneren in rotgoldenem Feuer.

„Die Opale stammen von deinem Urgroßvater Ned Hanlon, und sie wurden an alle Hanlon-Töchter weitergegeben", erklärte Rose. „Dein Vater hat sie mir an unserem Hochzeitstag geschenkt ... Jetzt gehören sie dir."

„Ich weiß gar nicht, was ich sagen soll! Du und Daddy, ihr seid so gut ... Ich habe euch beide so lieb!" Mit Tränen in den Augen umarmte Queenie ihre Mutter.

„Wir lieben dich auch", antwortete Rose zärtlich und tätschelte ihr die Wange. „Und jetzt los, steck dir eine Jasminblüte ins Haar! Und zieh die silbernen Sandalen an, die ich dir mitgebracht habe – keine Reitstiefel!"

WENIG später stieg Queenie die breite Treppe hinab. Musik und Lachen drangen ihr aus den unteren Räumen entgegen. Patrick Hanlon, der gerade die Vorhalle durchquerte, sah zu seiner Tochter hinauf, die nun lächelnd auf ihn zukam.

„Hallo, Daddy. Jetzt bin ich endlich fertig. Na, was sagst du?" Queenie wirbelte am Fuß der Treppe einmal um die eigene Achse.

Patrick schüttelte den Kopf und blinzelte verblüfft. „Einen Augenblick lang habe ich geglaubt, die junge Frau zu sehen, in die ich mich seinerzeit verliebt habe. Du siehst genauso aus wie deine Mutter damals. Wie ich sehe, hat sie dir auch schon unser Geschenk gegeben. *Happy birthday,* mein wunderschönes Mädchen!" Er beugte sich vor und küßte sie unter dem funkelnden Kronleuchter.

Queenie schlang die Arme um ihn. „Ich will es mein Leben lang in Ehren halten. Danke, Daddy!"

Patrick strahlte sie an. „Viel Spaß bei deiner Party, Queenie." Er blickte ihr nach, als sie davonging – noch halb ein jugendlicher Wildfang, doch halb schon eine Frau.

Was mochte die Zukunft wohl für sie bereithalten? Queenie war so viel stärker, so viel begabter als ihr jüngerer Bruder Colin. Der Altersunterschied der beiden war nur gering, der Unterschied an Lebensreife dagegen gewaltig.

Patrick schlenderte in den Garten. Rauhes Gelächter lenkte seine Aufmerksamkeit auf eine Gruppe von Jungen. Auch Colin war dabei, amüsierte sich offenbar über einen derben Witz. Patrick seufzte.

Bestimmt würde Colin wieder betrunken sein, noch bevor der Abend zu Ende war.

Beim Grill säbelte der Koch gerade riesige Scheiben von einem Lammbraten ab. Unter dem Ansturm der jungen Leute, die sich mit gesundem Appetit darüber hermachten, wurden die Berge von Fleisch, Salaten und gebackenem Gemüse rasch kleiner. Danach kamen auch Millie und Rose in den Garten, gemeinsam trugen sie eine riesige Silberplatte mit dem klassischen australischen Nachtisch, der Pavlova – ein riesiges Baiser, bedeckt mit Schlagsahne und umgeben von flackernden Kerzen.

Lächelnd unterzog sich Queenie dem Ritual, die Kerzen auszublasen, und hörte etwas verlegen, doch zugleich erfreut dem Geburtstagsständchen zu, das die ausgelassene Menge ihr schmetternd darbrachte. Dann kletterten alle in die Transporter und fuhren hinunter zur festlich geschmückten Schurhütte in der Flußniederung, wo eine Band mit lauter, fröhlicher Countrymusik die Leute zum Tanzen animierte. Farbige Glühbirnen schaukelten zwischen den Balken, der Boden war gefegt, und Sägemehl war in den Ständen ausgestreut, wo jeden Sommer die Merinoschafe geschoren wurden, die Tingulla reich gemacht hatten.

Queenie wurde ununterbrochen zum Tanz aufgefordert. Erheitert stellte sie fest, wie die Jungen, die sie bislang als Kameraden kannte, heute abend mit ihr umgingen: Den einen hatte es das lose Mundwerk verschlagen, und sie hielten Queenie respektvoll auf Armlänge; die anderen drückten sie krampfhaft an sich und atmeten ihr heftig ins Haar. Morgen sind sie hoffentlich alle wieder normal, dachte Queenie.

Während sie herumgewirbelt wurde, erhaschte sie gelegentlich den Blick zweier himmelblauer Augen und bemerkte, wie jemand mit einem schiefen Grinsen ihr Unbehagen beobachtete. Es war TR Hamilton. Außer bei ihrer Begegnung auf dem Dach hatte sie bisher kaum mit ihm gesprochen, doch sie hatte gehört, daß er in dem Ruf stand, im Zureiten wilder Pferde ein wahrer Wunderknabe zu sein. Das war aber auch schon alles, was sie über ihn wußte.

Als Queenie einen Tanz lang Pause machte, stand TR plötzlich neben ihr, lächelte sein schiefes Lächeln und hielt ihr die Hand hin. Sie wollte eigentlich ablehnen, aber da zog er sie auch schon sanft zu sich hoch.

„Wir kennen uns eigentlich noch gar nicht", sagte Queenie.

„Na ja, jeder kennt das Geburtstagskind. Und ich bin TR Hamilton."

„Was bedeutet TR? Tückischer Rüpel?“ fragte Queenie und versuchte, sich ihm zu entziehen.

„Es bedeutet Tanz und Rhythmus. Ich bin ein toller Tänzer. Komm schon!“ Er zog sie durch die Tür in die kühle Nacht hinaus.

Queenie blieb stehen und entwand ihm ihre Hand. „Moment mal, wo willst du hin?“

„Tanzen gehen. Da drin ist es aber viel zu voll“, entgegnete TR grinsend, umfaßte sie leicht und wiegte sie im Rhythmus, der von drinnen herausklang.

Er war wirklich ein guter Tänzer, das mußte sie zugeben. Queenie überließ sich ganz der Musik und seiner Führung.

In der frischen Nachtluft zu tanzen gefiel ihr. Ihre Hand lag auf seiner grob gewebten Jacke; sie spürte, wie breit seine Schultern waren, und sein Duft erinnerte sie vage an frisches Heu. Er machte keine Konversation, obgleich er bestimmt nicht auf den Mund gefallen war.

Als sie mit dem Absatz an etwas hängenblieb, stolperte sie gegen ihn. Mit kräftigem Griff fing er sie auf, sagte aber nichts. Queenie löste sich von ihm und wurde rot. „Ich glaube, wir sollten wieder reingehen“, sagte sie kühl.

TR wollte protestieren, doch bei ihrem Anblick spürte er, daß sich hinter dieser Distanziertheit ein schüchternes und empfindsames Geschöpf verbarg. Bereitwillig führte er sie wieder in die Scheune zurück. „Da wartet bestimmt eine lange Reihe von Verehrern auf dich. Vielen Dank für den Tanz. Werde ihn nicht vergessen.“

Er verschwand in der Menge, und Queenie blieb leicht verärgert zurück. Sie hatte es genossen, mit TR zu tanzen, aber irgendwie verunsicherte seine Gegenwart sie auch. Seltsame Gefühle hatten sich in ihr geregt, als er sie im Arm gehalten hatte. Einen Augenblick lang hatte sie die Kontrolle verloren, und diese Erfahrung verwirrte sie.

Wenig später saß Queenie in einer Runde, die versuchte, sich trotz der lauten Musik zu unterhalten, als ein Junge sich durch die Menge drängte, sich zu ihr herunterbeugte und ihr ins Ohr brüllte: „Colin hat Streit mit einem der Treiber von Kandi! Sieht aus, als könnte es ungemütlich werden!“

Queenie sprang auf. „Paß auf, daß mein Vater nichts merkt! Ich komme schon!“

Draußen hatte sich eine kleine Gruppe um ein Bierfaß versammelt, und Colin stritt sich mit lauter Stimme mit einem dicklichen jungen

Burschen. Beide schwankten und wurden von den Zuschauern angefeuert.

„Zeig's ihm! Los, Hanlon!"

Queenie drängte sich zu Colin durch. „Bitte verdirb mir nicht meinen Geburtstag", sagte sie ruhig.

Leicht taumelnd fauchte Colin: „Ich hab nicht angefangen! Hau ab, Queenie – das geht dich nichts an!"

„Hör auf, dich so dämlich aufzuführen", gab Queenie zurück. „Du bist betrunken. Verdrück dich, bevor Dad etwas merkt!"

Der andere Bursche hob die Fäuste. „Läßt du dich etwa von deiner Schwester rumkommandieren, Hanlon? Oder soll sie gleich für dich weiterkämpfen?"

Die Gruppe brüllte vor Lachen. Colin wandte sich Queenie zu. „Hau ab, oder du wirst gleich einen echten Grund haben zu heulen!"

Aus dem Hintergrund mischte sich eine Stimme ein. „Du bist ein verdammt harter Bursche, was? Versuchst, einem Mädchen Angst einzujagen!" TR trat vor und grinste Colin an, doch sein Blick war hart. „Nun mal schön ruhig, Jungs! Kommt, kommt, wir wollen doch die Party nicht verderben!"

Queenie starrte ihn an. „TR, halt dich aus diesem Streit heraus", sagte sie ruhig.

„Wer streitet hier denn?" antwortete er, ohne den Blick von Colin zu wenden. „Es braucht nicht viel, die beiden da aufs Kreuz zu legen."

Unter dem Gejohle der Menge stürzte sich Colin mit erhobenen Fäusten auf ihn, aber TR wich seinem ungestümen Haken aus und stellte ihm ein Bein. Colin stürzte ins Leere und landete auf dem harten Boden.

Colins Gegner brüllte vor Lachen. „Eins zu null für dich, Kumpel! Und einem Mann, der am Boden liegt, soll man nicht noch eine reinhauen! Los, heben wir lieber einen!" Damit trollte er sich, und der Rest der Meute folgte ihm.

Queenie bückte sich, um Colin aufzuhelfen. Grob stieß er sie weg und starrte TR drohend an. „Das vergesse ich dir nicht! Du hast mich zum Affen gemacht! Misch dich nicht ein, wenn andere streiten, oder du kriegst selber Ärger!"

„Ach, Colin, hör doch auf! Sei froh, daß es vorbei ist und du morgen nicht mit einem blauen Auge herumlaufen mußt", sagte Queenie.

„Und warum, glaubst du, wäre ich derjenige mit dem blauen Auge? Immer machst du mich schlecht! Eines Tages zeige ich euch, daß ich verdammt noch mal besser bin als ihr alle zusammen." Wütend wandte sich Colin zum Gehen.

Queenie rief ihm nach: „Colin, niemand macht dich schlecht ...!"

TR legte ihr die Hand auf den Arm und schüttelte den Kopf. „Laß ihn gehen und seine Wunden lecken. Er kann jetzt nicht klar denken."

Queenie lächelte TR an. „Ich muß mich wohl bei dir bedanken, daß du eingegriffen hast."

TR erwiderte ihr Lächeln, und sie tauschten zum erstenmal ohne jeden Vorbehalt einen offenen, freundlichen Blick. „Wenn du mal Hilfe brauchst, Queenie Hanlon, ich bin da."

ROSE unterdrückte ein Gähnen und warf einen Blick auf die Uhr: zwei Uhr morgens. Sie entschuldigte sich bei den anderen, mit denen sie am Tisch gesessen und Patrick beim Tanzen zugesehen hatte. Sie fing seinen Blick auf, deutete auf ihre Uhr und wies mit einem Kopfnicken in Richtung auf das Haus. Patrick zögerte und signalisierte dann: „Soll ich auch kommen?" Rose schüttelte den Kopf, warf ihm eine Kußhand zu und verschwand unauffällig nach draußen in die kühle Nachtluft.

Sie nahm einen Wagen aus dem Tingulla-Fuhrpark, der in der Nähe stand und in dem der Schlüssel steckte. Sie ließ den Motor an, schlug ihr langes Chiffonkleid vorsichtig zwischen die Beine, legte den Gang ein, schaltete das Licht an und fuhr über die unebene Wiese auf das Herrenhaus auf dem Hügel zu.

Die Silhouette des großen Hauses hob sich fast drohend vom Mondhimmel ab. Es war kein einfaches Landhaus, sondern einer der großen australischen „Busch-Paläste" draußen im Outback. Patricks Großvater Ned Hanlon, der in den späten neunziger Jahren des letzten Jahrhunderts als Goldgräber vermögend geworden war, hatte für das Grundstück Buschland roden lassen. Im Lauf der Jahre war das Haus von einer besseren Holzhütte zu einem eleganten zweigeschossigen Gebäude herangewachsen, geräumig und mit dem Charme des klassischen australischen Baustils. Die Steinblöcke für das Erdgeschoß hatte man mit Ochsengespannen herangeschafft. Uralte Zedern waren an der Küste gefällt und für den Bau des Obergeschosses und die Innenausstattung herbeitransportiert worden. Ein Drechsler und Zimmermann aus England, ein Mann von zweifelhaftem Ruf, aber ein Meister seines Faches, hatte jahrelang auf dem Anwesen gearbeitet und die grandiose Treppe, die Wandverkleidungen und das Gitterwerk sowie einige besonders erlesene Möbelstücke geschaffen, alles aus Zedernholz.

Das Haus wirkte verschachtelt; durch den Haupteingang ging es über den Vorhof in eine Flucht von Zimmern, bis man schließlich in einem an der Rückseite gelegenen Innenhof landete. Trotz dieser Weitläufigkeit vermittelte das Gebäude ein Gefühl poetischer Harmonie, die der rauhen Umgebung und Witterung trotzte. Von jedem Fenster hatte man einen atemberaubenden Blick über hügeliges Weideland bis zum Flußufer mit seinen Eukalyptusbäumen und Weiden. Aus dem Wasser stieg ein steiler Hügel auf, dessen Eukalyptusbäume in zartem Veilchenblau schimmerten. Es hieß, das verdunstende Öl aus den Blättern erzeuge diesen Farbeffekt, und die Erhebung heiße deshalb *Blue Hills,* die „Blauen Hügel". Dahinter zog sich der Besitz der Hanlons noch endlos hin und ging allmählich in unwirtlicheres, trockeneres Land über.

Am eindrucksvollen Haupteingang führte eine breite Steintreppe zur Erdgeschoßveranda hinauf. Daneben stand ein prachtvoller Springbrunnen; der Entwurf stammte von einem böhmischen Künstler, einem Freund von Patrick, der auch das bezaubernde Porträt von Rose gemalt hatte, das im Haus über dem Absatz der Haupttreppe hing. Ebendiese Treppe stieg Rose zum oberen Korridor hinauf. Im Schlafzimmer hängte sie ihr Kleid über einen Stuhl und legte die Perlen in ihre Schachtel zurück. Sie löste ihr Haar und hüllte sich in einen Bademantel, bevor sie durch die Schiebetür auf die obere Veranda hinaustrat. Sie fragte sich, wie viele Abende sie wohl dort schon gestanden hatte, umschmeichelt vom Duft nächtlicher Blüten und dem Zitronenaroma der Gummibäume.

Aus ihrer Zwiesprache mit den Sternen über Tingulla bezog Rose sonst immer einen großen Teil ihrer Kraft; heute jedoch war sie merkwürdig unruhig. Sie starrte in die Dunkelheit hinaus und spürte plötzlich, daß da etwas war, das die Sicherheit von Tingulla bedrohte. Sie schauderte und ging wieder hinein. Sie wünschte, Patrick wäre doch mitgekommen. Als sie die Schiebetür schloß, hielt sie inne und erstarrte. Sie hatte irgendein Geräusch gehört, unten im Haus, undeutlich, aber auf jeden Fall fremd. Was auch immer es war, das sie so in Furcht versetzte, es befand sich in ihrem Haus. Leise nahm sie Patricks Gewehr von der Wand hinter der Tür und ging auf Zehenspitzen über den teppichbelegten Flur wieder zurück.

Queenie hatte genug vom Treiben in der Scheune. Die Musik, das Stimmengewirr, die vielen Menschen gingen ihr plötzlich auf die Nerven, und ihre Begegnung mit TR hatte sie durcheinandergebracht. Sie wollte allein sein, und der stille nächtliche Busch wirkte immer beruhigend auf sie.

Der Mond stand hoch am Himmel, als Queenie den Hügel hinaufstapfte. Trotz des rauhen Bodens ging sie barfuß; die silbernen Sandalen schwang sie an den Riemen. Nach einer Viertelstunde kam sie oben an.

Plötzlich durchpeitschten zwei Schüsse die Stille. Queenie blieb stehen und lauschte. Wahrscheinlich einer von den angetrunkenen jungen Burschen. Die meisten führten in ihren Wagen immer eine Flinte mit sich, um jederzeit eine Schlange erschießen oder ein verirrtes Känguruh erlegen zu können. Dann wurde ein Wagen gestartet. Das Motorengeräusch entfernte sich vom Herrenhaus, kam aber nicht auf die Schurhütte zu. Kopfschüttelnd ging Queenie weiter und gelangte zu der Lichtung, von wo sie das Haus sehen konnte. Sofort wußte sie, daß etwas nicht stimmte.

Ein unbeleuchtetes Fahrzeug entfernte sich rasch. Das Haus war dunkel und still. Der Generator lief nicht, so daß die Fackeln, die immer noch im Garten flackerten, die einzige Beleuchtung bildeten. Zwei von den Hunden begannen zu heulen.

Verzweifelt fing Queenie an zu rennen. An den Stufen zur Veranda blieb sie stehen und rief: „Jemand zu Hause?"

Keine Antwort. Sie schnappte sich eine Fackel vom Rasen und rannte ins Haus. Plötzlich schoß ihr ein Bild durch den Kopf – ihre Mutter, die ihrem Vater eine Kußhand zuwarf und das Fest verließ, um ins Haus zu gehen. „Mum ... Mum, bist du da?" rief sie ahnungsvoll.

Sie rannte die Treppe hinauf und den Korridor entlang. Furcht schnürte ihr den Magen zusammen. An der Tür zum Schlafzimmer ihrer Eltern zögerte sie, bevor sie eintrat. Sie hielt die Fackel hoch und sah im flackernden Licht Roses Kleid auf einem Stuhl. Sie fuhr herum, stieß dabei an die Tür – und stellte fest, daß an der Wand dahinter das Gewehr ihres Vaters fehlte.

Queenie hastete die Treppe hinunter und durch die unteren Zimmer, bevor sie sich schließlich der Küche zuwandte. Als wüßte sie, was sie erwartete, verlangsamte sie ihr Tempo. Der Atem stockte ihr, als sie die Gestalt ihrer Mutter vor der Speisekammer liegen sah.

Sie kniete nieder und lehnte die Fackel gegen den Tisch. Vorsichtig hob sie den Kopf ihrer Mutter und strich ihr das Haar aus der Stirn, während sie leise auf die stumme, bewegungslose Gestalt einredete.

„Alles in Ordnung, Mum. Ich bin da. Jetzt kommt alles wieder in Ordnung."

Vorsichtig ließ sie den Kopf ihrer Mutter wieder dahin zurückgleiten, wo er in einer Blutlache gelegen hatte.

Zweites Kapitel

Rose war in einem Land mit lieblich-sanftem Himmel und dunstigen Morgen geboren worden, aber begraben wurde sie unter blauem, brütendheißem Himmel in verdorrter roter Erde. Es war noch nicht einmal Vormittag, doch die Sonne brannte bereits so erbarmungslos auf die Trauergemeinde nieder, daß die Blätter an den Bäumen sich in der Hitze aufrollten oder schlaff herunterhingen.

Queenie und Colin hatten ihren Vater in die Mitte genommen, als Reverend Peters die Begräbnisfeier beschloß. Mit rotgeweinten Augen klammerte sich Millie an Jims Hand, als Patrick vortrat, um eine Schaufel ockerfarbenen Sandes auf den Sarg zu werfen. In Queenies versteinertem Gesicht zuckte kein Muskel.

Sie muß dem Schmerz in ihrem Herzen nachgeben, oder sie wird in tausend kleine Stücke zerspringen, dachte Millie.

Die Trauerfeier hatte in der winzigen Kirche von Tingulla am Fuß der Blue Hills stattgefunden. Queenie und Colin waren dort getauft worden, und Rose hatte gehofft, daß beide dort auch heiraten würden. Hinter der Kirche wand sich ein Pfad durch hohe Eukalyptusbäume zum Friedhof, der im Schatten des Hügelkammes lag. Ein rostiger Eisenzaun umgab ihn, und die Jahreszahlen auf den Grabsteinen gingen zurück bis zu Urgroßvater Ned Hanlon.

Nach der Beerdigung versammelten sich alle im Herrenhaus. Millie und Queenie servierten Tee, Kuchen und belegte Brote auf der Veranda, während die Trauernden sich leise unterhielten, bis sie schließlich nach Hause aufbrachen.

Der alte Polizeisergeant kam vorbei, um mit Patrick zu sprechen, und legte ihm die Hand auf die Schulter. „Noch nichts Neues, lieber Freund. Ich halte dich auf dem laufenden." Man nahm an, Rose sei von zwei entsprungenen Strafgefangenen getötet worden, aber trotzdem blieb ihre Ermordung ein grauenvolles Rätsel.

Allmählich hatten sich alle Gäste nach Beileidsbezeugungen und Hilfsangeboten verabschiedet, nun waren sie allein. Patrick lehnte sich in seinem Sessel zurück und schloß die Augen. Colin saß auf den Verandastufen und rupfte geistesabwesend die Blätter von einem Zweig, während Queenie Millie half, das schmutzige Geschirr in die Küche zu tragen.

Die Haushälterin warf einen Blick auf die junge Frau neben sich. „Alles in Ordnung, Mädchen?"

Queenie nickte, sagte aber nichts.

„Irgendwann mußt du mal weinen, Queenie, mein Liebes..., du kannst nicht alles in dich hineinfressen."

Queenie setzte die Teller, die sie trug, klirrend auf dem Küchentisch ab, wandte sich um und rannte aus dem Haus.

Wie ein junges Fohlen, das aus dem Pferch stürmt, lief sie ohne Richtung und Plan, bis sie schließlich keuchend um die Ecke des Küchengartens bog. Neben dem alten Wassertank hatte Rose ein winziges Blumenbeet angelegt. Sie hatte es der erbarmungslosen Sonne abgetrotzt und es selbst bei Wasserknappheit jeden Tag mit einem Eimer Badewasser gegossen. Bei seinem Anblick hatte Queenie das Gefühl, explodieren zu müssen. Sie trampelte zwischen Levkojen und Mohnblumen herum, trat alles nieder, warf sich auf die trockene Erde und blieb schluchzend auf dem verwüsteten Beet liegen.

So fand Millie sie. Sie nahm Queenie in die Arme, streichelte ihr Haar und ihr staubiges Gesicht.

Unter Tränen blickte Queenie flehend zu Millie auf. „Warum, Millie..., warum? Ich vermisse sie so..."

DAS GEFÜHL unersetzlichen Verlustes blieb bestehen, doch die Verzweiflung wich allmählich einem dumpfen Schmerz. Sarah besuchte Queenie jetzt öfter als früher. Obgleich sie praktisch nebeneinander wohnten, brauchte man eine Stunde von Tür zu Tür. Einmal, als sie darauf wartete, daß das Teewasser kochte, meinte Sarah plötzlich: „Weißt du was, Queenie? Ich habe nachgedacht ... Warum kommst du nicht nächsten Monat mit mir nach Europa? Wir könnten viel Spaß haben."

„Das geht nicht, Sarah", antwortete Queenie und füllte die Kanne mit Teeblättern. „Colin geht zurück auf die Universität, und ich kann Dad unmöglich alleine lassen."

„Aber TR ist doch jetzt bei ihm und hilft ihm. Ich meine, es würde dir guttun, einmal hier rauszukommen und etwas zu erleben."

Queenie goß kochendes Wasser in die Teekanne und grinste. „Was meinst du denn mit ‚etwas erleben', Sarah Quinn?"

Sarah kicherte. „Na ja, ich weiß nicht... Auf jeden Fall wird das lustiger, als hier im Niemandsland zu versauern. Meine Eltern wollen nicht, daß ich mir Arbeit in der Stadt suche, aber verreisen lassen werden sie mich gern. Um meinen Horizont zu erweitern oder so was."

Queenie reichte Sarah die Teekanne und nahm den Teller mit den Keksen. „Ich habe nicht das Bedürfnis, Tingulla zu verlassen. Ich liebe den Busch, Sarah. Ich bin glücklich mit meinen Pferden, und ich lerne alles über das Wirtschaften hier."

„Aber wozu?" beharrte Sarah, während sie Queenie den Flur entlang folgte. „Eines Tages wird Colin Tingulla führen, und du wirst vermutlich jemanden heiraten, der seinen eigenen Besitz hat."

Queenie antwortete nicht. Sie traten in das gemütliche Musikzimmer, wo Patrick die Zeitung las und Colin am Transistorradio herumfummelte.

„Mr. Hanlon, ich habe versucht, Queenie zu überreden, mit mir zu verreisen", verkündete Sarah. „Was halten Sie davon?"

Patrick ließ die Zeitung sinken und faltete sie zusammen, während Queenie Tee eingoß. „Na ja, Sarah, ich glaube, das ist eine gute Idee. Was sagst du dazu, Queenie?"

„Ich glaube das nicht, Dad", antwortete sie und reichte ihm seine Tasse.

„Ich wäre weg wie nichts", bemerkte Colin.

„Jaja, aber du mußt erst dein Examen machen, mein Sohn", meinte Patrick trocken.

„Dad, ich möchte nicht weg von Tingulla! Ich muß hier noch soviel lernen. Denk nur an unser Pferdezuchtprogramm!"

„Dabei kann doch TR Dad helfen", sagte Colin.

„Nein!" Queenie würde es nie eingestehen, aber sie war auf TRs Begabung, mit Pferden umzugehen, eifersüchtig. „Ich mache keine halben Sachen. Ich verlasse Tingulla nicht – nie!"

Sarah reichte Colin ein Stück Kuchen und lachte nervös über Queenies heftige Reaktion.

Colin fauchte: „Eines Tages wirst du aber müssen. Tingulla gehört dir nicht!"

„Na, na, Schluß jetzt!" mahnte Patrick und ergriff seine Tasse. „Laßt uns über das Rennen reden." Doch während er an seinem Tee nippte, betrachtete er Queenie nachdenklich.

Das jährliche McPherson-Langstreckenrennen war eine willkommene Ablenkung von der Trauer der letzten Monate. Es war kein einfaches Pferderennen, sondern ein Härtetest für Pferde und Reiter, denn es führte über 250 Kilometer durch schwieriges Gelände. An bestimmten Kontrollpunkten entlang der Strecke warteten Tierärzte, um den Zustand jedes Pferdes zu überprüfen, bevor es weiterlaufen durfte. Das ganze Rennen dauerte in der Regel zwanzig Stunden, einschließlich einer einstündigen Pause an jedem Checkpoint.

Dingo McPherson, einer der berühmtesten Buschreiter Australiens und ein legendärer Zureiter und Treiber, hatte das Rennen ins Leben gerufen, nachdem er es leid war, von seinen Freunden immer wieder nur zu hören: „Mein Pferd ist klüger, besser und schneller als deins!" Im Lauf der Jahre hatte sich das Rennen dann zu einer Attraktion entwickelt, die Reiter aus dem ganzen Land anzog.

Tingulla war einer der sieben Kontrollpunkte an der Strecke, und die Familie Hanlon hatte jedesmal teilgenommen. Ein paarmal hätte Queenie das Rennen beinahe gewonnen, aber der „Dingo-Cup" war ihr bislang noch versagt geblieben. Dieses Jahr ritt sie Nareedah, ihr junges weißes arabisches Vollblut. Colin startete auf Patton, seinem großen braunen Wallach, während Sarah ihren braven Soldier angemeldet hatte. Im letzten Moment hatte sich auch TR mit einem der Pferde, die er betreute, in die Teilnehmerliste eingetragen.

Kurz vor Mitternacht fanden sich die Reiter am Start ein. Freunde, Helfer, Journalisten und Zuschauer versammelten sich, um die Konkurrenten in die eiskalte Nacht zu verabschieden. Patrick stand mit einem Becher heißem Rum in den Händen bei Dingo, der sehr vergnügt und aufgekratzt wirkte, den zerbeulten Hut als Markenzeichen auf dem weißen Haar.

Dingo war schon in den Sechzigern und litt seit einem Sturz vor einigen Jahren an Rücken- und Hüftproblemen, weshalb er an den seitherigen Rennen nicht hatte teilnehmen können. Doch diesmal war er wieder dabei.

Man half dem Parlamentsmitglied des Wahlkreises, einem einheimischen Viehzüchter, auf die Ladefläche eines Lastwagens, während die Teilnehmer in einer Reihe Aufstellung nahmen. Dann feuerte der Abgeordnete ein Gewehr ab, und die Pferde starteten in die Nacht hinaus.

Nach einer Stunde hatte sich das Feld bereits stark auseinandergezogen und wurde von einer sehr schnell reitenden Gruppe angeführt, zu der auch Colin zählte. Er trieb Patton an und war zuversichtlich, an der Spitze mithalten zu können. Er wollte gewinnen, aber noch wichtiger war es ihm, Queenie zu schlagen, die sich zunächst zurückhielt; Nareedah trabte zuverlässig dahin und fand den Weg, als sei es heller Tag.

Im fahlen Licht weckte ein großer Umriß an der Hügelflanke Queenies Aufmerksamkeit. Gleich darauf erkannte sie das Gebilde: eine verrostete alte Ramme, die während der Goldgräberzeit dazu gedient hatte, Felsbrocken zu zertrümmern. Ihr Vater hatte Queenie einmal hierher mitgenommen, als sie noch klein war, und ihr von dieser Zeit erzählt. Sie erinnerte sich noch gut an die Geschichte von den chinesischen Goldgräbern, die nicht wie die Weißen quadratische Schächte gruben, sondern runde, damit keine bösen Geister in den Ecken lauern konnten.

Nachdem er ihr die Ramme erklärt hatte, war Patrick mit ihr auf den Hügel gestiegen und hatte ihr die terrassenförmig angelegten Steinmauern gezeigt, die jene Abenteurer damals gebaut hatten. Sie bildeten einen gewundenen Weg auf der abschüssigen Seite des Hügels. Er hatte den Goldgräbern als Abkürzung zur Mine gedient, und Queenie wurde jetzt klar, daß er auch als Abkürzung zum zweiten Kontrollpunkt dienen konnte. Wenn sie den Weg hügelabwärts im Dunkeln fand, dann konnte sie die Entfernung um die Hälfte verkürzen. So trieb sie Nareedah an, und bald hatten sie den schmalen Pfad gefunden, der nur noch von wilden Ziegen und verirrten Schafen benutzt wurde.

Nareedah trabte unverdrossen weiter; der Weg schlängelte sich den Hügel hinunter und war leicht zu verfolgen. Queenie konnte bereits den Schein der Feuer beim nächsten Checkpoint sehen, als das Pferd die Ohren spitzte und den Kopf hob. Dann hörte Queenie es auch – Hufschlag und streifende Zweige. Vor sich entdeckte sie schließlich den Schatten eines weiteren Pferdes.

Als sie näher kam, erkannte sie auch den Reiter. „Hallo, Dingo, ich bin's, Queenie Hanlon! Ich sehe, du kennst den Goldpfad auch."

„Gibt nicht viel in dieser Gegend, was ich nicht kenne. Sehr clever, daß du den im Dunkeln gefunden hast. Steht nirgends in den Regeln, daß man keine Abkürzung nehmen darf."

Sie trabten Seite an Seite – der berühmte Outback-Mann und die schlanke junge Frau, die stolz darauf war, neben einer lebenden Legende reiten zu dürfen.

„Weißt du, Dingo, ich wollte dich schon oft fragen, wie du zu deinem Spitznamen gekommen bist. Wie heißt du eigentlich wirklich?“

„Also, wenn du's nicht weitererzählst, ich bin Oscar Braxton getauft worden“, antwortete Dingo augenzwinkernd. „Darum haben mir meine Freunde einen einfacheren Spitznamen verpaßt. Mein erster Job als Jugendlicher war, einen Zaun gegen Wildhunde zu reparieren. Ich saß oben, auf der einen Seite war das Vieh, und auf der anderen Seite waren die Dingos, und daher hab ich meinen Namen.“

Nach einer Pause fügte er hinzu: „Eigentlich komisch, wenn man sich einen Zaun vorstellt, der über tausend Meilen durch leeres Land läuft, um die Wildhunde fernzuhalten. Nachts lag ich unter den Sternen in meinem Schlafsack und hörte sie in der Entfernung heulen. Richtig unheimlich. Weißt du, das ist eine wunderbare Sache, der Busch bei Nacht. Viel besser als die Stadt, was, Queenie?“

„Ich bin nie lang in einer Stadt gewesen. Nur in Longreach und einmal in Rocky und auf der Landwirtschaftsschau in Brisbane.“

„Da hast du nicht viel verpaßt – es geht alles viel zu schnell, und die Leute verschwenden ihre Zeit mit blödsinnigen Problemen.“

Schweigend ritten sie weiter, während die Lichter des Kontrollpunktes fern in der Dunkelheit flackerten und der Geruch der Feuer ihnen angenehm entgegenwehte.

Queenie sollte niemals das Hochgefühl vergessen, das sie empfand, als sie schließlich den dunklen Busch hinter sich ließen und ins Lager einritten, wo sie voller Bewunderung begeistert begrüßt wurden.

Die Morgendämmerung verwandelte den Reif der Nacht in Tau. Die Vögel begannen zu singen, und Wärme sickerte in den kalten Boden.

Queenie ritt wieder allein und erlebte, wie alle anderen Teilnehmer des Rennens auch, ihr eigenes, ganz persönliches Glücksgefühl beim Anblick der aufgehenden Sonne. Überall begann das Leben wieder zu pulsieren, und die Pferde trabten mit neuer Kraft voran.

Bis zur Mittagsstunde hatten sich die meisten Zuschauer, die dem Rennen mit Pkw oder Lastwagen folgten, am Checkpoint fünf, der Schurhütte von Warrigal, versammelt. Unter einem improvisierten Zeltdach breitete man Schlafsäcke und Decken aus, um erschöpften Reitern eine Gelegenheit zu kurzen Schlafpausen zu geben.

Sarah eilte zu Queenie und brachte ihr einen Hot dog, der von gebratenen Zwiebeln triefte. „Du wirst Hunger haben. Ich habe dich einreiten sehen. Wie geht's dir?“

„Wir sind ein bißchen müde, liegen aber gut in der Zeit. Und du?"
„Disqualifiziert", entgegnete Sarah betreten.
„O Sarah, was für ein Pech!" bedauerte Queenie sie und kaute mit vollen Backen ihr Sandwich.
„Ich war selbst schuld. Noch dazu am hellen Tag! Ich habe eine von den Flaggen übersehen und bin vom Weg abgekommen. Danach habe ich Stunden gebraucht, um zurückzufinden, und damit mein Zeitlimit überschritten. Doch irgendwie war ich ganz froh, denn Soldier war völlig erschöpft", erklärte Sarah.
„Wo ist Colin? Und ist Dingo noch im Rennen?" fragte Queenie.
Sarah runzelte die Stirn. „Colin ist noch immer ziemlich weit vorn, aber er übertreibt es. Bei dem Tempo, das er vorlegt, glaube ich nicht, daß er Patton durch den nächsten Tierarzt-Check bringt. Das arme Pferd ist total erledigt."
Queenie wirkte verärgert. „Colin ist ein Idiot! So darf er mit dem Tier doch nicht umgehen!"
„Dingo McPherson ist noch im Rennen, aber gerade noch so. Dem Pferd geht's gut, aber Dingo ist offenbar gestürzt und hat sich zwei Rippen gebrochen. Er ist trotzdem wieder aufgestiegen, und weiter ging's. Dabei mußten sie ihn fast in den Sattel heben – aber er will unbedingt bis zum Schluß durchhalten."
Queenie lächelte. „Ich glaube, das ist sein sehnlichster Wunsch. Wer weiß, wie oft er noch so eine Chance bekommt. Ach, Sarah, es war so aufregend, neben ihm zu reiten …"

ADRENALIN strömte durch Colins Adern; ein paar Becher Rum taten ein übriges. Er hatte nur noch eine Kontrolle vor sich, dann kam der Endspurt. Er trieb Patton zu schnellerer Gangart an, doch das Pferd war aus dem Rhythmus. „Verdammt noch mal, Patton, laß mich jetzt nicht im Stich!" fluchte Colin.
Er warf einen prüfenden Blick auf die Uhr: Seine Zeit war immer noch gut. Widerwillig stieg er ab und führte das Pferd einen leichten Abhang hinunter zu einem Wasserlauf. Diesen Sommer hatte es wenig geregnet, doch zwischen den Steinen des Flußbettes gab es ein paar eiskalte Pfützen.
Colin schüttete ein paar Hüte voll Wasser über das schwitzende Pferd. Doch Patton wich zurück, und als Colin ihn wieder den Hang hinaufführte, zitterte der Hengst.
Aus seiner Jackentasche holte Colin nun ein kleines Päckchen, riß

es auf und legte ein paar rosafarbene Zuckerwürfel auf seine Handfläche, die er dem Pferd hinhielt. „Na komm, Patton! Gleich geht's dir besser!“ Er lächelte befriedigt, als das Tier den Zucker von seiner Hand leckte.

DER TIERARZT untersuchte das Vollblut und warf dann einen argwöhnischen Blick auf Colin, der mit verschränkten Armen neben ihm stand.

„Also, sein Puls ist extrem niedrig. Er scheint sich nicht besonders verausgabt zu haben.“

„Hab sein Bein ein bißchen geschont.“

Der Tierarzt blieb skeptisch. „Dafür bist du aber verdammt gut in der Zeit.“

„Das macht wahrscheinlich die Abkürzung, die ich genommen habe.“ Colin zuckte die Achseln. „Was ist jetzt? Ist er fit fürs Finish oder nicht?“

„Schon gut, Kleiner, nur keine Hektik. Ich will noch jemanden hinzuziehen. Du läßt dir inzwischen was zu essen geben und legst dich ein bißchen hin.“

Colin unterdrückte einen Fluch und stapfte davon. Der Tierarzt führte das Pferd zu einem der Lastwagen, wo ein Paar staubiger Stiefel aus dem Fenster baumelte. Der Arzt zog an einem Fuß, worauf ein verschlafener TR sich aufsetzte und herausblinzelte.

„Geht's schon weiter?“

„Komm mit, trink einen Kaffee, und wirf mit mir einen Blick auf ein Pferd.“

TR kletterte aus dem Laster. „Das ist Patton, Colin Hanlons Pferd“, meinte er.

„So ist es. Er ist gerade reingekommen. Hervorragende Zeit, aber der Bursche wirkt, als käme er vom Sonntagsspaziergang. Ich bin vielleicht zu mißtrauisch, aber der junge Hanlon kam mir reichlich nervös vor, wenn du verstehst, was ich meine. Was sagst du dazu?“

TR ließ die Hände über Pattons Leib gleiten, bückte sich dann und preßte ein Ohr an die Rippen des Pferdes. „Ein alter Jockey hat mir mal in der Kneipe ein paar Renntricks verraten ... Kommt mir komisch vor. Mach ihm mal das Maul auf, Doc.“

Der Tierarzt öffnete es mit beiden Händen, und TR blickte hinein. Dann schnüffelte er Pattons Atem. „Ich glaube, ich weiß, was es ist ... Es ist als rosa Zucker bekannt. Im Speichel auf den Zähnen sind immer noch Spuren davon.“

Während sie das Pferd ins Camp zurückführten, erklärte TR: „Man kann ein Tier damit so dopen, daß sein Stoffwechsel stark absinkt – zunächst wenigstens. Wenn das Zeug dann in den Blutkreislauf kommt, wirkt es aufpeitschend. Das Pferd geht ab wie eine Rakete, aber dann klappt es plötzlich zusammen. Man muß extrem vorsichtig dosieren, glaube ich."

„Ich kenne mich mit solchen Tricks nicht aus, aber ich habe mir schon so was gedacht. Wahrscheinlich könnte ich die Droge in einer Blutprobe nachweisen, aber wie soll ich hier eine Analyse machen? Ich ziehe ihn einfach aus dem Verkehr auf Grund meiner Untersuchung. Und du behältst das für dich, TR, verstanden?"

„Klar!" TR nickte und machte sich auf den Weg zur Kaffeekanne.

Der Tierarzt machte sich gerade ein paar Notizen, als Colin wiederkam. Er blickte von seinem Block auf und sagte knapp: „Tut mir leid, Kamerad, aber du bist draußen."

„Was soll das heißen?" schrie Colin, dessen Gesicht rot anlief. „Was für Mist hat dir TR erzählt? Hol sofort die Rennleitung!"

Der Tierarzt sprach leise, aber mit Nachdruck. „Hör zu, du weißt genausogut wie ich, daß dieses Pferd nicht weitermachen kann, aber wenn du willst, daß jeder den Grund erfährt, brauchst du's nur zu sagen. Wenn nicht, dann steig in aller Stille aus und sei froh, daß ich dich nicht der Rennleitung melde. Zwar würde ich es am liebsten an die große Glocke hängen, das kannst du mir glauben, aber das will ich deiner Familie ersparen." Der Tierarzt ließ ihn einfach stehen. Colin riß sich den Hut vom Kopf und warf ihn wütend in den Staub.

DIE SONNE begann unterzugehen. Nareedah wurde langsamer, und Queenie tat alles weh. Sie konzentrierte sich jetzt nur noch auf die jeweils nächsten paar Meter, die vor ihr lagen. Sie hatte keine klare Vorstellung davon, wie sie im Rennen lag, doch sie wußte, daß sie unter denen, die noch übrig waren, zu den Schnellsten gehören mußte. Sie tätschelte das Pferd unter sich. „Wir sind gleich da, Needa, altes Mädchen."

Plötzlich hob sie den Kopf und lauschte. Nareedah hatte das schwache Geräusch ebenfalls gehört und spitzte die Ohren. Es kam von links: ein leises Brummen – nein, mehr ein Stöhnen. Queenie stieg ab und ging langsam in den Busch.

Abseits der Strecke saß Dingo an einen Baum gelehnt und hielt sich den Brustkorb, während er die Augen vor Schmerz geschlossen hielt. Queenie kniete neben ihm nieder. „Dingo, was ist passiert? Wo ist dein Pferd?"

Er öffnete die Augen, versuchte zu sprechen und verzog schmerzlich das Gesicht bei jedem Atemzug. „Bin noch mal gestürzt ... Es grast irgendwo. Pfeif nach ihm!"

Queenie ließ die Hände über Dingos Arme und Beine gleiten und tastete ihn nach Brüchen ab. „Du hättest nach dem ersten Sturz nicht wieder aufsteigen sollen. Warum hast du bloß weitergemacht?"

„Das fragst ausgerechnet du? Und ich war so verdammt nah dran!" Vor allem grenzenlose Enttäuschung schien die Ursache seines Schmerzes zu sein.

„Du dummer alter Kerl", sagte Queenie liebevoll. „Los, komm, laß sehen, ob du stehen kannst – leg mir den Arm um die Schulter!" Fachmännisch riß sie einen kräftigen Zweig vom Baum und gab ihn Dingo. Der legte ihr einen Arm um die Schultern, stützte sich mit dem Stock ab und kam langsam auf die Beine.

„Danke, Queenie. Schick mir einen von den Jungs her! Und jetzt reite weiter, Mädchen! Du kannst noch gewinnen, wenn du dich hier nicht noch länger aufhältst!"

„Kommt nicht in Frage, Dingo, du bist auch noch im Rennen. Glaubst du, wenn ich dir helfe, kommst du wieder in den Sattel?"

Der Alte starrte Queenie an, und seine Augen begannen wieder zu funkeln. „Weiß nicht. Versuchen wir's!"

Er stieß einen scharfen Pfiff aus, und sein Pferd kam folgsam angetrottet. Queenie spreizte die Beine und verschränkte die Hände mit den Handflächen nach oben, worauf Dingo den Sattelknopf packte und einen Fuß in die angebotene Steighilfe setzte. Er biß sich auf die Lippen vor Schmerz, brachte es aber fertig, ein Bein über das Pferd zu schwingen. Dann nahm er die Zügel von Queenie entgegen.

„Los, Dingo! Ich bin gleich wieder bei dir, muß hier noch eine Kleinigkeit erledigen." Sie gab dem Pferd einen Klaps und rief: „Auf geht's!"

Das Tier erschrak und trabte los. Ohne sich umzudrehen, hob Dingo den Arm zum Gruß.

Queenie sah ihm nach, bis er zwischen den Bäumen verschwunden war, dann kraulte sie Nareedah hinter den Ohren. „Wir ruhen uns noch ein bißchen aus, altes Mädchen."

AUS DER Menge, die sich an der Ziellinie versammelt hatte, wurde ein Schrei laut: „Ein Reiter kommt! Wer ist es? Wer ist es?“

Bravorufe begrüßten Dingo, der in langsamem Galopp auf die Zielgerade ging und seinen Hut in der Luft schwenkte. Ein breites Grinsen lag auf seinem Gesicht, und aller Schmerz war vergessen. Als er auf das mit farbigen Stoffdreiecken markierte Seil am Ziel zuritt, schrie wieder jemand: Der nächste Reiter war in Sicht. „Neunundvierzig – das ist TR Hamilton!“

„Und da kommt noch einer ... Was für ein Finish!“

„Ein Schimmel ... He, das ist Queenie Hanlon! Sie macht den dritten Platz!“

„Nein, macht sie nicht! Sie will den zweiten, seht euch ihren Endspurt an!“

TR hatte sich zwar noch an Dingos Fersen geheftet, doch er hatte keine Chance, den großen alten Mann zu überholen. Gleich darauf hörte er ein Donnern von Hufen hinter sich, das immer näher kam. Er warf einen Blick über die Schulter und trieb sein Pferd zum Galopp – doch zu spät: Queenie überholte ihn in dem Augenblick, als Dingo durchs Ziel ging. Sie folgte ihm Sekunden später, hart bedrängt von TR. Die Menge war aus dem Häuschen.

Man half Dingo vom Pferd, und er kämpfte sich durch die jubelnde Menge zu Queenie durch, die gerade von Nareedah stieg.

„Du hast dir Zeit gelassen, Mädchen. Wärst du die ganze Zeit so geritten, wärst du lang vor mir angekommen.“

Queenie lächelte. „Das glaube ich nicht, Dingo. Du hast gewonnen, ohne Wenn und Aber.“

Dann wurde Dingo von einer Flut von Gratulanten weggeschwemmt. Queenie drehte sich um und fand sich TR gegenüber, der sie angrinste. „Ich sehe, vor dir muß ich mich verdammt in acht nehmen, Miß Hanlon! Meinen Glückwunsch!“

Queenie lachte mit funkelnden Augen. „Danke, Mr. Hamilton. Jetzt sind wir quitt.“

Patrick bahnte sich seinen Weg durch die Menge und umarmte seine Tochter. Es tat ihm gut, sie so fröhlich und strahlend zu sehen. Daß Colin sich nicht blicken ließ, um den zweiten und dritten Platz für Tingulla mitzufeiern, schmerzte ihn allerdings.

Die Festlichkeiten dauerten bis spät in die Nacht. Dingo und Patrick saßen am Lagerfeuer und nippten an ihren Drinks, als TR sich zu ihnen gesellte.

„Dingo, kennst du TR? Er arbeitet für mich auf Tingulla."

TR schüttelte dem alten Mann herzlich die Hand. „Es ist mir eine Ehre, Dingo."

„TR, was? Hab von dir gehört. Bist verdammt gut mit wilden Pferden, was?"

„Ich hab immer mein Geld mit ihnen verdient, so oder so."

„Wärst du daran interessiert, schnell das große Geld in Amerika zu machen? Tut mir leid, Pat, ich will dir deinen Mann nicht wegnehmen, aber er ist wahrscheinlich genau der Bursche, den ich suche."

Patrick zuckte die Achseln. „Du kannst es ja versuchen. Wir haben keinen schriftlichen Vertrag."

„Wir haben mit Handschlag abgeschlossen, Patrick – für mich ist das ein Vertrag. Aber wovon redest du, Dingo?" fragte TR neugierig.

„Ich komme ab und an in die Staaten. Ein Freund von mir betreibt die größte Rodeoshow in Nordamerika. Sie brauchen immer neues Blut, und er hat mich gefragt, ob ich ihm nicht einen tollen Cowboy aus Australien besorgen könnte. Es geht um viel Geld – vorausgesetzt, du verlierst nicht die Nerven."

TR lachte. „Ich im Satinhemd mit Fransen und einem Riesenhut – das kann ich mir nicht vorstellen!"

Dingo klopfte ihm auf den Rücken und blinzelte Patrick zu. „Also, wenn der alte Pat hier dich schlecht behandelt, dann kannst du ihm sagen, daß du ein Angebot nach Amerika hast, jederzeit, wann immer du willst, TR!"

QUEENIE hatte gerade Nareedah für die Nacht versorgt, als sie auf Colin stieß. Er saß, an ein Rad gelehnt, neben einem der Landrover von Tingulla, hielt einen Flachmann mit Rum in der Hand und starrte düster vor sich hin.

„Hallo, Colin, wo warst du nur? Hast du das Finish gesehen?"

„Vielleicht. Vielleicht auch nicht. Wenn mir noch einer sagt, wie toll meine Schwester ist, dann fang ich an zu kotzen!"

Queenie setzte sich neben ihn. „Colin, warum witterst du überall nur Konkurrenz? Ich dachte, du freust dich für mich."

„Was kümmern dich meine Gefühle? Du hast doch deinen Daddy, der dir den ganzen Tag auf die Schulter klopft und dir sagt, wie toll du bist!"

„Colin, jetzt sei doch nicht so! Dad ist auf dich genauso stolz! Aber du machst es ihm so schwer, an dich ranzukommen. Ich weiß, daß du

Mum vermißt – so wie ich auch –, aber genau darum müssen wir zusammenhalten und einander helfen."

„Du und Dad, ihr könnt mir nicht helfen. Ich hocke in Sydney an der öden Uni, und du bist hier auf Tingulla und machst dich unentbehrlich."

„Colin, wenn du dein Examen hast, dann führen wir Tingulla zusammen, als Familie."

Ihr Bruder kam torkelnd auf die Füße. „Jaja, aber eines Tages muß einer von uns gehen ..., und das werde nicht ich sein!"

Queenie sah ihm nach, als er davonstolperte. Sie wußte, man durfte seine selbstmitleidigen Worte nicht auf die Goldwaage legen, doch sein Groll schmerzte sie. Und die Vorstellung, Tingulla jemals verlassen zu müssen, war ihr ein Greuel.

Sie gähnte und versuchte, diese Gedanken zu verdrängen. Wenn sie müde war, konnte sie nicht klar denken. Sie schlug eine Decke um sich und machte sich auf den Weg zum Lastwagen.

Drittes Kapitel

Aus Wochen wurden allmählich Monate, und obwohl neue Gepflogenheiten dafür sorgten, daß der Betrieb auf Tingulla reibungslos weiterlief, wirkte das Haus irgendwie kalt; ihm fehlten Roses Wärme und Lachen.

Ein Arzt des *Flying Doctor Service* hatte im Nordwesten von Queensland im Busch einen Landrover entdeckt, der in den roten Sandhügeln steckengeblieben war und in dem man zwei total verweste Leichen fand. Aus den Fahrzeugpapieren ging hervor, daß der Wagen auf Tingulla gestohlen worden war; die beiden Männer wurden als entwichene Sträflinge aus einem Gefängnis in New South Wales identifiziert. Rose mußte sie beim Einbruch überrascht haben, und später hatten sie sich offenbar in der unwirtlichen Gegend, in die sie geflüchtet waren, vollständig verirrt. Der Fall galt damit als abgeschlossen, doch die Wunde, die Roses Tod geschlagen hatte, war neu aufgebrochen.

Colin war an die Universität zurückgekehrt, und Queenie und Patrick hatten alle Hände voll zu tun, angesichts der andauernden Dürre zusammen mit den Viehtreibern die Schafherden in bessere Weidegründe zu bringen. War das Gras auch dort verdorrt, wurden Äste von den Bäumen geschlagen, deren Laub die Tiere dann fraßen. Der Abend gehörte der Büroarbeit, die die Verwaltung von Tingulla erforderte. Dabei fiel Queenie auf, daß Patricks Gedanken manchmal abschweiften; er starrte dann lange Zeit ins Leere – etwas, das er vor Roses Tod nie getan hatte.

TR erwies sich als wichtige Verstärkung. Gelegentlich trank er mit Patrick am Ende des Tages ein Bier, und dieser lernte seine Ansichten schätzen. Allerdings gesellte sich Queenie nie zu den beiden.

Eines Tages, als Queenie Nareedah nach einem frühen Morgenritt abwusch, hörte sie, daß draußen Holz gehackt wurde. Sie blickte aus der Stalltür und sah TR, der eine Axt schwang.

„Machst du dir Appetit aufs Frühstück?" fragte Queenie.

TR richtete sich auf. „Nein, Jim bastelt an dem alten Landrover herum, den ich gekauft habe – als Gegenleistung habe ich ihm versprochen, das Holz für ihn zu hacken."

„Ach so." Sie schwieg kurz. „Was macht die trächtige Stute?"

TR strahlte. „Es geht ihr fabelhaft. Ich denke, sie wird in den nächsten Tagen fohlen."

„Ich würde das Kleine dann gern sehen", meinte Queenie lächelnd.

TR erwiderte ihr Lächeln. „Ich sag dir sofort Bescheid, wenn es da ist."

Auf dem Küchentisch brannte in der Stille der Nacht eine Kerosinlampe. Queenie döste im Schaukelstuhl neben dem Ofen. Als TR an die Tür klopfte, rührte sie sich nicht; so öffnete er die Tür und trat ein. Vor dem Stuhl blieb er stehen und blickte auf Queenie nieder – ihr Kopf war auf die Seite gesunken, und ihr Gesicht wurde von ihren Haaren wie von einem Vorhang überschattet. Er beugte sich vor und strich ihr sanft eine seidige Strähne aus der Stirn, worauf sie die Augen öffnete und verwirrt auffuhr. TR fühlte sich ertappt und zuckte zurück. „Entschuldige, Queenie, ich wollte dich nicht erschrecken. Die Stute wird gleich fohlen, und ich dachte, du wärst vielleicht gern dabei."

Queenie sprang auf. „Aber ja, natürlich! Ich hole meine Jacke."

Schweigend eilten sie durch die frostige Nacht zum Stall. Die Stute lag schwer atmend auf dem Boden. TR hockte sich neben den Schweif des Pferdes, während Queenie sich bei dessen Kopf niederließ. Sie streichelte die Stute sanft und sprach ihr leise zu.

Zwanzig Minuten später schnaubte die Stute auf, als eine Wehe das Fohlen aus ihrem Leib zu pressen begann. Doch es glitt nicht einfach heraus, sondern steckte offenbar irgendwie fest. Die Stute wieherte und wollte aufstehen.

TR bewegte sich schnell. „Halte sie still, Queenie – es liegt quer!“ Er streifte sich einen Ärmel hoch, schob den Arm in den Geburtskanal und drehte langsam den kleinen Körper in die richtige Lage. Die Stute keuchte, als TR das Fohlen vorsichtig herauszog. Ein paar Sekunden lang lag es wie leblos auf dem Stroh, dann hob es den Kopf und starrte mit dunkelbraunen Augen in diese neue Welt.

Gerührt blickte Queenie zu TR hinüber, der das Fohlen mit einem glücklichen Lächeln betrachtete. Daß er so gefühlvoll sein konnte, war ihr neu. „Hübsches kleines Ding, was?“ sagte er nun.

Sie blieben noch eine Weile hocken, dann stand TR auf und reckte sich. „Ich denke, die beiden kommen jetzt allein zurecht. Ich habe frischen Kaffee in meinem Quartier. Möchtest du welchen?“

Queenie zögerte. Die Unterkünfte der Arbeiter hatte sie, seit TR dort eingezogen war, nicht mehr betreten. Er wohnte mit Ernie zusammen, einem sechzehnjährigen eingeborenen Stationsgehilfen und Gelegenheitsarbeiter. „Ja, danke“, antwortete sie dann.

Ernie schlief bereits in seinem abgeteilten Bereich. Durch die offene Tür zu TRs eigenem Schlafbereich sah Queenie ein ordentlich gemachtes Bett und ein Bücherregal. Zwischen den beiden Schlafbereichen stand ein Tisch mit zwei Stühlen vor einem alten Kanonenofen. TR nahm die Kanne vom Ofen und goß starken schwarzen Kaffee ein.

Queenie legte beide Hände um den dampfenden Becher. „Und welchen Namen willst du dem Fohlen geben?“

„Das ist deine Sache. Das Pferd gehört deinem Vater“, antwortete TR.

Das Lächeln verschwand aus Queenies Gesicht. „Schon, aber neuerdings scheint er sich für gar nichts mehr zu interessieren ...“

TR lehnte sich in seinem Stuhl zurück. „Das habe ich auch schon bemerkt. Ich habe versucht, ihn dafür zu interessieren, den Pferdebestand aufzubauen. In den Blue Hills gibt's eine große Herde Wildpferde. Wir sollten ein paar gute fangen und mit unseren Pferden kreuzen; das könnte eine gute Zucht geben.“

„Und wenn man ein paar von den anderen zureitet, dann kann man sie mit Gewinn verkaufen“, sagte Queenie nachdenklich.

TR grinste sie an. „Und wer besorgt das Zureiten?“

Queenie errötete leicht und mußte ebenfalls grinsen. „Okay, ich gebe gern zu, daß du der Fachmann bist. Das übernimmst dann du.“

„Wir könnten das zusammen machen, wenn du deinen Vater davon überzeugst, daß es für Tingulla eine gute Idee wäre."

Queenie starrte ihn an. „Ich will von Anfang an dabeisein – beim Auswählen, beim Zureiten und beim Verkaufen", sagte sie entschlossen.

„Habe ich mir gedacht", meinte TR und lächelte sein schiefes Lächeln.

Queenie reichte ihm den Becher. „Danke. Ich werde mit Dad reden."

EIN PAAR Tage später beobachtete TR gerade das Fohlen, das um seine Mutter herumtollte, als Sarah im Wagen ihres Vaters am Gatter vorfuhr. „Hallo, TR! Und auf Wiedersehen!" rief sie und beugte sich aus dem Fenster. „Ich fahre nach England, auf den Kontinent, in die Welt."

TR kam näher. „Du bleibst wohl eine ganze Weile weg, was?"

„Mindestens ein Jahr. Hat doch keinen Sinn, so weit zu reisen, wenn man nicht wirklich alles sieht. Schade, daß Queenie nicht mitkommt."

„Ich glaube, sie ist glücklicher hier und lebt ihr eigenes Leben."

„Du hast wohl recht. Paß auf sie auf, während ich weg bin."

„Mach ich." Er hielt ihr die Hand hin. „Viel Glück, und halt die Ohren steif, Sarah."

„Danke, TR." Sie wendete den Wagen und winkte. „Wiedersehen ..., und viel Glück mit den Pferden!"

QUEENIE und TR konfrontierten Patrick in seinem Arbeitszimmer mit der neuen Idee. „Schau, Dad, es ist eine wunderbare Gelegenheit. Diese Wildpferde werden bald weiterziehen. Da könnten ein paar hervorragende Tiere darunter sein."

Patrick lehnte sich zurück und studierte die beiden ernsten Mienen vor sich. „Könnte gefährlich sein."

„Ich würde nicht zulassen, daß Queenie etwas riskiert", sagte TR mit Nachdruck. Queenie warf ihm einen wütenden Blick zu, hielt aber den Mund.

„Bei jedem anderen würde ich nein sagen, TR, aber –"

Noch bevor Patrick ausreden konnte, hatte ihn Queenie schon umarmt. „Danke, Dad! Du wirst es nicht bereuen. Schließlich hast du die beiden besten Pferdekenner im ganzen Distrikt für den Job."

„Das ist auch der einzige Grund, warum ich diesem verrückten Plan zustimme!"

TR und Queenie kauerten im spärlichen Schatten eines Eukalyptusbaumes und beobachteten die Herde Wildpferde, die friedlich im Schutz der Schlucht unter ihnen graste; ihre enge Zuflucht war auf beiden Seiten von in der Sonne gleißenden Felswänden aus Feuerstein eingefaßt.

Die *brumbies,* wie die Wildpferde im Jargon des Qutback hießen, waren von verschiedenster Farbe und Größe, mit langen, verfilzten Mähnen und muskulösen Beinen. Während sie weideten, stand ein Pferd abseits, den schwarzen Kopf wachsam gehoben.

TR studierte die Tiere durch den Feldstecher. „Schau dir den Hengst da an, den großen schwarzen", flüsterte er und reichte Queenie das Fernglas. „Ich wette, das ist der Anführer. Da sind ein paar feine Pferde drunter, und alle sehen kerngesund aus."

„Wo die wohl herkommen?" flüsterte Queenie.

„Von überall her; manche sind vielleicht irgendwo ausgerissen, aber die meisten leben wahrscheinlich schon seit Jahren hier draußen und sind auch hier geboren. Sie legen lange Strecken zurück, um einander zu finden, und bilden dann große Herden."

Schweigend beobachteten sie die Tiere weiter. Der Feldstecher ging zwischen ihnen hin und her, und jedes Pferd wurde gesondert unter die Lupe genommen. Als plötzlich ein loser Gesteinsbrocken die gegenüberliegende Wand herunterdonnerte, scharten sich die erschrockenen Pferde blitzschnell hinter dem schwarzen Hengst zusammen.

TR und Queenie grinsten einander an. „Der ist also wirklich der Chef. Wir müssen ihn dahin bekommen, wo wir ihn haben wollen, und die anderen werden ihm alle nachlaufen."

Vorsichtig traten sie den Rückzug an, banden ihre Pferde los, stiegen auf und ritten zum Lager zurück. Queenie ließ das kleine Feuer wieder aufleben, und TR füllte einen Henkeltopf aus einem Wassersack.

„Wenn wir sie runter in das trockene Flußbett kriegen", begann TR, „und am Ende der Schlucht zusammentreiben, dann können wir sie dort einpferchen und unsere Auswahl treffen. Wir müssen dafür einen Zaun bauen und ein Fallgitter. Wenn wir beide die Axt schwingen, dann dürfte das in ein paar Stunden zu schaffen sein."

Queenie warf Teeblätter in das kochende Wasser und hob den geschwärzten Feldkessel mit einem Stock vom Feuer. „Ich kann mit einer Axt umgehen."

„Am besten machen wir uns bei Tagesanbruch auf und pirschen uns so an sie heran, daß sie uns weder hören noch wittern können“, fuhr TR fort und kaute auf einem mit Corned beef gefüllten Fladenbrot herum. „Heute nachmittag bauen wir den Pferch.“

Sie brauchten dafür bis zum frühen Abend. Obwohl die Stelle, die sie ausgesucht hatten, eng war, mußten sie trotzdem fast hundert Meter Zaun errichten, um die ganze Schlucht von einer Wand zur anderen abzusperren.

Schweigend arbeiteten sie nebeneinander, jeder wußte, was er zu tun hatte. Mit den Äxten hieben sie junge Bäume um, die sie dann für das Gatter mit stärkeren Stämmen zusammenbanden. Die Sonne stand hoch, und die Hitze war fast unerträglich. Hier hinunter auf den Boden der Schlucht drang kein Windhauch. TR zog sein Hemd aus und warf es auf den Boden. Er schwang die Axt schwungvoll und rhythmisch, wobei Queenie seine harten Muskeln auffielen.

Sie selbst arbeitete nicht weniger eifrig und benutzte ihre Axt hauptsächlich, um die jungen Bäume für das Gatter zu fällen. Dabei bewies sie ein gutes Auge und führte saubere Schläge, auch wenn ihr jeder Muskel weh tat und der Rücken schmerzte. Ihr Hemd war schweißgetränkt. An ihren Händen bildeten sich Blasen, doch kein Wort der Klage kam über ihre Lippen.

Die Sonne ging bereits unter, als sie Zaun und Fallgitter fertig hatten und vor dem Eingang des Pferchs noch das eine oder andere Gestrüpp wegschafften.

„Na, was meinst du?“ fragte Queenie und betrachtete stolz das gemeinsame Werk.

„Bei dir ist manches ein bißchen schief geraten, aber es wird seinen Zweck erfüllen“, urteilte TR mit leichtem Grinsen.

Queenie wandte sich ab, damit er ihr Lächeln nicht sah, denn sie wußte, daß er ihr damit auf Outback-Art ein großes Kompliment gemacht hatte.

Nach dem Essen behandelte Queenie im Schein des Lagerfeuers die Blasen an ihren Händen. Besorgt blickte sie zum Himmel, der rasch immer dunkler wurde.

„Es wird doch nach all den Monaten nicht plötzlich Regen geben?“

TR blickte ebenfalls hoch. „Na, hoffentlich! Es muß doch mal Schluß sein mit der Dürre.“

IM PERLGRAUEN Licht der frühen Morgendämmerung kroch TR aus seinem Schlafsack und schürte das Feuer. Zehn Minuten später weckte er Queenie mit frisch gebrühtem Tee. „Zeit zum Aufstehen!“

Sie hatten ihren Plan sorgfältig durchgesprochen, ebenso die Zeichen, mit denen sie sich verständigen würden, und dabei auch mögliche Schwierigkeiten und Gefahren bedacht. Jetzt, bei Dämmerung, während der Himmel sich rosa und golden zu färben begann, machten sie sich daran, ihr Vorhaben in die Tat umzusetzen. Sie ritten von hinten an die *brumbies* heran und folgten ihnen langsam, während die Herde sich grasend die Schlucht entlangbewegte.

Die Nachhut der Wildpferde merkte zwar, daß sich hinter ihnen zwei fremde Pferde befanden, nahm aber wenig Notiz von ihnen, denn diese bewegten sich langsam und hielten Abstand. Außerdem waren die Hunde außer Sicht und warteten auf den Pfiff.

Doch der Leithengst wurde plötzlich unruhig – offensichtlich schätzte er die Lage anders ein als die Nachhut. Er schüttelte den Kopf und wieherte, lief daraufhin ein Stück voraus, stoppte dann und drehte sich um. Queenie und TR zügelten ihre Pferde; sie würden nicht in der Lage sein, die Herde aufzuhalten, wenn der Hengst sie antrieb. Doch noch zögerte dieser, konnte sich zwischen Angriff und Rückzug nicht entscheiden. In diesem Bruchteil einer Sekunde hob TR seine Stockpeitsche, ließ sie durch die Luft sausen, so daß der Knall von den Felswänden widerhallte, trieb sein Pferd zum Galopp und schrie: „Jetzt!“

Links von ihm begann nun auch Nareedah zu galoppieren, und Queenie alarmierte mit einem durchdringenden Pfiff die Hunde, die sofort die Schlucht entlanggerast kamen.

Der plötzliche Lärm und die Bewegung elektrisierten die Wildpferde. Der Leithengst bäumte sich schnaubend auf und begann, mit donnernden Hufen tiefer in die Schlucht hineinzugaloppieren; die Herde folgte ihm in blindem Vertrauen. Queenie und TR trieben ihre Pferde zu noch schnellerer Gangart an.

TR preschte auf seiner Seite voran und versuchte, die Nachzügler zusammenzutreiben. Dann, als teile sich eine Flutwelle, stürmten die Pferde zu beiden Seiten des schwarzen Hengstes vorbei, der plötzlich angehalten hatte und herumgefahren war, um sich den Verfolgern entgegenzustellen. Queenie hatte dabei den Eindruck, daß er ihr direkt in die Augen blickte.

Sie zögerte keinen Moment und trieb Nareedah unmittelbar auf den großen Rappen zu, während sie – begleitet vom schrillen Kläffen der Hunde und dem grellen Knallen der Peitsche – schrie, was ihre Lunge hergab. Angesichts dieses furchtlosen Vorstoßes schwang sich der Hengst wieder herum und folgte den anderen tiefer in die Schlucht hinein.

So rasten etwa zwei Dutzend *brumbies* in die Falle. Als die Pferde begriffen, daß es aus dieser Sackgasse keinen Ausweg gab, war es schon zu spät. In rasender Eile hatten TR und Queenie bereits das Fallgitter hochgezogen und festgezurrt. Zwar stiegen einige Pferde hoch und donnerten mit den Hufen gegen die Einzäunung, doch der Pferch hielt stand.

TR klopfte Queenie anerkennend auf den Rücken. „Gut gemacht! Ich dachte schon, das schwarze Biest würde dich über den Haufen rennen!"

„Noch eine Sekunde länger, und er hätte es auch getan!"

Sorgfältig inspizierten sie alle Seiten des Pferchs. „Der wird halten." TR wischte sich die Stirn. „Laß uns was essen; sie sollen sich erst mal beruhigen. Morgen holen wir dann die raus, die wir brauchen können, und lassen den Rest wieder frei."

Sie sattelten die Pferde ab, machten Feuer und wärmten ihre Mahlzeit auf. Am Nachmittag verlegten sie dann das Lager näher an die Schlucht und den Pferch, und am Abend waren sie zu müde, um noch ein Wort zu wechseln. Sie aßen schweigend und warfen dabei gelegentlich einen Blick zum Himmel, wo die Sterne rasch hinter den Wolken verschwanden. TR sah noch einmal nach den Pferden, dann krochen beide in ihre Schlafsäcke.

Kurz vor Mitternacht begann der Sturm. Er kam mit einem gewaltigen Windstoß und einer unglaublichen Geräuschkulisse – Donner, Blitz, peitschender Regen. Sie schlüpften in ihre Ölmäntel, packten ihre Siebensachen zusammen und kletterten den Hang hinauf, bis sie auf eine enge Höhle stießen. Sie duckten sich unter den Felsüberhang; im dünnen Strahl von TRs Lampe sah die Höhle trocken und sicher aus.

„Trocken genug für mich", sagte Queenie und machte es sich auf dem Boden so bequem wie möglich. „Ich bin total erledigt." Nach kurzer Zeit war sie bereits eingeschlafen. TR lehnte sich gegen die Felswand und fiel in einen unruhigen Halbschlaf, während die Hunde sich unter den Vorsprung am Höhleneingang legten und die Schnauzen zwischen die Pfoten steckten.

EIN PAAR Stunden später schreckte TR hoch. Er fühlte sich kalt und steif. Er hob den Kopf, um nach Queenies leisen Atemzügen zu lauschen. Verwundert knipste er seine Stablampe an und ließ den Lichtstrahl durch die Höhle gleiten: Queenie war nicht da. Das Leuchtzifferblatt seiner Uhr zeigte drei Uhr.

Dann hörte er es: Ein ständiges Grollen überlagerte das Geräusch des Regens. Er wußte sofort, was es war und wohin Queenie gegangen war.

„Verdammt noch mal“, murmelte er, „warum hat sie mich nicht geweckt?“ Er pfiff die Hunde herbei. Während er rutschend und stolpernd den felsigen Abhang hinunterkletterte, wurde das Grollen immer deutlicher: Das ehemals trockene Flußbett war jetzt zum reißenden Strom geworden. Queenie war zu den *brumbies* gegangen, weil sie wußte, daß diese nun in der Falle saßen.

Wild zuckten Blitze über den Himmel, als TR den Pferch erreichte. Wasser kam jetzt auch den Hang heruntergeschossen und umspülte bereits die Flanken der verängstigten Pferde. Queenie hatte schon einige Seile gelöst, die das Gatter zusammenhielten, und stand selbst bis zur Hüfte im Wasser.

TR erkannte sofort, daß sie von den fliehenden Pferden überrannt werden würde, falls es ihr gelingen sollte, eine Lücke im Gatter zu schaffen. Er watete zu ihr hin und ergriff ihren Arm. „Was machst du da, verdammt noch mal? Du wirst doch niedergetrampelt!“ brüllte er.

„Aber sie ertrinken alle, wenn wir sie nicht rauslassen!“ schrie sie zurück.

„Und du erst recht!“ Er hielt ihr sein Buschmesser hin. „Da – nimm das und kappe die Stricke auf der einen Seite. Ich löse sie hier. Und dann nichts wie zur Seite! Sie werden alle auf einmal durch die Öffnung drängen.“

Queenie platschte durch das Wasser auf die andere Uferseite und fing an, auf die Stricke einzuhacken, während TR an den nassen, festen Knoten zu zerren begann. Schließlich hatte Queenie die Stricke auf ihrer Seite durchtrennt und watete durch den schäumenden Fluß zurück zu TR. Doch noch bevor sie halb drüben war, rissen auch die übrigen Seile unter der Kraft der Wassermassen. Der Leithengst war der erste, der sich durch die Öffnung kämpfte. Er verpaßte Queenie nur um Zentimeter.

„Paß auf!“ brüllte TR und zerrte sie aus dem Wasser.

Sie konnte ihm gerade noch sein Messer wiedergeben, dann sank sie entkräftet in die Knie und saß zitternd am Boden. TR schnitt den letzten Strick durch, und das Gatter wurde weggeschwemmt, während die Herde sich einen Weg durch das reißende Wasser hinauf aufs Ufer erkämpfte.

„Warum hast du mich nicht geweckt?“ wollte TR wissen. „Du hättest dich umbringen können!“

„Ich komme allein zurecht!“ schrie Queenie.

„Nein, kommst du nicht! Los jetzt!“ TR zog sie hoch und führte sie zur Höhle zurück. Dort setzte sich Queenie auf den Boden, umschlang die Knie mit den Armen und klapperte mit den Zähnen.

Stumm streifte TR seine klatschnasse Jacke ab und entzündete ein Feuer in der Nähe des Eingangs. „Zieh den Mantel aus!“ befahl er, ergriff Queenies Füße und begann, an ihren aufgeweichten Stiefeln zu zerren.

Queenie zog den Ölmantel aus. Ihre Hose war durchnäßt, aber Hemd und Jacke waren einigermaßen trocken.

TR schürte das Feuer, zog dann ebenfalls seine nassen Stiefel und Socken aus und reichte Queenie schließlich eine Decke. Sie zitterte immer noch. „Zieh auch deine Hosen aus – die triefen ja! Und wickle dich in die Decke!“

Queenie zögerte erst, doch TR wandte sich ab. So schälte sie sich aus der Hose und schlug die Decke um ihre Beine.

„Ich nehme an, die Pferde sehen wir nicht wieder“, seufzte sie.

„Wohl kaum“, entgegnete TR. Als Queenie enttäuscht das Gesicht verzog, setzte er hinzu: „Aber wir kriegen andere.“

„Abgemacht?“ fragte Queenie mit einem kleinen Lächeln.

„Abgemacht.“ TR schüttelte ihr formell die Hand. Dabei spürte er, wie unterkühlt sie war. Er hob seine eigene Decke und setzte sich neben sie. „Komm, die Körperwärme hält uns warm.“

Queenie widersprach nicht; sie war total durchgefroren. Dankbar schmiegte sie sich an TR, der einen Arm mit der Decke um ihre Schultern legte und sie dicht an sich zog. Schweigend saßen sie nebeneinander und starrten ins Feuer. Allmählich spürte Queenie, wie sich die Wärme seines Körpers auf sie übertrug. Ein Schauer durchlief sie.

„Ist dir immer noch kalt?“ fragte TR heiser.

Queenie schüttelte nur den Kopf, unfähig zu sprechen. Dieser plötzlichen körperlichen Nähe war sie nicht gewachsen. Sie zitterte. Ihr Körper reagierte wie damals, als sie mit ihm getanzt hatte. Sie wollte von ihm abrücken, vermochte sich aber nicht zu rühren.

„Queenie ...“ Es war nur ein Flüstern. Er beugte sich näher zu ihr und strich ihr mit der freien Hand das Haar aus dem Gesicht. Sie drehte ihm den Kopf zu und sah ihm in die Augen. Seine Hand lag immer noch auf ihrer Wange.

Das Licht des Feuers spiegelte sich in Queenies grünen Augen wie der Funke, der ohnehin in ihr glomm. Sie leistete keinen Widerstand, als TR sanft ihr Gesicht zu sich heranzog und seine Lippen auf die ihren drückte. Doch dann hielt er inne und löste sich abrupt von ihr. „Nein, ich kann nicht ..." Er wandte sich ab und zog seine Hand von ihrem Gesicht zurück.

Sacht ergriff Queenie sie wieder und führte sie an ihre Lippen. Eine Zeitlang sahen sie einander wortlos an und spürten, wie sich die Kluft zwischen ihnen schloß. TR beugte sich vor und küßte sie zärtlich. Dann barg er sein Gesicht in ihrem Haar; Queenie fühlte, wie sie dahinschmolz, und schlang die Arme um ihn. Gemeinsam ließen sie sich auf den alten Schlafsack zurücksinken und blickten einander tief in die Augen.

„Bist du sicher?" flüsterte TR.

Queenie nickte nur. Sie war bereit, sich seiner Führung zu überlassen. Sie wußte, das war die Zeit, das war der Ort, und das war die Liebe, auf die sie gewartet hatte.

TR war zart und liebevoll. Sanft weckte er ihren Körper, bis ihre Leidenschaft seiner entsprach. Aufstöhnend zog sie ihn an sich.

„Queenie ..., mein Liebling ..."

„TR, laß mich nicht los ..."

„Niemals ..."

Lange hielten sie sich umklammert, und ihre Herzen pochten gegeneinander. Der Feuerschein flackerte an den Wänden der Höhle, vertraut knackte das Holz. TR wußte, daß er die Frau seines Lebens in den Armen hielt, und Queenie fühlte sich sicher, geliebt und behütet – hier gehörte sie hin. So miteinander verflochten, schliefen sie schließlich ein.

Viertes Kapitel

Es regnete und regnete – das Land lag wie hinter einem Vorhang verborgen. Rinnsale zwischen den Bäumen wurden zu Sturzbächen; Flüsse und Bäche traten über die Ufer und vereinigten sich mit anderen, überfluteten die Koppeln und bildeten Seen.

Durch die vormals ausgetrockneten breiten Flußbetten tosten Wassermassen. Tingullas Herrenhaus war auf seinem Hügel vor Überschwemmung sicher, doch als der kleine Fluß in der Niederung und auch der etwas weiter entfernt verlaufende Hauptfluß über die Ufer traten, waren alle Mann auf der Station pausenlos damit beschäftigt, Vieh, Pferde und Ausrüstung in Sicherheit zu bringen. Patrick sattelte ein Pferd und ritt los, um nach den Schafen draußen auf den Koppeln zu sehen. Dafür mußte er auch eine sichere Stelle finden, an der er den Fluß überqueren konnte. Bluey, sein Hund, begleitete ihn und hielt mühelos mit Pferd und Reiter Schritt.

Am Nachmittag wurde das Trommeln des Regens auf dem Blechdach schwächer. Millie wagte sich zum Generatorschuppen hinunter, wo ihr Mann versuchte, die nasse Maschine wieder in Gang zu bringen. „Bisher ist noch keiner von ihnen wieder zurück, Jim."

„TR und Queenie sind bestimmt unterwegs. Ich kann mir sowieso nicht vorstellen, wie sie bei dem Regen neue Pferde mitbringen wollen."

„Mr. Patrick hat gesagt, er kommt zurück, wenn's dunkel wird. Und Ernie hat gesagt, der Fluß hört sich wirklich reißend an."

„Mach dir keine Sorgen, Millie. Hol lieber die Lampen raus, und leg viel trockenes Holz in den Kamin, für den Fall, daß ich das Ding hier nicht wieder flottkriege."

Millie patschte durch den Schlamm zurück ins Haus.

MIT BLUEYS Hilfe hatte Patrick eine triefende, verängstigte Herde von etwa siebzig Schafen zusammengetrieben, die an einer tiefer gelegenen Stelle vom steigenden Wasser überrascht worden waren. Bluey hatte nach ihren Beinen geschnappt und sie so allmählich auf höher gelegenes Weideland getrieben. Dort waren sie in Sicherheit, und Patrick ritt weiter.

Als er zum Fluß kam, dämmerte es bereits. Patrick ließ sein Pferd anhalten und spähte über das schlammige, rasch dahinfließende Wasser. Er wußte, es war nicht leicht hinüberzukommen, aber er hatte keine Lust, hier draußen auf den durchweichten Koppeln die Nacht zu verbringen und eventuell vom Wasser überrascht zu werden. Er stieg ab und ging am Ufer entlang, bis er zu einer Krümmung kam, wo der Fluß langsamer floß und verhältnismäßig flach aussah. Hier konnte sich das Pferd vielleicht auf den Beinen halten.

Er ging in die Hocke und beobachtete den Fluß, während Bluey den

Kopf unter den Arm seines Herrn steckte. Geistesabwesend tätschelte Patrick den Hund. Der Regen schien allmählich nachzulassen. Patrick stand wieder auf und blickte zum Himmel, wo das Licht einer wäßrigen gelben Abendsonne durch die schwarzen Wolken drang. Er saß wieder auf und dirigierte das Pferd die rutschige Böschung hinunter und in den Fluß hinein. Doch schon nach wenigen Schritten verlor es den Boden unter den Füßen und war zum Schwimmen gezwungen. Patrick ließ sich daher aus dem Sattel gleiten und hielt sich am Sattelknopf fest. Bluey sprang, ohne zu zögern, hinter ihnen ins Wasser.

Die Strömung zog sie mit sich flußabwärts, doch das Pferd schwamm kraftvoll einen diagonalen Kurs. Patrick redete besänftigend auf das Tier ein, dessen Blick starr aufs gegenüberliegende Ufer gerichtet war.

Darum hörte er auch das entfernte Grummeln nicht. Der Regen hatte zu spät nachgelassen – all das Wasser aus dem Geflecht von Bächen und Flüssen war zu einer mächtigen Flutwelle angeschwollen und kam nun als gewaltige Wand, die alles mit sich riß, den Fluß heruntergedonnert.

Jetzt erst hörte Patrick das Getöse, wandte den Kopf und sah die Welle direkt auf sich zukommen. Doch sie waren erst halb über den Fluß. Ein etwa zwanzig Meter langer Eukalyptusbaum schwamm im Wasser, drehte sich in der Flußbiegung seitwärts und schoß direkt auf ihn zu.

Im letzten Tageslicht quälte sich das Pferd hinkend und blutend das Ufer hinauf. Bluey lag bereits weiter unten auf der unterspülten Böschung. Ein wenig wackelig kam er wieder auf die Beine und wartete auf seinen Herrn, die braunen Augen auf das schäumende, schmutzige Wasser gerichtet. Plötzlich nahm er all seine Kraft zusammen, stürzte sich in die tosende Flut zurück und paddelte mit äußerster Anstrengung in Richtung Flußmitte, wobei seine Augen im immer schwächer werdenden Licht den Fluß absuchten. Auf einmal geriet er in einen Wasserwirbel. Mit letzter Kraft warf er die Pfoten nach vorn, doch schon Sekunden später wurde die kleine Gestalt nach unten gezogen und verschwand.

MILLIE zündete überall im Haus die Kerosinlampen an. Obwohl es keinen Strom gab, köchelte ein Eintopf auf dem Holzofen, und heißes Wasser stand in großen Kübeln für ein Bad bereit. Sie seufzte erleichtert auf, als sie draußen das Klappern von Pferdehufen hörte.

Sofort ergriff sie eine Laterne, eilte zum Haupteingang und öffnete die Doppeltür. Unten an der Treppe stand ein Pferd; es ließ erschöpft den Kopf hängen, und aus einer Wunde am Bein sickerte Blut. Millies Aufschrei ließ Jim herbeirennen.

„Patricks Pferd“, sagte er düster. „Sieh nach, ob Snowy da ist; wir müssen ihn suchen.“

Jim und Snowy, der seit Urzeiten auf der Farm bedienstete Aborigine mit dem grauen Haarschopf, machten sich auf; der Eingeborene ging als Spurensucher voran. Sie waren noch nicht weit gekommen, als sie von zwei Gestalten begrüßt wurden, die aus dem Dunkel angeritten kamen. „Wir haben euer Licht gesehen. Was ist los?“ fragte TR, während Queenie hinter ihm anhielt.

„Patricks Pferd ist ohne ihn heimgekommen. Er muß einen Unfall gehabt haben.“

„O nein! Was wollte er denn draußen?“ fragte Queenie.

„Die letzten Schafe in Sicherheit bringen.“

„Die waren doch auf der anderen Flußseite!“ rief Queenie in plötzlicher Angst.

„Der Fluß ist reißend bei dem Regen. Nichts wie los!“ meinte TR. „Queenie, warte hier auf uns!“

„Ich komme mit!“ Entschlossen wendete sie Nareedah.

„Nein, Queenie. Nein!“ TR wurde fast grob. „Bitte, warte hier!“ Er gab seinem erschöpften Pferd die Sporen, und die drei Männer verschwanden in der Nacht. Queenie blieb verwirrt und voller Angst zurück.

Da es inzwischen nicht mehr regnete, hatte Snowy keine Mühe, den Pferdespuren in umgekehrter Richtung zum Fluß zu folgen. Dort begannen sie ihre Suche an der Stelle, wo das Pferd das Ufer erklommen hatte. Schon bald blieb Snowy stehen und deutete mit dem Strahl seiner Lampe auf den schlammigen Boden. „Da – Hund kommt raus, geht wieder in Fluß.“

„Bluey“, flüsterte TR, und ihm wurde eng ums Herz.

„Hat versucht, Mr. Hanlon rausholen, ich wette. Ist jetzt weg.“

TR entdeckte ihn zuerst. Der schwere Eukalyptusbaum, von dem Patrick von seinem Pferd weggerissen worden war, hatte sich in der nächsten Flußkrümmung verkeilt. Seine Äste hielten Patricks leblosen Körper fest umfangen.

QUEENIE erwartete die traurige Prozession an den Eingangsstufen. Sie trug den alten Militärmantel ihres Vaters und preßte ihn mit beiden Armen gegen ihren Körper; ihre Hände waren in den Ärmeln verschwunden, und das Haar spielte ihr ums erstarrte Gesicht.

TR auf seinem sich erschöpft dahinschleppenden Pferd war der erste. Patricks Leiche lag vor ihm quer über dem Sattel. Jim und Snowy ritten in respektvollem Abstand hinter ihm.

Queenie rührte sich nicht, als TR abstieg und auf sie zukam. Er streckte die Arme nach ihr aus, doch sie ließ ihn stehen und trat zu ihrem Vater. Sie berührte ihn sanft, legte eine Wange auf seine nasse Schulter, während Jim zu Millie eilte, die leise zu weinen begann. TR stand hilflos dabei, voller Gram und Mitgefühl für Queenie.

PATRICKS Beerdigung ging rasch und ohne besonderen Pomp vonstatten. Nur die paar Freunde und Nachbarn, die es trotz der Überflutungen geschafft hatten herüberzukommen, nahmen daran teil. Queenie stand aufrecht und bewegungslos neben Colin am Grab; ihr Gesicht zeigte keine Regung.

Nach der kurzen Andacht trat Colin als erster vor und schüttete eine Handvoll roter Erde auf den Sarg. Queenie folgte ihm und legte liebevoll Patricks abgewetzten Lieblingshut auf das Rosenholz. Er sollte mit ihrem Vater begraben werden; kein anderer, so fand sie, hatte das Recht, ihn zu tragen.

Durch die nächsten drei Wochen ging Queenie wie in Trance. Auch von TR wollte sie sich nicht trösten lassen. Obwohl ihn diese Zurückweisung kränkte, hielt er sich doch taktvoll zurück. Colin streifte derweilen im Haus umher und sprach fast kein Wort, während Millie alles tat, um den Haushalt in Gang zu halten und mit dem ständigen Strom von Beileidsbesuchern fertig zu werden.

QUEENIE und Colin saßen mit Mr. Hamish Barton, dem Familienanwalt, in der Bibliothek. Der erzkonservative Mann war ein perfekter Jurist und ein Muster an Diskretion und unauffälliger Kompetenz.

Millie schob den Teewagen herein, und Queenie goß ein. Nachdem die Haushälterin die Tür leise wieder hinter sich zugezogen hatte, rückte Mr. Barton seine Goldrandbrille zurecht, räusperte sich und begann, mit gedämpfter Stimme seines Amtes zu walten. „Wie Sie wissen, sind wir hier, um das Testament Ihres Vaters zu verlesen. Es ist nur ein kurzes Schriftstück, das er nach dem tragischen Tod Ihrer Mutter verfaßt hat. Ich lese es Ihnen vor; danach können wir, falls Sie Fragen haben, darüber sprechen."

Während er zu lesen begann, saß Queenie mit gesenktem Blick da und achtete kaum auf seine leiernde Stimme, doch ein entsetzter Laut von Colin ließ sie aufblicken.

Ihr Bruder starrte den Anwalt an. „Das kann nicht stimmen! Lesen Sie das noch mal, Mr. Barton!“

Dieser wiederholte den kurzen, aber eindeutigen Letzten Willen Patricks. Tingulla und der noch nicht erschlossene Landbesitz Cricklewood gingen an Queenie. Colin erhielt eine beträchtliche Summe Geldes, die bis zu seinem einundzwanzigsten Geburtstag für ihn angelegt werden sollte, dazu einen Apartmentblock in Double Bay, einem vornehmen Stadtteil von Sydney. Die Mieteinnahmen sollten auf Colins Konto fließen, doch er durfte das Gebäude nicht vor Ablauf von fünf Jahren verkaufen.

Seinen persönlichen Besitz hatte Patrick ebenfalls Colin hinterlassen, Queenie erbte die Sachen ihrer Mutter. Auch Millie und Jim waren berücksichtigt, ein paar Erinnerungsstücke gingen an gute Freunde – darunter Patricks Lieblingspeitsche, die Snowy bekommen sollte.

Queenie war sprachlos. Colin wandte sich ihr wütend zu. „Daran hast du also fleißig gedreht, während ich auf der Uni war ..., hast Dad eingewickelt, daß er dich zum Boß hier macht! Ich bin sein Sohn! Tingulla gehört mir!“

„Colin ..., ich hatte ja keine Ahnung ...“

Der Anwalt hob die Hand. „Bitte! Als Ihr Vater dies mit mir aufsetzte, übergab er mir auch für jeden von Ihnen einen Brief, in dem er seine Gründe dargelegt hat. Diese Briefe händige ich Ihnen hiermit aus. Vielleicht ziehen Sie es vor, sie später allein zu lesen.“

Colin sprang auf und griff sich Patricks Brief vom Schreibtisch. „Ich werde das Testament anfechten! Es ist einfach nicht gerecht!“ Er verabschiedete sich mit lautem Türenknallen.

„Ach du liebe Zeit, es tut mir leid, daß er so reagiert. Es ist natürlich ungewöhnlich, daß die Tochter den Besitz erbt. Aber ich bin sicher, diese Briefe werden alles erklären.“ Der Anwalt schob Queenie den ihren zu. „Sie werden viel über Ihre Zukunft nachdenken müssen. Wollen Sie nicht in ein bis zwei Tagen in mein Büro kommen?“

„Danke, Mr. Barton. Wenn ich Rat brauche, komme ich zu Ihnen.“

Queenie stand auf, preßte den Brief an sich und lief nach oben, um nicht vor dem Anwalt die Fassung zu verlieren.

COLIN saß in einer Ecke der Veranda und riß den Brief seines Vaters auf. Sich auf die Lippen beißend, las er:

Mein lieber Sohn,
daß ich Tingulla Queenie hinterlasse, wird sicher ein Schock für Dich sein. Doch ich habe das Gefühl, Du bist noch zu vage in Deinen Zukunftsplänen, und Dein Herz hängt nicht an unserem Land. Ich weiß, Du bist stolz auf Tingulla und auf alles, was unsere Familie hier aufgebaut hat. Aber wer Tingulla auch leitet, es muß für ihn absolute Priorität haben – alles andere hat zurückzustehen.

Ich weiß, daß Queenie so empfindet. Vielleicht wirst Du mit der Zeit Tingulla lieben lernen und besser verstehen, was ich damit meine.

Du sollst wissen – obgleich ich es Dich vielleicht nicht immer deutlich habe merken lassen –, daß ich stolz darauf bin, daß Du mein Sohn bist. Ich hoffe, Du stehst Deiner Schwester bei und gibst ihr Kraft – sie hat eine schwere Aufgabe vor sich. Ich bete, daß Du mich verstehst und mir Deine Liebe nicht versagst.

Dein Vater

Colin stopfte den Brief in die Jackentasche und eilte davon.

ALLEIN in ihrem Zimmer, öffnete Queenie den Brief und glättete das dicke Papier, das mit Patricks vertrauter Handschrift bedeckt war.

Meine liebste Queenie,
es war immer meine Absicht, das Schicksal Tingullas in Deine Hände zu legen. Ich weiß, wie sehr Du unser Land und unser Heim liebst, und ich kann in Frieden ruhen in dem Wissen, daß Du mein Werk fortsetzen wirst. Was auch die Zukunft für Dich und Deine zukünftige Familie bereithält, ich bin sicher, in Tingulla wird alles so weitergehen wie bisher. Ich hoffe, auch meine Enkel werden in Tingulla aufwachsen und es ebenfalls lieben lernen.

Das bringt mich auf Colin. Er ist immer noch sehr jung und eigensinnig und hat einen leichtsinnigen Zug, der mir Sorgen macht. Du wirst ihm sicher auf Tingulla einen Platz an Deiner Seite einräumen, aber ich möchte, daß Du alle Entscheidungen triffst. Verlaß Dich auf Deinen Instinkt und auf Deine Erfahrung. Doch ich kenne Dich, Queenie – sei nicht zu stolz, laß Dir auch raten und helfen.

Ich bete, daß Du Glück und Freude findest in Deinem Leben. Du bist stark und schön, und ich bin unglaublich stolz auf Dich. Ich hoffe, Du weißt, wie sehr ich Dich liebe.

Dad

Mit Nachdruck nahm Queenie in Tingulla die Zügel in die Hand – Colin hatte sich schmollend wieder auf die Uni verzogen. Sie stand jeden Tag mit den Hühnern auf und absolvierte einen raschen Morgenritt auf Nareedah, bevor sie sich den Aufgaben des Tages stellte.

Eines Morgens ritt ihr TR bei Tagesanbruch nach und fand sie auf einem Felsen sitzend und traurig in die Gegend starrend. Er stieg vom Pferd und setzte sich neben sie. Eine Zeitlang schwiegen beide.

Schließlich nahm TR sanft ihre Hand. „Queenie, wir müssen miteinander reden."

Sie wandte sich ihm zu, versuchte, sich nicht von ihren Gefühlen überwältigen zu lassen, doch ihre großen grünen Augen wurden feucht.

„O Queenie ..., ich liebe dich." TR schlang die Arme um sie. „Sag mir die Wahrheit ..., liebst du mich auch?" Er hielt sie bei den Schultern, und selbst durch den Stoff des Hemdes spürte sie, wie seine Finger auf ihrer Haut brannten.

Sie nickte nur, unfähig zu sprechen. Eine Träne rollte ihr über die Wange, und sie schloß die Augen.

Noch einmal zog TR sie sanft an sich. „Queenie, ich möchte dich heiraten. Ich liebe dich von ganzem Herzen. Aber wir müssen noch warten ..." Er nahm ihre Hände in die seinen und wurde plötzlich verlegen. „Ich kann dich nicht heiraten, solange ich ein mittelloser Niemand bin und du die Herrin von Tingulla bist. Alle würden sagen, ich hätte dich nur um des Geldes willen geheiratet."

„Es ist mir egal, was die Leute denken!" stieß Queenie heftig hervor. „Wir wissen, wir lieben uns. Was die Leute quatschen, spielt doch keine Rolle!"

„Denk doch mal nach. Jetzt scheint es nicht wichtig zu sein, aber in ein paar Jahren könnte es ein Problem werden – mit dir als Chefin und mir als kleinem Angestellten."

Queenie riß sich erbost von ihm los. „Wenn du so denkst ..., dann bleib ein kleiner Angestellter! Niemand zwingt dich, dein Leben mit mir zu teilen!"

„Queenie, ich möchte nach Amerika gehen und erst mal etwas Geld verdienen – für uns. Gib mir eine Chance – ein Jahr. Mehr verlange ich nicht."

Sie stand zitternd auf. „Ein Jahr! Ich dachte, du liebst mich!"

Sie schwang sich in Nareedahs Sattel und galoppierte davon; TR blieb zurück. Den Kopf schüttelnd, murmelte er: „Queenie, Queenie – ich liebe dich wirklich ...“ Dann wurde er plötzlich wütend und schrie hinter ihr her: „Du machst es einem nicht gerade leicht, dich zu lieben!“

WÄHREND der nächsten zwei Wochen gingen die beiden einander aus dem Weg, und noch bevor Queenie es erfuhr, war TR bereits abgereist.

Jim hatte ihn zur Bahn gebracht. Als er zurückkam, übergab er ihr einen Brief. In der Stille ihres sonnendurchfluteten Büros öffnete Queenie ihn zögernd.

> Queenie, mein Liebling,
> ich brachte es nicht fertig, mich zu verabschieden. Ich bin auf dem Weg nach Amerika, um dort die Rodeoszene unsicher zu machen. Man sagte mir, ich könnte dort schnell viel Geld verdienen. Ich muß auf eigenen Beinen stehen, wenn ich Deiner würdig sein will. Ich möchte, daß wir ebenbürtige Lebenspartner sind.
>
> Ich liebe Dich, Queenie. Ich werde Dich immer lieben. Und ich möchte Dich immer noch heiraten. Aber ich denke, Du brauchst Zeit, um mit Deiner Trauer fertig zu werden, denn Du hast viel gelitten. Ich will nicht nur eine Schulter zum Anlehnen sein. Du sollst mich um meiner selbst willen lieben. Ich hoffe, daß Du auf mich wartest, mein Engel. Ich werde Dir schreiben, das verspreche ich. Und vergiß nicht, mit jedem Brief kommt ein Kuß.
>
> TR

Queenie fühlte sich entsetzlich traurig und furchtbar einsam. Die Gewißheit von TRs Gegenwart hatte ihr Kraft gegeben. Sie sehnte sich nach seinen starken Armen, seiner sanften Stimme. Doch sie fühlte sich auch sitzengelassen und tat sich selbst ein bißchen leid. „Zum Teufel mit ihm!“ fluchte sie. Sie würde es ihm schon zeigen. Sie würde zurechtkommen – mit oder ohne TR!

SO STÜRZTE sie sich in die Schursaison. Den ganzen Tag war sie in der Schurhütte und paßte auf, daß ordentlich geschnitten und die Wolle richtig sortiert und verpackt wurde. Sie arbeitete bis zur Erschöpfung. Schließlich stand der Wollertrag bereit für den Versand.

Colin kam in den Semesterferien nach Hause, zeigte aber demonstrativ kein Interesse für das Geschäftliche.

„Aber es geht dabei auch um deine Zukunft, Colin“, sagte Queenie verärgert.

„Du bist der Boß – du führst die Geschäfte. Wenn der Laden bankrott geht, mir doch egal“, gab er zurück.

Queenie packte eine Reisetasche und fuhr nach Brisbane zur Wollbörse. Seit Monaten war sie nicht mehr in der Stadt gewesen. Sie genoß es, zur Abwechslung wieder einmal ein Kleid zu tragen. Während sie durch die Straßen schlenderte, hob sich ihre Laune, und die Zukunft sah nicht mehr so düster aus. Sicher würde TR bald von sich hören lassen.

Währenddessen saß Colin auf Tingulla an Queenies Schreibtisch und durchstöberte Akten und Rechnungsbücher. Widerwillig mußte er zugeben, daß seine Schwester offenbar alles gut im Griff hatte. Angeödet schlenderte er auf die Veranda hinaus, gerade als der Briefträger auf seiner wöchentlichen Runde vorbeikam. Er übergab Colin ein dikkes Bündel von Briefen und Zeitungen. Colin nahm alles mit ins Haus. Drei Briefe an Queenie erregten seine Aufmerksamkeit. Sie waren von TR; als Absender war ein Postfach in Oklahoma angegeben.

Die Neugier gewann die Oberhand, und so schlich er sich in die Küche; Millie war oben beim Saubermachen. Behutsam öffnete Colin unter Dampf den ersten Brief. Dann las er:

> ...Queenie, mein Liebling. Ich kenne Deine Gefühle für Tingulla, und ich weiß, Du wirst es nie verlassen. Deswegen plane ich, dort in der Nähe etwas zu kaufen und eine Pferdezucht aufzubauen. Wir könnten in Tingulla leben – wenn wir erst einmal verheiratet sind. Was hältst Du davon? Ich vermisse Dich so...

Colin zerknüllte den Brief in der Faust. Wenn TR Queenie heiratete und hier einzog, waren seine Aussichten, Herr von Tingulla zu werden, gleich null. Colin merkte auf einmal, wie stark das Verlangen in ihm brannte, Tingulla zu besitzen. Nicht die tägliche Knochenarbeit lockte ihn – dafür konnte man einen Verwalter engagieren –, nein, er wollte den Status, das gesellschaftliche Ansehen des Besitzers eines der großen Landgüter Australiens.

Sollten doch Queenie und TR sich davonmachen und Pferde züchten! Tingulla gehörte von Rechts wegen ihm.

Hoch befriedigt über den Preis, den ihre neunhundert Ballen Merinowolle erzielt hatten, verließ Queenie die Wollbörse. Nach über einem Jahr harter Arbeit war alles in Sekunden verkauft worden. Sie spekulierte darüber, wo Tingullas Wolle wohl schließlich landen würde – vielleicht bei einem teuren Schneider in London oder bei einem internationalen Modeschöpfer.

Plötzlich verspürte sie einen Anfall von Übelkeit. Wahrscheinlich eine nervöse Reaktion auf die Anspannung während des Verkaufs. Sie ging in ein kleines Café und bestellte ein Kännchen Tee und Rosinentoast.

AN DIESEM Abend saß Colin allein an dem langen Eßtisch, vor sich ein Glas Scotch und ein unberührtes Abendessen. Mit einemmal schob er seinen Teller beiseite und ging ins Büro. Er nahm Papier aus der Schublade und begann, in kräftigen Zügen zu schreiben. Dann steckte er den Brief in einen Umschlag, klebte diesen zu und versah ihn mit einer Adresse. Als nächstes nahm er die drei Briefe von TR, warf sie in den Kamin und ein brennendes Streichholz darauf. Rasch fingen sie Feuer, rollten sich zusammen und wurden zu Asche.

WEIT weg an der Küste, im Grandhotel von Brisbane, ließ sich Queenie auf ihr quietschendes Messingbett fallen. Eine Zeitlang starrte sie ausdruckslos auf die Fliegen an der Decke über der Nachttischlampe, wobei sie den Lärm aus der Bar im Erdgeschoß überhaupt nicht wahrnahm.

Sie löschte das Licht, rollte sich auf die Seite und zog die Knie an – überwältigt von der Erkenntnis, daß sie schwanger war.

Fünftes Kapitel

In den ersten Wochen versuchte Queenie, den Gedanken an das Kind, das in ihr heranwuchs, zu verdrängen. Hätte TR etwas von sich hören lassen, hätte sie vermutlich anders reagiert, obwohl sie im Zorn geschieden waren.

Zuerst war sie nur verwundert über sein Schweigen, doch als immer mehr Wochen ins Land gingen, wuchs ihr Ärger. Eines Abends saß sie allein im Arbeitszimmer und blätterte im *Brisbane Courier.* Plötzlich erstarrte sie. Ein Foto zeigte einen lächelnden TR, umgeben von weiblichen Fans mit Cowboyhüten und gefransten Blusen.

Der Artikel daneben beschrieb die Erfolgsstory eines Jungen aus dem Outback und berichtete, daß TR Hamilton soeben das „Texas Triple Rodeo“ gewonnen und eine saftige Siegesprämie eingesteckt hatte. Queenie studierte das Foto genau. Die Mädchen hatten alle nur Augen für TR, nicht für die Kamera. Kein Wunder, daß er nicht geschrieben hatte. Zuviel Ablenkung, ohne Zweifel! Sie schleuderte die Zeitung auf den Boden und rannte aus dem Zimmer.

Queenie wanderte quer über die Koppel zum Fluß hinunter. Nachdem sich die erste Wut gelegt hatte, sah sie nun klarer. Sie wußte jetzt, welchen Weg sie zu nehmen hatte. Aber es würde nicht leicht sein. Sie brauchte die Hilfe des einzigen Menschen, dem sie vertrauen konnte ... Millie.

Es fiel Queenie nicht leicht, ihre Freundin beiseite zu nehmen und sich ihr zu offenbaren. Als sie es schließlich eines Abends in der Küche beim Tee tat, stand Millie einfach nur auf, ging um den Tisch herum und legte ihre Arme um Queenie, die völlig verkrampft dasaß.

„Jetzt weißt du's, Millie. Ich sage kein Wort über den Vater. Frag mich nie, wer es ist! Aber ich brauche deine Hilfe."

„Aber natürlich, Queenie, Liebes. Einen kleinen Mund mehr satt zu kriegen ist doch hier kein Problem."

„Ich will das Baby nicht behalten, Millie. Ich gebe es zur Adoption frei."

Millie starrte sie an. „Warum, Queenie? Wir können es doch alle liebhaben und umsorgen." Tränen rollten über ihre dunklen Wangen.

„Bitte, Millie, nicht weinen! Ich muß an Tingulla denken. Überleg mal – die Schande für Mum und Dad ..." Ihre Stimme versagte.

Millie setzte sich wieder und faltete die Hände. „Also, was machen wir jetzt?"

„Ich fahre in die Stadt zu Dr. Miller. Er wird mir raten, wie es weitergehen soll ... mit allem. Aber vor der Geburt will ich nach Cricklewood umziehen."

„Cricklewood? Das ist doch bloß ein heruntergekommener Besitz, seit Jahren vernachlässigt!"

„Stimmt, Millie. Dad hat mal mit mir darüber gesprochen, daß er Cricklewood eines Tages aufbauen will – erst ein paar Rinder, später dann eine Pferdezucht. Ich fange nur etwas früher damit an, das ist alles."

Millie nickte. Sie verstand, daß Queenie neugierigen Blicken aus dem Weg gehen wollte.

„Ich möchte, daß du mitkommst. Und Snowy auch. Jim allerdings muß hierbleiben und sich um alles kümmern, aber er kann uns ja gelegentlich besuchen. Ruthie soll den Haushalt hier übernehmen. Sie ist noch jung, aber du hast ihr alles beigebracht, was sie dafür braucht."

Millie hatte Mühe, so schnell mitzukommen. „Aber wer wird Tingulla führen? Colin hat sein Examen noch nicht gemacht."

Queenie stand auf. „Ich habe mich schon nach einem Verwalter umgesehen. Ich habe allen, auch Colin, erklärt, daß ich eine Pause brauche. Wenn also jemand fragt, ich mache Ferien."

Spät am nächsten Vormittag fuhr Queenie in die Stadt. Dr. Miller zeigte sich verständnisvoll und voller Sympathie. „Ich werde alle zwei Wochen auf Cricklewood vorbeischauen. Einen Monat bevor es soweit ist, schicke ich Sie dann nach Charters Towers. Mein Kollege, Dr. Reese, wird sich dort um Sie kümmern."

Queenie seufzte erleichtert. „Vielen, vielen Dank, Dr. Miller!"

Anschließend ging sie einkaufen – weite Hemden, Latzhosen und dergleichen. Als sie sich wieder auf den Weg nach Tingulla machte, war es schon dunkel. Sie wollte nicht die Nacht durchfahren, deshalb parkte sie nach ein paar Stunden am Straßenrand und entzündete ein Lagerfeuer. Sie aß ein paar Brote, trank Tee, dann kroch sie neben dem Auto in ihren Schlafsack.

Hier draußen, weit weg von der Stadt, wirkte der Sternenhimmel nah und tröstlich. TRs strahlende blaue Augen kamen ihr in den Sinn, und sie fühlte einen Stich im Herzen. Warum war er nur so stur gewesen, warum nur? Alles hätte so ganz anders verlaufen können! Sie starrte in den Nachthimmel, eine schwarze Kuppel voll silbrig glitzernder Punkte. Langsam begann sie die Sterne zu zählen, in der Hoffnung, daß der Schlaf sie bald überwältigen und ihre Erinnerungen auslöschen würde.

DAHEIM auf Tingulla kam allmählich wieder Ordnung in Queenies Leben. Dingo McPherson erwies sich als sehr hilfreich, indem er ihr einen möglichen Verwalter vorschlug. Er schrieb ihr einen Brief und pries in den höchsten Tönen einen gewissen Warwick Redmond, den er von seiner Zeit in den Kimberleys in Westaustralien kannte.

> ... Er ist noch jung, etwa dreißig, glaube ich, aber er hat auf großen Farmen im Westen gearbeitet. Ein Kumpel von mir hat ihn ein paar Jahre als Verwalter gehabt und war begeistert von ihm. Ich glaube, Warwick hat sich eine Zeitlang in der Stadt herumgetrieben und will unbedingt wieder zurück aufs Land.
>
> Gib dem Jungen eine Chance, Queenie. Es geht bestimmt gut. Und denk daran, ich komme sofort, wenn Du mich brauchst.
>
> Herzlichst, Dingo

In der nächsten Woche kam ein Brief von Dr. Miller. Er riet Queenie, wenn sie in die Klinik nach Charters Towers ging, sollte sie in einem katholischen Hospiz Unterkunft nehmen. Die Nonnen dort arbeiteten mit dem Jugendamt zusammen und vermittelten die Babys in gute Hände.

Queenie versuchte, den Gedanken zu verdrängen, daß sie das Kind, das in ihr heranwuchs, nie sehen würde. Der Arzt hatte ihr geraten, nicht darüber nachzudenken, aber das wollte ihr nicht gelingen.

So begann sie, ihre Abreise nach Cricklewood vorzubereiten. Sarahs Eltern und den anderen Nachbarn gegenüber tat sie so, als wollte sie Urlaub in Sydney machen, vielleicht sogar in Europa. Nach ein paar Tagen kam dann ein Brief von Warwick Redmond, in dem er sich um die Stelle des Verwalters bewarb und über sich Auskunft gab. Sein Lebenslauf machte einen hervorragenden Eindruck, und seine Referenzen waren ausgezeichnet.

Als die neugeborenen Lämmer geimpft wurden, besprach Queenie während einer Arbeitspause alles mit Jim. Dieser hörte schweigend zu, dann sagte er: „Wenn Dingo ihn dir empfohlen hat, dann ist er bestimmt in Ordnung."

Queenie goß Tee in ihren Blechbecher. „Egal, wie er ist, ich habe das Gefühl, daß ich Tingulla eigentlich dir anvertraue, Jim."

„Mach dir keine Sorgen, Mädchen. Ich pass' schon auf ..., auch auf den Neuen." Er zündete sich eine Zigarette an – mehr war dazu nicht zu sagen.

QUEENIE stand auf dem Bahnsteig, wo ein Dutzend Menschen auf die Ankunft des Zuges aus Rockhampton wartete. Minutenlang war er nichts weiter gewesen als eine Rauchfahne am Horizont, der einzige Anhaltspunkt für das Auge zwischen der endlosen braunen Fläche verdorrten Grases und dem nicht weniger endlosen, blendend blauen Himmel. Die Reisenden blinzelten in die flimmernde Hitze und verfolgten, wie aus der Rauchsäule in der Ferne allmählich eine solide Lokomotive wurde.

Der Lokführer ließ grell die Pfeife schrillen und brachte den Zug mit viel Dampfgezisch und Bremsengekreisch zum Stehen. Viehtreiber warfen ihre Schlafsäcke und ihr Sattelzeug auf den Bahnsteig, während einige weibliche Reisende dort ihre Koffer aufreihten. Queenie musterte die Passagiere und entdeckte schließlich einen großen, schlaksigen Mann mit einem Schopf schwarzen krausen Haares, der sie angrinste.

„Sie müssen Miß Hanlon sein. Ich bin Warwick Redmond."

Sie schüttelten sich die Hand und gingen dann zum Ausgang. „Ich dachte, vor der langen Fahrt nach Tingulla gehen wir erst mal rüber ins Crown Hotel und essen was", schlug Queenie vor.

„Bestens! Hab nur eine alte Pastete zum Frühstück gehabt", erwiderte Warwick.

Bei Tisch hatte Queenie ein scharfes Auge auf Warwick Redmond. Er wirkte liebenswürdig und unbeschwert, aber auch sehr selbstbewußt. Er war kein Angeber, aber er ließ durchblicken, daß er viel von der Welt gesehen hatte. Er erzählte von einer Eisenbahnfahrt durch die Französischen Alpen und verglich sein kümmerliches Frühstück mit der dortigen *Haute Cuisine.*

Queenie wurde mit ihrem neuen Verwalter zusehends wärmer. Die Fahrt nach Tingulla verging sehr schnell, denn Warwick stellte viele Fragen über das Land, den Viehbestand und die Menschen, die dort arbeiteten. Er begegnete ihr dabei mit einer Mischung aus Respekt und freundlichem Humor, und es schien ihm überhaupt nichts auszumachen, daß sein neuer Boß eine Frau war, noch dazu zehn Jahre jünger als er.

Während der nächsten paar Tage wollte Warwick alles sehen und kennenlernen, und entweder Jim oder Queenie begleitete ihn. Die Gründlichkeit, mit der er dabei vorging, überzeugte alle. Man hatte sogar den Eindruck, er sei dem Zauber Tingullas bereits verfallen. „Ein prachtvoller Besitz", sagte er einmal leise zu Queenie, als sie gemeinsam eine der entlegeneren Koppeln kontrollierten. Nach einer Weile fuhr er fort: „Jetzt wird mir klar, warum alle hier so daran hängen. Hier ist im Laufe der Jahre viel Liebe investiert worden."

„Ganz so perfekt ist es nicht", gab sie zurück. „Ich denke, gerade diese Ecke hier muß auf Vordermann gebracht werden." Sie hatte das nur so hingeworfen, doch sie wollte ihn testen.

Warwick blickte prüfend über das Land – viel Buschwerk, ein paar Baumgruppen, flach sich hinziehende Hügel und ein kümmerlicher Flußlauf. „Hier muß man erst mal bohren, würde ich sagen. Nicht genug Wasser in der Nähe für die Tiere."

Queenie ließ sich nicht anmerken, wie zufrieden sie war. „Na gut", sagte sie nur, „dann gehen wir's mal an." Sie kletterte in den Landrover und wendete den Wagen zur Heimfahrt.

Sie hatte Warwick im größten Gästezimmer untergebracht und ein passendes Pferd für ihn ausgesucht. Es war ein schweres Tier, stark und eigensinnig und noch nicht zugeritten. Für Warwick war es Ehrensache, das selbst zu besorgen.

Die Männer sahen alle zu und feuerten ihn an, als er nach einem Sturz wieder aufstieg. Queenie beobachtete aus dem Hintergrund seinen Kampf mit dem großen, starken Pferd. Sie selbst hätte zwar subtilere Methoden angewendet, doch sie mischte sich nicht ein; Warwick mußte sich vor den anderen beweisen.

Gegen Ende des Monats wurde ihr klar, daß es höchste Zeit war, nach Cricklewood zu gehen. Sie beschloß, eine Abschiedsparty zu geben und bei dieser Gelegenheit Warwick den Nachbarn, Freunden und Geschäftspartnern vorzustellen. Sie bat auch Colin, für ein paar Tage von Sydney herüberzukommen, und zu ihrer Überraschung sagte er zu.

Zum ersten Mal seit Queenies einundzwanzigstem Geburtstag war Tingulla wieder festlich geschmückt, und in seinen schönen Räumen herrschte munteres Treiben. Warwick trug ein elegantes Jackett, bezauberte die Frauen und nahm auch die Männer für sich ein.

Queenie war erleichtert; er paßte sehr gut hierher. Beim Anblick der ihn umflatternden Damenwelt wurde ihr klar, daß ein attraktiver zweiunddreißigjähriger Junggeselle genau das war, was hier gefehlt hatte. Auf Einladungen zu Tennispartien, Pferderennen und allen möglichen Festivitäten würde Warwick nicht lange zu warten brauchen.

Queenie war überrascht, wie gut Colin und er miteinander auskamen, nachdem die anfängliche Reserviertheit ihres Bruders sich gelegt hatte. Sie schnappte ein paar Gesprächsfetzen auf, aus denen hervorging, daß beide dieselben Nachtclubs in Sydney kannten und daß Warwick für Colin ein paar Tips und Adressen hatte. Sie hoffte, er würde auch in der Lage sein, ihrem Bruder mit Rat und Tat zur Seite zu stehen; von Warwick Redmond würde Colin sich vermutlich eher etwas sagen lassen als von seiner Schwester.

Spät in der Nacht fiel Queenie todmüde ins Bett. Ihr Blick wanderte durchs Zimmer – überall Kindheitserinnerungen. Bei ihrer Rückkehr hierher würde sie bereits Mutter sein. Sie begrub das Gesicht im Kissen, um den Gedanken loszuwerden. Wie gern hätte sie ihrem Kind die Stätte ihrer eigenen behüteten, glücklichen Kindheit gezeigt.

Und wie sehr wünschte sie sich, jetzt TR neben sich liegen zu haben.

Sechstes Kapitel

Cricklewood bedeutete eine gewaltige Veränderung. Patrick Hanlon hatte den heruntergekommenen Besitz wegen seiner Entwicklungsmöglichkeiten gekauft. Queenie und Millie hatten alle Hände voll zu tun, das Haus bewohnbar zu machen. Queenie jedenfalls genoß den körperlichen Einsatz beim Schrubben und Waschen und das Arbeiten mit Hammer und Säge. „Eines Tages mache ich aus dieser Bude ein richtiges Zuhause", erklärte sie Millie. „Wer weiß, vielleicht will Colin diesen Besitz einmal übernehmen."

„Ich dachte, dein Vater hat Cricklewood dir vermacht?"

„Das stimmt, aber wenn ich meine Vollblutzucht aufbaue oder anfange, Rinder zu züchten, dann will Colin vielleicht mein Partner werden."

Millie antwortete nicht gleich. „Warten wir erst mal, bis er sein Examen gemacht hat." Sie konnte sich nicht vorstellen, daß Colin auf Cricklewood würde leben wollen, und wäre es auch noch so schön hergerichtet. Er würde nie von Tingulla wegziehen – dazu war er zu versnobt.

WÄHREND sich die letzten Wochen ihrer Schwangerschaft unerträglich hinzogen, litt Queenie immer häufiger an Übelkeit und Nervosität. Eine Woche bevor sie nach Charters Towers gehen sollte, bekam sie einige schmerzhafte Krampfanfälle. Als die Krämpfe nach zwei Tagen wiederkamen, erklärte sie Millie, sie werde schon jetzt aufbrechen. „Ich warte nicht länger", sagte sie. „Ich fahre selbst. Paß hier gut auf alles auf, Millie!"

Millie schüttelte den Kopf. „Ich komme mit!" Sie marschierte aus dem Zimmer und begann, einen kleinen Koffer zu packen.

Queenie versuchte nicht, sie umzustimmen – sie wußte, es hatte keinen Zweck. Und im Grunde war es ihr nur lieb, daß Millie bei ihr sein würde.

Dr. Reese untersuchte Queenie gründlich. „In ein paar Tagen ist es wahrscheinlich soweit", erklärte er Millie. „Im Prinzip ist alles in Ordnung, aber sie muß in die Klinik, wo man sie unter Beobachtung halten kann."

Während Millie im Gästehaus „Blue Lagoon" ein Zimmer mietete, fuhr Queenie mit dem Taxi in die Privatklinik im Konvent der Barmherzigen Schwestern. Die Mutter Oberin war lebhaft und unsentimental. Für sie war Queenie nichts weiter als die anderen jungen Frauen, die hierherkamen – ein dummes kleines Ding, das nicht aufgepaßt hatte. „Schwester Claire wird dir dein Zimmer zeigen. Ich hoffe, alles läuft gut für dich. Gott segne dich, meine Liebe."

In der zellenartigen Kammer ließ Queenie ihre Reisetasche auf den unbequemen Holzstuhl fallen, warf sich auf das Eisenbett und begrub ihr Gesicht in dem kleinen harten Kissen. Was hatte sie hier verloren? Sie sehnte sich zurück nach ihrem Zimmer auf Tingulla, nach dem Klavierspiel ihrer Mutter und nach Patrick, der sie mit fröhlicher Stimme zum Ausreiten aufforderte. Dazwischen vernahm sie TRs Stimme, ein sanftes Murmeln ... „Queenie, ich liebe dich. Ich werde dich immer lieben. Vergiß das nie."

Wütend boxte sie ins Kissen. „Wer hat denn alles vergessen, TR? Soviel zu deinen Versprechungen!"

Queenie erwachte in den frühen Morgenstunden. Sie merkte, das Baby war unterwegs. Angst, Aufregung und ein Gefühl der Einsamkeit überwältigten sie. Sie schlug die Decke zurück und erschauerte, als ihre Füße den eiskalten Boden berührten. Dann ging sie auf Zehenspitzen den dunklen Gang hinunter zu Schwester Claires Zimmer.

MILLIE hatte gewußt, daß Queenie sie brauchen würde. Seit Tagesanbruch saß sie in Hut und Mantel in der kleinen Lobby des Gästehauses und wartete. Als das Telefon im Büro klingelte, war sie schon unterwegs, noch bevor der Verwalter sie rief.

Queenie, die inzwischen auf einem fahrbaren Bett im Kreißsaal lag, entspannte sich etwas, als sie die Augen öffnete und Millie auf sich herunterlächeln sah. Ihre Freundin beugte sich vor und strich ihr sanft das feuchte Haar aus der Stirn.

„Du machst es sehr gut, Queenie."

Dann war Dr. Reese da und kümmerte sich um die werdende Mutter. Millie wartete allein draußen im Gang. Vierzig Minuten später kam Schwester Claire heraus und flüsterte: „Es ist alles vorbei. Sie ist sehr erschöpft. Möchten Sie sie sehen?"

„Und das Baby?"

„Dem geht's gut. Ein Jammer, daß sie das Kind nicht sehen kann. Sie muß es sofort aus ihrem Kopf und aus ihrem Herzen verbannen."

Millie nickte. Auch ihr tat das Herz weh, als sie zu Queenie ans Bett trat. Queenies grüne Augen waren so dunkel, daß sie fast schwarz wirkten. Millie fand keine Worte, sie nahm nur Queenies Hand und tätschelte sie.

Dann suchte sie Schwester Claire und nahm sie beiseite. „Bitte, lassen Sie mich das Baby sehen, nur einen Augenblick. Ich selbst kann keine Kinder bekommen; Queenie ist meine ganze Familie."

Schwester Claire starrte sie einen Augenblick an. „Bleiben Sie hier. Ich darf eigentlich nicht, aber – nur einen Moment."

Gleich darauf kam sie wieder und reichte Millie ein winziges, in eine weiße Decke gewickeltes Wesen. „Ich bin in zwei Minuten wieder da. Ich muß noch mit dem Arzt sprechen."

Millie sah auf das schlafende Baby hinunter. Vorsichtig schlug sie die Decke auf und berührte die winzige rosafarbene Hand, die sich um ihren dunklen Finger krümmte und ihn festhielt. Sanft entzog Millie ihn dem Griff und streichelte die molligen Beinchen des Babys. Plötzlich hielt sie inne und starrte auf die Hüfte des Kindes.

„Also dich werde ich erkennen, wenn wir uns jemals wiedersehen." In diesem Augenblick öffnete das Baby die Augen und blickte zu ihr empor.

Millie lächelte. „Jetzt weiß ich, wer dein Vater ist, da gibt es keinen Irrtum, mein Kleines."

TR FUHR aus dem Schlaf, weil er den Eindruck hatte, eine Stimme hätte ihn gerufen. Queenies Stimme. Er hatte sie ganz deutlich gehört und spürte ihre Gegenwart, als sei sie im Zimmer. Er roch sogar den Duft ihres Haares und ihrer Haut. Er knipste die Nachttischlampe an – das Hotelzimmer war natürlich leer.

Er hatte schon geglaubt, die Erinnerung an Queenie erfolgreich verdrängt zu haben, mit dem Trennungsschmerz fertig geworden zu sein. Doch jetzt war die Sehnsucht nach ihr blitzartig wieder da. Warum hatte er ihre Gegenwart so deutlich gespürt?

TR schwang die Beine aus dem Bett und angelte seine Brieftasche aus der Jacke über dem Stuhl. Sein muskulöser Körper hatte alle Sonnenbräune verloren. Auf der Hüfte zeigte sich ein großer Bluterguß, den er sich bei einem Sturz vom Pferd zugezogen hatte. Er zog ein Stück Papier heraus und entfaltete jenen Brief, den Colin voll Niedertracht geschrieben hatte – den letzten Brief von Queenie, wie er glaubte.

...und darum, TR, denke ich, wir vergessen am besten die kurze Zeit, die wir miteinander hatten. Ich bin noch zu jung, um mich zu binden. Ich möchte auf Reisen gehen, fort von all den traurigen Erinnerungen hier. Ich bin dabei, einen Verwalter für Tingulla zu suchen, und will nach Europa gehen, vielleicht für immer. Vergiß mich. Es ist das beste.

Queenie

Da war er wieder, dieser unerträgliche Schmerz; er verstand es einfach nicht. TR warf einen Blick auf die Uhr: In Australien war jetzt Mittag. Er griff nach dem Telefon und verlangte die Vermittlung.

Während er auf die Verbindung nach Tingulla wartete, sah er das Arbeitszimmer vor sich, das Telefon auf Queenies altem Schreibtisch. Dann meldete sich eine Männerstimme, die er nicht kannte. „Ich wollte Miß Queenie Hanlon sprechen", sagte er.

„Tut mir leid, sie ist nicht da. Ist es persönlich oder geschäftlich?"

TR zögerte einen Moment. „Persönlich. Ich bin ein Freund und möchte mit ihr sprechen. Wann kommt sie zurück?"

„Tut mir leid, mein Lieber. Queenie ist verreist. Ich bin Warwick Redmond, der Verwalter hier. Kann ich ihr irgendwas ausrichten, wenn sie sich meldet?"

„Nein ... danke. Nichts."

TR legte den Hörer auf und blieb auf der Bettkante sitzen. Völlig unmöglich, jetzt zu schlafen. Er zog sich an und verließ das Zimmer.

Die Hände tief in den Taschen vergraben, wanderte er die menschenleere Straße entlang. Morgen würde er weiterziehen, in eine andere Stadt im Mittelwesten, zu einem anderen „sensationellen" Rodeo. Sein ganzer Körper tat ihm weh, aber noch mehr schmerzte sein Herz. Ein Rodeostar zu sein war anstrengend und hatte ihn einiges gekostet. Der Jubel der Menge, ihre Begeisterung, das Geld – nichts davon vermochte die Leere in seinem Leben auszufüllen. In jeder Stadt gab es Mädchen, die den hübschen Australier mit den blauen Augen und dem schiefen Grinsen anhimmelten. Die anderen Reiter konnten nicht verstehen, warum TR sich nicht einfach bediente, wo ihm die Frauen doch förmlich nachliefen. „Zu Hause wartet ein Mädchen auf mich", meinte TR dann nur.

Zu Hause! Sollte er zurück nach Australien gehen? Er vermißte die klare, scharfe Luft, das intensive Blau des Himmels, die Stille im Busch. TR betrat eine Imbißstube, die die ganze Nacht offen hatte, setzte sich an die Bar und bestellte bei dem verschlafenen jungen Mann hinterm Tresen einen Kaffee.

„Spät unterwegs“, sagte der, während er TR Kaffee eingoß.

„Konnte nicht schlafen.“

„Wo sind Sie her?“

„Australien.“

„Ein Aussie, soso! Ich bin ein paarmal da unten gewesen“, sagte eine herzliche Stimme mit einem ausgeprägten Südstaatenakzent in seinem Rücken.

TR wandte sich um und sah sich einem großen, vierschrötigen Mann gegenüber. Der Fremde schob seinen riesigen Stetsonhut aus der Stirn und hielt ihm die Hand hin.

„Angenehm. Clayton Hindmarsh. Sie sind Hamilton, nicht wahr? Ich habe Sie heute nachmittag reiten sehen.“

„Was haben Sie denn in Australien gemacht?“ fragte TR.

„Das Übliche. Mich nach Pferden umgesehen. Und nach Reitern und Trainern.“

„Sie sind im Pferdegeschäft?“

„Das kann man wohl sagen; mir gehört eines der größten Gestüte in Kentucky! Ich muß gestehen, ich war mächtig beeindruckt, wie Sie mit den verkorksten Viechern heute fertig geworden sind.“

„Danke. Aber allmählich wird das auch langweilig.“

„Wirklich? Wie sind Ihre Pläne, junger Mann?“

„Ich stehe noch einen Monat unter Vertrag. Danach weiß ich wirklich noch nicht. Eigentlich wollte ich nach Hause zurück und Vollblüter züchten.“

„Was verstehen Sie von Rennpferden, Hamilton?“

TR lachte. „Nicht viel.“

„Wollen Sie was lernen? Ich habe mich erkundigt und hab gehört, daß Sie verdammt gut mit Pferden umgehen können. Nicht nur reiten, meine ich. Also ... reden wir Klartext“, sagte Clayton Hindmarsh und knallte seinen Stetson auf den Tresen.

ZWEI Tage später flog TR nach Kentucky, um sich mit Clayton Hindmarsh III. auf dessen eigenem Grund und Boden zu treffen. Er war tief beeindruckt von der Größe des Besitzes. Das Gestüt galt im Lande als Musterbetrieb und brachte Rennpferde der Spitzenklasse hervor. Das ganze Anwesen roch geradezu nach Erfolg, Geld und Beständigkeit.

„TR, ich habe einen alten Angestellten, der kann nicht lesen und schreiben, aber zaubern, wenn es um Pferde geht", sagte Clayton. „Tommy wird nur langsam alt. Er muß von seiner Zauberkunst etwas weitergeben, bevor es zu spät ist. Ich möchte, daß Sie von ihm lernen, was Sie nur lernen können, denn ich habe das Gefühl, Sie könnten ein überragender Trainer werden. Erfüllen Sie Ihren Rodeovertrag, dann kommen Sie wieder her und entscheiden sich. Der Job steht Ihnen jederzeit offen."

„Ich muß darüber nachdenken, Clayton. So habe ich mir mein Leben nicht vorgestellt."

„Das Leben verläuft selten nach Plan, TR. Ich bin, was ich heute bin, weil ich mich mit Pferden auskenne – und mit Menschen. Ich glaube, Sie sind der richtige Mann für den Job."

TR empfand das starke Bedürfnis, Hindmarshs Angebot mit jemandem zu besprechen, dem er vertraute. Nach seiner nächsten Rodeoshow hängte er sich ans Telefon, und schließlich gelang es ihm, Dingo McPherson an die Strippe zu bekommen.

Der brüllte vor Lachen. „Natürlich weiß ich, wer Clayton Hindmarsh ist! Hör zu, TR, Claytons Wort ist Gold wert, und wenn du ein paar Jahre für ihn arbeitest, dann kannst du dir selbst das Flugticket zurück nach Australien ausstellen."

Die Prognose seines Freundes spornte TR an. Er wollte seinen neuen Job als eine Art Lehrzeit betrachten, als Vorbereitung für den eigenen Betrieb, den er zu Hause aufmachen wollte. So rief er Clayton an und sagte zu. Einen Monat noch, dann würde es nach Süden gehen, in ein neues Leben. Australien, Tingulla und Queenie gehörten der Vergangenheit an.

Siebtes Kapitel

Alles war vorbei. Queenie stand in der stillen Allee vor der Mauer, die den Konvent umgab, wo man ihr ihr Kind abgenommen hatte. Die Straße war verlassen; nur gelegentlich fuhr ein Auto durch die wassergefüllten Schlaglöcher, ohne sich um die einsame Gestalt mit der Reisetasche zu kümmern, die unter einem Baum vor dem Regen Schutz gesucht hatte und auf ein Taxi wartete.

Sie fühlte sich unglaublich einsam und empfand Schuldgefühle, weil sie nicht darum gekämpft hatte, ihr Baby sehen zu dürfen. Gleichzeitig wußte sie aber auch, der Verlust wäre, hätte sie es in den Armen gehalten, noch unerträglicher gewesen. Große Regentropfen fielen ihr aufs Haar und spülten ihr Strähnen über die Stirn. Sie schloß die Augen.

„Na komm, Süße." Queenie hatte das Taxi überhaupt nicht bemerkt. „Raus aus dem Regen und rein hier, sonst fängst du noch an zu sprießen!"

Das Taxi setzte sie vor dem Blue Lagoon ab, und Millie nahm sie mit auf ihr Zimmer.

„Wie geht's dir?" fragte sie und drückte Queenie an sich.

„Gut."

Millie sah sie zweifelnd an.

„Miserabel." Queenie versuchte zu lächeln, doch statt dessen rannen ihr Tränen über die Wangen.

Millie wischte sie ab. „Na ja, das ist doch klar, oder? Du brauchst jetzt Erholung."

Queenie lächelte schwach. „Ich gehe vielleicht in den Norden, zum Großen Barriereriff. Eine tropische Insel, das ist für eine Weile vielleicht das richtige."

„Jim und ich, wir packen auf Cricklewood alles ein und kehren zurück nach Tingulla", verkündete Millie. „Du brauchst dich um nichts zu kümmern, mein Herzchen. Du kannst verreisen, so lange du willst."

ZWEI Tage später befand Queenie sich in einer anderen Welt. Sie lag im weichen silbrigen Sand einer Insel des Großen Barriereriffs und ließ sich von der Sonne mit Wärme tränken. Queenie nahm die Tage, wie sie kamen. Die schwersten Entscheidungen, die sie zu fällen hatte, waren lediglich die, wo sie das nächste Sonnenbad nehmen oder ob sie zum Riff hinausfahren oder schnorcheln, sich in dem Wunder unter Wasser verlieren sollte, wo Tausende von glitzernden Fischen durch die bunte Korallenwelt flitzten.

Queenie erholte sich; ihre Wunden heilten. Wenn sie im Schatten der Felsen am Strand ein Buch las, wußte sie nicht mehr, welcher Tag heute war. Aber schließlich wurde ihr klar, daß es so nicht weitergehen konnte, und sie beschloß, nach Tingulla zurückzukehren.

Wie es ihre Art war, kündigte sie niemandem ihre bevorstehende Rückkehr an. Sie wollte sehen, wie der Betrieb unter der Leitung von Warwick funktionierte, ohne ihn vorher zu warnen.

Queenie parkte den verstaubten Wagen vor dem Haupteingang und nahm mit Wohlgefallen den sorgsam gehegten Garten zur Kenntnis, den frischen Anstrich der Zäune und eine allgemeine Atmosphäre von Gepflegtheit. Da Millie wieder dem Haushalt vorstand, blitzte alles, und es duftete nach Frischgebackenem, was Queenie in die Küche lockte.

Millie zog gerade ein Blech mit Brötchen aus dem Ofen, und am langen Küchentisch saß Sarah. Sie quietschte vor Freude und rannte auf Queenie zu, so daß Millie erschrocken zusammenzuckte. „Mein Gott", rief Millie, „du hättest uns auch Bescheid sagen können, daß du so bald zurückkommst!"

Queenie umarmte sie. „Warum, Millie? Alles sieht wunderbar aus, und meine beste Freundin sitzt hier bei dir in der Küche!" Sie wandte sich an Sarah. „Also ...? Ich will alles wissen!"

Sarah sagte kein Wort, hielt nur ihre linke Hand hoch, an der ein Ring mit Saphiren und Diamanten glitzerte.

„Du bist doch nicht ...? Verlobt! O Sarah ..., wer, wer, wer?" rief Queenie und untersuchte den Ring genau.

„Du kennst ihn nicht. Aber er ist einfach wunderbar!"

„Natürlich! Sag nichts ..., ein Schweizer Bankier ..., ein österreichischer Skilehrer ..., nein, ein Gondoliere aus Venedig!"

„Nein, jetzt wohnt er in Sydney, aber er stammt aus Inverell und sein Name ist John Maxwell."

„Ein Junge aus dem Busch, aus Saphirland ..., daher der schöne Ring. Was macht er?"

Sarah holte weit aus, um die Vorzüge ihres Verlobten zu schildern. John hatte in New South Wales als Immobilienagent gearbeitet und Farmen und Häuser verkauft. Doch dann war er nach Sydney gezogen und hatte sich dort einen Namen gemacht. Sie hatten sich, als Sarah nach England fuhr, auf dem Schiff kennengelernt und später in London wiedergetroffen. John hatte sich in sie verliebt, war ihr auf den Kontinent gefolgt und hatte unter dem Schiefen Turm von Pisa um sie angehalten.

„O Sarah ..., das klingt wie ein Märchen", sagte Queenie lachend. „Ich hoffe, du wirst ganz, ganz glücklich!" Spontan ergriff sie Sarahs Hand. „Heirate hier in Tingulla. Ich möchte dir ein Fest hier zur Hochzeit schenken!"

Sarah strahlte. „Das wäre wunderbar. Bist du ganz sicher?"

„Aber natürlich. Wir können Johns Familie und seine Freunde hier unterbringen, und ihr könnt in unserer kleinen Kirche heiraten. Das wird die schönste Hochzeit aller Zeiten! Was, Millie?"

„Dafür werden wir schon sorgen! Du brauchst dich um nichts zu kümmern, Sarah."

Die beiden jungen Frauen begannen, Pläne zu schmieden, und Millie dachte, wie gut es sein würde, wenn die Kirche endlich wieder einmal für ein glückliches Ereignis genutzt würde.

QUEENIE wurde oft eingeladen, doch meistens sagte sie ab. Nur eine Einladung zu einer Party bei den Quinns zu Ehren von Sarahs Verlobtem nahm sie mit Freuden an.

John Maxwell schüttelte ihr herzlich die Hand. „Ich habe das Gefühl, Sie längst zu kennen, Queenie. Obwohl ich mit Sarah nach Sydney ziehe, hoffe ich doch, Sie betrachten unser Haus als das Ihre – jederzeit."

Es ließ Queenie nicht kalt, mit anzusehen, wie Sarah John herumreichte und bekannt machte. Er hatte sandfarbenes Haar, war von kräftiger Gestalt, und seine nußbraunen Augen schienen immerfort zu lächeln. Queenie wunderte sich nicht, daß er so erfolgreich war. Ihr war klar, daß sich hinter seiner ländlich herzlichen Art ein kluger Geschäftsmann verbarg.

Sie war nicht eifersüchtig, aber dennoch wurde sie die bohrende Frage nicht los, wann auch sie ihr Glück finden würde.

SARAHS Hochzeitstag stand unter einem guten Stern. Die Sonne schien von einem wolkenlosen Himmel, doch eine leichte Brise sorgte für Kühlung. Die kleine Kirche, die Queenie mit Zweigen und Blüten dekoriert hatte, konnte die Besucher kaum fassen. Nareedah, herausgeputzt, Mähne und Schweif mit eingeflochtenen Bändern geschmückt, zog den kleinen Einspänner mit Braut und Bräutigam von der Kirche zum Haus.

Veranda und Wohnzimmer ertranken in Blumen, und beim üppigen Büfett hatten Millie und Mrs. Quinn sich selbst übertroffen. Auf dem Rasen vor dem Haus standen Tische und Stühle; nach Zitronen duftende Eukalyptusbäume spendeten Schatten. Als es dämmerte, wurden im Garten Fackeln angezündet, und die Kapelle spielte romantische Tanzmusik. Sarah eröffnete mit John den Tanz, und Queenie und Warwick schlossen sich an. Während sich der Bräutigam auf seine mageren Tanzstundenerfahrungen zu besinnen suchte, wirbelte Warwick Queenie herum wie ein Turniertänzer.

„Sie tanzen wunderbar", lobte sie ihn. „Was haben Sie sonst noch für Talente, die Sie mir verschwiegen haben?"

„Abwarten", neckte Warwick sie und verstärkte den Druck seiner Hände. Er hätte ihr gerne gesagt, wie wunderschön er sie fand. Ihr smaragdgrünes Seidenkleid harmonierte mit ihren Augen, und eine Gardenie zierte ihr aufgestecktes Haar.

„Ich bin froh, daß Sie nicht immer so herumlaufen. Ich käme ja überhaupt nicht mehr zum Arbeiten", meinte Warwick provozierend.

Queenie errötete und genoß das Kompliment.

Sie unterhielt sich glänzend. Millie und Mrs. Quinn hatten alles perfekt vorbereitet, und Queenie fühlte sich ausgesprochen wohl in der Gesellschaft Warwicks, der sie immer wieder zum Lachen brachte. Unmerklich wurde so aus der Beziehung zwischen Herrin und Angestelltem eine Freundschaft.

Ein paar Wochen später meldete sich Warwick bei Queenie und erkundigte sich nach Cricklewood.

„Ich weiß von Jim, daß Snowy die Zäune repariert hat und daß es dort ergiebige Weidegründe gibt. Und ich habe über diese zwei neuen Rinderrassen gelesen, Brahman und Charolais, große, starke Tiere mit viel Fleisch. Die wären doch was für Cricklewood."

„O Warwick! Mein Konto ist total überzogen. Ich müßte mehr Leute einstellen, und die Rinder wären nicht billig."

„Aber sie könnten phänomenale Erträge bringen, Queenie." Warwick breitete einige Papiere auf dem Schreibtisch aus und zog sich einen Stuhl neben sie. Gemeinsam studierten sie Viehpreise und berechneten den möglichen Ertrag.

Queenie kaute, intensiv nachdenkend, an ihrem Bleistift herum und lehnte sich dann zurück. „Ich muß gestehen, das klingt alles ganz gut. Bloß die Investition macht mir Sorgen."

„Ich würde Cricklewood gern kennenlernen. Können wir nicht ein paar Tage dort hinfahren?"

„Ich denke, schon ..., ich bin sowieso seit der Hochzeit nicht mehr zur Ruhe gekommen. Wir fahren in zwei Tagen", sagte Queenie und schob ihren Stuhl zurück.

Für den Weg nach Cricklewood hatten sie eine Abkürzung genommen, aber die Straße war in schlechtem Zustand. Die paar Fahrzeuge, die während der Regenzeit hier durchgekommen waren, hatten tiefe Löcher hinterlassen, die nun zementhart ausgetrocknet waren.

Warwick fuhr, und Queenie döste. Das sonnenverbrannte Land

leuchtete ockerfarben im Licht des späten Nachmittags. Warwick rieb sich die Augen, und in dieser Sekunde tauchte plötzlich eine große rote Gestalt vor ihnen auf.

Er steuerte heftig nach rechts, doch der linke Kotflügel prallte gegen ein riesiges Känguruh. Metall knirschte, und der Landrover geriet ins Schleudern. Der Wagen krachte in einen flachen Felsbrocken und kam rutschend zum Stehen.

Warwick fluchte und wandte sich Queenie zu, die sich mit einer Hand am Haltegriff festhielt. Mit der anderen bedeckte sie ihre Augenbraue. Blut tröpfelte zwischen ihren Fingern hervor.

„Alles okay, Queenie? Ich habe ein Känguruh angefahren – war nichts zu machen."

„Sie haben perfekt reagiert. Ich dachte schon, es ist aus. Diese Landrover sind Gott sei Dank stabil."

Sie stiegen aus, um den Schaden zu begutachten. Queenie zog den Verbandskasten unter dem Vordersitz hervor.

„Kommen Sie, lassen Sie mich das machen." Warwick führte sie in den Schatten. Er desinfizierte die Wunde an der Augenbraue und klebte zwei Pflaster kreuzweise darüber. „Sieht nicht besonders schlimm aus."

„Danke, Warwick. Ich glaube, Paragraph eins bei Notfällen im Busch lautet: erst mal Tee machen."

Also begann Warwick, Reisig für das Feuer zu sammeln. Als er von einem Stamm einen Zweig abbrach, sprang er plötzlich mit einem Aufschrei zurück und ließ das Holz fallen. Er fluchte und hielt sich den Arm.

Queenie rappelte sich auf, ohne die bronzefarbene Schlange aus den Augen zu lassen, die, eng zusammengerollt, den Kopf von einer Seite auf die andere wiegte und züngelte. Sie holte das Gewehr aus dem Wagen, zielte und feuerte. Der Kopf der Schlange zerbarst. „Getroffen! Eine Viper ..., verdammt gefährlich! Gott sei Dank hat sie Sie nicht erwischt, Warwick!"

Der Verwalter hielt ihr sein Handgelenk mit den zwei roten Punkten hin. „Leider doch." Sein Grinsen kaschierte seine Angst.

Queenie hielt die Luft an. Dann sagte sie ganz ruhig: „Das kommt schon wieder in Ordnung. Keine Panik. Kommen Sie zum Wagen."

Mit der Rasierklinge aus dem Verbandskasten machte Warwick einen kleinen Schnitt und ließ das Blut auf den Boden laufen.

„Nicht aussaugen, sonst verschluckt man das Gift", sagte Queenie und legte rasch das Reisig zusammen, zündete das Feuer an und setzte einen Blechkessel mit Wasser auf. „Ich kenne eine Medizin der Eingeborenen gegen Schlangenbisse. Snowy hat mir vor Jahren die richtigen Pflanzen gezeigt."

Warwicks Augen waren geschlossen. „Okay."

„Langsam atmen. Halten Sie den Arm nach unten, und bewegen Sie ihn nicht. Ich bin in ein paar Minuten wieder da."

Queenie holte eine Axt mit kurzem Griff aus dem Wagen und rannte los – in den grünlich-grauen Busch hinein. Dort löste sie dünne Rinde von einem kleinen Baum und riß stachlige Blätter, die ihr die Haut aufrissen, von einem Busch. Dann rannte sie zurück zum Wagen. Dort lag Warwick mit geschlossenen Augen auf dem Boden. Das Gift hatte zu wirken begonnen.

Queenie warf die Blätter ins kochende Wasser und legte die Rinde an den Rand des Feuers. Als der Trank etwas abgekühlt war, hob sie Warwicks Kopf und ließ ihn trinken. Sein Blick war verschleiert, und er hatte Mühe zu schlucken. Dann nahm sie die verkohlte Rinde, zerrieb sie zu Asche und streute diese auf die Bißwunde an seinem Handgelenk. Zum Abschluß wickelte sie eine Bandage darum. Warwick schloß wieder die Augen.

Queenie zerrte ihn nun zum Wagen und hatte große Schwierigkeiten, ihn auf den Beifahrersitz zu hieven. Ein paar Sekunden mußte sie verschnaufen, dann löschte sie das Feuer mit Sand, warf ihre Sachen in den Landrover zurück und kletterte hinters Steuer. Sie legte Warwicks Kopf in ihren Schoß und fuhr los.

Erst kurz bevor es dunkel wurde, kamen sie auf Cricklewood an. Das Haus war, wie Millie es vor zwei Monaten verlassen hatte – aufgeräumt und, abgesehen vom Staub, sauber. Queenie entzündete eine Kerosinlampe und zog Warwick in ihrem Licht aus dem Wagen.

Als sie ihn im Haus hatte, begann er, sich hin und her zu werfen und unzusammenhängendes Zeug zu murmeln. Queenie goß die Reste der Flüssigkeit, die sie gekocht hatte, in eine Tasse und setzte sie ihm an die Lippen. Warwick sperrte den Mund auf und schluckte. Seine Augenlider flatterten. Queenie verfrachtete ihn in ein Schlafzimmer, wuchtete ihn aufs Bett, legte eine Matratze daneben und ließ sich erschöpft darauf nieder.

Warwick schlief die Nacht und den ganzen nächsten Tag durch. Gegen Abend hörte Queenie, wie er schwach nach ihr rief. Sie eilte ins Schlafzimmer.

„Was ist mit mir passiert?"

„Pst, keine Aufregung! Wissen Sie nicht mehr – die Schlange? Sie waren sehr krank. Wir sind auf Cricklewood. Nicht bewegen! Ich mache Ihnen was zu trinken."

Der heiße schwache Tee belebte ihn etwas. „Ich glaube, das möchte ich nicht noch mal erleben. Ich schulde Ihnen was. Sie haben mich gerettet."

„Der Dank gebührt Snowy. Er hat mir Buschmedizin beigebracht", entgegnete sie lächelnd.

ALLMÄHLICH kam Warwick wieder zu Kräften. Die Nachmittage verbrachte er meist schlafend und setzte sich dann auf einen Stuhl in der Küche, während Queenie das Abendessen aus Dosenvorräten zubereitete. „Das reinste Familienleben, was?" grinste er.

Auch Queenie lachte. Aber sie spürte, daß er sie genau beobachtete.

Eines Morgens erwachte sie von lautem Hämmern; Warwick bearbeitete das zerbeulte Schutzblech des Landrovers.

„Keine Meisterarbeit, aber es reicht, denke ich. Sie haben versprochen, mir Cricklewood zu zeigen ..., also los!"

Sie nahmen einen Imbiß mit. Warwick fuhr, und Queenie dirigierte ihn übers Land.

„Mit dem Besitz hier kann man wirklich was anfangen, Queenie. Diese neue Rinderzucht könnte ein Riesengeschäft werden."

„Die sind aber so teuer."

„Dann suchen Sie sich einen Partner. Wenn ich ein bißchen Geld auftreibe, würden Sie sich mit mir zusammentun?"

„Können Sie das denn? Geld auftreiben?"

„Wahrscheinlich schon."

Sie sahen einander an. Queenie spürte plötzlich, daß Warwick etwas anderes sagen wollte. Er beugte sich zu ihr hinüber, aber sie wandte sich ab, verwirrt und unsicher. „Wir reden darüber, wenn wir wieder auf Tingulla sind. Fühlen Sie sich der Fahrt gewachsen?"

„Aber ja. Wie wär's mit morgen?"

IN DIESER Nacht konnte Queenie nicht schlafen. Auf einmal hörte sie, wie Warwick leise ihren Namen rief. Sie zögerte. Träumte er nur, oder brauchte er sie? Schließlich wickelte sie sich in eine Decke und schlich leise in sein Zimmer. Fahles Mondlicht fiel durch das schmale, vorhanglose Fenster. „Ist alles in Ordnung?" Sie trat dichter an sein Bett.

„Nein."

„Was ist denn los?" Besorgt setzte sie sich auf den Bettrand und streckte die Hand aus, um seine Stirn zu befühlen. Er ergriff ihre Hand und zog sie dichter zu sich.

„Queenie..." Er zog ihren Kopf herunter und preßte seinen Mund auf den ihren. Einen Moment lang erwiderte sie automatisch seinen Kuß, doch dann entzog sie sich seinem Griff und sprang auf.

„Warwick! Sind Sie verrückt geworden?"

„Queenie, ich begehre dich schon so lange..."

„Nein!" Sie rannte türenknallend aus dem Zimmer.

Am nächsten Morgen stand Queenie ganz früh auf, zog sich an und ging zu Warwick in die Küche, wo er Frühstück gemacht hatte. Sie aßen schweigend. Dann räumte Queenie das Teegeschirr ab und begann mit eisiger Stimme: „Warwick, wegen letzter Nacht..."

Er hob die Hand. „Es tut mir leid, ich hätte Sie nicht überrumpeln dürfen. Aber es ist so schwer, diese Verteidigungsmauer zu durchbrechen, die Sie um sich errichtet haben. Und ich muß mich nicht dafür entschuldigen, daß ich Sie begehrenswert finde."

Queenie blickte zu Boden, entwaffnet, aber nicht besänftigt.

„Was ich gestern über eine geschäftliche Partnerschaft zwischen uns gesagt habe, gilt immer noch. Ich kann das Geld auftreiben. Aber ich will nicht, daß wir nur Partner sind. Ich möchte, daß du mich heiratest, Queenie."

Sie stieß einen kleinen Laut des Erstaunens aus und starrte ihn an. Er lächelte hoffnungsvoll.

Sie wandte sich ab. „Ich weiß nicht, was ich sagen soll... Warwick, das ist alles ganz verkehrt..."

„Warum, Queenie? Wir sind doch nicht schlecht gestellt! Könntest du mich lieben?"

„Ich weiß nicht..., ich..., ich..." Verwirrt begann sie das Frühstücksgeschirr abzuwaschen. „Ich kenne dich doch gar nicht..., ich meine, als Mann."

Warwick trat hinter sie, ergriff ihre Schultern und drehte sie zu sich. „Dann lerne mich kennen, Queenie."

Sie rührte sich nicht, als er sie sanft erst auf die eine Wange küßte und schließlich auf die Stirn. „Laß uns heimfahren."

IN DEN Staaten war TR derweil dabei, sich als Pferdetrainer zu vervollkommnen, und Clayton Hindmarsh hatte seine Wahl nicht zu bereuen. Für ihn gehörte TR zur Familie. TR genoß die damit verbundenen Privilegien, empfand aber doch manchmal auch Heimweh.

Clayton entging nicht, daß TR gelegentlich niedergeschlagen war. „Hast du Lust, für mich eine kurze Geschäftsreise nach Australien zu machen, TR?“

„He, und ob! Um was handelt es sich?“

„Ich suche Grundbesitz. Ich möchte auch in Australien Fuß fassen, Rinder züchten und Rennpferde trainieren ... Ich brauche also zwei Grundstücke. Wenn ich selbst hinfahre und herumschnuppere, dann steigen die Preise aufs Dreifache. Aber wenn du dich ein bißchen umsiehst, dann sieht die Sache anders aus. Offen gesagt, TR, ich hoffe, daß du das Renngeschäft übernimmst – wenn alles glattgeht.“

„Klingt ja toll! Ich denke, ich kümmere mich erst mal um den Besitz für die Rinderzucht – über Rennpferde muß ich noch viel lernen.“

„Du lernst schnell, TR. Ich bin da ganz zuversichtlich.“

Es war ein friedlicher Sonntagnachmittag. Warwick weilte bereits seit zwei Wochen in Perth, um sich dort geschäftlich umzutun. Queenie hatte im Garten eine Hängematte zwischen zwei Bäume gespannt, und beim sanften Schaukeln im Halbschatten war sie eingeschlafen. Sie träumte, daß Hunderte von Schmetterlingen auf sie niederflatterten, und versuchte, sie mit der Hand zu verscheuchen. Dabei spürte sie wirklich etwas in ihrem Haar. Sie öffnete die Augen und sah, daß Warwick auf sie niederblickte.

„Oh! Hallo!“ Queenie sah an sich hinab und stellte fest, daß sie vollständig mit Papier bedeckt war. Warwick hielt ein Bündel Geldscheine hoch und ließ weitere Noten auf sie herabregnen.

Queenie mußte lachen. „Was machst du da?“

„Ich hab dir doch gesagt, ich besorge uns Geld. Wir können jederzeit losgehen und Brahman-Bullen einkaufen...“

„Aber Warwick, das sind ja Tausende von Dollars...“ Ein Windstoß fegte das Geld von Queenies Körper und blies es über das Gras. „Warwick..., du bist verrückt!“

Lachend liefen sie hinter den Scheinen her, um sie aufzusammeln. Sie gab ihm, was sie aufgehoben hatte. „Da, leg alles in den Safe.“

„Es gehört dir..., Partner“, sagte Warwick und drückte ihr das Geld wieder in die Hand. Eine Zeitlang starrte er sie an, dann ergriff er seinen Hut. „Ich brauch jetzt eine Tasse Tee. War eine lange Fahrt.“

GEMEINSAM gingen sie zur Bank und dann zu Hamish Barton, der einen Partnerschaftsvertrag aufsetzte. Dann zahlte jeder die gleiche Summe Geld auf das neue Cricklewood-Konto ein. Bei einem Sandwich und einem Glas Bier im Pub besprachen sie ihre Pläne, die neuen Brahman-Bullen mit Hereford-Kühen zu kreuzen. „Zum Schluß hast du ein widerstandsfähiges Tier und mehr Fleisch pro Kilo Lebendgewicht. Es zahlt sich aus, Queenie."

Am nächsten Vormittag kam Millie zu ihr ins Arbeitszimmer. „Der Generator ist ausgefallen. Irgendwas durchgebrannt, und es ist kein einziger Mann im Haus."

„Typisch", seufzte Queenie. „Muß eben ich danach sehen."

Eine Stunde später fummelte sie immer noch am Motor des Generators herum. Sie hatte sich die Hand verbrannt und Kleidung und Gesicht mit Öl beschmiert. Geräuschvoll hantierte sie mit einem Schraubenschlüssel und fluchte laut dabei.

Daher hörte sie auch Warwick nicht kommen. Ausgerechnet in dem Augenblick, als er durch die Tür trat, glitt der Schraubenschlüssel ab, und ihr Handgelenk prallte gegen eine Metallkante. Sie schrie vor Schmerz auf und trat gegen die Maschine.

„Geduld, Geduld", mahnte Warwick.

Queenie rieb ihr blutendes Handgelenk, während er den Schraubenschlüssel aufhob und sie ärgerlich anfuhr: „Hättest du nicht warten können? Warum mußt du immer alles selber machen, Queenie? Immerzu mußt du der ganzen Welt beweisen, daß du in allem und jedem die Beste bist!"

„Schrei mich nicht an!"

„Warum mußt du immer so knallhart sein?" Warwick trat auf sie zu, ergriff sie an den Schultern und schüttelte sie. „Komm zu dir, Queenie! Hör auf, es mit der ganzen Welt aufzunehmen!"

Urplötzlich sah Queenie so verletzt und traurig aus, daß Warwicks Ärger verflog. „Es tut mir leid. Hast du dich verletzt?" Er drehte ihr Handgelenk um und küßte impulsiv die Wunde.

Wortlos streckte Queenie beide Arme nach ihm aus. Warwick umarmte sie liebevoll und preßte sie an sich. Er streichelte ihr Haar, und sie hob das Gesicht zu ihm und küßte ihn bereitwillig.

QUEENIE vertraute Millie an, sie werde Warwick heiraten. Sie machte aus der Neuigkeit nicht mehr Aufhebens, als würde sie Millie darum bitten, die Speisekammer wieder aufzufüllen. „Nichts wird sich ändern.

Warwick wird hier weiter als Verwalter fungieren. Er hat außerdem in Cricklewood investiert, so daß auch dort die Arbeit anlaufen kann."

„Liebst du ihn?"

Queenie wandte sich ab. „Was ist Liebe, Millie?"

„Ich dachte, du wüßtest das."

„Vielleicht hab ich's früher einmal gewußt. Aber jetzt entscheide ich mich für Kameradschaft und Vertrauen, für einen Mann, der bei mir bleibt und mir die Last des Lebens tragen hilft. Ich denke, das ist wichtiger."

Millie griff nach dem Wasserkessel. „Es ist dein Leben, Queenie. Warwick ist ein guter Kerl, das steht fest." Es entstand eine kleine Pause, während sie den Kessel füllte. „Also, wann soll der große Tag sein?"

„Wir feiern keine große Hochzeit auf Tingulla, Millie. Dem wäre ich nicht gewachsen. Wir gehen aufs Standesamt in Brisbane und dann irgendwohin auf Hochzeitsreise."

„Kommt mir vor, als läufst du vor etwas davon!" Millie knallte den Kessel auf die Kochplatte.

Queenie legte den Arm um sie. „Komm schon, Millie. Ich sehne mich nach einem neuen Anfang. Ich dachte, du freust dich."

Millie umarmte die schmale junge Frau. „Queenie – ich will nur, daß du glücklich bist. Ich hoffe, Warwick ist der Richtige für dich."

Sie setzte Tee auf wie immer, doch ihr Herz zog sich dabei zusammen. Für sie stand fest, wen Queenie hätte heiraten sollen, und sie hätte nur allzugern deren Lebensweiche anders gestellt.

Warwick fuhr nach Sydney; geschäftlich, wie er sagte, ohne jedoch Queenie in die Einzelheiten einzuweihen. Dort angekommen, informierte er Colin über die geplante Hochzeit und erklärte ihm, daß er und Queenie jetzt auch Geschäftspartner wären. „Ich investiere in eine Bullenzucht auf Cricklewood."

„Klingt ein bißchen riskant", meinte Colin achselzuckend.

„Du sollst nur wissen, daß ich eigene Pläne habe. Ich heirate Queenie nicht wegen Tingulla."

Colin nippte an seinem Bier. Wer's glaubt, wird selig, dachte er. Doch der Krampf in seinem Magen legte sich. Warwick war eine geringere Gefahr, als TR es gewesen wäre. Er kannte Warwicks Schwäche, und er wußte, daß ein Mann wie Warwick sich nie ändern würde. Sein Trumpf war, daß Queenie ihn nicht so gut kannte wie er. Colin konnte warten. Er zwang sich zu einem Lächeln und hielt Warwick die Hand hin. „Gratuliere!"

TR RECKTE sich und atmete tief durch. Die Fahrt durch die sonnendurchglühte Landschaft von Queensland war lang und anstrengend gewesen, doch kaum hatte er den staubigen Leihwagen in der vertrauten Straße in Longreach geparkt, fühlte er sich zu Hause. Er nahm ein Zimmer im „Empire Hotel" und ging sofort hinauf. Obwohl er todmüde war, breitete er eine Karte aus und begann, die Gegenden zu studieren, die er überprüfen wollte. Er kreuzte verschiedene Liegenschaften an, die Clayton Hindmarshs Bedürfnissen entsprechen mochten. Dabei stieß er auch auf den Namen Tingulla. Es bot sich geradezu an, dort einen Zwischenstopp einzulegen und Millie und Jim zu besuchen ... Quatsch! In Wahrheit zog ihn Queenie nach Tingulla.

Sie mußte längst von ihrer Reise zurück sein. Sie war wieder auf Tingulla, er fühlte es. Er faltete die Karte zusammen und gestand sich ein, daß er die ganze Zeit dorthin hatte fahren wollen. Er würde Queenie wiedersehen, sie einfach in die Arme nehmen, und sie würden nie mehr auseinandergehen.

QUEENIE und Warwick beschlossen, ihre Heirat bis zu ihrer Rückkehr geheimzuhalten. Millie mußte schwören, nichts zu verraten. Warwick fuhr nach Brisbane voraus, um alles vorzubereiten, während Queenie sich in Longreach ein Zimmer im Empire Hotel nahm. Am nächsten Tag wollte sie dann nach Brisbane nachkommen.

Als sie am Abend in den Speisesaal kam, empfing sie ein Freudenschrei. Am Nebentisch saß Dingo McPherson. Sie umarmten sich voller Zuneigung.

„Ich wollte mich sowieso melden, wo ich schon in der Nähe war. Ich dachte, ich komme vorbei und besuche Warwick."

„Er ist in Brisbane."

„Na, was für ein Glück, daß ich statt dessen dich getroffen habe! Wie läuft's denn so?"

„Dingo, du bist genau der Mann, mit dem ich jetzt sprechen muß. Was weißt du über Brahman-Bullen?" Beim Essen informierte sie Dingo über ihre Pläne und fand in ihm wie immer eine Quelle wertvoller Informationen und nützlicher Ratschläge.

„Du bist also zufrieden mit Warwick Redmond? Er macht sich gut?"

Queenie grinste. „Das kann man wohl sagen! Wir werden heiraten."

Dingo lehnte sich in seinem Sessel zurück und brüllte vor Lachen. „Also, das ist doch ..., das ist einfach wunderbar!" Er hielt ihr seine große Hand hin. „Ich hoffe, ihr werdet sehr glücklich. Wann ist denn der große Tag?“

Queenie blickte zu Boden. „Weißt du ..., das verraten wir nicht. Ich wollte keinen großen Rummel ..., also, laß den Buschtelegrafen nichts merken. Behalte es für dich.“

„Verstehe. Ich lass' nichts raus. Grüße Warwick von mir. Wie wär's mit einem Drink in der Bar zur Feier des Tages?“

„Nein, danke, Dingo. Ich bin sehr müde und habe morgen eine lange Fahrt vor mir.“ Sie umarmte ihn noch einmal und ging nach oben.

TR HATTE sich nach der langen Reise ausgeschlafen und ging auf einen Sprung in die Bar. Dort traf er auf Dingo und setzte sich neben ihn. Der alte Outback-Mann schlug ihn auf den Rücken. „Na so was! Nirgends kann man in Ruhe sein Bier trinken. Wie geht's denn so?“

TR berichtete von seinen Erfahrungen in Amerika und warum er wieder da war.

„Hier gibt's ein paar gute Grundstücke. Teuer, aber nicht für einen wie Hindmarsh“, meinte Dingo. „Mit Wildpferden gibst du dich also nicht mehr ab, TR?“

TR antwortete nicht gleich, sondern dachte an die Wildpferdjagd, bei der er gemerkt hatte, daß er sich in Queenie verliebt hatte. „Nein, nicht mehr. Queenie und ich haben ja damals nicht ein einziges erwischt.“

„Apropos Queenie ..., weißt du, daß sie heiratet? Das hast du übrigens mir zu verdanken.“ Dingo lachte. Sein Schweigeversprechen hatte er schon vergessen.

TR stellte langsam sein Glas auf die Theke. „Sie heiratet? Sie hat also in Europa jemanden gefunden?“

„Keine Sorge. Sie heiratet Warwick Redmond, den Kerl, den ich ihr als Verwalter für Tingulla empfohlen habe. Der hat das Beste aus seinem Job rausgeholt, das muß ich sagen!“

„Was ist das für einer?“ TR konnte kaum sprechen.

„Nicht so einer, wie du denkst, TR. Er hat selber Geld und ist bei ihr auch geschäftlich eingestiegen. Die beiden werden gut zusammenpassen.“

TR trank sein Glas in einem Zug aus. „Wir sehen uns, Dingo. Muß morgen früh raus.“

Sie schüttelten sich die Hand, und TR verließ mit hängenden Schultern die Bar.

AM NÄCHSTEN Morgen brach TR zeitig auf.

„Bis dann, TR. Viel Glück in Amerika“, sagte der dicke, glatzköpfige Portier.

„Danke… O verdammt! Ich habe meine Jacke oben gelassen. Ich muß noch mal rauf.“ Er setzte seine Reisetasche ab und lief die Treppe hinauf.

Er war gerade verschwunden, da kam Queenie von draußen herein, mit rosigen Wangen und vom Wind zerzaustem Haar. Sie trat neben TRs Reisetasche, ohne sie zu bemerken. „Morgen. Ein herrlicher Tag! Noch nicht viel los draußen.“

„Nein, Sie sind ein früher Vogel. Es gibt schon Frühstück, wenn Sie wollen.“

„Danke.“ Queenie ging in den Speisesaal.

Während sich die Glastür hinter ihr schloß, kam TR mit seiner Jacke über der Schulter die Treppe herunter. Er nahm seine Tasche auf, nickte dem Mann am Empfang zu und trat auf die Straße hinaus.

DIE SIEBZIGER JAHRE – CRICKLEWOOD

Achtes Kapitel

Das schwarzweiß gefleckte Pony trottete brav im Stallhof im Kreis herum, und die kleine Gestalt im Sattel hüpfte auf und nieder und quietschte vor Lachen. „Noch ein bißchen, Snowy, noch ein bißchen“, bettelte das kleine Mädchen, als der Aborigine hinzutrat, um die Vierjährige aus dem Sattel zu heben.

„Genug, Sassy. Millie wartet bereits mit dem Essen auf dich“, sagte er.

Millie stand in der offenen Schiebetür und lächelte. „Saskia, mein kleines Äffchen, du machst den armen Snowy noch ganz fertig. Deine Mum und dein Dad warten auf dich.“

Saskia rannte wie der Blitz bis zur Eßzimmertür, dann ging sie gesittet an ihren Platz gegenüber ihrer Mutter.

Stolz strahlte Queenie ihre Tochter über den Tisch hinweg an. Saskia hatte Warwicks dunkle Locken und seine großen grauen Augen, war sonst aber mehr nach ihr geraten. Sie würde groß werden wie er und eine Schönheit wie ihre Mutter.

Queenie war ein paar Monate nach der Hochzeit mit Warwick

schwanger geworden, und jetzt führten sie beide ein stilles und glückliches Leben. Wenn sie gelegentlich den Wunsch nach etwas mehr Leidenschaft oder Abenteuer verspürte, schob sie den Gedanken einfach weg und besann sich immer wieder auf ihr Glück, einen Ehemann zu haben, der sie anbetete, ihr gemeinsames Kind vergötterte und, abgesehen von gelegentlichen Geschäftsreisen nach Sydney oder Brisbane, jeden Tag mit ihr teilte.

Diese Reisen freilich machten ihr zu schaffen. Warwick nahm sie nie mit, sprach immer nur davon, wie langweilig das alles für sie sein müsse, nur geschäftliche Besprechungen und Bürokram. Sie wußte, daß er sich in Sydney mit Colin traf, fragte sich aber oft, was er sonst wohl noch trieb. Und noch ein anderes großes Fragezeichen plagte Queenie. Wie wäre ihr Leben verlaufen, wenn sie TR geheiratet hätte? Wie sah wohl jetzt ihr gemeinsames Kind aus?

Heftig schüttelte sie den Kopf, so daß sich ihr langes, volles Haar löste und ihr über die Schultern fiel – weg mit diesen Gedanken! Nach dem Essen ging sie in den Stall. „Nareedah, du faules altes Mädchen, auf geht's zum Reiten!"

NACH seinem Examen hatte Colin anderthalb Jahre in Europa verbracht und war inzwischen in Sydney heimisch geworden. Er spürte kein Verlangen, sich nach einer Arbeit auf dem Land umzusehen. Für Queenies Vorschlag, Cricklewood zu übernehmen, hatte er nur Spott übrig. „Ich besitze einen akademischen Grad, den kann ich für alles brauchen. Vielleicht such ich mir einen Job in der Stadt."

Es machte natürlich sehr viel mehr Spaß, dort den Playboy zu spielen. Eines Abends machte ihn im „Chequers Nightclub" ein Freund aus Universitätstagen mit einer schwarzhaarigen, üppigen Italienerin namens Dina Camboni bekannt. Colin flog sofort auf sie, auf ihre Mischung aus Intellektualität und Lebensfreude, und forderte sie zum Tanzen auf.

Während sie plauderten, zog er sie enger an sich, genoß ihre weiche Fülle in seinen Armen. Er erzählte ihr, er sei soeben von Europa zurückgekommen und finde jetzt Australien, besonders den Busch, entsetzlich langweilig.

„Sie sind ein Farmerjunge?"

„Das weniger. Meinem verstorbenen Vater gehörte eines der größten Güter in Queensland."

„Und Sie wollen nicht wieder zurück in den Outback?"

„Das Leben hier macht mir zuviel Spaß." Er zog sie noch enger an sich und wirbelte sie über die Tanzfläche.

„Ach, Sie sind ein Playboy!"

„Und Sie? Sind Sie ein Playgirl?"

„Ich bin eine erwachsene Frau; ich habe eine hübsche Wohnung und führe mein eigenes Leben. Mein Vater ist sehr großzügig."

Colin beugte sich vor und flüsterte ihr ins Ohr: „Vielleicht komme ich mal zu Besuch. Wie wär's mit einem Treffen?"

Dina löste sich aus seinem Arm und musterte den gutaussehenden jungen Mann. Ein Lächeln kräuselte ihre dunkelroten Lippen. „Nur nichts anbrennen lassen, was? Zu dir oder zu mir?" fragte sie und lachte.

Sie verließen das Lokal getrennt und trafen sich draußen. Dina gab ihm den Schlüssel für ihr Cabrio und sagte: „Zu mir, würde ich sagen." In ihrem luxuriösen Apartment landeten sie sofort im Bett.

Von nun an begann ein rauschhaftes Leben in den besten Nachtklubs und den teuersten Restaurants – die Rechnungen bezahlte Dinas steinreicher Vater. Colin zog in Dinas protziges Penthouse. Seine Wohnung in Double Bay behielt er als Schlupfwinkel für den Notfall, benutzte sie aber kaum noch.

„Du könntest sie doch vermieten", schlug Dina vor.

Colin lachte nur und erklärte, er brauche das Geld nicht.

„Dann kannst du ja ein paar von diesen Rechnungen bezahlen", fauchte Dina und warf ihm ein ganzes Bündel davon zu. „Selbst mein Vater findet mittlerweile, daß ich zuviel ausgebe. Er wird nicht gern hören, daß ich einen Liebhaber aushalte."

Das kränkte Colins Ego. Er schwang sich über Dina und preßte sie auf das zerwühlte Bett. „Sag deinem alten Herrn, du hast es nicht mit irgendeinem Gigolo zu tun, sondern mit dem Sohn von Tingulla!"

„Was ist Tingulla? Irgendein Drecknest mitten im Nirgendwo?"

„Hör zu, Dina! Eines Tages gehört Tingulla mir, und dann zeige ich dir, was Klasse und Stil ist und was man mit Geld alles machen kann."

DIE PFERDEZUCHT Bon Vite hatte großen Erfolg. Clayton Hindmarsh ließ TR großzügig daran teilhaben und beteiligte ihn am Gewinn, den die Pferde einbrachten, die er trainieren half. Doch TR hatte Hemmungen, diese Großzügigkeit anzunehmen; er hegte den Verdacht, daß Clayton dabei nicht ganz ohne Hintergedanken war und hoffte, TR werde um seine Tochter Virginia anhalten.

Ginny war von dem attraktiven Australier fasziniert. Er war so anders als die anderen Männer, die sie kannte: unkompliziert und von einer kraftvollen erotischen Ausstrahlung. TR wußte sich durchzusetzen, doch zugleich hatte er etwas Scheues und Verletzliches an sich, das Ginny unglaublich anzog. Mit weiblicher List bekam sie normalerweise, was sie wollte, doch an TR kam sie einfach nicht heran.

Als seine Tochter 23 wurde, nahm Clayton TR beiseite und redete ein offenes Wort mit ihm.

„Wie ich zu Ginny stehe? Sie ist bezaubernd – aber ehrlich gesagt, Clayton, heiraten ist das letzte, woran ich denke."

„Aber warum, TR? Ich weiß, daß Ginny sehr viel für dich übrig hat."

„Ich bin noch nicht soweit, ich kann noch keine Familie gründen."

Clayton spürte sein Unbehagen. „Ich habe das Gefühl, du verheimlichst mir etwas, TR, aber ich will dich nicht drängen. Wirf nur dein Leben nicht weg an eine, die du ohnehin verloren hast."

TR warf ihm einen raschen Blick zu, erkannte aber sofort, daß Clayton sich nicht auf Queenie bezog, sondern auf Martine Hoxburgh, eine attraktive geschiedene Frau, mit der er seit einiger Zeit befreundet war und die – schick, gepflegt und rothaarig – eine Boutique in Louisville führte. TR war ein diskretes Verhältnis mit ihr eingegangen, ohne große Verpflichtung auf beiden Seiten. Martine war lebensfroh, sie besaß Klasse und Stil, und TR war gern mit ihr zusammen. Insgeheim war sie entschlossen, TR zu ihrem dritten Ehemann zu machen, hütete sich aber, ihn dies merken zu lassen, um ihn nicht zu verscheuchen.

Claytons Stimme holte TR wieder in die Gegenwart zurück. „Du hast eine glückliche Hand mit Pferden", seufzte er. „Und ich bin zu clever, um eine Frau zwischen dich und meine Geschäfte treten zu lassen. Selbst wenn es sich um meine Tochter handelt."

„Clayton, Ginny hat einen ganzen Schwarm von Verehrern. Sie kann was Besseres kriegen als einen schlichten australischen Cowboy", sagte TR lächelnd.

„Da gibt's einige, die sich Hoffnungen machen, das stimmt. Aber ich habe irgendwie gehofft, sie bekommt ein echtes Mannsbild. Na gut denn, TR, ich denke, ich sollte allmählich meinen Einstieg in Australien beginnen. Bist du bereit, den Besitz zu leiten, den du dort für mich gekauft hast?"

Nach zwei Jahren auf Bon Vite war TR mehr als bereit dazu.

Clayton staunte über das Tempo, mit dem er sich vorbereitete. „Du hast es reichlich eilig, von hier wegzukommen, TR", neckte er ihn, während sie Pläne für Guneda machten, die Rennpferdezucht, die im Norden von New South Wales entstehen sollte. „Niemand sitzt dir im Nacken, du kannst dir Zeit lassen, den Laden aufzubauen. Übereile nichts, such die richtigen Männer aus und die richtigen Tiere. Ich komme rüber, sobald du mich rufst."

„Wir bleiben ständig in Kontakt, Clayton. Ich tue mein Bestes für dich. Guneda wird ein Schmuckstück werden – du wirst sehen."

„Vergiß nicht, dein Geld steckt auch mit drin, TR. Du bekommst Prozente vom Gewinn. Viel Glück also ..."

TR lachte und schüttelte ihm herzlich die Hand. Er brannte darauf, dieses neue Kapitel seines Lebens aufzuschlagen. Jetzt ging es also zurück in die unendliche Weite des Landes, das er liebte. Aber das bedeutete auch, Tingulla und der Frau seines Herzens nahe zu sein und doch so unendlich fern.

Signor Camboni hatte Colin und Dina in ein kleines italienisches Restaurant in Sydneys Amüsierviertel King's Cross zum Essen eingeladen. Sie bummelten in der warmen Frühlingssonne dorthin, nahmen eine schmale Gasse zur Kellett Street und vermieden so das Revier der Transvestiten, Prostituierten und Zuhälter um die Darlinghurst Road.

„Warum will dein Vater mich sehen?"

„Er will dich vermutlich einschätzen können", erklärte Dina.

„Eines Tages gehört Tingulla mir, und dann braucht niemand mehr zu fragen, wer Colin Hanlon ist!"

Der Wirt führte sie auf die Terrasse, wo sechs große Männer in dunklen Anzügen um einen Tisch saßen. Signor Camboni erhob sich zur Begrüßung und küßte seine Tochter auf beide Wangen.

Es wurde hauptsächlich italienisch gesprochen. Colin kam sich vor wie ein Statist in einem europäischen Film. Nach dem Essen stand er mit Dina auf und bedankte sich bei ihrem Vater.

Signor Camboni streckte ihm eine gepflegte Hand entgegen. „Sie sind auf einen Besuch jederzeit willkommen. Und wenn ich irgendwie helfen kann ..." Das Angebot blieb in der Luft hängen, begleitet von einem vagen Schulterzucken.

Später, in ihrer Wohnung, betrachtete Dina Colins Erscheinungsbild mit Wohlgefallen. Sie hatte dafür gesorgt, daß seine Provinzklamotten auf dem Müll gelandet waren, und hatte ihn zum Schneider ihres

Vaters geschleppt und ihm ein paar elegante europäische Anzüge anmessen lassen. Colin wippte nun auf einem zierlichen Stuhl vor und zurück. „Weißt du was, diese Schuhe würden im Busch keine Woche halten", sagte er.

„Vergiß den Busch, Liebling", antwortete sie. „Du bist jetzt ein kultivierter Stadtmensch."

„Das habe ich dir zu verdanken, was?" Colin gab ihr einen Klaps auf die wohlgerundete Hüfte. „Warum heiraten wir eigentlich nicht, Dina?" Das war nur so gedankenlos dahingesagt, doch plötzlich kam ihm die Idee ganz gut vor.

„Für einen Heiratsantrag war das sehr unromantisch, Colin. Du mußt um mich werben!"

„Aber wir leben doch schon eine ganze Weile zusammen! Du bestimmst mein Leben, wir wissen, daß wir gut miteinander auskommen. Warum also nicht heiraten?"

Doch Dina blieb eisern. Ein salopper australischer Antrag kam für sie nicht in Frage. So lernte Colin, Rosen im Blumenladen zu bestellen und teuren Schmuck auszusuchen. Er akzeptierte, daß Dina auf diese Weise gewonnen werden wollte, und verwendete lange Nachmittage darauf, ihren Vorstellungen gerecht zu werden.

QUEENIE schien es, als würde sich die feierliche Zeremonie für Colins und Dinas Vermählung endlos hinziehen. Sie saß mit Warwick in der St.-Mary-Kathedrale in Sydney und lauschte dem Chor und den Harfenklängen. Dina war fast unsichtbar unter einem Berg aus perlenbesticktem Tüll. Zwölf Brautjungfern trugen ihre endlose Schleppe.

Am nächsten Tag waren die Gäste zum Frühlingsfest auf dem Rennplatz von Randwick in Cambonis private Loge eingeladen. Warwick erklärte Queenie, daß die Familie Camboni Verbindungen zum Rennsport hatte, und man versprach ihnen ein paar „todsichere Tips".

Queenie verdrückte sich jedoch bald aus der Loge, in der lautstark gezecht wurde; statt dessen begab sie sich lieber zum Sattelplatz und bewunderte die Pferde.

Warwick kam vorbei und drückte ihren Arm. „Ich habe leider nicht viel Glück mit Cambonis Tips. Aber keine Sorge, das kommt noch."

„Ich an deiner Stelle würde auf die Nummer elf da drüben setzen. Sieh dir das Tier nur an – wenn man ihm nicht eine Tonne Blei anhängt, ist dieses Pferd zweimal so schnell wie die anderen in diesem Rennen."

Warwick wußte, wie gut sie mit Pferden Bescheid wußte, und eilte sofort zum Buchmacher.

Queenie verfolgte das Rennen von der Zielgeraden aus. Sieger wurde, wie sie vorhergesagt hatte, die Nummer elf. Sie schmunzelte in sich hinein. Es war aber auch ein wunderbares Pferd; tänzelnd paradierte es, als man ihm die Siegerschärpe um den Hals legte und Besitzer und Trainer sich für ein Foto um es scharten.

Plötzlich erstarrte Queenie und klammerte sich an das weißgestrichene Gitter. Mitten in der Gruppe stand TR und lächelte sein schiefes Lächeln.

Im selben Moment sah er auch zu ihr hinüber, und ihre Blicke trafen sich.

Sofort kam er auf sie zu, ignorierte die Proteste des Fotografen und ließ sie nicht aus den Augen. Der Funke zwischen ihnen sprang augenblicklich wieder über. Sie rührte sich nicht, als er vor sie hintrat und ihre Hände in die seinen nahm. „Queenie ..." Er konnte kaum sprechen.

Auch sie wagte nicht, den Mund aufzumachen. Sie starrten einander nur an; nach all den Jahren wirkte die Macht der Anziehung zwischen ihnen fast wie ein physischer Schock. TR ergriff ihren Ellenbogen. „Wir müssen miteinander reden."

Bevor Queenie antworten konnte, hörte sie Warwick ihren Namen rufen. Er kam mit breitem Lachen auf sie zugelaufen. „Nummer elf hat gewonnen!" Er schwenkte ein Bündel Banknoten.

„Sie haben auf mein Pferd gesetzt?" fragte TR.

Queenie sprach ganz leise. „Ich wußte nicht, daß es deins war. Warwick, das ist TR Hamilton. Mein Mann, Warwick Redmond."

Die beiden Männer schüttelten sich die Hand. „Aber natürlich, TR Hamilton. Sie haben auf Tingulla gearbeitet. Die Männer sprechen oft von Ihnen. Und jetzt besitzen Sie also Rennpferde. Sie haben es zu was gebracht."

„Ich besitze sie nicht, ich verhelfe ihnen nur zum Sieg."

„Darauf müssen wir einen heben. Komm, Queenie, gehen wir zurück in die Loge."

Queenie schüttelte den Kopf. Sie vermied es, TR anzusehen. „Ich möchte nicht, Warwick. Ich habe Kopfschmerzen, ich will zurück ins Hotel."

„Geht's dir nicht gut? Was hast du?" fragte er besorgt.

„Nichts. Mir geht's gut. Wirklich. Bleib du ruhig hier. Gib mir den Schlüssel, und wir treffen uns später im Hotel."

„Na ja, wenn du meinst.“ Warwick gab ihr den Zimmerschlüssel mit dem Anhänger des Chevron Hotels.

„War schön, dich wiederzusehen, TR.“ Sie hielt ihm die Hand hin, die er festhielt, bis sie sie ihm entzog.

ALLEIN im Hotelzimmer zog Queenie sich die Jacke aus und löste ihr Haar, so daß es ihr über die Schultern fiel. Die Schutzmauer, die sie in all den Jahren um ihr Herz errichtet hatte, war in Sekunden zusammengefallen. Sie verfluchte TR, der ihr solchen Schmerz zufügte, während sie sich auszog und unter die Dusche ging; das heiße Wasser beruhigte sie etwas. Danach schlüpfte sie in einen dicken weißen Bademantel und bestellte beim Zimmerservice ein Kännchen Tee.

Bald darauf klingelte es. Queenie band den Bademantel zu und öffnete.

Vor der Tür stand TR mit einem Tablett und lächelte etwas verlegen. „Der Kellner ist mir gerade über den Weg gelaufen, also habe ich ihm ein Trinkgeld gegeben und ihn weggeschickt.“

„Was machst du hier?“

Er schloß die Tür und setzte das Tablett ab. „Queenie, wir müssen miteinander reden! Ich habe dich nicht vergessen können, Queenie, nicht einen Augenblick...“

„Hör auf, TR! Das hat doch keinen Zweck!“ Queenie wandte sich ab, ihre Stimme klang rauh und verletzt.

„Keinen Zweck? Verdammt noch mal, Queenie, das bist du mir schuldig, mindestens das!“

„Ich dir schuldig? Das ist ein Witz!“ Sie wollte ihm entgegenschreien: Warum hast du nie geschrieben?, aber sie starrte ihn nur an.

„Warum hast du nicht auf mich gewartet, Queenie?“

„Wie lange hätte ich denn warten sollen, TR?“

„Du hättest mir eine Chance geben können ...“

„Ich habe dir eine gegeben..., jetzt ist es zu spät!“

So viele Mißverständnisse; keiner wußte die Wahrheit über den andern.

„Diese ganze Situation tut mir viel zu weh, TR. Es ist vorbei!“

Aber ihr Gesicht strafte ihre Worte Lügen. Er nahm sie einfach in die Arme, und einen Augenblick lang war die alte Leidenschaft wieder da, so stark wie beim ersten Mal.

Dann entwand Queenie sich ihm und setzte sich auf die Sofakante. „TR..., ich habe jetzt ein neues Leben. Ich bin verheiratet. Ich habe eine kleine Tochter, der ich nicht weh tun könnte. Ich bin ganz glücklich."

TR kniete sich neben sie hin und blickte ihr ernst in die Augen. „Ganz glücklich? Ist es das, was du dir vom Leben erwartest? Ich kann dich wirklich glücklich machen! Queenie, tu das nicht, wirf diese Chance nicht weg! Wir gehören zusammen!"

Sein leidenschaftliches Flehen zauberte ein leichtes Lächeln auf Queenies Gesicht. „Das kann ich Warwick und Saskia nicht antun. Und ich kann Tingulla nicht aufgeben. Nein, TR, wir haben unsere Chance verpaßt. Vielleicht können wir Freunde sein, aber im Augenblick dürfen wir uns nicht sehen, es bringt mich zu sehr durcheinander."

TR sprang auf, verletzt und voll Zorn. „Freunde! Durcheinander! Mein Gott, Queenie, mich bringt es nicht durcheinander, es bringt mich um!"

Sie kämpfte mit den Tränen. „Bitte geh, TR..., bitte..., laß mich allein!"

Er wandte sich zur Tür. „Gut, ich gehe. Aber ich gebe dich nicht auf, Queenie! Ich weiß, daß du mich liebst. Ich werde warten." Er schloß die Tür hinter sich.

Queenie ließ sich zurück ins Sofa fallen. Ihre Schultern zuckten, als die Tränen aus ihr herausbrachen.

Neuntes Kapitel

„Ich habe den Verkauf von ein paar tausend Merinohammeln für nächste Woche vorbereitet", erklärte Warwick, als Queenie nach ein paar Tagen wieder von Cricklewood zurückkam. „Die Preise sind im Augenblick sehr hoch."

„Gut, wenn wir mal ein bißchen Geld einnehmen, statt dauernd auszugeben."

„Queenie, du bist zu vorsichtig. Mit dem neuen Bulldozer können wir roden und neue Koppeln anlegen. Und die Qualität unserer Wolle hat sich verbessert, seit wir die neuen Schafböcke haben."

„Ich weiß, ich weiß. Ich habe nur das Gefühl, wir machen zu schnell. Diese ganze Expansion – warum so überstürzt?"

„Weil das Geld zirkulieren muß – experimentieren, entwickeln und dann den Profit einstreichen, mein Liebling."

„Weißt du, wie viele Viehzüchter darauf warten, daß wir auf die Nase fallen?"

„Ihr Pech." Warwick wandte sich ab. „Überlaß mir die Geschäfte und den Papierkram. Kümmere du dich schön um die Tiere und das Land, mein Schatz."

Nachdem er gegangen war, starrte Queenie durchs Fenster auf die ausgebleichte gelbliche Erde. Sie hatte seit Monaten keinen Blick mehr in die Bankauszüge geworfen. Doch ihr war klar, daß die Dürre zur ungünstigsten Zeit zugeschlagen hatte. Sechs Monate ohne Regen. Das Futter wurde knapp. Alle verfügbaren Kräfte mußten bald eingesetzt werden, um für die Schafe Zweige von den Mulgabäumen zu hacken. Und wenn es noch schlimmer kam, dann würden sie sogar Futter kaufen müssen.

Sie seufzte. In letzter Zeit häuften sich die Krisen. Nur Colin hatte es gut, der gondelte unbeschwert in Europa auf Hochzeitsreise herum. Doch für Queenie besaß Tingulla absolute Priorität.

TR BESCHLOSS, all seine Kräfte auf den Aufbau der Vollblutzucht auf Guneda zu konzentrieren. Zwar würde sie nicht so luxuriös werden wie Bon Vite in Kentucky, doch er hatte vor, die neuen Pläne mit den alten Erfahrungen anzureichern.

Einige der neuen Gebäude sahen mit ihren Holzschindeldächern aus wie Hütten aus der Kolonialzeit; andere wieder waren aus den Steinen der Gegend errichtet und fügten sich unauffällig in die Landschaft. Den Stallknechten stand eine moderne Schlafbaracke zur Verfügung; die Pferdeställe lagen gleich daneben, hatten Betonfußböden und waren gut belüftet. Für das Training der Pferde hatte man den Busch gerodet und eine drei Kilometer lange Rennbahn angelegt. Die alten Angestellten staunten nicht schlecht, als TR ein Bassin mit speziellem Damm bauen ließ, von dem aus der Trainer die Vollblüter am Zügel auf und ab schwimmen lassen konnte.

TR stellte junge Stallburschen und zwei Eingeborene als Zureiter ein. Für den Haushalt hätte er gern ein Paar wie Millie und Jim gehabt, entschied sich aber schließlich für Mum Ryan, eine tüchtige, energische Witwe, die zehn Kinder zur Welt gebracht und zwei Ehemänner begraben hatte. Ihr konnte man nichts vormachen, denn sie kannte sich aus mit dem Leben im Busch. Mum kochte, wusch, putzte und kommandierte alle herum.

Nun gab es nur noch einen Mann, den TR unbedingt finden

wollte – den legendären Bobby Fenton, der in den dreißiger Jahren einige der besten australischen Rennpferde betreut hatte. TR kannte ihn aus Erzählungen seines Vaters. Demnach hatte Bobby seine eigene Art besessen, mit Pferden umzugehen. Sie war zwar manchmal auf Kritik gestoßen, doch die Tiere, die er versorgt hatte, waren stark gewesen und hatten großes Temperament an den Tag gelegt.

Bobby war jetzt schon über sechzig und hatte sich aus der Rennwelt zurückgezogen. Nach vielen Briefen und Telefonaten spürte TR ihn in einem Vorort von Brisbane auf und stattete ihm schließlich einen Besuch ab, um ihn für die Arbeit auf Guneda anzuwerben.

Bobby erbat sich Bedenkzeit, doch ein paar Wochen später tauchte er unangemeldet auf Guneda auf. Er verstaute seine Siebensachen unter einem Bett und blieb für immer da. Zwischen ihm und Mum Ryan entwickelte sich bald eine feste Freundschaft, und obwohl sie ihn immer nur als „alten Narren" bezeichnete, entging TR nicht, daß sie ihm stets das zarteste Steak zuschanzte.

Eines Morgens bat er Bobby, ihn nach Sydney zu einer Auktion zu begleiten. „Wir brauchen neues Blut für unsere Zucht."

Bobby war ganz in seinem Element. Die Tweedmütze weit aus der Stirn geschoben, eine Zigarette zwischen den Lippen, wanderte er zwischen den Pferdeboxen auf und ab, beobachtete und lauschte. TR machte sich Notizen und berechnete seine Höchstgebote für jedes der vier Pferde, die er kaufen wollte. Am späten Nachmittag nahmen sie vor einem Erfrischungsstand Platz. „Ich hab noch einen gefunden, den Sie sich ansehen sollten, TR", verkündete Bobby.

„Noch ein Pferd kann ich mir nicht leisten. Clayton hat mir ein Limit gesetzt. Außer wir nehmen dieses und verzichten dafür auf ein anderes."

Bobby schüttelte den Kopf. „Nichts da, ich meine, Sie sollten diesen für sich selber kaufen. Für Rennen."

„Vergessen Sie's, Bobby! Ins Renngeschäft einzusteigen kann ich mir nicht leisten."

„Er ist noch jung. Sie kriegen ihn für tausend Dollar."

„Ein ziemlich riskantes Spiel."

„Pferde sind immer ein Glücksspiel, TR. Aber manche haben was Besonderes. In dieses würde sogar ich meine Ersparnisse reinstecken und mit Ihnen halbe-halbe machen!"

„Na, dann zeigen Sie mir mal das Wunderpferd."

Bobby führte den jungen Hengst aus seiner Box und nickte dem

Stalljungen zu, der auf einem Stuhl lümmelte und in einem Magazin blätterte. Dann klopfte er dem Pferd auf den Hals. „Also los, Blinky Bill!"

„Was ist denn das für ein Name?"

„Der Großvater von dem Burschen hier ist immer nur mit Scheuklappen ins Rennen gegangen, mit *blinkers*", erklärte Bobby. „Deshalb nannten ihn alle nur Blinky. Das nun ist sein Enkel, Sweet William. Sehen Sie ihn sich gut an!"

TR seufzte. „Kein besonders attraktives Pferd, Bobby. Sehen Sie nur die langen, dürren Beine! Und der Kopf ist zu groß. Wie alt ist er?"

„Ach was, der wächst schon noch in seine Beine hinein, nicht wahr, Bill?" Der junge Hengst streckte den Kopf vor und schnüffelte an Bobbys Hand. „Er hat ein großes Herz, TR. Das heißt, er verfügt über Stehvermögen. Und er besitzt Charakter."

„Ich weiß nicht recht, Bobby", meinte TR zweifelnd, nachdem er das Pferd eingehend untersucht hatte. Er war tief in Gedanken. Bobby hielt den Mund und zerrieb einen Tabakkrümel in der Handfläche.

Während der anschließenden Auktion saß TR unauffällig an der Seite und stieg erst ein, wenn er das Gefühl hatte, das letzte Gebot sei gefallen. Dann meldete er sich ruhig und zuversichtlich zu Wort. Auf diese Weise lud er nicht zum Wettbieten ein, und da die Pferde, die er haben wollte, nicht als besondere „Stars" galten, bekam er sie sogar für einen besseren Preis, als er sich zum Limit gesetzt hatte.

Als Sweet William vorgeführt wurde, war TR nicht überrascht, daß nur zögernd geboten wurde. Als der Preis schließlich doch in Hundertdollarsprüngen stieg, legte er Bobby beruhigend die Hand auf den Arm.

„Siebenhundert. Zum ersten ..., zum zweiten ..."

„Achthundert", sagte TR ganz ruhig.

„Aha, wir haben neues Blut, meine Damen und Herren! Höre ich mehr als acht?"

„Neun!" kam es von der anderen Seite.

„Neun! Vielen Dank, Sir!" Der Auktionator blickte zu TR hinüber und hob fragend eine Augenbraue. TR nickte. Bobby blickte zu Boden und knotete seine sehnigen Hände.

Der andere Bieter schüttelte den Kopf, und der Auktionator ließ den Hammer niedersausen. „Verkauft! Für eintausend an Mr. Hamilton!"

„Mensch, Sie haben mich ins Schwitzen gebracht, TR", sagte Bobby. „Aber jetzt haben Sie's geschafft!"

„Sie meinen, wir haben es geschafft, Bobby. Wollen Sie immer noch halbe-halbe machen? Oder habe ich mir gerade allein ein Pferd gekauft?“

„Keine Sorge! Ich bin dabei. Blinky Bill wird eine ganz große Nummer.“

TR lachte. „Jetzt brauche ich ein Bier. Ich weiß immer noch nicht genau, ob ich feiern oder zum Irrenarzt gehen soll!“

BEVOR TR Sydney verließ, wurde er von ein paar Freunden zum Rennen eingeladen. Gegen Ende der Veranstaltung wanderte er von der Mitgliedertribüne zu den Ständen der Buchmacher, die unter bunten Sonnenschirmen mit großen Geldbörsen um den Hals dastanden und laut die Quoten ausriefen, die sie mit Kreide auf die Tafeln neben sich geschrieben hatten. Alle waren dicht umlagert, und TR reihte sich in eine Schlange ein. Während er noch überlegte, auf wen er setzen sollte, kam am Stand neben ihm Unruhe auf.

„Was ist denn los?“ fragte er seinen Nebenmann.

„Da regt sich einer über die Quoten auf. Hat offenbar schwer verloren.“

TR blickte hinüber und hielt den Atem an: Warwick Redmond zerriß schimpfend seinen Wettschein, dann verschwand er in der Menge.

TR kehrte zur Mitgliedertribüne zurück. Dort entdeckte er Freddie, genannt „die Fliege“, der sich im Rennplatztratsch immer bestens auskannte. TR zog ihn beiseite und bestellte ein paar Drinks. Eine Zeitlang hörte er sich Freddies Prahlereien von Wettsiegen und Geschäftserfolgen an, dann fragte er ganz nebenbei: „Kennst du Warwick Redmond von Tingulla?“

„Aber klar! Der ist immer hier, wenn er nach Sydney kommt. Und auf der Rennbahn in Brisbane habe ich ihn auch mal getroffen.“

„Ein leidenschaftlicher Wetter, was?“

„Das kann man wohl sagen! Der verwettet sein Hemd auf eine von zwei Fliegen, die nebeneinander die Wand rauflaufen.“

„Er wird schon wissen, was er tut.“

„Wenn er gewinnt, prahlt er hinterher in der Kneipe damit. Von d Verlusten erfährt man natürlich nichts. Aber eins weiß ich: Er s hoch.“

Ob Queenie das auch weiß? fragte sich TR. Er machte sich S Er kannte zu viele Männer, die alles beim Pferderennen verlo ten.

WARWICK hatte eine schlechte Woche hinter sich. Die Bank hatte sich geweigert, seinen Kreditrahmen zu erweitern. Ein Pferd, das als todsicherer Tip gegolten hatte, war um Nasenlänge geschlagen worden, und Warwicks Schulden bei den Buchmachern häuften sich.

Er beschloß, bei Alfredo Camboni vorbeizuschauen. Beim Essen ließ er durchblicken, er stecke in finanziellen Schwierigkeiten, denn Tingulla verschlinge entsetzlich viel Geld.

Alfredo klopfte ihm auf den Arm. „Ich habe sehr gewiefte Geschäftsfreunde. Ich bin sicher, die können irgendwie helfen. Kommen Sie doch morgen in mein Büro, sagen wir, gegen elf?“

AUF TINGULLA hielt die schlimme Dürre unvermindert an. Ein Tag folgte dem anderen, doch es kam kein Regen. Eine nervöse Spannung machte sich breit, Streit brach wegen Kleinigkeiten aus, Energie und Motivation schwanden, und die Tiere begannen zu sterben.

Eines Abends verkündete Warwick beim Essen: „Alfredo Camboni hat sich bei mir gemeldet. Er hat mir einen interessanten Vorschlag zu machen.“ Queenie starrte ihn an. „Eine Möglichkeit für Tingulla, für ein paar Monate wieder zu Geld zu kommen. Er schickt uns ein paar Amerikaner her, die prüfen wollen, ob Tingulla als Drehort in Frage kommt.“

„Als was?“

„Sie drehen einen Film im Outback und brauchen ein tolles Herrenhaus, Pferde, Stallburschen und ein Hauptquartier für die Crew. Sie zahlen eine Riesenmiete pro Woche und bezahlen jeden Mann, den wir entbehren können. Wir könnten sie in den Quartieren der Schafscherer unterbringen. Das bringt eine Menge Geld.“

„Du hast das also alles schon geplant, was?“ Queenies Ton war eisig, und Warwick rutschte unbehaglich auf seinem Stuhl herum. „Das wird hier der Drehort für einen großen Hollywoodfilm. Die reden von mehreren tausend Dollar die Woche.“

Queenie dachte nach. Die Futtervorräte für die Schafe schmolzen rapide dahin; bald würde man Futter einkaufen müssen. Der Gedanke an Filmsternchen und Lackaffen überall auf ihrem Grund machte sie zwar schaudern, aber vermutlich handelte es sich ja nur um ein paar Wochen. „Vielleicht können wir dafür für einige Monate Futter einkaufen.“

„Aber sicher, Queenie! Ich stelle fest, wieviel genau da drin ist.“

Die gemietete Cessna kam auf der Sandpiste von Tingulla in einer orangefarbenen Staubwolke zum Stehen. Warwick wartete, bis der Pilot die Tür geöffnet hatte, und half dem geradezu nach Geld riechenden Vertreter der Filmgesellschaft aus dem Flugzeug.

Roger Ambrose war Mitte Dreißig, sehr braun gebrannt und lässig gekleidet. Er trug Baumwollhosen, ein leichtes Golfhemd und Segeltuchschuhe. Die Männer stiegen in Warwicks Landrover und fuhren zum Haus. Als sie sich dem prachtvollen Gebäude näherten, hielt Ambrose den Atem an. „Mein Gott! Das ist ja großartig! Wie ein Herrenhaus in den Südstaaten! Sehr eindrucksvoll! Ich hatte keine Ahnung ..."

„Vom Urgroßvater meiner Frau gebaut. Es gehört zur Geschichte des Landes."

„Es ist wirklich wunderschön. Keine Filmkulisse könnte diesen Zauber verströmen", begeisterte sich Roger.

Millie servierte Eisgetränke, Tee und Sandwiches auf der Veranda. Danach führte Warwick den Amerikaner durchs Haus. Der neugierige Pilot blieb ihnen dicht auf den Fersen. „Wir machen eine Rundfahrt über den ganzen Besitz bis zu den äußeren Koppeln. Bei der Gelegenheit lernen Sie auch meine Frau Queenie kennen."

Der Pilot zog sich zurück, und Warwick fuhr Roger Ambrose zwei Stunden lang überall herum.

„Diese Erde in den Farben Rot und Orange – einfach wunderbar! Wissen Sie, die meisten Amerikaner haben keine Ahnung, wie es hier draußen aussieht. Unglaublich!"

Als sich der Nachmittag bereits dem Ende zuneigte, nahm Warwick Kurs auf die Stallungen, wo Queenie arbeitete. Sie war gerade dabei, eine große braune Stute zuzureiten. Der Amerikaner staunte nicht schlecht, und Warwick beobachtete ihn grinsend. Queenie führte das Pferd im Kreis herum, sanft, aber entschlossen. Es warf den Kopf hoch, und seine Schenkel zitterten, denn es mochte den leichten Sattel auf seinem Rücken nicht.

Queenie entschloß sich zu einem neuen Versuch. Sie ließ das Pferd anhalten, setzte einen Fuß in den Steigbügel und schwang sich leicht in den Sattel, noch bevor die Stute begriff, was vorging. Das Pferd begann zu bocken, aber obgleich ihr der Hut vom Kopf flog, blieb Queenie eisern im Sattel. Nach ein paar Minuten gab das Pferd auf und begann zu gehen, bis es unter ihrer Führung in einen leichten Trab verfiel.

„Schauen Sie nur, wie vorsichtig sie mit dem Zaum umgeht. Wenn sie ein Pferd zureitet, bleibt es ein gutes Pferd. Ein schlecht zugerittenes bleibt schlecht“, kommentierte Warwick.

Die beiden Männer stiegen aus dem Wagen und traten näher, während Queenie die Zügel um einen Pfosten schlang. Warwick stellte ihr Roger Ambrose vor.

„Sagen Sie mir, Mr. Ambrose, wie finden Sie mein Tingulla?“

„Nennen Sie mich Roger. Ihr Tingulla bringt mich vollkommen aus dem Häuschen – einfach alles daran.“ Sein Blick verriet, daß dieses Kompliment auch Queenie einschloß.

„Das höre ich gern. Aber das Beste kommt noch. Sie kennen Millies Kochkünste noch nicht.“

Als sie zum Haus zurückfuhren, wandte Roger seinen Blick nicht von Queenie. Tingulla hatte für seinen Film *Red Jack* weit mehr zu bieten, als er geahnt hatte. Vor allem wäre Queenie eine hervorragende Besetzung für die schwierigen Reitszenen, in denen die Hauptdarstellerin gedoubelt werden mußte.

Zehntes Kapitel

Es war früher Morgen, und heisere Vogelrufe erfüllten den Busch. Eine große Elster wagte sich aus der Deckung der Bäume, flog über das freigeholzte Gelände und landete auf einem frisch gestrichenen weißen Zaunpfahl. Sie kippte den Kopf zur Seite und horchte auf das Geräusch galoppierender Hufe in der Ferne.

Die Sandrennbahn war sauber eingezäunt, und im dunstigen Morgenlicht donnerte ein Pferd auf ihr entlang. Auf einer Bank daneben saß ein älterer Mann und beobachtete den Zeiger seiner Stoppuhr. Er blickte auf, als das Pferd näher kam und das Tempo verlangsamte. Ein zierlicher Aboriginejunge hockte auf dem breiten Rücken des Tieres wie eine Libelle auf einem angreifenden Rhinozeros.

TR setzte sich neben Bobby auf die Bank. „Macht Bill seine Sache gut?“

„Läuft wie ’ne Eins.“

TR grinste. „Ich muß zugeben, er hat sich besser entwickelt als der staksige große Däne, den wir auf der Auktion erstanden haben.“

Das große rostbraune Pferd trabte auf die beiden Männer zu, und der Junge ließ sich aus dem Sattel gleiten.

„Du machst dich prima, Mick“, lobte Bobby.

Der Jockey nahm den Helm ab und gab seine schwarzen Locken frei. „Ich freue mich schon auf den Tag, wo ich Bill beim Melbourne Cup reiten darf!“

„Für einen kleinen Jungen, Mick“, meinte TR lachend, „hast du schon ganz schön große Träume.“

COLIN öffnete seinen Diplomatenkoffer aus Krokodilleder und holte einen Aktendeckel heraus.

„Du bringst dir Arbeit aus dem Büro mit nach Hause?“ fragte Dina. „Sag bloß, da bin ich aber beeindruckt!“

„Mach dich nur lustig! Meine Provision aus diesen *Red-Jack*-Verträgen wird ganz schön hoch ausfallen.“

„Du hast Leute gefunden, die in den Film investieren wollen?“

„Genau! Sogar Warwick. Er wollte unbedingt Geld hineinstecken, weil Tingulla in dem Film ganz groß rauskommt.“

„Und was ist mit dir? Steckst du auch Geld rein?“

„Keinesfalls! Filme sind mir viel zu riskant.“

DIE TATSACHE, daß auf Tingulla ein Film gedreht werden sollte, bedeutete Queenie nichts. Doch die Zahlen überzeugten sie. „Also gut, Warwick, wir machen es. Aber das ist ein Geschäft, kein Jux und kein Spiel.“

Ein paar Wochen später fuhr die Mannschaft der „Mountain Pictures“ mit Mietwagen und beladenen Lastern auf Tingulla vor. Unmittelbar danach kam endlich der lang ersehnte Regen. Sechs Wochen war die Farm ein Inselchen in einem Binnenmeer.

Roger Ambrose saß dicht neben Queenie, als sie in ihrem Arbeitszimmer das Geschäftliche besprachen. „Bei dem vielen Regen und dem Schlamm sind Außendrehs unmöglich. Deswegen machen wir zunächst alle Innenszenen. Wir würden gerne mit den Szenen im Wohnzimmer anfangen.“

Queenie nickte. „Wie Sie meinen, wenn es nur weitergeht.“

Roger schenkte ihr sein schönstes Lächeln. „Ich weiß, es sieht chaotisch aus, aber wir haben alles unter Kontrolle. Und jetzt noch mal zu Ihnen, Queenie, wir brauchen Sie als Double für …“

Sie stand auf. „Roger, ich muß ein paar hundert Schafe aus den Flußniederungen rausholen, die dort sonst im Schlamm versinken! Tut mir leid – ich habe zuviel zu tun.“

„Ich verstehe. Aber zu den Reitaufnahmen kommen wir sowieso erst, wenn das Wetter besser wird. Denken Sie darüber nach, Queenie, bitte! Wir haben jemanden aufgetrieben, der in der Rolle Ihres Verehrers reiten wird."

„Wer ist das?"

„Ich weiß seinen Namen nicht mehr. Das Besetzungsbüro hat ihn in New South Wales aufgetrieben. Es heißt, er sei einer der besten Reiter im Land."

„Auf den bin ich neugierig! Aber jetzt entschuldigen Sie mich."

Ambrose sah ihr nach und lächelte. Er verstand allmählich, wie man Queenie nehmen mußte: Sie liebte Herausforderungen. Wahrscheinlich würde sie die Aufgabe übernehmen, nur um zu sehen, ob sie besser reiten konnte als der andere.

Die Filmleute schwärmten ins Haus und brachten Scheinwerfer, Kameras, Tonausrüstung und kilometerweise Kabel herein. Einer fing an, Miniaturgleise durch die Diele zum Wohnzimmer zu verlegen.

Millie zupfte ihn am Ärmel. „Wofür ist das?"

„Für den Kamerawagen, Schätzchen. So kann die Kamera weich neben den Schauspielern herrollen, wenn sie ins Zimmer kommen."

Millie schüttelte den Kopf. Hoffentlich bekam Queenie wenigstens einen Haufen Geld für all dies.

Nach zehn Drehtagen klopfte Roger eines Abends spät an die Tür des Arbeitszimmers. Queenie saß am Schreibtisch über den Rechnungsbüchern. „Darf ich Sie unterbrechen? Ich bringe eine kleine Erfrischung." Er hielt eine Flasche Champagner und zwei Gläser hoch.

„Das sieht sehr gut aus."

„Mit Empfehlung von Mountain Pictures. Das Flugzeug war heute da, um die Aufnahmen dieser Woche abzuholen, und hat uns auch was mitgebracht. Und es gibt Nachricht aus Hollywood: Was wir bisher im Kasten haben, sieht wunderbar aus!"

Queenie nippte am Champagner. „Ich freue mich, daß alles gut läuft."

„Queenie, in ein paar Tagen möchten wir die Reitsequenzen drehen. Das Double für Benton – so heißt Ihr Verehrer im Film – kommt am Freitag. Warwick hat die Pferde für uns vorbereitet, und Kostüm- und Maskenbildnerin würden Sie gern sehen, sobald es Ihnen paßt."

„Ich wußte doch, das hat was zu bedeuten", sagte Queenie lächelnd und hob ihr Glas hoch.

„Das ist nicht der Grund, ich schwöre es! Ich dachte lediglich, Sie könnten eine kleine Unterbrechung und etwas Gesellschaft gebrauchen. Sie arbeiten lange, wie wir."

Queenie schob die Bücher zur Seite, und Roger schenkte ihr nach. Er hatte recht, sie sehnte sich nach Gesellschaft. Sie begann, ihn nach seinem Leben in Los Angeles auszufragen, und versuchte, sich die Welt, die er beschrieb und die so verschieden von der ihren war, vorzustellen.

Als die Flasche leer war, sagte Roger ihr gute Nacht und küßte sie dabei leicht auf die Wange. „Ein Hollywoodbrauch", erklärte er.

BEKLEIDET mit einem gerüschten Rock, einem altmodischen Männerhemd und einem Hut mit zurückgeschlagenem Schleier, das Haar rot gefärbt und in Wellen über ihren Rücken gelegt, saß Queenie auf einem Faltstuhl, während die Maskenbildnerin ihr das Gesicht puderte.

„Ist das alles denn notwendig? Kein Mensch wird doch mein Gesicht sehen."

„Die Hauttönung muß übereinstimmen, sogar auf Entfernung. Der Regisseur nimmt alles sehr genau."

Roger Ambrose kam herein.

„Wo ist denn nun der Bursche, mit dem ich reiten soll?" fragte Queenie.

„Er ist mit einem Cowboy sein Pferd holen gegangen. Wenn Sie jetzt bitte aufsteigen und in Position gehen; wir müssen Sie ausleuchten."

Queenie war es ein Rätsel, wieso man am hellen Tag noch Scheinwerfer brauchte. Doch sie sagte nichts, hob ihren schweren Rock hoch und zog sich in Nareedahs Sattel. Sie tätschelte den großen Schimmel, der frisch gewaschen und gebürstet prachtvoll aussah.

„Nareedah hat also auch eine Hauptrolle, was?" Beim Klang dieser Stimme begann sich um Queenie alles zu drehen. Sie riß Nareedah herum und sah TR auf einem wunderschönen Pferd auf sich zukommen, sein schiefes Grinsen im Gesicht. Auch er hatte ein Kostüm an, trug einen geknoteten Schal um den Hals und einen Strohhut auf dem Kopf. Seine weißen Zähne blitzten, und seine blauen Augen strahlten, als er Queenie anlächelte.

„Na, das hätte ich mir eigentlich denken können", sagte sie.

Roger Ambrose blickte von einem zum anderen. „Sie kennen sich?"

„Gewissermaßen", murmelte TR und ließ Queenie nicht aus den Augen.

Roger starrte die beiden an. Es war offensichtlich, daß es zwischen ihnen regelrecht knisterte; sie waren ein viel aufregenderes Paar als die Schauspieler, die sie vertraten.

„Können wir jetzt anfangen?“ fragte Queenie.

„Gut, wir sind soweit.“ Der Regisseur erhob die Stimme. „Also Achtung, bereit, bitte, *stand by*.“

Queenie konzentrierte sich auf die Anweisungen, die man ihr gegeben hatte. Hier stehen, den Blick dort hinüber. Warten, bis TR angeritten kommt. Umdrehen und wieder warten. Es dauerte alles endlos und war ziemlich öde.

Queenie und TR machten ein paar Durchgänge ohne Kamera, dann hieß es: „Achtung, Aufnahme! Jetzt wird's ernst. Ihre beiden Pferde setzen sich in Bewegung, aber nur in leichtem Trab. Bleiben Sie nebeneinander. Am dritten Pfosten müssen Sie wenden und in leichten Galopp fallen – immer noch nebeneinander.“

Die beiden Pferde standen in Position, dahinter die Kamera, der Regisseur und die Crew. Queenie warf einen Blick zu TR hinüber. Er zwinkerte ihr zu.

„Ruhe bitte ... Achtung ... Kamera ab ... Klappe ... *Action!*“

Sie starteten, ließen die Pferde gehorsam nebeneinander traben wie befohlen und fielen beim dritten Pfosten in einen leichten Galopp. Queenie orientierte sich dabei an den Nüstern von TRs Pferd, das den Kopf vorstreckte und offenbar froh war, nach all dem *Stop and go* endlich laufen zu dürfen. Sie trieb Nareedah vorwärts, um mit TR auf gleicher Höhe zu bleiben, der sich gleich darauf eine Nasenlänge nach vorn schob. Doch Queenie zog nach.

Der Kameramann verfolgte die beiden durch den Sucher. Jetzt näherten sie sich dem Punkt, wo sie anhalten und wenden sollten. Doch die Pferde wurden immer schneller, passierten die Markierung und galoppierten in einer Staubwolke davon.

„Schnitt!“ brüllte der Regisseur. Die Pferde machten sich lang und verschwanden in der Ferne. „Verdammt noch mal, was ist denn da los?“

Jim hatte vom Hintergrund aus zugesehen. „Das ist ein Rennen, Mann! Los, Queenie!“

TR UND QUEENIE befanden sich in ihrer eigenen Welt – eine Welt geschärfter Sinne und donnernder Hufe. Sie flogen den Hügel hinunter auf den kleinen Fluß zu und wurden erst langsamer, als der Boden schlammig zu werden begann.

„Sagen wir: unentschieden!“ rief TR.

„Na schön, diesmal kommst du noch davon“, entgegnete Queenie lächelnd, als sie die Pferde anhielten.

TR stieg ab und ging zu ihr. Sie schwang das eine Bein über den Sattel, raffte den gerüschten Rock mit einer Hand und ließ sich, unterstützt von TRs starken Armen, zu Boden gleiten. Sie gingen in den Schatten einer Weide, setzten sich auf die Erde und lehnten sich an ihren Stamm.

„Also, Rotschopf, wie springt das Leben mit dir um?“

Queenie faßte sich ins Haar. „Ich hoffe, das Zeug läßt sich auswaschen.“

„Sieht hübsch aus. Aber Queenie ist mir lieber als *Red Jack.* Wie läuft's denn mit diesem Film?“

„Ich weiß nicht recht. Eigentlich müßten wir das doppelte Geld bekommen. Ich hatte ja keine Ahnung, was die einem alles zumuten ...“

„Und wie denkt Warwick darüber?“

„Er genießt jede Minute.“

Eine Zeitlang betrachteten beide den baumgesäumten Fluß, wo Vögel sangen und Insekten jagten, ohne sich um die beiden Menschen zu kümmern.

„Hier unten habe ich viele Stunden verbracht“, sagte Queenie leise. „Seit ich ganz klein war. Hier bin ich immer hergekommen, wenn ich traurig war oder glücklich. Jede Ecke auf Tingulla hatte eine besondere Bedeutung für mich.“ Sie schloß die Augen.

TR beugte sich zu ihr hinüber und legte seine Lippen auf ihren Mund, ohne sie zu berühren. Sie öffnete die Augen nicht, doch ihre Lippen teilten sich ein wenig. Leicht, wie ein Schmetterling auf der Haut, küßte er ihre Wange, ihre Stirn, ihre Nasenspitze und wieder ihre Lippen. Queenie rührte sich nicht, still hielt sie die Augen geschlossen.

TR legte den Arm um ihren Nacken und hob ihr Gesicht zu sich. Dann preßte er seinen Mund besitzergreifend auf den ihren. Jetzt schlang sie die Arme um ihn und erwiderte leidenschaftlich seinen Kuß.

Ein schriller Pfiff schreckte sie auf. „Hallo! He – ihr beide! Der Regisseur will euch wiederhaben! Er tobt!“

Queenie löste sich von TR und schüttelte den Kopf, als müsse sie eine Benommenheit abschütteln. TR blickte sich um und sah einen jungen Mann, der als Kurier diente, oben am Hügel auf einem alten Motorrad sitzen.

TR hob den Arm und signalisierte, daß sie verstanden hatten. Noch einen Moment blickten Queenie und er einander in die Augen, dann standen sie schweigend auf. Er half ihr wieder in den Sattel, und sie ritten zum Haus zurück ohne ein weiteres Wort.

DIE SONNTAGE waren drehfrei, und gewöhnlich gab es am Abend ein Grillfest. Queenie brachte Saskia ins Bett und las ihr etwas vor, dann gesellte sie sich zögernd zu den Partygästen im Garten. Warwick winkte sie herbei.

„Von Roger höre ich, daß wir noch mehr Besuch bekommen."

„Was meinen Sie damit?" Queenie wandte sich an Roger.

„Ein paar von den Investoren möchten vorbeikommen und die glitzernde Welt des Films in Augenschein nehmen", erklärte Roger. „Ich hoffe, es ist Ihnen recht."

„Das sind nicht die *Tycoons* aus Amerika, sondern australische Investoren", erklärte Warwick. „Alfredo und ein paar Freunde."

Queenie gefiel das gar nicht, aber in Gegenwart von Roger Ambrose konnte sie wenig dagegen vorbringen. Sie entschuldigte sich und sagte gute Nacht.

DIE INVESTOREN wirkten vollständig fehl am Platz. Man hatte sie in Sydney in ein Charterflugzeug gepackt, und jetzt befanden sie sich plötzlich mitten im australischen Busch. Ihre polierten Schuhe waren bald mit rotem Staub überzogen.

Queenie begrüßte Alfredo und zog dann ihren Mann beiseite. „Warwick, ein paar von den Mutterschafen sind in den Wehen und haben Schwierigkeiten. Wahrscheinlich müssen wir helfen."

„Queenie, ich kann im Moment nicht die Hebamme spielen. Wirst du allein damit fertig?"

„Natürlich." Ohne ein weiteres Wort ging sie davon.

Als sie ein paar Stunden später wiederkam, war sie total erschöpft und mit Blut, Dreck und Dung bespritzt. Ohne nachzudenken, sprang sie aus dem Laster, wischte sich mit der beschmierten Hand übers Gesicht und eilte die Stufen zum Haus hinauf, als fröhliches Lachen ihre Aufmerksamkeit auf sich zog: Die Runde genoß auf einer Seite der Veranda einen abendlichen Cocktail.

Colin saß in einem Korbsessel neben Dina und wirkte in seinem weißen Leinenanzug frisch und elegant. Camboni trug eine weiße Hose und ein am Hals offenes Hemd. Er erhob sich, um Queenie zu begrüßen. Auch Warwick hatte sich frisch gemacht und in sportliche Kluft geworfen.

Dina hob ihr Glas. „*Salute,* Queenie. Du siehst aus, als könntest du einen Drink gebrauchen. Mindestens einen." Sie lächelte. „Ich hatte keine Ahnung, daß es hier so zivilisiert zugeht. Euer Dienstmädchen macht exzellenten Gin mit Tonic."

„Millie ist eigentlich kein Dienstmädchen ...", begann Queenie.

Warwick trat zu ihr und ergriff ihren Arm. „Queenie, Liebling, warum gehst du nicht rauf, ziehst dich um und gesellst dich dann zu uns? Die andern werden auch bald dasein."

„Na schön, es war ein ziemlich harter Tag." Sie lächelte Dina in ihrem weißen Kleid zuckersüß an. „Ein totes Lamm aus einem gepeinigten Mutterschaf zu ziehen nimmt einen immer so mit, findest du nicht?" Sie drehte sich auf dem Absatz um und stürmte ins Haus.

Warwick lachte leicht auf. „Auch bei fünfzigtausend Schafen nimmt sie sich eine mißglückte Geburt zu Herzen!"

NACH dem Abendessen zogen Colin und Dina sich in Colins altes Zimmer zurück. Dina trat durch die Schiebetür auf die obere Veranda hinaus und hob ihr Glas zum Sternenhimmel. „Das ist doch wundervoll, Colin, warum willst du nicht hier leben? Ich könnte hier leben, leicht."

„Du? Du bist doch durch und durch ein Stadtmensch!"

„Ich meine es ernst, Colin. Ich fände es sehr schön, hier zu bleiben. Und wenn es zu langweilig wird, dann machen wir einen Abstecher nach Sydney oder an die Küste."

„Und womit sollen wir uns hier beschäftigen? Ich kann mir nicht vorstellen, daß du tote Lämmer ans Licht ziehst."

„Das ist dein Job, Liebling. Du kennst dich doch aus mit diesen Buschsachen."

„Reden wir nicht mehr davon, Dina. Komm ins Bett!" Er liebkoste ihre Wange.

Doch Dina war noch nicht fertig. Sie hängte sich bei ihm ein und sagte ruhig: „Du bist betrogen worden, mein Liebling. Das hier sollte alles dir gehören."

Elftes Kapitel

Es war nur ein Rennen auf dem Lande, aber anders als die üblichen lärmenden Veranstaltungen auf den Rennbahnen in der Provinz war das Rennen von Scone sehr beliebt bei der besseren Gesellschaft. Die kleine Stadt am Upper Hunter River war eines der ersten Pferdezuchtzentren in New South Wales. Ihr jährliches Preisrennen diente als Schaubühne für Pferde und Menschen, und jedermann war aufs feinste herausgeputzt.

TR war von Tingulla gekommen, um Bill laufen zu sehen. Er brauchte erst in einer Woche wieder am Drehort zu sein. Bobby stand bei Bills Box und trug ein neues Tweedjackett zur Schau, am Aufschlag prangte das Abzeichen der Kriegsveteranen.

TR trat zu ihm. „Ist Bill fit fürs große Rennen?"

„So fit wie immer..., hab noch nie ein Pferd gesehen, das so gern ins Rennen geht."

„Weißt du was, Bobby? Wenn er hier gewinnt und noch ein paarmal anderswo, dann könnten wir ihn in den Städten auf die Bahn schicken. Und von da..., wer weiß..., vielleicht der Melbourne Cup."

Bobby tätschelte dem Braunen die Nase. „Wär das nicht was, he?" Er sprach ganz innig und streichelte das große Pferd liebevoll. TR begriff, wieviel Bill dem alten Bobby bedeutete und welche Genugtuung es diesem bereiten würde, ihn in Australiens größtem Rennen laufen zu sehen.

Die Jockeys wurden für das Hauptrennen gewogen, *Last-Minute*-Wetten wurden abgeschlossen, und die Menge versammelte sich allmählich an der Einzäunung und auf der altmodischen Tribüne. Bobby half Mick in Bills kleinen, leichten Sattel und rückte ihm die Nummer neun zurecht, die ihm auf den Rücken gebunden war. Micks Blouson trug die Rennfarben Rosa und Blau – die Farben, die ursprünglich TRs Vater gehört hatten.

„Laß Bill von Anfang an laufen, halte ihn nicht zurück, Mick!"

Der Jockey grinste breit. „Er ist am liebsten immer vorn. Bei dem muß ich nie die Peitsche nehmen."

Bobby tätschelte Bills Nase. „Also los! Viel Glück, Mick!" Kaum hatten sich die Gatter der Startmaschine geöffnet, übernahm Bill die

Führung und verfiel in einen starken und gleichmäßigen Galopp. Ohne Nachlassen donnerte er über die Bahn und schien das begeisterte Geschrei der Menge gar nicht zu bemerken. Als die Pferde durchs Ziel gegangen waren, verkündeten die Lautsprecher: „... und der Sieger ist Sweet William, Nummer neun, mit zwei Längen ..."

TR FUHR nach Tingulla zurück, um rechtzeitig wieder am Drehort zu sein, während Bobby sich mit Bill im Transportwagen wieder nach Guneda aufmachte. TR rief an, um zu hören, ob sie gut angekommen waren. Er erreichte Mum Ryan, die ihm erklärte, es gebe keine Probleme. „Aber deine Freundin war sehr enttäuscht, daß du nicht da warst. Sie wollte nicht warten. Hat gesagt, sie will das Filmemachen sehen, also haben wir sie in das Postauto nach Norden gesetzt."

„Wer?" schrie TR.

„Die amerikanische Dame. Sehr hübsch ..., weiß den Namen nicht mehr. Wie viele Mädchen hast du da drüben denn gehabt, TR?" dröhnte Mum Ryan.

Er legte auf und trottete in die Küche. „Wann kommt das Postauto an, Millie?"

„Wahrscheinlich am Donnerstag. Erwartest du jemanden, TR?"

„Hm. Bis dann." Er trat hinaus in die helle Morgensonne, und sein Magen verriet ihm, daß er Angst hatte.

WARWICK und Queenie feierten ihren sechsten Hochzeitstag. Saskia konnte vor Aufregung kaum an sich halten, als sie und ihr Vater Queenie an den Armen faßten und zur Rückseite der Ställe führten, um ihr ihr Geschenk zu zeigen.

„Jetzt mach die Augen zu, Mummy, und wir sagen dir, wenn du sie wieder aufmachen darfst!"

Sie geleiteten sie noch ein paar Schritte weiter, dann meinte Warwick: „Augen auf! Herzlichen Glückwunsch zum Hochzeitstag, Queenie!"

Queenie riß die Augen auf und legte vor Überraschung die Hand auf den Mund, während Saskia aufgeregt auf und ab hüpfte. Neben einem der Ställe stand ein kleines glitzerndes Flugzeug mit einer großen roten Schleife an der Nase.

Warwick drückte ihren Arm. „Schau dir den Namen an ..."

Queenie trat näher an die kleine rot-weiße Piper heran und las die unterhalb des Cockpits rot aufgemalten Worte RED JACK. „Warwick, das können wir uns doch nicht leisten..., ich meine..., eine bezaubernde Idee, aber..."

„Keine Sorge! Eine Art Vorschuß auf das, was uns der Film einbringt. Ich kann fliegen, ich muß es nur ein bißchen auffrischen. Überleg mal, wie gut wir das brauchen können!"

Queenie lächelte ihn an. Sie sah einen kleinen Jungen mit einem neuen Spielzeug. „Dann wollen wir hoffen, daß beide *Red Jacks* gut abheben. Danke, Liebling!" Sie gab ihm einen Kuß und ließ sich ihr Unbehagen nicht anmerken.

QUEENIE machte einen langen Ausritt mit Nareedah und nahm den Rückweg über die neue Filmkulisse unten am Fluß. An einem Tag hatte die Crew die Hütte von *Red Jack* und ihrem Vater aufgebaut. Sie sah ganz solide aus, war aber in Wirklichkeit nur eine Fassade.

Während Roger Ambrose und Queenie den Drehvorbereitungen zusahen, vernahmen sie plötzlich ein unbekanntes Geräusch, das alle aufblicken ließ – das Starten eines Flugzeugmotors. Roger lächelte sie an. „Wie gefällt Ihnen das Geschenk?"

„Ich weiß nicht, ob wir ein Flugzeug brauchen, aber es war eine sehr liebe Geste ..."

„Und ganz schön extravagant", fügte Roger hinzu.

Queenie seufzte. „Warwick hat mir erklärt, daß es von dem Geld bezahlt wird, das wir für die Dreharbeiten kriegen. Aber bei dem Hunger, den Ihre Leute haben, wird davon nicht viel übrigbleiben!"

„Ich glaube, er hat den Gewinn gemeint, den ihm seine Investition in den Film einbringt."

Queenie starrte ihn an. „Warwick hat in den Film Geld investiert?"

„Ach Gott, ich bin doch nicht etwa ins Fettnäpfchen getreten? Haben Sie das denn nicht gewußt?"

„Nein, hab ich nicht!" Queenie sah völlig verdattert aus und dachte laut: „Wie kann er Geld in den Film investieren und auch noch dieses Flugzeug kaufen?"

„Es geht mich nichts an, ich weiß, Queenie, aber wahrscheinlich hat ihm Alfredo Camboni ausgeholfen."

„Ausgeholfen!" Mit blitzenden Augen schnappte sich Queenie Nareedahs Zügel und schwang sich in den Sattel. Sie ritt davon, und Roger Ambrose war froh, daß nicht er sich ihr gegenüber rechtfertigen mußte. Dann dachte er daran, wie wenige Filme wirklich Geld einspielten, und seufzte.

Als Queenie am nächsten Donnerstag von der Arbeit nach Hause kam, saß auf der Veranda eine attraktive rothaarige Frau – cremefarbener Leinenrock, Seidenhemd und hohe Absätze – und blätterte in einem Magazin.

Queenie begrüßte sie herzlich. „Ich heiße Queenie Redmond. Sie sind neu hier – Sie müssen eine Schauspielerin sein. Ich habe das Flugzeug gar nicht gehört."

Sie schüttelten sich die Hand, und die Frau blickte über den Rand ihrer Sonnenbrille. „Flugzeug? Ich habe einen Dreitagehöllenritt in einem Lastwagen hinter mir. Es hieß, Tingulla sei nicht weit, nur immer der Straße nach. Merkwürdige Entfernungsbegriffe, das muß ich sagen."

Queenie lachte. Ihr gefiel der Südstaatenakzent. „Warum hat man Sie denn bloß mit dem Postauto hierhergeschickt? So behandelt man doch keinen Star! Sagen Sie, wie heißen Sie? Oder sollte ich Sie kennen? Was Filme angeht, bin ich leider nicht auf dem laufenden."

„Ich heiße Martine Hoxburgh, und ich bin keine Schauspielerin. Ich arbeite in der Modebranche und bin gekommen, um jemanden zu besuchen, meinen ... einen Freund. Ich wollte ihn überraschen ..."

„Das ist bestimmt eine nette Idee. Sie sind eine Freundin von Roger, nicht wahr?"

„Nein. Von TR Hamilton. Kennen Sie ihn? Er weiß nicht, daß ich hier bin."

Queenie zögerte einen Moment. „Ja, ich kenne TR. Soll ich Sie zum Drehort fahren? Da müßte er sein."

„Oh, das wäre fabelhaft!"

Queenie wollte dabeisein, wenn Martine TR überraschte. Sie wendete den Landrover mit unnötigem Schwung und fuhr zum Drehort.

Das Team machte gerade Aufnahmen von TR, wie er in vollem Galopp über den Fluß setzte. Nach drei *Takes* rief der Regisseur: „Erledigt", und TR saß ab. Noch bevor er auf den Anblick Martines reagieren konnte, lief sie auf ihn zu und umarmte ihn.

„Großer Gott, Martine! Wie kommst du denn hierher?"

„Liebling, frag mich nicht!" Sie hob das Gesicht, und TR küßte sie leicht.

„Nette Überraschung, was?" meinte Roger Ambrose lächelnd.

„Ich bin wirklich überrascht." TR blickte zu Queenie. „Ich hoffe, das macht dir keine Ungelegenheiten?"

„Im Haus ist Platz genug. Sie können bleiben, solange Sie wollen,

Martine. Also dann, ich muß wieder an die Arbeit." Queenie wandte sich ab und stieg wieder in den Landrover. Sie wußte, sie hatte kein Recht, so eifersüchtig zu sein. Warum sollte TR keine Freundin haben? Aber nicht unter meinem Dach, dachte sie wütend.

„TR, WANN werden wir endlich allein sein?" fragte Martine. „Das gefällt mir nicht, ich in dem Haus und du hier in diesem Schuppen. Ich bin schließlich gekommen, um mit dir zusammenzusein."

„In zwei Tagen bin ich hier fertig. Dann können wir wieder nach Guneda."

Sie gingen auf die Ställe zu, und Martine hatte den Arm um seine Hüfte gelegt. „Weißt du, Martine, du solltest hier nicht mit diesen hohen Absätzen rumlaufen, du wirst dir noch einen Knöchel brechen."

„Ich wollte mit Roger in die Stadt. Ich dachte, ich sehe mich mal um und laß mir die Nägel und die Haare machen."

TR unterdrückte ein Grinsen. „Martine, ich glaube kaum, daß es in der Stadt einen Damenfriseur gibt. Nur einen Barbier. Und ich weiß genau, im Umkreis von ein paar hundert Meilen gibt's keine Maniküre. Aber mach dir nichts draus, du siehst auch so prima aus."

TR hatte die amerikanischen Frauen immer wegen ihrer Gepflegtheit bewundert, doch hier wirkte das alles ziemlich albern und unnatürlich. Der Vergleich mit Queenie drängte sich auf: Zu Hause sah Martine immer schick und makellos aus, aber hier wirkte sie völlig fehl am Platz.

QUEENIE kam nicht zur Ruhe. Mit dem Film gab es ununterbrochen Probleme; am liebsten wäre sie einfach verschwunden und hätte alles Warwick überlassen. Als ein Viehhändler anrief und ihr einen Posten guter Kühe zum Kauf anbot, hob sich ihre Stimmung jedoch.

„Warwick, die müssen wir haben! Sie haben nach dem Regen im Channel Country gute Weiden gehabt. Siebenhundert Stück. Außerdem zu einem guten Preis. Wir bringen sie nach Cricklewood zu den Brahman-Bullen, und bald sind wir im Zuchtgeschäft."

„Und wo soll das Geld herkommen? Du sagst doch selbst immer, wir können uns solche Ausgaben nicht leisten."

Doch Queenie war nicht zu bremsen. „Warwick, diese Gelegenheit ist einmalig! Wir müssen eben was verkaufen, um flüssig zu sein."

„Was denn zum Beispiel, Queenie?"

„Zum Beispiel das Flugzeug."

„Nein!“ Er suchte nach einem Ausweg. „Ich rede mit der Bank, vielleicht erhöhen die unseren Überziehungskredit.“

Queenie nickte. „Ich bringe die Kühe nach Cricklewood“, erklärte sie. „Ich nehme Ernie mit und jemanden, der kochen und die kranken Tiere verarzten kann!“

„Das ist ein verdammt langer Treck. Du wirst wochenlang fort sein“, protestierte er. „Engagiere doch ein paar Leute, die das Vieh da hinbringen.“

„Das können wir uns nicht leisten. Ich sage den Filmleuten noch auf Wiedersehen, bevor ich aufbreche.“

VOR SEINER Abfahrt nach Guneda fand TR Queenie bei der Arbeit in der Sattelkammer.

„Suchst du dir deine Ausrüstung für den Viehtrieb zusammen?“

„Ja. Ich freue mich richtig darauf“, antwortete Queenie.

„Das kann ich verstehen. Das war ein ziemlicher Zirkus hier, was?“

„Ja. Du und Martine, ihr reist ab?“

„Ja. Ich wollte mich nur verabschieden und –“ TR fuhr sich mit den Fingern durch das dicke blonde Haar. Eigentlich wollte er Queenie sagen, daß ihm Martine nichts bedeutete. Aber es gab noch etwas Wichtigeres ... „Queenie, es geht mich ja nichts an, aber ich muß dir etwas sagen. Ich weiß, wie sehr du an Tingulla hängst, und ich möchte nicht, daß du in Schwierigkeiten gerätst ...“

„Wovon redest du, TR?“

„Bitte, reg dich nicht gleich auf! Es geht um Warwick. Um seine Wetten ... Queenie, weißt du eigentlich, wieviel Geld er beim Rennen verliert? Und bei anderen Gelegenheiten?“

„Herrgott, TR, er setzt gelegentlich beim Rennen. Aber deswegen ist er doch kein Spieler! Warum erzählst du mir das?“

TR sprach ganz sanft. „Queenie, hör mir zu! Zufällig weiß ich, daß Warwick im vergangenen Jahr einen Haufen Geld beim Rennen verloren hat. Ihr habt es hier während der Dürre sehr schwer gehabt, und ich kann einfach nicht mit ansehen, daß Warwick Geld ausgibt, das er gar nicht hat. Ich möchte dir Kummer ersparen, wenn einmal die Rechnung aufgemacht wird.“

„TR, du gehst zu weit! Was fällt dir eigentlich ein? Du erzählst mir solche Räuberpistolen, beleidigst meinen Mann und stellst mich als dumme kleine Frau dar, die nicht weiß, was los ist!“

„So habe ich das nicht gemeint, Queenie!“

„Misch dich nicht in meine Angelegenheiten, TR! Und misch dich nicht in mein Leben!“ Sie schrie jetzt fast.

„Na gut, wie du willst!“ Verletzt und wütend stapfte TR aus dem Stall. Ein paar Stunden später verließ er Tingulla, ohne Queenie noch einmal zu sehen.

AM ABEND vor ihrer Abreise saß Queenie mit Warwick im Arbeitszimmer. „Die Unterlagen für den Kredit sind noch nicht fertig“, erklärte sie ihm. „Ich muß dir eine Vollmacht geben, damit du für mich unterschreiben kannst.“ TRs Warnung kam ihr in den Sinn, und sie zögerte den Bruchteil einer Sekunde. Dann schob sie den Gedanken ärgerlich beiseite, unterschrieb und gab Warwick das Dokument.

„Ich denke, das ist alles. Ich hoffe, du langweilst dich nicht, wenn die Filmleute weg sind.“

Am nächsten Morgen brach sie in aller Frühe auf.

ROGER AMBROSE rieb sich mit der Hand die müden Augen. Die gesamte Filmcrew und alle Schauspieler hatten sich auf der Veranda des Herrenhauses versammelt, während Warwick mit finsterem Gesicht im Hintergrund stand. Roger hatte zwanzig Minuten auf sie alle eingeredet, und danach herrschte zunächst Schweigen.

„Was ist schiefgegangen?“ fragte ein Mädchen von der Maske schließlich.

„Ich weiß, es wirkt idiotisch, einen Film abzubrechen, der fast fertig ist, aber das hat es schon vorher gegeben. Ein Machtwechsel an der Spitze, die neuen Leute wollen ihre eigenen Projekte realisieren. In diesem Schachspiel sind wir nur Bauern.“

Ein anderer meldete sich zu Wort. „Wir haben seit vier Wochen kein Geld gesehen. Kriegen wir das noch, oder was?“

„Ich kann nur versprechen, ich werde mein Bestes tun.“

„Und die Investoren? Ich wette, die kriegen ihr Geld!“

„Nein! Es tut mir leid, aber die meisten Investoren sind auf der Basis nachträglicher Zahlungen eingestiegen; sie sollten vom Nettoprofit bezahlt werden.“ Roger vermied es, Warwick anzusehen. „Aber bitte, glauben Sie mir, ich werde für *Red Jack* kämpfen, so hart ich kann.“

„Besorgen Sie uns, was uns zusteht“, sagte ein Beleuchter.

Die Gruppe löste sich auf, und Roger trat zu Warwick. „Es tut mir schrecklich leid, aber ich weiß nicht, wann – oder ob überhaupt – Sie und Queenie für Tingulla bezahlt werden. Und was Ihre Investition angeht ..., ich fürchte, da sieht es schlecht aus.“

Warwick antwortete nicht. Wie sollte er Queenie das beibringen?

Niedergeschlagen zog er sich mit einer Flasche Rum und einem Glas ins Arbeitszimmer zurück. Dann holte er eine kleine Kassette aus der Schublade des Schreibtisches und öffnete sie. Die Papiere darin breitete er auf der Platte aus und studierte sie sorgfältig.

Bei Tagesanbruch lag sein Kopf auf den Armen, sein Nacken war steif und die Flasche leer. Die Zahlen auf den Papieren hatten sich nicht geändert.

DER LETZTE Wagen der Filmcrew entfernte sich auf der holprigen, ungeteerten Straße, und Tingulla blieb nach Wochen hektischer Aktivität still und fast verlassen zurück. Jim fuhr in die Stadt, um Ersatzteile für den Bulldozer zu kaufen, und Millie begann mit einem gewaltigen Frühjahrsputz, während Warwick sich weiterhin im Arbeitszimmer vergrub.

Gegen Mittag klopfte Millie an die Tür. „Das Essen ist fertig!“

Es kam keine Antwort, deshalb öffnete sie vorsichtig. Warwick war am Schreibtisch eingeschlafen. Er hatte sich mehrere Tage nicht rasiert, und sein Gesicht sah zerfurcht und müde aus. Beim Anblick der offenen Rumflasche auf dem Schreibtisch seufzte Millie. Leise schloß sie die Tür wieder.

BEI SONNENAUFGANG wachte Millie auf; von draußen hörte sie das Knattern eines Flugzeugmotors. Sie warf sich einen abgetragenen Morgenrock um die Schultern, tappte verschlafen nach draußen und starrte in den Himmel. Wer kam denn unangemeldet um diese Stunde? Dann begriff sie, daß es ein Start war und keine Landung. Die rotweiße Piper erhob sich in den gold- und lilafarben gestreiften Himmel und drehte nach Osten ab. Wo wollte Warwick denn bloß hin? Gestern abend hatte er nichts verlauten lassen. Millie ging in die Küche und setzte den Kessel auf.

DIE NEUIGKEIT verbreitete sich in Longreach blitzschnell. Jim wollte die Stadt gerade verlassen, als Kevin Hooper vom *Flying Doctor Service* ihn aufspürte und beiseite nahm. Eine halbe Stunde später befanden sie sich in der Maschine des Service.

Jim saß neben Kevin, als sie zum Start rollten. „Vor zwei Tagen ist sie von Windorah weitergezogen. Es dürfte nicht zu schwer sein, sie zu finden. Sie hat eine große Herde dabei.“ Jims knotige Hand zerknüllte eine Ecke der Landkarte, die auf seinen Knien lag. Er fragte sich, wie er Queenie beibringen sollte, daß Warwicks Flugzeug abgestürzt war.

Zwölftes Kapitel

Queenie wollte niemanden sehen. Sie wollte mit ihrem Schmerz allein sein. Sie hatte genug davon, immer tapfer und stark zu sein.

Nach dem ersten Schock galt ihre größte Sorge Saskia. Queenie versuchte sie zu trösten, ließ ihr aber auch Zeit, ihren Vater auf ihre eigene Weise zu betrauern.

Warwicks Leiche war verbrannt worden; die Asche wurde auf Wunsch seiner Familie an diese übergeben. Die Einsegnung fand in Tingullas kleiner Kirche statt. Warwicks Schwestern waren eingeflogen, und von den zahllosen anderen Trauergästen, die die Kirche gar nicht alle fassen konnte, mußte ein Teil die Zeremonie von draußen verfolgen.

Später im Haus mischte sich TR unauffällig unter die Trauernden und wartete auf die Gelegenheit, mit Queenie vertraulich sprechen zu können. In ihrem schlichten schwarzen Kleid, mit dem zurückgekämmten Haar und ohne jeden Schmuck sah sie zerbrechlich und sehr jung aus. TR kam fast um vor Mitleid mit ihr und Saskia.

In diesem Augenblick entdeckte er Queenies Tochter, die auf Millies Geheiß mit rot geweinten Augen eine Schinkenplatte zur Anrichte trug. TR trat zu ihr. „Wie geht's dir, Saskia?“

„Gut, danke“, antwortete sie still.

„Möchtest du hier nicht mal ein bißchen raus? Komm und mach mit mir einen Spaziergang im Garten. Weißt du übrigens, daß ich in Guneda sieben neue Fohlen habe?“

„Wie sehen sie aus?“ Ihr Interesse war geweckt. Sie gingen zusammen auf die Veranda und in den abendlichen Garten. Als sie später wieder aufs Haus zugingen, plapperte Saskia angeregt.

„Hat dir dein Dad mal die lustige Geschichte erzählt, wie sie ihn in Tingulla zum ersten Mal auf ein Pferd gesetzt haben?“

Sie blieb plötzlich stehen, und Tränen schossen ihr in die Augen.

TR ging vor ihr in die Hocke. „Saskia, du mußt über ihn reden! Er war ein wichtiger Teil deines Lebens, und jetzt, wo er uns verlassen hat, kannst du nicht so tun, als wäre er nie dagewesen. Du wirst ihn nie vergessen, du mußt alle Erinnerungen an ihn gut aufbewahren. Ich weiß, das klingt hart, aber wenn du davon sprichst, wird es leichter für dich."

Queenies Stimme klang durch den dunklen Garten. „Saskia, bist du da draußen?"

Das Mädchen lief auf seine Mutter zu, deren Silhouette sich im Licht der Haustür abzeichnete. „Ist schon gut, Mama. Ich habe nur mit TR einen Spaziergang gemacht." Sie blickte leicht verlegen zu ihm hinüber. „Wir haben über Dad gesprochen." Dann umarmte sie ihre Mutter ganz fest und rannte ins Haus.

TR ging langsam die Stufen hinauf auf Queenie zu. „Ich glaube, sie wird damit fertig. Sie ist ein großes kleines Mädchen. Aber wie steht es mit dir? Bist du okay?"

„TR, ich weiß es zu schätzen, daß du dir Zeit nimmst, mit Saskia über all das zu sprechen, aber ich hätte es lieber, wenn sie zu mir kommt. Ich ... habe hier das Sagen."

Sie wandte sich ab, doch TR hielt sie am Arm fest und zwang sie, ihn anzusehen. „Queenie, tu doch nicht immer so, als wärst du aus Stein! Du mußt doch auch mal loslassen ... Du brauchst mich, Queenie! Laß mich für dich sorgen!"

„Ich brauche niemanden, TR! Ich kann selbst für mich sorgen. Ich möchte dich nicht mehr sehen, TR! Es ist zu hart für mich." Ihre Fassung begann zu bröckeln. „Was glaubst du, wie mir zumute ist? Kurz vor Warwicks Tod habe ich dich geküßt, und du hast versucht, mich gegen ihn aufzubringen ... Ich bin gestraft genug, TR! Du bringst mir nur Kummer und brichst mir das Herz!" Tränen traten ihr in die Augen.

TR schlang verzweifelt die Arme um sie. „Queenie, nein! Sag das nicht! Das darfst du noch nicht einmal denken. Das ist Wahnsinn!"

Sie versuchte, sich zu befreien, aber er hielt sie an den Schultern fest. „Hör zu", fuhr er fort. „Du und Warwick, ihr hattet ein paar gute Jahre zusammen. Halte sie in Ehren. Vor allem aber, mach dir keine Vorwürfe! Und mir auch nicht!"

„Bitte, laß mich los, TR." Sie sprach jetzt ganz leise. Er lockerte seinen Griff und blickte ihr lange in die von Trauer verschatteten Augen, bevor er die Arme sinken ließ.

Queenie bemerkte seine gequälte Miene nicht, als er sich umdrehte, die Stufen hinunterging und in der Dunkelheit verschwand.

ALLMÄHLICH zerstreuten sich die Gäste, und nur ein paar enge Freunde blieben noch auf Tingulla.

Liebevoll redete Sarah auf Queenie ein. „John und ich fahren wieder nach Sydney. Ich habe mit Saskia gesprochen, und sie sagt, sie würde gern mitkommen und eine Weile bei uns bleiben, aber sie will dich hier nicht allein lassen."

Queenie legte ihrer Freundin die Hand auf den Arm. „Ich bin hier nicht allein. Ich werde es ihr selbst vorschlagen. Es würde ihr bestimmt guttun."

Dingo verabschiedete sich als letzter. Der alte Outback-Mann umarmte Queenie und drückte sie an sein Herz. „Du hast mehr mitgemacht, als du verdient hast, mein armes Mädchen." Er blickte ihr ins blasse Gesicht. „Aber du bist stark, Queenie, und du wirst auch mit diesem Schlag fertig. Eines Tages wirst du deinen Frieden und dein Glück finden, auch wenn der Weg dahin im Augenblick ein bißchen krumm ist. Geh weiter, mein Mädchen, geh weiter!"

„Das will ich tun, Dingo." Sie seufzte tief und erwiderte seine Umarmung.

Er drückte sich den Hut auf das inzwischen dünner werdende weiße Haar. „Ich bin sofort da, wenn du mich brauchst."

„Danke, Dingo. Aber hiermit muß ich allein fertig werden."

Dingo nickte. Er kannte Queenie, wußte, daß sie ihre Kraft aus sich selbst schöpfen mußte. Niemand konnte ihr besser helfen als sie selbst.

MILLIE und Jim respektierten Queenies Wunsch nach Rückzug und Alleinsein. Queenie ritt über den Besitz, saß am Fluß, wanderte durch den Eukalyptuswald. Die Ruhe des geliebten Landes tat ihrem wunden Herzen gut.

Millie versuchte, es Jim zu erklären. „Am Ort, wo du hingehörst, da lebst du in der Traumzeit. Da streckt Mutter Erde liebevoll die Hände nach dir aus. Du bist nirgends wirklich zu Hause, Jim, außer im Land der Traumzeit. Da sind deine Wurzeln. Tingulla wird Queenie helfen – verstehst du, Zeit und Tingulla, das ist alles, was sie braucht."

Aber gerade Zeit ließ man ihr nicht. Ihr Frieden wurde jäh unterbrochen durch die überraschende Ankunft eines schwarzen Autos mit zwei Herren in dunklen Anzügen.

„Mrs. Redmond", begrüßten sie Queenie, „wir kommen aus Sydney, von der Anwaltskanzlei Turner & Berkley."

Queenie hob die Augenbrauen. „Anwälte? Ich dachte, die Angelegenheiten meines Mannes seien abgeschlossen."

„Hier geht es um etwas anderes. Trotzdem, es betrifft den Besitz Ihres Mannes."

Queenie fühlte eine Gänsehaut, und ihr Herz schlug schneller. Sie setzte sich. „Machen Sie keine Umschweife, und sagen Sie mir, warum Sie hier sind."

Die beiden Männer sprachen abwechselnd, oft beendete der eine den Satz des anderen. Sie legten Tatsachen und Zahlen auf den Tisch. Queenie gefror beim Zuhören das Blut in den Adern.

„Alles sehr traurig", schloß der eine.

„Wirklich sehr traurig", fügte der andere hinzu.

Queenie riß sich zusammen und stand auf. „Mein eigener Anwalt wird sich mit Ihnen in Verbindung setzen. Auf Wiedersehen, meine Herren."

Die beiden warfen einander einen Blick zu, setzten ihre Hüte auf und stiegen wieder in ihren Wagen.

Sorgenvoll betrachtete Millie die verschlossene Tür zum Arbeitszimmer. Nachdem die Besucher gegangen waren, hatte Queenie sich eingeschlossen und war nicht zum Essen erschienen. Millie spürte, daß etwas nicht stimmte, und klopfte schließlich an die Tür. „Queenie, ich habe was zu essen für dich auf dem Tablett. Soll ich es reinbringen?"

„Ja ..., ja ..., komm rein!"

Angesichts der vielen Papiere auf dem Schreibtisch setzte Millie das Tablett auf einer Ecke ab. Queenie hatte rote Augen. „Was ist los?"

„Ach, Millie! Es ist schwer zu erklären, ich verstehe es selber kaum." Sie saß mit hängenden Schultern da. „Sieht so aus, als hätte Warwick so was wie ein Doppelleben geführt – er hat gespielt. Und zwar viel mehr, als ich je vermutet habe. Er hatte Riesenschulden, und bevor ich die Rinder vom Channel Country geholt habe, habe ich ihm Vollmacht gegeben – kurz und gut, er hat mein Eigentum verpfändet. Auf Tingulla lag schon eine hohe Hypothek, und wir hatten entsprechende Schulden bei der Bank, aber das war nur vorübergehend. Er hat wohl versucht, das Geld aufzubringen. Aber er ist vorher gestorben." Queenie holte tief Luft. „Tingulla gehört jetzt mit allem Drum und Dran Signor Alfredo Camboni & Co."

„Was bedeutet das?"

„Es bedeutet, Millie, daß ich kein Recht mehr habe, hier zu sein.

Hier – auf *meinem Land!*“ Sie schlug wütend mit der Faust auf den Schreibtisch; Tränen der Frustration brannten in ihren Augen.

„Aber Mr. Camboni gehört doch zur Familie, er läßt dich bestimmt hierbleiben. Geh zu deinem Anwalt. Ich wette, der bringt das in Ordnung.“

„Ich habe ihn bereits angerufen. Mr. Barton sagt, wir können nichts machen. Warwick hat schon seit Jahren Schulden bei Camboni, von Pferderennen und dann auch aufgrund dieses verdammten Films. Und Camboni will sein Geld haben. Da ich nicht zahlen kann, übernimmt er hier das Regiment. Ich wette, die Ratte hat das von Anfang an geplant, und ich wäre nicht überrascht, wenn auch Colin da seine Finger drin hätte!“

„Bestimmt nicht“, japste Millie ungläubig. „Queenie, du kannst doch Tingulla nicht verlassen!“

„Ich weiß. Aber vielleicht muß ich.“ Tränen rannen ihr übers Gesicht, und Millie beeilte sich, sie zu trösten. Sie schlang ihre kräftigen Arme um Queenies bebende Schultern.

Zwei Tage später saß Queenie mit ihrem Bankdirektor und einem Finanzberater in Hamish Bartons Büro, wo das volle Ausmaß des Alptraums vor ihr ausgebreitet wurde.

Queenie jammerte nicht. „Was können wir machen? Ich tue alles, um mein Heim zu erhalten! Diese Leute interessieren sich gar nicht dafür – die wollen nur ihr Geld. Es muß eine Möglichkeit geben, das Geld aufzubringen, auch wenn ich eine Zeitlang auf Tingulla nur zur Miete wohne!“

Der Anwalt bemühte sich, ruhig zu sprechen. „Sie wollen leider kein Geld, sie wollen den Besitz. Camboni will offenbar, daß Colin und seine Frau die Farm übernehmen.“

Queenie starrte ihn an, und die Zornröte stieg ihr ins Gesicht. „Und wie passen meine Tochter und ich da hinein?“

„Sie und Saskia können, so hat man mir gesagt, in den Gästezimmern wohnen. Wenn Sie sich entschließen, Colin bei der Verwaltung des Besitzes zu helfen, würden Sie zudem ein kleines Gehalt bekommen.“

„Colin *helfen!* Während Dina die große Dame und die Hausherrin spielt! Auf keinen Fall!“

„Queenie, übereilen Sie nichts. Wo wollen Sie denn bleiben?“

„Notfalls in einem Zelt, wenn es sein muß!“

Die drei Männer rutschten unbehaglich in ihren Sesseln herum. „Wenn wir Ihnen irgendwie helfen können ...“

„Tun Sie einfach das Notwendige. Ich schicke Ihnen eine Liste von allem, was zum Verkauf steht." Queenie stand auf, und die Herren erhoben sich ebenfalls. An der Tür drehte sie sich noch einmal um. „Sagen Sie meinem Bruder und dieser Familie, die er sich angeheiratet hat, daß ich keinen von ihnen sehen will. Ich wäre dankbar, wenn Sie alle nötigen Gespräche übernähmen." Die Tür fiel hinter ihr ins Schloß.

Danach begann Queenie systematisch alles zu verkaufen, was sich verkaufen ließ. Die Brahman- und die Hereford-Rinder von Cricklewood erzielten hohe Preise, und Queenie konnte damit ihre Schulden bei den Händlern vor Ort begleichen. Damit war aber das Darlehen der Bank noch nicht getilgt. So erzählte sie dem Direktor, sie wolle zu Sarah und John nach Sydney ziehen und versuchen, in der Stadt Boden unter die Füße zu bekommen.

„Ist das klug, Queenie? Sie sind vom Land. Was wollen Sie dort denn machen?"

„Das weiß ich noch nicht. Ich habe einfach das Gefühl, das ist das richtige. Ich muß vollkommen neu anfangen."

Jim und Millie würden auf Tingulla bleiben. Sie hätten ohnehin nicht gewußt, wohin, und außerdem wurden sie hier gebraucht. Der Gedanke, daß die beiden über den Geist von Tingulla wachen würden, tröstete Queenie etwas.

Ihrer Tochter gegenüber erklärte sie, daß es Geldprobleme gebe und Onkel Colin für eine Weile Tingulla übernehmen werde. „Für uns gibt es hier im Augenblick zu viele Erinnerungen, Saskia."

„Aber wir kommen doch wieder zurück nach Tingulla, Mama?"

„Aber natürlich, wir kommen zurück, meine Süße." Und obwohl sie kaum noch sprechen konnte, fügte Queenie fest hinzu: „Das verspreche ich dir, mein Liebling."

Und sie schwor sich, von jetzt ab jeden Augenblick eines jeden Tages dafür zu arbeiten, ihren Besitz wiederzubekommen, ihr Erbe, ihr Land der Traumzeit – ihr Zuhause.

Am letzten Morgen gab sich Millie sehr geschäftig, um einem tränenreichen Abschied auszuweichen. Snowy stand still dabei und sah zu, wie die Dinge ihren Lauf nahmen. Die Männer, die auf der Farm blieben, nahmen die Hüte ab und standen verlegen herum. Jeder schüttelte Queenie die Hand und wünschte ihr Glück.

Dann stand sie mit Saskia an ihrer Seite vor Snowy. „Also, paß gut auf für mich, Snowy! Du wirst mir fehlen."

„Keine Sorge. Bin hier, wenn du wiederkommst. Old Snowy wartet auf dich, okay?"

Queenie umarmte den alten Mann, der ihr ein Päckchen in die Hand schob. „Jetzt gehst du. Und schau nicht zurück. Bringt Unglück zurückschauen. Mußt vorwärts gehen."

„Das werden wir, Snowy." Queenies Stimme war heiser. Sie nahm Saskia bei der Hand und kletterte mit ihr auf den Rücksitz hinter Jim, der sie zum Bahnhof fahren würde. Die Reifen knirschten auf dem Kies, und dann entfernte sich das Auto immer weiter von Tingulla. Schweigend saßen Queenie und Saskia im Fond des Wagens und hielten sich fest bei der Hand; sie konnten nicht fassen, daß sie alles, was sie so innig liebten, hinter sich lassen mußten.

Queenie ballte die freie Hand zur Faust und merkte dadurch, daß sie immer noch Snowys Päckchen hielt. Sie wickelte es aus und entdeckte einen kleinen geschnitzten Liederstab, der mit den Symbolen des Stammes bedeckt war, der zuerst in dieser Gegend gelebt und ihr den Namen Tingulla gegeben hatte.

Rasch wickelte sie den Stab wieder ein, damit niemand anderer die heiligen Zeichen sehen konnte. Queenie spürte, das kostbare Totem würde ihr Sicherheit schenken. Eines Tages mußte es, wie sie selbst, zurückkehren an den Ort, wo es hingehörte, an den Ort seiner Traumzeit – Tingulla.

DIE ACHTZIGER JAHRE

Dreizehntes Kapitel

Die ersten Wochen in Sydney waren ein Alptraum aus fremden Gesichtern, ungewohntem Lärm und beängstigenden Häuserschluchten.

Queenie hatte den größten Teil der Kunstsammlung, die ihre Mutter ihr hinterlassen hatte, verkauft, darunter auch eine Landschaft von Turner und etliche frühe australische Gemälde. Die Auktion war ein voller Erfolg gewesen; der Turner erzielte einen gigantischen Preis. Queenie bezahlte Tingullas Bankschulden, legte etwas für sich und Saskia zurück und investierte den Rest. Sie würde noch viel mehr Geld machen müssen, um Colin und Dina auszuzahlen – und Tingulla zurückzukaufen.

Bei der Fahrt durch Sydney geriet Queenie eines Tages nach Glebe, einen Stadtteil, den sie nicht kannte. In einer vernachlässigten, baumbestandenen Seitenstraße entdeckte sie einen Block mit zweistöckigen Reihenhäusern. Sie waren sehr heruntergekommen und brauchten dringend neue Farbe; doch sie besaßen wunderschöne alte Balkone aus Gußeisen. Queenie starrte nachdenklich auf das letzte Haus in der Reihe. Im Fenster des Erdgeschosses hing ein verblaßtes Schild: ZU VERKAUFEN. Sie trat durch die gußeiserne Pforte des Vorgartens und betätigte den Türklopfer.

DIE EINWOHNER von Scone waren an den Anblick reicher und attraktiver Frauen gewöhnt, doch bei Martine schauten sie trotzdem zweimal hin. TRs glamouröse amerikanische Freundin weilte jetzt seit einem Monat auf Guneda, und im Innern wußte sie, das würde ihr letzter Besuch sein. Sie wartete auf den passenden Moment, in dem TR entspannt und zugänglich war. Am Ende des Tages brachte sie ihm ein kaltes Bier. Er lehnte sich in seinem Sessel zurück und streckte die langen Beine aus. „Danke, Martine." Er betrachtete sie prüfend. „Vermißt du deine abendlichen Cocktails?"

„Manchmal schon ... TR, ich habe über uns nachgedacht. Wir müssen allmählich zu einer Verständigung kommen."

Er setzte sein Glas ab. „Also die große Aussprache."

„Wie soll es mit uns weitergehen, TR? Ich weiß, du hörst nicht gern, wenn ich das sage, aber ich liebe dich. Doch die Zeit vergeht, und mir ist klargeworden, daß ich mich hier auf die Dauer nicht wohl fühlen werde. Und mehr als das, ich kann es nicht mit den Erinnerungen aufnehmen, die du im Herzen trägst. Du bist nicht bereit, dich zu binden, TR, und ich bin nicht bereit, noch länger zu warten." Sie atmete tief, und Tränen schimmerten in ihren Augen.

TR sah sie zärtlich an. „Du hast recht, Martine. Ich habe mich treiben lassen, habe jeden Augenblick mit dir genossen – aber ohne jeden Gedanken an die Zukunft, ohne Verpflichtungen." Er wandte sich ab, und seine Stimme klang heiser. „So kann es nicht weitergehen."

Martine stand auf. „Ich weiß, TR. Wer oder was dein Herz besetzt hält – solange du dieses Gespenst nicht vertreibst, wirst du nie wirklich zu leben anfangen."

Sie ließ ihn allein. Er hätte sie gerne getröstet, aber er wußte, es war das beste für beide, wenn jeder seiner Wege ging.

Das Herz tat ihm weh, und er fühlte sich sehr, sehr einsam.

Queenie fuhr rückwärts in den engen Hof des Reihenhauses und begann, den Range Rover auszuladen: angerostete Teile aus Gußeisen und bleiverglaste Fenster, die sie bei einem Trödler erstanden hatte.

„Das ist zu schwer für dich. Ich werde dir helfen."

Queenie fuhr herum. Da stand Millie und grinste sie an. Queenie ließ ein Stück Gußeisen scheppernd auf den Boden fallen und stürzte auf sie zu, um sie zu umarmen. „Millie! Was machst du denn hier? Wo ist Jim?"

„Gib mir eine Tasse Tee, und ich erzähl dir alles. Wo ist Saskia?"

„In der Schule. Tut mir leid, aber hier herrscht noch das Chaos", sagte Queenie und führte Millie über die herumliegenden Baumaterialien ins Haus. In der Küche setzte sie Wasser auf.

„Du renovierst also das Haus?"

„Mehr als das – ich restauriere es, Millie. Es soll wieder so werden, wie es einmal war. Es wird himmlisch aussehen."

„Viel Arbeit."

„Ich weiß, aber ich kann mir niemanden leisten", entgegnete Queenie mit entschuldigendem Lächeln.

„Dann ist es ja gut, daß ich da bin", urteilte Millie, stand auf und hob den kochenden Kessel vom Herd.

„Was meinst du damit, Millie?"

Millie goß den Tee auf. „Ich bin weg von Tingulla. Konnte es nicht mehr aushalten. Diese ausländische Ziege hat mich nur herumgeschubst. Jetzt bleibe ich hier und kümmere mich um dich und Saskia wie früher."

„Millie! Das Haus ist furchtbar eng, die Stadt wird dir nicht gefallen, und überhaupt, was ist mit Jim?"

„Laß mich ausreden", sagte Millie ruhig und setzte sich Queenie gegenüber. „Es ist nur so lange, bis du auf eigenen Beinen stehst. Eines Tages kommst du zurück nach Tingulla, das weiß ich genau. Vielleicht früher, als du denkst. Colin richtet die Farm zugrunde."

„O nein!"

„Die Frau, die er da mitgebracht hat, bringt alles durcheinander. Das Haus ist das reinste Ferienhotel – eine Party nach der andern, jede Menge Besuch aus Sydney. Die Arbeit macht mir ja nichts aus, aber sie schikaniert mich dauernd. Niemals ein Danke, immer nur meckern."

„Ich kann es mir vorstellen."

„Jim geht's mit Colin auch nicht besser. Darum haben wir Kriegsrat gehalten und beschlossen zu gehen. Jim ist nach Guneda und arbeitet dort für TR, und ich besuche ihn, wenn ich kann.“

„Und Snowy und die Jungs?“

„Snowy sagt, er bleibt und paßt auf alles auf. Er ist ein Einzelgänger geworden.“

Queenie seufzte. „Alle sind entwurzelt – es bricht mir das Herz.“

„Nur nicht aufgeben! Also – womit soll ich anfangen?“

DIE WOCHEN vergingen wie im Flug. Millie war eine große Hilfe; sie führte den Haushalt, beizte Türen ab, tapezierte und hielt die Leiter, wenn Queenie hinaufstieg. Zwischenwände mußten eingerissen werden, um die vielen kleinen Zimmerchen in große Räume zu verwandeln. Nun gaben Licht und Luft dem vorher eher dürftigen Haus Geräumigkeit und eine angenehme Atmosphäre.

John und Sarah kamen jedes Wochenende, diskutierten eifrig über Farben und Stoffproben und studierten Bildbände über historische Häuser jener Zeit. John überwachte alle strukturellen Änderungen, die Queenie vornehmen wollte, damit nicht etwa tragende Wände eingerissen wurden. „Ich muß zugeben, Queenie, du hast was Tolles geleistet. Die anderen Häuser sind dagegen jetzt eine wahre Schande.“

„Genau darüber habe ich nachgedacht, John. Ich könnte bestimmt viel mehr verdienen, wenn ich mehrere Häuser restaurieren würde, nicht nur eines“, antwortete Queenie. „Kannst du nicht rauskriegen, ob nicht noch andere Häuser in dem Block hier zu verkaufen sind?“

John überlegte. „Kann ja sein ... Ich werde mich mal umhören.“

QUEENIE saß mit Sarah und John in deren Garten. „Ich weiß jetzt, was mit den anderen Häusern in deinem Block los ist“, sagte John. „Sie gehören alle einem Mann in Melbourne. Er meint, man kann sie nur noch abreißen, und will sie zum Grundstückspreis verkaufen.“

„Was für eine einmalige Gelegenheit! Wo kriegen wir das Geld her?“

„Indem wir Partner werden.“ John wandte sich an Sarah. „Ich glaube, Queenie ist auf eine Goldmine gestoßen. Wenn die Leute erst einmal sehen, was sie aus ihrem eigenen Haus gemacht hat, dann bieten wir an, auch die anderen zu restaurieren. Ich habe mich umgehört, und ich bin sicher, das wird ein neuer Trend.“

Doch Queenie hatte Bedenken. „John, ich möchte nicht, daß du den Kopf für mich hinhältst.“

„Dafür bist du nicht verantwortlich, Queenie. Ich sehe hier eine

Chance, Geld zu verdienen und mich auf diesem Gebiet zu profilieren. Und du kümmerst dich um Entwurf und Ausführung der Restaurierung. Ich bin nicht leichtsinnig, das kannst du mir glauben.“ Er stand auf, trat hinter Sarah und legte die Arme um sie. „Ich gehe kein Risiko ein, dem ich nicht gewachsen bin. Was meinst du, Sarah?“

Sie ergriff seine Hände. „Ich verlasse mich auf Johns Urteil. Er ist wirklich alles andere als leichtsinnig, Queenie. Was er auch sagt, ich bin dabei.“

Queenie war einen Moment sprachlos. In Gedanken stellte sie John neben Warwick, der so skrupellos vorgegangen war.

AUF TINGULLA warf sich Dina in einen Sessel. Das Leben hier wurde allmählich langweilig. „Colin, Mrs. Thompson sagt, das Essen für die Party am nächsten Samstag ist nicht gekommen, und wenn der Generator nicht repariert wird, kann sie nicht kochen. Mit dem Holzherd kann sie nämlich nicht umgehen. Du mußt das Essen einfliegen und jemanden kommen lassen, der den Generator repariert.“

„Dina, so einfach ist das nicht. Sag die blöde Party ab! Ich habe meine eigenen Probleme.“ Er stürmte aus dem Zimmer.

Beim Abendessen strahlte Dina Colin an, während Ruthie lustlos auflegte. „Ich habe unser Partyproblem gelöst: Sie findet bei ‚Jingles‘ statt.“

Colin ließ die Gabel sinken. „Was und wo ist Jingles?“

„Es ist ein himmlisches neues Restaurant in Surfer’s Paradise. Wir können ein ganzes Wochenende daraus machen.“

„Und was ist mit meinen Problemen hier? Seit Jim weg ist, herrscht das Chaos.“

„Stell einen Verwalter ein! Du bist der Boß, warum sollst du die ganze Arbeit machen?“

„Weil das der Job von einem Boß ist! Außerdem wird das viel zu teuer. Tingulla zehrt unsere Reserven auf. Und Wochenenden an der Gold Coast bringen nichts.“

Dina beugte sich über den Tisch, berührte seinen Arm und rieb einen Fuß an seinem Bein. „Du bist müde. Komm ins Bett, wir sprechen später darüber.“

Aber Dinas Methode, ihren Kopf durchzusetzen, funktionierte diesmal nicht. Colin saß draußen auf der Veranda, während sie sich unruhig allein im Ehebett wälzte.

JOHN und Queenie legalisierten ihre Partnerschaft. Sie nannten die Firma *Heirloom Cottages.* Queenie staunte, wie geschickt John die Verhandlungen mit dem Eigentümer des Blocks führte.

Nachdem die Gebäude endgültig in ihren Besitz übergegangen waren und nur noch darauf warteten, renoviert zu werden, konzentrierte sich Queenie zunächst darauf, ihrem eigenen Haus den letzten Schliff zu geben, denn es sollte als Musterhaus dienen. Sie ließ eine Ladung antiker Möbel anliefern, die sie auf einer Auktion erstanden hatte. Das Tüpfelchen auf dem I waren Vorhänge aus Brüsseler Spitzen und alte gestickte Tagesdecken von einem Wohltätigkeitsbasar.

Sarah kümmerte sich um Werbung und Öffentlichkeitsarbeit und stellte Kontakte zu Fachzeitschriften, zur Lokalpresse und zu verschiedenen historischen Vereinen her. Sie brachten eine Werbebroschüre mit Fotos von Queenies Modellhaus und mit den Plänen für die anderen Häuser heraus, und in lediglich ein paar Wochen hatte John schon den ganzen Block verkauft.

Dann entdeckte er in Randwick eine Straße mit großen, alten viktorianischen Häusern, die man in Wohnungen und Einzimmerapartments unterteilt hatte. Sie kamen ebenfalls auf die Liste. Inzwischen hatte ein reicher Freund von Sarah Queenie in einen Zirkel von wohlhabenden Kunden eingeführt, die sich nach kurzer Zeit darin überboten, ihre Dienste in Anspruch zu nehmen. Bald herrschte unter den Reichen in und um Sydney ein regelrechter Nostalgiefimmel; jeder wollte ein von Queenie restauriertes historisches Stadthaus oder ein umgebautes Farmhaus auf dem Land.

„John, ich schaffe das nicht alles allein!“ Queenie ließ den Kopf in die Hände sinken. „Es ist einfach zuviel!“

„Du warst es doch, die unbedingt Geld machen wollte“, neckte Sarah sie.

Queenie hob den Kopf. „Du hast ganz recht. Ich will Geld machen – und zwar viel!“

„Damit du Tingulla zurückkaufen kannst?“

Queenie nickte. „Das habe ich vor, und das werde ich auch.“

DIE SOMMERFERIEN begannen, und Sydney stöhnte unter einer Hitzewelle. Die Zeitungen brachten Fotos von Leuten, die auf den Kühlerhauben ihrer Autos Spiegeleier brieten, und von älteren Mitbürgern, die im Gedränge der Weihnachtseinkäufe einen Hitzschlag erlitten hatten. Sonnenanbeter schmorten an den überfüllten Stränden und stürzten sich dann krebsrot in die kühle Brandung.

Millie wollte nach Guneda fahren, um Jim zu besuchen. Sie bot an, Saskia für eine Weile mitzunehmen, doch Queenie hatte Bedenken. „Da draußen ist es ja noch heißer als hier. Und womit soll sie sich beschäftigen? Ich möchte TR nicht zumuten, daß er sich um ein junges Mädchen kümmern muß“, murmelte sie.

„Ich bin doch dabei. Und was soll sie hier machen? Sie ist keine Strandbiene, sondern viel lieber mit Pferden zusammen. TR will ihr Taschengeld geben, wenn sie beim Ausmisten hilft.“

„Du und TR, ihr seid euch ja offenbar schon längst einig.“

„Ach komm, Queenie! Wenn du nicht so stur wärst, könntest du auch mitkommen.“

„Wahrscheinlich hast du recht. Sie wird sich auf Guneda sehr wohl fühlen; das sollte ich ihr gönnen. Trotzdem, sie wird mir fehlen.“

DER ALTE Bobby nahm Saskia unter seine Fittiche und redete mit ihr stundenlang über Pferde, während sie die Fohlen und die trächtigen Stuten versorgten. Es gab ein paar lammfromme Tiere, auf denen sie reiten durfte, und Bobby und TR gaben ihr sogar Unterricht. Am Abend fiel sie dann förmlich ins Bett. Bei Sonnenaufgang jedoch war sie schon wieder auf den Beinen und sah TR und Tango, dem neuen Lehrling, beim Trainieren der Pferde zu.

Tango war knapp siebzehn, sah gut aus und war sehr schüchtern. Er war schlank und drahtig, hatte hellblaue Augen und dunkelblondes Haar. Seine Stimme klang weich, nicht hart und nasal wie die der meisten Landjungen. Er erzählte Saskia, daß er bis zu seinem vierzehnten Lebensjahr in der Stadt bei seinen Adoptiveltern gelebt hatte. Die waren dann bei einem Autounfall umgekommen, und danach hatte es ihn in den Outback verschlagen.

Er hatte nichts dagegen, daß Saskia sich ständig an seine Fersen heftete, ihm gefiel ihre Liebe zu Pferden. „Du magst sie lieber als Menschen, scheint mir“, sagte er einmal scherzend zu ihr.

„Warum nennt man ihn Tango?“ wollte Saskia von Bobby wissen.

„Als er hier noch neu war, hatten wir ein Tanzfest. Er ist zwar schüchtern, aber ein guter Tänzer, und so ist er zu dem Spitznamen gekommen.“

„Ich mach mir nichts aus Tanzen. Reiten ist besser.“

Bobby grinste das schlaksige Mädchen an. „In ein paar Jahren wirst du anders darüber denken.“

Vierzehntes Kapitel

Vom nächtlichen Meer strich eine laue Brise durch die goldgemusterten Vorhänge in das Penthouse von „Paradise Gardens“. Colin trat auf den breiten Balkon hinaus und schaute hinunter. Der Strand unter ihm und die weißen, schaumigen Kronen der träge rollenden Brandung waren mit Flutlicht angestrahlt.

Dinas Lachen eilte ihr voraus, als sie zu ihm trat. „Es ist einfach himmlisch hier! Warum kaufen wir nicht eine von diesen Wohnungen?“

„Weil ich nicht Geld drucken kann, Dina. Wenn du hier in Surfer's Paradise eine Wohnung willst, dann müssen wir Tingulla verkaufen.“

„Warum nicht? Tingulla bringt uns kein Geld, es ist eine totale Pleite, *caro mio*. Wir sollten vielleicht nach Italien ziehen..., eine hübsche Villa an der Riviera; du kannst mit deinem Sportwagen nach Rom oder Mailand sausen und dich um Papas Geschäfte kümmern.“

Colin leerte sein Sektglas. Er war müde. Tingulla zu bewirtschaften war strapaziös. Er wußte genau, daß er ein schlechter Verwalter war, obwohl er dazu neigte, einer Pechsträhne die Schuld zu geben. Doch all die Schwierigkeiten, mit denen er nicht fertig wurde, gehörten bei einem so großen Besitz zum Alltag. Es wurmte ihn gewaltig, daß Queenie so lange Zeit so erfolgreich gewesen war, bevor Warwick sie in den Ruin getrieben hatte.

Er ging zurück ins Zimmer. „Laß uns noch einen Drink nehmen und darüber nachdenken.“

Mit dem Nachdenken ließ es Dina nicht bewenden. Statt nach dem Wochenende an der Küste nach Tingulla zurückzukehren, flog sie nach Sydney zu ihrem Vater.

„Colin ist unglücklich. Und warum soll er so hart arbeiten? Ich langweile mich, er ist immer todmüde und vernachlässigt mich. Er liebt Europa. Und ich habe meine Familie und Freunde dort. Du kannst ihn doch bestimmt irgendwie einsetzen, nicht wahr, Papa?“ Dina beugte sich vor und ergriff die Hand ihres Vaters.

Alfredo Camboni war klar, daß er manipuliert wurde. Trotzdem genoß er die schmeichelnde Liebe seiner Tochter. „Wenn wir Tingulla verkaufen, dann gehört der Erlös zum größten Teil mir, aber es bleibt noch genug übrig für euch zwei, um euch in Italien niederzulassen ...

Und … *sì*, zu tun hätte ich auch für Colin, er kann kleine Aufgaben bei meinen Geschäften übernehmen."

„Colin möchte natürlich nicht, daß Queenie davon erfährt."

Camboni nickte. „Sag ihm, ich erledige das ganz diskret."

SASKIA sah zu, wie Bobby Bills lange, kräftige Beine mit einer Spezialsalbe einrieb, die er selbst zusammengebraut hatte. „Du liebst ihn wirklich, nicht wahr?"

Bobby richtete sich auf. „Ich denke schon, Saskia. Ich habe schon mit vielen Pferden zu tun gehabt, aber der Bursche hier ist was Besonderes." Er blinzelte vertraulich. „Aber sag's ihm nicht, um Gottes willen!"

Saskia lachte. „Tango meint, er ist hervorragend im Training. Glaubst du, er kann sich für den Melbourne Cup qualifizieren?"

„Werden sehen, werden sehen. Zeit für unseren Ritt. Bis später, Sas!"

Als Bobby aufbrach, kam Tango auf Saskia zu. „Ich wollte vor dem Essen noch einen Spaziergang am Bach machen. Kommst du mit?"

„Klar!"

Der Bach war nur anderthalb Meter breit und meistens ganz seicht. Nur nach schweren Regenfällen schäumte er wie ein kleiner, zorniger Fluß. Heute, bei strahlend blauem Himmel, floß er gemächlich dahin. Tango wies den Weg, und die beiden wanderten am Ufer entlang und folgten seinen vielfachen Windungen.

Libellen schwebten über dem Wasser und schimmerten wie türkisfarbene, goldene und rote Juwelen. Kleine Fische flitzten in flachen Tümpeln herum, und ein Kookaburra-Vogel lachte glucksend in einem Baum, dessen Wurzeln ins Wasser hingen. Das Gespräch der beiden verstummte allmählich; sie wurden still, als stünden sie unter einem magischen Bann. Steifbeinig umkletterten sie einen riesigen Felsbrocken, der einen tieferen Teich überschattete. Am flachen Ende des Felsens lag, naß und schimmernd, ein kleines braunes Tier, dessen dunkles Fell in der Sonne glitzerte.

Saskia hielt entzückt den Atem an, als das Schnabeltier sich mit einem Plumps ins Wasser fallen ließ, mit dem stumpfen Schwanz ruderte und mit dem breiten, flachen Schnabel im Wurzelwerk der Uferbüsche herumstocherte. „Ich habe noch nie eins gesehen", flüsterte sie.

„Ich auch nicht", bekannte Tango grinsend.

Die Sonne stand jetzt hoch am Himmel, und die Hitze machte sich bemerkbar. Das Wasser war klar, kühl und einladend. „Willst du rein?"

„Bei der Hitze? Nichts wie rein", antwortete Saskia. Unbefangen zogen sie sich bis auf die Unterwäsche aus und platschten hinein.

„Nicht tief genug zum Schwimmen, aber tiefer als die Wanne", befand Tango.

Saskia lag im flachen Wasser und hielt sich an einem Steinbrocken fest. „Ich wollte, ich müßte nicht mehr zurück nach Sydney", seufzte sie.

„Wie sieht denn dein Leben dort aus?"

„Ach, es ist schon nett. Ich bin froh, daß meine Mutter Erfolg hat. Aber ich vermisse doch den Busch."

„Hab die Stadt nie leiden können. Ich wollte immer aufs Land."

Saskia nickte nur. In ihrem Herzen lebte ein Traum, derselbe Traum, den auch ihre Mutter träumte: die Rückkehr nach Tingulla.

SARAH und John machten Queenie klar, daß sie nach all der Arbeit unbedingt Urlaub machen mußte – mindestens ein verlängertes Wochenende war fällig.

„Geh in die Berge. Da warst du noch nicht."

„Das klingt nicht schlecht."

Queenie warf ein paar Kleidungsstücke in eine Reisetasche, manövrierte den Range Rover aus dem Hof und war schon unterwegs. Als sie den Nepean River überquert hatte, stieg die Straße steil an. Oben öffnete sich der Blick auf viele Kilometer leeren, rauhen Buschlands, und ihr Herz begann höher zu schlagen. Kahle, gezackte Felsen aus orange- und cremefarbenem Sandstein durchzogen Täler, die auf und ab wogten und dann steil in undurchdringliches Grün abfielen – in die Great Dividing Range.

Queenie durchfuhr ein paar kleine Ortschaften und machte schließlich in Katoomba halt – einem ehemals eleganten und beliebten Ferienort, wo die Reisenden heute nur noch kurz Rast machten. Sie spazierte die Hauptstraße hinunter, besichtigte die leicht heruntergekommenen altmodischen Läden und kehrte dann im einzigen einladenden Café ein, wo sie Tee und Gebäck bestellte. Dann stieg sie in ihre Reitstiefel und machte sich auf zu einem Marsch in den Busch. Nach einer Weile stieß sie auf eine kleine Farm, an der ein Holzschild verkündete: PFERDEVERLEIH. Sie beschloß, ihre Tour im Sattel fortzusetzen.

Die alte Stute, die sie bekommen hatte, spitzte die Ohren und trabte unter Queenies sanfter Hand munter drauflos. Sie kreuzten durch dichte Waldstücke, wo Farne und feuchte Wildnis das Sonnenlicht abhielten. Die Erde roch satt und würzig. Es ging nur langsam vorwärts, aber das machte Queenie nichts aus. Sie genoß die friedvolle Stille, die nur gelegentlich von Vogelgezwitscher und Papageiengekreisch unterbrochen wurde.

Ein zerbrochenes Holzschild auf dem Boden erregte ihre Aufmerksamkeit. Es stand nichts weiter darauf als HOTEL. Ein überwucherter Pfad führte in ein Pinienwäldchen. Nach etwa hundert Metern stieß Queenie auf zwei Steinpfosten mit einem in den Angeln hängenden rostigen Tor, hinter dem eine Art Auffahrt begann. Sie warf die Zügel über das Gitter und ging zu Fuß weiter, vorbei an einem alten Brunnen und durch einen überwucherten Garten. Und dann hielt sie den Atem an. Vor ihr lag ... das Hotel.

Es sah aus wie ein Märchenschloß – mit Türmchen, Balkonen, gewölbten Dächern –, doch alles war verfallen und abgeblättert. Das Gebäude war riesengroß, es lag am Rand eines Felsabsturzes mit Blick auf die ganze Weite des Tals. Alle Zimmer gingen auf die Sandsteinfelsen der Kurrajong Mountains hinaus. Parkartige Anlagen, die einmal bessere Zeiten gesehen hatten, erstreckten sich zu beiden Seiten des Baues.

Queenie ging eine Stunde herum wie in Trance, versuchte, durch die verstaubten Fenster und bleiverglasten Türen zu spähen. Dann stand sie auf der verlassenen Terrasse und wurde ihrer Aufregung kaum noch Herr. Schließlich drehte sie sich auf dem Absatz um und marschierte zu ihrem Pferd zurück.

Am nächsten Tag suchte sie einen lokalen Immobilienmakler auf. Der Mann kratzte sich am Kopf und gestand, daß er rein gar nichts über das alte Hotel wisse. „Es ist schon seit vielen Jahren geschlossen. Ich habe alte Fotos gesehen, es muß in den zwanziger Jahren stinkfein gewesen sein. Dann ist es heruntergekommen und schließlich dichtgemacht worden. Nein, es steht nicht zum Verkauf, soviel kann ich Ihnen sagen. Kein vernünftiger Mensch würde so was kaufen. Die Motels machen jetzt das große Geschäft. Aber ich erkundige mich, wem es gehört, und melde mich wieder."

JOHN und Sarah reagierten entgeistert, als Queenie ihnen von ihrem Plan erzählte.

„Ich brauche noch viel mehr Geld, bevor ich Tingulla zurückkaufen kann", betonte sie.

„Aber ein Hotel in den Bergen? Da geht doch keiner hin!"

„Wenn ich das ‚Kurrajong' erst einmal eröffnet habe, dann werden die Leute kommen. Am Mittwoch fahre ich mit einem Sachverständigen raus. Ich möchte, daß ihr beide mitkommt."

Während der ganzen Fahrt in die Berge murmelte John mißbilligend vor sich hin, doch als er das Gebäude in der grandiosen Umgebung erblickte, verfiel auch er sofort seinem Zauber.

„Traumhaft", hauchte Sarah. „Ein Ort wie im Märchen!"

Queenie erklärte, warum ihr Plan, das alte Hotel zu restaurieren, nicht nur eine romantische Marotte war. Der Lebensstil der Bevölkerung änderte sich, die wohlhabende Mittelklasse und junge verliebte Paare suchten Wochenendparadiese. Und die Blue Mountains mit ihrer stillen Schönheit waren nur anderthalb Stunden von Sydney entfernt.

Die Verhandlungen liefen ganz glatt. Ein müder alter Mann, der letzte Sproß der Familie, die das Hotel gebaut hatte, war froh, es loszuwerden. Er stimmte Queenies absurd niedrigem Angebot sofort zu.

Als Millie und Saskia von Guneda zurückkamen, wurden sie von einer triumphierenden Queenie begrüßt. „Wir sind jetzt im Hotelgeschäft! Es heißt Kurrajong, und mit ihm liegen die Blue Mountains wieder auf der Karte der Touristenziele. Wartet's nur ab!"

Saskia umarmte ihre Mutter und war von dem großen Abenteuer begeistert. Millie hob skeptisch die Augenbrauen. „Aber wird es auch Geld bringen?"

„Das ist es ja gerade, Millie: Die Erfüllung meines Traums rückt näher – ich weiß es!"

Sie nahmen sich für den Trip nach Melbourne zwei Wochen Zeit. Tango und TR wechselten sich beim Fahren ab, und Bobby behielt Bill im Auge, der in einem Spezialanhänger festgebunden war.

Die lokalen Zeitungen griffen die Meldung rasch auf. Sie machte sich gut, die Story von den Leuten aus dem Busch, die mit ihrem Auto durchs Land rumpelten, um am größten Pferderennen Australiens teilzunehmen. Die Menschen kamen, um zuzusehen, wenn Bill unterwegs auf ihren Bahnen Übungsläufe machte, und bald hatte er eine Fangemeinde, deren Mitglieder alle versprachen, beim Cup „einen Lappen oder zwei" auf ihn zu setzen.

In Wagga Wagga lief Bill eine schlechte Zeit, und Bobby untersuchte ihn besorgt. „Er frißt schlecht. Ich denke, wir sollten ein oder zwei Tage Pause machen."

Sie mieteten eine Box in einer Stallung in der Nähe der Rennbahn. Bobby schlief in der Box mit seinem Schlafsack im Heu, um zur Stelle zu sein, falls das Pferd irgendwelche Symptome entwickeln sollte. Aber Bill erholte sich bald wieder und wirkte so robust wie immer – nur Bobby sah jetzt grau und abgespannt aus.

„Es hat ihn sehr mitgenommen", murmelte TR, als sie weiterfuhren. Er regt sich wegen des Pferdes mehr auf als eine Mutter wegen ihres kranken Babys."

„Genau wie du wegen Bobby", entgegnete Tango.

Sie machten sich wieder auf den Weg. „Jetzt sind wir an der Grenze zwischen New South Wales und Victoria. Von hier ist's nicht mehr weit, Bobby", sagte TR tröstend. Der alte Mann antwortete nicht.

„Je früher wir da sind, um so besser", meinte Tango.

TR warf einen Blick auf Bobby. „Wir sollten in der nächsten Stadt haltmachen und irgendwo einkehren. Einmal eine Nacht gut schlafen."

Sie nahmen Zimmer im „Commercial Hotel". Während des Abendessens entschuldigte sich Bobby. „Ich fühle mich nicht gut. Ich gehe auf mein Zimmer."

„Ich schlafe bei Bill, mach dir keine Sorgen, Bobby", sagte Tango.

Als TR später an Bobbys Tür vorbeiging, blieb er kurz stehen. Er klopfte leise und öffnete dann. Bobby schlief; aber seine Nachttischlampe brannte noch. TR ging auf Zehenspitzen zum Bett, um sie auszuknipsen. Dabei hörte er, wie mühsam Bobby atmete. Ein einziger Blick auf dessen aschgraues Gesicht genügte, und schon war TR unterwegs nach unten zum Empfang. „Mein Freund ist krank! Einen Krankenwagen, schnell!"

DIE GALAERÖFFNUNG des Kurrajong Hotels hatte Queenie fürs neue Jahr geplant. Sie verbrachte mittlerweile jede Woche mehrere Tage dort und überwachte alle Einzelheiten der Innendekoration. An den anderen Tagen durchstreifte sie in Sydney Antiquitätenläden und Auktionshäuser auf der Suche nach Möbeln, Stoffen, Lampen und anderen Einrichtungsgegenständen.

Queenie war voller Vorfreude. Das heruntergekommene alte Gebäude hatte sich phantastisch entwickelt. Die geschnitzten Vertäfelungen glänzten neu poliert, die bleiverglasten Fenster waren repariert, die offenen Kamine zogen wieder, und die Gästezimmer schmückten viktorianische Blumentapeten.

Trotz der antiken Möblierung fehlte es nicht an modernem Komfort wie Fußbodenheizung und Klimaanlage. Umkleidezimmer, Wohnräume, Sonnenveranden und Lesezimmer mit großen Kaminen verliehen dem Kurrajong das Aussehen eines Herrenhauses.

Mitglieder des örtlichen Vereins für Gartenkultur hatten sich angeboten, die Gärten wiederherzustellen. Sie hatten die ursprünglichen Entwürfe ausgegraben, pflanzten, beschnitten und pfropften und erweckten die Rosenbäume und Hortensienbeete wieder zum Leben. Was ursprünglich wie ein überwuchertes Sumpfstück ausgesehen hatte, entpuppte sich als Miniatursee. Er wurde trockengelegt, gereinigt, wieder gefüllt und mit Wasserlilien und Iris bepflanzt.

Auch die riesigen Küchenräume wurden modernisiert. Queenie machte den ehemaligen Küchenchef eines Nobelrestaurants ausfindig, der sich aus Sydney in die Berge zurückgezogen hatte. Monsieur Ambert war des Ruhestandes überdrüssig und übernahm nur allzugern die Aufgabe des Chefkochs.

Eines Tages stieß Queenie in ihrer Post auf eine Einladung zu einer Cocktailparty in Sydney, die vom Staatlichen Fremdenverkehrsverein veranstaltet wurde. Sie hatte zwar keine Lust, dorthin zu fahren und mit dem Sektglas in der Hand herumzustehen, doch sie wußte, wie wichtig es war, für ihr Hotel zu werben, und sie brauchte Kontakte zur Tourismusbranche.

Sie hatte sich schon lange nicht mehr auf solchem Parkett bewegt. Sarah überredete sie, sich dafür ein entsetzlich teures, aber exquisites Modellkleid von Dior zuzulegen – einfach geschnitten, aber von überwältigender Eleganz. Sein dunkles Purpur, das fast schwarz wirkte, brachte Queenies Perlenschmuck wunderbar zur Geltung.

Die Gäste waren größtenteils Männer. Es gab zwar ein paar berufstätige Frauen und auch einige Ehefrauen darunter; doch in erster Linie sah man ein Meer aus Smokings, durch das sich Kellner mit Silbertabletts den Weg bahnten. Queenie löste sich aus einer Runde von Reiseveranstaltern, um sich dem Direktor des Fremdenverkehrsvereins vorzustellen. Er zeigte sich entzückt, die neue Besitzerin vom Kurrajong kennenzulernen, und machte sie mit den anderen bekannt, die um ihn herumstanden. Queenie schüttelte zahllose Hände und versuchte vergeblich, sich die Namen zu merken. Der letzte, den sie begrüßte, lächelte sie herzlich an und wiederholte seinen Namen mit leichtem französischem Akzent.

„Henri Barnard. Montpelier Incorporated.“

„*Die* Montpelier-Hotelkette?“ fragte Queenie.

Er nickte bescheiden, und sie fragte weiter: „Wollen Sie ein Haus in Australien eröffnen?“

Er zuckte die Achseln. „Vielleicht.“

„Nicht in den Blue Mountains, hoffe ich“, sagte Queenie lächelnd.

Er lachte. „*Mais non!* Aber ich habe von Ihrem Kurrajong gehört. Alles klingt sehr interessant. Erzählen Sie mir davon.“

Plaudernd entfernten sie sich von den anderen. Queenie schätzte Henri auf Ende Dreißig. Er war braun gebrannt, hatte dunkelbraune Augen hinter großen, eckigen Brillengläsern und perfekte Zähne. Er war makellos gekleidet und strahlte Macht, Ansehen und Reichtum aus; trotzdem gab er sich entspannt und unprätentiös.

Er wiederum war fasziniert von Queenies Schönheit und ihrer Geschäftstüchtigkeit. Impulsiv hob er sein Glas und prostete ihr zu. „Einen Toast auf den Erfolg Ihres Hotels und viel Glück für eine wunderschöne Frau in einem Kleid von Dior!“

Queenie nippte an ihrem Drink und fragte: „Sind Sie Franzose?“

„Ich bin Frankokanadier. Ich vereine die Romantik Europas mit dem Pragmatismus Nordamerikas. Meine Zentrale befindet sich in New York.“

Jetzt erinnerte sich Queenie, daß sie schon von dem gutaussehenden, reichen und vielbegehrten Chef der Montpelier-Hotelkette gehört hatte. „Was haben Sie hier für Pläne?“ fragte sie.

„Ich habe mich nach möglichen Standorten für eines unserer Hotels umgesehen. Australien ist ein expandierender Markt. Ich würde sehr gerne das Kurrajong kennenlernen.“

„Tut mir leid, es ist nicht zu verkaufen – es ist auch noch nicht fertig. Aber wenn Sie es so besichtigen wollen, wie es jetzt ist …“, lenkte Queenie schließlich ein.

„Ich wäre entzückt. *Merci.*“

Fünfzehntes Kapitel

TR saß an Bobbys Bett in der engen Intensivstation des kleinen Krankenhauses. Bobby sah so blaß und hinfällig aus, als könnte er jeden Moment an die Decke schweben, ungeachtet der Schläuche und Drähte, durch die er mit dem Herzmonitor neben dem Bett verbunden war.

Seine Finger zuckten, und TR nahm seine Hand. Der alte Mann versuchte zu sprechen. TR beugte sich zu ihm herunter und hielt das Ohr dicht an seinen Mund.

„Rennen ... muß sein ..."

„Mach dir keine Sorgen deswegen, Bobby, du bist viel wichtiger."

„Nein!" Die dünnen Finger versuchten, TRs Hand zu greifen. „Du gehst ... Bill laufen ..., bitte."

Der alte Mann schloß die Augen und atmete in kurzen Stößen. TR klingelte nach der Schwester. „Bleib ganz ruhig, Bobby ..."

Die Schwester kam hereingeeilt. „Sie gehen jetzt besser, Mr. Hamilton. Es ist zuviel für ihn. Er ist zu schwach zum Sprechen."

TR ging langsam den Gang hinunter, wo Tango auf einer Bank wartete.

„Wie geht's ihm?"

„Er will, daß wir weiterfahren und Bill ins Rennen schicken, aber ich kann Bobby jetzt nicht verlassen."

Tango sah ihn bewundernd an. Dann sagte er leise: „Ich könnte es ja mal versuchen."

TR wurde von einer Welle der Sympathie für den schmächtigen Jungen überschwemmt. „Wenn du direkt durchfährst, dann schaffst du es vielleicht noch – die Formalitäten sind ja schon erledigt. Was haben wir schon zu verlieren? Probieren wir's!"

SEIT dem frühen Morgen waren die Massen durch die Drehkreuze auf das Gelände der Rennbahn geströmt, und die Parkplätze waren bereits überfüllt. Die Männer kamen in Cut und Zylinder, die Frauen in Modellkleidern und -hüten, die jungen Mädchen trugen Phantasiekostüme, von kurzen Kleidchen bis hin zu Krinolinen, und ihre männlichen Begleiter waren teils sehr seriös, teils ausgesprochen grell gekleidet.

Mick, der vorausgefahren war, hatte in der leeren Box geschlafen, die für Bill reserviert war, und sich schon Sorgen um die anderen gemacht. An der Wand hingen, rosa und blau, die Rennfarben, die TRs Vater gehört hatten. Zum x-ten Mal schlich der schüchterne junge Eingeborene zum Büro, um zu fragen, ob eine Nachricht eingetroffen sei.

Der Mann hinter dem Schreibtisch blickte auf. „TR hat angerufen, Tango ist unterwegs mit Bill. Wenn sie sich beeilen, kommt dein Pferd noch rechtzeitig. Viel Glück, Sportsfreund!"

TANGO verließ die Autobahn und fuhr in die Stadt hinein. Während er nach der richtigen Route Ausschau hielt, begann der Wagen zu holpern und gab ein knirschendes Geräusch von sich. Tango fluchte leise und schaltete einen Gang herunter. Doch der griff nicht richtig, und das Getriebe kreischte auf. Tango erkannte, daß es ein Getriebeschaden sein mußte, und hielt am Straßenrand. Er warf einen Blick auf den Motor und sah verzweifelt auf die Uhr. Es war keine Zeit mehr, in eine Werkstatt zu fahren und den Wagen reparieren zu lassen.

Behutsam öffnete er den Anhänger und führte den hochnervösen Bill rückwärts heraus. Das große Pferd war den Lärm vorbeisausender Autos nicht gewöhnt, doch als Tango leise auf es einredete und seinen Kopf streichelte, beruhigte es sich.

Tango verschloß den Wagen, nahm den Sattel aus dem Anhänger, warf ihn Bill über und schwang sich hinauf. „Jetzt gibt's nur noch eines: Los, Kumpel!"

Sie trabten gleichmäßig auf dem Seitenstreifen der Schnellstraße entlang, als ein Streifenwagen neben ihnen hielt. Ein kräftiger Polizist stieg aus. „Reiten ist auf dieser Straße verboten, mein Junge. Willst du hier etwa den Melbourne Cup gewinnen?"

„Wir sind zum Rennen unterwegs. Aber mein Wagen ist liegengeblieben. Ich dachte, so schaffe ich es noch rechtzeitig."

„Denk dir was Besseres aus, Kleiner." Der Beamte musterte Bill. „Schön kräftig, das Pferd. Wo ist dein Wagen liegengeblieben?"

„Ein paar Kilometer zurück. Sergeant, ich will nicht unhöflich sein, aber ich muß weiter. Wie weit ist es noch zur Rennbahn?"

„Ein Momentchen Geduld, mein Sohn." Der Beamte ging zu seinem Wagen und sprach in sein Funkgerät. Tango saß wie auf Kohlen. Endlich kam der Polizist zurück. „Wie heißt das Pferd?"

„Sweet William – Bill", antwortete Tango zähneknirschend.

„Ihr zwei seid ein Verkehrshindernis. Am besten, ich begleite euch." Er stieg wieder in seinen Wagen, schaltete das Blaulicht ein und fuhr voraus.

DER POLIZEIFUNK wurde in den Nachrichtenredaktionen von Radio- und Fernsehsendern mitgehört. Das kurze Gespräch zwischen dem Verkehrspolizisten und seiner Zentrale über einen Jungen aus dem Busch, der mit seinem Rennpferd auf der Straße zum Melbourne Cup ritt und nun von der Polizei eskortiert wurde, alarmierte die Reporter.

Im Nu waren sie in Scharen zur Stelle, filmten Roß und Reiter und interviewten Tango, während sie neben ihm herfuhren.

Auf der Rennbahn angekommen, wurde über die Lautsprecher ihre Ankunft bekanntgegeben. „Sweet William, Nummer siebzehn im Melbourne Cup, ist soeben eingetroffen, meine Damen und Herren, buchstäblich in letzter Minute!“ Hunderttausend Menschen rund um die Bahn brachen in Jubelrufe aus.

Nachdem Mick Bill übernommen hatte, rannte Tango zu den Wettständen. Ein rotgesichtiger Buchmacher mit der Geldtasche auf dem gewölbten Bauch erspähte ihn und fragte: „Was soll's denn sein, Kleiner?“

Tango leerte seine Brieftasche. „Hundertfünfzehn Dollar auf Sweet William.“

Neben ihm lachte jemand. „Willst du einen Tip, Kleiner? Wette auf Silver Lining.“

Tango drehte sich um und musterte den gutgekleideten Mann neben sich. „Warum?“

„Er gehört meinem Schwiegervater.“

„Na gut, und Bill gehört meinem Boß.“

Der Blick des Mannes wurde hart. „TR Hamilton? Wenn das Rennen vorbei ist, kannst du TR erzählen, daß Colin Hanlon schon vorher gesagt hat, er hat keine Chance.“ Der Fremde verschwand im Gewühl.

Kurz darauf drängte sich die Menge an den Rails, und die Tribünen füllten sich, als die 24 Pferde hintereinander zum Start gingen. Tango half Mick aufzusitzen und tätschelte Bill. „Tu dein Bestes für Bobby!“ Das Pferd rieb die Nase an seiner Hand.

Als Bill die enge Box der Startmaschine erblickte, zögerte er, doch Mick bugsierte ihn sanft hinein. Vor ihnen lag nun die lange leere Bahn mit den weißen Rails.

Die Boxentüren fielen jetzt auch hinter den anderen Pferden zu. Mick schloß kurz die Augen und verfiel dann in einen monotonen Singsang.

„Spielst du den Medizinmann, oder was?“ fragte der Jockey neben ihm höhnisch.

Mick drehte sich ihm zu und erblickte seine Nummer – sechs – Silver Lining. Er wandte sich ab.

Klirrend sprangen die Gatter auf. Bill reagierte sofort auf Micks führende Hand und galoppierte los. Die Pferde lagen erst dicht zusammen, und für Mick wurde das Rennen zum wilden Gemisch aus farbigen Jockeyjacken, umherfliegenden Erdklumpen und donnernden Hufen. Er konzentrierte sich ganz auf sein Pferd, paßte sich Bills Rhythmus an und versuchte abzuschätzen, wieviel Energie dieser verbrauchte. Doch der Hengst schien gute Reserven zu haben.

Tango beobachtete das Rennen von der Mitgliedertribüne aus. Er war wie betäubt, die anfeuernden Rufe des Publikums klangen, als kämen sie von weit her. Er ritt im Geiste mit und erlebte hautnah, wie Mick und Bill sich zentimeterweise vorwärts schoben, Pferd nach Pferd hinter sich ließen, bis sie an fünfter Stelle lagen.

Mick merkte plötzlich, daß ein Pferd neben ihm ihn zur Seite drängte. Er blickte hinüber und sah, daß der Jockey auf Silver Lining diesen in Bills Spur lenkte. Sein Steigbügel und der Hacken seines Stiefels stießen gegen Micks Fuß, versuchten, ihn aus dem Gleichgewicht zu bringen.

Mick verkrampfte sich, aber Bill ergriff von sich aus die Initiative – er schüttelte kurz die Mähne und warf sich nach vorn, brach dann in einer raschen Seitwärtsbewegung an den äußeren Rand aus und stürmte einfach los.

Wenn Mick gedacht hatte, Bill sei bislang am oberen Limit galoppiert, so merkte er jetzt, daß sein Pferd über unglaubliche Kraftreserven verfügte: Bill flog an den anderen regelrecht vorbei und übernahm die Führung. Die Menge begann zu toben. Über das Donnern der Hufe hinter sich vernahm Mick die Jubelrufe und wußte, sie galten ihm und Bill.

TR HIELT das Transistorradio dicht an Bobbys Ohr; Tränen rannen ihm über die Wangen.

In dem stillen Krankenhauszimmer wirkte die Stimme des Reporters unpassend laut; der Mann überschlug sich fast vor Begeisterung und Ungläubigkeit. „Er hat gewonnen! Sweet William, Nummer siebzehn, hat einen unglaublichen Sieg erlaufen, gegen alle Voraussagen ... Das Pferd ist einfach phantastisch! Es hat um Längen gewonnen! Ein Senkrechtstarter aus dem Busch ...“

Die Stimme kreischte weiter, doch TR hörte nicht mehr zu. Er trocknete Bobbys Stirn und hob seine ausgemergelte Hand. „Hast du das gehört, Bobby? Bill hat gewonnen! Dein Bill hat den Cup gewonnen, mein Freund ... Bobby?“

TR spürte einen ganz schwachen Druck der knochigen Finger.

Bobbys Augenlider begannen zu flattern, seine Mundwinkel hoben sich, und er flüsterte: „Du wunderbares Tier."

Bobby hatte alles gehört, was er noch hatte hören wollen. TR fühlte die Hand des alten Mannes schlaff werden, als der letzte Atem dessen Körper verließ.

Weinend saß TR da und hielt weiter Bobbys Hand. Aus dem Radio klang noch immer Jubelgeschrei, dann verkündete Micks bebende Stimme: „Am Schluß bin ich einfach drangeblieben! Bobby Fenton, sein Trainer, hat gesagt: Laß ihm seinen Willen, Bill weiß genau, wann er spurten muß. Und das hat er gemacht... Bill hat den Cup gewonnen..., für Bobby..., seinen Freund!"

COLIN und Dina legten Tingulla still. Sie packten ihre Besitztümer und schickten alles nach Sydney. Ruthie blieb in Millies und Jims ehemaligen Räumen als Hausmeisterin wohnen. Alle Angestellten und Hilfskräfte außer Snowy waren entlassen worden.

Alfredo Camboni hatte den Verkauf von Tingulla diskret organisiert. Colin hatte darauf bestanden, daß nichts an die Öffentlichkeit kam. Er fühlte sich als Versager und gab Queenie die Schuld dafür. Doch wenn es nach ihm ging, würde sie niemals hierher zurückkehren, denn das würde er als die größte Niederlage ansehen.

Zwei Wochen später flogen Colin und Dina nach Rom.

DAS KURRAJONG war fast fertig, und Queenie fuhr wieder nach Sydney, um die Publicitykampagne für seine Eröffnung anzukurbeln. Das Hotel sollte nach Weihnachten eingeweiht werden, mit einem Galawochenende für 120 Gäste, einflußreichen Persönlichkeiten aus den Medien und der Tourismusindustrie. Sie wollte natürlich auch ihre Freunde dabeihaben und lud neben Sarah und John auch Dingo, Millie, Jim und Snowy ein. Henri Barnard hatte sich entschlossen, noch ein paar Monate in Australien zu bleiben, und war ebenfalls geladen.

Queenie zögerte, TR zu benachrichtigen. Der Gedanke, ihn in der Nähe zu haben, verstörte sie immer noch. Da sie nicht wußte, daß Martine nach Amerika zurückgeflogen war, bereitete ihr die Vorstellung, daß er seine Freundin mitbringen würde, zusätzliches Unbehagen. Daher beschloß sie, sich dieser Belastung nicht auszusetzen.

Mit Henri ging sie mindestens zweimal die Woche zum Essen aus. Er hatte sich sehr beeindruckt vom Kurrajong und von ihrer Aufbauleistung gezeigt, und Queenie war dankbar für seinen fachmännischen Rat. Sie war ohnehin gern mit ihm zusammen. Er besaß Charme und Witz, und sie hatten beide dieselben beruflichen Interessen. Queenie spürte allerdings auch, daß er ein bißchen in sie verliebt war, doch er wurde nie aufdringlich. Sie begann, sich in seiner Gesellschaft zu entspannen; sie fühlte sich sicher und sah keinen Grund, ständig auf der Hut zu sein.

Den Hof machte er ihr freilich schon. Kleine, wohlausgesuchte Geschenke wurden an Queenies Tür abgeliefert, mit Kärtchen, auf denen nichts weiter stand als: *Ich dachte, das bringt Sie zum Lächeln,* oder: *Dies habe ich entdeckt und sofort an Sie gedacht.*

SNOWY saß im Schatten eines Baumes und bastelte aus langen Lederstreifen eine Stockpeitsche, als er hörte, daß ein Wagen sich dem Herrenhaus näherte. Als er hinkam, standen drei Männer vor der Tür und versuchten, aus einem Schlüsselbund den richtigen Schlüssel herauszufinden.

„Kann ich euch helfen?“ fragte Snowy.

„Ist schon in Ordnung, Kumpel. Du arbeitest hier?“

„Ich pass’ auf Tingulla auf. Ich bin Snowy.“

„Ich bin Dick Brighton. Wir kommen aus Sydney, und diese Herren hier wollen sich das Haus mal ansehen“, sagte der Mann, der offenbar das Wort führte. „Wollen nur sehen, was sie für ihr Geld kriegen.“

„Wer will denn Tingulla kaufen?“

„Niemand, den du kennst. Ein Syndikat. Man will einen Manager einsetzen, der kommt dann bestimmt auf dich zu.“

Die Männer verschwanden im Haus. Snowy schlich wieder in den Schatten zurück, tiefe Falten der Besorgnis auf der Stirn.

HENRI hatte einen Standort für sein neues „Montpelier Hotel“ in Sydney gefunden, und zwar im Viertel The Rocks an der Westseite von Sydney Cove mit seinen noch vorhandenen Bauten aus der Zeit der ersten Siedler.

„Bald kommen ein paar von meinen Leuten aus New York und ein Architekt aus Paris“, erzählte er Queenie. „Im Moment stecke ich mitten in finanziellen Verhandlungen. Das Dumme ist, daß es, wenn man international bekannt ist, die Preise hochtreibt.“

„Da bin ich ja froh, daß niemand etwas vom Kurrajong weiß, noch nicht. So kann ich besser feilschen“, meinte Queenie lachend.

Sie hatten am Strand Fisch und Chips gegessen und spazierten nun am Meer entlang.

„Steigen wir die Klippen zum Leuchtturm hinauf", schlug Queenie vor.

Henri seufzte. „Geht Ihnen denn nie die Energie aus?"

Trotzdem hielt er sich mühelos dicht hinter ihr, als Queenie den felsigen Pfad emporkletterte, der sich ins Barrenjoey Headland hinaufwand. Sie sieht wie ein Schulmädchen aus, dachte er. Sonnengebräunt, helle Strähnen im Haar, gestreiftes Baumwoll-T-Shirt, Shorts und lange, schöne Beine.

Fast oben angekommen, hielten sie inne und blickten über die Broken Bay mit ihren weißen Segelboottupfern hinüber zum hügeligen grünen Buschland des Ku-Ring-Gai Chase Nationalparks. Im Osten lag der Pazifik, blau und klar und bevölkert von Surfern, davor ein langer Sandstrand, gesprenkelt mit bunten Sonnenschirmen. Queenie lehnte sich an einen Felsen und blickte etwas nervös über den Klippenrand auf die Brandung, die achtzig Meter weiter unten tobte.

Henri legte ihr den Arm um die Schultern. „Höhenangst?"

„Nein …, nur die Angst, daß dieser Wind einen über den Rand fegen könnte." Sie blickte zu ihm auf und grinste ihn an. Er küßte sie impulsiv.

Zu seiner Überraschung – und mehr noch zu Queenies eigener – entzog sie sich ihm nicht. Henri schloß seinen Arm fester um sie und blickte Queenie tief in die Augen. „Das habe ich mir schon sehr lange gewünscht."

Sie lächelte ein bißchen spöttisch. „Warum hast du dann so lange gewartet?"

Hand in Hand gingen sie zum Wagen zurück. Vor ihrer Tür küßte Henri sie noch einmal, fragte aber nicht, ob er mit hereinkommen könne. Nichts überstürzen, schon gar nicht bei Queenie, dachte er sich, obgleich er lieber das Gegenteil getan hätte.

SNOWY leitete die Neuigkeiten von Tingullas mysteriösen Besuchern an Millie auf Guneda weiter. Die berichtete TR davon und rief Queenie an, die wiederum herauszufinden versuchte, wohin Colin verschwunden und warum Tingulla verlassen war. Sie stellte diskrete Ermittlungen bei den großen Immobilienfirmen, Investmentgesellschaften und bei bekannten Anwälten an. Schließlich wurde sie bei einem Freund von John, der Bankier war, fündig.

„Ja“, sagte der. „Vor ein paar Wochen hat man mir Tingulla angeboten. Nicht unbedingt das passende Objekt für unsere Klienten. Bleiben Sie dran, ich sehe nach, ob ich eine Notiz zu dem Angebot gemacht habe.“

Das führte Queenie und John zu einem anderen Agenten, der die Verhandlungen für einen anonymen Käufer geführt hatte. „Und wie steht die Sache im Augenblick?“ fragte John.

„Verkauft, fürchte ich. Das Objekt ist nicht mehr auf dem Markt. Es ist, glaube ich, an ein Syndikat gegangen.“

„Finden Sie heraus, wer es gekauft hat, dann machen wir ein besseres Angebot“, sagte Queenie.

„Woher willst du das Geld nehmen?“ fragte John. „Du hast doch alles ins Kurrajong gesteckt.“

„Weiß ich noch nicht. Aber wenn ich eine Chance habe, Tingulla zu kaufen, dann tue ich es!“

BEI EINEM Glas Eiswasser ging Queenie noch einmal die Pläne für das Eröffnungswochenende durch. Familie und Freunde würden im eigenen Wagen angereist kommen; Dingo würde aus Westaustralien einfliegen. Saskia hatte darauf bestanden, daß auch Tango eingeladen wurde, und Snowy würde bei der Gelegenheit zum ersten Mal Eisenbahn fahren.

Die meisten offiziellen Gäste kamen aus Sydney – Größen aus der Reisebranche, Journalisten, Fotografen. Man wollte sie auf dem winzigen Bahnhof mit Pferdedroschken empfangen. Eine warme Nacht, Hufgetrappel auf der Fahrt durch den Busch – und dann würde das angestrahlte Hotel seine Gäste mit Cocktails und einem leichten Abendessen erwarten.

Am nächsten Morgen nach dem Aufwachen wäre die nächste Sensation fällig: der atemberaubende Blick aus jedem Zimmer. Nach dem Lunch, der als Picknick am nahe gelegenen Wasserfall geplant war, könnten die Gäste ruhen oder in den Ort hinunterspazieren und dort die Antiquitäten- und Kunstgewerbeläden durchstöbern.

Für Samstag abend war dann der Höhepunkt geplant: erst Aperitifs und ein paar kurze Reden, dann ein großes Essen und ein Ball. Sonntag nachmittag schließlich die Rückkehr der Gäste nach Sydney.

Schon Mitte der Woche kam Millie mit Saskia an, am nächsten Tag Snowy. Auch Henri hatte sich eingefunden, um zu helfen. Während Queenie bis zur letzten Minute mit Details beschäftigt war, trieb er sich im Hotel herum, plauderte mit den Angestellten und paßte genau auf alles auf.

„Wie wär's, wenn wir zur Abwechslung mal in den Ort zum Chinesen essen gehen?" schlug er später vor.

„Ja, gern, ich muß hier mal raus. Ich glaube, ich habe seit Tagen kein Tageslicht mehr gesehen!"

Nach dem Essen gingen sie zu Fuß zum Hotel zurück. Dann standen sie auf der dunklen Terrasse, blickten über das mondbeschienene Tal und teilten die Stille mit Opossums, die raschelnd auf Nahrungssuche waren, und einer in der Ferne rufenden Eule.

Queenie fand als erste die Sprache wieder. „Ich bin nicht müde, bin wohl überdreht. Morgen abend kommen sie alle an, nach so vielen Monaten der Planung. Es ist kaum zu glauben."

„Ich habe einen Moet Petit Liqueur in meiner Suite. Wie wär's mit einem Schlaftrunk?"

Queenie nickte. Sein Zimmer war von der Terrasse aus zu erreichen. Sie warf sich in einen Sessel und streifte die Schuhe ab, während Henri zwei Gläser aus der Schrankbar holte.

Eine Stunde verging, bevor Queenie realisierte, wie spät es geworden war. „Henri, ich hatte ja keine Ahnung, daß es schon so spät ist..., mit dir vergeht die Zeit sehr schnell."

Sie hob ihre Schuhe auf, und er zog sie hoch. „Gute Nacht."

Er küßte sie nur leicht, aber sein Mund blieb auf dem ihren, und Queenie überraschte sich dabei, wie sie seinen Kuß leidenschaftlich erwiderte. Sie ließ die Schuhe fallen und legte die Arme um ihn. Henri hob sie hoch, und sie ließ sich widerspruchslos zum Bett tragen. Unter Küssen streifte er ihr die Kleider ab. „O Queenie, du bist so schön..., wunderschön..."

Sie zog ihn zu sich herunter, schloß die Augen und überließ sich ihm. Henri war ein erfahrener, einfühlsamer Liebhaber, und Queenie genoß seine Zärtlichkeit. Doch später, als er sie still in den Armen hielt, rollten Tränen über ihre Wangen, die er nicht bemerkte.

Ihr war plötzlich klargeworden, daß ihr die überbordende Leidenschaft, die grenzenlose Liebe, die sie mit TR erfahren hatte, nie wieder begegnen würde. Während sie im Dunkeln in Henris Armen lag, überwältigten sie Erinnerungen: zuerst an das, was TR ihr beigebracht hatte: sich nicht einfach mit dem normalen Glück zufriedenzugeben, wenn er sie in einen Glücksrausch versetzen konnte. Und dann an die Verletzungen, die sie einander zugefügt hatten.

Sie zitterte, und Henri flüsterte: „Frierst du? Komm unter die Decke."

„Nein…, ich muß zurück in mein Zimmer." Sie zog sich rasch an, und er schlüpfte in seine Hose, um sie den kurzen Weg zu begleiten.

„Gute Nacht, Henri. Bis morgen früh." Leise fiel die Tür hinter ihr ins Schloß.

Henri ging in Gedanken in sein Zimmer zurück. Ach, Queenie, du bist wie ein Vogel, man kann dich nicht einsperren, dachte er. Dein Herz und deine Seele können niemandem ganz gehören. Doch ich will zufrieden sein mit dem, was du mit mir teilen willst.

ES WAR Samstag nachmittag. Bis dahin war alles gut und nach Plan verlaufen, obwohl der Tag entsetzlich heiß gewesen war. Die Gäste geizten nicht mit Komplimenten; die Eröffnung des Kurrajong war ein Erfolg.

Queenie trat mit einer Tasse Tee auf die verlassene Terrasse und blickte über das Tal, wo die Sonne sich anschickte, hinter den Sandsteinfelsen unterzugehen. Ein dunstiges goldenes Licht hüllte die Landschaft ein. Für die spektakulären Farbenspiele, die Sonnenuntergänge im Sommer oft mit sich brachten, war es noch zu früh; Queenie kannte dieses Licht. Erst wollte sie nicht wahrhaben, was sie bereits wußte. Dann hob sie den Kopf und holte tief Luft. Der schwache Rauchgeruch entfernten Feuers war nicht zu verkennen: ein Buschbrand.

SNOWY entdeckte sie auf der Treppe. Queenie sah seine Miene und kam ihm zuvor, bevor er etwas sagen konnte. „Ich weiß, Snowy. Hoffen wir, daß es nicht ganz so schlimm kommt."

„Viel große Büsche da draußen."

Queenie ging zum Telefon. Die Freiwillige Buschfeuerwehr bestätigte ihre Befürchtungen. „Das Feuer ist noch hinter dem westlichen Bergkamm, aber es kann ganz schnell durchs Tal bis zu Ihnen fortschreiten. Sie sollten auf alle Fälle Vorkehrungen treffen. Wir tun unser Bestes, aber wenn die Feuerfront sehr lang ist, können wir sie nicht auf der ganzen Breite gleichzeitig bekämpfen."

Queenie bat die Angestellten, sich ohne großes Aufhebens in der Küche zu versammeln, wo sie ihnen die Lage kurz skizzierte. Unter Führung zweier angerückter Feuerwehrleute begann das Personal, brennbares Material aus den nahe gelegenen Gebäuden zu schaffen. Ein Wassertanker wurde herangefahren und diskret außer Sicht geparkt.

Dann ging Queenie nach oben und zog ihr Abendkleid an. Die alten Klamotten und Stiefel warf sie über einen Sessel, damit sie im Notfall bereitlagen.

Sarah klopfte an ihre Tür, als sie gerade ihr Haar aufsteckte. „Queenie, John und ich sind eben vom Ausreiten zurückgekommen. Gibt's was Neues?"

„Nicht viel. Es kann sich so oder so entwickeln: auf uns zu oder von uns weg. Ich muß es jetzt den Gästen sagen, damit sie sich bereitmachen können, für den Fall, daß wir evakuieren müssen."

Als alle im Speisesaal versammelt waren, machte Queenie eine kurze Ansage. Mancher japste erschrocken auf, doch die Ruhe, die Queenie ausstrahlte, ließ keine Panik aufkommen. Sie bot den Gästen zwei Optionen an – entweder gleich das Haus zu verlassen, oder dazubleiben, bis man die Situation überblicken konnte, und dann notfalls evakuiert zu werden.

Mit zitternder Stimme fragte eine Dame: „Wenn wir noch warten, wie riskant wird dann die Evakuierung?" Queenie erklärte, daß es mehrere sichere Straßen aus der Gefahrenzone gebe und daß die Feuerwehr auf jeden Fall rechtzeitig warnen würde.

„Dann bleiben wir!" rief ein Mann aus dem Hintergrund des Saales. „Wir auch!" ließen sich viele vernehmen, und Queenie schickte schnell die Kellner mit gefüllten Sektgläsern herum.

Dingo trat zu Queenie. „Gut gemacht, Mädchen", meinte er lächelnd.

Die Gäste entspannten sich, und hie und da war auch schon wieder Lachen zu vernehmen. Queenie entging allerdings nicht, daß die Medienleute ihre technische Ausrüstung griffbereit hielten und ständig mit ihren Redaktionen telefonierten.

Dann rief der Gong die Gäste zum Essen. Küchenchef Amberts Mahl war außerordentlich, und Queenie bekam von allen Seiten nur höchstes Lob zu hören. Beim Nachtisch erschien Jim, schlüpfte an ihre Seite und flüsterte ihr etwas ins Ohr. Sie entschuldigte sich bei den Gästen, folgte ihm in ihr Büro und hob den Telefonhörer vom Schreibtisch.

„Es hat inzwischen den Kamm überschritten und bewegt sich auf Sie zu", meldete der Feuerwehrchef. „Sie sollten die Leute lieber rausbringen. Tut mir wirklich leid."

„Nicht Ihre Schuld. Vielen Dank für Ihre Hilfe."

„Wir schicken Ihnen so viele Männer, wie wir entbehren können. Wiedersehen."

QUEENIE kehrte in den Ballsaal zurück und trat ans Mikrofon. „Das Feuer bewegt sich auf uns zu, meine Damen und Herren. Wir wissen nicht, ob es uns erreichen wird, aber ich habe die Busse bestellt. In zwanzig Minuten stehen sie vor dem Haus, um Sie nach Katoomba zu bringen."

Niemand im Saal bewegte sich. „Was werden Sie machen?" rief einer der Journalisten.

„Hierbleiben und kämpfen. Dieses Hotel bedeutet mir sehr viel", antwortete Queenie mit einem leicht verunglückten Lächeln.

„Dann bleiben wir auch!" rief ein anderer, und Bravorufe wurden laut.

Alle eilten in ihre Zimmer, um die Abendgarderobe loszuwerden. Dann versammelten sie sich auf der angestrahlten Terrasse, um die Instruktionen der Feuerwehrleute entgegenzunehmen. Die Gäste wurden in Gruppen aufgeteilt; einige taten Dienst an den Schläuchen, andere wurden mit Wassereimern ausgestattet, wieder andere mit nassen Säcken – eine einfache, aber wirkungsvolle Waffe gegen kleine Brandherde.

Das Feuer war jetzt bereits zu sehen. Es kam über den Hügelkamm wie eine Armee in enger Formation. Gelegentlich gab es ein regelrechtes Feuerwerk, wenn das Öl der riesigen Eukalyptusbäume sich entzündete und explodierte. Der Wind war stärker geworden, und die Flammenarmee marschierte immer schneller.

Nun wurden die Schläuche aufgedreht, um soviel wie möglich von dem Gebäude zu befeuchten. Alle Abflüsse wurden blockiert und alle Gräben mit Wasser gefüllt. Bald regnete es pulvrige Asche wie warmen schwarzen Schnee.

Die vorderste Brandlinie drang wenig später züngelnd auf das Grundstück ein und entzündete zunächst nur einzelne vertrocknete Grasflächen. Sobald ein Brandherd entdeckt wurde, brüllte jemand ein Signal, und die Gruppe mit den nassen Säcken ging zum Angriff über, schlug auf das Feuer ein, bis nur noch ein verkohlter, rauchender schwarzer Fleck übrigblieb. Doch hinter diesen ersten kleineren Attacken rauschte bereits das Hauptfeuer, und auf einmal gingen alle Lichter aus – die Stromversorgung war zerstört.

Als der Brand, angetrieben von dem Luftzug, der sich in der Hitze gebildet hatte, in die Gärten einbrach, gab der Feuerwehrchef Befehl, sich zum Hauptgebäude zurückzuziehen. Die Helfer spürten bereits, wie die Hitze die Haut versengte, und der Brandgeruch war kaum auszuhalten.

Die Bäume im Garten explodierten nun ebenfalls. Das Bootshaus und die Gartenmöbel standen in Flammen. Wasser aus dem See und aus dem Tankwagen wurde nach wie vor auf das Hotel gepumpt, aufs Dach und auf die Mauern.

Henri fragte John, wo Queenie war – diese Zerstörung mußte ihr das Herz brechen.

„Wir haben versucht, die Pferde aus den Ställen zu holen, aber die waren in Panik. Jetzt macht sie das. Keine Sorge, sie weiß, was sie tut!"

Henri nickte. Bei verstörten Pferden konnte er auch nicht helfen.

Rauch drang in die Ställe, und die vier Pferde waren außer sich vor Angst. Jedesmal, wenn Queenie eines beim Halfter packte, stieg ein anderes hoch und versuchte, mit den Vorderhufen das Boxengatter einzutreten.

Ohne das erste Pferd loszulassen, brachte Queenie es fertig, auch das zweite aus seiner Box zu befreien. Sie hielt beide am Halfter gepackt und führte sie auf die Auffahrt hinaus. Dann gab sie jedem einen kräftigen Klaps aufs Hinterteil. Eine Sekunde lang sah sie ihnen nach, wie sie davongaloppierten. Dann wandte sie sich um, um die beiden anderen herauszuholen.

Doch als sie wieder zum Stall kam, brannte bereits das Dach. Die zwei Pferde waren verrückt vor Angst. Queenie hob ihr Hemd vor Nase und Mund, schützte das Gesicht mit einem Arm und zerrte verzweifelt am Riegel des Gatters.

Was dann geschah, sah sie noch kommen, aber sie konnte das tobende Pferd nicht mehr abfangen, als es durch das Gatter sprang und sie ins Taumeln brachte. Queenie krachte mit dem Kopf gegen die Kante der offenen Stalltür. Sie stöhnte auf und glitt zu Boden. Hoffentlich folgen die Pferde den anderen, dachte sie noch, bevor sie bewußtlos wurde.

Die Ställe standen nun hell in Flammen.

Alle, die nicht unmittelbar mit der Bekämpfung des Feuers zu tun hatten, versammelten sich im Inneren des Hauses. Saskia rannte über die Terrasse auf die breiten Schiebetüren zu, wo Tango die Damastvorhänge abriß. „Wo ist meine Mutter?"

„Weiß nicht, Sas."

„Sie kümmert sich um die Pferde!" rief jemand aus dem Hintergrund.

Tango ließ die Vorhänge liegen. „Sie braucht Hilfe!"

„Ich komme mit!" rief Saskia.

Die beiden rannten durch den gespenstisch beleuchteten Garten; der rote Feuerschein wurde von den Hotelfenstern reflektiert. Als Saskia den Stall erblickte, schrie sie auf: „O nein, er brennt... Mum, Mum?"

Ein Ende des Stalles war bereits vollständig zerstört, und auch der Rest stand kurz vor dem Einsturz. Da entdeckte Tango die Gestalt im weißen Hemd auf dem Boden, stürzte hin und zerrte Queenie in Sicherheit. „Sie ist okay, Sas, nur bewußtlos, glaube ich! Hat wahrscheinlich Rauch eingeatmet!"

„Wir haben keinen Arzt hier, Tango", schluchzte Saskia.

Tango antwortete nicht. Sanft beugte er Queenies Kopf zurück, legte seinen Mund auf ihren und beatmete sie in gleichmäßigem Rhythmus. Saskia kniete tränenüberströmt daneben und hielt die Hand ihrer Mutter. Nach ein paar Minuten begann Queenie zu husten, öffnete die Augen und wandte den Kopf ab.

„Alles ist gut. Nicht reden, nur tief atmen", sagte Tango.

Queenie nickte und tat wie geheißen. Dann lächelte sie Saskia und Tango an. „Danke, ihr Lieben! Ich hoffe, die Pferde sind in die richtige Richtung gelaufen."

Tango und Saskia grinsten sich erleichtert an und halfen ihr auf die Beine.

Im Hotel rief der Feuerwehrchef die Gäste im Ballsaal zusammen. „Die Busse sind da! Die Evakuierung ist eine reine Vorsichtsmaßnahme, denn wir glauben, daß das Hotel nicht mehr unmittelbar in Gefahr ist."

Queenie nippte an einem Glas Wasser, das Dingo ihr gebracht hatte, und war froh, daß alle um sie herum so ruhig waren. Ein Kameramann vom Fernsehen begann, den traurigen Exodus zu filmen.

Zwei Feuerwehrleute kamen herein und redeten auf ihren Chef ein, der daraufhin hinaus ins Freie lief.

Gerade als der letzte der Gäste einstieg, machte der Feuerwehrchef eine Durchsage. „Fahrer, warten Sie bitte eine Minute. Der Wind hat sich gedreht. Das Feuer brennt jetzt wieder zurück. Wenn es nicht noch einmal wendet, sind wir definitiv in Sicherheit."

Jubelrufe wurden laut. Nach ein paar Minuten der Unentschiedenheit verließen alle die Busse und kehrten zurück ins Hotel.

Henri und zwei junge Kellner öffneten weitere Sektflaschen, und Küchenchef Ambert ließ Platten mit seiner berühmten Schokoladentorte herumreichen. Die Kapelle begann zu spielen, und bald verbreitete sich im ganzen Saal eine Atmosphäre von Festlichkeit, Erleichterung und Überlebensfreude.

Saskia drückte den Arm ihrer Mutter. „Jetzt finden es alle noch schöner als vorher!"

Queenie wartete geduldig, bis die Kapelle ihr Stück beendet hatte, dann trat sie ans Mikrofon. Die Kameramänner machten sich bereit.

„Meine Damen und Herren, liebe Freunde, wie kann ich Ihnen danken für das, was Sie heute abend getan haben? Sie haben großen Mut bewiesen und eine Freundschaft, die ich nie vergessen werde! Dank Ihnen ist das Kurrajong gerettet! Wir haben zwar Wasserschäden im Haus, und das Grundstück ist zerstört, aber das kann alles behoben werden."

Jubelrufe schallten durch den Saal. Queenie lächelte. „Ich bedauere die Unterbrechung der Festlichkeiten. Ich hatte eine kleine Rede vorbereitet, in der ich die Vorzüge meines Hotels herausstreichen wollte, aber jetzt ist mir klar, ein Gebäude ist nur eine Schale, der gute Geist eines Ortes sind die Menschen, die darin leben. Ich kann mir nicht denken, daß es treuere Mitarbeiter gibt als die des Kurrajong und keine engagierteren Menschen als die ersten Gäste, die wir begrüßen durften. Sie alle werden hier stets willkommen sein, und uns verbindet für immer die Erinnerung an diese dramatische Geburtsstunde."

Applaus rauschte auf. „Lang lebe das Kurrajong!" rief ein Gast und erhob sein Glas.

„Auf dich, Queenie!"

„Dreimal Hoch auf unsere Gastgeberin! Hipp, hipp, hurra!"

Queenie konnte die Tränen nicht zurückhalten, als die Menge sich erhob und ihr zuprostete. Unfähig zu sprechen, warf sie ihren Gästen eine Kußhand zu und eilte durch ein Meer von guten Wünschen zum Tisch ihrer Familie und Freunde.

Sechzehntes Kapitel

Allmählich gewann das Kurrajong seine alte Würde und Schönheit wieder. Der Verein für Gartenkultur stürzte sich regelrecht in die Aufgabe, das Gelände neu zu kultivieren, obgleich man mindestens eine Saison würde warten müssen, bis alle

Anstrengungen belohnt waren. Die Wasserschäden wurden behoben und kaputte Möbel ersetzt.

Henri kam zu Besuch; er brachte Sarah und John mit.

Sarah musterte Queenie kritisch. „Meine Liebe, du brauchst eine Pause."

„Ich kann jetzt nicht weg", protestierte Queenie.

„Was du brauchst, ist ein guter Manager", schlug John vor. „Es muß doch jemand zu finden sein, der das Haus führen kann. Du hast doch nicht vor, den Rest deiner Tage als Hoteldirektorin in den Bergen zu verbringen?"

Queenie wußte, daß sie recht hatten, doch ein geeigneter Geschäftsführer für das Kurrajong würde nicht leicht zu finden sein.

Wieder einmal kam Henri zu Hilfe. „Ich kenne ein perfektes Paar. Sie haben schon alles mögliche gehabt: eine Hamburger-Bude in Sydney, einen Campingplatz in Seal Rocks und eine Jugendherberge in Manly."

„Das Kurrajong zu leiten ist aber was anderes."

„Sieh sie dir wenigstens mal an, Queenie, und warte ab, wie sie dir gefallen."

Carol und John Macquarie erwiesen sich in der Tat als ideal. Queenie schloß sie sofort ins Herz und erkannte, daß auf sie absolut Verlaß sein würde. Was ihnen an Schliff fehlte, konnte Küchenchef Ambert mit seinem europäischen Flair wettmachen.

„Wie kann ich dir danken, Henri?"

„Indem du mit mir nach New York kommst."

„Das könnte mich reizen. Ich brauche einen Urlaub."

„Ich denke dabei nicht an einen Urlaub."

Sie starrte ihn an. Der Ausdruck seiner sanften braunen Augen war liebevoll.

„Queenie, du mußt wissen, ich liebe dich sehr und möchte dich heiraten. Wenn du dich so schnell nicht entscheiden kannst, dann komm wenigstens mit mir und sieh dir an, was Amerika zu bieten hat. Denk doch nur, was für eine Chance das für Saskia wäre."

Queenie senkte den Blick. „Henri…, ich…, ich brauche Zeit. Zeit zum Nachdenken." Sie war tief bewegt.

„Ich habe nicht mit einer schnellen Antwort gerechnet." Er strich ihr übers Haar und küßte sie leicht.

„Henri, ich will darüber nachdenken. Ernsthaft. Aber dafür muß ich allein sein. Gib mir ein paar Tage."

„Aber natürlich, *chérie*. Fahr irgendwohin, wo du ungestört bist und klar denken kannst. Ich möchte, daß dein Herz sich ganz sicher ist.“

„Ich weiß, Henri. Ich weiß auch schon, wo ich hingehe.“

CRICKLEWOOD war für Queenie immer ein schicksalhafter Ort gewesen, und deshalb zog es sie auch jetzt wieder dorthin. Der Besitz hatte nie einen Käufer gefunden, und so hatte Queenie beschlossen, ihn für Saskia zu behalten. Sie wußte, ihre Tochter liebte das Land und den Busch; vielleicht würde sie eines Tages dort leben wollen. Cricklewood war natürlich kein Ersatz für Tingulla, aber immerhin ein Bestandteil ihres Erbes.

Die Landschaft erschien ihr genauso vertraut wie früher. Als sie den rostigen Riegel hob und das erste der vier Gatter öffnete, durch die man zum Haus fuhr, überkam sie sofort ein Gefühl der Geborgenheit.

Das kleine Haus war voller Staub. Sie öffnete alle Fenster, zündete den Herd an, wischte einen Sessel sauber und setzte sich, die Füße aufs Geländer gestützt, auf die kleine Veranda, um auf das Kochen des Wassers zu warten. Im Busch war es nie ganz still, und die tausend kleinen Geräusche der Mittagsstunde hatten etwas Tröstliches. Queenie fühlte sich hier wohl und heimisch.

Später ging sie durch den verwucherten Garten und dachte daran, wie hart sie und Millie während ihrer Schwangerschaft gearbeitet hatten, um den Boden um das Haus zu roden. Als die Sonne unterging, machte sie sich etwas zu essen, warf dann ihren Schlafsack auf das Bett und richtete sich für die Nacht ein.

Sie wachte, wie immer im Busch, beim ersten Lichtstrahl auf. Sie reckte sich und blieb noch etwas liegen, beobachtete, wie die Morgendämmerung ins Zimmer drang, und lauschte dem Chor der erwachenden Vögel. Jetzt merkte sie, wie sehr sie die Stimmen des Busches und das Leben dort vermißt hatte.

Immer, wenn sie an Tingulla dachte, waren die Bilder in ihrem Kopf von Geräuschen begleitet: Laute von wilden Tieren und Vögeln; das Blöken der Schafe; das Wiehern eines Pferdes; das Trommeln des Regens auf einem Blechdach und der sanfte Wind in den Zweigen der Känguruhbäume am Fluß.

Das waren Klänge, die sie seit ihrer Kindheit kannte, es war die Musik ihres Herzens und ihrer Träume; Rhythmen und Harmonien, die sie mit der Vergangenheit, mit ihren Ahnen verbanden. Je länger sie darüber nachdachte, desto mehr kam Queenie zur Ruhe, erlebte eine stille Freude wie seit Jahren nicht mehr. Obwohl Tingulla verloren war, war sie ihm so nahe, daß sie seine Lieder hören konnte.

Zwei Tage lang ließ Queenie ihre Gedanken treiben und genoß die Stille. Und dabei wurde ihr schließlich klar, wie sie ihrer Zukunft begegnen mußte.

Ihre Ehe mit Warwick hatte unter ihrer Liebe zu TR gelitten und unter dem Verlust ihres Kindes; sie hatte sich ihm nie wirklich geöffnet. Und noch etwas wurde ihr klar: Henri zu heiraten hieße, ihn zu betrügen, sich wieder einmal mit der zweitbesten Lösung zufriedenzugeben. Wenn diese Einsicht bedeutete, daß sie allein bleiben würde, dann sollte es eben so sein. Sie war stark und konnte Glück und Frieden in sich selber finden.

Kaum war sie zu dieser Erkenntnis gekommen, überflutete sie neue Energie. Sie nahm sich das Haus vor, wusch, schrubbte und putzte. Doch eigentlich war das völlig überflüssig, denn kaum war sie damit fertig, verschloß sie die Tür, warf ihr Gepäck in den Range Rover und fuhr voll neuer Pläne davon.

DIE WENIGEN Zuschauer, die das von TR und seinen Leuten neu angelegte Polofeld auf Guneda umstanden, feuerten ihre Teams während der Schlußminuten eines kampfbetonten Spiels eifrig an. Die Reiter holten das Letzte aus ihren Pferden heraus; die Mannschaft von Guneda war wild entschlossen, den einen Punkt Vorsprung, der den Turniersieg bedeutete, zu verteidigen, die andere Mannschaft ebenso entschlossen, in den verbleibenden paar Minuten den Ausgleich zu erzwingen.

Saskia hüpfte aufgeregt am Zaun auf und nieder, kniff entweder Millie in den Arm oder biß sich auf die Fingernägel. Millie sah mit Sorge, wie risikofreudig Tango ritt. „Er wird sich verletzen“, murmelte sie. „Er will unbedingt gewinnen.“

„Er ist dicht davor, Millie, und er hat den letzten Punkt gemacht …“

Saskia blieb der Satz im Hals stecken. Die Zuschauer schrien erschrocken auf, als Tango, weit mit seinem Schläger ausholend, das Gleichgewicht verlor, aus dem Sattel stürzte und unter die Hufe zweier Pferde geriet.

In dem folgenden Durcheinander war es schwierig, die Ereignisse zu verfolgen. TR rannte übers Spielfeld, gefolgt von Saskia und Millie. Ein Spieler fing Tangos Pferd ein, während ein Arzt, ein Reservespieler der Gastmannschaft, ebenfalls aufs Feld stürzte.

Tango lag merkwürdig verkrümmt auf dem Boden. Er stöhnte leise, und seine Augen waren geschlossen. Der Arzt beendete seine Untersuchung und stand auf. „Der Oberschenkelknochen ist gebrochen. Man muß ihn sehr vorsichtig transportieren."

Während der Krankenwagen unterwegs war, wurde Tango auf einer improvisierten Bahre in den Schatten am Rand des Spielfeldes getragen. Der Arzt reichte Millie eine Schere.

„Würden Sie mir helfen? Ich habe ihm eine Spritze gegeben, er ist stark betäubt. Schneiden Sie ihm die Hose auf, damit ich die Wunde sehen kann."

Millie nickte und begann, den dicken Baumwollstoff aufzuschneiden. Bald kam Tangos blasse Haut zum Vorschein. Beim Anblick des herausragenden Oberschenkelknochens wandte Saskia den Kopf ab. Der Arzt wischte das Blut von der Wunde und zog den Hosenstoff noch mehr beiseite, um nach Quetschungen und Blutergüssen zu suchen.

Auf einen erstickten Laut von Millie hin lächelte er beruhigend. „Es sieht schlimmer aus, als es ist. Ein einfacher Bruch. Wenn der erst einmal eingegipst ist, heilt er tadellos."

Doch Millie schien ihn nicht zu hören. Sie starrte auf die bloße Haut über Tangos Oberschenkel. Dort saß ein kleines Muttermal, etwa in der Form eines Schmetterlings. Es war nur schwach zu sehen, aber unverkennbar.

Saskia wunderte sich, warum Millie plötzlich so bestürzt aussah. Dann kam endlich der Krankenwagen, und Tango wurde eingeladen.

„Was ist los? Der Arzt sagt doch, er wird wieder gesund." Saskia streckte die Hand aus und berührte Millie, die immer noch bewegungslos verharrte.

„Hilf mir auf, mein Mädchen! Ich fühle mich ein bißchen schwach."

Saskia hakte sich bei ihr ein und führte sie zu einem Wagen, der sie zum Haus zurückbrachte.

Saskia mußte ein paar Wochen später wieder nach Sydney zurück in die Schule. Millie wollte gern noch so lange bleiben, bis Jim von einem Besuch bei Snowy auf Tingulla zurückkam; also versprach Sarah, auf Saskia aufzupassen, bis Queenie wieder von Cricklewood zurück sein würde.

Als Jim auf Guneda ankam, ging er direkt in die Küche, wo Mum Ryan ihm von Tangos Unfall erzählte und erklärte, Millie sei in einer Art „Zustand". Jim ging hinüber ins Wohnzimmer und traf dort auf

Millie, die in einem Korbschaukelstuhl saß. „Bin wieder da“, sagte er. „Ich hab nicht damit gerechnet, daß du noch hier bist.“

„Ich muß unbedingt mit dir reden.“

„Was ist denn los?“

„Ich hab’s gesehen, Jim!“

„Wie? Was gesehen?“

„Dasselbe, was ich vor langer Zeit schon mal gesehen habe. Bei Queenies Baby!“

Jim verschlug es erst mal die Sprache. Dann fragte er: „Was sagst du da, Millie?“

„Tatsachen bleiben Tatsachen. Tango ist Queenies Sohn!“

„Bist du sicher?“

„Und ob! Das Muttermal bei dem Baby saß auf dem linken Oberschenkel und sah aus wie ein kleiner Schmetterling.“

Es wurde jetzt rasch dunkler. Die beiden starrten einander schweigend an. Dann ergriff Millie Jims Hand. „Was werden wir jetzt machen?“

HENRI saß hinter einem primitiven Arbeitstisch im staubigen Konstruktionsbüro des geplanten Montpelier Hotels. Der Millionendollarkomplex war vorläufig nichts anderes als ein riesiges Loch im Boden, voller Schutt und Regenpfützen. Henri hatte die Baupläne vor sich ausgebreitet und kaute auf seinem Bleistift herum.

„Du solltest dein Hotel ‚Phönix‘ nennen“, sagte eine sanfte Stimme. „Sieht so aus, als würde etwas Wunderschönes aus der Asche des alten entstehen.“ Queenie stand vor ihm und lächelte ihn an. Er sprang auf, kam um den Tisch herum und wollte sie in die Arme nehmen. Doch er zögerte und wagte nicht zu sprechen.

Sie stand ganz still; ihr Ausdruck war ernst, fast feierlich. Langsam schüttelte sie den Kopf.

„O Queenie, bist du sicher?“ stammelte Henri.

„Es wäre nicht fair dir gegenüber. Du bist ein wunderbarer Mann, aber ich kann dich nicht von ganzem Herzen lieben, und ich will dir nicht weh tun.“

„Liebe mich so, wie du kannst, ich will damit zufrieden sein!“

„Nein, Henri, das würde nicht funktionieren. Es tut mir wirklich leid, aber ich weiß, es ist richtig so – für uns beide. Mein Leben und dein Leben, das geht nicht zusammen. Ich muß zurück in den Busch – ich könnte nicht in New York leben.“

„Aber ich kann dir die Welt bieten, Queenie! Du kannst leben, wo du willst, so lange du willst…, reisen…"

„Nein, Henri! Ich mag dich sehr, aber ich kann dich nicht lieben."

Er schloß im Schmerz die Augen und hielt sich am Tisch fest. Queenie berührte zögernd seinen Arm, dann wandte sie sich ab und ließ ihn allein. Auch in ihren Augen brannten Tränen.

ALS SARAH am nächsten Tag Queenie besuchte, traf sie sie reisefertig an. Sie stellte verwundert fest, daß diese dabei war, ihr elegantes Reihenhaus aufzuräumen und Sachen zusammenzupacken. „Was ist los? Willst du verreisen?"

„Sarah, ich habe mich entschlossen. Ich muß wieder in den Busch. Dort gehöre ich hin und Saskia auch. Ich ziehe nach Cricklewood und fange dort mit der Entwicklungsarbeit an…, wie Dad es sich immer erträumt hatte."

„Du bist deiner Sache offenbar ganz sicher", sagte Sarah, der auffiel, wie ausgeglichen Queenie wirkte. „Millie wird das gern hören."

MILLIE und Jim waren inzwischen zu einer Entscheidung gekommen. Gemeinsam suchten sie TR auf. Sie fanden ihn vor einem schattigen Pferch, wo er ein Fohlen beobachtete, das auf wackligen Beinen seiner Mutter folgte.

„TR, wir müssen mit dir reden", sagte Millie.

Als Millie zu Ende war, fuhr TR sich mit der Hand übers Gesicht. Queenies Schicksal ging ihm nahe. Kein Wunder, daß sie oft so empfindlich reagiert hatte. Ebenso schmerzten ihn all die verlorenen und verschwendeten Jahre. Und dann war da Tango – im Herzen spürte er, daß Millie die Wahrheit sagte.

„Millie, wir müssen absolut sichergehen. Wir brauchen Tatsachen."

„Er ist am 9. Juni 1966 in Charters Towers geboren. Ich habe ihn im Arm gehalten und das Muttermal gesehen. Queenie hat nie erfahren, ob das Baby ein Junge oder Mädchen war. Sie weiß auch nicht, daß ich die ganzen Jahre gewußt habe, daß du der Vater bist. Diese Augen…, er sah dir einfach zu ähnlich."

„Ich brauche das nicht nachzuprüfen – ich weiß, daß es wahr ist. Tango hat mir erzählt, daß er als Baby von einem wunderbaren Ehepaar adoptiert wurde. Er war verzweifelt, als sie umgekommen sind. Er hatte das Gefühl, er hätte zwei Elternpaare verloren…"

Millie streichelte TRs ineinander verkrampfte Hände. „Und jetzt ist es Zeit, daß seine richtigen Eltern sich um ihn kümmern."

„Meine arme Queenie! Die ganzen Jahre… Ich habe nie aufgehört, sie zu lieben, weißt du."

Millie nickte. „Das war mir klar. Und obwohl sie sich die ganze Zeit dagegen gewehrt hat, hat auch sie nie aufgehört, dich zu lieben, TR."

„Millie, weiß sie Bescheid? Über all dies?"

„Nein. Ich dachte, du mußt es ihr sagen. Das müßt ihr beide jetzt miteinander abmachen."

QUEENIE arbeitete wie besessen. Sie packte und machte in ihrem Haus in Sydney reinen Tisch. Saskia war derweilen vorübergehend bei John und Sarah eingezogen. Die Bilder kamen von den Wänden, die Bücher stapelten sich auf dem Fußboden neben Haufen mit Kleidern und Wäsche.

Als Queenie endlich einmal Pause machte, saß sie mit einer Tasse Tee auf dem Boden vor dem Porträt ihrer Mutter, das sie eben von der Wand genommen hatte. Sie versank in Erinnerungen an die schöne, warmherzige Frau, die sie so zärtlich geliebt hatte.

„Das Bild hing in Tingulla überm Treppenabsatz, stimmt's?"

Queenie riß den Mund auf und setzte mit zitternder Hand die Teetasse ab, als sie TR hinter sich im Zimmer stehen sah. „Wie bist du reingekommen?"

„Die Tür war offen. Tut mir leid, ich wollte dich nicht erschrekken."

„Was machst du hier…, warum?"

Mit drei Schritten war er bei ihr, ergriff ihre Hand und zog sie hoch. „Queenie! Sag jetzt bitte nichts, hör mir nur zu! Das ist unsere letzte Chance!"

Queenie wollte protestieren, doch er ließ sie nicht zu Wort kommen. Seine Stimme war ruhig und fest. „Ich liebe dich, und ich weiß, auch du hast nie aufgehört, mich zu lieben. Ich möchte, daß du sofort mit mir kommst, denn da ist jemand, den du unbedingt treffen mußt. Ich habe sehr viele Neuigkeiten für dich."

„Wovon redest du? Ich kann doch nicht einfach abhauen!"

„Queenie, hör mir bitte einmal im Leben zu! Tu, was ich sage – ich bitte dich! Tu es für uns alle! Millie wartet auf Guneda auf uns. Pack ein paar Sachen ein, und komm gleich mit. Hör dir an, was ich zu sagen habe, bitte! Dann werde ich dich nicht mehr behelligen. Aber das ist jetzt wichtig!“

Seine Eindringlichkeit nahm Queenie den Wind aus den Segeln. „Ich rufe Saskia an.“ Sie verließ das Zimmer wie in Trance.

FÜNF Stunden lang fuhren sie, ohne zu sprechen. Jeder war mit seinen eigenen Gedanken beschäftigt. Queenie saß mit geschlossenen Augen auf dem Beifahrersitz, so weit wie möglich von TR entfernt. Ein- oder zweimal blinzelte sie und sah seine kräftigen braunen Hände, die das Lenkrad umspannten. Der Anblick tat ihr weh, und sie schloß die Augen wieder.

Bei Sonnenuntergang kamen sie auf Guneda an. Die Fenster waren schon erleuchtet, und über den Schornsteinen kräuselten sich Rauchwölkchen. Er ergriff ihren Arm und führte sie ins Wohnzimmer.

Tango erhob sich verlegen.

TR machte keine Umschweife. „Queenie, ich muß dir was sagen. Tango ist unser Sohn.“

ES GAB so viel zu erklären, so viele Mißverständnisse aus dem Weg zu räumen.

„Als du fortgegangen warst, wartete ich sehnlichst auf Nachricht von dir, TR. Ich konnte es nicht fassen, daß kein einziger Brief von dir kam ...“ Queenie schüttelte verständnislos den Kopf.

„Und ich? Was glaubst du, wie mir zumute war, als ich das hier bekam?“ Er zog einen völlig zerlesenen Brief aus der Tasche und reichte ihn Queenie.

Als sie zu der Stelle kam: *Darum glaube ich, es ist das beste, wir vergessen einander,* traten ihr die Tränen in die Augen. „TR, ich habe das nicht geschrieben! Das ist Colins Handschrift..., so eine Gemeinheit, ich kann es nicht fassen ..., er muß krank sein! Bestimmt hat er auch deine Briefe abgefangen. Es ist so entsetzlich traurig..., warum..., warum?“

TR nahm sie in die Arme und zerknüllte den Brief. „Es ist vorbei, Queenie! Wir haben gewonnen! Nur darauf kommt es an!“

Sie saßen noch bis tief in die Nacht mit Millie und Jim zusammen und redeten und redeten. Immer wieder gab es Tränenausbrüche, doch am Ende behielt die Freude die Oberhand. Bevor Queenie zu Bett ging, küßte sie Tango auf die Wange und umarmte ihn kurz und schüchtern. Noch waren sie sich zu fremd – sie brauchten Zeit, vor allem Zeit. TR dagegen kam mit der neuen Situation besser zurecht, er kannte Tango schon länger und hatte ihn ohnehin tief ins Herz geschlossen.

Queenie erwachte vom Lachen des Kookaburra-Vogels. Der Duft von Toast durchzog das Haus. Sie brauchte eine Weile, um das fremde Zimmer aufzunehmen. Es war also kein Traum. Sie klatschte freudig in die Hände wie ein kleines Kind, dann schickte sie mit Tränen in den Augen ein Dankgebet zum Himmel.

Jemand klopfte an die Tür. Sie wischte sich rasch die Tränen aus den Augen und rief dann: „Herein!"

Zögernd kam Tango mit einer Tasse Tee ins Zimmer. „Guten Morgen."

Queenie strahlte ihn an und rutschte auf der Bettkante zur Seite. „Setz dich."

„Millie hat mir gesagt, wie du deinen Tee magst. Ich..., ich..., weiß nicht, wie ich dich nennen soll", stotterte er.

„Wir müssen uns erst näher kennenlernen, dann kommt alles von allein. Ich muß mich auch noch an vieles gewöhnen."

„Ja, ich auch... Weiß es Saskia schon?"

„Nein. Es kam alles so ... plötzlich. Ich werde Sarah bitten, daß sie sie noch heute in ein Flugzeug setzt."

„Vielleicht können wir nachher zusammen ausreiten? Es geht schon wieder, ich habe nur noch Bandagen und keinen Gips mehr ums Bein."

„Ja. Das machen wir."

Als Queenie mit Saskia telefonierte, merkte diese sofort, daß etwas in der Luft lag, und wollte wissen, was los war.

Erst stotterte Queenie ein bißchen herum, dann platzte sie mit der ganzen Geschichte heraus. Zunächst war Saskia gekränkt, daß ihre Mutter dieses Geheimnis nie mit ihr geteilt hatte.

„Wozu, Sas? Ich habe nicht damit gerechnet, dieses Kind je wiederzusehen, und ich habe mir das Ganze nie verziehen. Es war ein Geheimnis, das mich mein ganzes Leben lang gequält hat, jeden Tag."

„O Mum, das darfst du nicht sagen. Ich verstehe dich, wirklich..." Jetzt schluchzten beide. „Na ja..., jetzt weiß ich wenigstens, warum ich mich zu Tango so hingezogen fühle."

„Das hat er auch von dir gesagt. Er kann es kaum erwarten, dich zu sehen."

„Herrje, ich habe über Nacht eine Familie bekommen!"

Saskia fand ihre gute Laune wieder. Sie wurde ganz aufgeregt, und der Schock war vergessen. Erleichtert legte Queenie auf.

Später sattelten Tango und sie zwei Pferde und ritten hinaus ins Hügelland. Neugierig beobachteten sie einander und stellten fest, daß sie fast den gleichen Reitstil hatten.

„Wettrennen bis zu dem Zaun da drüben!“ rief Tango, und beide galoppierten lachend nebeneinander her.

Später saßen sie im Gras, und Queenie erzählte Tango offen von den Ereignissen, die zu seiner Geburt geführt hatten.

„Ich habe mir immer vorgenommen, mit meiner richtigen Mutter, wenn ich sie finden sollte, abzurechnen, weil sie mich weggegeben hat. Aber meine Adoptiveltern haben gesagt, sie muß einen triftigen Grund gehabt haben. Sie waren wunderbare Menschen...“, sagte Tango traurig.

„Ich bin ja so froh. Ich habe für dich gebetet, daß du zu liebevollen Eltern kommst.“

„Ich war vierzehn, als sie gestorben sind. Es war verdammt hart, aber ich glaube, sie hatten mich gut aufs Leben vorbereitet. Dies soll für mich ein neuer Anfang sein. Nicht zuviel in der Vergangenheit herumwühlen..., verstehst du – und vor allem keine Schuldigen suchen“, schloß Tango etwas verlegen.

„Das ist sehr klug, Tango. Ich habe so viele Schuldgefühle mit mir herumgeschleppt, das machte mich mit der Zeit fertig. Jetzt beginnt ein neuer Tag, nicht wahr?“

Sie hielt ihm die Hand hin. So blieben sie lange Zeit sitzen, Hand in Hand, Mutter und Sohn, während die Pferde in der Nähe weideten.

Zwischen Saskia und Tango gab es keine Probleme. Sie lief auf ihn zu, und beide umarmten sich begeistert.

Während der nächsten paar Tage hatten Tango und Queenie viel Zeit füreinander. Sie gingen spazieren und plauderten; sie ritten gemeinsam aus und kümmerten sich zusammen um die Pferde. Er vertraute sich ihr an, erzählte ihr von den Träumen und Ängsten eines kleinen Jungen. Queenie berichtete von ihrem Leben, besonders von Tingulla. „Dort gehören wir alle hin. Ah, eines Tages, Tango, wer weiß...“

Er legte ihr tröstend den Arm um die Schulter. „Eins nach dem andern..., was, Mum?“

Oben am Fenster stand TR und lächelte. Er hielt sich bewußt zurück, wohl wissend, daß Queenie Zeit brauchte, die Beziehung zu ihrem Sohn aufzubauen. Doch auch er hatte seine Sehnsucht. Er wünschte so sehr, Queenie in die Arme nehmen zu können, doch er wußte, er durfte sie jetzt nicht drängen.

Am Ende der Woche mußte Saskia fürs Examen in die Schule zurück. Sie sollte bei Sarah und John wohnen.

„Das geht doch, Sarah?" fragte Queenie, als sie von Guneda aus telefonierte.

„Aber natürlich, Queenie. Ich bin ja so glücklich für dich! Aber ich kann es kaum glauben, daß du all das durchgemacht und mir nie etwas davon erzählt hast. Wir waren doch die besten Freundinnen..."

„Aber Sarah, du warst doch in Europa, weit weg von allem. Ich bin ja so dankbar, daß ich wenigstens Millie hatte..."

„Die gute alte Millie! Eine richtige Affenmutter", meinte Sarah lachend. „Also, was hast du für Pläne?"

„Pläne? Zum ersten Mal in meinem Leben denke ich nicht weiter als bis zum nächsten Tag!"

„Freu dich an Tango, Queenie!"

„Das tue ich. Danke, Sarah!"

EINER aber schmiedete Pläne, und das war TR. Eines Tages fand er Queenie allein auf der Veranda sitzend und zog sich einen Stuhl dazu. Er nahm seinen Hut ab, drehte ihn langsam zwischen den Händen und blickte sie nicht an, während er zu ihr sprach.

„Queenie..., glaubst du nicht, es ist an der Zeit, daß wir uns aussprechen? Ich habe Tango und dich möglichst viel miteinander allein gelassen..., aber jetzt müssen wir miteinander reden, denke ich. Ich hatte einen bestimmten Grund, dich mit nach Guneda zu nehmen. Ich habe versprochen, dich danach in Ruhe zu lassen. Das liegt bei dir."

„Worum geht es?"

Er hob den Blick und sah sie an. „Ich möchte, daß du mit mir für ein paar Tage wegfährst..., ganz freundschaftlich, keinerlei Verpflichtungen. Ich meine, was ich sage..." Er sah ihren skeptischen Blick und grinste. „Nur eine kurze Reise..., es geht um Land, das du dir ansehen sollst. Wir werden nur ein oder zwei Tage fort sein. Was meinst du?"

Sie schwieg. Ihr fiel kein plausibler Grund ein abzulehnen. Vielleicht ist das eine Gelegenheit, die Gespenster der Vergangenheit loszuwerden, dachte sie. „Und du setzt mich nicht unter Druck?"

TR hob die Hände. „Nur Kameradschaft, okay?"

„Okay." Queenie stand auf und ging.

DIE ERSTE Nacht verbrachten sie in einem Hotel auf dem Land, schliefen in Einzelzimmern und trafen sich zum Frühstück wieder.

„Ab morgen geht's in den Busch, schnür also schon mal dein Bündel. Das Wetter ist gut, es kann uns nichts passieren", erklärte TR eifrig.

„Ich war schon mal im Busch, TR", scherzte Queenie.

Gleich am zweiten Tag entspannte sie sich und fand Gefallen an seiner unkomplizierten Herzlichkeit und seinem behenden Witz. Abends schlief sie, den Kopf auf dem Arm, behaglich in ihrem Schlafsack ein, und die süßen Klänge von TRs Mundharmonika reichten bis in ihre Träume.

Sie besichtigten ein Grundstück, von dem er gehört hatte, fanden aber, es lohne sich nicht, dort zu investieren. Dann fuhren sie weiter nach Nordwesten. Als der Tag sich neigte, blinzelte Queenie in die untergehende Sonne. „Suchen wir etwas Bestimmtes?"

Der Range Rover holperte noch eine Weile durch niedriges Gestrüpp, dann kamen sie bei einem Wasserarm neben einer Gruppe hoher Bäume zum Stehen. „Hier wollte ich hin."

„Es ist schön hier."

„Schlagen wir das Lager auf, bevor es dunkel wird."

Gemeinsam machten sie sich an die Arbeit. TR kochte, und Queenie wusch nach dem Essen am Wasser ab. „Der Koch spült nie", erklärte sie.

Es war noch nicht spät. Sie lagen zu beiden Seiten des Feuers und blickten hinauf in die funkelnden Sterne.

TR brach als erster das Schweigen. „Also, Queenie…, sprechen wir über Tango. Es war bestimmt nicht leicht für dich, und ich würde alles dafür geben, wenn ich noch einmal anfangen und dir diesen ganzen Kummer ersparen könnte."

„Wir können nicht zurück, TR."

„Wenn dieser verdammte Colin nicht gewesen wäre…, läßt einfach meine Briefe verschwinden…!" TR sprang auf und traktierte einen Felsbrocken mit den Füßen. Der Zorn erstickte seine Stimme. „Am liebsten würde ich nach Italien fahren und ihn…, ich weiß nicht, was!"

„TR! Nein! Setz dich wieder hin! Kummer und Bitterkeit haben wir genug gehabt. Vorbei ist vorbei. Der arme Colin, er tut mir leid", sagte Queenie.

„Dein Herz ist größer als meins", entgegnete TR und setzte sich neben sie. „Ich glaube, ich kann ihm nie vergeben, was er uns angetan hat."

Queenie wurde nachdenklich. „Wenn ich jetzt zurückblicke, dann erinnere ich mich, daß er schon als kleiner Junge immer mit Neid- und Haßgefühlen zu kämpfen hatte. Sogar bevor Mum und Dad gestorben sind… Er war immer eifersüchtig auf mich, hat mich immer als Konkurrenz empfunden. Eifersucht ist eine Krankheit, die verstellt dir den Blick auf die Welt."

„Und auf deine Mitmenschen. Ach, Queenie…" Er sah sie an; sein Blick sprach von Liebe und Verlangen. Er streckte den Arm aus und ergriff ihre Hand, berührte zärtlich jeden Finger. „Erzähl mir, wie es mit Tango war. Wie mußt du mich gehaßt haben…"

„Ich war verwirrt… und verletzt, jawohl. Es war nicht leicht, ihn wegzugeben." Ihre Stimme war nur noch ein Flüstern, sie hielt ihre Augen geschlossen. „Wenn du nur, wenn du nur…"

TR griff nach ihr und umschlang sie. Tränen erstickten seine Stimme. „Ich verstehe ja, ich weiß, ich weiß…" Er wiegte sie sanft. „O Queenie, ich liebe dich. Mein Gott, wie ich dich liebe!"

Langsam wich der Schmerz, den Queenie jahrelang im Herzen getragen hatte. Sie holte tief Luft und zitterte. „Ich habe dich auch immer geliebt, TR. Aber das hast du ja gewußt."

Sie blickten einander in die Augen. Er hätte sie am liebsten mit der ganzen Leidenschaft, die in ihm aufwallte, an sich gezogen. Doch er hielt sich zurück.

„O TR." Queenie nahm seinen Kopf zwischen die Hände und küßte ihn sanft auf den Mund. Sie ließ ihn wieder los, lächelte ihn an und küßte ihn noch einmal.

Nun ließ TR seinem Verlangen freien Lauf und riß sie an sich. Sie lagen einander in den Armen, die Jahre der Trennung fielen von ihnen ab, und sie waren wieder das leidenschaftliche Paar, dessen Liebe nie gestorben war.

SIE BLIEBEN noch zwei Tage an diesem Lagerplatz, dann begann TR einzupacken und kündigte noch einen weiteren Halt an. „Queenie…, nur noch eins…", begann er zaghaft. „Jetzt wirst du mich doch heiraten, nicht wahr?"

Queenie riß überrascht und freudig die Augen auf. „TR, du gibst nie auf, was?“

„Ich habe gesagt, ich warte auf dich, egal, wie lang!“

Sie beugte den Kopf zu ihm, erwartete seinen Kuß. „Du brauchst nicht mehr zu warten, mein Liebling…“

QUEENIE fragte nicht, wo die Reise hinging. Sie schwebte auf Wolken, blickte wie verzaubert in die Landschaft hinaus, die sie durchfuhren. Die staubige rote Erde verblaßte in der Entfernung zu einem zarten Rosa und traf am Horizont auf einen malvenfarbenen Himmel, der aufstieg, um strahlend blau zu werden. Graugrüne Bäume schienen in der Hitze über dem Boden zu tanzen, und ein Adler schwebte träge am leeren Himmel. Queenie spürte einen Kloß im Hals. Das war ihr Land.

Eine Stunde später waren sie auf vertrautem Grund. TR ließ mit einer Hand das Steuer los und tastete nach ihrer Hand. Queenie ergriff die seine. Tränen rollten ihr über die Wangen, als sie unter dem Torbogen durchfuhren, in den Großvater Hanlon das Wort TINGULLA eingebrannt hatte.

„Warum sind wir hier, TR?“

„Du wirst schon sehen.“ Er ließ ihre Hand los und drückte auf die Hupe, während sie die Auffahrt hinauffuhren. Die Rasenflächen waren grün, der Brunnen plätscherte, und die Fenster des Herrenhauses standen offen; die Spitzenvorhänge flatterten im Wind. Die Haustür war weit und einladend geöffnet.

„Wer wohnt hier, TR? Ich kann nicht hinein. Das kann ich einfach nicht.“

„Queenie, Liebling, schau hin…“

Sie blickte auf, und aus dem Haus heraus kamen…, einfach alle: Millie und Jim, Snowy, Sarah und John, Dingo, Freunde und Nachbarn, die sie ihr Leben lang gekannt hatte, und vor allen anderen Saskia und Tango.

„Was machen sie alle hier?“

„Es gibt nur einen Ort für unsere Hochzeit. Hier…“

Er küßte sie. Die anderen standen um das Auto herum und brachen in Jubelrufe aus.

„Nur noch eines.“ TR öffnete das Handschuhfach, holte einen dicken Umschlag heraus und reichte ihn ihr. „Das gehört dir.“

Verwundert öffnete sie das Kuvert und zog ein dickes Schriftstück heraus. Sie entfaltete es und fand sich darin als Besitzerin von Tingulla eingetragen.

„Ich war der geheimnisvolle Käufer“, erklärte TR. „Ich habe nur auf den richtigen Augenblick gewartet, es dir zu übergeben. Willkommen daheim, Queenie.“

EPILOG

Millie nahm das Hochzeitsfoto in dem Silberrahmen von dem kleinen Tisch aus Walnußholz im Eßzimmer, um diesen abzustauben. Queenie und TR, Arm in Arm, blickten sie strahlend aus dem Rahmen heraus an. „Ach, Queenie, genauso hast du auch ausgesehen, als ihr beide euch kennengelernt habt ..., vor siebzehn Jahren.“ Millie seufzte nostalgisch.

„Milliiii ...!“ rief Ruthie vom Fuß der geschwungenen Treppe.

Millie eilte hinunter; der Staublappen in ihrer Hand wischte das Geländer blank. „Was ist los, Ruthie?“

„Ein Brief für dich von Saskia, aus der Schule.“

„Sie ist ein braves Mädchen“, sagte Millie lächelnd und setzte sich mitten auf die Stufen, um den Brief zu öffnen.

„Was schreibt sie?“ Ruthie hockte sich neben sie. Zwei schwarze Köpfe, der eine mittlerweile grau gesprenkelt, beugten sich über das Blatt. Über ihnen hing das Porträt von Rose – zurückgekehrt an seinen angestammten Platz. Daneben hing jetzt noch ein anderes Gemälde – Patrick zu Pferd. Beide Bilder schienen liebevoll auf die kleine Szene unter ihnen hinabzublicken.

DRAUSSEN im Sattelhof waren TR und Tango dabei, einen jungen Hengst zuzureiten. TR lehrte seinen Sohn all die sanften Tricks, die man dafür brauchte.

Noch weiter draußen ritt Queenie neben Snowy. Auf einer Kuppe hielten sie die Pferde an. Von hier hatte man einen wunderbaren Blick über Tingulla und den kleinen Fluß bis hin zu den in der Ferne schimmernden Blue Hills.

Queenie tätschelte Nareedah und ließ den Blick über ihr Land schweifen. „Schön, wieder daheim zu sein.“

„Immer gewußt, du kommst zurück, Queenie. Hier gehörst du her.“

„Du auch, Snowy. Es ist auch dein Zuhause."

„Mehr als ein Zuhause. Das Erbe unserer Traumzeit."

Queenie öffnete ihre Satteltasche. „Du warst Tingullas spiritueller Wächter, Snowy."

Sie zog den kleinen Liederstab aus der Tasche und betrachtete die ins Holz gebrannten abstrakten Muster. Dann gab sie ihn Snowy und erinnerte sich an den Tag, an dem sie ihn von ihm bekommen hatte, damals, als sie mit Saskia Tingulla hatte verlassen müssen. „Das hier hat mich zu meinem Ort der Traumzeit zurückgebracht. Jetzt ist es wieder bei dir angekommen." Sie drückte ihm das heilige Totem in die Hand.

Snowy nickte, steckte das Stöckchen in die Tasche seines Hemdes und klopfte mit der Hand darauf. „Jetzt sind wir alle in Sicherheit."

Gemeinsam lenkten sie ihre Pferde den Hügel hinunter. In der Ferne sang ein Vogel ein jubelndes Lied, das in den hellblauen Himmel aufstieg.

Eine Verneigung vor den Frauen des australischen Outbacks

Wie ihre Hauptfigur Queenie Hanlon liebt auch Di Morrissey den australischen Busch, in dessen Weite und Stille sie die für ihr Schreiben notwendige Inspiration findet. Ihre Laufbahn begann die südlich von Brisbane ansässige Autorin bei der Zeitschrift *Australian Women's Weekly* und ging danach an die Fleet Street in London, das Zentrum des britischen Pressewesens. Nach ihrer Heirat mit dem amerikanischen Diplomaten Peter Morrissey lebte sie dann in einem halben Dutzend Länder, wo sie überall für Presse, Funk und Fernsehen tätig war, während sie gleichzeitig ihre beiden Kinder Gabrielle und Nicolas großzog.

Doch schließlich kehrte Di Morrissey in das Land zurück, an dem ihr Herz hängt. Hier war sie in den achtziger Jahren für das australische Frühstücksfernsehen tätig, und bei dieser Arbeit erhielt sie dann auch den entscheidenden Anstoß für den Roman *Tingulla*. „Ich machte einen Bericht über das Longreach-Langstreckenrennen", erinnert sie sich, „und zwischen all den Cowboys war eine Frau mit einem wunderbar ausdrucksstarken Gesicht. Man erzählte mir, daß sie eine fantastische Reiterin sei, und ich begann über die Frauen im Outback im allgemeinen nachzudenken. Sie sind wahre Heldinnen; sie müssen so viel bewältigen, sich mit so vielem herumschlagen, dazu meistens noch allein, und viel zu oft übersieht man einfach ihren Beitrag für dieses Land."

Um die Atmosphäre möglichst authentisch einzufangen, arbeitete Di Morrissey, bevor sie zu schreiben begann, auf einer großen Farm im Outback. Sie half Rinder zusammenzutreiben und Schafe zu scheren und lernte so das Farmleben aus erster Hand kennen. Es war Knochenarbeit, aber auch eine hochinteressante Erfahrung, die die Autorin auf keinen Fall missen möchte.

Trüffel

Peter Mayle
träume

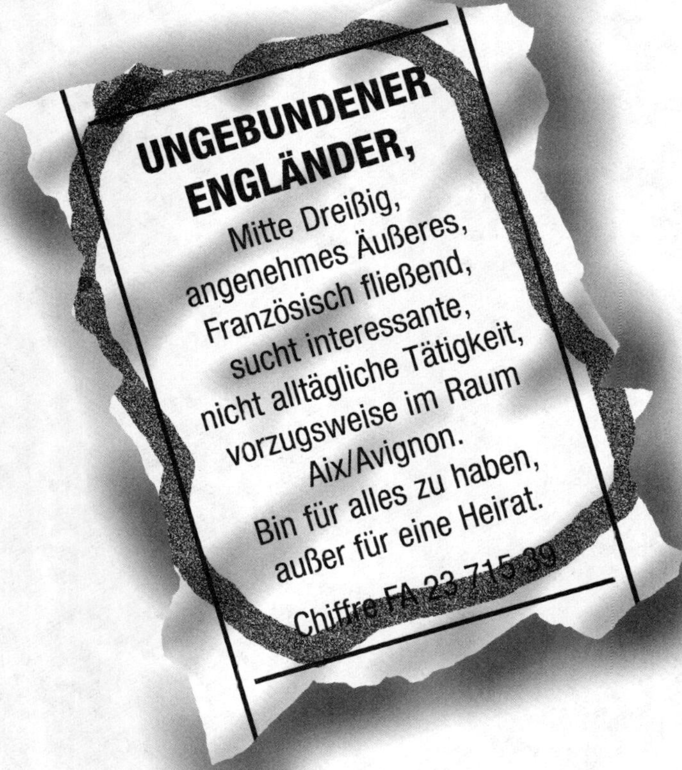
UNGEBUNDENER
ENGLÄNDER,
Mitte Dreißig,
angenehmes Äußeres,
Französisch fließend,
sucht interessante,
nicht alltägliche Tätigkeit,
vorzugsweise im Raum
Aix/Avignon.
Bin für alles zu haben,
außer für eine Heirat.
Chiffre FA 23 715 39

1

Irgendwas würde sich schon ergeben, sagte sich Bennett immer wieder. An guten Tagen – den Tagen, an denen die Sonne schien und keine Rechnungen im Briefkasten lagen – fiel es ihm nicht schwer zu glauben, daß die plötzliche finanzielle Ebbe nur eines der tiefen Täler im Auf und Ab des Lebens sei, ein Schluckauf des Schicksals, eine vorübergehende Kalamität. Aber es gab eben Fakten, die sich nicht leugnen ließen: seine Taschen waren leer, seine Schecks zeigten eine fatale Neigung zu platzen, kurzum, seine finanziellen Aussichten waren von Unwägbarkeiten belastet und keineswegs zur Zufriedenheit gereichend.

Aber Bennett litt an Optimismus und war durchaus nicht willens, Frankreich zu verlassen. Und so hatte er sich – auf keine andere Befähigung gestützt als sein fachlich unverbildetes, folglich gutes Auge für Liegenschaften und das dringende Bedürfnis, Provisionen einzustreichen – der durchs Land vagabundierenden Schar der *agents immobiliers* angeschlossen, die sich ihren Lebensunterhalt damit verdiente, daß sie die Provence nach lohnenden Objekten abgraste. Wie sie verbrachte er fortan seine Tage damit, nach Ruinen mit dem gewissen Etwas, ausbaufähigen Scheunen sowie sonstiger vom Verfall bedrohter Bausubstanz Ausschau zu halten, die sich, wenn jemand nur genügend Phantasie und Geld investierte, zur Umwandlung in eine reizvolle Residenz eignen mochte.

Leicht war's nicht. Der Markt verlor an Boden; Ursache des Übels war der französische Franc. Er war zu stark, und die Klientel mußte man mit der Lupe suchen.

Im vergangenen Sommer hatten dann ein paar flapsige Bemerkungen von ihm zu einer potentiell lohnenden Nebenbeschäftigung geführt. Er war bei einer der Partys eingeladen, die in der Gemeinde der vaterlandsflüchtigen Briten gang und gäbe werden, sobald sich ihre Mitglieder in der Provence versammelt haben, um sich ihre Jahresration an Sonne und Knoblauch einzuverleiben.

Ein wenig beschwipst und leicht benommen von den nicht enden wollenden Spekulationen der anderen Gäste über englische Politik und die Zukunft der königlichen Familie, suchte er Zerstreuung darin, sich eine Geschichte aus den Fingern zu saugen, die den sich in Wohlstand suhlenden Eignern von Ferienhäusern zum Alptraum werden mußte. Seine warnende Bemerkung, die er zwischen zwei Happen geräuchertem Lachs fallenließ, zielte auf den wunden Punkt des häuslichen Lebens auf dem Lande ab: die Installationen. Es sei ihm kürzlich, behauptete er, zu Ohren gekommen, daß man in der Region eine neue und bösartige Spezies von Mistkäfern beobachtet habe, die in jede unbenutzt gelassene Senkgrube eindringe.

Seine Zuhörer, zwei Schwestern aus Oxford mit ihren farbidentisch rotwangigen Ehemännern, lauschten ihm mit wachsendem Entsetzen. Sie nahmen ihn, wie er voller Verblüffung registrierte, todernst.

„Wie überaus greulich", sagte eine der Schwestern, „und was macht man da? Ich meine, unsere Häuser stehen doch im Winter monatelang leer."

„Nun", erwiderte Bennett, „das einzige, was da hilft, ist regelmäßiges Spülen, wenigstens zweimal pro Woche. Die kleinen Teufel ersäufen, das ist die Antwort. Es sind ja keine Amphibien, nicht wahr? Möchte jemand die letzte Garnele? Wäre doch jammerschade, sie umkommen zu lassen." Er lächelte, entschuldigte sich und ging zum anderen Ende der Terrasse.

Die Oxfordschwestern verbreiteten inzwischen die Neuigkeit von der Invasion der Mistkäfer. Angesichts der kollektiven Gefahr formierte sich ein halbes Dutzend verängstigter Hausbesitzer und stellte sich Bennett in den Weg, als dieser sich anschickte, nach Hause zu gehen.

„Die Sache mit den Käfern", sagte der Sprecher der Gruppe, ein zwischen den Wahlen zwangspausierender Exminister, „hört sich an, als könnte was ziemlich Häßliches draus werden." Ernste, von der Sonne gerötete Gesichter nickten zustimmend. „Und so haben wir uns alle gefragt, ob nicht womöglich Sie, während wir nicht da sind, ein Auge auf das Problem haben könnten. Die Mühe soll sich natürlich für Sie lohnen."

Bennett kam aufgrund einer jähen Intuition zu folgender Entscheidung: „Selbstredend wird es mir ein Vergnügen sein, Ihnen zu helfen. Aber von einer Entlohnung will ich nichts hören." Ihre Dankesbezeigungen wedelte er mit einer Handbewegung beiseite. Gefälligkeiten entwickelten eine Eigendynamik, die auf dem Weg über Empfehlungen zu Verkaufsabschlüssen führte. Die meisten seiner Kollegen nahmen sich für abwesende Klienten aller möglichen Aufgaben an, aber nicht einer von ihnen, dessen war er gewiß, war je in eine so uneingeschränkte Vertrauensposition aufgerückt: Bewacher der Senkgrube, *inspecteur sanitaire.* Und so machte er sich einen Spaß daraus, während der nachfolgenden stillen Wintermonate seine Aufgabe sehr ernst zu nehmen.

ER DRÜCKTE den porzellanummantelten Hebel, lauschte mit Genugtuung dem kraftvollen Rauschen, hakte den Namen auf seinem Klemmbrett ab und aktivierte, bevor er das Haus verließ, die Alarmanlage. Während er auf dem sauber gerechten Kies der Zufahrt stand, schnupperte er in den Morgen hinein und machte in dem aus dem tiefgelegenen Tal aufsteigenden Dunst und den leuchtendweiß gegen den blauen Himmel abstechenden Mandelblüten eindeutige Vorboten des Frühlings aus. Wie hätte er da auch nur daran denken können, irgendwo anders zu leben?

Die Frage war nur, wie lange er es noch durchhielt. Die Kontakte und Verkaufsabschlüsse, die er sich von seiner kostenlosen Hilfsbereitschaft erhofft hatte, ließen noch auf sich warten. Ja, dankbar waren sie alle. Sie schickten ihm Weihnachtskarten, Puddings und die obligate Flasche Port. Aber Kunden hatten sie bislang nicht zu ihm geschickt.

Auf der Heimfahrt zu seinem winzigen Haus in Saint-Martin-le-Vieux erwog er, wieder Werbespots für das Fernsehen zu produzieren, wie er es zehn Jahre lang in London und Paris getan hatte, doch vermochte er dem keinen Reiz abzugewinnen. Er beschloß, den Rest des Tages daheim zu verbringen und sich ein paar gezielte Gedanken über seine Zukunft zu machen. Und so kreuzte er die N 100 und folgte dem steilen, kurvenreichen Sträßchen, das zum Dorf hinaufführte.

Als letztes Dorf im Lubéron hatte Saint-Martin asphaltierte Straßen und einen Anschluß ans zentrale Abwassersystem bekommen. Gesuche verschönerungswilliger Zugereister, die bröckelnden, unansehnlich gewordenen, zum Teil drei- oder vierhundert Jahre alten Häuser renovieren zu dürfen, wurden dank der unermüdlichen Einflußnahme des Bürgermeisters abschlägig beschieden. Touristen kamen und gingen, aber sie blieben nie. Es gab keine Bleibe.

Bennetts Haus – in einer schmalen Gasse am Ende der Hauptstraße gelegen – gehörte dem Dorfarzt, der ebenfalls Junggeselle war. Bennett hatte ihn bei einer Dinnerparty kennengelernt und herausgefunden, daß sie das Interesse an jungen Frauen und altem Wein verband. Die beiden waren Freunde geworden, und als der Arzt eine

Dreijahresverpflichtung nach Mauritius eingegangen war, hatte er angeboten, Bennett das Haus fast umsonst zu überlassen. Seine einzige Bedingung: die *femme de ménage,* eine robuste Dame namens Georgette, sollte ihre Stellung als Haushälterin behalten.

Bennett schloß die von Schrunden überzogene Haustür auf und schreckte zurück. Aus der Küche plärrte ihn Radio Monte Carlo an: Popmusik, dem akustischen Eindruck nach seit den siebziger Jahren im Verlies irgendeines Archivs gefangengehalten, suchte sich winselnd den Weg in die Freiheit. Im Wohnzimmer war das Mobiliar – schlicht, schwer und dunkel – an die Wände gerückt worden, und Georgette – auf Händen und Knien, das Mittelstück ihres Körpers in wiegendem Gleichklang mit der Musik – bearbeitete den ohnehin schon makellosen Fliesenboden mit einem Gemisch aus Wasser und Leinsamenöl.

„*Bonjour,* Georgette!" brüllte Bennett gegen die Kakophonien aus dem Radio an.

Mit unwilligem Grunzen stemmte sich die kniende Gestalt auf die Beine, wandte sich zu ihm um und maß ihn, die Hände in die Hüften gestemmt, mit strengem Blick. Eine silberfarbene Strähne mußte irgendwie der Enge unter der grellgelben Ricard-Baseballkappe, ohne die Georgette sich den Anstrengungen der Hausarbeit nicht stellen mochte, entkommen sein und hing ihr keck in die Stirn. Sie war das, was Franzosen galant mit „eine Frau im gewissen Alter" umschreiben – irgendwo zwischen vierzig und sechzig. Sie paßte zum Mobiliar des Hauses: gedrungen, stämmig und für die Ewigkeit gemacht. Ihr runzeliges braunes Gesicht nahm einen mißbilligenden Ausdruck an. Sie scheuchte ihn weg. „Stehen Sie mir hier nicht auf den nassen Fliesen rum! In der Küche habe ich Kaffee für Sie."

Auf Zehenspitzen durchquerte er das Wohnzimmer und verschwand in der blitzsauberen, mikroskopisch kleinen Küche. Auf einem Tablett stand sein Frühstück bereit: die überdimensionale weiße Kaffeetasse, Lavendelhonig und eine schon aufgeschnittene, mit blaßgelber Normandie-Butter bestrichene Baguette. „Georgette?" Er steckte den Kopf durch die Küchentür.

„Was ist nu wieder?"

„Wie lange haben Sie vor zu bleiben? Ich hatte die Absicht, heute zu Hause zu arbeiten."

Georgette sah ihn streng an. „Unmöglich. Glauben Sie, das Haus wird von alleine sauber? Josephine kommt nachher und hilft mir beim Wenden der Matratzen. Außerdem müssen die Teppiche geklopft werden." Sie wrang den Scheuerlappen aus. „Sie stehen uns nur im Weg rum. Im übrigen können Sie genausogut im Café arbeiten. Es ist mir auch lieber, wenn Sie dort krümeln."

Bennett wußte, daß er für Georgettes Sauberkeits- und Ordnungssinn eine leibhaftige Herausforderung war, dennoch sorgte sie für ihn wie für einen Prinzen – bekochte ihn, stopfte seine Socken, bemutterte ihn, wenn er eine Grippe hatte –, und einmal hatte er mitgekriegt, wie sie ihn einer Freundin gegenüber ihren „kleinen englischen *milord*" nannte. Ihn jedoch ohne den Umweg über Dritte mit freundlichen Worten zu verwöhnen, das gehörte nicht zu ihrem Service.

Bennett schlenderte die Hauptstraße hinunter und blieb stehen, um sich vor der Bäckerei den köstlichen Duft der frischen Brotlaibe und der Mandelplätzchen in die Nase wehen zu lassen. Dann zwängte er sich durch die schmale Tür des Postamts, wo die Dorfbewohner sich ihre Post bei Monsieur Papin, dem Schwager des Bürgermeisters, abholen mußten, der reges Interesse an der eingehenden Kommunikation nahm. Er begrüßte Bennett und schüttelte bedauernd den Kopf.

„Heute mal keine Liebesbriefe, Monsieur. Nur zwei Rechnungen und Ihre Zeitung."

Bennett steckte die Rechnungen in die Tasche, nickte Papin zu und nahm seine *International Herald Tribune* mit nach nebenan ins Café Crillon, dem Zentrum des sozialen Lebens in Saint-Martin, Stammlokal des dörflichen Bouleklubs und – jeden Tag um zwölf – Treffpunkt zur Einnahme des Mittagessens. Der Raum war langgestreckt und dunkel, auf der einen Seite prangte die Bar mit dem pockennarbigen Chromtresen. Fürs Ambiente, wenn's denn eines gab, mußten Anne-Marie und Léon sorgen, das junge Paar, das sein Bürodasein in Lyon aufgegeben und sich für eine – wie Anne-Marie es ausdrückte – „Karriere in Gastlichkeit" entschieden hatte. Beide wurden im Dorf mißtrauisch beäugt, weil sie Fremde und überdies unnatürlich fröhlich waren. Bennett, selbst ein Fremder, dem nicht mal die Lehren des Lebens den Optimismus ausgetrieben hatten, sah in den beiden einen erfreulichen Kontrast zu den einsilbigen Bauern, die jeden Tag an ihrem Stammtisch hinten Karten spielten.

Léon blickte von der neuesten Ausgabe des *Le Provençal* auf, die aufgeschlagen auf dem Tresen lag. Bennett bestellte einen Kaffee und fragte: „Was kocht Anny heute Gutes?"

Léon küßte die Spitzen seiner pummeligen Finger. „Ein Gedicht – Linsen mit Speck und Lyoner Wurst. Für fünfzig Franc viel zu gut." Er hob die Schultern. „Aber was will man machen? Hier erwartet jeder ein Bankett zum Nulltarif."

„Das Leben ist hart, Léon."

Bennett zog mit seinem Kaffee zu einem Tisch am Fenster um, wo er die Zeitung aufschlug. Anhand der Titelseite verschaffte er sich einen Überblick über den Stand der Dinge in der Welt. Unruhen in Rußland, Streit in der Europäischen Gemeinschaft, Kabbeleien im US-Senat. Wahrlich kein von Fröhlichkeit geprägter Tag, dachte er und starrte durchs Fenster auf den kleinen Dorfplatz. Die Sonne war inzwischen höher geklettert, das Blau des Himmels hatte einen tieferen Ton angenommen, die Berge trugen in der Ferne Dunsthäubchen. Bestimmt würde es ihm ein unsäglicher Greuel, Saint-Martin zu verlassen.

Aber konnte er es sich denn leisten hierzubleiben? Er fing an, Notizen auf einen Umschlag zu kritzeln. Aktueller Stand der Aktiva: ausgezeichnete Gesundheit, Umgangsfranzösisch, keine familiäre Bindung, eine kleine Garderobe nicht mehr neuer, aber guter Kleidung, ein gebraucht gekaufter Peugeot und etwa zwanzigtausend Franc in bar. Aktueller Stand der Passiva: offene Rechnungen, der Lohn für Georgette und ein geradezu niederschmetternder Mangel an Ideen, wie er zu Geld kommen könnte.

Unterm Strich reichte es, um weitere zwei, drei Monate hinzukommen, vorausgesetzt, er schränkte sich ein. Aber sparsames Wirtschaften hatte noch nie zu seinen Tugenden gehört. Er mußte sich eben etwas einfallen lassen. Das hatte er bisher noch immer geschafft. Er schob den Umschlag beiseite und begab sich zur Bar.

„Léon? Ich hätte gern ein Glas Champagner. Aber einen anständigen." Er schob einen Hundertfrancschein über den Tresen.

Léon verschwand durch die Tür hinter der Bar und tauchte kurz darauf wieder auf, im Arm liebevoll eine Flasche geborgen. „*Voilà*. 1988er Perrier-Jouet." Er setzte die Flasche ab, nestelte ihr den Hals frei und stellte ein Glas auf den Tresen. „Haben Sie was zu feiern?"

Bennett sah ihm zu, wie er den Korken drehte, bis der mit diskretem Schmatzen den Widerstand aufgab und Bennett das erwartungsvolle Wohlbehagen verspürte, das ihm Champagner jedesmal vermittelte. „Ich bin drauf und dran, eine gute Idee zu haben."

Léon nickte und füllte den schlanken, hochstieligen Kelch. Bennett spürte das kühle Prickeln auf der Zunge, dann wandte er sich der Abteilung „Internationale Kleinanzeigen" in seiner Zeitung zu, wo sich neben Angeboten für Geldanlagen und Gelegenheitskäufe auch

Offerten eher privater Natur fanden. Und während er so die Anzeigen überflog, kam ihm tatsächlich eine Idee.

Warum sollte er eigentlich darauf warten, daß sich irgendwas ergab? Er mußte die Initiative ergreifen und seinem Glück auf die Sprünge helfen. Er würde selbst eine Anzeige aufgeben.

Nach einigen Entwürfen konnte er sich zurücklehnen und das Ergebnis seiner Bemühungen in Augenschein nehmen:

UNGEBUNDENER ENGLÄNDER,
Mitte Dreißig, angenehmes Äußeres, Französisch fließend,
sucht interessante, nicht alltägliche Tätigkeit,
vorzugsweise im Raum Aix/Avignon.
Bin für alles zu haben, außer für eine Heirat.

Er nahm sich vor, am Nachmittag bei der *Herald Tribune* anzurufen und die Anzeige aufzugeben. Die Saison stand sozusagen gerade erst in den Startlöchern, da mußte es dutzendweise Antworten regnen. Die Ahnung, daß ein Abenteuer auf ihn zukam, beschleunigte seinen Pulsschlag.

2

„Die tut's keinen Sommer mehr", sagte Georgette und hielt Bennetts weiße Baumwollhose hoch – seine letzte. „Die ist am Ende. *Fini.*"

„Ich finde, die sieht gut aus, Georgette. Eingetragen. Ich mag alte Sachen."

„*Non.* Die hat zuviel durchgemacht. Wein, Suppe, Soße ..., sooft Sie sich zum Essen hinsetzen, wird eine Katastrophe daraus. Benutzen Engländer eigentlich nie Servietten?" Kopfschüttelnd warf sie die ausgemusterte Hose auf den Berg aus Hemden und Shorts, die allesamt bereits an der Hürde ihrer strengen Vorstellungen von angemessener Eleganz gescheitert waren.

Bennett seufzte. Es stimmte, daß die weiße Hose selten eine Mahlzeit unbekleckert überstand. Dennoch, unter den gegebenen Umständen kamen Neuanschaffungen nicht in Frage. Er rang sich zu einem letzten Gnadengesuch für das Beinkleid durch.

Georgette neigte sich vor und piekte ihm ihren unbeugsamen Finger vor die Brust. „*Non, non, et non.* Wollen Sie in Lumpen rumlaufen und mich im ganzen Dorf in Verruf bringen, eh?" Sie raffte den Berg ausgesonderter Kleidung zusammen und verschwand in der Küche.

Bennett warf einen Blick auf die Armbanduhr und sah, daß es schon elf war. Die Post mußte inzwischen da sein, mitsamt den Antworten auf die Anzeige, die er vor vierzehn Tagen aufgegeben hatte. Er schlüpfte aus dem Haus, um über die dörfliche Hauptstraße dem hoffentlich reichen Briefsegen entgegenzueilen.

Monsieur Papin blinzelte ihn durchs Fensterchen seines *guichet* an und entnahm einem versteckt gelegenen Fach die Zeitung und einen voluminösen bräunlichen Umschlag, den er prüfend in der Hand wog. „Ein gewichtiges Paket", stellte er fest, „aus Paris."

„*Ah bon*", sagte Bennett.

„Da wären sieben Franc fünfzig zu zahlen, wegen ungenügender Frankierung. Ich kann's auch, wenn Sie wünschen, zurückgehen lassen."

Bei diesem Betrag handelte es sich, wie im Dorf allgemein bekannt, um Papins *pourboire*, das kleine Aufgeld, das er stets berechnete, wenn er meinte, der Markt werde es hergeben. Bennett zählte ihm die sieben Franc fünfzig hin. Die Atmosphäre zwischen den beiden Männern war von tiefgekühlter Höflichkeit geprägt. Selten, daß Bennett jemanden für ein ausgemachtes Ekel hielt, bei Papin wäre er aber bereit gewesen, eine Ausnahme zu machen.

Im Café war es still, die einzigen Geräusche kamen von den klatschenden Karten am Tisch im hinteren Teil des Raumes. Bennett nahm sein Glas Rosé und ließ sich an einem Fenstertisch nieder. Der Umschlag fühlte sich vielversprechend an, und so schien es ihm recht und billig, daß er, ehe er ihn öffnete und den Inhalt auf dem Tisch ausschüttete, stumm einen geziemenden Schluck zu Ehren des Schutzpatrons aller von Verarmung bedrohten Engländer nahm.

Die Einladung, eine Viertelmillion Franc in Pizza Sympa („Wir wachsen schneller als jede andere Fast-food-Kette an der Côte d'Azur") zu investieren, schob er beiseite. Danach kam der mit fliederfarbener Tinte geschriebene Brief eines älteren Knaben in Neuilly, der auf der Suche nach einem jungen Gespielen für Kurzweil in freier Natur war. Eine Partneragentur verhieß erfahrenen Gentlemen von guter Herkunft großzügige Entlohnung ihrer Dienste und bat um Zusendung eines Aktfotos für die Unterlagen. Weiter benötigte ein Saudi-Prinz für den Sommer einen Übersetzer-Chauffeur – Standort Cap-Ferrat, drei Mercedes zur Wahl, freies Logis, Uniform, Referenzen obligatorisch. Daraus konnte was werden, sagte sich Bennett, vorausgesetzt, er kriegte die Referenzen zusammen. Jedenfalls beflügelte das prinzliche Schreiben seine Hoffnung auf weitere akzeptable Möglichkeiten.

Bennett überflog die nächsten Schreiben und gelangte zu dem Schluß, daß er weder Zeuge Jehovas noch Teilzeitlehrer an einer Sprachenschule noch bei einem Bootsunternehmer in Antibes Animateur bei Vergnügungstouren werden wollte. Zu guter Letzt blieb nur noch ein einziger Umschlag übrig.

Als er ihn mit der gebotenen Sorgfalt öffnete, sah er, daß das Innenfutter in tiefem Blau gehalten war – präzise abgestimmt auf den Farbton des knapp gehaltenen gedruckten Briefkopfs.

> *Domaine des Rochers*
> Ich nehme Bezug auf Ihre Anzeige. Es scheint im Bereich des Möglichen zu liegen, daß sich eine Basis für unsere wechselseitigen Interessen ergibt. Wenn Sie dies näher zu erörtern wünschen, rufen Sie mich bitte unter 90 90 00 77 an.
>
> Julian Poe

Bennett studierte den beherzt ausholenden handgeschriebenen Text. Alles an diesem Brief suggerierte Stilgefühl und Wohlstand, und so war Bennett schon auf halbem Weg zur Bar und zu Léons Telefon, als ihm einfiel, daß es beinahe Mittag war. Ließen sich Leute wie Julian Poe Punkt zwölf zum Lunch nieder? Bennett zögerte einen Moment, dann beschloß er, das Risiko einzugehen.

Am anderen Ende meldete sich eine Stimme auf französisch – reserviert und unpersönlich, ein *domestique.* Bennett bat, Monsieur Poe sprechen zu dürfen.

„*De la part de qui?*"

„Bennett. Oder nein – warten Sie. Sagen Sie: Chiffre 84 aus der *Herald Tribune* ist am Apparat."

Ein kurzes Klicken, und Bennett fühlte sich unbegründet hoffnungsfroh. Schon erstaunlich, welche Wirkung ansehnliches Briefpapier auf einen Mann haben kann, der gerade seine letzte weiße Hose verloren hat.

Wieder ein Klicken.

„Soll ich Sie mit Chiffre 84 anreden, oder haben Sie auch einen Namen?" Die Stimme paßte zum Briefpapier – ruhig, in Reichtum gebettet und bestimmt.

„Ja, tut mir leid. Mein Name ist Bennett."

„Nun, Mr. Bennett, wir sollten uns treffen. Ich schätze, Sie haben's nicht allzuweit bis nach Bonnieux?"

„Stimmt. Saint-Martin-le-Vieux. Etwa eine halbe Autostunde entfernt.“

„Ausgezeichnet. Warum kommen Sie nicht gleich heute abend rüber, ungefähr um sechs? Wenn wir uns nicht vom ersten Augenblick an zuwider sind, können wir zusammen essen.“

Bennett notierte sich den Weg zu Poes Haus, lud sich dann selbst zum Mittagessen ein und ließ im Geiste die kurze Unterhaltung Revue passieren. Poe hatte sich angenehm und locker angehört. Bennett fragte sich, um was für einen Job es sich überhaupt handeln mochte.

Später stand er vor dem Spiegel im Schlafzimmer und versuchte sich vorzustellen, welchen Eindruck er wohl auf einen zukünftigen Arbeitgeber machte. Knapp über eins achtzig groß und schlank. Längliches Gesicht, mit Sonnenfältchen um die Augen und schön geschwungenen Linien links und rechts vom Mund. Das glatte dunkelbraune Haar hatte einen warmen Glanz.

Vom Hals abwärts war alles untadelig: das Hemd in hauchzartem Pink, die aus Seide gewirkte navyblaue Krawatte, der Blazer und die graue Flanellhose, beides in London geschneidert in den guten alten Tagen, als sich das Geld noch auf ihn zubewegt hatte. Er hatte an Kleidung stets das Beste gekauft, das er sich leisten konnte, eher klassisch als modisch orientiert, getreu dem Grundsatz, daß Garderobe, die etwas hermachte, ein geschäftlicher Aktivposten war. Ein abschließendes Zupfen am seidenen Brusttuch, dann verließ er das Haus und machte sich auf den Weg zur Domaine des Rochers.

Südlich von Bonnieux teilt sich die D 36, und diejenige Hälfte, die weiter durch den Lubéron ins flachere, weniger schroffe Land um Lourmarin führt, wird zur D 943. An einem zauberhaften Frühlingsabend wird das Auge, wenn die Sonne noch die Gipfel der hoch aufragenden Kalksteinfelsen umschmeichelt, von der atemberaubend wilden Schönheit der Natur verwöhnt, und so war Bennett guten Mutes, als er abbremste und den Peugeot durch das schmiedeeiserne Tor lenkte, das die Grenze des Poeschen Grund und Bodens markierte. Der mit grobkörnigem Kies bestreute Fahrweg folgte, stetig ansteigend, in geschmeidigen Kurven den Konturen der Landschaft. Poe hatte sich schon am Telefon dafür entschuldigt, daß es eine lange Zufahrt sei (die sich tatsächlich über nahezu sechs Kilometer erstreckte), aber verheißungsvoll hinzugefügt, das Ziel sei die Mühe wert. Und so war es auch. Bennett kam um die letzte Kieskehre und trat auf die Bremse, so verblüffend war der Anblick, der sich ihm bot.

Es war, als sei die Spitze des Berges glattgehobelt worden, um so ein weitläufiges Plateau zu schaffen. Unmittelbar vor ihm führte eine breite Allee aus kräftigen alten Platanen auf einen massiv gemauerten Bogen zu, den einzigen Durchlaß in der hohen Steinmauer. Hinter der Mauer machte Bennett sanft geneigte Ziegeldächer aus – warme, verwitterte Terrakotta in der Abendsonne und das Türmchen eines *pigeonniers,* der so etwas wie der optische Eckpfeiler eines Innenhofs war. In der Ferne erstreckte sich der Grand Lubéron bis zum Horizont: im Norden das kahle weiße Haupt des Mont Ventoux, im Süden die weiten Ebenen, die sich bis an die Gestade des Mittelmeers dehnten. Soweit das Auge reichte, störte nirgendwo eine Überlandleitung oder ein Gebäude den Blick.

Mit einem Prickeln gespannter Erwartung fuhr Bennett durch den Torbogen und stellte den Peugeot auf dem Innenhof ab. Er ging aufs Haus zu – vorbei an einem prächtigen Brunnen, der jedem größeren Dorfplatz Ehre gemacht hätte – und fing gerade an, nach einer Klingel Ausschau zu halten, als die hohen, mit Schnitzwerk geschmückten Flügeltüren aufschwangen. Ein in Schwarz gekleideter, für einen Japaner großgewachsener Mann deutete eine Verbeugung an.

„Monsieur Bennett?“

Bennetts geneigter Kopf signalisierte Zustimmung.

„Bitte folgen Sie mir.“

Sie durchschritten die lange Eingangshalle, über Perserteppiche, deren feiner Schimmer den grellen Glanz des polierten Fliesenbodens dämpfte. Bennett spitzte die Lippen zu einem lautlosen Pfeifen, als sie einen Raum betraten, mit dessen Ausmaßen sogar Georgette bis zum Anbruch ihres Ruhestands ausgiebig beschäftigt gewesen wäre.

Statt der traditionell schmalbrüstigen Fenster waren hohe, breite Glasflächen in die Steinwände eingelassen, mit dem Effekt, daß die spektakuläre Aussicht scheinbar ins Haus hereingezogen wurde. Jenseits der Lavendelfelder und Olivenhaine machte Bennett eine Koppel mit einem kastanienbraunen Pferd aus, das den Sonnenuntergang verfolgte. Eine Szene, wie sie ein Fotograf gestellt haben könnte.

Über knackenden Holzscheiten tanzten die Flammen in einem mannshohen, natursteingemauerten Kamin. Alte Schwarzweißfotos und Bilder in den unterschiedlichsten Stilrichtungen schmückten die Wände. Ein Raum, der Flair atmete. In dem Mann, der, am Ohr ein schnurloses Telefon, mit dem Rücken zu ihm vor der Fensterfront stand, vermutete Bennett den Hausherrn.

„*Monsieur?*“

Bennett fuhr herum und hätte um ein Haar das Glas Champagner vom Silbertablett gestoßen, wäre ihm der Japaner nicht mit der Geschmeidigkeit eines Boxers, der den Schlag kommen sieht, ausgewichen. „Vielleicht möchten Sie solange Platz nehmen?“

Bennett griff nach dem Champagner und sagte lächelnd: „Danke, nein. Ich bleibe, glaub ich, lieber stehen.“

Bennett ging, während sich der japanische Diener auf lautlosen Sohlen zurückzog, zum Kamin hinüber, um sich die Gemälde näher anzusehen. Er hätte geschworen, das eine oder andere aus Pariser Museen zu kennen. Handelte es sich gar um Fälschungen? Er grübelte gerade, ob es sehr unangebracht wäre, Poe darauf anzusprechen, als er hinter sich Schritte hörte, sich umdrehte und seinem Gastgeber gegenüberstand, der ihm lächelnd die Hand hinstreckte.

„Chiffre 84, nehme ich an?“

Julian Poe war eine glänzende Erscheinung, vom Scheitel des von grauen Fäden durchzogenen, makellos frisierten Haars bis zu den Kappen der dunkelbraunen Schuhe. Zur Hose aus lohfarbenem Tuch trug er ein Seidenhemd in der Farbe geronnener Milch, darüber eine schwarze Strickjacke aus Kaschmir.

„Ich sehe, Shimo hat Sie bereits mit einem Drink versorgt. Bleibt nur die Frage, ob er mir auch was zugedenkt.“ Poe hätte sich nicht umdrehen müssen, der Japaner kam schon auf ihn zugeschwebt. „Ah, prächtig.“ Er nahm sein Glas und überließ Shimo das Handy. „Auf Ihr Wohl, Mr. Bennett.“

Bennett hob das Glas und wartete ab, bis Poe den ersten besinnlichen Schluck genommen hatte. Er taxierte den Hausherrn auf gutgehaltene Fünfzig – das sonnengebräunte Gesicht nahezu faltenlos, aufrechte, durchtrainierte Haltung, flacher Bauch.

„So ist es besser.“ Poe bedachte Bennett mit einem Lächeln. „Ich hoffe, Sie hatten keine Mühe, uns zu finden?“

Bennett schüttelte den Kopf. „Ich muß sagen, Sie haben hier ein zauberhaftes Fleckchen Erde. Ich kenne den Lubéron ziemlich gut, aber so etwas habe ich bis jetzt nirgendwo gesehen.“

„So was gibt's auch kein zweites Mal. Ich habe fünf Jahre lang danach gesucht und dann noch mal genausolange gebraucht, bis ich alles so hatte, wie ich's wollte.“ Er drehte den Kopf zum Fenster. „Wollen wir nicht auf einen Sprung rausgehen und die letzten Sonnenstrahlen genießen?“ Er zog eine kreditkartengroße schwarze Fernbedienung aus der Tasche und richtete sie auf die spiegelnde Glasfront, die sich sogleich in die Hausmauer schob. Über die Terrasse schlenderten sie auf die Koppel zu.

„Auf der Herfahrt, den Kiesweg herauf, habe ich mich gefragt, wie Sie hier oben wohl die praktischen kleinen Belange des Lebens regeln – Elektrizität und den frischen Laib Brot", sagte Bennett. „Sie wohnen ja nicht gerade in engster Nachbarschaft zum nächsten Supermarkt."

„Oh, wir wursteln uns so durch", erwiderte Poe. „In der Scheune stehen zwei Generatoren, ein halbes Dutzend Bediensteter wohnt fest im Haus, und einmal in der Woche stocken wir in Nizza unsere Vorräte auf. Ist nur ein Katzensprung, eine Dreiviertelstunde. Da, schauen Sie mal, drüben bei den Zypressen."

Bennett folgte Poes beiläufigem Kopfnicken und sah den Hubschrauber, der wie ein gigantischer Grashüpfer im Schatten der Bäume hockte. Er wollte sich gerade ein paar höfliche Bemerkungen über die Vorzüge eines hochtechnisierten Lebens einfallen lassen, als zwei Pferde samt ihren Reitern in schnellem Galopp aus dem Olivenhain unterhalb auftauchten. Bennett hörte eine helle Mädchenstimme lachen, während die Pferde auf sie zukamen.

Das Mädchen schwang sich leicht und behende aus dem Sattel, der Begleiter, ein untersetzter Mann, grüßte Poe mit zwei an den Mützenschirm gelegten Fingern und führte beide Pferde zu den Stallgebäuden.

Poe strahlte, und Bennett konnte auch verstehen, warum. Das Mädchen mußte so an die eins achtzig sein – mit brünettem, schulterlangem, leicht zerzaustem Haar und einem großen, vollen Mund. Irgendwo hatte er sie schon mal gesehen, da war er sicher.

„Salut, chéri." Sie hielt Poe beide Wangen zum Küßchen hin. Dann wandte sie sich Bennett zu und fixierte ihn aus grünen, leicht schlitzartigen Katzenaugen.

„Chou-Chou, das ist Mr. Bennett. Er wohnt drüben in Saint-Martin."

Chou-Chou streckte Bennett die in samtweiches Leder gehüllte Hand hin. Noch war die Frage ungeklärt, ob er Poes Tochter oder eines der mit viel Umsicht ausgewählten Accessoires des Hausherrn vor sich hatte. *„Enchanté."*

Poe legte den Arm um Chou-Chou, und als seine Hand – eher mit Besitzerstolz als in väterlicher Zuneigung – auf ihrer Hüfte liegenblieb, mußte Bennett die Tochter-Theorie abschreiben.

„Es wird ein wenig kühl", meinte Poe, „plaudern wir lieber drinnen weiter."

Chou-Chou ging nach oben, um zu duschen und sich umzuziehen. Die beiden Männer ließen sich vor dem Kamin nieder, und der lautlos herbeiwieselnde Shimo füllte ihre Gläser auf.

„Etwas an Ihrer Anzeige hat mich neugierig gemacht", sagte Poe. „Erinnern Sie sich? Bin für alles zu haben, außer für eine Heirat. Sie sehen nicht aus wie jemand, der von den Narben einer unglücklichen Ehe gezeichnet ist." Er reckte fragend das Kinn. „Oder sind die Wunden inzwischen verheilt?"

Bennett zuckte die Achseln. „Ich hab's gar nicht erst versucht. Das Beispiel meiner Eltern hat mich davon abgehalten." Und dann erzählte er die Kurzfassung seiner Familiengeschichte. Seine Mutter war Italienerin – eine begabte Sopranistin mit dem Ego einer Diva. Sein Vater zählte zur Spezies der englischen Exzentriker: halb Schriftsteller, halb Forschungsreisender – ein Mann, der das Pech hatte, im falschen Jahrhundert zu leben. Er war ständig unterwegs, auf Fahrradtour durch den Himalaja, zum Studium der Flora in den Anden oder auch mal im Hindukusch, um hautnah die Lebensgewohnheiten der Nomaden mitzuerleben. Nach London kehrte er so selten wie möglich zurück, aber bei einer dieser Gelegenheiten hatten er und Bennetts Mutter sich kennengelernt. Sie hatten sich von ihrer Leidenschaft, die sie irrtümlich für Liebe hielten, blenden lassen und geheiratet. Bennett war das Resultat, was freilich nichts daran änderte, daß beide Elternteile dem Leben am heimischen Herd keinen Reiz abgewinnen konnten. Der Stammhalter war bei einer entfernten Verwandten in Dorset in Pflege gegeben worden, später war eine Internatsschule sein Zuhause gewesen. Sein Vater war mit einem Rucksack und einem Wörterbuch der Bantusprache verschwunden. Seine Mutter hatte sich mit einem jungen Tenor nach Mailand abgesetzt.

Poe nickte. „Hm, da kann ich mir gut vorstellen, daß Ihnen die Freuden der Ehe nicht gerade im günstigsten Licht erscheinen. Sehen Sie sie manchmal – Ihre Mutter und Ihren Vater?"

Bennett dachte daran, wie viele Jahre inzwischen vergangen waren. Selbst wenn er auf der Straße über seine Mutter gestolpert wäre, hätte er sie nicht wiedererkannt. Und sein Vater? Bennett war achtzehn gewesen, als sie sich das letzte Mal getroffen hatten. Sein Vater hatte ihn zum Lunch in seinen Londoner Club eingeladen, ihm als Starthilfe ins Berufsleben einen Scheck über tausend Pfund spendiert, und seitdem waren sie sich nie wieder begegnet. Ach ja – einmal war eine Postkarte aus dem Kaschmir gekommen, mit Glückwünschen zum einundzwanzigsten Geburtstag. Bennett war damals vierundzwanzig gewesen.

Poe lachte. „Entschuldigung, aber Ihre Geschichte hat auch spaßige Facetten." Er sah auf die Uhr. „Ich hoffe, Sie können zum Dinner bleiben. Ich würde gern mehr hören. Heute abend haben wir unser letztes Wintermenü. Ich glaube, bei der Gelegenheit können Sie entdecken, daß das Leben am häuslichen Herd auch erfreulichere Seiten hat."

Bennett nahm die Einladung sehr gern an. Offenbar hatte er den ersten Test bestanden. Er seinerseits mochte Poe auch, fand Leute, die zuhören können, sympathisch. Die Dinge schienen sich angenehm zu entwickeln.

Poe telefonierte wieder, und Bennett war bereits auf dem Weg zum Kamin, um die Besichtigung der Gemälde fortzusetzen, als Chou-Chou mit dem atemberaubenden Hüftschwung eines Models ins Zimmer kam. Ihr Kleid war winzig, ihre Beine endlos lang, die Schuhe hochhackig. „Julian hängt immer am Telefon, wenn ich ihn brauche", sagte sie lächelnd. „Können Sie mir helfen?" Sie drückte Bennett eine aus goldenen Gliedern geschlungene Halskette in die Hand. „Das Ding ist so schwer zuzukriegen." Sie drehte ihm den Rücken zu und schob sich das Haar hoch. Bennett stand auf Zehenspitzen, atmete ihren nach einem Quentchen Moschus riechenden Duft ein und fummelte am Verschluß der Kette herum.

„Danke", sagte Chou-Chou, „Julian braucht gewöhnlich länger als Sie."

Kann man ihm kaum verübeln, dachte Bennett. „Sagen Sie bitte – ich kenne Ihr Gesicht irgendwoher. Arbeiten Sie als Model?"

Sie hob die Schultern. „Jetzt nicht mehr. Julian –"

„Über mich bitte nur Gutes." Poe hatte das Telefongespräch beendet und sah, ein unschlüssiges Lächeln um die Lippen, zu ihnen herüber. „Sie müssen die ständigen Telefonate entschuldigen. Manchmal habe ich das Gefühl, die Leute in der Wallstreet warten absichtlich, bis ich mich zum Abendessen setze. Wollen wir reingehen?"

Chou-Chou ging voran, gefolgt von Bennett, der sich heroische Mühe gab, nicht allzu ungeniert auf ihre Beine zu schielen. Sie mußte den Kopf einziehen, als sie durch die niedrige Tür ein kleineres Zimmer betrat, in dem unter einem Deckengewölbe Kerzen flackerndes Licht warfen. Shimo komplimentierte sie zu ihren Stühlen.

Poe rieb sich die Hände. „Sie sind heute abend ein Glückspilz, Mr. Bennett. Wir bekommen die letzten Trüffeln. Ein Genuß, bei dem ich jedesmal schwach werde. Aber ich bin sicher, Sie kennen sich bestens mit Trüffeln aus."

„Ein wenig. Sie übersteigen derzeit gewissermaßen meine finanziellen Möglichkeiten."

Poe nickte mitfühlend. „Sie sind in der letzten Saison bis an die viertausend Franc pro Kilo geklettert. In Paris legt man sogar das Doppelte dafür hin. In dem Geschäft tummeln sich eben nur Halsabschneider. Ah – danke, Shimo." Poe hob sein Glas und prüfte die Farbe und das Bouquet des Weins. „Also dann – wo waren wir bei Ihrer Lebensgeschichte stehengeblieben?"

Weiter ging es mit einer ausgedehnten Periode des ziellosen Treibens von Job zu Job, von Land zu Land. Bennett hatte an einer kleinen Privatschule in Connecticut angelsächsische Literatur unterrichtet und war vorübergehend in New York ins Public-Relations-Geschäft eingestiegen, bevor er eine Stelle bei einer Filmproduktion in London angenommen hatte. Das hatte ihm viel Spaß gemacht, und er war dabei noch so gut gewesen, daß man ihn als Leiter des französischen Büros nach Paris geschickt hatte.

Poe unterbrach ihn mit erhobener Hand. „Lassen wir Sie dort eine Weile Ihren wachsenden Wohlstand genießen, bis wir das hier hinter uns haben. Ich möchte die Trüffeln ungern kalt werden lassen."

Das Serviermädchen hatte jedem einen großen weißen Teller hingestellt, auf dem ein nicht ganz tennisballgroßes, in Alufolie gewickeltes Etwas lag.

„Die Art, wie wir das servieren, ist ein wenig hausbacken", räumte Poe ein, „aber recht praktisch. In der Folie finden Sie eine einzige Trüffel und ein Scheibchen Gänseleberpastete. Die Pastete schmilzt an der warmen Trüffel und tränkt sie." Er nestelte die Alufolie auf und beugte sich mit Kennermiene über den Teller. „Mhmm ..., allein der Duft!"

Bennett folgte Poes Beispiel und sog das reiche, reife Aroma in sich auf, das aus der geöffneten Folie aufstieg. Auf dem klumpigen schwarzen Pilz schimmerte das geschmolzene Fett. Das Ganze sah häßlich, deliziös und sündhaft teuer aus.

„Superb, nicht wahr? Und jetzt sollten Sie noch eine Prise davon draufgeben." Poe deutete auf einen kleinen silbernen Salzstreuer. *„Fleur de sel,* wird im Sommer in Guérande gewonnen."

Bennett gab ein wenig grobkörniges grauweißes Salz auf die Trüffel, schnitt ein Stück ab und schob es in den Mund. Es war nicht das erste

Mal, daß er Trüffeln aß, aber eine so üppige Schlemmermahlzeit war ihm noch nie auf den Teller gekommen. Sie schmeckten köstlich. Auch Chou-Chou langte zu, als hätte sie seit einer Woche nichts mehr zu essen bekommen.

Bennett und Poe wurden gleichzeitig fertig und spülten mit ein paar kräftigen Schlucken Wein nach.

Poe tupfte sich mit der Serviette die Lippen ab. „Sie sind also zu Wohlstand gekommen?"

Einige Jahre lang war es tatsächlich so gewesen. Doch dann hatte er sich gehetzt und gelangweilt gefühlt. Dazu kam, daß er ständig zwischen irgendeinem Regisseur und den Models den Friedensengel spielen mußte. Und eines schönen Tages im April hatte er den ganzen Bettel hingeschmissen, seine Firmenanteile und sein Apartment verkauft und war Richtung Süden aufgebrochen. Dort, in einer Hafenbar in Antibes, war er Edward Brynford-Smith begegnet, einem von Etons weniger ehrenwerten Exzöglingen.

Beim Stichwort Eton huschte ein Lächeln über Poes Gesicht. „Ich war selbst dort – ein wenig früher als Ihr Freund, vermute ich. Bitte, fahren Sie fort."

Brynford-Smith fristete seinen Lebensunterhalt von sporadisch eingehenden Schecks aus einem Familienvermögen und dem Salär, das er aus seinem Job als Kapitän gecharterter Boote bezog. Er war umgänglich und amüsant, Eigenschaften, die sofort ins Auge stachen. Nicht so offenkundig war dagegen die Tatsache, daß er auf der Lauer nach dem großen Glückstreffer lag und entschlossen war, skrupellos zuzuschlagen. Und so hatte Bennett eines Abends, als Brynford-Smith ihm das Zukunftsprojekt eines geruhsamen Lebens in der Sonne skizzierte, gutgläubig genickt. Alles, was sie brauchten, war ein Boot.

Bennett liebte das Meer, aber Boote waren ihm ein Greuel. Er haßte es, keine Privatsphäre zu haben, nicht ein- und aussteigen zu können, wann immer er wollte, und miterleben zu müssen, wie sich der Skipper, sobald kein Land mehr in Sicht war, von einem angenehmen Menschen in einen herumbrüllenden Paranoiker verwandelte. Als Brynford-Smith aber behauptete, so ein Boot bringe, wenn man's verchartere, garantiert zehn Monate im Jahr gutes Geld ein, eröffneten sich plötzlich reizvolle geschäftliche Aspekte. Bennett steckte sein ganzes Geld in das Boot und vereinbarte, später mit dem Flieger nachzukommen und sich mit Brynford-Smith auf Barbados zu treffen. Nur war da Brynford-Smith spurlos verschwunden.

Poe zog die Brauen hoch. „Sie haben doch sicher irgendeine Art vertraglich abgesicherte Geschäftsgrundlage gehabt?"

„Ganze Stapel Papier", sagte Bennett, „aber Verträge nützen nichts, wenn Ihr Partner mit dem Vertragsgegenstand untertaucht und Sie nicht wissen, wo er sich aufhält."

Chou-Chou hatte aufmerksam zugehört. „Können Sie nicht losziehen und ihn suchen? So ein großes Boot kann man doch nicht einfach verstecken."

„In der Karibik kann man eine kleine Flotte verstecken. Und davon abgesehen bin ich, um ehrlich zu sein, abgebrannt."

„Abgebrannt?" So weit reichten Chou-Chous Englischkenntnisse nun doch nicht. „Was bedeutet das?"

„Fauché, mein Liebes", half ihr Poe. „Pleite. Nun, Mr. Bennett, da müssen wir wohl zusehen, wie wir irgend etwas dagegen tun können."

Der nächste Gang wurde serviert: ein dick eingekochtes Rinderstew mit Wein, Räucherspeck, Kräutern und Oliven. Es dampfte und roch gut, das Fleisch sah fast schwarz aus. „Die Winterspezialität der Köchin", erklärte Poe. „Eine 4-Tage-*daube.* Seit dem Wochenende mariniert. Dazu stiebitzt mir das hinterlistige Frauenzimmer meinen besten Wein. Nun, Sie werden sehen, es ist unglaublich gut."

Bennett spürte, daß der Abend einen guten Verlauf nahm. Poe war ein sympathischer Gesprächspartner. Über sich hatte er allerdings recht wenig enthüllt, und noch gar nichts über den Job. Bennett wollte gerade das Thema zur Sprache bringen, als Shimo auftauchte, sich hinter Poes Stuhl aufbaute und ihm etwas ins Ohr flüsterte. Poe runzelte die Stirn und stand auf. „Entschuldigen Sie mich bitte. Wieder so ein unpassender Anruf."

So blieben sie also allein zurück – Bennett und Chou-Chou, die gerade eine stattliche Portion *daube* verputzt hatte. Bennett kam auf das Gespräch zurück, bei dem Poe sie vorhin unterbrochen hatte. „Sie wollten mir was über Ihre Arbeit als Model erzählen."

„O ja. Ich war das Étoile-Mädchen, die große Kosmetikfirma, Sie wissen schon. Die kaufen ein Gesicht für drei Jahre exklusiv. Dafür zahlen sie einem *une grosse fortune.* Und davon kann man sich dann eine Pferdezucht kaufen und zur Ruhe setzen." Sie lächelte. „Nur, bei mir ist es anders gekommen."

„Was ist denn passiert?"

„Ich habe Julian kennengelernt. Er wollte nicht, daß ich arbeite. Da hat er sich mit den Direktoren von Étoile zusammengesetzt und hat den Vertrag gekauft.“

Bennett korrigierte seine sowieso hoch angesetzte Einschätzung von Poes Vermögen um einige Millionen nach oben. Topmodels verdienten mit einem Exklusivvertrag pro Jahr locker eine siebenstellige Summe.

„Er scheint einer von den Männern zu sein, die alles kriegen, was sie haben wollen.“

Chou-Chou nickte. „Immer.“

Das Serviermädchen räumte ab, und solange Poe draußen telefonierte, hörte sich Bennett – nach frischem Ziegenkäse und Birnen gemästet wie eine Weihnachtsgans – mit wachsendem Vergnügen Chou-Chous Klatsch und Tratsch aus der Welt der Models an.

Poe kam herein, hörte artig eine Weile zu und warf schließlich einen Blick auf die Uhr: „Liebling, ich unterbreche dich höchst ungern, aber Mr. Bennett und ich haben jetzt etwas zu besprechen.“ Er streichelte ihr lächelnd mit dem Handrücken die Wange. „Bis später, mein Schatz.“

Bennett trat beiseite, um Chou-Chou vorbeizulassen.

Poe ging ins Wohnzimmer voran und machte bei einem Tischchen hinter der Couch halt. „Kaffee? Cognac? Bedienen Sie sich. Für mich bitte gleich mit.“ Während Bennett mit den Kaffeetassen und Cognacschwenkern beschäftigt war, ging Poe auf den Humidor in der Ecke zu und wählte eine Zigarre aus.

Die beiden Männer rekelten sich in ihren Sesseln zurecht. Ein inhaltsschweres Schweigen schien in der Luft zu liegen, während der erste warme Schluck durch die Kehle rann und Poe seine Zigarre anzündete. „Nur noch eine kleine Frage“, sagte Poe schließlich. „Wenn wir vorhaben zusammenzuarbeiten, können wir, glaube ich, auf die Formalitäten verzichten. Wie heißen Sie mit Vornamen?“

„Eigentlich benutze ich den nie. Er war eine der prachtvollen Ideen meiner Mutter, hat mir in der Schule eine Menge Frotzeleien eingetragen. Ich hab ihn dann sozusagen gestrichen.“

„Lassen Sie mich raten“, sagte Poe. „Irgend etwas Italienisches? Und paßt zu Ihnen wie die Faust aufs Auge?“

Bennett nickte. „Luciano.“

„Ich verstehe. Nun, dann bleiben wir bei Bennett.“ Poe stellte sein Glas ab. „Also dann. Was mir vorschwebt, ist kein normales Beschäftigungsverhältnis. In gravierender Weise illegal ist es auch nicht.“ Poe zögerte und fügte dann lächelnd hinzu: „Jedenfalls nicht von Ihrem Standpunkt aus betrachtet.“

3

„Es gibt eine sehr interessante Statistik", sagte Poe, „die in gewisser Weise etwas mit dem Vorschlag zu tun hat, den ich Ihnen machen will. Sie besagt, daß annähernd vierzig Prozent der französischen Arbeitskapazität durch ein Beschäftigungsverhältnis im Staatsdienst gebunden ist. Aus Ihrer Zeit in Paris wissen Sie sicher gut, was das für die bedeutet, die sich wie Sie und ich ihr Geld mit ehrlicher Arbeit verdienen."

Bennett nickte. Er erinnerte sich an die ungezählten Stunden, die er in miefigen Amtsstuben verbracht hatte, nur um wieder mal irgendeine gesetzlich sanktionierte Attacke auf seine Brieftasche abzuwehren. „Ja", stimmte er zu, „das war einer der Gründe, warum ich mich verdrückt habe. Ich war drauf und dran, an der Bürokratie zu ersticken."

„Wissen Sie eigentlich, wie hoch der französische Steuersatz ist, wenn jemand den sträflichen Leichtsinn begeht, ein anständiges Einkommen zu haben? Er liegt bei sechzig, siebzig Prozent, in Einzelfällen sogar noch höher."

„Das ist wahr", sagte Bennett, „aber da mogeln doch sowieso alle."

Poe lächelte. „Sehr richtig. Und ich gedenke, dabei mit Ihrer Hilfe künftig ebenfalls mitzumischen. Seit einigen Jahren leiste ich mir ein kleines Refugium in Monaco, wo der Staat in der Frage der Einkommensteuer einen viel besonneneren Standpunkt vertritt. Betrüblicherweise ist mir Monaco aber zu überlaufen. Und ich lebe nun mal liebend gern in Frankreich. Ich finde es ziemlich lästig, daß ich meinen Aufenthalt hier auf sechs Monate im Jahr begrenzen muß."

„Wieso sechs Monate im Jahr?" fragte Bennett.

„Sobald Sie das Limit von sechs Monaten überschreiten, und sei's nur um einen Tag, werden Sie steuerlich als dauerhaft in Frankreich ansässiger Bürger veranlagt." Poe nahm einen ausgiebigen Zug an seiner Zigarre. „Und das hat mich nun auf die Idee mit meinem harmlosen kleinen Trick gebracht. Wie Sie wissen, gibt es keine Grenzkontrollen zwischen Monaco und Frankreich. Daher ist es für die Behörden schwierig zu kontrollieren, wie lange Sie sich auf der anderen Seite der Grenze aufhalten."

„Aber die sind andererseits auch nicht bereit, sich auf Ihre bloße Zusicherung zu verlassen, nehme ich an?"

Poe stand auf und ging zum Feuer. „Ganz so einfach liegen die Dinge nicht. Sehen Sie, nicht das Finanzamt muß Ihnen nachweisen, daß Sie *nicht* in Monaco ansässig waren, sondern Sie müssen glaubhaft machen, *daß* es so war. Merken Sie, wo der Hase im Pfeffer liegt?“

„Sicher“, sagte Bennett. „Aber wie wollen Sie denn nachweisen, daß Sie dort gewohnt haben? Durch einen Rückruf bei Fürst Rainier? Oder sollen Sie sich etwa jeden Tag auf der Polizeiwache melden?“

„So weit ist es glücklicherweise noch nicht. Aber Sie müssen schon ein paar glaubwürdige Belege vorlegen können – Rechnungen aus Restaurants, Quittungen von Tankstellen und Reinigungen, und vor allem müssen Sie eine gesalzene Telefonrechnung vorzeigen können.“

„Aha.“ Bennett schluckte. „Sie wollen mich als Double.“

„Auf dem Papier. Zunächst für sechs Monate, dann sehen wir weiter. Ich bezahle Sie monatlich in bar, was Ihnen alle Probleme mit dem Finanzamt erspart. Natürlich wohnen Sie in meinem Appartement in Monaco. Sie fahren meinen Wagen, machen in den örtlichen Geschäften Einkäufe, suchen das eine oder andere Restaurant auf und unterschreiben jeweils mit meinem Namen. Ich gebe Ihnen eine Unterschriftenprobe. Sie werden feststellen, daß sie sich leichter fälschen läßt, wenn Sie sie verkehrt herum hinlegen und den Stift schwungvoll nach oben führen.“ Poe breitete grinsend die Arme aus. „Man darf den Staat nicht mit Steuern überfüttern, nicht wahr?“

Bennett trank sein Glas leer und versuchte, sich die freudige Erregung angesichts der Aussicht, wie ein Millionär zu leben und auch noch dafür bezahlt zu werden, nicht allzu deutlich anmerken zu lassen.

„Klingt das verlockend für Sie? Irgendwelche Fragen? Vorbehalte?“

„Nun, ein, zwei Dinge hätte ich gern noch geklärt. Ich meine, Sie haben mich ja gerade erst kennengelernt, und trotzdem machen Sie mich zu Ihrem Komplizen bei einem Steuerbetrug.“

„Kriegen Sie deshalb Bauchschmerzen? Sie haben doch selbst gesagt, daß alle mogeln. Und hat das für irgend jemanden greifbare Auswirkungen? Wird es zum Zusammenbruch Frankreichs führen? Werden die Rentner aus ihren Häuschen vertrieben? Wird die ganze Nation im Elend versinken?“

„Nein“, gab Bennett zu. „Wenn man's so sieht, würde ich sagen: nein.“

„Wenn wir demnach davon ausgehen, daß unser soziales Gewissen rein bleibt, was macht Ihnen dann Kopfzerbrechen? Das Risiko, daß die Sache auffliegt?“

„Die Gefahr besteht immer.“

„Aber sie ist minimal", sagte Poe. „Es sei denn, einer von uns wäre indiskret." Er zog die eine Augenbraue ein wenig höher, lächelte aber dabei. „Ich, das kann ich Ihnen versprechen, werde nicht dieser eine sein."

„Aber mal angenommen, nur als hypothetische Möglichkeit ..., ich reiße meine sechs Monate herunter, und dann ... versuche ich Sie zu erpressen oder so was. Woher nehmen Sie das Vertrauen, daß ich nichts dergleichen tue?"

Poe seufzte, als müsse er einem begriffsstutzigen Dreikäsehoch einen höchst einfachen Sachverhalt erklären. „Geschäftliche Vereinbarungen sollten nie auf der Basis von Vertrauen getroffen werden, wie Sie, fürchte ich, durch die Erfahrung mit Ihrem Freund Brynford-Smith gelernt haben. Ich weiß, daß es eine rein hypothetische Erörterung ist, also dürfen Sie's jetzt nicht persönlich nehmen, aber falls Sie irgend etwas täten, was ... was mich in Verlegenheit bringen könnte, würde ich rundweg abstreiten, Ihnen je begegnet zu sein, und Sie wegen Urkundenfälschung und Erschleichung fremder Persönlichkeitsrechte verklagen. Mich würde das ein wenig Zeit kosten, Sie käme es viel teurer zu stehen. Französische Gefängnisse, habe ich mir sagen lassen, sind nicht gerade lauschige Orte."

Bennett gab sich unbeeindruckt. „Ich könnte mich absetzen."

„Und ich könnte Sie suchen. Oder vielmehr, Shimo könnte Sie suchen. Er ist ein sehr findiger Mann." Poe kam zu ihm herüber und lächelte. „Aber wir sollten uns nicht den angenehmen Abend verderben. Das Ganze kann eine Regelung zu gegenseitigem Nutzen werden. Lassen Sie sich die Sache durch den Kopf gehen. Sie werden einen behaglichen Sommer verbringen und die Taschen voller Geld haben. Ich meinerseits kann hierbleiben, was wiederum für mich erfreulich ist. Der einzige, der Federn lassen muß, ist der Fiskus, aber ich denke, den haben wir beide in der Vergangenheit genug verwöhnt."

Bennett sah sich schon in Monaco – solvent und mit viel Zeit, um Pläne für sein weiteres Leben zu schmieden. Er blickte zu Poe auf. „Also gut, ich tu's."

„Das freut mich." Poe gab ihm einen Klaps auf die Schulter. „Hinterlassen Sie Ihre Adresse, ich schicke morgen früh Shimo mit den Details zu Ihnen." Poe reckte sich und gähnte. „Und nun werden Sie mich entschuldigen müssen, ich brauche meine acht Stunden Schlaf."

Sie traten in die Nacht hinaus. Der weite rabenschwarze Himmel war mit Sternen gespickt. Bennett fuhr aus dem Innenhof, hinter ihm glitten die schmiedeeisernen Tore zu. Es war ein von Anfang bis Ende perfekt inszenierter Abend gewesen. Wie vermutlich alle Abende *chez Poe,* dachte er.

SHIMO parkte den großen Citroën auf dem Dorfplatz und ging zu Fuß weiter. Wegen seiner exotischen Erscheinung und des formellen schwarzen Anzugs wurde er von dem Grüppchen Hausfrauen, das sich zum Schwätzchen vor der *épicerie* versammelt hatte, mit unverhohlener Neugier angestarrt. Als er in die Gasse abbog, in der Bennett wohnte, nickten sie einander wissend zu. Shimo schenkte ihnen keine Beachtung. Er klopfte an die Tür, Bennett öffnete, und die beiden Männer vollzogen das feierliche Ritual des gegenseitigen Kopfneigens.

„Bonjour, Monsieur Bennett."

„Bonjour, Monsieur Shimo."

„Bonjour, bonjour." Georgette kam aus der Küche gewieselt, in den Augen, die unter dem Schirm ihrer Baseballkappe hervorspitzelten, glitzerte Neugier. *„Alors, un petit café?"* Damit verschwand sie wieder in der Küche und schaltete, damit sie ja alles mitbekam, sogar das Radio aus.

Sicherheitshalber wechselte Bennett in eine andere Sprache über. „Sie sprechen Englisch?"

Die versteckteste Andeutung eines Lächelns. „Natürlich. Ich spreche alle europäischen Sprachen."

Bennett grinste erleichtert. „Dann unterhalten wir uns auf englisch." Er deutete mit dem Kopf zur Küche. „Da versteht sie kein Wort."

„Selbstverständlich bekommen Sie nichts schriftlich, vielleicht wollen Sie sich Notizen machen", sagte Shimo. „Und bevor wir anfangen, muß ich Sie bitten, mir den Brief zu geben, den Sie von unserem gemeinsamen Freund erhalten haben."

Bennett holte sich einen Notizblock und brachte auch gleich Poes Brief mit. Georgette kam mit dem Kaffee, versuchte, Shimo in ein Gespräch zu verwickeln, und zog sich mißmutig in ihre Küche zurück, als alles, was sie aus ihm herauslocken konnte, ein Dankeschön war.

„So, da haben wir's." Bennett schob Shimo das blaue Kuvert über den Tisch. Der Japaner ließ den Schrieb in der Tasche seines Jacketts verschwinden und begann in monotonem Singsang mit seinen Informationen.

„Die Adresse ist: Residence Grimaldi, Avenue de Monte Carlo, gleich neben dem Place du Casino. Die beiden oberen Stockwerke.

Der Wagen ist ein dunkelblauer Mercedes 380 SL mit monegassischem Kennzeichen. Sie finden ihn in der Tiefgarage. Der leere Stellplatz daneben ist für Ihren Wagen bestimmt. Konten sind in drei Restaurants eröffnet worden – dem Coupole, dem Louis XV. und dem Café Roger Vergé. Unterschreiben Sie einfach nach dem Essen die Rechnung. Wenn Sie am Monatsende die Gesamtrechnung erhalten, geben Sie mir den Betrag telefonisch durch. Die Schecks dafür gehen an Sie ab, und Sie lassen sie mit der monegassischen Post den Empfängern zukommen. Gleichermaßen verfahren wir mit den Strom- und Telefonrechnungen und den Strafzetteln für falsches Parken. Sorgen Sie dafür, daß jeden Monat mindestens drei, vier davon zusammenkommen. Ist soweit alles klar?"

Bennett sah von seinen Notizen auf. „Hört sich nicht nach einem allzu stressigen Leben an. Aber da ist noch ein Punkt, den ich ansprechen wollte. Ich bin im Augenblick ein bißchen knapp. Es sind noch ein paar Rechnungen offen ..."

Shimo machte eine abwehrende Handbewegung, und da fiel Bennett zum erstenmal auf, daß an der Handkante eine dicke Wulst aus harter Hornhaut verlief. Äußerst nützlich, wenn man einen Ziegelstein zerbrechen wollte. Oder ein Genick. „Jeweils zur Monatsmitte werden Ihnen in Ihrem Appartement zwanzigtausend Franc ausgehändigt." Er zog ein braunes Kuvert aus der Tasche. „Das ist die erste Zahlung. Die Wagenschlüssel und die fürs Appartement liegen ebenfalls darin, dazu das Muster der Unterschrift unseres gemeinsamen Freundes. Ich rufe Sie morgen abend Punkt acht im Appartement an, um zu hören, ob es beim Einzug irgendwelche Probleme gegeben hat." Ein kurzer Blick auf die Armbanduhr. „Noch Fragen?"

Bennett sah noch einmal seine Notizen durch, dann schüttelte er den Kopf. „Nein. Scheint alles ziemlich unkompliziert zu sein."

Shimo stand auf, Bennett begleitete ihn zur Tür. Der Japaner wandte sich um und verneigte sich. „Ich wünsche Ihnen einen angenehmen Aufenthalt in Monaco." Irgendwie brachte er es fertig, das wie einen Befehl klingen zu lassen.

Als Bennett ins Wohnzimmer zurückkam, traf er dort auf seinen Hausdrachen mit der Baseballkappe. Georgette stellte die Kaffeetassen aufs Tablett. „So, so", sagte sie, „ein Japaner. Zweifellos haben Sie geschäftlich mit ihm zu tun."

Bennett atmete tief durch. „Richtig. Und bei dem Job, den ich für die nächsten paar Monate angenommen habe, bin ich viel auf Achse.

Um's gleich zu sagen: Ich muß bereits morgen losfahren.“ Er sah, wie ihre Augen sich verengten. „Machen Sie sich keine Sorgen. Ich kümmere mich darum, daß Sie Ihren Lohn pünktlich bekommen.“

„Und wer wäscht Ihre Unterhosen und stopft Ihnen die Strümpfe? Wer pflegt Ihnen mit der nötigen Liebe die Hemden? Eh?“

„Auch darüber müssen Sie sich keine Sorgen machen. Ich wohne in Hotels.“

Georgette ließ ein verächtliches Schnauben hören. „Das sind doch die reinsten Barbaren! Die schmieren Ihnen Stärke auf die Hemden, als wär's Marmelade. Das hört man doch überall.“

4

Georgette hatte darauf bestanden, daß es ihre Sache sei, Bennetts Koffer zu packen, und so verstaute sie nun jeden Schuh einzeln in einem Plastikbeutel und hüllte seine Hemden in Seidenpapier.

„Sie werden mir fehlen, Georgette“, sagte Bennett. „Aber ich verspreche Ihnen, wir bleiben in Verbindung.“

Georgette schniefte, strich die oberste Lage Seidenpapier über drei akkurat gefalteten Sweatern glatt und drückte den bauchig gewordenen Koffer zu. „*Voilà.*“

Bennett tastete seine Jackentasche ab, die Schwellung, unter der sich so überaus beruhigend das Bargeld beulte ... der Paß, nur für alle Fälle, die Schlüssel ... Er war reisefertig.

„Also dann – passen Sie gut auf sich auf“, sagte er.

„Und falls jemand nach Ihnen fragt? Was sag ich dem?“

„Sagen Sie ihm, daß ich auf Reisen bin.“ Er nahm den Koffer. „Ich schick Ihnen haufenweise Ansichtskarten.“

Bennett zockelte mit Tempo fünfundsiebzig in seinem Kleinwagen über die Autobahn und machte den BMWs und Mercedes bereitwillig Platz, damit sie vorbeirauschen konnten. Er fing an, die Vorzüge seiner Situation zu genießen, und spürte, wie die Verlockung von sechs Monaten bezahltem Sonnenschein die letzten Vorbehalte gegen die Abmachung mit Poe dahinschmelzen ließ.

Auf der Höhe von Nizza bog er von der Autobahn ab und nahm die Straße, die sich an Villefranche, Beaulieu und Èze vorbei die Küste entlangschlängelte. Für ihn eine Straße voller Erinnerungen an schöne Tage, die er, sooft ein erfolgreicher Drehschluß danach schrie, durch ein Wochenende an der Riviera gekrönt zu werden, hier unten verbracht hatte.

Er erreichte Monaco und kam sich in seinem verstaubten Kleinwagen wie ein armer Verwandter vor, der sich ins Viertel der reichen Vettern verirrt hat. Er bog Richtung Süden ab, zum Hafen, und machte dort halt, um sich zu orientieren.

Monaco ist winzig. Das ganze Fürstentum würde bequem in den New Yorker Central Park passen, also hat sich die räumliche Ausdehnung steil nach oben orientiert, was bedeutet, daß die Mehrzahl der rund zwanzigtausend Einwohner ihr Dasein in terrassenförmig zum Meer hin abfallenden Hochhäusern fristen muß. Monacos Ureinwohner verfügt, weil er eben der Fürst ist, über ein paar Quadratmeter mehr – einen Palast, nebst eigener Blaskapelle, Palastgarde und einer Batterie antiquierter Kanonen. Die Polizei ist adrett gekleidet und allgegenwärtig. Verbrechen gehören zu jenen Dingen, über die man aus ausländischen Gazetten erfährt.

Bennett umrundete langsam den Hafen, bog ab auf die bergwärts führende Straße in Richtung zum Kasino hinauf und entdeckte die Einfahrt zur Tiefgarage unter der Residence Grimaldi. Mit Hilfe seines Schlüssels überlistete er das Absperrgitter, kurvte um die vorwitzige Kühlerhaube eines weißen Rolls-Royce herum und lenkte den Peugeot auf den leeren Stellplatz neben Poes Mercedes.

Der Aufzug war ringsum verspiegelt und mit Teppichboden ausgelegt und brachte ihn mit einem hydraulischen Seufzen nach oben. Bennett überquerte den kleinen Flur und schloß die mit einem winzigen schwarzen Türspion ausgerüstete Wohnungstür auf.

Poe war anscheinend ein Mann mit einem Faible für den Blick in die Weite. Durch die Glaswand oberhalb der mit Oleander und Geranien geschmückten Terrasse konnte Bennett auf das sanft geriffelte, silbern glänzende Mittelmeer sehen. Der Raum selbst wirkte kühl und modern. In der hinteren Ecke führte eine Wendeltreppe in das darunterliegende Stockwerk, in dem man eine durchgehende Wohnlandschaft geschaffen hatte, die das Schlafzimmer, die Ankleideräume und das Bad zu einer großen Spielwiese vereinte. Bennett öffnete die Schiebetüren und trat auf die zweite, etwas kleinere und für die Stunde des Sonnenaufgangs gedachte Terrasse. Die Luft war mild, gut zehn Grad wärmer als im Vaucluse, tief unten zogen Segelboote ihre Bahnen durch die schimmernde Bucht. Hier den Sommer verbringen zu müssen war kein allzu harter Schicksalsschlag.

Das Auspacken hatte Zeit, es gab wichtigere Dinge zu erledigen, zum Beispiel, den Mercedes auszuprobieren und auftragsgemäß mit dem Sammeln von Strafmandaten zu beginnen. Er fuhr mit dem Fahrstuhl in die Tiefgarage und nahm sich ein paar Minuten Zeit, Sitz und Spiegel einzustellen und schließlich, als er den Anlasser betätigt hatte, dem geschmeidigen Schnurren des Motors zu lauschen.

Bennett legte mehrere kleine Stops ein, um Wein, Brot, Kaffee, Milch und das unbedingte Muß, eine Sonnenbrille von Armani, einzukaufen, aber eine gebührenpflichtige Verwarnung handelte er sich bei keinem seiner Einkäufe ein. Vielleicht waren Mercedesfahrer tabu? Er beschloß, die Wachsamkeit der uniformierten Gesetzeshüter zu prüfen, indem er den Wagen neben der Freitreppe des Kasinos abstellte und zum Café de Paris auf der anderen Straßenseite schlenderte. Er wählte einen Tisch auf der Terrasse und bestellte ein Bier.

Von seinem Platz in der Sonne genoß Bennett eine Aussicht *de luxe.* Zur Linken der Rokokobau des Kasinos, zur Rechten der Kasinogarten mit Skulpturen und akribisch gestutztem Grün; gegenüber das Hôtel de Paris, in dem einst die *Crêpe Suzette* das Licht der Welt erblickt hatte.

Das Bier kam und mit ihm der Bon, dem Bennett entnahm, daß er dreißig Francs berappen mußte, exakt das Dreifache von dem, was Léon ihm im Café in Saint-Martin berechnet hätte. Ach, was soll's, dachte er sich. Zum Ausgleich mußte er heute abend nur die Rechnung unterschreiben. Bei diesem Gedanken erinnerte sich Bennett an seine Hausaufgaben: ein bißchen Gewöhnung an die Schwünge in Poes Unterschrift. Er legte dem Kellner ein Trinkgeld hin und spazierte zurück zum Mercedes, wo er endlich die ersehnte Verwarnung vorfand. Mit dem schönen Gefühl, seine Pflicht getan zu haben, fuhr er zweimal ums Eck zu seinem neuen Zuhause.

Die Abendsonne malte wundersame Lichtflecke auf die Wohnzimmerwände. Er sah Poes CDs durch – überwiegend Opernaufnahmen. Schließlich wählte er „Beliebte Opernarien", von Mirella Freni gesungen – Musik, bei der sich's gut arbeiten ließ. Einen Augenblick lang hielt er sich mit der Frage auf, ob er nun eigentlich ein Verbrechen beging oder ob durch die ausdrückliche Erlaubnis des Unterschriftsberechtigten von vornherein jedes Unrecht ausgeschlossen war. Wie auch immer, er ließ sich mit einem Blatt Papier am Couchtischchen nieder, legte die Unterschriftenprobe, wie Poe es ihm geraten hatte, verkehrt herum hin und fing mit den ersten Versuchen an. Nach etwa einer Stunde sah seine Version von *J. Poe* dem Original zumindest so ähnlich, daß sie vor dem flüchtig prüfenden Blick eines Kellners bestehen konnte.

Sein Blick fiel auf eines der Bücher, die auf dem Tischchen lagen. Der Titel lautete: „*La Truffe.* Die Geheimnisse des schwarzen Diamanten“. Er blätterte das Buch durch. Fotos von Hunden, die in der Erde scharrten, von erdverkrusteten Händen, die eine Trüffel hielten. Und am Anfang eines Kapitels mit der Überschrift „Betrug mit Trüffeln“ waren mehrere Bogen Papier mit Notizen in Poes Handschrift eingelegt. Neugierig geworden, nahm Bennett die Blätter heraus, um sie beim Abendessen zu lesen.

Man kann nicht über einen längeren Zeitraum in Frankreich leben, ohne mit der Nase darauf gestoßen zu werden, welche Wertschätzung die Franzosen diesem scharfen schwarzen Pilz entgegenbringen. Trüffeln waren die heimlichen Kronjuwelen in den Schatzkammern von *la France gastronomique.* Die aktuellen Preise wurden täglich in den Zeitungen veröffentlicht. Landauf, landab wurde in den Bars und Restaurants ihre Qualität diskutiert, die jedes Jahr ein bißchen variierte. In der Dorfkirche von Saint-Martin feierte man sogar zum Dank für eine gute Saison eine Trüffelmesse.

Bennett hatte einst auf den Hängen des Mont Ventoux einen bitterkalten Januartag in Gesellschaft von Georgettes Onkel Bertrand verbracht, der sich im Winter der *braconnage* widmete, mit anderen Worten: er grub heimlich und unerlaubt nach Trüffeln. Das ganze Dorf wußte Bescheid, aber alle hielten – von Bertrand klug mit kleinen Anteilen an der Ausbeute bestochen – den Mund. Onkel Bertrand arbeitete mit einer Dachshündin. Bennett sah die beiden im Geiste vor sich: Bertrand auf allen vieren, während er vorsichtig mit dem Trüffelpickel in der Erde herumstocherte, der Hund, hechelnd, dicht neben ihm. Es war ein recht erfolgreicher Tag gewesen, der seinen krönenden Abschluß in Bertrands Küche fand – mit dem besten Omelett, das Bennett je gegessen hatte.

Die Erinnerung daran ließ ihn zum Telefon greifen. Er rief im Louis XV. an und bat, ihm einen Tisch zu reservieren. „*Bien sûr, Monsieur Poe, bien sûr. Et à très bientôt*“, säuselte eine Stimme am anderen Ende. Wie freundlich doch Leute zu denen sind, die Geld haben, dachte Bennett und stieg, um zu duschen, die Wendeltreppe hinab.

Eine halbe Stunde später nahm er – inzwischen in einem sommerlich leichten grauen Flanellanzug, mit weißem Hemd und einer lässig geknoteten Fliege – ein Glas Wein mit auf die Terrasse und genoß den

Ausblick auf die in Flutlicht gebadeten Palmen und die mit glitzernden Lämpchen bestückte Küste Monacos. Was ihm nun noch fehlte, war ein Mädchen, das mit ihm über die Boulevards flanierte und seinem neuen Status als subventionierter Müßiggänger den letzten Pfiff gab.

Er ging nach drinnen, um sich nachzuschenken, hörte das Telefon läuten und sah auf die Uhr: Punkt acht.

„Hier ist Shimo. Alles in Ordnung?"

„Könnte nicht besser sein. Ich habe sogar schon einen Strafzettel."

„Es gibt also keinerlei Probleme? Niemand hat angerufen?"

„Nein. Warum? Müßte jemand angerufen haben?"

„Nein, wahrscheinlich nicht. Unsere hiesige Nummer haben Sie?"

„Natürlich."

„Gut."

Bennett guckte verdutzt auf den Hörer, aus dem es jetzt nur noch summte, zuckte die Achseln und legte auf. Sehr gesprächig ist er nicht, unser Mr. Shimo, dachte er. Aber vielleicht war der Japaner auch nur ein wenig spät dran fürs Karatetraining.

DREIHUNDERT Kilometer nordwestlich von Monaco erstattete Shimo seinem Herrn und Meister Bericht. „Er ist dort. Keine Probleme, sagt er. Und kein Anruf."

Poe langte nach dem Schälchen mit schwarzen Oliven, suchte sich eine aus und betrachtete sie nachdenklich. „Ich kann mir nicht vorstellen, daß er anruft. Du weißt, wie sehr er das Telefon scheut. Wann hat er Termin?"

„Samstagabend. Ich werde Bennett rechtzeitig vorher anrufen und sagen, daß er im Appartement bleiben soll."

„Gut." Poe biß in die Olive. „Hat lange gedauert, bis es soweit war, nicht wahr, Shimo?"

Beinahe hätte sich ein Lächeln auf das Gesicht des Japaners verirrt. „Das Warten hat sich gelohnt, Mr. Julian. Es hat sich gelohnt."

BENNETT wurde zu seinem Tisch geleitet, ließ sich bereitwillig zu einem Glas Champagner überreden und sah gelassen den Genüssen eines einsamen Dinners entgegen. Von Zeit zu Zeit machte ihm nichts mehr Spaß, als allein und ungestört das Essen zu genießen und allenfalls aus den Augenwinkeln zu prüfen, ob sich die verstohlene Observation der anderen Gäste lohnte.

Was sich heute abend hier tummelte, dachte er bei einem raschen

Rundblick durchs Restaurant, würde seine Zeit nicht lange in Anspruch nehmen: wohlhabendes gezähmtes Mittelalter, und dazwischen als glitzernde Kontrapunkte zwei, drei typische Riviera-Häschen – geschmeidig, dauergebräunt, ein wenig zu auffällig mit Schmuck behängt, allzeit auf dem Sprung, über jedes noch so müde Witzchen ihrer betagten Begleiter in schrilles Gelächter auszubrechen.

Bennett widmete sich der Speisekarte. Die Liste der Köstlichkeiten war so lang, daß er es für besser hielt, professionelle Hilfe in Anspruch zu nehmen. Die leicht erhobene Augenbraue genügte, um den Oberkellner herbeieilen zu lassen.

„Monsieur Poe?"

„Ich lege mein Geschick in Ihre Hände. Was würden Sie mir empfehlen? Etwas Leichtes wäre mir sehr genehm."

Der erste Teil der Beratung nahm fünf Minuten in Anspruch, dann wurde der Kellermeister dazugerufen, und während nun die beiden Experten beratschlagten, was am besten wozu passe, konnte sich Bennett entspannt zurücklehnen.

Als die beiden sich zurückgezogen hatten, holte Bennett Poes Notizen zum Thema Trüffeln aus der Tasche und fing zu lesen an. Das erste Blatt begann mit einem Zitat: „Der Mensch hat Schutzimpfungen, Antibiotika und Computer erfunden, er eilt durch den Kosmos und steckt Fähnchen in den Mond, aber Trüffeln wachsen zu lassen, dazu war er bis zur Stunde nicht fähig." Darunter zeigte eine schlichte Schautafel die negative Entwicklung bei der französischen Trüffelernte: von einer Rekordernte von über tausend Tonnen im Jahr 1905 auf 69 Tonnen im Jahr 1987. Die Vorhersage für 1995 bis 1996 lag noch niedriger – kümmerliche zwanzig Tonnen gegenüber einem geschätzten Bedarf von sechzig bis achtzig Tonnen. Kein Wunder, daß Pariser Händler achttausend Francs pro Kilo verlangen konnten. Er wollte gerade ausrechnen, was unter diesen Umständen eine Tonne kostete, als ihn das respektvolle Gemurmel des Kellermeisters aufblicken ließ. „Der Chassagne-Montrachet '92, Monsieur Poe."

Dann sah er den Tischkellner mit dem ersten Gang kommen und legte die Notizen beiseite. Warmer, frischer Spargel, grüne und violette Stangen in einer delikaten Soße aus Olivenöl und Balsamessig – ein Kunstwerk, der Mühe wert, auch noch den letzten Tropfen mit Brot aufzusaugen. Als sein Teller aussah, als habe ihn eine Katzenzunge blitzblank geleckt, lehnte er sich zurück und nahm sich wieder Poes Aufzeichnungen vor.

Mit jedem Wort, das er las, wuchsen Bennetts Interesse und Neugier. War Poe etwa darauf aus, Trüffeln zu züchten? Weshalb hatte er folgende Passage unterstrichen?

> Die Spore einer vorjährigen Trüffel wird im Augenblick der Verwesung (durch ein Insekt, ein anderes Tier, vom Regen oder vom Wind) in den Boden verbracht, wo sie einen Pilzembryo keimen läßt, dessen vegetativer Teil, das Myzel, aus einem Geflecht feiner Fäden, den Hyphen, besteht. Diese umspinnen die Baumwurzeln, die so beim Aufsaugen des Wassers und der Mineralsalze die parasitische Trüffel in einer als Mykorrhiza bezeichneten Symbiose miternähren.

Danach folgten Notizen über verschiedene Bodenarten, Höhen der bestgeeigneten Wachstumslagen, Regenmenge und regionale Unterschiede bei der offensichtlich allgemein rückläufigen Produktion von Trüffeln in Frankreich.

In Monaco hatte sich der Mangel anscheinend noch nicht ausgewirkt, wie Bennett feststellte, als der Hauptgang serviert wurde – ein *colinot,* auf einem Holzfeuer gegrillt, mit geschmolzener Butter übergossen und dazu fein geschnittene Trüffeln. Bennett konnte sich nicht erinnern, den Gaumen je mit einem feineren Geschmack verwöhnt zu haben.

Bar jeder ungebührlichen Hast wurde nun das Ritual der Vorbereitung auf den letzten Gang vollzogen – Teller wurden abgetragen und Brotkrümel in einen winzigen Silbercontainer gefegt. Bennett nippte unterdessen an seinem Wein. Nach einem letzten Schluck schob er sein Glas beiseite und verfolgte andächtig, wie der Kellner das Gratin aus wilden Erdbeeren und Piniennüssen vor ihm abstellte.

Beim Kaffee las er die Notizen zu Ende. Der letzte Teil beschäftigte sich mit Kalkulationen, bei denen Poe einen durchschnittlichen Marktpreis von viertausend Francs pro Kilo zugrunde gelegt hatte. Am Rand des Bogens stand, dick unterstrichen, der Vermerk: *fünf Tonnen Minimum im Jahr.* Bennett konnte sich leicht ausrechnen, daß bei dieser Rechengrundlage fünf Tonnen Trüffeln einem Wert von zwanzig Millionen Franc entsprachen. Oder vier Millionen Dollar. Heiliger Bimbam – in einem Jahr! Wollte Poe kaufen oder verkaufen? Wie auch immer, das erlesene Viersternemenü war bei solchen Größenordnungen ein winzig kleiner Fisch. Bennett unterschrieb mit bravourösem Schwung die Rechnung und legte ein ansehnliches Trinkgeld dazu.

5

Im Terrakotta der Terrasse hing noch die Kühle der Nacht, als Bennett barfuß den Frühstückstisch deckte: Kaffee, Sonnenbrille, Adreßbuch und Telefon. Der Himmel zeigte sich in Postkartenblau, und in der Luft lag die Ahnung eines heißen Tages. So zog Bennett den Bademantel aus, damit die Sonne seine Winterhaut bearbeiten konnte. Er hatte die italienischen Pigmente seiner Mutter geerbt, binnen einer Woche nahm seine Haut ein appetitliches Kakaobraun an. Auf der Suche nach geselliger Zweisamkeit fing er an, in seinem Adreßbuch zu blättern.

Seine Beziehung zu Frauen hatte sich an einer Maxime orientiert, der viele Singles folgen, die es bleiben wollen: Amouren sind auf Zeit angelegt, manchmal enden sie in aller Freundschaft, manchmal auch nicht. Meistens ist es das beharrliche Ticken der biologischen Uhr, das den Anfang vom Ende ankündigt. Jedenfalls hatten zarte Andeutungen von Heirat und Babys auf Bennett etwa die gleiche Wirkung wie ein Eimer kaltes Wasser. Mitunter hoffte er, daß sich das vielleicht eines Tages änderte, aber dazu bedurfte es eben der Frau, die ihm bislang noch nicht begegnet war.

Er ging die Namen in seinem Adreßbuch durch und versuchte, sich an die jeweiligen Begleitumstände beim Abbruch der Beziehung zu erinnern. Chantal war den Tränen nahe, aber tapfer gewesen. Karine hatte ihm geraten, endlich erwachsen zu werden. Marie-Pierre hatte mit einer Vase samt Blumen nach ihm geworfen. Passende Gespielinnen für den Sommer zu finden schien doch nicht so einfach zu sein, wie er sich das gedacht hatte.

Sein Finger ruhte auf dem Buchstaben S, und das erinnerte ihn an die Woche, die er vor zwei Jahren geschäftlich in London verbracht hatte; an ein Mädchen, in dessen Haar die Sonne eingefangen schien, an ein Abendessen im Caprice, an geflüsterte Versprechen, aus Paris anzurufen. Warum hatte er's nicht getan? Er dachte nach. Galt die probate Regel „besser spät als nie" auch in solchen Fällen? Gewiß doch, sagte er sich und tastete die Nummer des Büros ein, die sie ihm damals gegeben hatte.

„Repro-Filmgesellschaft – guten Morgen."

„Hallo. Kann ich bitte Susie Barber sprechen?" Bennett nahm einen Schluck Kaffee und war innerlich darauf gefaßt, daß sie gar nicht mehr dort arbeitete. Zwei Jahre im Filmgeschäft, wo man so selbstverständlich von einem Job zum anderen wechselt, wie normale Leute mittags ihren Lunch einnehmen, waren eine lange Zeit. Mitten in seine Anwandlungen von Pessimismus hinein sagte eine geschäftsmäßig klingende Stimme „Hallo".

„Susie? Hier ist Bennett. Wie geht's dir?"

Schweigen. Ausgepusteter Rauch. „Ich bin ein bißchen überrascht, wie du dir denken kannst."

„Schau mal – es tut mir leid. Ich weiß, ich hab gesagt, daß ich aus Paris anrufen würde ..., aber als ich zurückkam, war bei uns die Hölle los. Einer der Regisseure ist ausgerechnet am Abend vor dem letzten Drehtag ausgerastet, und da –"

„Bennett, das war vor zwei Jahren!"

„Ich weiß, ich weiß. Was soll ich sagen? Ich war ein Sklave meines Berufs, ein hirnvernageltes Arbeitstier, von Ehrgeiz getrieben, Tag und Nacht am Schreibtisch, hohläugig, ausgemergelt ..."

„Bist du fertig? Ich hab heute morgen eine Menge zu tun."

Bennett ließ nicht locker. „Aber das ist jetzt alles ganz anders geworden. Genauer gesagt, ich habe mich zur Ruhe gesetzt." Keine Antwort, aber er spürte in der Leitung Neugier knistern und wollte seinen Vorteil nutzen. „Ich bin in Monaco. Ach, Monaco würde dir gefallen – warm und sonnig, von meiner Terrasse habe ich einen zauberhaften Blick aufs Meer, wundervolles Essen ... Wir beide könnten hier eine wunderschöne Zeit haben."

„Wir beide?"

„Als eine Art Wiedergutmachung. Ich bezahl dir dein Ticket, bring dir Champagner ans Bett, laß dir die Wanne vollaufen, mach mit dir einen Bummel durch die Kasinogärten – ich tu alles, was du willst. Wann kannst du kommen?"

„Woher willst du überhaupt wissen, daß ich nicht mit einem anderen zusammen bin?"

„Gewußt hab ich's nicht, aber ich hab immer gehofft, daß du auf mich wartest, daß du einem Mann mit einsamem Herzen Freude und Trost spendest. Und wirst außerdem schön braun dabei. Wie ist das Wetter in London? Grau und naß? Hier ist es 25 °C warm und sonnig. Ich frühstücke auf der Terrasse."

Nachdem er ihr weitere fünf Minuten geschmeichelt und seine unverbrüchliche Zuneigung versichert hatte, willigte Susie ein, am Samstagmorgen die Frühmaschine nach Nizza zu nehmen.

Die Woche verging wie im Fluge. Bennett probierte die beiden anderen Restaurants aus, die Poe ausgewählt hatte, und fand beide exzellent. Er machte einen kleinen Ausflug über die Grenze nach Italien und kaufte in Ventimiglia ein. Abends saß er auf der Terrasse des Café de Paris, genoß seinen Aperitif und beobachtete die auf und ab wogende Promenade der Eitelkeiten. Er entdeckte, daß man zwar Jahre braucht, um sich mit irgendeinem Mißgeschick abzufinden, es aber nahezu über Nacht schafft, sich an das Glück zu gewöhnen.

Der einzige Webfehler im Teppich des Wohlbehagens war ein Anruf von Shimo, der Bennett auftrug, am Samstagabend im Appartement zu bleiben und etwas, was für Poe abgegeben werde, entgegenzunehmen. Es gehe um etwas Wichtiges, sagte der Japaner in seinem monotonen, zwingenden Tonfall. Er persönlich werde noch in der Nacht nach Monaco kommen, um die Sachen abzuholen. Ob Bennett das verstanden habe?

Ja, hatte er. Eigentlich war es seine Absicht gewesen, Susie an diesem Abend ins Louis XV. zu führen, nach einem Augenblick anfänglicher Ratlosigkeit kam er aber zu der Einsicht, daß ein schlichtes Dinner auf der Terrasse möglicherweise ein lauschigeres Szenario für die Wiedersehensfeier sei.

Am Samstagmorgen war Bennett im Mercedes mit offenem Verdeck zum Flughafen Nizza unterwegs. Er mußte nicht erst auf der Anzeigetafel prüfen, wo die Maschine aus London ankam. Das graue Menschenknäuel, das aus einem der Gates quoll, konnte nichts anderes als britisch sein, die Gesichter einheitlich blaß. Und tatsächlich machte Bennett in der Menge Susies loderndes Haar und ihren heftig winkenden Arm aus. Figurbetont geschnittenes, dunkles Kostüm, hochhackige Pumps – das einzige, was ein wenig Ferienlaune verriet, war eine modisch schmale Sonnenbrille (die sich, als sie zur Begrüßung Küßchen austauschten, prompt mit der verhakte, die Bennett auf der Nase trug).

Er trat einen Schritt zurück. „Du siehst phantastisch aus", sagte er lächelnd. Und so war's auch – das Haar blonder, als er's in Erinnerung hatte, das Make-up zurückhaltend und trotzdem umwerfend, die Figur das Resultat unerbittlichen Abstrampelns im Fitneßcenter.

Sie nahm die Sonnenbrille ab und musterte ihn. „Und du bist widerlich braun. Aber es ist schön, dich zu sehen."

Bennett nahm ihren Arm, als sie zur Gepäckausgabe gingen.

„Da – das ist meiner, der schwarze." Susie deutete auf eine breit ausladende Masse in der Größe eines Dampfkessels.

Bennett wuchtete das Ungetüm vom Laufband. „Deine Badeanzüge sind ganz schön schwer."

„Gut, daß du davon sprichst. Ich brauche unbedingt ein paar neue. Die sind in Frankreich einfach besser. Und einen Hut. So viel Sonne ist schädlich fürs Haar."

Bennett hievte den Koffer auf einen Gepäckwagen. „Überlebst du den Lunch noch ohne Hut? Ich dachte nämlich, daß wir hier in Nizza essen könnten. Ich kenne ein gutes kleines Lokal am Blumenmarkt."

Der Mercedes fand Gnade vor Susies Augen, das kleine Fischrestaurant in der Cours Saleya ebenfalls, wo sie Muscheln und ein Glas Muscadet bestellte. Bennett lehnte sich zurück und genoß es, Susie zuzuhören, wie sie ohne Punkt und Komma aus ihrem Leben während der letzten beiden Jahre erzählte. Im Beruf war alles gut gelaufen, sie war von Produktionsassistentin zur Produzentin aufgestiegen, mit Spesenkonto und Mitgliedskarte bei einem schicken Londoner Fitneßklub, wo sie und Gleichgesinnte im Kampf um die Ideallinie Ströme von Schweiß vergossen und nebenbei Erfahrungen über den Mangel an Männern in ihrem Leben austauschten. Sie hatte nichts dagegen, als Bennett ihr an dieser Stelle mitfühlend die Hand tätschelte.

„Wo liegt das Problem? Sind die guten alle verheiratet?"

„Schlimmer", sagte sie, „geschieden und voller Selbstmitleid. Ich kann gar nicht sagen, wie oft ich mir schon Horrorgeschichten über Exfrauen anhören mußte. Und hinterher haben die Kerle auch noch den Nerv, einen behüpfen zu wollen. Diese Widerlinge."

„Ungeheuerlich", entrüstete sich Bennett. „Aber mach dir nichts draus. Die Kavaliere sind noch nicht ganz ausgestorben. Trink deinen Wein aus, und wir gehen los und kaufen dir den schicksten Badeanzug, der in Nizza aufzutreiben ist."

Susie sah ihn über den Rand ihres Glases an. „Du hast inzwischen nicht geheiratet, oder?"

„Ich?"

„Alberne Frage." Sie grinste. „Wer hätte dich schon haben wollen?"

Bei Einkäufen war Bennetts Geduld normalerweise auf präzise eine halbe Stunde begrenzt, aber heute machte er eine Ausnahme, trottete brav hinter Susie her, bewachte, sooft sie hinter dem Vorhang einer Umkleidekabine verschwand, treu ihre Handtasche und stand ihr, wenn sie wieder auftauchte, als Modeberater zur Seite.

„*Mais c'est génial!*" rief eine Verkäuferin hingerissen aus, als Susie in einem mikroskopisch kleinen Etwas wieder zum Vorschein kam, das anscheinend aus drei taschentuchgroßen Resten eines Gazeschleiers zugeschnitten war.

Susie drehte sich zu Bennett um. „Wie findest du ihn?"

Er guckte verdutzt. „Wo ist der Rest davon?"

„Ich wußte, daß er dir gefällt."

Zwei Stunden später kämpften sie sich, von der Last ihrer Trophäen leicht überladen, durch den dichtgeballten Verkehr zur Ausfahrt aus Nizza. Die tiefstehende Abendsonne wärmte ihnen die Schultern, vom Mittelmeer wehte eine angenehme Brise herüber. Bennetts Vorschlag, das Abendessen auf der Terrasse einzunehmen, war Susie willkommen. Als er den Wagen langsam den Hügel zum Place du Casino hinauflenkte, dachte er darüber nach, wie überaus erfreulich die Dinge sich entwickelten.

Bennett schloß die Appartementtür auf, ließ Susie vorangehen und kam mit den Einkaufstüten hinter ihr hergestolpert.

„Nun", fragte er, „kann man's hier aushalten? Eine bescheidene Bleibe, aber immerhin ein Dach überm Kopf." Er schob die Terrassentür auf. „Keine so üble Aussicht, wie?"

„Brillant", sagte sie und schenkte ihm ein Lächeln. „Du hast es geschafft, wie? Gehört das alles dir?"

„Gewissermaßen. Na ja – jedenfalls für die nächsten sechs Monate. Ist eine lange Geschichte, ich erzähl sie dir beim Essen."

Sie gingen nach unten, und Susie verliebte sich auf Anhieb in das fürstliche Badezimmer, befingerte die Kristallfläschchen mit Badeessenzen aus Grasse und stieß einen Freudenschrei aus, als Bennett auf die Lautsprecher in den vier Ecken der Decke deutete. „Himmel! Ich glaube, ich werde ein musikalisches Bad nehmen, während du dich mit ein paar Handgriffen in der Küche nützlich machst."

„Ich werde mich um die musikalische Untermalung kümmern", gab er zurück, „und in fünf Minuten wird der Champagner serviert. Wie findest du das?"

Sie warf ihm eine Kußhand zu, und er ging nach oben und legte eine Brahms-Symphonie auf. Er war auf dem Weg zum Kühlschrank, als die Klingel schnarrte.

Durch den Türspion machte Bennett das dunkle Gesicht eines Mannes aus, dessen Augen sich wie gehetzt hin und her bewegten, und darunter einen zerknitterten Hemdkragen. Bennett zog die Tür auf. Ehe er etwas sagen konnte, warf der Mann ihm einen Attachékoffer in die Arme. „*C'est pour Monsieur Poe, d'accord?*" Sprach's, drehte sich um und drückte auf den Fahrstuhlknopf. Er schien es verflixt eilig zu haben, hier wegzukommen. Bennett stand mit dem Köfferchen in der Tür. Er konnte noch den Schweiß des Mannes riechen. Botengänge für Julian Poe zu verrichten, war anscheinend eine nervenaufreibende Beschäftigung.

Bennett schloß achselzuckend die Tür und sah sich den Koffer an, ein schmales viereckiges Exemplar mit einem Kombinationsschloß unter dem Tragegriff. Vermutlich Poes Taschengeld fürs Wochenende. Er drückte auf den Öffnungsmechanismus. Verriegelt. Hatte er sich gleich gedacht. Er legte den Koffer aufs Dielentischchen, damit er ihn Shimo später in die Hand drücken konnte, ohne ihn erst lange hereinzubitten, und ging in die Küche, Champagner holen.

DIE BEIDEN Italiener wurden zunehmend nervöser. Sie fanden vor dem Appartementhaus einfach keinen Parkplatz für ihren von einer langen, staubigen Reise gezeichneten Fiat, und jedesmal wenn sie versuchten, in zweiter Reihe zu parken, winkte dieser Monaco-Cop sie weiter. Deshalb hatten sie den Kerl verpaßt. Reiner Zufall, daß sie ihn, als sie wieder eine Runde drehten, aus dem Haus kommen sahen und noch mitkriegten, wie er zum Eingang der Tiefgarage hastete.

Der Fahrer trat auf die Bremse. „*Merde!* Das is' er."

Der Beifahrer, größer als sein Kumpel, mit einem breiten Kreuz, das kurz unter den Ohren anfing, stieß die Tür auf seiner Seite auf. „Ich schnapp ihn mir."

Der Fahrer schüttelte den Kopf. „Vergiß es. Was bringt das noch? Der hat das Zeug schon abgeliefert. Müssen wir's uns eben aus dem Appartement holen."

BENNETT hatte sich selbst übertroffen. Auf einem Silbertablett stand die dazu passende Vase, darin eine einzige Rose. Nun stellte er das Glas Champagner dazu, balancierte das Ganze vorsichtig die Wendeltreppe hinunter und klopfte an die Badezimmertür. „Zimmerservice."

Unter der wohlriechenden Wolke, die aus der Wanne aufstieg, streckte Susie aus dem Schaumberg eine Hand nach dem Champagner aus. „Brillant", sagte sie. „Du bist süß."

„Stets um das Wohl unserer Gäste bemüht, Madam." Er stellte die Vase auf die Marmorablage am Fußende der Wanne. Dann sah er sich suchend um. „Sieht so aus, als wär dir die Seife ins Wasser gerutscht. Darf ich dir behilflich sein?"

„Bennett, es gibt wirklich etwas, was du für mich tun könntest. Ich hab vergessen, mir Zigaretten zu besorgen. Wärst du so nett, eben schnell loszulaufen und mir welche zu holen? Könnte durchaus sein, daß mir eine hübsche Belohnung einfällt."

Bennett lächelte, schaufelte eine Handvoll Schaum aus der Wanne und setzte sie Susie als Krönchen aufs Haar. „Bin gleich wieder da."

Auf dem Place du Casino herrschte der übliche Wochenendrummel. Bennett kämpfte sich in Richtung Café de Paris durch, das an diesem Abend fest in der Hand einer Reisegruppe von Geschäftsmännern zu sein schien. Vor dem kleinen Kiosk, an dem man Zigaretten kaufen konnte, drängten sich die Kunden. Bennett beschloß, an der Bar zu warten, und bestellte einen Scotch.

Als sich die Schlange vor dem Kiosk aufgelöst hatte, kaufte er eine Stange Zigaretten und eilte heimwärts. Während ihn der Fahrstuhl nach oben trug, malte er sich ein paar hübsche Dinge zum Verlauf des Abends aus. Es war schön, Gesellschaft zu haben.

Susie kam mit dem Champagner in der Hand aus dem Wohnzimmer geschwebt. *„Buona sera, signore"*, kicherte sie und drehte eine Pirouette. „Na, gefällt er dir immer noch?"

Die drei Gazefetzchen, die sie am Leib trug, sahen, soweit das möglich war, noch spärlicher und durchsichtiger aus als in der Boutique. Bennett mußte erst mal heftig schlucken, ehe er einen Kommentar abgeben konnte. „Ich bin so froh, Susie, daß du dich für etwas Vernünftiges entschieden hast. Deine Mutter wäre überglücklich."

Sie zog ein Schnütchen. „Echt englisch. Da hättest du mal diese netten Italiener erleben sollen – wie die die Augen gerollt und ein ums andere Mal *‚Bellissima!'* gerufen haben. Ich kann dir sagen, da geht einem Mädchen das Herz auf."

Bennett runzelte die Stirn. „Wann war das? Und was für Italiener?"

„Nun geh nicht gleich auf die Palme, sonst muß ich ja denken, du wärst eifersüchtig. Es hat an der Tür geklopft, und da hab ich gedacht, du hättest deinen Schlüssel vergessen – tja, und da standen sie. Die waren nur hergekommen, um diesen kleinen Koffer in der Diele abzuholen. Und sie waren richtig süß."

„Augenblick mal, Susie. Shimo sollte den Koffer abholen. Von Italienern war nie die Rede."

„Wer ist denn Shimo?"

Bennett spürte, wie sich böse Vorahnungen in seiner Magengrube ballten. „Jemand, den ich, glaube ich, schleunigst anrufen sollte."

Aber Shimo war nicht da. Er war schon auf dem Weg nach Monaco. Ob Monsieur vielleicht die Nummer des Funktelefons haben wollte? Bennett legte auf. „Verdammt! Ich hab das scheußliche Gefühl, daß da was schiefgelaufen ist.“

6

„Bennett, du siehst aus, als käme dir gleich das Essen wieder hoch. Was läuft hier eigentlich?“ Susie hatte sich noch mal nachgeschenkt und kam ans Geländer der Terrasse, wo Bennett stand und in die Nacht starrte.

„Genau weiß ich das auch noch nicht, Susie, aber ich glaube, es bedeutet nichts Gutes.“ Er seufzte. „Komm, setz dich. Es ist wahrscheinlich an der Zeit, daß ich dir was erkläre.“

Als Bennett zu dem Punkt kam, bei dem es um das Köfferchen und Shimos Anweisungen ging, wurden Susies Augen immer größer. „O mein Gott“, hauchte sie, „dann hätte ich gar nicht zulassen dürfen, daß diese Männer den Koffer mitnehmen, wie?“

„Woher solltest du das wissen? Ich hätte ihn wahrscheinlich auch rausgerückt. Shimo wird die beiden hergeschickt haben, hätte ich vermutlich gedacht.“

Bennett wurde zunehmend von düsteren Ängsten um seine Zukunft erfüllt. Mit seiner gerade erst beginnenden Karriere als Millionär war es, falls sich aus der dummen Sache mit dem Koffer irgendwelche Probleme ergaben, aus und vorbei. Er wollte gerade die Flasche mit dem Whisky suchen, als die Türklingel schnarrte.

Shimo wurde von einem wandelnden Fleischbrocken begleitet, dem vorn auf dem schwarzen Anzug (offenbar die obligatorische Dienstbekleidung für Poes Angestellte) nur noch der Aufdruck BODYGUARD fehlte. So hockten sie dann, während Bennett eine Erklärung zusammenstotterte, auf der Couch wie zwei feindselig gesinnte Krähen.

Shimo wandte sich an Susie. „Diese beiden Männer waren also Italiener? Sind Sie da ganz sicher? Bestimmt keine Franzosen?“

„Nun, sie haben Italienisch gesprochen. Das kann ja manchmal ein Indiz sein, nicht wahr?“

Shimo sah sie mit unbewegter Miene an. „Beschreiben Sie die beiden Männer.“

„Oh – beide dunkelhaarig, dunkel gekleidet, sehr höflich. Und sonst ..., o ja, der eine war ein bißchen – na ja – füllig.“ Sie schielte auf Shimos Begleiter. „Ungefähr wie er, würde ich sagen.“

Shimo nickte. „Und der andere?“

„Hagerer. Älter. Mit einem kleinen Schnurrbart.“ Susie runzelte nachdenklich die Stirn. „Da war noch was. Er hat das Bein leicht nachgezogen. Aber sonst sehr nett, richtig niedlich.“

„Das Bein leicht nachgezogen?“ Shimo nickte wieder. „Ich kenne ihn. Ihr Glück, daß er seinen freundlichen Tag hatte.“ Er drehte sich zu dem Bodyguard um. „Das war Vallone. Einer von Tuzzis Männern.“ Er stand auf, ging zu dem Ecktischchen mit dem Telefon, nahm den Hörer ab und drehte Susie und Bennett, die sich verdutzt ansahen, den Rücken zu.

Shimo beendete sein kurzes Telefongespräch, kam zur Couch zurück, blieb aber, den Blick auf Bennett gerichtet, stehen. „Sie kommen mit uns. Ihre Freundin kann hierbleiben und sich allein die Zeit vertreiben.“

Obwohl er ahnte, daß es nichts nützen würde, schaltete Bennett innerlich auf Widerstand. „Kommt nicht in Frage“, sagte er. „Wir haben heute abend was vor.“ Shimo würdigte ihn keiner Antwort. „Hören Sie – das mit dem Koffer tut mir leid, und ich bin natürlich gern bereit, in jeder Weise behilflich zu sein. Aber heute abend wird leider nichts daraus.“

„Mr. Bennett, wir brechen jetzt auf. Entweder kommen Sie freiwillig mit, oder Gérard muß nachhelfen. Was etwas schmerzhaft werden könnte. Mir ist beides recht.“

Bennett schielte auf Gérard, der liebenswürdig grinste und die Knöchel knacken ließ. Er wandte sich Susie zu. „Tut mir unendlich leid, Susie. Ich bin so schnell wie möglich wieder da.“

„Wann?“ wollte sie wissen.

Bennett stand auf und sah Shimo an. „Wann?“

„Kann ich nicht sagen.“

Susie stellte ihr Glas ab und langte nach den Zigaretten. „Das ist großartig“, sagte sie zynisch. „Willkommen in Monaco!“

Die Fahrt zum Flughafen Nizza verlief über den größten Teil der Strecke in Schweigen. Shimo saß im Fond und ignorierte Bennetts Fragen. Gérards Kommunikationsbereitschaft beschränkte sich auf gemurmelte Kettenflüche, mit denen er alle Teilnehmer am Straßenverkehr bedachte, die ihm nicht schnell genug Platz machten. Bennett konnte unschwer erraten, daß die beiden ihn zu Poe bringen wollten, und fing zu ahnen an, wie einem Verbrecher auf dem Weg zur Urteilsverkündung zumute sein muß. Er kletterte in den Helikopter. Wohlan denn – auf zu Poes Landgut – der sicheren Entlassung entgegen.

Es kann auch schlimmer kommen, dachte er, während sie nach Nordwesten schwebten, weg vom hellerleuchteten Küstenstreifen. Poe war zweifellos ein mächtiger Mann, und diese beiden seiner Angestellten gehörten zu den finstersten Gesellen, die ihm über den Weg gelaufen waren, seit er damals in Paris die rüden Umgangsformen der Repräsentanten des Zentralverbandes der Filmschaffenden und ihrer Knochenbrecher kennengelernt hatte.

Der Hubschrauber nahm abrupt die Nase nach unten. Bennett klammerte sich instinktiv an der Rückenlehne des Pilotensitzes fest. Shimo lächelte. „Ein wenig nervös beim Fliegen, Mr. Bennett?"

Bennett wischte sich die Handflächen an der Hose trocken. „Ich wäre an Ihrer Stelle vorsichtig. Mein Magen kann nämlich unheimlich schnell auf solche Manöver reagieren. Kübelweise und wahllos."

Shimo verzog das Gesicht und rückte so weit wie möglich weg. Es war der einzige Augenblick, in dem der Flug Bennett ein wenig Vergnügen machte.

Sie schwebten über dem von Flutlicht angestrahlten Landeplatz. Der Helikopter suchte sich schwankend den Weg nach unten und setzte dann sanft wie ein Vogel auf einem Ei auf. Shimo und Bennett huschten geduckt unter den Rotorblättern weg, durchquerten den Garten und erreichten über die Terrasse die Rückseite des Hauses. Die Glasfront glitt lautlos auf. Poe stand vor dem Kamin, in der einen Hand die Fernbedienung, in der anderen eine Zigarre.

Bennett hörte, wie die hohen Scheiben hinter ihm zuglitten, nickte Poe zu und folgte dem Wink der Zigarre zu einem Sessel. Shimo nahm etwas abseits Platz, wachsam und auf dem Sprung.

„Nun, Mr. Bennett, das ist ja eine schöne Geschichte. Ich bin nicht sehr glücklich darüber. Sie haben sich nicht gerade zuverlässig gezeigt, finden Sie nicht?"

Bennett holte tief Luft. „Sehen Sie, es tut mir aufrichtig leid, aber wie ich schon Mr. Shimo sagte –"

Poe hob abwehrend die Hand. „Ersparen Sie mir die Entschuldigungen. Was ich wissen will, ist folgendes: Sind Sie absolut sicher, daß die Männer, die den Koffer geholt haben, Sie nicht gesehen haben?"

„Definitiv. Als ich zurückgekommen bin, waren sie schon mindestens zehn Minuten weg."

„Das klingt immerhin ein wenig beruhigend." Poe setzte sich und kreuzte die Beine. „Also dann – wenn das so ist, werden Sie mit einer gewissen Erleichterung zur Kenntnis nehmen, daß ich Ihr Beschäftigungsverhältnis fürs erste fortzusetzen gedenke, allerdings unter leicht veränderten Bedingungen. Freut Sie das?"

„Ich glaub schon. Das heißt, ja, natürlich, das wäre großartig."

„Ausgezeichnet." Zum erstenmal seit Bennetts Ankunft huschte ein Lächeln über Poes Gesicht. „Ich finde, wenn jemand mit dem Herzen dabei ist, leistet er viel mehr. Das ist eine fast so starke Motivation wie das Geld. Obwohl, Angst bleibt eben immer die Triebfeder Nummer eins." Er sog an der Zigarre. „Aber ich vergesse meine Manieren. Bitte, bedienen Sie sich doch mit einem Drink."

Bennett nahm ein großes Glas und goß es halb voll Scotch. Es war zu früh, die innere Sirene endgültig Entwarnung heulen zu lassen, doch es gab schon wieder Grund zu neuer Hoffnung. Bennett beugte sich vor, und Poe fuhr fort.

„Ich meine mich zu erinnern, Ihnen gegenüber erwähnt zu haben, daß zu den Dingen, mit denen ich mich am Rande beschäftige, auch die Trüffel gehört. Nicht nur wegen ihres Geschmacks, sondern auch, weil sich so viele Mysterien um sie ranken – daß sie im verborgenen gedeiht, daß man den Markt nicht genau vorhersagen kann, daß die Preise in unverschämte Höhen klettern." Poe erwärmte sich für sein Thema. „Um auf den entscheidenden Punkt zu kommen: die Trüffel hat sich bisher allen Bemühungen des Menschen verweigert, sie so wachsen zu lassen, wie er es gern hätte. Für Zuchtversuche gibt es keine Erfolgsgarantien. Die Franzosen versuchen es seit Jahren, und nicht nur die Bauern, auch die Regierung."

Poe machte eine Pause, während Shimo ihm einen Drink einschenkte, und Bennett hatte Zeit, sich an die Notizen zu erinnern, die er in Monaco gelesen hatte. Kein Zweifel, daß Poe an Trüffeln interessiert war, aber es fiel Bennett schwer, sich diesen Mann als Bauern vorzustellen, der sich eigenhändig sein täglich Brot aus der Erde wühlte.

„Nun hören Sie mir am besten sehr gut zu." Seine Stimme nahm einen professionellen Tonfall an. „Vor einigen Jahren wurde ich auf die Arbeit eines wirklich außergewöhnlichen Mannes aufmerksam. Ein Wissenschaftler, auf dem Fachgebiet Agrikultur tätig und hoch begabt, leider aber, wie das bei überdurchschnittlich klugen Menschen oft der Fall ist, ein wenig arrogant und nicht gerade das, was Sportsfreunde einen Mann mit Teamgeist nennen würden. Zu guter Letzt hatte er es sich mit dem französischen Landwirtschaftsministerium gründlich verdorben. Als ich ihm begegnet bin, war er arbeitslos und verbittert."

Poe blies einen Rauchkringel in die Luft und sah zu, wie er sich wabernd aufwärts schraubte. „Und das war der Moment, von dem an Trüffeln mich in erster Linie nicht mehr aus der Sicht des Gourmets, sondern aus der des Geschäftsmanns interessiert haben, weil unser Gelehrter behauptete, er stehe kurz davor, die Formel für ein Serum zu entwickeln, das – vorausgesetzt, Baumbewuchs, Klima und Bodenbeschaffenheit stimmen – eine konsistente Zucht des *Tuber melanosporum* garantiere. Nun, die genannten Bedingungen sind hierzulande gegeben, in Frankreich stehen Tausende Hektar geeigneten Bodens zur Verfügung."

Bennett kam sich vor wie ein leicht zurückgebliebener Schüler. „Wie haben Sie gesagt? *Tuber ...*?"

„*...melanosporum.* Die schwarze Trüffel. Sie wird auch – nicht ganz korrekt – Perigord-Trüffel genannt. Hier in der Provence heißt sie *la rabasse.* Sie gedeiht an Haselnuß- und Eichenwurzeln, wie's der Zufall will – bis jetzt jedenfalls. Angeblich ein heterotrophisches Gewächs."

„Tatsächlich?" Bennett verstand kein Wort, nickte aber um so eifriger.

„Eher ein tierisches als ein pflanzliches Lebewesen. Faszinierend, nicht wahr?"

„Unbedingt." Bennett fragte sich, was das alles wohl mit der Fortsetzung seines Beschäftigungsverhältnisses zu tun hatte.

„Ich will Sie nicht mit zu vielen Details belasten", fuhr Poe fort, „aber um den Genius meines Wissenschaftlers angemessen würdigen zu können, sollten Sie wissen, daß die Geburt einer Trüffel ein sehr willkürlicher Prozeß ist. Alles hängt von den Sporen ab."

„O ja", sagte Bennett, „Sporen."

„Den Sporen einer verrottenden Trüffel. Im Laufe der Verwesungsperiode wird eine Spore an einen anderen Ort getragen. Insekten besorgen das, Vögel, der Wind oder was auch immer. Wenn die Spore dann einen geeigneten Gastbaum findet, zum Beispiel eine Eiche, wird sie sich dort ansiedeln und aus den Wurzeln des Baumes ernähren. Und wenn die Bedingungen stimmen, wächst und gedeiht sie."

„Höchst erstaunlich", sagte Bennett.

„Das kann man wohl sagen. Aber eben vom Zufall abhängig. Wie Ihnen jeder Bauer bestätigen wird, ist Mutter Natur eine unzuverlässige Partnerin. Und das war bislang das Problem. Die Leute haben Gott weiß was probiert, um Trüffeln anzubauen. Konkrete Ergebnisse hat keiner gebracht. Aber was der französischen Regierung nicht gelungen ist, das, Mr. Bennett, hat mein Einzelgänger zuwege gebracht – mit nicht unerheblicher Hilfestellung durch mich, sollte ich hinzufügen. Ich habe ihm ein Stück Land an der Drôme gekauft, ein Labor gebaut, ihm Zeit gelassen, das nötige Geld gegeben und zusätzlich das, was ihm am wichtigsten war: Anerkennung."

Und ich wette, du hast alles ganz selbstlos getan, dachte Bennett im stillen. „Gratulation. Ein Spiel mit hohem Risiko, nicht wahr?"

„Aber es hat sich ausgezahlt. Vor zwei Jahren ist auf meinem Versuchsgelände an der Drôme das Serum in die Wurzeln der Eichen injiziert worden. In der ersten Saison lag die Erfolgsrate bei siebzig Prozent, in der zweiten schon bei über neunzig. Stellen Sie sich das vor, Mr. Bennett, Jahr für Jahr tonnenweise etwas produzieren zu können, was sich mühelos für einen Preis zwischen drei- und achttausend Francs pro Kilo verkaufen läßt!" Poe stellte das Glas ab und beugte sich vor. „Und nun zu dem Teil, der Ihnen nicht so gut gefallen wird." Seine Stimme hörte sich auf einmal wie geschliffen an. Bennett wünschte sich weit, weit weg.

„Der Koffer", sagte Poe, „dieses kleine Köfferchen, das Ihre Freundin so großzügig herausgegeben hat, enthielt Flaschen mit dem Serum, die Formel für dessen Herstellung, Aufzeichnungen über die Versuchsanordnungen und die Produktionsergebnisse – einfach alles. Wer den Koffer hat, kontrolliert den Trüffelmarkt. Ist Ihnen jetzt klar, welche Bedeutung die Sache hat?"

Bennett hatte plötzlich einen trockenen Mund. „Ja, aber Ihr Mann, dieser Agrarwissenschaftler, ist doch sicher in der Lage, mehr von dem Serum herzustellen?"

„Leider weilt er nicht mehr unter uns. Allem Anschein nach haben bei seinem Wagen die Bremsen versagt. Ein großer Verlust für die Wissenschaft." Poe machte nicht den Eindruck, als ginge ihm der tragische Unfall sehr zu Herzen.

Bennett trank mit einem langen, gierigen Schluck sein Glas aus. „Wenn das so ist – wenn der Koffer so wichtig war, warum wurde er dann in Monaco übergeben und nicht hier?"

„Es ist unmöglich, ein langfristiges Projekt wie dieses zu entwickeln, ohne daß irgendwas darüber bekannt wird. Wir haben uns um die größtmögliche Verschwiegenheit bemüht, aber während der letzten paar Monate sind überall in der Provence Leute aufgetaucht, die im Auftrag interessierter Kreise unsere Feldversuche ausspähen wollten."

Poe zählte sie an den Fingern ab. „Die Korsen, die Japaner, ein Syndikat mit Sitz in Kalifornien und natürlich die Italiener. Einige verfolgen normale Geschäftsinteressen, andere nicht. Oder sagen wir: die Methoden, mit denen sie ihre Interessen verfolgen, sind nicht normal."

Bennett ging unwillkürlich die Frage durch den Kopf, ob Poe darunter auch Manipulationen an den Bremsen eines Autos verstand. „Was meinen Sie damit?"

„Oh – Bestechung, physische Beeinflussung. Im Grunde primitive Methoden, aber es ist ja bekannt, daß gewisse Leute sich davon leicht beeindrucken lassen."

Ich zum Beispiel, dachte Bennett. „Darum wollten Sie mich also in Monaco haben: als Prellbock für kleine Häßlichkeiten. Verbindlichsten Dank."

Poe schüttelte den Kopf. „Sie waren dazu da, die Dinge für mich bequemer zu machen, Mr. Bennett, nicht als Zielscheibe. Sehen Sie, die Italiener wissen genau, wo ich mich aufhalte. Und andere wissen es wahrscheinlich auch. Jedenfalls steht mein Landgut unter Observation. Daher hielt ich es für klüger, den Koffer in Monaco abgeben zu lassen." Er musterte Bennett mit gerunzelten Augenbrauen. „Aber da habe ich mich anscheinend geirrt."

Bennett zuckte die Achseln. „Wir machen alle mal Fehler."

„Und müssen alle dafür bezahlen. Womit wir wieder bei Ihnen wären." Poe deutete auf sein leeres Glas. „Kriege ich noch einen?"

Es herrschte Stille, während Bennett Poe und sich nachschenkte. Als Poe schließlich wieder das Wort ergriff, war er nicht mehr der Dozent, der sich mit seinem Wissen schmückt, sondern der General bei der Befehlsausgabe an seine Truppen. „Wir wissen, wer den Koffer hat. Ein Mann namens Enzo Tuzzi. Nicht gerade der geborene Gentleman, aber mit seinen grobschlächtigen Methoden durchaus erfolgreich. Er und ich hatten in der Vergangenheit ein paar Meinungsverschiedenheiten, die alle nicht zu seinen Gunsten ausgegangen sind. Es wird ihm eine große Genugtuung sein, den Koffer – *meinen* Koffer – zu besitzen. Eine von Tuzzis zahlreichen Untugenden ist nun aber, daß er nie der Verlockung des schnellen Geldes widerstehen kann. Ich bin überzeugt, daß er versuchen wird, die Formel zu verkaufen, und wahrscheinlich wird er's darauf anlegen, daß sich die Interessenten gegenseitig überbieten. Er wird etwas durchsickern lassen, und einer meiner Leute wird das mitkriegen. Ich rechne damit, bereits in den nächsten Tagen etwas zu erfahren. Sobald ich herausgefunden habe, wann und wo der Verkauf über die Bühne gehen soll, werde ich meinen Repräsentanten zu der Auktion schicken."

„Gute Idee", sagte Bennett. „Allerdings weiß er dann, daß Sie mitbieten."

„Weiß er nicht. Er kennt Sie nicht. Und seine Leute haben Sie auch nicht gesehen."

„Ich? Sie wollen, daß ich für Sie mitbiete?"

„Nicht direkt, Mr. Bennett, nein. Ich habe schon genug für die Formel gezahlt und nicht die Absicht, noch mal zu zahlen. Ich will, daß Sie den Koffer finden und mir zurückbringen."

„Soll ich ihn etwa klauen?"

„Dem rechtmäßigen Besitzer zurückbringen. Sie werden feststellen, daß ich mich nicht lumpen lasse. Sie erhalten einen Bonus, und das ist weitaus mehr, als Ihnen unter den gegebenen Umständen zusteht."

Bennett spürte, wie sein Magen mit dem Whisky kämpfte und die Schlacht zu verlieren drohte, und zwang sich zu schlucken. „Aber das bringe ich nicht fertig. Diese Leute sind gefährlich, das haben Sie selbst gesagt. Ich bin nicht James Bond." Er schüttelte entschieden den Kopf. „Nein – tut mir leid, aber da muß ich passen."

„Ich bitte Sie nicht darum, ich trage es Ihnen auf."

„Angenommen, ich weigere mich?"

„Das wäre sehr unklug." Poe sah auf die Uhr. „Überschlafen Sie es, Mr. Bennett, und denken Sie über mögliche Alternativen nach. Die sind nicht besonders verlockend. Shimo wird Ihnen Ihr Zimmer zeigen."

Bennett folgte dem Japaner bis ans Ende eines langen Korridors und in ein großes, behaglich möbliertes Schlafzimmer. Das Bett war bereits aufgeschlagen, die Vorhänge zugezogen. Er fühlte sich überrumpelt und wütend und auf einmal auch müde. Er sehnte sich nach einem heißen Bad, wobei ihm Susie einfiel – in Schaum gehüllt, in Monaco. „Ich möchte telefonieren", sagte er zu Shimo.

„Morgen."

„Morgen", wiederholte Bennett kopfschüttelnd. „Erlaubt die Haftordnung, daß ich ein Bad nehme?"

Shimo sah durch ihn hindurch, als habe er ihn nicht gehört. „Versuchen Sie nicht, durchs Fenster zu klettern. Dadurch würde die Alarmanlage ausgelöst, und das macht Mr. Poes Dobermänner nervös."

Shimo drückte von außen die Tür zu. Bennett hörte, wie der Schlüssel im Schloß gedreht wurde.

7

Bennett mußte sich wohl oder übel mit seinem Arrest abfinden. Die Mahlzeiten wurden ihm aufs Zimmer gebracht. Er durfte das Haus nicht verlassen – abgesehen von einem kurzen Spaziergang nach Einbruch der Dunkelheit und in Begleitung des Hundeführers und der Dobermänner.

Der Hubschrauber startete und landete drei- oder viermal am Tag. Bennett konnte es vom Fenster seines Zimmers bequem beobachten. Einmal stakste Chou-Chou zum Landeplatz, begleitet von Poe und gefolgt von zwei mit einem Riesenberg von Koffern beladenen Bediensteten. Es war offensichtlich ein liebevoller Abschied. Poe stand unter den Zypressen und winkte, bis der Hubschrauber abgehoben hatte. Bennett hätte gern gewußt, wohin er Chou-Chou schickte und warum. Sollte sie sich in Paris ihr Jahreskontingent an Schmuck aussuchen? Oder wollte Poe sie, falls es hier draußen Ärger gab, außerhalb der Gefahrenzone wissen?

Unter Shimos kühlen Blicken rief er ein paarmal in Monaco an, um mit Susie zu reden. Aber die Stimme, die ihm versprach, bald zurückzurufen, war jedesmal die des Anrufbeantworters. Vermutlich hatte sie die Geduld verloren und war nach London zurückgekehrt. Damit war das mit dem romantischen Leben in der Sonne dann wohl abgehakt.

EINES der Hausmädchen brachte ihm seine Kleidung; da er nichts zum Wechseln dabeihatte, wurde sie täglich gewaschen und gebügelt – einer der kleinen Vorteile, wenn man sich im Knast eines peniblen Millionärs aufhält. Bennett zog sich an und rüstete sich für einen Tag, den er wieder voll innerer Unruhe verbringen würde, an dem er lediglich untätig über seine Zukunft nachgrübeln konnte.

Am späten Nachmittag jedoch kam Shimo ihn holen. Der Japaner führte ihn eine Treppe hoch zu dem Turm an der Ecke des Gutsgebäudes. Shimo klopfte, zog eine schwere Stahltür auf, und dann betraten sie ein Büro aus dem einundzwanzigsten Jahrhundert.

Poe saß hinter seinem Schreibtisch, einer dicken Platte aus poliertem Teakholz. An der Wand in Poes Blickfeld reihte sich ein Bildschirm an den anderen – ein Dutzend stumm flimmernder Informationsquellen. Hinter ihm standen mehrere kleinere Bildschirme, jeder mit einem Faxgerät verbunden. Die Nische an der einen Längsseite war von einem grauen Computerklotz ausgefüllt.

Shimo bedeutete Bennett mit einem Kopfnicken, sich in einen der Sessel aus Chrom und Leder vor dem Schreibtisch zu setzen. Dann warteten sie beide, bis Poe mit seinen Notizen fertig war, aufsah und Bennett – zu dessen Überraschung mit einem Lächeln – begrüßte.

„Nun, Mr. Bennett, es wird Ihnen eine Freude sein zu hören, daß Ihre Zeit hinter Schloß und Riegel so gut wie beendet ist. Es tut mir leid, daß wir Sie tagsüber nicht aus dem Haus lassen konnten, aber wie ich Ihnen schon sagte, lauern überall heimliche Beobachter, und es wäre höchst unerwünscht gewesen, wenn einer von denen Ihr Gesicht gesehen hätte. Ich möchte beinahe sagen: gesundheitsgefährdend." Wieder ein Lächeln – das leibhaftige Abbild des fürsorglichen, auf das Wohl seines Gastes bedachten Hausherrn.

„Wie ich's mir dachte, kann unser italienischer Freund Tuzzi seine Raffgier wieder mal nicht zügeln, er plant eine Auktion. Die Interessenten sollen sich in Cannes treffen, wo sie an Bord von Tuzzis Jacht genommen werden." Poe zog verächtlich die Mundwinkel herunter. „*Ragazza di Napoli* – die größte und lasterhafteste aller schwimmenden Ginspelunken auf dem Mittelmeer. Die Auktion soll auf hoher See stattfinden, mit Kurs nach Westen."

Poes weitere Kommentare über Tuzzis Jacht rauschten an Bennett vorbei. Er war schon wie gelähmt von der schrecklichen Vorstellung, mit einem Haufen Gangster auf engstem Raum zusammengepfercht zu sein. Und die sollte er auch noch austricksen, sich den Koffer unter den Nagel reißen und mit heiler Haut das Festland erreichen.

„Sie sehen ein bißchen beklommen aus, Mr. Bennett. Was ist los? Nicht ganz segelfest?"

Bennett ergriff seine Chance. „Das ist gelinde ausgedrückt. Ich werd schon im Hafen seekrank, und –"

„Nehmen Sie Tabletten", fiel ihm Poe ins Wort. „Sobald die Auktion vorbei ist, werden die Mitbietenden in einem der Häfen entlang der französischen Küste an Land gebracht. Aber bis dahin, darauf vertraue ich, werden Sie den Austausch schon vorgenommen haben. Wenn nicht, müssen Sie sich an den dranhängen, der den Koffer ersteigert hat."

„Austausch?" Bennett hatte das dumpfe Gefühl, eine wichtige Passage in Poes Ausführungen verpaßt zu haben. „Was für einen Austausch?"

Poe gluckste vor Vergnügen. Er ließ seinen Schreibtischsessel herumschwingen und beugte sich nach unten. Als er wieder hochkam, hielt er das identische Gegenstück zu dem Koffer, den Bennett zuletzt in Monaco gesehen hatte, in der Hand. Er legte ihn auf den Schreibtisch. „Der paßt problemlos in Ihren Handkoffer." Er ließ den Deckel aufschnappen. „Bei dem Inhalt handelt es sich natürlich um Fälschungen. Die Flaschen enthalten präpariertes Wasser, die Dokumente sind unecht – aber ich finde, es sieht hinreichend authentisch aus. Hier – werfen Sie einen Blick darauf."

Bennett beugte sich nach vorn, um den Inhalt in Augenschein zu nehmen. Obenauf eine Reihe von Flaschen, in Schaumgummi gebettet, verkorkt und versiegelt, die Aufkleber auf französisch bekritzelt. Darunter lagen Akten. Bennett blätterte sie durch: Formulare, Computerausdrucke, Angaben über die Bodenbeschaffenheit, die Bewässerung, die Temperaturmessungen – mehr als genug, um jeden hinters Licht zu führen, wenn er nicht gerade Landwirtschaft studiert hatte. „Ich wäre darauf hereingefallen", sagte er.

Poe nickte. „Zweifellos." Er schloß den Kofferdeckel und verdrehte die Zahlenkombination des Schlosses. „Es ist dieselbe Kombination wie beim Original. Sie haben doch eine Schwäche für Frauen, Mr. Bennett? Dann dürfte es Ihnen nicht schwerfallen, sich die Zahlen zu merken: einundneunzig, neunundfünfzig, einundneunzig." Poe nahm aus einer Schublade ein kleines dunkelblaues Kästchen und schob es Bennett über den Schreibtisch zu. „Ihre Tarnung."

Bennett öffnete das Kästchen. Die sehr seriös wirkende Geschäftskarte besagte, daß es sich bei dem Honorable L. Bennett um den Präsidenten der Consolidated European Investments S. A. mit Sitz in Zürich handelte.

„Wie Sie sehen, habe ich einen Honorable aus Ihnen gemacht. Italiener lieben Titel, und Tuzzi ist ein entsetzlicher Snob, wahrscheinlich, weil er aus der Gosse kommt. Er wird sehr beeindruckt sein. Wir haben seinen Leuten bereits Ihre Karte mit einem Begleitschreiben zugeschickt. Anrufe oder Faxe an die auf der Geschäftskarte genannten Nummern werden via Zürich hierher an uns umgeleitet."

Bennett starrte auf die Karte. Das Gefühl, daß alles unumkehrbar geworden war, wuchs ins Unermeßliche. „Hören Sie, das funktioniert nicht. Ich bin einfach nicht der richtige Mann dafür. Ich kann nicht, völlig auf mich allein gestellt, mit einer ganzen Verbrecherbande –"

„Ach – kommen Sie, Mr. Bennett. Wo bleibt denn Ihr Abenteuergeist? Übrigens sind Sie gar nicht auf sich allein gestellt. Solange Sie noch und sobald Sie wieder an Land sind, behalten mindestens zwei meiner Männer Sie diskret im Auge. Und sobald Sie in See stechen, wird sich ein dienstbarer Geist in Ihrer Nähe aufhalten."

Bennett schielte zu Shimo hinüber.

„Nein, Mr. Bennett, nicht Shimo. Aber ich will Ihnen nicht die Überraschung verderben. Sie müssen lediglich morgen früh pünktlich zur Ankunft des Delta-Flugs aus New York am Flughafen Nizza sein. Und als Erkennungszeichen halten Sie das hier in der Hand." Poe schob eine *Financial Times* über den Schreibtisch. „Sie werden angesprochen. Alles klar?"

Bennett schickte sich ins Unvermeidliche und nickte. „Nur noch eine Kleinigkeit. Sie sagten zu Anfang etwas von einem Bonus?"

Poe sah ihn abwägend an. „Ich glaube, Sie beginnen sich mit der Sache anzufreunden. Was halten Sie von zehntausend Dollar?"

Bennett zögerte, beschloß aber, der Glücksgöttin nicht zuviel zuzumuten. „Sehr schön."

„Exzellent. Sie werden uns heute abend verlassen, sobald es dunkel geworden ist. Rufen Sie mich morgen, wenn Sie vom Flughafen zurück sind, aus Monaco an, und dann können wir Ihre Segeltour im einzelnen besprechen. Und – Mr. Bennett?" Poe stand auf. „Sie sollten nicht mal mit dem Gedanken spielen, irgendwelche Dummheiten zu machen. Ich würde Ihnen das sehr übelnehmen."

Es war kurz vor Mitternacht, als Bennett die Tür seines Appartements aufschloß. Ein paar Zeilen auf dem Dielentischchen, das war das ganze Willkommen:

> Lieber Bennett,
> rate mal! Ich hab mich verknallt! Einen Tag nachdem Du weg warst, hab ich einen einfach himmlischen Franzosen kennengelernt. Na ja – und dann kam eins zum anderen. Es ist brillant! Hab ich alles Dir zu verdanken. Ich bin sicher, Du hast Dich charmant aus dem kleinen Problem rausgemogelt – schaffst Du ja immer.
> Muß jetzt los. Jean-Paul nimmt mich mit nach Paris. Er hat ein Appartement auf der Île Saint-Louis. Ist das nicht romantisch?
> Dickes Küßchen Susie

Bennett war zu erschöpft, um sich noch mieser fühlen zu können als vorher. Er ging in die Küche, fand eine altbackene Baguette und ein Stück Brie, das aussah wie Leder. Er kaute freudlos daran herum, stellte den Wecker und kroch in ein ungemachtes, leeres Bett, in dem noch ein Hauch Parfum hing.

8

Bennett war mit dem Morgengrauen auf den Beinen. Er fuhr an der Küste entlang. Die Morgenluft war noch kühl und nicht von Abgasen geschwängert. Am Flughafen stellte er den Wagen hinter dem Terminal ab. Als Bennett das Gate erreichte, kamen ihm schon die ersten Passagiere der Delta-Maschine entgegen, von einer langen Nacht über dem Atlantik hohläugig. Bennett hielt sich die pinkfarbene *Financial Times* wie ein Schild vor die Brust und rätselte, was für ein Typ jetzt wohl auf ihn zukäme. Wahrscheinlich das sizilianische Gegenstück zu Shimo – einer, der mit Messer, Kanone und Garrotte umgehen konnte. Bennetts Blick suchte die Passagiere nach einem Mann mit blauschwarzem Kinn und farblich passendem Anzug ab.

Nach fünf Minuten hatte er immer noch keinen entdeckt, doch dann tippte ihm jemand von hinten auf die Schulter.

„Sie sind Bennett, stimmt's?"

Er fuhr herum und sah sich einer großgewachsenen, dunkelhaarigen jungen Frau gegenüber, die mit hochgezogenen Augenbrauen auf Antwort wartete. „Was ist nun? Sind Sie's?"

Bennett nickte, dann gehorchten die Stimmbänder ihm wieder. „Ja. Ja, ich bin's."

„Ich bin Anna Hersh. Wo ist Ihr dunkler Anzug? Sie sehen nicht so aus, wie Schläger gewöhnlich aussehen."

„Großer Gott. Sind Sie ...?"

Das Mädchen lächelte, seine Verblüffung amüsierte sie. „Wen haben Sie erwartet? Hat Poe nichts gesagt?"

„Nein. Nur, daß ich die Zeitung hochhalten soll."

Das Lächeln verhuschte. „Er liebt diese kleinen Spielchen." Anna schüttelte den Kopf.

Bennett stand immer noch leicht unter Schock. Da hatte er nun nach einer Art Ungeheuer Ausschau gehalten, und auf einmal sah er einer ausgemachten Schönheit ins Gesicht. Das schwarze, schön glänzende Haar, kurz geschnitten wie eine Männerfrisur. Das Weiß ihrer Augen war fast erschreckend grell und hob das Braun der Pupillen noch stärker hervor. Eine lange, feingliedrige Nase, eine Haut wie Olivenöl, die Mundpartie kräftig. Jeans, weißes T-Shirt, Lederjacke. Und insgesamt beinahe so groß wie er.

Bennett gab sich einen Ruck und ergriff die Initiative. „Also dann – gehen wir und holen Ihr Gepäck."

Anna Hersh deutete mit dem Kopf auf den kleinen Leinenkoffer, den sie neben sich abgestellt hatte. „Da ist es. Ich habe nicht vor, eine längere Reise zu machen.“

Sie fuhren Richtung Stadt, fanden eine Lücke in der Kavalkade, die sich auf Nizza zubewegte. Bennetts leerer Magen brummte eine deutliche Mahnung, daß er seit gestern mittag im Luxusarrest keine richtige Mahlzeit mehr erhalten hatte. Er warf Anna einen Seitenblick zu. „Ehrlich gesagt, ich bin kurz vorm Verhungern. Was dagegen, wenn wir zum Frühstücken haltmachen?“

„Ist mir recht. Französischen Kaffee habe ich seit Jahren nicht mehr getrunken.“ Sie legte den Kopf in den Nacken, damit die Sonne ihr Gesicht verwöhnen konnte. Bennett wunderte sich, wie sie sich so entspannt geben konnte. Möglicherweise wußte sie etwas, was er nicht wußte. Wie auch immer – es war irgendwie ansteckend, er spürte, wie seine morgendliche Trübsal sich allmählich verflüchtigte, schob all die Schrecken, die die Zukunft bringen mochte, beiseite.

Vor einem Lokal am Markt in der Altstadt fanden sie einen freien Tisch und bestellten. Anna zog die Lederjacke aus und machte es sich auf ihrem Stuhl bequem. „So, jetzt erzählen Sie mal!“ forderte sie Bennett auf. „Wie einer von Poes normalen Muskelprotzen sehen Sie nicht aus. Wie sind Sie überhaupt mit ihm in Tuchfühlung gekommen?“

Bennett gab – während Anna ihren *Café crème* trank und sich über die Schinkenbaguette hermachte, die er für sich bestellt hatte – eine Kurzfassung seiner Geschichte zum besten.

„Und das ist der Stand der Dinge“, sagte er und winkte dem Kellner. „Ich hab keine große Wahl – jedenfalls nicht, wenn Poe es ernst damit ist, daß er mich am Schlafittchen kriegt, falls ich auf die Idee komme, die Kurve zu kratzen.“

Anna nickte. „Damit ist es ihm ernst. Er ist nicht gern der Verlierer.“ Sie guckte auf Bennetts leeren Teller und grinste. „Ich kann die Sandwiches wärmstens empfehlen.“

Bennett bestellte noch mal eine Baguette und Kaffee. „Sie scheint der Gedanke, für so einen mordlustigen Boß zu arbeiten, nicht sonderlich zu beunruhigen. Oder sind Sie eine Lohnkillerin?“ Er sah sie von oben bis unten an. „Verdammt gute Tarnung, wenn's so ist.“ Er runzelte die Stirn. „Na gut, eine leichte Neigung zu kriminellem Verhalten, wenn's um anderer Leute Frühstück geht, aber sonst würde ich Sie für die Sorte Mädchen halten, dem man seinen Hund anvertrauen kann.“

Anna sah ihn nachdenklich an, während der Kellner ihnen Kaffee brachte – und eine Baguette, die Bennett dieses Mal rasch mit beiden Händen packte. „Ich hatte ganz vergessen, was Briten für artige Komplimente machen können." Sie tauchte ein Stück Würfelzucker in ihre Kaffeetasse und sah zu, wie es langsam braun wurde. Bennett bemerkte, daß sie keine Ringe trug. Sie ließ das Zuckerstück in der geschäumten Milch versinken. „Ich vermute, jetzt bin ich dran, wie?"

„Nun, es kann nie schaden, wenn man ein bißchen was erfährt über jemanden, mit dem man zusammenarbeiten soll ..."

„Okay." Sie sah hoch. „Kennen Sie New York?" Er nickte. „Ich komme aus der Ecke am Riverside Drive. Papa war Professor an der Columbia. Und ich bin als wohlbehütetes jüdisches Mädchen aufgewachsen. Ich vermute, meine Eltern haben gehofft, daß ich mich in einen Zahnarzt verliebe und in der Nähe häuslich niederlasse. Aber ich hatte Fernweh. Also habe ich im ersten Collegesemester den Krempel hingeschmissen und bin nach Paris abgehauen. Hab gleich in der ersten Woche einen Job als Fotomodell gefunden, und dann habe ich einen Kerl kennengelernt. Franzose und Fotograf, die schlimmste Kombination, die man erwischen kann. Ein Ego bis zum Gehtnichtmehr." Sie nahm einen Schluck Kaffee. „Außerdem ist mir klargeworden, daß man als Model eigentlich nur ein Stück Fleisch ist. Dein bißchen Grips kannst du zu Hause lassen. Es war wahrhaftig höchste Zeit, Paris den Rücken zu kehren. Okay, da hab ich mir überlegt: Guck dir Israel an, schick Dad 'ne Ansichtskarte aus Eilat und geh auf die Suche nach deinen Wurzeln. Und so bin ich in der Army gelandet."

Bennett guckte verdutzt. „Sie sind eingezogen worden?"

„Ob Sie's glauben oder nicht, ich hab mich freiwillig gemeldet. Ich war zwanzig Jahre alt, und in Israel herrschte damals eine tolle Pionierstimmung: wir gegen den Rest der Welt – Saddam und die arabischen Hardliner. Irgendwie hatte ich das Gefühl, daß ich dabeisein müßte. Also hab ich mich mustern lassen. Und meine Sache gut gemacht. Hab's bis zum Sergeanten gebracht. Sergeant Hersh."

Bennett hatte seine Schwierigkeiten damit, sich dieses auf anmutige Art lässige Mädchen in einem israelischen Kampfanzug vorzustellen. „Und wie war's?"

„Zuerst war's unheimlich aufregend – Grenzkontrollen, Antiterroreinsätze. Dann wurde es Routine. Ich glaube, alles wird irgendwann Routine. Aber ich hab eine Menge gelernt." Sie schmunzelte. „Ich wette, ich bin die einzige Frau in Nizza, die Panzer fahren kann."

Bennett suchte die anderen Tische ab, an denen sich etliche

modisch herausgeputzte Damen niedergelassen hatten. „Kein Panzerfahrer zu sehen", stellte er fest. „Also gut – weiter im Text. Sie haben beschlossen, doch nicht Israels erste Generalin zu werden."

Anna lachte. „Das war nichts für mich. Drei Jahre haben mir gelangt." Sie zuckte die Achseln. „Also hab ich mich nicht weiterverpflichtet. Ich hatte ein bißchen Geld gespart, und da hab ich mir gesagt: nimm dir auf dem Heimweg Zeit, bummle eine Weile durch Europa." Sie hatte den Blick auf Bennett gerichtet, aber sie sah ihn gar nicht, es war die Vergangenheit, die sie sah. „Ich wollte Venedig sehen. Meine Eltern hatten die Flitterwochen dort verbracht und haben ständig davon gesprochen, daß sie noch mal hinwollten. Ach, hab ich gedacht, ruf sie einfach aus Venedig an, und dann können sie rüberkommen. Aber dann ist mir Poe über den Weg gelaufen. Eine Zufallsbekanntschaft in einem von diesen Cafés auf dem Markusplatz."

„Lassen Sie mich raten – er hat Sie auf seine Gondel eingeladen."

„Nicht ganz so schlimm, aber fast. Nun, Sie kennen ihn ja. Er ist ein Mann, der weiß, wie man Dinge einfädelt. Die besten Hotels, Privatflugzeug, Kleider, Blumen – das ganze Drum und Dran. Ich war wohl doch nicht so abgebrüht, wie ich geglaubt hatte."

Bennett versuchte sich vorzustellen, wie groß der Kontrast gewesen sein mußte zwischen dem Alltag in der Army und dem Luxus, mit dem Poe ihr Leben ausgepolstert hatte. „Er ist ja auch ein attraktiver Mann, wenn man reiche alte Ex-Etonier mag."

Anna erzählte weiter, ohne auf seine Bemerkung einzugehen. „Er hatte damals ein Appartement in Genf, da haben wir gewohnt. Das heißt, ich habe da gewohnt. Er war dauernd unterwegs, weil er sich um seine Geschäfte kümmern mußte."

„Was für Geschäfte?"

„Devisengeschäfte, Grundstücksspekulationen ..., das waren die, über die er geredet hat. Es gab auch welche, über die er nicht geredet hat. Waffengeschäfte vielleicht. Jedenfalls gab es unter seinen Freunden erstaunlich viele Generale. Aber er hat mich aus alledem, so gut es ging, rausgehalten. Ich hab ganz einfach in Genf gesessen, Französisch gelernt und gewartet, bis er wieder mal vorbeikam. Und nach ein paar Jahren hat er mir dann eines Tages einen Armvoll Rosen mit einem Briefchen geschickt, in dem stand, daß es aus ist. Er hat den Tick mit jungen Mädchen. Da wird man mit fünfundzwanzig, sechsundzwanzig eben ausgetauscht. Wie ich höre, lebt er jetzt mit einem französischen Schnuckelchen zusammen. Haben Sie die mal kennengelernt?"

Bennett nickte. „Chou-Chou. Mit Sicherheit keine Panzerfahrerin. Sie müssen ziemlich empört gewesen sein."

„Ziemlich empört? Ich hätte den Kerl erwürgen können! Schickt mir einen Brief! Ich bin mir vorgekommen wie eine Zeitschrift, der das Abonnement gekündigt wird."

„Wieso arbeiten Sie dann für ihn?" fragte Bennett.

Sie seufzte und versteckte die Augen hinter der Sonnenbrille. „Fünfzigtausend Dollar – darum. Mein Papa ist letztes Jahr gestorben, und meine Mutter ist krank. Ich bin wieder ins Modelgeschäft eingestiegen, aber die Ärzte raffen mir die Scheine schneller aus der Hand, als ich sie ranschaffen kann. Tja – und dann hat mich Poe letzte Woche überraschend angerufen und mir fünfzig Riesen angeboten, in bar, für ein paar Tage Arbeit. Er hat gemeint, meine Ausbildung bei der Army könnte mir dabei zupaß kommen. Sie können mir glauben, hier geht's nicht um eine Gefälligkeit aus alter Liebe, hier geht's um ein Geschäft." Sie trank ihre Tasse aus. „Fangen wir an."

Bennett rappelte sich hoch. „*Yes,* Sergeant, auf der Stelle. Ich kümmere mich um die Transportmittel. Befehlen Sie vorher einen Uhrzeitvergleich?"

Anna schlüpfte in die Lederjacke. „O Gott – ihr Briten! Ist diese Art von Humor angeboren?"

Sie fuhren zurück nach Monaco, Anna machte ein kleines Nickerchen, und bei Bennett kletterte das Stimmungsbarometer zunehmend auf Schönwetter. Ein hübsches Gesicht munterte ihn immer auf, dazu kam die Überlegung, daß das Mädchen über Fähigkeiten verfügte, die sich als nützlich erweisen dürften. Er nahm eine scharfe Rechtskurve, was den erfreulichen Nebeneffekt hatte, daß Annas Kopf im Schlaf nach links rutschte und auf seiner Schulter zur Ruhe kam.

Anna wachte auf, als der Mercedes die Rampe zur Tiefgarage hinauffuhr.

„Trautes Heim, Glück allein", sagte Bennett. „Nun, ich nehme an, Sie kennen sich hier aus, oder nicht?"

„Poe hat davon erzählt, aber selber war ich nie hier."

Bennett drückte den Fahrstuhlknopf. „Das Appartement hat ungefähr den Charme einer Hotellobby, aber dafür ist es nur ein Katzensprung zum Kasino, falls Ihnen danach ist, ein bißchen Geld zu riskieren."

„Das überlasse ich Ihnen, ich geh lieber unter die Dusche."

Bennett warf einen Blick auf die Uhr. „Haben Sie noch einen

Moment Geduld. Wir sollten Poe wissen lassen, daß Sie da sind. Ich denke, er wird mit Ihnen reden wollen."

Anna verdrehte die Augen. „Ich kann's kaum erwarten."

Poe hörte sich immer noch an wie am Tag zuvor – von Mut und Tatkraft beflügelt. Er gab Bennett die Nummer von Tuzzis Verbindungsbüro in Cannes, da werde er alles über den Bootstransfer zur Jacht erfahren, danach erging er sich noch etliche Minuten lang in anderen Details, ehe er ihn bat, Anna ans Telefon zu holen.

Anna hörte sich sehr kühl und einsilbig an, und Poes Anweisungen schienen sie ein wenig zu verärgern. Schließlich zuckte sie die Achseln. „Okay", sagte sie, „ist ja dein Geld." Sie bedachte den Hörer, bevor sie ihn auflegte, mit einem finsteren Blick, dann schielte sie zu Bennett herüber. „O Gott!"

„Was gibt's denn?"

„Ich soll Ihre Sekretärin spielen. Die kleine Miß Hersh. Ein Witz!"

„Oh", sagte Bennett, „ich weiß nicht. Scheint mir eher eine gute Idee zu sein. Wie weit ist es denn mit Ihren Stenokenntnissen her?"

„Nicht so weit wie mit meinem Nahkampftraining, deshalb können Sie sich Ihre müden Scherze für andere aufsparen, einverstanden?" Sie stand auf und griff nach ihrem Koffer. „Wo ist das Badezimmer?"

Bennett zeigte ihr den Weg nach unten, dann rief er die Nummer von Tuzzis Verbindungsbüro in Cannes an. Die junge Frau, die sich meldete, schnurrte und gurrte, als habe sie es mit dem Vorzugsinteressenten zu tun. Sie gab ihrer Hoffnung Ausdruck, daß er einen angenehmen Flug von Zürich gehabt habe, und bat ihn, am Nachmittag des folgenden Tages um fünf am Hafen von Cannes zu sein, von da werde ihn ein Boot zur *Ragazza di Napoli* bringen. Mr. Tuzzi plane für den Abend ein Galadinner an Bord, das ihm sicher in überaus angenehmer Erinnerung bleiben werde.

So, jetzt war alles soweit. Ausgerüstet mit einem falschen Koffer, mit einer falschen Geschäftskarte und mit einer widerwilligen Sekretärin, gab es nun nichts zu tun, als zu warten.

„Bennett? Kriegt man hier ein Bier?" Anna war in frischen Jeans und T-Shirt die Treppe hochgekommen.

Bennett ging in die Küche und kam mit zwei Flaschen Kronenbourg wieder. „Anna, nehmen Sie's bitte nicht persönlich, aber haben Sie außer Jeans und T-Shirts noch irgendwas dabei? Das kleine Schwarze? Röcke und Blusen? So was in der Art?"

Sie schüttelte den Kopf. „Hab ich alles in New York gelassen, genau wie die Ballkleider und den bodenlangen Chinchilla."

Leicht machte sie's ihm wahrhaftig nicht. „Die Sache ist nur so", sagte Bennett, „Ihnen wurde die Rolle meiner…, na ja, meiner Sekretärin zugedacht. Und ich bin ein Investmentbanker mit einer Menge Kapital im Rücken. Glauben Sie, daß so ein Typ eine Sekretärin in Jeans und T-Shirt dabeihat?"

Anna nagte an der Unterlippe. „Nein", gab sie seufzend zu.

„Dann müssen wir Sie also einkleiden. Das bedeutet, wir müssen noch mal nach Nizza, aber ich weiß schon, wo wir uns da umsehen."

AM SPÄTEN Nachmittag waren sie schließlich in der Boutique gelandet, in der Susie erstaunlich viel Geld für bemerkenswert wenig Stoff ausgegeben hatte. Die Verkäuferin hatte Bennett in guter Erinnerung behalten; während Anna in der Umkleidekabine war, fixierte sie ihn mit einem Blick, der einem vertraulichen Rippenstoß nicht viel nachstand.

Anna tauchte in einem Seidenkostüm auf, das wie angegossen saß – eine Offenbarung. Jetzt, da sie etwas trug, was Bennett unter dem Sammelbegriff „vernünftige Kleidung" einordnen konnte, bewegte sie sich auf einmal ganz anders. Sie posierte und drehte sich, drückte die Hüften heraus, kurzum, das gelernte Model schimmerte durch. Sie musterte sich kritisch in dem hohen Spiegel und sagte zu Bennett: „Kein schlechter Schnitt. Ist der Rock lang genug für Zürich?"

„Knapp überm Knie. Raffiniert, aber bei geschäftlichen Anlässen durchaus angebracht", sagte er. „Und wegen der Schuhe gehen wir zu Clergerie, nur ein Stück die Straße runter."

Anna warf ihm auf dem Weg zurück in die Umkleidekabine einen Blick über die Schulter zu. „Wie kommt's, daß Sie sich so gut auskennen?"

„Ich hab Ihnen doch von Susie erzählt. Sie kauft immer für ganz England ein."

Zwei Stunden und ein halbes Dutzend Läden später zog Bennett Bilanz und kam zu dem Schluß, daß Anna nunmehr ordentlich ausstaffiert war. Sein Lohn war das unerwartete Vergnügen, Augenzeuge zu sein, wie sich ein hübsches, nur ein wenig zu burschikoses Mädchen in eine elegante junge Frau verwandelte.

Anschließend saßen sie im Stau des Frühabendverkehrs rund um Nizza fest. Das nervtötende Geknatter der sich vorbeischlängelnden

Motorräder machte bei offenem Verdeck jede Unterhaltung so gut wie unmöglich. Bennett sehnte sich nach Ruhe, einem kühlen Glas Wein und etwas Eßbarem. Mit einem entschlossenen Tritt aufs Gas kurvte er riskant an einem Lastwagen vorbei und bog zum Meer ab, nach Villefranche. Augenblicklich reduzierte sich der Geräuschpegel.

„Ich dachte, Sie könnten was zu knabbern brauchen, weil wir ja den Lunch verpaßt haben", sagte er zu Anna. „Hätten Sie Appetit auf Fisch? Einkaufen macht hungrig."

„Mir reicht's schon, wenn ich lebendig hier herauskomme."

„Tut mir aufrichtig leid, aber es war eine plötzliche Eingebung. Es gibt da unten am Hafen ein paar hübsche Lokale."

Mit anmutigem Schwung bog der Mercedes in eine der in Villefranche goldwerten Parklücken. Bennett und Anna schlenderten zum Kai hinunter, wo sich ein Lokal ans andere reihte. Die Kellner waren noch dabei, die Tische im Freien herzurichten, ehe der Ansturm einsetzte.

Bennett und Anna studierten flüchtig die aushängenden Speisekarten und entschieden sich schließlich für einen Tisch mit Blick auf die untergehende Sonne. Eine halbe Stunde lang vergaßen sie das Rollenspiel, das sie zusammengeführt hatte, und plauderten so unbefangen, wie es eben zwei Menschen tun, die sich zufällig kennengelernt haben und sich interessant und sogar ganz nett finden. Paris war alles, was Anna von Frankreich kannte, darum bat sie Bennett, ihr ein bißchen den Süden zu beschreiben. Und so erzählte er ihr von Saint-Martin, Avignon und Aix, von den Menschen und von den Jahreszeiten – alles mit einer liebevollen Zuneigung, die man aus jedem Satz heraushören konnte.

Der Kellner holte sie in die Gegenwart zurück. *„Monsieur Bennett? Téléphone."*

Verdutzt und ein bißchen verärgert folgte Bennett ihm ins Restaurant und nahm den Hörer. „Ja?"

„Ich bitte um Nachsicht, wenn ich Ihr intimes kleines Dinner störe." Poe hörte sich allerdings nicht im mindesten reuevoll an. „Haben Sie alle Absprachen mit Tuzzis Leuten getroffen?"

„Ja, wir gehen morgen am späten Nachmittag an Bord."

„Ausgezeichnet. Ich bin sehr glücklich, daß Miß Hersh und Sie sich so gut unterhalten."

„Woher wußten Sie, daß wir hier sind?"

„Nun, ich habe Ihnen ja gesagt, daß ich ein schützendes Auge auf

Sie haben werde. Hoffen wir, daß Sie mir schon bald gute Neuigkeiten berichten können. *Bon appétit.*"

Auf dem Rückweg zum Tisch blieb Bennett an der Tür stehen und suchte den Kai ab. Irgendwo in diesem scheinbar harmlosen Gedränge lauerten Poes zweibeinige Dobermänner.

An Bennetts schmalen Lippen sah Anna sofort, was los war. „Lassen Sie mich raten: Das war unser innig geliebter Chef. Er wollte uns wissen lassen, daß er uns im Auge behält."

Bennett nickte und schenkte Wein nach. „Die müssen den ganzen Tag hinter uns hergewesen sein. Kein angenehmes Gefühl, nicht?"

„Hab ich Ihnen doch gesagt. Der ganze Kerl ist nicht angenehm."

Ein paar Minuten lang aßen sie stumm und warfen von Zeit zu Zeit einen verstohlenen Blick auf die Nachbartische, die jetzt alle besetzt waren. Bennett schob verdrossen den Teller weg, ihm war der Appetit vergangen. „Und?" fragte er. „Haben Sie schon einen Plan für morgen?"

„Hängt ganz davon ab, wo Tuzzi den Koffer aufbewahrt. Die Interessenten werden ihn sehen wollen. Gut möglich, daß sich dabei eine Gelegenheit zum Austausch ergibt, aber ich glaube, nach der Auktion dürften wir mehr Glück haben. Wir bleiben dem, der ihn ersteigert hat, auf den Fersen, und sobald wir dann von Bord sind, nehmen wir ihn in die Mangel."

Bennett begann zu begreifen, warum Poe Anna angeheuert hatte. „Haben Sie viel Erfahrung in solchen Dingen? Leute in die Mangel zu nehmen?"

Sie sah ihn mit dünnem Lächeln an. „Mehr als Sie, würde ich sagen."

„Also gut, dann überlass' ich das Ihnen. Ich halte solange Ihren Mantel."

Bennett bezahlte die Rechnung, sie ließen den Kai hinter sich und gingen das steile Sträßchen hinauf, das sie zurück zum Auto führte. Als sie an einer *bar-tabac* vorbeikamen, steuerte Bennett darauf zu, um sich eine Zeitung zu kaufen. „Wir treffen uns am Auto, okay?"

Als Bennett wieder aus dem kleinen Laden herauskam, blieb er unter einer Laterne stehen, um kurz die Schlagzeilen des Tages zu überfliegen. Das Routinegeplänkel vor den Wahlen, gegenseitige Schuldzuweisungen und Versprechungen. Er bog um die nächste Ecke und kam auf den kleinen Platz, auf dem sie den Mercedes abgestellt hatten. Anna stand beim Wagen und unterhielt sich mit einem Mann. Einer von Poes Schlägern, vermutete Bennett. Er legte einen Schritt zu.

Eigentlich wollte er schreien, aber dazu kam er nicht mehr. Er sah, wie der Mann den Arm hob und wie Annas Hand nach vorn schnellte und ihm ins Gesicht schlug, dann, wie der Kopf des Mannes zurückgeworfen und gleich danach nach vorn gerissen wurde, als Anna ihn am Hinterkopf packte und seine Kehle mit einem scharfen Ruck gegen ihren Unterarm drückte. Der Mann sackte lautlos in sich zusammen.

Endlich war Bennetts Stimme wieder da. „Anna! Ist alles in Ordnung mit Ihnen?“

Anna atmete tief durch. „Mir geht's gut. Aber schauen Sie sich das mal an.“ Sie deutete auf das Seitenfenster neben dem Fahrersitz und zog einen schmalen Streifen Stahlblech heraus, den der Autoknacker zwischen Tür und Fenster gezwängt hatte. „Der miese Gauner. In dreißig Sekunden wäre er drin gewesen.“

Bennett beugte sich über den Mann. „Was, zum Teufel, haben Sie mit ihm gemacht?“

„Ein einfacher Luftröhrenschlag. Zwei, drei Minuten wird er wohl noch weggetreten sein.“ Sie gähnte. „Fahren wir. War ein langer Tag.“

Sie erreichten Monaco, als die ersten Sterne am Himmel funkelten. Bennett schaute zu Anna hinüber. Sie lag zusammengekuschelt neben ihm und schlief sich den Jetlag aus den Knochen. Er rüttelte sie sanft an der Schulter. „Wir sind da.“

Er schloß ihr die Appartementtür auf, folgte ihr die Wendeltreppe hinunter ins Schlafzimmer und stellte die Tragetaschen mit der Einkaufsbeute neben dem Bett ab. „Danke“, sagte Anna. Sie schob das Fenster auf und fragte: „Wo ist Ihr Zimmer?“

„Nun, eigentlich war's das hier.“

„Pech gehabt, Sportsfreund.“ Sie ließ sich mit einem wohligen Seufzer aufs Bett fallen. „Viel Spaß auf der Couch.“

„Haben Sie was dagegen, wenn ich schnell noch dusche?“

„Fühlen Sie sich wie zu Hause.“

Bis er aus dem Bad kam, war sie – einen Arm um das Kopfkissen geschlungen – auf dem Bett eingeschlafen. Auf einmal kam ihm ihr Gesicht noch jünger und noch weicher vor. Bennett spielte mit dem Gedanken, ihr wenigstens die Stiefeletten auszuziehen, besann sich aber eines Besseren. Vielleicht glaubte sie, er wolle ihr die Dinger klauen, übte an ihm den Luftröhrenschlag und schleuderte ihn aus dem Fenster. So löschte er nur das Licht und ging nach oben. Er schenkte sich einen Whisky ein, saß im Dunkeln und dachte darüber nach, wie abrupt sein Leben sich doch verändert hatte.

9

Bennett wachte von französischer Musik aus dem Radio und vom Duft frisch gekochten Kaffees auf. Er schlug die Augen auf und versuchte vorsichtig, den Kopf ein wenig vom Kissen zu heben, das heißt, von seiner zusammengerollten Hose. Der Kopf und das Genick taten ihm scheußlich weh. Er rappelte sich ächzend hoch und wankte halb blind in die Küche.

„Sie sehen erbärmlich aus“, begrüßte Anna ihn frohgelaunt. „Kaffee?“

Die Augen nur einen Spalt weit offen, weil das grelle Morgenlicht ihn blendete, verfolgte er, wie sie ihm eine bauchige Tasse vollschenkte und hinhielt. Sie sah geradezu unverschämt munter aus und roch ein wenig nach Mimosen, wie Poes teure Seifen im Badezimmer.

„Ich werd ein paar Croissants kaufen“, sagte Anna. „Wie wär's, wenn Sie inzwischen duschen gehen?“

„Jawohl, Sergeant. Ich werde mich unverzüglich in den Waschraum begeben und Punkt acht zum Frühstückfassen melden.“ Die Tasse mit beiden Händen umklammert, schlurfte er Richtung Wendeltreppe los. Anna ertappte sich dabei, daß sie auf seinen braungebrannten Rücken starrte und dahin, wo er in seine schmalen Hüften einmündete.

Eine halbe Stunde später kam er, mit Aspirin aufgepäppelt und durch eine Sonnenbrille geschützt, zu ihr auf die Terrasse. Sie legte ihm ein Croissant auf den Teller. „Ich hab nachgedacht. Angenommen, wir schaffen es nicht, die Koffer auf dem Boot auszutauschen. Das würde bedeuten, daß wir dem, der den Koffer ersteigert hat, auf den Fersen bleiben müssen.“

Bennett biß in das gebutterte Blätterteighörnchen. Mit einem Quentchen Glück überlebte er den Tag vielleicht doch.

„Nur, da gibt's ein großes Problem“, fuhr Anna fort. „Wie stellen wir's an, ihm auf den Fersen zu bleiben? Das Auto steht ja in Cannes.“

Bennett mußte sich mächtig anstrengen, um sein Gehirn anzukurbeln. Anna hatte recht. Wenn sie das Boot verließen – irgendwo an der französischen Küste –, stand der Wagen in Cannes. Und der, der den Koffer gekauft hatte? Der sorgte mit Sicherheit dafür, daß jemand am Zielhafen auf ihn wartete, weil ihm bestimmt daran lag, sich so rasch wie möglich zum nächsten Flugplatz kutschieren zu lassen. Blieb die Frage, wie man es anstellte, jemanden in die Mangel zu nehmen, wenn der im Auto davonpreschte und man selbst zu Fuß war. Bennett spürte erneut ein unangenehm kribbelndes Stechen unter der Schädeldecke.

„Bennett? Sind Sie noch da?"

Er hielt ihr die Tasse hin. Anna schenkte ihm nach, und mit dem nächsten Schluck kam ihm die Erleuchtung. Poes Männer hielten sich über den Kurs der Jacht auf dem laufenden. Also waren sie, wo immer Tuzzi anlegen ließ, schon da. Na also – dann sollten sie doch die Drecksarbeit verrichten. Anna und er mußten ihnen nur zeigen, wer den Koffer hatte, alles übrige konnten sie ihnen überlassen. Eine Perspektive, die Bennetts Gemüt rapide aufheiterte. Er schenkte Anna sein strahlendstes Lächeln. „Einsatz der Reserve", sagte er, „das ist das Gebot der Stunde."

Anna hörte ihm stumm zu, während er seinen Plan erklärte. „Nein", sagte sie dann, „darauf lasse ich mich nicht ein. Wenn Poes Männer den Koffer zurückbringen, kriege ich kein Geld." Sie sah ihn entschlossen an. „Die fünfzig Riesen sind bei mir fest einkalkuliert. Die Ärzte lauern schon darauf."

Bennett verteidigte seinen Vorschlag vehement. „Schauen Sie, das Ganze ist ja nur für den Fall, daß wir den Austausch nicht an Bord schaffen. Ist auf jeden Fall besser, als wenn uns der Koffer ein für allemal durch die Lappen geht – oder etwa nicht?"

Anna sagte nichts. Sie war bereits damit beschäftigt, eigene Pläne zu schmieden, und in denen spielten Poes Gorillas keine große Rolle. Aber Bennett jetzt in ihre Überlegungen einzuweihen hätte die Dinge nur unnötig kompliziert. Also erklärte sie sich nach längerem demonstrativem Zaudern damit einverstanden, daß er Poe anrief.

Zehn Minuten später kam Bennett mit triumphierendem Grinsen zurück. „Alles geregelt", berichtete er. „Poes Gorillas werden da, wo wir von Bord gehen, als französische Cops verkleidet auf uns warten. Wenn wir den Austausch nicht geschafft haben, sollen wir ihnen den falschen Koffer geben. Sie wollen den Mann, der den echten hat, dann unterwegs stoppen und unter einem Vorwand sein Auto durchsuchen. Sie werden sich den echten Koffer schnappen und ihm den falschen unterjubeln." Bennett machte eine Pause und schüttelte den Kopf. „Dieser Poe ist wirklich ein gerissener alter Stinkstiefel. Er legt's sogar darauf an, daß der Käufer den Schwindel entdeckt. Was ja wohl auch, sobald das Zeug erst mal im Labor ist, nicht lange dauern wird. Dann, rechnet Poe sich aus, geht der Betrogene auf Tuzzi los."

Bennetts Kater wich beschwingter Euphorie. Jetzt mußten sie sich nur bei der Auktion überzeugend überbieten lassen, dann konnten sie den Koffer und alle übrigen Probleme getrost Poes Privatmiliz überlassen. Das mußte gefeiert werden. „Nun, Miß Hersh, es ist zwar, wie ich weiß, in unserer Firma nicht üblich, daß leitende Mitarbeiter mit ihren Sekretärinnen gesellschaftlich fraternisieren, heute halte ich jedoch eine geringfügige Abweichung von der Regel für zulässig. Stimmen Sie mir zu?"

Seine Miene war der Ausdruck reiner Glückseligkeit. Anna konnte nicht anders, sie mußte zurücklächeln. „Und was schwebt Ihnen da vor? Eine kleine Büroparty?"

„Ein Lunch, Miß Hersh. Ein gemeinsamer Lunch." Er schielte sie über die Sonnenbrille hinweg an. „Würden Sie mir einen Gefallen tun? Einen Rock anziehen? Und ordentliche Schuhe? Weil wir nämlich ins Chez Bacon gehen, und da wird der Chef persönlich aus seiner Küche herbeieilen und Ihnen vor lauter Bewunderung den Saum Ihres Gewandes küssen."

Sie eilten ins Schlafzimmer, um für die Bootstour zu packen und sich umzuziehen. Bennetts Hochstimmung war ansteckend; Anna ertappte sich zu ihrer Überraschung dabei, daß sie sich kleidete, um ihm zu gefallen: ein kurzes, ärmelloses Leinenkleid in zartem Beige, hohe Absätze und einen Extratropfen Coco dicht unter der Kehle.

Er wartete oben auf sie, geschniegelt und gebügelt, um den Kragen seines besten blauen Hemds einen aus Poes Kleiderschrank entliehenen Schlips geschlungen. Kein Zweifel, sagte sich Anna, wenn er noch den Reißverschluß an der Hose zuzog, konnte man sich mit ihm sehen lassen. Sie bedachte ihn mit einem anerkennenden Nicken. „Nicht schlecht. Sie lassen sich anscheinend mühelos wiederauffrischen."

Bennett verneigte sich. „Sie sehen auch nicht schlecht aus für einen Unteroffizier der Reserve." Unterwegs zur Diele verfolgte er angelegentlich die interessanten Fließbewegungen, die sich unter ihrem Kleid vollzogen. „Alles eingepackt?" fragte er. „Nicht vergessen, daß heute abend ein elegantes Dinner auf dem Boot angesagt ist. Sie haben hoffentlich Ihre Orden und Ehrenzeichen dabei?"

Anna zog die Appartementtür auf und drehte sich zu ihm um. „Machen Sie den Hosenlatz zu! Das ist ein Befehl."

DAS CHEZ BACON auf dem Cap d'Antibes war ein Lokal mit ausgezeichnetem Essen, aufmerksam-ahnungsvollem Service und einer schattigen, langgestreckten Terrasse mit Blick aufs Meer. Bennett bestellte zwei Gläser Champagner und versuchte sich mit einem Trinkspruch: „Auf meinen Lieblingssergeanten."

Anna legte den Kopf schief. „Wie viele von der Sorte kennen Sie denn außer mir?"

Er tat so, als müsse er sie erst in Gedanken zusammenzählen. „Nicht sehr viele. Und die müssen sich alle rasieren."

Sie sahen sich an. Ein langes, von einem Lächeln getragenes Schweigen. Bis der Kellner auftauchte – mit diplomatischem Hüsteln und mit der Speisekarte.

Zum Auftakt ihrer Zeremonie zweisamen Schlemmens gab es einen weißen Bandol und hauchdünne Ravioli. Bennett mochte kaum noch glauben, daß dieses schlanke, gutgekleidete Mädchen ihm gegenüber am Vortag vor seinen Augen einen Autodieb schachmatt gesetzt hatte. Heute sah sie irgendwie aus wie eins der Feenwesen, die in solche Restaurants gehören, am besten in Begleitung von jemandem wie Poe. „Verraten Sie mir, was Sie tun werden, wenn das alles vorbei ist?"

Anna blickte aufs Meer. „Zurück nach New York fliegen, vermute ich. Die Ärzte bezahlen und meine Mutter wiedersehen. Und ihr vielleicht ein bißchen was über den Kerl erzählen, den ich in Frankreich kennengelernt habe."

„Was werden Sie ihr denn erzählen?"

„Tja, mal sehen ... Also, Zahnarzt ist er nicht. Anwalt auch nicht. Eigentlich hat er keinen richtigen Beruf."

Bennett wischte seinen Teller mit einem Stück Brot sauber. „Aha. Also einfach nur eine gute Partie. Der Typ, von dem alle Mädchen träumen."

„Und was würden Sie Ihrer Mutter erzählen?"

„Nun", sagte Bennett, „ich müßte sie zuerst mal finden. Sie ist seit meinem siebten Lebensjahr quasi eigenmächtig abwesend." Er erzählte ihr von seinen vom Wandertrieb besessenen Eltern – eine Geschichte, derentwegen sie ihn womöglich bedauert hätte, aber er erzählte sie so unbeschwert und ohne das geringste Selbstmitleid, daß sie lachen mußte. Sie hatte völlig vergessen, wie herzerfrischend es ist, wenn ein Mann das Leben und seine Launen mit Humor nimmt.

Er unterbrach sich, damit sie beide mit der nötigen Andacht das Schauspiel verfolgen konnten, wie der Kellner mit einer Geschicklichkeit, die jedem Chirurgen Ehre gemacht hätte, ihren Fisch filetierte. Eine Weile konzentrierten beide sich (bis auf den gelegentlichen Austausch flüchtiger Blicke) ganz auf das Essen.

Schließlich waren sie fertig und lehnten sich zurück. „Was halten Sie von wilden Erdbeeren zum Nachtisch?“ schlug Bennett vor. „Die sind köstlich, mit *crème fraîche.*“

Sie plauderten über dies und jenes, nur um das Abenteuer, das unmittelbar vor ihnen lag, redeten sie in weitem Bogen herum, weil es viel schöner war, sich von der angenehmen Stimmung des Augenblicks einlullen zu lassen.

ALS SIE in Cannes ankamen, wartete am Hafen bereits Tuzzis Zubringerservice auf sie: zwei Muskelprotze in Weiß, die T-Shirts mit dem Aufdruck RAGAZZA DI NAPOLI trugen. Anna, Bennett und das Gepäck wurden ins Heck des Bootes verfrachtet. Zuerst gurgelte der Auspuff, als habe er sich am Mittelmeer verschluckt, aber dann glitten sie rasant auf ein stählernes Gebilde zu, das aussah wie ein zwei Kilometer vor der Küste verankertes Appartementhaus.

Die *Ragazza* war monumental und potthäßlich. Aus dem Kabinendach auf dem Oberdeck reckten sich Antennen, Satellitenschüsseln und die imposante Radaranlage. Schattenspendende Segeltuchmarkisen waren über dem weitläufigen Deck gespannt, und als sie die steile Gangway hochkletterten, entdeckten sie den ovalen Swimmingpool. Alles in allem war's eher eine schwimmende Festung als eine Jacht.

Ein Steward führte sie zu ihren nebeneinanderliegenden Kabinen und ließ sie wissen, daß es Signor Tuzzi ein Vergnügen sein werde, sie auf dem Vordeck willkommen zu heißen. Ob sie vielleicht Hilfe beim Auspacken brauchten? Eingedenk des falschen Koffers, der, von einem Sweater umhüllt, in seinem Gepäck versteckt war, wedelte Bennett den Mann mit einem Hundertfrancschein zur Tür hinaus und begann, sich in seiner Kabine und dem kleinen Bad häuslich einzurichten. Zu seiner Zufriedenheit stellte er fest, daß es ein richtiges Bett gab. Das einzige, was ihn daran erinnerte, daß er sein Leben dem nassen Element ausgeliefert hatte, war das Bullauge. Bennett steckte den Kopf durch und rief: „Anna? Alles in Ordnung? Haben Sie schon den Seemannsgang raus?“

Ein Arm wurde durchs benachbarte Bullauge gereckt, ein winkender Finger lud ihn ein, nach nebenan zu kommen. Als Bennett in Annas Kabine kam, legte sie ihm, ehe er etwas sagen konnte, rasch die Hand auf den Mund, verschwand im Bad und kam mit einem Lippenstift und einem Blatt Kleenex zurück. Er schaute ihr über die Schulter, während sie hinkritzelte: *Die Kabinen könnten mit Wanzen gespickt sein.*

Bennett nickte und sagte: „Ach, da stecken Sie, Miß Hersh!“ Er hoffte, den angemessenen Ton zwischen Chef und Sekretärin zu treffen. „Bei den Italienern läßt sich’s leben, wie? Sehr komfortable Quartiere. Nun, wenn Sie fertig sind, sollten wir nach oben gehen und unseren Gastgeber begrüßen.“

Anna zwinkerte und signalisierte mit gerecktem Daumen Anerkennung. „Ja, Mr. Bennett. Wünschen Sie, daß ich meinen Stenoblock mitnehme?“

„Nein, das halte ich nicht für nötig.“

Anna lächelte süßlich und stöckelte brav hinter ihm her.

Die um einen niedrigen Tisch versammelte Männerrunde erhob sich geschlossen, als Anna und Bennett das Vordeck erreichten. Einer von ihnen kam mit weit ausgebreiteten Armen auf sie zu. „Ah, Signor Bennett! Willkommen auf der *Ragazza.* Ich bin Tuzzi.“ Sein Gesicht, dessen Farbe ebenso wie die zahlreichen Schrunden und Narben an altes Leder erinnerte, zerfloß zu einem Lächeln, bei dem das Weiß der Zähne unter dem buschigen schwarzen Schnauzbart noch eine Spur strahlender wirkte. Zwei Fingerbreit höher prangte eine hakenförmige, leicht angeknackste Nase. Den Rest, der ihm vom schwarzen Haupthaar geblieben war, hatte er zu einem Pferdeschwanz zusammengebunden. Das Brusthaar wucherte allerdings um so üppiger aus dem weit offenen Polohemd. Nachdem er ausgiebig Bennetts Hand geschüttelt hatte, schloß er unter dramatischem Seufzen die Augen. „Muß ich um Nachsicht bitten“, hauchte er. „Bin ich tot und gestiegen auf zum Himmel? Wen haben wir denn da?“

„Meine Sekretärin“, sagte Bennett, „Miß Hersh.“

„Signorina!“ Tuzzi beugte sich über die Hand, die Anna ihm hinhielt, und liebkoste sie zart mit dem Schnauzbart. *„Ah, non è vero.* Sekretärin? Eine Prinzessin!“

Anna schenkte ihm ein Lächeln und mußte ein bißchen zupfen und ziehen, bis der Herr ihre Hand wieder freigab. „Ich freue mich, Sie kennenzulernen, Mr. Tuzzi.“

„Enzo. Für Sie – Enzo.“ Er schlug sich mit der Hand vor die Stirn. „Aber vergesse ich meine Manieren. Darf ich Sie bekannt machen ...“

Er stellte ihnen die Anwesenden der Reihe nach vor: den angegrauten, schon leicht verschrumpelten Korsen Monsieur Polluce; den kleinwüchsigen, ebenso adretten wie höflichen Mr. Kasuga aus Tokio; einen dunkelhaarigen Mann im leichten Jachtdreß und mit schwerem Goldschmuck, Anthony Penato aus Kalifornien; und zu guter Letzt einen Engländer mit scharfgeschnittenem, recht intelligent wirkendem Gesicht und stahlgrauem Haar – Lord Glebe, Tuzzis Geschäftsberater.

„Und natürlich nicht zu vergessen“, sagte Glebe und deutete unter den Tisch, wo ein karamelfarbener Pekinese lag, „mein kleiner Gefährte Genghis.“ Bennett machte Lord Glebe die Freude, sich unter den Tisch zu kauern, um sich mit dem Fellknäuel bekannt zu machen.

Als alle Anwesenden das obligate Händeschütteln hinter sich hatten, kam ein kräftig gebauter Mann zu Tuzzi und flüsterte ihm etwas ins Ohr. *„Si, si. Andiamo.“* Tuzzi wandte sich an seine Gäste. „Lade ich Sie nun vor dem Dinner noch zu einer kleinen Kreuzfahrt ein. *Signorina,* speziell für Sie werde ich ein unvergeßliches Sonnenuntergehen inszenieren. Aber zuvor Sie müssen mir erlauben, daß ich Ihnen zeige mein kleines Boot. Kommen Sie!“

Zu Bennetts Überraschung schien Anna von der Einladung äußerst angetan zu sein, sie lächelte beglückt und hakte sich an Tuzzis behaartem Arm ein. „Jachten haben mich schon immer fasziniert, Enzo.“ Während ihr Geplapper in der Ferne verebbte, lief ein fast unmerkliches Zittern durch den Rumpf, gefolgt vom tiefen Brummen der Schiffsmaschine, und dann nahm die *Ragazza* Fahrt auf.

Lord Glebe bedeutete den anderen, wieder Platz zu nehmen. „Da wir alle gerade so schön zusammensitzen, Gentlemen, sollte ich vielleicht ein paar Details mit Ihnen durchsprechen.“ Er sah sie über den Rand seiner Halbbrille an. „Die Auktion wird morgen früh stattfinden, sobald Sie alle Gelegenheit hatten, den Inhalt des Koffers zu überprüfen. Mir persönlich, muß ich zugeben, sagt das Zeug, das da drin liegt, nicht viel, aber ich nehme an, ihr Jungs wißt, wonach ihr schauen müßt, oder nicht?“

Bennett schloß sich geflissentlich dem wissenden Nicken der anderen an.

„Ausgezeichnet. Dann bliebe jetzt noch über die Regularien der Bezahlung zu sprechen. Wir werden morgen, sobald die Transaktion unter Dach und Fach ist, Marseille anlaufen. Ich habe meiner Bank eine telegraphische Zahlung avisiert. Ich gehe davon aus, daß jeder von Ihnen mit seinen Bankern bereits Absprachen getroffen hat, und Sie können natürlich außerdem jederzeit von der Jacht aus Kontakt mit Ihrer Bank aufnehmen. Soweit alles klar?“ Wieder der Eulenblick über den Brillenrand, wieder allgemeines Nicken.

„Sehr gut. Alsdann – wenn wir in Marseille festgemacht haben, werden der Käufer und ich zu meiner Bank spazieren, damit wir uns gemeinsam davon überzeugen können, daß die Überweisung eingegangen ist, dann wird der Koffer übergeben, und schon ist alles geregelt. Tja ..., gibt's noch irgendwelche Fragen?"

Kasuga streckte den Finger. „Steht definitiv fest, daß wir in Marseille an Land gehen?" Glebe nickte. „Ja, dann müßte ich darüber sofort meine Kollegen informieren."

„Natürlich, mein Bester. Ich nehme an, daß Sie alle mit Ihren Leuten reden wollen. Der Kamerad da oben", er wedelte in Richtung Brücke, „hat all den technischen Kram, den man heutzutage braucht. Sie können also nach Belieben mit Ihrem Sekretariat, Ihren Bodyguards oder Ihren Lieben daheim telefonieren." Bennett bekam ein Extralächeln. „Nun, Mr. Bennett, Sie müssen sich da natürlich nicht extra bemühen, Sie haben ja Ihre Sekretärin dabei. Verdammt hübsches Mäuschen. Kleine Sonderzulage für leitende Angestellte, wie?"

„So ist das nicht. Aber sie ist außerordentlich tüchtig."

Glebe senkte die Stimme. „An Ihrer Stelle hätte ich ein Auge auf sie und unseren guten alten Enzo. In mancher Beziehung zwar ein Gentleman, aber trotzdem ein Schürzenjäger." Er beugte sich noch weiter zu Bennett hinüber. „Ganz unter uns – ich bilde mir ein, die meisten Finanzkonsortien in Europa zu kennen, nur bei Ihrer Consolidated will's bei mir nicht klingeln. Sind Sie schon lange im Geschäft?"

Bennett hatte versäumt, sich außer den Geschäftskarten auch noch einen kleinen Abriß der Firmengeschichte einzustecken, so daß er nun einen Augenblick lang ratlos war. Um Zeit zu schinden, bat er um ein Zigarillo, zündete es mit sekundenverschlingender Umständlichkeit an, und dann war er soweit. „Ganz im Vertrauen, Lord Glebe, es handelt sich um eine Briefkastenadresse."

„Aha", sagte Glebe, „hab ich mir fast gedacht. Brunei oder so was?"

„Genaugenommen sind es die Saudis. Aber über Details möchte ich ungern sprechen."

„Sehr klug. Nun, Geld ist Geld, woher's auch kommt." Er sah auf die Uhr und wandte sich wieder an alle. „Gentlemen, wenn Sie mich bitte entschuldigen ... Als nächstes steht ein kleiner Bordrundgang auf dem Programm. Cocktails um sieben, Dinner um acht." Er beugte sich zu seinem schlafenden Pekinesen hinunter. „Wuff-wuff, alter Junge, wuff-wuff." Genghis erhob sich verschlafen, und dann watschelten beide einmütig davon.

TUZZI schloß die Doppeltür zu seiner Kabine auf und stieß sie schwungvoll auf. „Und hier“, sagte er, „ist mein bescheidenes Eckchen.“ Anna registrierte das ausladende Baldachinbett, die Deckenspiegel, die Vorhänge aus schwerer glutroter Seide, die mit Blattgold verzierten Möbel und auf dem Schreibtisch unter dem mittleren Bullauge – den Aktenkoffer.

Schließlich blieb ihr Blick an der lebensgroßen Gipsstatue einer Nackten hängen, die mit der linken Hand die rechte Brust umklammerte und in der Rechten eine Lampe trug. „Was für ein entzückendes Zimmerchen, Enzo.“

Tuzzi ließ einen melancholischen Seufzer hören. „Aber so schrecklich einsam. Wenn ich mich gebette zur Ruhe – immer bin ich allein mit meinem Kopfkissen und meinen Erinnerungen.“ Er sah aus, als wolle er gleich in Tränen ausbrechen, und griff nach Annas Hand.

Sie tätschelte ihm den Arm, schielte auf die Uhr und mimte verdutztes Entsetzen. „Du liebe Güte, Enzo, sehen Sie nur, wie spät es schon ist! Ich sollte mich schleunigst fürs Dinner umziehen.“

„*Sì, sì.* Geleite ich Sie hin.“ Seine Finger tasteten sich, während sie die Kabine verließen, auf ihrem Rücken abwärts und waren, als sie die Doppeltür hinter sich hatten, fast am letzten Wirbel angekommen. Vor ihrer Kabine verabschiedete er sich abermals mit einem überschwenglichen Handkuß.

Kurz darauf klopfte es an der Tür. Mein Gott, dachte sie, gibt der denn nie Ruhe? „Enzo, ich will gerade unter die Dusche gehen.“

„Ich bin's, Anna – Bennett. Könnten Sie mal rauskommen? Ich muß mit Ihnen reden.“

Sie suchten sich ein ungestörtes Plätzchen an Deck, wo sie sich gegen die Reling lehnten. Bennett berichtete über den voraussichtlichen Ablauf der Auktion, voller Erleichterung, daß er schon bald wieder festen Boden unter den Füßen haben sollte und den Rest Poes Männern überlassen konnte. „Und? Wie ist es bei Ihnen gelaufen? Ich habe gesehen, wie Tuzzi um Sie herumscharwenzelt ist.“

„Beim Herumscharwenzeln hat er's leider nicht belassen. Der Kerl hat mindestens vier Hände. Aber ich habe den Koffer gesehen. Er liegt in seiner Kabine.“

Bennetts Augenbrauen schossen steil in die Höhe. „Sie waren in seiner Kabine? Anna, Sie haben doch wohl nicht ... Hören Sie, die Sache ist ganz einfach. Wir müssen nur noch gut über den Abend kommen und morgen bei der Auktion den kürzeren ziehen – und das war's dann. Also keine Heldentaten. Und es besteht auch keine Notwendigkeit, mit diesem übergewichtigen Lothario Haschmich zu spielen."

Sie lächelte, weil er sie so erschrocken und mißbilligend ansah. „Bennett, hören Sie auf, sich Sorgen um mich zu machen. Kommen Sie, wir müssen uns umziehen. Sie brauchen nicht auf mich zu warten."

Das Achterdeck der *Ragazza* war für das festliche Dinner hergerichtet. Girlanden aus klitzekleinen Lämpchen säumten die Sonnenschutzmarkisen, ein großer runder Tisch war mit Silber und Kristall, mit frischen Blumen und mit Windlichtern bedeckt. Als Bennett oben ankam, war Tuzzi, in einen blaßblauen Kaftan gehüllt, soeben am Schwadronieren: „... und das ich habe ihm auch gesagt. Mein Freund, ich habe gesagt, wenn du denkst, du kannst so was machen mit Tuzzi, dann du steckst den Kopf in ein Löwenmaul. *Capice?*"

Während Lord Glebe halblaut eine abgemilderte Version übersetzte, entdeckte Tuzzi Bennett an der Bar und ging eilends auf ihn zu. „Ah – Mr. Bennett. Sie haben einen Drink? *Bene.*" Er legte ihm den Arm um die Schultern und führte ihn ein Stück zur Seite. „Jetzt ich möchte Sie etwas ganz Persönliches fragen. Mann zu Mann, *sì?*"

„Nur zu, worum geht's denn?"

„Um die *bellissima* Miß Hersh. Stehen Sie ihr sehr nahe?"

„Nun, Sie wissen, wie das ist. Enge berufliche Zusammenarbeit. Sie ist eine erstklassige Sekretärin. Beherrscht mehrere Sprachen. Zuverlässiges Mädchen."

„Nein, nein, ich meine – speziell nahe."

Die Bedeutung der Frage war klar. Bennett fuhr sich glättend über die Alt-Etonianer-Krawatte. „Bewahre Gott! Die Regeln der Consolidated untersagen dergleichen Dinge ganz entschieden. Schlecht für die Moral. Lenkt einen zu sehr vom Geschäftlichen ab."

Tuzzi grinste. *„Bene, bene.* Macht mich das sehr glücklich." Er gab Bennett einen Klaps auf die Schulter. „Wissen Sie, auf Sizilien ist sehr gefährlich, wenn Mann liebt Frau von anderem Mann."

„Ja, ich hab schon davon gehört, daß Sizilien ein kitzliger Spielplatz ist." Bennett nahm einen Schluck Champagner und gab sich Mühe, seinen Zorn herunterzuspülen angesichts der Vorstellung, daß dieser behaarte Gockel womöglich Anna vernaschte. Wobei sich in den Zorn auch ein Anflug von Eifersucht mischte, mußte er sich eingestehen.

„Ah!" rief Tuzzi aus und versetzte Bennett noch einmal einen herzhaften Schlag auf die Schulter. „Da ist sie ja, die kleine Miß Hersh! Welch ein himmlischer Glanz!"

Bei Annas Anblick verzog Bennett mißbilligend das Gesicht. Sie trug einen Rock, den er von der Anprobe in Nizza mehrere Fingerbreiten länger in Erinnerung hatte, dazu ein Top: obenherum Spaghettiträger, untenherum nabelfrei. Tuzzi eilte auf sie zu und benutzte die Zeremonie eines ausgedehnten Handkusses, um tiefere Einblicke in Annas Ausschnitt zu nehmen. Das nimmt mit Sicherheit ein böses Ende, dachte Bennett, schnappte sich ein Glas Champagner, schlenderte damit zu ihr hinüber und wartete ungeduldig, bis Tuzzi außer Hörweite war. „Sie sind wohl total übergeschnappt?“ zischte er. „Der Kerl bricht heute nacht Ihre Tür auf und fällt über Sie her.“

Anna lächelte, als hätte er ihr ein Kompliment gemacht. „Freut mich, daß ich Ihnen so gefalle. Haben Sie's vergessen? Hier geht's nur ums Geschäft.“

Ehe Bennett antworten konnte, bat Tuzzi zu Tisch. Anna plazierte er zwischen sich und Lord Glebe. Dann sah er seine Gäste der Reihe nach an. „Meine lieben Freunde, heute abend bitte kein Geschäftliches. Heute ist Gala, zu Ehren der Allerschönsten unter uns. Nach dem Dinner, wir werden einen Film in meinem kleinen Kino haben, und dann bleibt die *Ragazza* während der Nacht angeankert, damit wir ruhig und friedlich schlafen. Und nun – *buon appetito!*“

Bennett gab sich alle Mühe, seine Tischnachbarn Polluce und Kasuga in ein Gespräch zu verwickeln, hatte aber nur sehr begrenzten Erfolg damit. Nach dem ersten Gang gab er seine Bemühungen auf und widmete sich ganz dem *loup de mer* auf seinem Teller. Hin und wieder schielte er allerdings zu Anna hinüber, die ganz unverschämt mit Tuzzi und Lord Glebe flirtete.

Als das Dinner beendet war und alle Richtung Vorführraum aufbrachen, ließ Tuzzi es sich auch dieses Mal nicht nehmen, jedem seinen Platz zuzuweisen, wobei er zwei Armsessel ganz hinten für Anna und sich reservierte. Langsam erloschen die Lichter, der Vorspann zu Fellinis *Amarcord* flimmerte über die Leinwand, und Bennett begann, bis zum Ende des Films düster vor sich hin zu schmollen. Neben ihm fielen Lord Glebe und zu dessen Füßen Genghis in tiefen Schlaf.

Als die Lichter wieder aufflammten, rekelte Bennett sich und drehte sich um. Und da nahm er genau das, was er insgeheim befürchtet hatte, wahr: auf den beiden Sesseln ganz hinten herrschte gähnende Leere.

„Ach herrje“, seufzte Lord Glebe, „uns scheint der Gastgeber verschütt gegangen zu sein.“ Er blickte sich leicht irritiert im Vorführraum um. „Tja, dann ist es wahrscheinlich besser, wenn ich die Honneurs übernehme. Gentlemen, wenn Ihnen nach einem Nightcup zumute ist, bedienen Sie sich auf dem Achterdeck." Er bückte sich, um Genghis hochzuheben. „Ich persönlich ziehe mich jetzt ins Reich der Träume zurück. Wird ein anstrengender Tag morgen."

Bennett ging nach unten, klopfte ohne wirkliche Hoffnung an Annas Kabinentür und lauschte ein paar Augenblicke der Stille nach. Dann ging er hinein und saß mit einem Gemisch aus Enttäuschung und Eifersucht auf ihrem Bett. Ruhelos und mit Wut im Bauch kehrte er auf das inzwischen menschenleere Deck zurück.

Die vor Anker gegangene Jacht war bis auf das leise Schwappen der Wellen in lautlose Stille gehüllt. Bennett konnte in der Ferne einen kleinen Hafen erkennen, dahinter das Gewirr verschachtelter Häuser und die zu einer dunklen Masse zusammengeschmolzenen Berge – schwärzer noch als der rabenschwarze Himmel. Eine wunderschöne, eine hundsmiserable Nacht.

Ein leises Geräusch ließ ihn aufhorchen. Er wandte den Kopf. Irgendwas mußte dort drüben im Halbdunkel zwischen dem Pool und den Positionslampen sein. Von Neugier getrieben, ging Bennett darauf zu und erstarrte vor Schreck, als plötzlich eine Gestalt ins Licht trat.

Anna war – wenn man mal von dem knappen weißen Dreieck um ihre Hüften, dem Aktenkoffer, den sie fest umklammert vor der Brust hielt, und dem triumphierenden Glitzern in ihren Augen absah – splitternackt. Sie führte Bennett, ohne irgend etwas zu erklären, das Achterdeck hinunter bis zur Gangway. Dort blieb sie stehen und flüsterte ihm ins Ohr: „Sie machen den Anfang. Sie müssen rückwärts schwimmen und mich ziehen. Ich sorg dafür, daß der Koffer nicht naß wird."

„Was ist denn passiert? Alles in Ordnung mit Ihnen?"

„Mensch, Bennett! Machen Sie schon!"

Er hangelte sich hinunter, tauchte mit geblähtem Blazer und anmutig auf den Wellen treibendem Alt-Etonianer-Schlips ins Wasser und faßte Anna unter den hochgereckten Armen. Sie stießen sich vom Schiff ab und fingen an, rückwärts Richtung Küste zu schwimmen.

Nach zehn kräftezehrenden Minuten legten sie wassertretend eine Verschnaufpause ein. Drüben auf der *Ragazza* rührte sich nichts.

„Also, was ist passiert? Wo ist Tuzzi?"

„Vorübergehend weggetreten – für wie lange, weiß ich nicht. Kommen Sie, schwimmen wir weiter."

Sie setzten den ziemlich ungeschickten Versuch fort, sich möglichst im gleichen Rhythmus fortzubewegen. Sie kamen sehr langsam voran. Bennetts Kleidung schien von Minute zu Minute schwerer zu werden. In Annas Armen wühlte dumpfer Schmerz, so daß sie den Koffer kaum noch halten konnte. Den Blick wie gebannt auf die *Ragazza* gerichtet, kämpften sie eine Stunde lang, die kein Ende nehmen wollte und ihnen die letzten Kräfte abverlangte.

Irgendwann stieß Bennett mit der Schulter gegen den Bug eines festgemachten Segelboots. Er verrenkte den Hals und sah, wie herzerwärmend nahe die Hafenlichter herangerückt waren. Fünf Minuten später standen sie brusttief in ölig-klebrigem Wasser. Noch zehn Meter mußten sie waten, dann konnten sie sich auf die Steinstufen sinken lassen, die vom Strand zum Kai hochführten. Die Lichter warfen einen milden Schein auf Annas Schultern und tasteten sich mit ein paar vorwitzigen Strahlen bis dahin, wo ihr Busen nach der langen Anstrengung immer noch walkürenhaft wogte.

„Bennett, lassen Sie das!"

„Was?"

„Mich so lüstern anzustarren. Geben Sie mir Ihr Hemd."

Bennett streifte sich den Blazer von den Schultern, zog das Hemd aus, gab es Anna und versuchte tapfer, sich nicht zu auffällig dafür zu interessieren, wie appetitanregend der klitschnasse Stoff an ihrem Oberkörper klebte. Er fühlte sich schwindelig vor Müdigkeit. Trotzdem, sie hatten es geschafft! Irgendwo hier im Hafen mußten Poes Aufpasser sein, die die *Ragazza* im Auge zu behalten hatten. Also nichts wie die Jungs suchen, ihnen den Koffer in die Hand drücken, ab nach Hause und ein heißes Bad nehmen. Er fuhr Anna mit dem Handrücken über die Wange. „Gut gemacht, Sergeant. Der Orden ist bereits in der Post. Kommen Sie, wir suchen Poes Gorillas und sehen zu, daß wir den dämlichen Koffer loswerden."

Sie schüttelte den Kopf. „Darüber müssen wir in Ruhe reden. Aber nicht jetzt, nicht hier. Hier sucht Tuzzi zuallererst nach uns. Machen wir, daß wir schnellstens hier wegkommen."

„Sie scheinen bloß zu vergessen, daß es von hier aus überallhin ein verdammt weiter Weg ist."

„Wir klauen ein Auto."

„Wunderbar. Natürlich. Klauen wir ein Auto. Bevorzugen Sie eine bestimmte Farbe?"

„Man muß nur ein paar Drähte zusammenklemmen, dann kann

man den Motor starten. Ich weiß, wie so was geht." Ein übermütiges Grinsen wischte die Spuren der Erschöpfung aus ihrem Gesicht. „Vertrauen Sie mir!"

Es gibt keine drei Wörter, denen es mit mehr Mißtrauen zu begegnen gilt. Bennett stemmte sich seufzend hoch und warf vorsichtig einen Blick über die Mauer hinter ihnen. „Ich kann zwar niemanden sehen", sagte er, „aber ich denke, auf den Kai sollten wir uns trotzdem nicht wagen. Halten Sie sich dicht an der Mauer."

Geduckt huschten sie an der Mauer entlang bis zum Ende des Hafens. Nichts rührte sich. Abgesehen vom leisen Knarren, das hin und wieder von einem der vertäuten Segelboote zu ihnen herüberdrang, und vom Klang ihrer Schritte auf den Kieselsteinen, störte kein Geräusch die Stille. Bennett schwang sich über die Mauer und zog Anna hinterher. Sie folgten der Straße, die aus dem Ort hinausführte.

IN DEM unaufgeräumten Hotelzimmer am Westende des Hafens rieb sich Gérard die Augen und warf einen müden Blick auf die Uhr. Seine Schicht war beendet. Er verließ den Stuhl am Fenster und rüttelte seinen Partner wach. „Jetzt bist du dran bis zum Morgengrauen. Viel Spaß!" Gérard machte auf dem Bett die Beine lang und versuchte, trotz seiner Polizeiuniform, die überall zwickte und zwackte, eine Mütze Schlaf zu finden. Sein Partner richtete den Blick pflichtgetreu auf die *Ragazza* und machte sich auf vier Stunden Langeweile gefaßt. Schließlich gab's gutes Geld, der *patron* war nicht knauserig.

ANNA und Bennett streiften auf der Suche nach einem Wagen ohne Alarmanlage über den Parkplatz, hielten nach einer unverschlossenen Tür Ausschau und hofften, daß es ihnen erspart blieb, eine Scheibe einschlagen zu müssen. Bennett hielt vor einem staubbedeckten Peugeot-205-Cabrio inne. Leise rief er Anna zu sich herüber. „Können Sie den starten?"

Anna musterte das Auto. „Na klar. Sorgen Sie dafür, daß wir reinkommen, dann sorge ich dafür, daß die Karre läuft."

Bennett ging zu einem Abfallbehälter hinüber und wühlte in den Überbleibseln irgendwelcher Strandpicknicks, bis er auf eine Bierflasche stieß. Sie ließ sich problemlos an der Mauer zersplittern, so daß er ein scharfes Werkzeug erhielt, mit dem sich das Segeltuchverdeck des Cabrios mühelos aufschlitzen ließ. Er langte nach unten und entriegelte die Tür. „So – drin wären Sie schon mal."

„Sie lernen dazu“, lobte ihn Anna, kniete sich vor den Fahrersitz und fing an, unter dem Armaturenbrett herumzufummeln.

Der Wagen keuchte eine Weile, dann sprang der Motor an. Bennett schaltete die Scheinwerfer ein und überprüfte die Tankanzeige: halb voll. „Alles klar“, stellte er fest, „das reicht uns allemal bis Monaco.“

„Bennett, bringen Sie Ihr Gehirn auf Trab! Es kann sein, daß die dort schon im Appartement auf uns warten. Wir müssen irgendwo anders hin.“

„So? Gucken Sie uns mal an. Wir sind patschnaß, und es muß um zwei Uhr früh rum sein. Sollen wir etwa im Hôtel du Cap absteigen? Sehen wir denn aus wie brave Touristen?“

„Es muß doch irgendwo was geben, wo wir unterkriechen können.“

Bennett haute den Gang rein und schlug die Richtung Autobahn ein. „Na schön, wir fahren nach Saint-Martin.“

„Bennett?“

„Was denn?“

„Sie sind sauer auf mich, stimmt's?“

„Stinksauer. Die Sache ist gelaufen, wir haben den Koffer, Sie kriegen Ihr Geld – aber nein, Sie müssen ja unbedingt alles komplizieren. Was wollen Sie denn noch?“

„Das sag ich Ihnen, wenn wir da sind.“ Sie lehnte sich, den Aktenkoffer zwischen den Knien, auf dem Beifahrersitz zurück. „Soll ich Ihnen inzwischen erzählen, wie das auf der *Ragazza* war?“

„Nein.“ Er drückte, den Blick starr geradeaus auf die leere Straße gerichtet, das Gas durch. „Das heißt, doch. Aber ersparen Sie mir die schmutzigen Details.“

„Es gab keine. Wir haben uns ein paar Minuten lang den Film angesehen, und dann hat er gesagt, er wolle mir den Mond zeigen.“

„Was für einen Mond? Es gab überhaupt keinen Mond.“

„Na gut, dann waren's die Sterne. Jedenfalls haben wir uns verdrückt und uns die Sterne angesehen, und dann hat Tuzzi gefragt, was ich von einem Glas Champagner hielte. Kurz und gut – große Überraschung – wir landen in seiner Kabine. Schummeriges Licht, Schmusemusik ... der ganze faule Zauber. Nur, ich seh nirgendwo den Koffer. Ich sag also, ich wollte zu gern mal sehen, was da wohl Tolles drin ist, daß all die Jungs mit den dicken Brieftaschen so scharf darauf sind. Ach, sagt er, der liegt in meinem Privatsafe, den können wir uns später ansehen. Und dann hat Tuzzi angefangen, nach mir zu grapschen. Wir jagen also ein paar Minuten lang um sein Bett herum, und plötzlich bleibt er stehen und sagt: ‚Hör zu, ich schlag dir einen Deal vor. Ich mach den Safe auf, du läßt den Rock fallen. Ich öffne den Koffer, du ziehst das Top aus.‘ “

Bennett seufzte. „Und da heißt es immer, Männer hätten keinen Sinn mehr für Romantik. Und dann?“

„Er hat den Safe geöffnet, danach den Koffer ... Ich wollte sichergehen, daß das Zeug wirklich noch drin liegt. Und im Gegenzug hab ich ihm den Handschlag à la Westbank beigebracht – ein trockener Schlag mit der Nachttischlampe auf den Schädel. Danach bin ich losgezogen, um Sie zu suchen.“

Bennett bremste kurz vor der Autobahnausfahrt ab und suchte in der Tasche nach ein paar nassen Münzen. Er sagte nichts, er malte sich nur die Szene in Tuzzis Kabine aus. Als sie die Zahlstelle hinter sich hatten, bog er nach Norden ab, zur A 7. Zwei Stunden waren's noch bis Saint-Martin.

Anna musterte im Widerschein der Armaturenbeleuchtung seine ernste Miene. Dieses Mal waren ihm keine dummen Witzchen eingefallen. Weil er eifersüchtig gewesen war. Sie schloß die Augen und dachte: Das gefällt mir eigentlich gut.

TUZZI stöhnte. Sein Schädel und sein Stolz waren schwer in Mitleidenschaft gezogen worden. Jetzt saß er, mit bandagiertem Kopf, mit Lord Glebe zusammen, der im Pyjama zu ihm herübergeeilt war, und vor ihnen lag der Koffer, den die Besatzung in Bennetts Kabine gefunden hatte.

Glebe schüttelte stirnrunzelnd den Kopf. „Eine Fälschung, klar, aber eine verdammt gute.“

„Poe – der muß es sein. Dieser *stronzo.* Dafür ich werde ihm das Herz rausreißen.“

Glebe kratzte sich am Kopf. „Außer uns weiß wohl keiner, daß das hier nicht der echte Koffer ist, wie?“

Tuzzi starrte ihn an. „Glaub ich nicht. Nur, mit den Unterlagen stimmt alles nicht.“

„Aber das weißt nur du, weil du die echten Unterlagen gelesen hast. Meiner Meinung nach sollte die Auktion wie geplant stattfinden. Es dauert natürlich nicht lange, bis der Käufer merkt, daß ihm ein Kuckucksei ins Nest gelegt worden ist. Klar, daß er dann wütend angesaust kommt. Aber wir tun einfach ahnungslos entsetzt und schieben die Schuld Poe in die Schuhe. In der Zwischenzeit können deine

Leute schon mal Bennett und das Mädchen suchen, während das Geld vom Verkauf für uns Zinsen ansammelt."

Tuzzi schürzte die Lippen, lächelte und nickte. „*Bene.* Mein Freund, du denkst wie ein echter Sizilianer."

„Tatsächlich?" staunte Glebe. „Dann bin ich wohl doch schon zu lange aus England weg."

BENNETT tastete mit der Hand über den steinernen Fenstersturz, bis seine Finger auf Georgettes Schlüssel stießen. Kaum hatte er aufgeschlossen und Licht gemacht, da umfing ihn auch schon die wohlvertraute Duftmischung aus Lavendel, Möbelpolitur und Leinsamenöl. Das kleine Wohnzimmer war wie gewöhnlich tadellos aufgeräumt.

Anna sah sich um und stieß einen leisen Pfiff aus. „Wissen Sie genau, daß Sie nicht verheiratet sind?"

„Oh, ich bin eben das geborene Hausmütterchen." Er trottete in die Küche und fing an, nach der Kaffeedose zu kramen. „Gut, um ehrlich zu sein: das war Georgette. Sie ist das, was man eine Perle nennt." Er steckte den Kopf durch die Küchentür. „Die Dusche finden Sie oben. Ich seh nach, ob ich irgendwas Kleidsames für Sie auftreiben kann."

Bennett leerte seine Taschen. Er legte die nassen Banknoten in eine Bratpfanne und schob das Ganze zum Trocknen in den Backofen. Sein Paß, stellte er fest, war auf der Jacht geblieben. Annas auch. Wenn sie also auf den Gedanken kamen, Europa zu verlassen, mußten sie sich das zweimal überlegen.

Er ging nach oben, um zu sehen, ob irgendwas von seinen Kleidern Gnade vor Georgettes Augen gefunden oder ob sie vielleicht inzwischen alles den Schwestern geschenkt hatte, fand doch noch etwas, legte ein paar Sachen auf dem Bett bereit und rief Anna durch die Badezimmertür zu, sie könne sich was aussuchen.

Ein schönes Gefühl, sie hier bei sich zu Hause zu haben. Er spielte einen Moment lang mit dem Gedanken, Poe anzurufen und ihm zu sagen, er möge den Koffer abholen lassen. Er konnte Anna dann den Lubéron zeigen, unbehelligt von Poes Aufpassern mit ihr in Cafés sitzen und ..., nun, da anknüpfen, wo sie bei ihrem Lunch am Cap d'Antibes stehengeblieben waren. Aber es gab natürlich noch Tuzzi, der ganz bestimmt schon nach ihnen suchen ließ.

Bennett schälte sich aus dem nassen Blazer und hängte ihn vor dem Herd über einen Stuhl. Obwohl die Nacht warm war, fröstelte ihn. Er lechzte nach einer heißen Dusche. Wieso brauchten Frauen immer so lange im Bad? Er fand eine Flasche *Marc,* goß einen Schuß in seinen Kaffee, hielt den Becher mit beiden Händen und starrte auf die Geldscheine, die bereits leise zu knistern anfingen.

„Was wird das? Das Frühstück?“ Anna stand unter der Küchentür, in einem T-Shirt und Boxershorts, barfuß, das Haar noch naß – niedlich wie ein streunendes Kätzchen. Bennett spürte, wie sein Herz einen kleinen Hüpfer tat.

„Wie hätten Sie die Eier denn gern?“ fragte er. „Ach, und behalten Sie bitte die Pfanne im Auge, während ich duschen gehe. Das ist nämlich alles, was wir noch haben.“

Zehn Minuten später war er zurück. „Also dann, Sergeant“, sagte er, „Zeit für eine kleine Aussprache.“ Er führte sie ins Wohnzimmer und wartete, bis sie Platz genommen hatte. „Unser Haben setzt sich zusammen aus einem geklauten Auto, ein paar tausend Franc in bar und einem stinksauren Italiener, der jeden Augenblick hier auftauchen kann. Und um die Sache richtig schön spannend zu machen, wird uns bald auch noch Poe im Nacken sitzen, wenn die *Ragazza* ohne uns in Marseille einläuft. Würden Sie soweit ja sagen?“

Anna sah ihn groß an und sagte feierlich: „Ja.“

Bennett ging im Wohnzimmer auf und ab. „Aber“, sagte er, „wir haben den Koffer. Und der stellt für Sie immerhin einen Wert von fünfzigtausend Dollar dar, und für mich springt auch eine Kleinigkeit dabei raus. Ja?“

„Ja.“

„Wunderbar. Also werden wir, sobald es hell ist, zu Poe fahren, ihm den Koffer geben, das Geld einstecken und untertauchen. Ja?“

Anna schüttelte den Kopf. „Nein.“

Bennett seufzte. „Ich hatte gleich so eine böse Ahnung, daß Sie das sagen würden. Seit wir von dem Kahn losgeschwommen sind, drücken Sie sich um eine Erklärung herum. Da in diesem Fall aber auch mein persönliches Wohlergehen mit auf dem Spiel steht, glaube ich ein Recht darauf zu haben zu erfahren, was Sie ausgeheckt haben.“

„Also gut, ich sag Ihnen, was ich denke.“ Sie holte tief Luft. „Poe ist ein Gauner – sind wir uns da einig? Ein reicher Gauner. Und im übrigen ist er ein Fiesling, der mir ein paar Jahre meines Lebens versaut hat. War ganz schön hart, das kann ich Ihnen sagen.“

„Und nun wollen Sie Rache nehmen. Aber hier geht's …“

„Rache ist auch im Spiel, das gebe ich zu. Aber vor allem geht's darum, daß ich Geld für meine Mutter brauche. In Amerika kommen

Sie mit fünfzigtausend nicht weit, wenn Sie krank sind. Ich will mehr für den Koffer haben, viel mehr. Und er hat's ja."

„Wieviel schwebt Ihnen denn vor?"

„Eine Million. Das hätte der Koffer bei der Auktion mindestens gebracht."

„Eine Million? Warum nicht zwei? Oder gleich fünf?" Bennett sank kopfschüttelnd auf die Couch. „Das ist doch lachhaft. Weshalb sollte Poe sich darauf einlassen?"

„Weil er den Koffer wiederhaben will."

„Den können seine Leute doch jederzeit holen."

„Dazu müßten sie ihn erst mal finden." Ein trotziger Zug lag um Annas Mund. „Hören Sie, Bennett, eine Million, das sind Peanuts für Poe. Soviel bringt ihm jedes lausige Geschäft mit seinen Freunden im Irak oder in Afrika. Verlassen Sie sich drauf, er wird zahlen."

Bennett sah ihre entschlossene Miene. Das Weibsstück meinte es ernst. Das Ganze war ein Spiel mit dem Feuer. Er mußte total verrückt sein, wenn er sich da mit reinziehen ließ. Sie hatten wahrlich schon genug Ärger mit Tuzzi, und wenn Poe sie fand, war die Hölle los. Nein, die Idee war so idiotisch, daß sie sie vergessen konnten.

Als hätten sie sich stumm darauf geeinigt, daß die Aussprache beendet sei, standen plötzlich beide auf. Anna kam auf ihn zu und nahm sein Gesicht zwischen die Hände. Ihre dunklen, im Zwielicht schimmernden Augen waren nur ein, zwei Fingerbreit von seinen entfernt.

„Bitte, Bennett, laß mich nicht im Stich."

Er konnte nicht mal weggucken. Aber selbst als er schon dahinschmolz, kam es ihm vor, als habe sich ein Teil seines Ichs losgelöst, um aus der Distanz amüsiert zu verfolgen, wie seine Entschlossenheit zu bröckeln anfing und schließlich zu Staub zerfiel. „Okay", murmelte er, „okay." Über Annas Gesicht huschte ein Lächeln.

10

Aus dem Nachtschwarz des Himmels über Saint-Martin war sanftes Grau geworden, und als sich dann noch der erste Hauch Pink dazumischte, widmeten Anna und Bennett sich wieder dem Problem, das sie eine Weile vergessen hatten. Sie brauchten einen ordnungsgemäß zugelassenen fahrbaren Untersatz und einen Ort, an dem sie untertauchen konnten – kurzum, sie brauchten einen Plan. Und es mußte schnell gehen, denn die Atempause, die ihnen blieb, war nur nach wenigen Stunden bemessen.

Bennett staunte über sich selbst. Von einem widerwilligen Deserteur hatte er sich in einen von missionarischem Eifer erfüllten Mitstreiter verwandelt. Plötzlich gab es nichts Verlockenderes, als Poe und Tuzzi hereinzulegen, die Million Dollar einzusäckeln und auf der Seite der Sieger zu sein. Er ging im Wohnzimmer auf und ab und dachte laut nach. „Also – das Auto. Nun, wir haben eins in Monaco, und ich bin so gut wie sicher, daß uns beim Appartement noch keiner auflauert. Poe kann, solange die Jacht noch nicht in Marseille eingelaufen ist, gar nicht ahnen, daß was schiefgelaufen ist. Und Tuzzi weiß zuwenig von uns, um uns mit Monaco in Verbindung zu bringen. Wir können also mein Auto holen und klammheimlich verschwinden."

„Können wir denn nicht hierbleiben?"

Bennett schüttelte den Kopf. „Hier sitzt uns Poe zu dicht auf der Pelle. Im übrigen kennt Shimo das Haus. Und davon ganz abgesehen: in so einem Dorf kann man nicht untertauchen. Bevor es Mittag wird, weiß jeder über uns Bescheid. Nein, ich glaube, da weiß ich was Besseres." Er blieb stehen und musterte stirnrunzelnd den Koffer, der auf der Couch lag. „Aber das da möchte ich nicht mit rumschleppen. Das ist zu riskant. Wir lassen den Koffer bei Georgette. Da ist er sicher, und sie hat endlich wieder was, was sie polieren kann."

Anna schmunzelte. „Bennett? Die Sache fängt an, dir langsam Spaß zu machen, stimmt's?"

„Und wie", sagte er, „ich kann mir kein größeres Vergnügen vorstellen, als von irgendwelchen bis an die Zähne bewaffneten Typen kreuz und quer durch die Botanik gejagt zu werden." Er nahm den Koffer und knipste das Licht aus. „Komm, laß uns keine Zeit verlieren."

Sie eilten schnellen Schritts zu der Sackgasse, in der Georgette wohnte. Bennett hörte drin die Klingel anschlagen, dann knarrte es über ihm, ein Fensterladen wurde aufgestoßen, und ein mißtrauisches Gesicht unter einem türkisfarbenen Haarnetz tauchte auf.

„Eh, alors", sagte Georgette, „der Engländer ist wieder da. Was ist los? Haben Sie Ihren Schlüssel verloren?"

Bennett legte den Finger auf den Mund und deutete stumm auf die Haustür. Georgette seufzte vernehmlich, zog den Fensterladen zu und bequemte sich, nach unten zu kommen.

„Das ist Anna", stellte Bennett vor, „eine gute Freundin."

Georgette ließ den Blick über das T-Shirt, die Boxershorts und die nackten Füße wandern und schürzte die Lippen.

„Georgette, hören Sie bitte gut zu! Ich möchte, daß Sie für uns auf diesen Koffer aufpassen. Und niemandem – das ist sehr wichtig – etwas davon erzählen. Wir kommen bald wieder, um ihn abzuholen. Tun Sie mir den Gefallen?"

Georgette schielte zum Koffer hin und murmelte pfiffig: „Nanu, was mag da wohl Wertvolles drin sein?"

„Dokumente, Geschäftsunterlagen. Nichts Illegales, das versichere ich Ihnen. Es ist nur – wir möchten das Zeug nicht mit uns rumschleppen." Er versuchte es mit seinem einschmeichelndsten Lächeln. „Vertrauen Sie mir."

„Irgendwas stinkt hier gewaltig." Georgette nickte zufrieden, als hätte sie gerade einen besonders schwierigen Fall gelöst. „Stecken Sie etwa in Schwierigkeiten?"

Bennett suchte Annas Blick. „Nun ..."

„Hab ich mir doch gedacht." Georgette streckte ihm die Hand hin. „Na, nun geben Sie das Ding schon her. Ich versteck's im *cave,* unter dem Kieshaufen."

„Sie sind ein Schatz." Bennett gab ihr den Koffer und ein Küßchen auf die Wange. Sie blieb, eine Hand auf der Hüfte, unter der Tür stehen und sah ihnen mißtrauisch nach.

Bennett und Anna hasteten durch das Dorf, in dem sich schon die ersten Zeichen erwachenden Lebens regten: Katzen, die vom nächtlichen Streifzug heimkamen, Fensterläden, die aufgestoßen wurden, und die Glocke im Kirchturm, die sechsmal blechern schepperte.

Bennett war froh, daß er in einer dunklen Ecke des Dorfplatzes geparkt hatte. Anna beugte sich wieder unters Armaturenbrett, um die Drähte kurzzuschließen. Der Motor sprang stotternd an; Bennett konnte aufhören, den Atem anzuhalten. Sie fuhren den Hügel hinunter, überquerten die N 100 und hielten sich auf ihrer Fahrt Richtung Osten an Nebenstraßen, weil sie hofften, daß die Gendarmen in der Provence während der Sommermonate genug damit beschäftigt waren, auf der Autobahn Strafzettel für zu schnelles Fahren auszuteilen.

AN BORD der *Ragazza,* die mit halber Fahrt auf Marseille zulief, traf Lord Glebe die letzten Vorbereitungen für die Auktion. Tuzzis Kopfverband war den Gästen mit einem unglücklichen Sturz nach einem Glas Champagner zuviel erklärt worden. Bennett, ließ man die anderen wissen, müsse ein paar Meinungsverschiedenheiten mit seinen Auftraggebern klären und werde unten in seiner Kabine durch eine endlos lange Telefonkonferenz aufgehalten. Dennoch, befand Lord

Glebe, sie seien ja alle vielbeschäftigte Leute, und er könne keinen triftigen Grund mehr sehen, den Beginn der Auktion hinauszuzögern.

Er öffnete den Koffer und ermöglichte den Kaufinteressenten einen Blick auf den Inhalt. „Sie sehen, alles in bester Ordnung: die Gebrauchsanleitung, das Zauberwässerchen, die Pflegehinweise und so weiter. Und nun ...", er setzte die angestrengt ernste Miene auf, die er sich im Laufe der Sitzungen des britischen Oberhauses antrainiert hatte, „... möchte ich Ihnen noch mal in Erinnerung rufen, daß dieser Koffer seinen Eigentümer in die Lage versetzt, den Schwarztrüffelmarkt zu kontrollieren. Wer immer das sein wird, kann von der Erwartung ausgehen, damit Jahr für Jahr Gewinne in Millionenhöhe zu machen. Ich bin sicher, daß sich Ihre Gebote daran orientieren werden. Noch irgendwelche Fragen?"

Die Interessenten warfen einen Blick auf die Fläschchen und blätterten in den Unterlagen, aber man merkte ihnen an, daß es sich nur um höflich vorgetäuschtes Interesse handelte. Die wissenschaftliche Überprüfung konnten sie getrost den Fachleuten überlassen. Sollten sich dabei wider Erwarten Probleme ergeben, so war Tuzzi ja leicht genug aufzufinden. Nein, es gab keine Fragen.

„Ausgezeichnet", sagte Glebe. „Gebote bitte in Sprüngen von hunderttausend Dollar, Gentlemen. Ich schlage vor, wir fangen zum Aufwärmen mit einer hübschen runden Million an, ja?"

Kasuga hob den Finger, Penato nickte, danach Polluce. Abermals Kasugas Finger, dann trat eine Pause ein.

Glebe rümpfte die Nase. „Ich habe bis jetzt 1,3 Millionen. Ein absolut indiskutabler Preis. Kommen Sie, Gentlemen, da steckt erheblich mehr drin." Er legte die Hand hinter das Ohr. „Höre ich irgendwo ein realistischeres Angebot? Zwei Millionen – wie wär's?"

„Okay", sagte Penato. Wieder schoß Kasugas Finger hoch.

Polluce studierte die ausdruckslosen Mienen der beiden Mitbewerber. Wie hoch würden sie wohl gehen? Die beiden waren Geschäftsleute, denen es ausschließlich um Profit ging. Er dagegen hatte ein anderes, höheres Ziel: den Franzosen eins auszuwischen. Seine Kollegen hatten ihm quasi Blankovollmacht gegeben, die Zauberformel um jeden Preis den Franzosen wegzuschnappen. Er nickte Lord Glebe zu. „Ich biete für Korsika." Er streckte drei Finger hoch. „Drei Millionen."

Glebe strahlte. „Korsika an vorderster Front!" Er rieb sich die Hände. „Damit kommen wir der Sache schon erheblich näher."

GÉRARD und sein Partner saßen in einem unauffälligen schwarzen Citroën am Eingang zum Alten Hafen und verfluchten die Hitze und den unangenehm kratzigen Stoff der Uniformen. An diesem Morgen hatte Shimo vom Hubschrauber aus angerufen, um ihnen mitzuteilen, daß die *Ragazza* Kurs auf Marseille genommen habe. Bloß, der alte Pott ließ sich verdammt viel Zeit.

Gérard entdeckte die *Ragazza* zuerst. Die Jacht kam gemächlich näher und warf auf halbem Weg zwischen dem Festland und der Île d'If Anker. Bevor es ihm gelang, seinem Partner den Feldstecher wegzunehmen, hatte ein Motorboot vom Kai abgelegt und Kurs auf die *Ragazza* genommen. Gérard griff zum Autotelefon und tastete Poes Nummer ein. „Sie sind da. Werden gerade von einem Boot aufgenommen."

Starkes statisches Rauschen, aber Shimos Stimme setzte sich durch. „Wie viele sind's? Kannst du sie identifizieren?"

„Warte mal." Gérard sah, wie das Motorboot langsam von der Jacht ablegte und Fahrt aufnahm. „Hinten sitzen vier Männer." Allmählich erkannte er die Details genauer. „Einer davon ist ein Grauhaariger. Und ein Japaner. Dann sitzt da noch ein alter Knabe drin, ein mageres Knochengestell. Und ein jüngerer mit dunklem Haar."

„Ist das der Engländer?"

Gérard studierte Penatos breite, fleischige Züge. Der Engländer, den er aus Monaco kannte? „Nein, das ist nicht der Engländer."

„Und das Mädchen?"

„Da ist kein Mädchen."

Das Motorboot legte am Kai an. Aus jeder der drei Limousinen, die oben am Kai warteten, stieg ein Mann und ging zur Anlegestelle. „Der Grauhaarige hat einen Koffer dabei", fuhr Gérard in seinem Bericht fort. „Er und dieser hagere Alte gehen auf einen Mercedes zu. Die beiden anderen haben Citroën."

„Folgt dem Koffer", ordnete Shimo an, „dem Mercedes. Und haltet mich auf dem laufenden."

MIT DEM letzten Tropfen Sprit erreichte der Peugeot Monaco. Bennett bog in die erste freie Parklücke ein, die er entdeckte.

Das Appartement sah exakt so aus, wie sie es zurückgelassen hatten. Anna warf ein paar Kleidungsstücke in eine Reisetasche, während Bennett eine Karte von der Küste und dem Vaucluse ausbreitete und sich zu erinnern versuchte, wo genau das verschlafene Fleckchen Erde gelegen hatte, auf das er letztes Jahr durch Zufall gestoßen war. Irgendwo in den Bergen, in der Nähe von Banon.

„So", sagte Anna, „ich wäre fertig." Sie trug jetzt Jeans, dazu Boots und ein T-Shirt. Das erstaunliche war, daß man ihr die anstrengende, schlaflose Nacht überhaupt nicht ansah. Bennett faltete die Karte zusammen und stand auf. Fürs erste genügte es, wenn sie sich nach Westen hielten.

Als plötzlich das Telefon losschrillte, erstarrten sie beide. Es läutete viermal, dann schaltete sich der Anrufbeantworter ein. Shimos leise, bestimmte Stimme. „Mr. Poe wünscht von Ihnen zu hören. Sofort."

Bennett sah auf die Uhr. Halb eins, die Auktion mußte vorbei sein. „Es ist soweit", sagte er. „Sie sind dahintergekommen, daß etwas schiefgelaufen ist. Am besten verschieben wir den Abwasch auf später."

Sie fuhren ziemlich schnell, erreichten Aix am Nachmittag hungrig und durstig und ergatterten einen Tisch im Deux Garçons, wo es schön kühl war. Anna und Bennett bekamen ihr Bier und das *steak frites,* und als sie den ersten Hunger und Durst gestillt hatten, warfen sie eine Münze, um auszuknobeln, wer den Kaffee bestellen und wer Poe anrufen sollte. Bennett verlor.

Er fütterte das Münztelefon mit Kleingeld und vernahm am anderen Ende der Leitung Poes Stimme. „Ich warte seit geraumer Zeit auf Ihren Anruf, Mr. Bennett. Ich hoffe, Sie haben gute Neuigkeiten für mich."

„Teils ja, teils nein." Bennett nahm sich Zeit, tief Luft zu holen. „Wir haben den Koffer, aber bei Ihrem Plan hat sich eine geringfügige Änderung ergeben. Es wird Sie ein kleines Aufgeld kosten, wenn Sie den Koffer wiederhaben wollen."

Keine Antwort, nur Schweigen.

„Auf den Punkt gebracht: wir dachten, eine Million wäre in etwa angemessen. Natürlich in bar."

Poe lachte – ein selbstsicheres, kränkendes Lachen. „Sie haben Ihren Witz gemacht, Bennett. Nun sagen Sie mir, wo Sie sind, dann schicke ich Shimo los, um Sie abzuholen."

„Ich meine es ernst. Eine Million Dollar."

„Ach, Sie meinen es ernst, Mr. Bennett? Das ist sehr töricht. Und jetzt ist Schluß mit Ihrem albernen Spielchen. Wo stecken Sie?"

„Ich rufe übermorgen wieder an. Entweder haben Sie das Geld dann bereitliegen, oder der Koffer bekommt einen neuen Eigentümer." Bennett legte auf. Hoffentlich hatte sich sein Ultimatum überzeugend angehört.

Bennett überquerte bei Pertuis die Durance und nahm die Straße nach Manosque. Während der Fahrt erzählte er Anna die Geschichte von einem Abend im letzten Winter, an dem er, auf der Suche nach geeigneten Maklerobjekten, in der Haute-Provence unterwegs gewesen war. Die Dunkelheit war angebrochen, und nachdem er sich etliche Male mit der Richtung vertan hatte, falsch abgebogen war und fast schon hatte aufgeben wollen, hatte er eine Seitenstraße entdeckt und beschlossen, doch noch einen letzten Versuch zu machen. Das Sträßchen war immer schmaler geworden und nach einer Weile in einen staubigen Feldweg übergegangen, aber da hatte Bennett bereits die weit entfernten Lichter entdeckt.

„So bin ich damals an diesem märchenhaft verwunschenen Ort angekommen", erzählte er, „ringsum von Weinbergen umgeben, mitten im Nichts. Guck mal nach, ob du auf der Karte l'Argimaud findest, oberhalb von Banon. Das muß irgendwo hier in der Ecke sein."

„Und woher weißt du, daß wir dort bleiben können?"

„Ich hab damals dort übernachtet, und der Abt und ich, wir haben uns auf Anhieb gemocht. Er hat gesagt, ich könne jederzeit wiederkommen. Der Mann wird dir gefallen. Er ist ein Erzschelm, hält sich für den Hüter einer alten Tradition."

Anna schüttelte den Kopf. „Was denn für eine Tradition?"

„Mönche und Saufgelage. Die Bacchus-Bruderschaft – so nennen sie sich. Wenn wir Glück haben, kommen wir gerade rechtzeitig zum Umtrunk mit anschließendem Abendgesang."

11

Nach dem lebhaften Aix kam Anna die Haute-Provence wie ein fremder, menschenleerer Planet von herber Schönheit vor. Die wenigen Bäume, die es gab, duckten sich vor dem scharfen Wind, der aus dem Rhonetal heraufwehte. Sie fuhren an Lavendelfeldern vorbei und an Rebkulturen, die sich Kilometer um Kilometer erstreckten. Auf den Feldern reckten sich neugierige Hälse, wenn sie vorbeifuhren, und die Arbeit ruhte für einen Augenblick.

„Was ist denn mit denen los?" fragte Anna. „Haben die noch nie ein Auto gesehen?"

Bennett zuckte die Achseln. „So sind sie eben auf dem Land. Wenn hier jemand vorbeifährt, wollen sie möglichst genau wissen, woher er kommt und wohin er will. Wer hier in der Ecke in einem Dorf zu

Hause ist, kann sich nicht mal den Rücken kratzen, ohne daß gleich das Gerücht aufkommt, er hätte Flöhe."

„Und so was gefällt dir? Bei uns in Manhattan ist jeder jedem fremd. Ich kenne nicht mal meinen unmittelbaren Nachbarn."

Bennett überlegte eine Weile – er dachte an Georgette, an Anny und Léon, an den Klatsch und Tratsch im Dorfcafé. „Ja", antwortete er, „doch, das gefällt mir. Irgendwie gibt es mir das Gefühl, zu einer großen, ein wenig schrulligen Familie zu gehören."

Anna faßte ihn sanft am Arm. „Dieses schöne Gefühl habe ich dir jetzt vermasselt, nicht wahr? Tut mir leid."

„Überhaupt nicht. Du hast mich in eine glitzernde Welt voller Abenteuer entführt. Durch dich habe ich eine Menge faszinierender Leute kennengelernt, die offenbar alle darauf aus sind, mich umzubringen." Er bremste ab, als sie sich einer Straßengabelung näherten. „Ich glaube, wir sind bald da."

Der Asphaltbelag hörte abrupt auf, statt dessen führte nun ein Feldweg mit tiefen Furchen an kleinen Gruppen aus Pinien und verkrüppelten Eichen vorbei. Sie fuhren der tiefstehenden Sonne entgegen, so daß sie vom Kloster nicht mehr als eine geduckte, konturenlose Silhouette ganz am Ende des Weges ausmachen konnten. Bennett hielt schließlich im Schatten einiger Zypressen an. In das leise Ticken des abkühlenden Motors mischte sich der unermüdliche heisere Chor Tausender unsichtbarer *cigales.*

Vier Jahrhunderte hatte der H-förmige Klosterbau nun schon auf dem Buckel. „Links liegt der Kreuzgang", erklärte Bennett, „im rechten Flügel sind die Schlafräume untergebracht, und das hohe Gebäude in der Mitte beherbergt alles, was sonst noch dazugehört – die Küche, den Speisesaal, die Büros, die Kellerei mit der Probierstube und die Zimmer des Abts. Ein stattlicher Bau, was?"

Anna suchte das langgestreckte Ziegeldach ab, aber sie entdeckte nirgendwo ein Kreuz oder eine Heiligenfigur. „Haben die denn keine Kapelle? Ich meine, die Mönche müssen doch irgendwo beten?"

„Nun ja", antwortete Bennett zögernd, „es ist nicht gerade das, was man sich unter einem orthodoxen Orden vorstellt. Man könnte es eher ein kleines Handelsunternehmen nennen. Oder wie Vater Gilbert sagt: Sie genießen eine vom Himmel abgesegnete Steuerbefreiung."

Sie gingen den breiten, mit grobem Kies bestreuten Weg hinauf. In der Mitte des Hauptgebäudes führten ein paar ausgetretene Steinstufen zu einer mächtigen eisenbeschlagenen Tür aus dunkel gewordener

Eiche. Bennett zog an der Kette neben der Tür, irgendwo innerhalb der dicken Steinmauern schlug zweimal eine Glocke an. Die schweren Angeln quietschten, die Tür wurde einen Spaltbreit geöffnet, ein gebräuntes Gesicht unter einem schneeweißen Haarkranz schob sich in den Spalt und beäugte sie mit dem Mißtrauen einer Schildkröte, die vorsichtig die Nase unter dem Panzer vorschiebt. „Habt ihr euch verirrt, meine Lieben?"

„Eigentlich nicht", erwiderte Bennett, „wir wollen zu Vater Gilbert."

„Oh? Der Ehrwürdige Vater – Gott möge ihn beschützen – verkostet gerade den Tischwein. Das tut er immer vor der gemeinsamen Abendmahlzeit. Aber ich nehme an, ihr habt einen weiten Weg hinter euch?" Der Mönch winkte sie herein.

Jetzt sahen sie, daß er eine dunkelbraune Kutte aus schwerem Stoff mit dem um den Bauch geschlungenen Zingulum trug und einen silbernen Weinbecher an einem Lederriemen um den Hals hängen hatte. Die Sandalen schlappten über den aus Ziegelsteinen gefügten Boden, als der Bruder Pförtner sie durch einen breiten Türbogen in einen langgestreckten, klassisch proportionierten Raum führte.

Ein Dutzend Gestalten hatte sich um den Tisch des Refektoriums geschart, und da sie die Kapuzen übergezogen hatten und den Kopf tief nach unten neigten, erinnerten sie ein bißchen an überlebensgroße Vögel an der Tränke. Nur waren es bei ihnen statt eines Wassernapfes bauchige Gläser, in die sie die Nase steckten. Auf dem Tisch standen etliche Flaschen zu kleinen Gruppen geordnet, alle ohne Etikett.

Anna wandte sich flüsternd an Bennett, der die Frage flüsternd an den Mönch weitergab: „Warum haben sich alle die Kapuzen übergestülpt?"

Der Bruder Pförtner formte aus den Händen einen Kelch und tauchte die Nase hinein. „Nun, mein Sohn", sagte er und blickte verklärt himmelwärts, „so kannst du die himmlischen Ausdünstungen, die aus dem Glas aufsteigen, viel besser mit der Nase einfangen."

„Er meint das Bouquet", sagte Bennett zu Anna. „Sie schnüffeln am Bouquet."

Am Tisch hob Gemurmel an – eine Litanei aus Lobpreisungen, mit denen die Brüder kundtaten, was ihre Nasen herausgefunden hatten. Bennett schnappte den einen oder anderen Kommentar auf und gab ihn an Anna weiter. „Ein unterschwelliges Vanillearoma… In der Frucht recht ausgewogen… Ein wenig frühreif für ein Weinchen von diesem Jahrgang…"

Vater Gilbert, am Kopfende der Tafel, hob das Glas. Er schob die Kapuze ins Genick und wollte gerade das Glas an den Mund führen, als er Anna, Bennett und den Bruder Pförtner entdeckte.

„Aber – Moment mal, wen haben wir denn da?“ Er stand auf und musterte Bennett. „Erkenne ich da nicht den Reisenden wieder, der uns im letzten Winter ins Haus geschneit ist? Den durstigen Engländer? Komm her, mein Sohn, laß dich willkommen heißen!“ Der Abt schloß ihn in die Arme und küßte ihn stürmisch auf beide Wangen. Auf Vater Gilberts großem, rundem, gebräuntem Gesicht lag ein rötlicher Glanz.

Anna wurde vorgestellt, herzlich begrüßt und zusammen mit Bennett zum Tisch geführt. Der Abt schritt die Reihe ab und erklärte bei jedem Ordensbruder, welches Amt er im Kloster zu erfüllen hatte. Der Angesprochene reagierte jedesmal mit eifrigem Nicken, hob strahlend das Glas und trank Anna und Bennett zu. „Bruder Luc ist unser Exportmanager … Bruder Yves tüftelt an der Erweiterung unserer Produktpalette.“ Der eine war für den Frachtversand zuständig, der nächste fürs Marketing und wieder ein anderer für die Werbeprospekte.

Mönchsorden und die Segnungen des Alkohols, das gehöre seit Jahrhunderten zusammen, behauptete Vater Gilbert. Er setze das edle Werk fort, wenn auch mit dem kleinen Unterschied, daß er den geistlichen Obliegenheiten eines Abtes nicht nachkomme. Dies sei nämlich ein Kloster, das sich sozusagen dem Prinzip der Gleichberechtigung unter den Gläubigen verpflichtet fühle und daher allen Konfessionen offenstehe.

Er schenkte zwei bauchige Pokale mit Rotwein halb voll und reichte sie Anna und Bennett. „Ich hoffe, meine Lieben, ihr bleibt zum Abendessen.“

„Wir bleiben gern“, sagte Bennett. „Und um ehrlich zu sein, es wäre uns lieb, wenn wir sogar einige Tage länger bleiben dürften. Wir haben nämlich ein kleines Problem.“

Vater Gilbert nahm eine der Weinflaschen vom Tisch und watschelte vor Anna und Bennett her zu einem kleinen Alkoven, der durch Bücherregale vom Refektorium abgetrennt war. „Nun, meine Lieben, setzt euch und teilt eure Sorgen mit mir.“

Während die Brüder mit der Vorbereitung des Abendessens beschäftigt waren, weihten Anna und Bennett den Abt in die turbulenten Ereignisse ein, die sie schließlich hierher ins Kloster geführt hatten. Vater Gilbert nickte hin und wieder in sein Glas, und als die Besucher bei ihrer Flucht von der *Ragazza* angekommen waren, rief er aus: „Was für ein aufregendes Leben ihr jungen Leute doch führt!"

Unterdessen war ein junger Keiler in der Küche am Spieß gegrillt worden, und nun lag er – mit einer gerösteten Kartoffel im Maul – auf einem riesigen Holzbrett mitten auf der Tafel. Der Abt ließ es sich nicht nehmen, ihn selbst anzuschneiden und auf jeden der Zinnteller, die ihm gereicht wurden, ein gehöriges Stück dunklen Wildschweinbratens zu legen. Eine genügsame Zufriedenheit lag in der Luft. Anna war fasziniert. Woher mochten diese Männer, die sich in dieser künstlich lebendig gehaltenen mittelalterlichen Atmosphäre offensichtlich sehr wohl fühlten, gekommen sein?

„Wir sind alle Aussteiger aus der hektischen Welt der großen Geschäfte", erzählte Vater Gilbert. „Ich zum Beispiel war früher bei der Nationalbank in Paris, andere haben für IBM oder an der Börse gearbeitet. Wir hatten es satt, dauernd dem großen Geld nachzujagen, und wir waren alle Weinliebhaber. Da haben wir vor fünfzehn Jahren unsere Ersparnisse zusammengelegt, dieses Kloster gekauft und sind Mönche geworden." Er zwinkerte Anna zu. „Wenn wir's auch, wie Sie sehen, mit den Ordensregeln nicht so genau nehmen."

Der Käse wurde aufgetragen und mit feierlichem Zeremoniell aus seiner Frischhaltepackung aus Weinblättern gewickelt. Ob es nun am ermüdenden Übermaß der Gastfreundschaft oder daran lag, daß sie zuwenig Schlaf bekommen hatten – Anna und Bennett nickten beinahe ein. Sogar Bruder Yves' selbstgebrannter Schnaps konnte sie nicht so verlocken, daß sie länger bleiben mochten, und so folgten sie müde Vater Gilbert zur Gästezelle im Dormitorium.

Die Schlafzelle war ein kleiner, karg eingerichteter Raum – ein Tisch mit einer Waschschüssel und einem Krug Wasser und zwei schmale Pritschen, die eine an der linken, die andere an der rechten Wand. Anna streckte sich auf ihrer aus und gähnte leise. „Ich hab, glaub ich, ein bißchen zuviel Wein getrunken." Sie richtete sich wieder auf, sah nachdenklich auf ihre Füße und fragte: „Tust du mir einen Gefallen? Zieh mir doch mal die Stiefel aus. Das schaff ich heut nicht mehr."

Bennett zerrte eine Weile ohne Erfolg, der Stiefel saß zu fest. „Ich muß es wohl mit der altmodischen Methode versuchen. Entschuldige, wenn ich dir den Hintern hinstrecke."

Er drehte sich um, schnappte sich eins ihrer Beine, beugte sich nach vorn und konnte ihr ohne sonderliche Mühe den einen Stiefel vom Fuß ziehen.

„Weißt du was, Bennett?“ murmelte sie verschlafen. „Wie du das eben gemacht hast, das hat mir gut gefallen.“

„Gehört zum Service.“ Er nahm sich den zweiten Stiefel vor. Noch ehe er ihre Füße auf die Pritsche gebettet hatte, war Anna schon eingeschlafen. Aber als er ihr eine Haarsträhne aus der Stirn strich, lächelte sie im Schlaf und rieb den Kopf an seiner Hand wie ein Kätzchen. Er blies die Kerze aus und legte sich auf seine Pritsche. In der Stille der dunklen, warmen Zelle lauschte er ihren Atemzügen. Und der letzte Gedanke, der ihm durch den Kopf ging, war, morgen Vater Gilbert zu fragen, ob zu den Annehmlichkeiten, die das Kloster zu bieten hatte, zufällig so etwas wie eine Pritsche für zwei gehörte.

12

Polluce griff zum Telefon und bestellte das Frühstück. Vom Fenster seines Hotelzimmers fiel der Blick auf den Alten Hafen und das Mittelmeer, das sich blau und unendlich weit dehnte. Heute wurde es sicher wieder heiß, das richtige Wetter, um vor dem Rückflug nach Korsika den Lunch im Schatten der Bäume am Passédat einzunehmen.

Er duschte, rasierte sich und wählte mit Bedacht ein federleichtes blaßblaues Hemd, das vortrefflich zum dezenten Schimmer seines gedeckten Seidenanzuges paßte. Während er sich dem Frühstück widmete, das der Zimmerkellner inzwischen gebracht hatte, nahm er sich die Freiheit, ein paar Spekulationen über den Geldsegen anzustellen, den die Formel der *Union Corse* bescheren würde. Getreu dem Vorbild ihrer Väter und Großväter hegten sie keine freundschaftlichen Gefühle für ihre Nachbarn auf dem französischen Festland. Wer ein guter Korse sein wollte, mußte auch Unabhängigkeit wollen.

Polluce lächelte bei dem Gedanken, wie sie den französischen Trüffelmarkt aushebeln und den französischen Bürgern Millionen aus den Taschen ziehen würden. Kein Zweifel, daß die Union einen Teil des Profits der korsischen Nationalbewegung zukommen ließ und so dafür sorgte, daß die Franzosen neue Schwierigkeiten bekamen.

Er sah auf die Uhr. Noch eine halbe Stunde, bis ihm die Ergebnisse jener Analyse vorlagen, die er gestern nachmittag in Auftrag gegeben hatte. Genug Zeit für eine Zigarre. Er nahm eine Montechristo aus der ledernen Zigarrentasche, schnitt das Mundstück an, nahm sich viel Zeit, sie anzuzünden, und füllte sich den Mund mit dem schweren, würzigen Rauch.

Er wollte gerade den nächsten Zug tun, als die beiden Männer kamen, auf die er gewartet hatte – sein jüngerer Cousin Bruno, der zugleich als sein persönlicher Leibwächter fungierte, und der Chemiker Arrighi. Nach dem Austausch der obligatorischen Höflichkeitsfloskeln setzte Arrighi den Koffer ab und blickte Polluce bekümmert an. „So sehr ich es bedauere, Ihnen das sagen zu müssen – dies hier ...“, ein verächtliches Wedeln in Richtung Koffer, „... ist absolut wertlos. Eine Aufzählung statistischer Daten, die man genausogut für hundert Francs bei der Société Agricole erwerben kann. Und das Serum ist Wasser, mit ganz gewöhnlichen Herbiziden gemischt. Mit dem Zeug kann man allenfalls Unkraut vernichten.“ Mit ausgebreiteten Armen demonstrierte er seine Ratlosigkeit. „Ich bin untröstlich.“

Polluce – das Gesicht zur Maske erstarrt – sah aus dem Fenster. Dieser italienische Komiker und sein adliger Spießgeselle hatten garantiert Bescheid gewußt. Er kochte vor Wut, wie nur ein Gauner kochen kann, der anderen Gaunern auf den Leim gegangen ist. Er schickte Arrighi nach Hause und wies Bruno an, unten mit dem Wagen auf ihn zu warten. Dann ließ er sich mit der *Ragazza* verbinden.

„Tuzzi? Polluce.“

„Ah, mein Freund, wie geht's Ihnen? Schon Heimweh nach einem Leben in Mitte von Meer?“ Tuzzi legte die Hand über die Sprechmuschel und flüsterte dem Decksteward zu, Lord Glebe zu holen.

„Ich glaube, Sie wissen ganz genau, warum ich anrufe.“

Tuzzi spielte den Verdutzten. „Oh? Haben Sie etwas vergessen auf meiner Jacht?“

„Keine Spielchen, Tuzzi. Ich hab das Serum analysieren lassen. Das Zeug ist Unkrautvernichtungsmittel.“

Tuzzi lief zu großer Form auf. „Nein! Das ich kann nicht glauben! *Non è possibile!* Ah – warten Sie, hier kommt Glebe gerade.“ Er hielt den Hörer so, daß Polluce mithören konnte, und haspelte seine Erklärungen herunter. „Ist in der Leitung mein Freund Polluce. Sagt er, daß die Formel ist nicht gut. Ist fauler Trick. Und ist er total in Schock. Ich bin in Schock. Nun mein guter Name liegt auf dem Bürgersteig.“

„Du meinst: in der Gosse“, korrigierte Glebe. „Gib mal her, laß mich mit ihm sprechen.“

Tuzzi gab den Hörer an Glebe weiter und hörte sich gespannt an, wie der Lord dem Korsen den Schwindel auftischte, den Tuzzi und er in der Nacht ausgeheckt hatten.

„Glebe hier. Mr. Polluce? Ich muß sagen, das ist alles höchst unerfreulich. Nun können wir uns allerdings gewisse Ereignisse erklären, die uns bisher ein Rätsel waren... Sie erinnern sich doch an den Engländer, diesen Bennett, und an das Mädchen?"

„Natürlich."

„Als ich gestern von unserem kleinen Bankbesuch in Marseille zurückgekommen bin, waren beide klammheimlich und offenbar überstürzt verschwunden. Sie haben nämlich ihr Gepäck in den Kabinen zurückgelassen. Wir nehmen an, daß sie zur Küste geschwommen sind. Können Sie mir folgen, Mr. Polluce?"

Polluce machte sich Notizen. „Ja, ja, fahren Sie fort."

„Verstehen Sie – nun haben wir natürlich eine Erklärung für alles. Die müssen den Inhalt des Koffers – die echte Formel – gestohlen und durch Fälschungen ersetzt haben." Glebe legte Entrüstung in seine Stimme. „Mr. Polluce, wir – wir alle – sind gräßlich betrogen worden. Aber das wird ein Nachspiel haben. Diese Gauner müssen zur Verantwortung gezogen werden."

„Ja", sagte Polluce, „sie müssen zur Verantwortung gezogen werden. Aber vorher müssen wir sie erst mal finden."

„Ich glaube nicht, daß sie weit kommen. Sie haben es so eilig gehabt, daß sie sogar ihre Pässe in ihren Kabinen zurückgelassen haben."

Polluce notierte sich einen Namen. „Schicken Sie mir die beiden Pässe. Ich kenne da jemanden bei der Polizei."

„Die Polizei?" fragte Glebe. „Oh, ich weiß nicht recht. Halten Sie es für klug, die mit reinzuziehen?"

„Monsieur Glebe, die Hälfte aller Polizisten in Cannes sind Korsen. Wir haben bereits bei verschiedenen Gelegenheiten zusammengearbeitet."

Glebe verständigte sich durch einen Blick mit Tuzzi. „Glänzende Idee", bestätigte er. „Machen wir's so, marschieren wir Arm in Arm mit den Jungs in Blau. Wir werden sofort den nächsten Hafen anlaufen, bis heute abend haben Sie die Pässe. Wo können wir Sie erreichen?"

Polluce gab ihm die Adresse und Telefonnummer seines Hotels durch und legte auf. Dann ging er nach unten und stieg in den wartenden Wagen. Bei einer Angelegenheit von solcher Bedeutung war es wohl am besten, mit dem Hauptmann der Gendarmerie persönlich zu sprechen. Er wies Bruno an, nach Cannes zu fahren.

TUZZI reckte sich und kniff Glebe in die Wange (eine anerkennend gemeinte Geste, die seine Lordschaft allerdings für absolut unangebracht hielt). „Bravo, mein Freund, bravissimo! Schiebst du sogar Machiavelli in den Schatten!“

Glebe fuhr sich mit dem Handrücken über die Wange und zündete sich ein Zigarillo an. „Ich muß zugeben, es scheint recht gut gelaufen zu sein. Belassen wir's für die nächsten 24 Stunden dabei, und dann rufen wir Polluce an und sagen ihm, wir hätten herausgefunden, daß Bennett für Poe arbeitet.“ Er blies ein Rauchwölkchen in die Luft und lächelte. „Übrigens hast du in der Aufregung den wichtigsten Punkt übersehen.“

„Eh?“

„Polluce hat vergessen, sein Geld zurückzuverlangen.“

Tuzzi breitete überschwenglich die Arme aus. „*Maestro* – ich küsse dir die Füße!“

„Davon solltest du Abstand nehmen. Die Besatzung könnte auf falsche Gedanken kommen“, antwortete Glebe.

POE SAH vom Schreibtisch auf, als er das Knattern der Rotoren hörte. Shimo kam mit dem Hubschrauber aus Monaco zurück – mitsamt der Million Dollar, die Bennett und das undankbare Flittchen verlangt hatten. Wenn die beiden allerdings glaubten, er würde ihnen das schöne Geld tatsächlich in den Rachen werfen, hatten sie sich geschnitten. Die beiden Amateure bildeten sich also ein, sie könnten beiden Seiten ein Schnippchen schlagen und auch noch Räuber und Gendarm mit ihm spielen. Oh, die mußten sich auf eine böse Überraschung gefaßt machen – ein Aspekt, dem Poe so viel Vergnügen abgewann, daß er Shimo mit fröhlichem Pfeifen entgegeneilte.

Der Japaner zog den Reißverschluß des billigen Nylonkoffers auf, und Poe sah ihm zu, wie er Päckchen mit säuberlich gebündelten Hundertdollarnoten auf dem Tisch stapelte. „Ich hoffe, daß du das bald wieder zurückbringen kannst, Shimo“, sagte Poe.

Shimo nickte. „Das wird sie aus ihrem Versteck locken, und dann haben wir sie. Hat der Engländer noch mal angerufen?“

„Noch nicht.“ Poe nahm den Koffer und betrachtete stirnrunzelnd die Innenseite. „Hast du dir schon überlegt, wo wir das Ding unterbringen sollen?“

Shimo zog ein kleines Plastikkästchen aus der Tasche, halb so groß wie ein Kartenspiel. „Wir können es in die Bodenplatte einnähen, hier in der Ecke, unter dem Geld. Die Reichweite ist nicht allzu groß, ungefähr fünfhundert Meter, aber leistungsstärkere Geräte könnte man nicht unauffällig verstecken."

Poe lächelte. Ein hübsches Spielzeug, der kleine Peilsender in Shimos Hand.

„Eins macht mir Sorgen, Mr. Julian. Mal angenommen, der Engländer versucht, mit Tuzzi ins Geschäft zu kommen."

Poe mußte zugeben, daß es genau das war, was er an Bennetts Stelle getan hätte: Sehen, ob Tuzzi möglicherweise ein paar hunderttausend Dollar mehr lockermachte. Zumal der Versuch Bennett nicht mehr als ein paar Telefonate kostete. „Du hast recht, Shimo. Es wäre vielleicht gut, wenn ich mal ein paar Worte mit Mr. Tuzzi rede. So dämlich, wie der ist, könnte es sein, daß er sich verplappert."

Tuzzi und Poe nahmen sich bei ihrem Telefongespräch viel Zeit, Artigkeiten auszutauschen. Sie erkundigten sich gegenseitig nach dem gesundheitlichen Befinden und versicherten sich, daß die Geschäfte vorzüglich liefen.

Dann kam Poe zur Sache. „Enzo", sagte er, „wie's aussieht, sind wir beide das Opfer eines gemeinen Diebstahls geworden. Dir wurde die Formel einmal gestohlen, mir zweimal. Trotzdem, ich bin bereit, die Vergangenheit Vergangenheit sein zu lassen."

„Bene, bene. Sind wir eben Männer, die praktisch denken."

Poe versuchte, sich seine wahren Gefühle nicht anmerken zu lassen. „So ist es, Enzo. Daher schlage ich dir vor, daß wir gemeinsame Anstrengungen unternehmen, um den Engländer und das Mädchen aufzuspüren. Was hältst du davon?"

„Mein lieber Freund, wird es mir eine Ehre sein, Hand in Handschuh zusammenzuarbeiten mit einem Mann wie dir." Tuzzi schlug einen verschwörerischen Ton an. „Sag, hast du schon was von denen gehört? Sind die getreten mit dir in Kontakt?"

Poes Blick huschte über die Banknoten. „Nein. Und wie sieht's bei dir aus? Hast du etwas, woran man anknüpfen könnte?"

Tuzzi dachte an die Pässe, die gerade auf dem Weg zu Polluce in Marseille waren, und an die korsischen Polizeioffiziere, die sich schon bald der leidigen Sache annehmen würden. Er stieß einen vernehmlichen Seufzer aus. *„Niente* – die haben sich aufgelöst in Luft – *pouf."*

„Aber du hast schon deine Leute auf sie angesetzt?"

„Natürlich. Und du?"

„Natürlich. Gut, wir bleiben also in Verbindung, ja?"

„Was ich bekomme an Informationen, gehört dir, mein Freund. Beim Haupt meiner Mutter."

Tuzzis Gesicht zerfloß in breites Grinsen, als er den Hörer auflegte. Die ganze Zeit über hatte ihn die Sorge geplagt, daß Bennett und das Mädchen mit der Formel womöglich schnurstracks zu Poe marschiert waren, was das Ganze komplizierter gemacht hätte. Aber jetzt sah die Sache anders aus, jetzt brauchte er nur die beiden als erster zu erwischen, und da er Polluce und dessen Freunde bei der Polizei auf seiner Seite wußte, standen die Chancen gar nicht so schlecht. Er gab Order zum Wenden. Die *Ragazza* sollte wieder Marseille anlaufen.

ANNA und Bennett hatten lange geschlafen, und als sie schließlich kaffeedurstig in die Küche kamen, lag das Kloster verlassen und leer da. Während Anna am gußeisernen Herd stand und darauf wartete, daß das Kaffeewasser über dem Holzfeuer zu kochen anfing, säbelte Bennett an den Resten einer *boule* ungesäuertem Brot herum. Den ganzen Morgen schlichen sie nun schon höflich verlegen umeinander herum. Bei der Morgenwäsche im großen Waschraum zum Beispiel hatten sie sich das rauhe Handtuch geteilt, aber solange Anna unter der eiskalten Dusche stand, war Bennett diskret in der Schlafzelle geblieben. Irgend etwas knisterte zwischen ihnen, das spürten sie beide. Ein Italiener oder ein Franzose hätte längst den ersten Schritt gemacht. Bennett machte Toast.

Anna beobachtete ihn, wie er konzentriert zusah, während sich die Brotscheiben auf der Herdplatte langsam braun färbten. Er sah auf und meinte: „Bei Toast weiß man nie, wann's soweit ist. Es ist ziemlich schwierig, den richtigen Augenblick zu erwischen."

„Ist das nicht bei allem so?"

Bennett starrte sie ein paar Sekunden stumm an, bis ihm bewußt wurde, daß er ihr Lächeln längst erwiderte. „Ja", bestätigte er, „ich glaube, das ist es."

Sie frühstückten draußen auf einer Steinbank im Schatten der Klostermauern und berieten, wie es jetzt weitergehen sollte. Es ist eben einfacher, eine Million Dollar zu verlangen, als sich eine sichere Methode für die Übergabe des Geldes auszudenken. Poe postierte sicher Aufpasser, die genau beobachteten, wer die Million abholen kam. Natürlich, es gab Orte, an denen man eine Zeitlang in der Menge untertauchen konnte, aber irgendwann kam der Moment, an dem der Abholer das Geld an sich nehmen mußte, und dann wurde es riskant.

An einsamen, abgelegenen Orten war die Geldübergabe noch gefährlicher. Je länger sie Möglichkeiten erwogen und wieder verwarfen, desto mehr wuchs in ihnen das Gefühl, daß sie sich in eine Sackgasse manövriert hatten.

Bruder Yves war zurückgekehrt, er hatte heute Küchendienst und wollte das Mittagessen vorbereiten. Bennett sah dem Mönch nach, wie er zum Hintereingang eilte und sich unterwegs mit dem Taschentuch den Kopf trockenrieb. Unter so einer Kutte muß es verflixt heiß sein, dachte er – und dann hatte er's auf einmal.

Er stand auf und ging hin und her. „Anna", sagte er, „hör mal zu – so könnte es funktionieren: Wir sagen Poe, er soll das Geld in einer Kirche deponieren. Kirchen gibt's hier wie Sand am Meer, und in den meisten läßt sich, wenn nicht gerade Sonntag ist, kein Mensch blicken."

Anna runzelte die Stirn. „Das mit der Kirche hört sich ganz gut an, aber sobald wir rauskommen, schnappen sie uns."

„Darum geht's ja gerade. Wir gehen gar nicht rein. Wir lassen Vater Gilbert das Geld abholen. Poes Aufpasser rechnen damit, daß einer von uns beiden auftaucht. Wenn ein Mönch in die Kirche geht, denken sie sich doch gar nichts dabei."

Anna zog pantomimisch den Hut. „Bennett, es zahlt sich aus, wenn man mit einem alten Gauner wie dir zusammenarbeitet."

„Wir brauchen einen Reiseführer für Leute, die Kirchen besichtigen wollen. Komm, in Forcalquier gibt's bestimmt so was."

SIE SASSEN in einem Café und tranken einen Rosé. Vor ihnen auf dem Tisch lag aufgeschlagen ein Kunstführer. Bennett hatte drei Kirchen ausgewählt, die in Frage kommen konnten. Heute nachmittag wollten Anna und er sie näher in Augenschein nehmen, sich für eine von ihnen entscheiden, Poe anrufen und dann Vater Gilbert überreden, für sie das Geld im Schutz einer kirchlichen Tarnkappe abzuholen.

Aber da fing Anna zu unken an. „Es geht um verdammt viel Geld", gab sie zu bedenken. „Meinst du, daß du ihm vertrauen kannst?"

Bennett seufzte. Gilbert war ein alter Schurke, einer, der sich als Mönch verkleidete, damit er unbehelligt seinen Geschäften nachgehen konnte, ohne Steuern zu zahlen. „Nun, ganz sicher bin ich nicht."

Das Pflänzchen Hoffnung verkümmerte jäh. Bennett trank seinen Wein aus und gab der Bedienung ein Zeichen, ihm noch einen zu bringen. Allmählich füllte sich das Café mit Leuten, die zum Lunch kamen.

Auf einmal fing Anna lauthals zu lachen an. Bennett sah sie griesgrämig an. „Was soll das? War doch eine tolle Idee. Beinahe."

„Das ist es immer noch. Kapierst du nicht? Wir brauchen nur den richtigen Mönch. Einen, dem man blind vertrauen kann – sogar bei einer Million Dollar. Und stell dir vor: zufällig kenne ich so einen." Sie legte Bennett die Hand auf die Schulter und fing gleich wieder zu prusten an. „Bruder Bennett!"

POLLUCE und Capitaine Bonfils nahmen im Poisson d'Argent den Tisch ganz hinten und bestellten sich einen Ricard. Bonfils war hier gut bekannt, und der Besitzer, der eine gewisse *patronage* der Polizei zu schätzen wußte, sorgte dafür, daß die angrenzenden Tische leer blieben. Polluce und Bonfils konnten also ungestört reden.

„*Chin.*" Bonfils schlürfte seinen Pastis und ließ dabei, wie er sich's im Laufe der Jahre angewöhnt hatte, seine ewig ruhelosen Blicke durchs Restaurant wandern. Sein Aufstieg vom uniformierten *flic* auf der Croisette zum *capitaine* hatte sich mit erstaunlicher Geschwindigkeit vollzogen, und zwar, wie er wohl wußte, dank der Unterstützung durch Polluce und dessen Freunde in der Union. Derlei Bindungen bringen es mit sich, daß man hin und wieder ein Stück Dankesschuld abtragen muß. Er bewunderte, wie elegant der alte Herr aus Korsika heute wieder gekleidet war, deutete eine respektvolle Verbeugung an und sagte: „Wenn Sie sich bei dieser Hitze persönlich aus Marseille herbemüht haben, muß die Sache wohl sehr dringend sein, *non?*"

Polluce inspizierte angelegentlich seine wohlmanikürten Nägel. „Dringend – und möglicherweise delikat. Mir wurde etwas Wertvolles gestohlen. Es ist eminent wichtig, daß wir es wieder zurückbekommen. Zum Glück wissen wir, wer das Diebesgut hat. Ein Mann und eine Frau. Sie sind gemeinsam unterwegs. Bis heute abend haben Sie die Pässe der beiden." Er gestattete sich ein dünnes Lächeln.

„Sicher ist Ihnen bekannt, Monsieur Polluce, daß das heutzutage wegen der EU alles nicht mehr so leicht ist, wie es mal war. Aus Italien, aus Spanien, aus Belgien – von überall her können die heute einfach durchfahren, ohne Kontrolle. Aber Pässe helfen uns natürlich immer weiter. Sind es französische?"

„Ein britischer, ein amerikanischer."

Bonfils machte einen kleinen Schnalzlaut. „Das ist nicht gut, es sei denn, sie sind in Frankreich ansässig. Polizeilich gemeldet – Sie verstehen? Wenn ja, haben wir sie im Computer und können alles abrufen, vom Geburtsdatum bis zur Farbe ihres Autos.“

„Mit den Pässen haben Sie natürlich auch die Fotos.“ Polluce lehnte sich über den Tisch. „Die beiden müssen gefunden werden. Und das würde sich überaus segensreich auf Ihre Karriere auswirken, das kann ich Ihnen versprechen.“

13

Bennett betrat die kleine Kirche und machte sich daran, sie auf ihre Eignung als toter Briefkasten zu untersuchen. Es mußte eine Kirche sein, die nicht zu abgeschieden lag, damit er hinterher, mit einer Million unter dem Arm, nicht lange zu laufen hatte. Andererseits wäre eine vielbesuchte Kirche mit Gläubigen, die bei aller Andacht die Augen offenhielten, ebenso ungeeignet gewesen. Nun, dieses Kirchlein, das sah er schon, war mit Sicherheit nicht, was sie suchten. Er winkte Anna zu sich herüber. „Die ist zu klein, findest du nicht auch? Vielleicht sollten wir lieber nach einer Kathedrale Ausschau halten.“

Den Rest des Nachmittags verbrachten sie damit, Kirchen abzuklappern. Sie versuchten ihr Glück in Banon und in Saint-Saturnin, dann hielten sie auf den Mont Ventoux zu. Bennett fuhr, Annas Blick huschte zwischen dem Kunstführer und der Karte hin und her. Und schließlich entdeckte Anna das Juwel – sie hoffte es jedenfalls –, das sie suchten.

„Hör mal: ‚Notre Dame de Poulesc ragt am Marktplatz eines geschäftigen Städtchens empor. Der Überlieferung nach war in Poulesc die heilige Catherine begraben, und als man ihr Grab im späten zwölften Jahrhundert entdeckte, errichteten fromme Bürger der Stadt ihr zu Ehren eine Kirche. Diese wurde bald zu einer so bekannten Pilgerstätte, daß im siebzehnten Jahrhundert ein neuer, großzügigerer Kirchenbau errichtet werden mußte. An das Hauptschiff schließen sich Seitenkapellen an, die besonders wegen ihrer schönen Buntglasfenster sehenswert sind.‘“ Anna klappte das Buch zu. „Also, die Kirche ist groß, liegt an einem zentralen Platz und hat jede Menge kleine seitliche Anbauten. Bennett, verlaß dich auf mich, das ist's!“

Er schmunzelte über ihre Begeisterung. „Ich habe mich schon mal auf dich verlassen. Und nun guck dir an, in welchem Schlamassel wir stecken.“

„Weißt du, daß du einen richtig süßen Mönch abgeben wirst? Bis auf eine Kleinigkeit: Du bist zu mager. Mönche sind dick, rundlich wie Vater Gilbert und seine Brüder." Sie musterte ihn eine Weile von Kopf bis Fuß, und plötzlich schlug sie so kräftig aufs Armaturenbrett, daß Bennett erschrocken auf die Bremse trat. „Jetzt weiß ich, was wir machen. Wir polstern dich mit einem Bündel alter Kleider aus. Das nimmst du in der Kirche ab und schnallst dir statt dessen das Geld vor den Bauch. Du kommst also rundlich reinspaziert und gehst rundlich wieder raus und hast dabei immer leere Hände. Na, wie findest du das? Gib zu, daß du ohne mich verloren wärst."

POULESC lag behäbig im milden Glanz der Spätnachmittagssonne – ein provenzalisches Landstädtchen wie aus dem Postkartenständer. Am Ende des Platzes spielte eine Gruppe alter Männer im Schatten einiger Platanen *boules*. Anna und Bennett blieben stehen, um eine Weile zuzuschauen.

„Ist gar nicht schwer, sich hier in der Gegend mit Nichtstun einen schönen Tag zu machen, wie?" bemerkte Anna.

„Das ist kein Nichtstun", widersprach Bennett, „das ist Leben – das Leben auf dem Lande."

Anna betrachtete verstohlen sein Gesicht – sein versonnenes Lächeln – und fragte sich, was wohl aus ihnen wurde, wenn all das, was sie jetzt, ob sie's wollten oder nicht, zusammenschweißte, auf einmal ein Ende hatte. Flog sie allein nach New York zurück? Fuhr er wieder in sein verschlafenes kleines Dorf? Sie mochte jetzt nicht darüber nachdenken und schob ihm die Hand unter den Arm. „Ich sag's ungern, aber wir wollten uns noch in der Kirche umsehen."

Hausfrauen überquerten mit schnellem Schritt den Platz, um rasch noch ein paar Besorgungen zu machen, bevor es Zeit wurde, das Abendessen vorzubereiten. Überall parkten Autos nach den Regeln des Midi (mit anderen Worten: wie sich's gerade ergab). Und dann lag die Kirche vor ihnen im milden Schein der letzten Sonnenstrahlen, an der Westseite des Marktes, wo sie nun schon seit Jahrhunderten stand.

Anna und Bennett gingen gemeinsam durch das Mittelschiff nach vorn, dann trennten sie sich, um die kleinen Seitenkapellen zu inspizieren. Versteckte Winkel gab es allenthalben, dunkle Ecken und Bodenspalten hinter Stützpfeilern, wo sich seit Jahren der Staub ansammelte. Bennett kritzelte ein paar Notizen in den Kunstführer, dann ging er vor zum Altar.

„Pssst. Hier bin ich."

Ganz vorn in der Ecke, ein paar Meter neben dem Hochaltar, sah er neben einer schmalen Öffnung etwas Weißes aufblitzen – Annas T-Shirt. Er ging die Stufen hoch, hinter dem Altar vorbei, und zwängte sich durch einen kaum schulterbreiten Torbogen.

„Guck dir das an, Bennett! Ist das nicht ideal?“

Es war ein winziger quadratischer Raum, in dem der Priester das Meßgewand anlegen konnte. Und dann sah Bennett, was Anna so in Entzücken versetzt hatte: in die Außenwand war eine kleine Tür eingelassen. Den Riegel hatte sie schon zurückgeschoben, Bennett mußte die Tür nur noch aufstoßen. Sie führte auf die schmale Gasse an der Rückfront der Kirche, die links und rechts in Straßen einmündete, die auf den Markt zuliefen. Jeder konnte hier ungesehen hereinkommen und ungesehen wieder verschwinden. Genau das, was sie brauchten.

Auf dem Heimweg zum Kloster überlegten sie, wo sie das Geld, wenn sie es hatten, verstecken wollten. Morgen würden sie Poe anrufen und ihm die nötigen Instruktionen geben.

DAS ABENDESSEN mit den Mönchen verlief in ungewöhnlich lebhafter Atmosphäre. Vater Gilbert war zu dem Schluß gekommen, der 92er Jahrgang sei reif für eine gewissenhafte Begutachtung. Immer neue Flaschen wurden aufgetragen. Als sich Anna und Bennett schließlich zurückzogen, schwirrte ihnen der Kopf, was zum Teil am Alkohol, zum Teil an ihrem Optimismus lag. Beim Hinausgehen nahm Bennett die Mönchskutte mit, die ihm Vater Gilbert geliehen hatte, und so gingen sie auf dem von Lavendelduft umwehten Weg zu ihrer Zelle im Dormitorium hinüber.

Anna saß auf der Kante ihrer Pritsche, das Kerzenlicht malte Glitzerstaub in ihre Augen. „Okay, junger Mann“, sagte sie, „dann wollen wir mal sehen, wie wir einen ansehnlichen Mönch aus dir machen können.“

Als Bennett sich die Kutte anhielt, merkte er erst, wie schwer sie war. „Komm schon“, drängte Anna, „zieh sie an!“

Bennett zog sich bis auf die Shorts aus und strampelte sich mit hochgereckten Armen in den dicken, unangenehm rauhen Wollstoff. Irgendwie kam er sich vor wie jemand, der zum erstenmal in ein Zelt kriecht. Er raffte das Tuch vor dem Bauch zusammen und drehte sich zur Seite, damit Anna beurteilen konnte, wieviel Luft um die Taille blieb. „Engsitzende Soutanen sind dieses Jahr out“, behauptete er, „die Mode tendiert zu einem locker fallenden Schnitt, ein bißchen lässig.

Dazu trägt man rund um den Kopf einen Schuß Geheimniskrämerei." Er zog die Kapuze nach vorn und tief ins Gesicht. „Na, wie ist das?"

Anna lächelte. Die konturenlose Gestalt hatte so wenig Ähnlichkeit mit Bennett, daß ihn kaum jemand wiedererkennen würde. „Ich hatte recht, du gibst einen richtig süßen Mönch ab. Und nun päppeln wir dich auf."

Sie rollte T-Shirts und einen Baumwollsweater zu einer Kugel zusammen. Der Versuch, Bennett das Bündel von oben, durch die Halskrause, unter die Kutte zu schieben, erwies sich als schwierig. Die Kugel blieb in Brusthöhe stecken. Sie sahen sich mit ernsten Gesichtern über Bennetts nicht ganz echten, aber um so beachtlicheren Busen hinweg an.

„Miß Hersh", sagte Bennett mit belegter Stimme, „ich glaube, da sind noch ein paar kleine Korrekturen nötig."

„Ich weiß." Sie ging in die Knie und sah zu ihm hoch. „Ich muß dich bitten, den Rock ein wenig anzuheben."

Bennett merkte, wie er sich verspannte, als Annas Hände unter die Kutte schlüpften und sich zur Brust hochtasteten. Er spürte ihren Atem auf dem Bauch, dann hörte er sie unter dem schweren Stoff leise kichern. Er faßte in ihr kurzes Nackenhaar und zog sie sanft hoch. Anna hatte auf einmal rote Apfelbäckchen. Was gut zu ihrem Lächeln paßte. Und dann schob sie ihm die Kapuze in den Nacken und murmelte: „Na los, mach schon, Bennett, zieh das Ding endlich aus."

CAPITAINE BONFILS hatte keine Zeit verloren, alle verfügbaren Computerdaten zu durchforsten. Polluce war bestimmt sehr zufrieden. Er schloß die Glastür seines Büros und benutzte seinen Privatanschluß.

„Was das Mädchen angeht", berichtete er Polluce, „haben wir leider nicht viel. Normaler US-Paß. Ist vor vier Tagen via Nizza eingereist. Kein Strafregister. Aber mit dem Engländer, da haben wir mehr Glück gehabt." Er las Polluce die Notizen vor, die er sich gemacht hatte. „Bennett, Luciano. Britischer Bürger mit ständigem Wohnsitz in Frankreich, in Saint-Martin-le-Vieux im Vaucluse. Fährt einen weißen 93er Peugeot 205, amtliches Kennzeichen 29 SKN 84."

Polluce grunzte. „Ein brauchbarer Ansatz, Bonfils. Und jetzt?"

„Die Personenbeschreibung habe ich bereits in Umlauf gegeben, Monsieur Polluce, zusammen mit den Fotos. Falls die beiden das Land nicht verlassen haben, stehen unsere Chancen gar nicht schlecht."

„*Bon.* Sie haben gute Arbeit geleistet. Ich werde das nicht vergessen."

Als Bonfils auflegte, verspürte er tiefe innere Zufriedenheit – ein Gefühl, das sich allerdings als kurzlebig erwies. Die Bürotür flog auf, und Moreau kam mit einem Stapel Papiere herein und baute sich vor Bonfils' Schreibtisch auf. Moreau war sein Chef, ein Fremder aus der Charente, der in dem Ruf stand, von geradezu widerwärtiger Unbestechlichkeit zu sein. So richtig warm waren die beiden Männer nie geworden. Moreau durchschaute Bonfils, er wußte, daß dessen Rang keineswegs seinen Fähigkeiten entsprach, sondern daß der Bursche einflußreiche Freunde haben mußte, die ihm die Karriereleiter hochgeholfen hatten.

Moreau donnerte die Papiere auf den Schreibtisch. „Ich nehme an, Sie können mir das erklären. Ich stehe da nämlich vor einem Rätsel. Offensichtlich bearbeitet unsere Dienststelle plötzlich mit höchster Priorität einen noch unbewiesenen Fall von Diebstahl, wobei allerdings niemand weiß, was überhaupt gestohlen wurde. Woher sollen unsere Männer denn wissen, wonach sie suchen sollen?"

Bonfils gab sich Mühe, ruhig und gelassen zu klingen. „Auf die genaue Beschreibung der gestohlenen Gegenstände warte ich noch."

„Ich auch, Capitaine. Ich auch. Sehen Sie zu, daß sie noch heute nachmittag auf meinem Tisch liegt." Er raffte die Papiere zusammen und stürmte aus dem Büro.

Bonfils enthauptete eine Zigarette. Auf einmal war aus einem vielversprechenden ein ausgesprochen lausiger Vormittag geworden. Er kramte die Nummer von Polluces Hotel heraus und griff zum Hörer.

RUND hundertfünfzig Kilometer weiter nördlich standen Anna und Bennett eng aneinandergedrängt in einer *cabine* im Postamt von Poulesc und warteten darauf, daß sich am anderen Ende der Leitung jemand meldete. Bennett brach seine schnäbelnde Detailerkundung an Annas Hals ab, als er Poes Stimme hörte.

Die Unterhaltung war knapp, kühl und sachlich. Das Geld würde, wie von Bennett verlangt, bis spätestens fünf Uhr nachmittags in der Kirche deponiert. Und sobald sie es in Händen hätten, würde Poe erfahren, wo er den Koffer abholen könne.

Zum zweitenmal an diesem Vormittag gingen sie durch das Mittelschiff der Kirche in den verborgenen Raum und durch die Hintertür hinaus. Sie schauten sich nach einem geeigneten Platz um, an dem Anna mit dem Wagen auf Bennett warten konnte. Als das erledigt war, ließen sie Poulesc hinter sich und fuhren zu ihrem ersten Lunch als Liebespaar zu einem kleinen Restaurant, in dem allein die Aussicht vier Sterne verdiente. Und dann taten sie, was frisch Verliebte immer und überall tun: sie machten Pläne.

Italien sollte die erste Station sein. Sie würden die Ausstellung neuer Pässe beantragen und so lange in der Villa d'Este untertauchen, ein bißchen Stil mußte schon sein. Sobald die Ersatzpässe da waren, wollten sie in die Schweiz fahren, dort eine verschwiegene kleine Bank suchen und das Geld deponieren. Und dann – ach, dann gehörte ihnen die Welt.

Anna langte über den Tisch und nahm Bennett die Sonnenbrille ab. „So ist es besser. Jetzt kann ich deine Augen sehen. Du weißt, daß ich noch mal zurück in die Staaten muß, ja? Zumindest für eine Weile. Kommst du mit?"

Saint-Martin den Rücken zu kehren fiel ihm, zumal ihn dort nur wenige Kilometer von einem rachsüchtigen Julian Poe trennten, nicht schwer. Frankreich den Rücken zu kehren würde ihm erheblich schwerer fallen. Aber, machte Bennett sich klar, lange nicht so schwer, wie sich von Anna zu trennen. Er legte seine Hand auf die ihre. „Natürlich komme ich mit. Du mußt mir nur eins versprechen: Bitte mich nie, eine von diesen Baseballkappen aufzusetzen."

KURZ vor Poulesc machten sie halt, und Bennett verschwand im Gebüsch und kam als Mönch zurück – ein rundlicher Mönch mit einem stattlichen, von einem Ledergürtel gehaltenen Bäuchlein. Sie waren dahintergekommen, daß ein Papierbauch sich leichter trug und kühler war als einer aus zusammengerollten Kleidungsstücken. Nur, jetzt stellte Bennett fest, daß das halbe Dutzend zerknüllter Nummern des *Le Provençal* auf nackter Haut ganz schön kitzeln konnte. Stumm, innerlich angespannt, fuhren sie langsam in die Stadt und hielten ein paar Straßen vor der Kirche an.

Bennett atmete tief durch. „Wünsch mir Glück." Wenn in diesem Moment jemand vorbeigekommen wäre, hätte sich ihm ein befremdlicher Anblick geboten: eine junge Frau, die ihre Lippen fest auf die eines Klosterbruders preßte. Bennett rückte noch einmal den Gürtel zurecht, zog sich die Kapuze über und machte sich auf den Weg in die Gasse hinter der Kirche.

Sie lag in tiefem Schatten; er mußte ein paarmal blinzeln, bis seine Augen sich an den jähen Wechsel vom hellen Sonnenschein gewöhnt hatten. Er kam an der Hintertür an, drückte die Klinke und stemmte sich gegen die Tür. Sein Magen verkrampfte sich. Jemand hatte die verdammte Tür in der Zwischenzeit von innen verriegelt. Er mußte wohl oder übel den Weg durchs Hauptportal nehmen.

Auf dem Marktplatz brüteten Gérard und sein Partner in der aufgestauten Hitze in ihrem Wagen. Sie lauschten dem stetigen Piepston des Senders aus dem Koffer, den sie in der Kirche deponiert hatten. Gérard sah seinen Partner mißmutig an, dessen dauerndes Gejammer über die Hitze ging ihm auf die Nerven. „Du denkst, wir hätten's besonders schwer, wie? O Mann, dann stell dir mal vor, du wärst das arme Schwein da drüben." Sie sahen dem beleibten Mönch nach, der die Stufen zum Hauptportal hinaufeilte und die Kirche betrat.

Bennett huschte in die zweite Seitenkapelle von vorn und langte in den Hohlraum hinter einem rußgeschwärzten Reliquienschrein. Nylon, signalisierten seine Fingerspitzen. Er sandte einen dankbaren Schnaufer gen Himmel. Mit fahrigen Händen hakte er unter der Soutane den Gürtel auf und tauschte die gedruckten Neuigkeiten von gestern gegen eine Million Dollar aus. Das zerknüllte Zeitungspapier stopfte er in das Loch, in dem der Koffer gelegen hatte. Am liebsten wäre er gerannt; dennoch ging er mit würdevollem Schritt zum Hochaltar, bog seitlich ab und schlüpfte durch die Hintertür aus der Kirche. Nicht mal zwei Minuten später saß er wieder im Peugeot.

Gérard drehte den Lautstärkeregler auf. Das Signal war schwächer geworden. Jemand hatte den Koffer bewegt! Er zuckte erschrocken zusammen, als der Piepston schlagartig lauter wurde. Ein weißer Peugeot kam aus einer Seitenstraße und fuhr quer über den Marktplatz. Je weiter er sich entfernte, desto schwächer wurde das Signal. „*Putain!* Da oben muß es eine Hintertür geben!" Er schlug das Lenkrad scharf ein und fuhr, ohne zu dicht aufzuschließen, hinter dem Peugeot her.

Bennett hakte den Gürtel auf und ließ den Koffer zwischen den Beinen auf die Fußmatte rutschen. Er öffnete den Reißverschluß und fing beim Anblick der gebündelten Hundertdollarscheine leise zu pfeifen an, eine Variation der Filmmusik: *Der Mann, der die Bank von Monte Carlo knackte*... Anna zog den Peugeot in schneller Fahrt durch die Kurven des Sträßchens, das sie hinauf in die Berge und in die Geborgenheit des Klosters führte. „Wir haben's geschafft!" juchzte sie. „Wir haben's wirklich und wahrhaftig geschafft!"

Bennett verrenkte den Hals, um einen Blick durchs Rückfenster zu werfen. Nichts als flirrende Hitze über endloser Einsamkeit. Unbändige Heiterkeit erfüllte ihn.

Im Kloster angekommen, überließ Bennett Anna das Geldzählen. Er stieg aus seiner Kutte und stellte sich im spartanischen Waschraum unter die Dusche. Morgen um diese Zeit lag Frankreich hinter ihnen – und damit auch Poe, Tuzzi und aller Ärger. Er rubbelte sich trocken, zog sich an und patschte barfuß zurück in die Zelle.

Anna war noch damit beschäftigt, die Geldscheinbündel einzeln durchzublättern, weil sie Poe durchaus zugetraut hätte, zugeschnittenes Papier dazwischenzumogeln. Sie sah auf, als Bennett hereinkam. „So weit, so gut", sagte sie. „Ist das nicht ein hübscher Anblick?" Sie kramte im Nylonkoffer, um die letzten Bündel herauszuklauben. Und auf einmal verschwand ihr Lächeln.

„Was ist los?" fragte Bennett. „Hat er etwa kein Trinkgeld dazugelegt?"

„Da ist was – hier in der Ecke." Sie stülpte den Koffer um. „Siehst du? Hier."

Bennett fuhr mit dem Finger über das Innenfutter. „Fühlt sich wie ein Kästchen an."

Anna kramte eine Nagelfeile aus dem Toilettenetui und zupfte an der Naht, bis sie sie aufreißen konnte. Ein viereckiges, knapp handtellergroßes Stück Plastik kam zum Vorschein. Anna hielt es ins Licht. „So was hab ich schon mal gesehen – in Israel. Es ist ein Kurzstreckensender." Sie warf das Plastikkästchen auf die Pritsche. „Verflucht! Das bedeutet, daß Poes Gorillas wissen, wo wir stecken. Und sie sind bestimmt nicht weit."

„Es hätte schlimmer kommen können", meinte Bennett als geborener Optimist. „Zumindest weiß Poe nicht, daß wir das Ding entdeckt haben. Und er wird sowieso nichts unternehmen, bevor wir ihm gesagt haben, wo wir den Koffer mit der Formel versteckt haben. Sonst hätten uns seine Knochenbrecher schon auf der Landstraße geschnappt."

Anna sah nicht überzeugt aus. „Vielleicht warten die bloß, bis es dunkel ist. Dann schlagen sie zu und schleppen uns irgendwohin, wo sie uns in aller Ruhe …" Sie schüttelte sich.

Bennett nahm den Minisender und wog ihn in der Hand. „Und wenn wir das Ding einfach zertrümmern?"

„Sobald das Signal verstummt, tauchen sie auf. Dann wissen sie nämlich, daß wir den Sender gefunden haben."

Als die Nacht den Abend verschluckte, wurde es nicht nur in der Zelle, sondern auch im Gemüt ihrer beiden Bewohner immer düsterer. Wenn sie sich nicht zu Fuß verdrücken wollten, gab es nur einen Weg, auf dem sie das Kloster verlassen konnten: den Feldweg zur Straße. Und dort warteten dann Poes Männer auf sie.

Bennett stand auf und wuschelte Anna durchs Haar. „Ich geh runter zur Straße und seh nach. Pack inzwischen das Geld in deine Reisetasche um. Ich bin bald zurück."

Er blieb an der Klostermauer stehen, um seine Augen an die Dunkelheit zu gewöhnen. Vorn, wo der Weg sein mußte, konnte er nur eine verwaschene helle Spur zwischen den tintenblauen Schatten der Bäume ausmachen. Es war sowieso besser, wenn er sich abseits vom Feldweg hielt. Denn wenn Poes Männer meinten, es sei an der Zeit, Anna und ihm auf die Pelle zu rücken, dann kamen sie den Weg herauf. Er ging also ein paar Schritte neben der Fahrspur durchs Unterholz. Nach zehn Minuten erreichte er die Straße, aber sehen oder hören konnte er nichts. Noch einmal zehn Minuten, die er reglos im Dunkel verbrachte und sich die Daumen drückte, daß endlich irgendein Auto vorbeikäme.

Und dann tat sich was. Zwei gelbliche Lichtbündel tasteten sich in den Nachthimmel, ein Motor quälte sich die ansteigende Straße herauf. Bennett ging, den Blick starr auf den näher kommenden Lichttunnel gerichtet, in die Hocke. Und da sah er, was er gesucht hatte: ein kurzes Aufblitzen, nur für den Bruchteil einer Sekunde, als die Scheinwerfer auf die Windschutzscheibe des Autos trafen, welches keine zwanzig Meter vor ihm rückwärts ins Unterholz gestoßen war.

Anna hörte seine Schritte, wartete an der Tür der Schlafzelle auf ihn und schloß ihn erleichtert in die Arme. „Ich hab schon gedacht, du läßt mich hier sitzen."

„Da unten ist tatsächlich jemand. Sie parken abseits der Straße. Die können uns gar nicht verpassen, wenn wir verschwinden wollen. Nicht mal, wenn wir ohne Licht fahren." Er machte den lahmen Versuch, sich fröhlich zu geben. „Ist dir zufällig nach einem kleinen Spaziergang zumute?"

„Wohin?"

„Nach Italien." Er setzte sich auf die Pritsche und fingerte an dem Minisender herum.

Anna nahm ihm das kleine schwarze Kästchen weg. „Könnten wir nicht eine falsche Spur damit legen?"

Bennett guckte verdutzt auf den Minisender. Dann nickte er müde. „Na klar. Wir drücken den Piepser einfach Vater Gilbert in die Hand und sagen ihm, er soll damit losrennen, so schnell er kann."

Um Annas Lippen spielte ein Lächeln. „Bennett", sagte sie und zog ihn von der Pritsche hoch, „manchmal bist du schlauer, als du denkst. Komm."

VATER GILBERT setzte sein Glas ab. „Nur, damit ich ganz sicher sein kann, daß ich euch richtig verstanden habe, meine Lieben: Ihr möchtet, daß ich diesen leeren Koffer nehme und mit meinem Traktor ein Stück querfeldein fahre ..."

„Parallel zur Straße", sagte Anna, „das ist sehr wichtig."

Vater Gilbert sah sie stirnrunzelnd an. „Mag sein, daß das wichtig ist, liebes Kind, aber wir sind hier in einer holperigen Gegend, und in der Dunkelheit, und unsere Traktoren sind alt und schon ein bißchen klapprig... Nur mal neugierig gefragt...", er lächelte bauernschlau, „...wäre es denkbar, daß diese nächtliche Spazierfahrt irgendwas mit der Trüffelsache zu tun hat?"

„Äh – ja", gestand Bennett. „In gewisser Weise."

„Dann darf ich wohl annehmen, daß es um ein erkleckliches Sümmchen Geld geht." Ein gieriges Glitzern lag in seinen Augen. „Falls ihr irgendeine Möglichkeit seht, euch dem Kloster gegenüber erkenntlich zu zeigen ..."

Bennett hatte verstanden. „Selbstredend." Er tauschte einen Blick mit Anna. „Das wird uns ein Vergnügen sein. Woran haben Sie denn gedacht, Vater?"

„Einen neuen Traktor?"

„Abgemacht."

Eine Viertelstunde später hatte Vater Gilbert das Bündel Hundertdollarscheine unter einem lockeren Ziegelstein in seiner Zelle in Sicherheit gebracht, stieg auf seinen Traktor, klemmte sich den leeren Koffer mit dem Minisender zwischen die Beine und fuhr los. Er sollte sich so dicht wie möglich an den Verlauf der Straße unterhalb des Klosters halten, zwei, drei Kilometer durchs Gelände tuckern, den Koffer unter einem Gebüsch verstecken und zurückkommen.

Bennett wartete, bis der schwankende Frontscheinwerfer des Traktors sich bis dahin vorgetastet hatte, wo der Weinberg der Klosterbrüder endete, dann ging er los, den Feldweg zur Straße hinunter. Anna kam langsam hinter ihm hergefahren, ohne Licht, halb blind in der Finsternis, den Blick fest auf Bennetts weißes T-Shirt gerichtet – ihren einzigen Orientierungspunkt.

Etwa auf halber Strecke führte der Feldweg über einen sanft ansteigenden Buckel, und genau in dem Moment, als er oben angekommen war, sah Bennett die Scheinwerfer, die sich in die Dunkelheit bohrten – die Straße abwärts, in die Richtung, in der Vater Gilbert mit dem Traktor unterwegs war. Er machte kehrt, rannte zum Wagen und schlüpfte neben Anna. Sie rollten – immer noch ohne Licht – bergab.

Bennett hatte vorgeschlagen, über Nacht in Cavaillon zu bleiben, damit sie vor der langen Autobahnfahrt nach Italien noch ein paar Stunden Schlaf bekamen. Inzwischen war es jedoch nach Mitternacht, und nachdem sie vergeblich alle Hotels abgeklappert hatten, blieb ihnen nichts anderes übrig, als die Nacht auf dem städtischen Parkplatz zu verbringen.

CAVAILLON ist ein Marktflecken, und daher hatten die Cafés schon im Morgengrauen geöffnet, um den wackeren Männern, die die ganze Nacht in den Markthallen gearbeitet hatten, ein Frühstück offerieren zu können. Anna und Bennett entkrochen der Enge des kleinen Peugeots und ließen sich vom kühlen Morgenwind die Verspannung aus den Rückenmuskeln pusten. Vom Parkplatz aus entdeckten sie ein Café gegenüber der *gendarmerie,* das schon ziemlich voll war. Während Anna den Kampf mit den sanitären Einrichtungen aufnahm, entdeckte Bennett einen freien Tisch.

Nur noch wenige Stunden, dachte er, dann hatten sie's geschafft. Wie lange Poes Männer wohl auf der Lauer lagen, bis sie dahinterkamen, daß sich unter dem Busch nur ein leerer Koffer befand?

Am Nachbartisch schlug ein athletischer Typ den Sportteil des *Le Provençal* auf, wobei die Titelseite automatisch in Bennetts Blickfeld geriet. Und plötzlich starrte er entsetzt auf sein eigenes Konterfei – sein Foto, daneben das von Anna und darunter fett gedruckt die Frage: WER HAT DIESES PÄRCHEN GESEHEN?

Bennett zwang sich, ruhig zu bleiben. Er setzte die Sonnenbrille auf und stützte den Kopf in die Hand. Wo blieb Anna bloß so lange?

Sie tauchte aus den hinteren Gefilden des Cafés auf und setzte sich neben ihn. Dann bemerkte sie Bennetts verkrampften Ausdruck. „Was ist los?"

Er rutschte dicht neben sie und flüsterte: „Nicht so laut, und setz die Sonnenbrille auf! Wir haben's schon auf die Titelseite geschafft. Laß uns verschwinden!"

Sie blieben einen Moment vor dem Café stehen. Drüben in der *gendarmerie* war gerade Schichtwechsel. Anna und Bennett hasteten zum Parkplatz. Er ließ sie einsteigen, kratzte alles zusammen, was er noch an Nervenkraft hatte, und marschierte schnurstracks in die nächste *bar-tabac.* Die sauertöpfische Frau hinter dem Verkaufstisch sah nicht mal hoch, langte nach dem Schein, den Bennett ihr für die Zeitung hinschob, und zuckte nur die Achseln, als er ging, ohne auf das Wechselgeld zu warten.

Sie saßen im Wagen und lasen den Artikel. Nach dem reißerischen Aufmacher AUSLÄNDISCHES PÄRCHEN UNTER DEM VORWURF DES SCHWEREN DIEBSTAHLS GESUCHT folgte die Telefonnummer, unter der Anrufe mit sachdienlichen Hinweisen direkt zu Capitaine Bonfils in Cannes durchgestellt werden konnten. Die Zeitungsschreiber hatten ausnahmsweise sämtliche Details korrekt wiedergegeben – ihre Namen, das Alter, die Größe, Augen- und Haarfarbe, Hersteller und Farbe ihres Wagens und das amtliche Kennzeichen.

„Das darf doch nicht wahr sein", stöhnte Anna, „woher wissen die das alles?"

„Aus unseren Papieren. Tuzzi muß alles der Polizei übergeben haben." Bennett suchte den Parkplatz ab. Vor einem Gemüseladen an der Ecke stapelte eine Frau ihr Warenangebot zu farbenfrohen, ordentlichen Pyramiden und leierte die Markise herunter, um es vor der Sonne zu schützen. „Hier können wir nicht bleiben", stellte er fest. „Bis zur Autobahn sind's fünf Minuten. Was meinst du, wollen wir's riskieren?"

„Haben wir denn eine andere Wahl?" fragte Anna zurück.

Sie fuhren stadtauswärts der Autobahn zu. Bennett sah schon die Lastwagen, die sich vor den Zahlstationen stauten. Und dann entdeckte er etwas, was ihn erschrocken in die Bremsen steigen und den Wagen auf die Bankette reißen ließ. Jedem Zahlhäuschen gegenüber stand ein *gendarme* und fixierte, die Arme vor der Brust verschränkt, die ankommenden Autos. Sechs Beamte, gleiches *képi,* gleiches blaues Hemd mit kurzem Arm, gleiche Sonnenbrille.

„Vielleicht sind die ja gar nicht wegen uns da", meinte Bennett. „Die ziehen im Sommer oft so eine Show ab. Trotzdem, wir dürfen kein Risiko eingehen." Er riskierte ein verkehrswidriges Wendemanöver und fuhr zurück nach Cavaillon.

Poe suchte nach ihnen. Tuzzi suchte nach ihnen. Und nun suchte auch noch die Polizei nach ihnen. Die Villa d'Este schien in unerreichbare Ferne zu rücken.

14

Moreau ging noch einmal seine Notizen durch. Bemerkenswert, wie schnell Capitaine Bonfils auf einmal in der Lage gewesen war, die fehlenden Informationen nachzuliefern. Doch, dachte Moreau, das konnte sein. Das konnte sogar sehr gut sein. Er erinnerte sich, irgendwann mal gelesen zu haben, daß die Regierung seit Jahren versuchte, genau das Geheimnis ergründen zu lassen, von dem Bonfils gesprochen hatte.

Er zündete seine Pfeife an und starrte durch das schmuddelige Fenster seines Büros in den hellen Sonnenschein. Wie er den Süden satt hatte! Er zählte schon die wenigen verbleibenden Monate, bis er sich aus dem Berufsleben zurückziehen und heimkehren durfte in die Charente, wo sowohl das Klima als auch die Leute gemäßigter waren. Und nach einem erfolgreichen *coup* mit Auszeichnung in den Ruhestand zu gehen – o ja, das wäre schon ein besonderes Zückerchen.

Er schlug sein Adreßbuch auf, blätterte die Seiten durch und fand die Telefonnummer seines alten Freundes Chevalier – auch ein Charenteser. Chevalier war im Ministerium für Landwirtschaft tätig, einer der gehobenen Sesselrutscher in der Teppichetage und, wie Moreau wußte, ein Mann mit einem kurzen Draht zum Olymp.

Nach dem üblichen Austausch des Bedauerns, daß sie einander so lange nicht gesehen hätten, kam Moreau auf den Grund seines Anrufs zu sprechen. „Wie man mir sagt, hat jemand eine Methode für den Anbau von Trüffeln entwickelt. Nun frage ich Sie, *mon vieux*, ob das Ihrer Expertenmeinung nach glaubhaft ist?"

Nach einem Augenblick der inneren Sammlung hob Chevalier zu einer wohlabgewogenen, politisch verträglichen Erwiderung an. „Ich muß Ihnen gestehen, daß wir vom Ministerium in der zurückliegenden Zeit viele Forschungsprojekte ähnlicher Natur unterstützt haben. Sie sind jedoch samt und sonders enttäuschend verlaufen." Danach bedurfte er einer kleinen Pause. „Das schließt dennoch nicht die Möglichkeit aus, daß ein – sagen wir – nicht im behördlichen Auftrag tätiger Experte eine betreffende Formel entwickelt haben könnte. Und falls das der Fall sein sollte, wären wir, versteht sich, höchst interessiert. Sollte diese Formel echt sein, wäre es von existentieller Bedeutung, daß sie in die richtigen Hände gerät."

Moreau verstand mühelos, was er meinte. „In Ihre, zum Beispiel."

Ein kleines meckerndes Lachen. „In der Tat, mein lieber Moreau, in der Tat. Wenn wir in der Lage wären, die Produktion von Trüffeln zu steuern, könnten wir eines beachtlichen Interesses an allerhöchster Stelle sicher sein. Bei so einer Sache gibt es Meriten zu erwerben, insbesondere für Sie und mich. Wann könnten Sie mir die Unterlagen zur Verfügung stellen?"

Moreau erklärte ihm, wie die Dinge lagen. Er spürte deutlich, wie bei seinem ministeriellen Freund die Erregung wuchs. Schließlich endete die Unterredung mit Chevaliers Versprechen zurückzurufen, sobald er, wie er es ausdrückte, eine erste Grobpeilung in der unmittelbaren Umgebung des Präsidenten vorgenommen habe.

Zu Moreaus Erstaunen rief Chevalier nach nicht einmal einer Stunde zurück. Der Präsident sei entschlossen, auf keinen Fall zuzulassen, daß diese für die Agrarpolitik des Landes unschätzbare Geheimwaffe dem Zugriff des Staates entrissen werde. Es gehe um das Wohl und Wehe der französischen Gastronomie, und da müßten alle verfügbaren Ressourcen auf engste Zusammenarbeit mit Moreau angewiesen werden. Bonfils wurde in Moreaus Büro beordert und mit den nötigen Instruktionen versehen. Mehr Polizeikräfte mußten aufgeboten, Direktiven und Fotos mit höchster Dringlichkeitsstufe an alle *gendarmeries* herausgegeben und zusätzliche Kontrollposten an jeder wichtigen Verkehrsstraße eingerichtet werden. Und wer die beiden arretierte, konnte einer Beförderung sicher sein.

DIE LANDSCHAFT nördlich von Bonnieux ist bekannt für die Schönheit ihrer versteckten Täler, für ihre Einsamkeit und die vielen verlassenen Steinhütten, die einst Ziegenherden und Bergbauern Unterschlupf geboten hatten. Der Vormittag neigte sich bereits dem Mittag zu, als Anna und Bennett endlich fanden, wonach sie Ausschau gehalten hatten.

Sie waren einem überwucherten Feldweg gefolgt, der zu einer Lichtung führte, auf der jemand – bestimmt schon vor Jahrhunderten – aus Feldsteinen einen Unterstand errichtet und durch Anbauten erweitert hatte, um zu guter Letzt das inzwischen stattliche Gebäude doch aufzugeben. Das Dach war zur Hälfte eingesunken, und die Wände standen wohl nur noch, weil sie so von wuchernden

Brombeerhecken eingeklemmt waren, daß sie einfach nicht umkippen konnten. Aber es gab in dem alten Gemäuer genug Platz, um den Wagen zu verstecken.

Bennett zermarterte sich das Hirn, um eine Fluchtmöglichkeit zu finden, bei der sie nicht aufs Auto angewiesen waren oder sich auf Bahnhöfen oder Flughäfen der Gefahr aussetzen mußten, einer Polizeikontrolle ins Netz zu gehen. Es war noch nicht lange her, da hatte er im Scherz vorgeschlagen, zu Fuß nach Italien zu marschieren. Jetzt war eine zumindest erwägenswerte Möglichkeit daraus geworden. Er starrte auf die Karte, als er Annas Finger spürte, die ihm die Verspannung im Nacken wegmassierten.

„Weißt du was? Du hast seit zehn Minuten kein Wort mehr gesagt."

„Tut mir leid." Er zwang sich zu einem Lächeln. „Ich weiß, ich bin heute nicht so eine Plaudertasche wie sonst. Aber wir sitzen nun mal ein bißchen in der Patsche."

Anna sah ihn mit großen Augen ernst an. „Bennett, ich ahne, daß es vielleicht nicht der passendste Moment ist, so was zu sagen." Sie beugte sich über ihn und küßte ihm die Sorgenfalten von der Stirn. „Aber ich bin kurz vor dem Verhungern."

Bennett merkte auf einmal, daß auch in seinem Magen ein gewaltiges Loch gähnte. „Du hast recht, wir sollten uns was besorgen." Die Aussicht, überhaupt etwas tun zu können, und wenn es so was Alltägliches wie Einkaufen war, munterte ihn auf. „Komm, wir fahren nach Apt. Vergiß den falschen Bart nicht."

Mit ein paar Schritten waren sie beim Auto. Bennett ging in die Hocke, nahm eine Handvoll Erde, spuckte ein paarmal darauf und verrieb den feuchten Brei auf beiden Nummernschildern, bis die weißen Buchstaben und Ziffern nicht mehr ganz so deutlich ins Auge stachen. Beim Einsteigen sah er Annas Reisetasche, in der sich jetzt die Million befand, auf dem Rücksitz liegen. Er nahm sie, trug sie in den ältesten Teil des Gebäudes und begrub sie in einer dunklen Ecke unter dem Steingeröll. Anna sah ihm dabei zu.

„Hier ist es sicherer aufgehoben als im Auto", meinte er, während er den Motor anließ. Sie kreuzten die D 232 und fuhren die gewundene Straße hinunter, auf der man von Süden nach Apt gelangt. Die Außenbezirke waren vollgestopft mit PKWs und jenen ohrenbetäubend knatternden Mofas, an denen französische Teens mit jeder Faser ihres Herzens hängen. Samstag, fiel Bennett ein, war Apts wöchentlicher Markttag, ein guter Tag, um in der Menge unterzutauchen.

Anna schlug vor, bei einem kleinen Laden hinter dem Markt zu halten, wo es Espadrilles, Körbe und Sonnenhüte gab. Sie entschied sich für eine Kreation, der eine entfernte Ähnlichkeit mit einem Filzschlapphut nicht abzusprechen war. Bennett nahm eine Baumwollkappe, die Standardkopfbedeckung aller französischen Boulespieler im fortgeschrittenen Alter. Weil der neue Kopfschmuck ihnen bis über die Sonnenbrillen reichte, konnten sie sich relativ zuversichtlich auf die Suche nach Nahrhaftem machen – Hand in Hand, ein Pärchen, das seinen Sommerurlaub genoß.

Der Markt von Apt erstreckte sich von einem Ende der Stadt bis zum anderen und bot praktisch alles feil, von Postkarten über Rasenmäher bis zu Fliegenfängern. Lebensmittel gab es in Marktbuden, an offenen Verkaufsständen und in winzigen, würzig riechenden Läden. Da gab es Ziegenkäse – die milde Sorte, frisch und milchig weiß, und den harten, den viele Monate in einer Marinade aus Olivenöl blaßgelb gefärbt hatten –, Brot und natürlich Obst und Gemüse in allen Farben des Regenbogens.

Und Polizisten gab es, die an diesem sonnigen Samstagmorgen wachsam durch das fröhliche, sorglose Menschengewühl patrouillierten. Bennett bemerkte, daß die örtlichen *gendarmes* durch Männer verstärkt worden waren, die normalerweise nur zur Bekämpfung von Aufruhr und Terrorismus eingesetzt wurden.

Und dann sah er noch etwas. Er packte Anna am Arm und zog sie ins nächste Café. „Ich bin ein Idiot. Daran hätte ich auch früher denken können." Bennett trommelte mit den Fingern ein aufgeregtes Stakkato auf den Tisch, während er wie gebannt auf die andere Straßenseite blickte. „Siehst du den Bus da drüben? Der geht nach Spanien. Im Sommer gibt's regelmäßige Verbindungen." Sie verfolgten, wie der Bus ausscherte und losfuhr. „Nächster Halt in Barcelona", sagte Bennett. „Die Pässe will keiner sehen. Was hältst du davon?"

Anna sah ihn an. Er grinste unter seiner blauen Kappe hervor wie ein ausgelassener Schuljunge mit einem Zweitagebart. Sie grinste zurück. „Ich packe meine Kastagnetten ein."

Bennett ging das Touristikbüro suchen und ließ Anna im Café zurück. Sie mochte kaum glauben, daß sie sich vor einer Woche noch überhaupt nicht gekannt hatten. Nun waren sie unzertrennlich wie siamesische Zwillinge. Sie bestellte beim Kellner Kaffee und

Croissants und versuchte, sich Bennett in New York vorzustellen, in ihrem kleinen Apartment in der Wooster Street. Hatte er Talent zum Hausmann? Nach allem, was sie erlebt hatte, war er zu Hause eher ein Störfaktor. Machte ihr das was aus? Ach wo, kein bißchen.

Zehn Minuten später war er zurück – eindeutig nicht so enthusiastisch wie vorher. An diesem Tag fuhr kein Bus mehr, und am Sonntag auch nicht. Der Montag war ein Feiertag, also auch keine Busse am Montag – nicht von Apt, nicht von Avignon und auch nicht von Cavaillon. Also blieb ihnen nichts anderes übrig, als sich in ihrer Ruine zu verkriechen und bis Dienstag zu warten. Sie stellten auf der Rückseite eines Bierdeckels ihre Einkaufsliste zusammen und gingen zum Markt.

Bennett trottete, mit Plastiktüten beladen, in denen er Essen und Wein für ein ausgedehntes Dreitagepicknick mitschleppte, hinter Anna das steile Seitensträßchen hinauf, wo sie den Wagen geparkt hatten. Das mit der Verzögerung war eine Enttäuschung, aber ein Beinbruch war's nicht. Wenigstens mußten sie nicht mehr vor ihren Verfolgern davonlaufen. Ihm fiel der Fluß ein, der durch das Tal unterhalb von Buoux lief. Warum sollten sie nicht, wenn es dunkel war, hinuntergehen und ein Bad nehmen und hinterher nackt unter den Sternen liegen? O ja, dachte er, so ein Wochenende auf dem Land hat durchaus seine Reize.

In diesem Augenblick wurde an dem Kastenwagen neben ihrem Auto die Seitentür aufgestoßen. Bennett und Anna starrten in die Gesichter von vier *gendarmes.*

„Kopfbedeckung runter, Sonnenbrillen ab!"

Während die beiden barhäuptig und ohne Brillen in die Sonne blinzelten, zog einer der *gendarmes* einen Bogen Papier aus der Hemdtasche, verglich ihre Gesichter mit den Fotos und grunzte zufrieden. „*Bon.* Kein Zweifel. Seht nach, ob sie sauber sind." Mißtrauische Hände machten sich daran, die Verdächtigen methodisch zu befingern, förderten aber, abgesehen von Bennetts Autoschlüsseln, keine Mordwaffen zutage. Der Führer des Trupps deutete mit dem Kopf auf den Kastenwagen. „Einsteigen!" Dann befahl er dem jüngsten *gendarme:* „Desfosses, du fährst mit ihrem Peugeot hinter uns her."

Der Kastenwagen war speziell für den Einsatz an Wochenenden ausgerüstet, wenn es darum ging, Schnapsleichen und Randalierer aufzusammeln, mit einem schweren Stahldrahtgitter, das die Fahrerkabine von dem hinteren Teil trennte. Sitzplätze gab es hinten nicht.

Als der Wagen sich abrupt in Bewegung setzte, verlor Anna den Halt und mußte sich an Bennetts Arm festklammern. Sie sahen sich an. Der Schreck stand ihnen ins Gesicht geschrieben. Es war alles so schnell gegangen. Sie hörten mit, was der Fahrer an seine Dienststelle durchgab. „Ja, dieser Engländer und das Mädchen. Wir haben sie gerade aufgelesen. Nein, keine Probleme. Sag dem Capitaine Bescheid. Wir sind in zehn Minuten da."

Sie fuhren die N 100 Richtung Westen. Die drei *gendarmes* vorne vertieften sich in eine Diskussion über Marseilles Chancen in der nächsten Fußballsaison.

„Was sagen wir denn?" fragte Anna flüsternd.

Bennett zuckte die Achseln. „So wenig wie möglich, denke ich. Mimen die Unschuld vom Lande. Verlangen, den britischen Konsul zu sprechen. Und ... ach, was weiß ich."

„Und wie wär's, wenn wir die Wahrheit sagen? Wir haben ja im Grunde nichts getan, als gestohlenes Eigentum sicherzustellen, das wir dem rechtmäßigen Besitzer zurückgeben wollen."

„Zurückgeben?"

„Na ja – so ähnlich jedenfalls."

Für den Rest der Fahrt fielen sie in Schweigen und hingen ihren Gedanken nach.

Die *gendarmerie* in Les Beaumettes drückte Bennett aufs Gemüt. Das ging ihm in Amtsgebäuden immer so, er kam sich jedesmal vor wie auf frischer Tat ertappt – und diesmal zu Recht. Sie wurden in einen fensterlosen Raum an der Hofseite gebracht und aufgefordert zu bestätigen, daß es sich bei ihnen um erstens Hersh, Anna, amerikanische Staatsbürgerin, und zweitens Bennett, Luciano, britischer Staatsbürger, handele. Dann drehte sich der Schlüssel im Schloß, und sie waren allein und warteten – eine unbehagliche Stunde lang.

Für den Capitaine der *gendarmerie* war es freilich eine Stunde des Triumphs. Sein Chef in Cannes, Moreau, hatte ihn bereits großzügig mit Komplimenten bedacht. Der Capitaine war bemüht gewesen, angemessene Bescheidenheit zu zeigen, hatte sich dann aber doch erlaubt zuzugeben, daß er seine Jungs eben gut ausgebildet habe. Und der junge Desfosses, gerade mal trocken hinter den Ohren, habe es allen anderen vorgemacht. Nachdem er die Kennzeichen sämtlicher weißer Peugeot 205 geprüft hatte, war ihm der Schuß ins Schwarze gelungen.

Das Beste von allem war aus Sicht des Dienststellenleiters, daß sie aus Cannes einen Hubschrauber herüberschickten, der die beiden Verdächtigen abholen sollte, was ihn aller weiteren Verantwortung enthob. Er warf einen Blick auf die Uhr. Der Pressefotograf und der Reporter mußten eigentlich inzwischen dasein, so daß sie diesen dramatischen Augenblick im Kampf gegen das Verbrechen für alle Welt in Bild und Wort festhalten konnten. Die Sache hier gab, kein Zweifel, einen Mehrspalter auf der Titelseite her. Der Capitaine trat vor den Spiegel an der Innenseite der Bürotür und nahm einige kleinere Korrekturen an seinem Schnauzbart vor, ehe er hinausging, um nach dem Helikopter Ausschau zu halten.

Schon kurz darauf näherte sich mit knatternden Rotorblättern der Hubschrauber. Behutsam setzte er auf dem Asphalt vor der Polizeiwache auf, und der Capitaine gab dem bereitstehenden Fotoreporter einen Wink und seinen Männern Anweisung, die Arrestierten herauszubringen. Er führte die Eskorte persönlich an und versäumte nicht, *en passant* lange in die Kamera zu blicken – das leibhaftige Sinnbild des entschlossenen Kämpfers gegen das Verbrechen.

Anna und Bennett kamen sich vor, als wären sie mitten in die Kampfzone Rot gestolpert. Umringt von bewaffneten, uniformierten Männern, trotteten sie auf den Helikopter mit dem olivfarbenen Tarnanstrich zu. Im Inneren warteten weitere bewaffnete, uniformierte Männer auf sie, schubsten sie zu zwei Sitzen aus Stahlgeflecht und schnallten sie darauf fest. Der Hubschrauber hob ab und schwebte in Richtung Osten davon.

DIE TITELSEITE der Samstagsausgabe des *Le Provençal* hatte bei einigen Lesern im Vaucluse mehr Aufmerksamkeit als gewöhnlich geweckt. Das ganze Dorf Saint-Martin erging sich in heißen Spekulationen über die Aktivitäten seines englischen Mitbewohners. Ausländer – eine Sorte Mensch, bei der man nie wußte, woran man war. Was mochte er wohl gestohlen haben, dieser Bennett?

Papin in seinem Einmannspionagebüro im Postamt hatte eine eigene Theorie entwickelt, die er nur allzu bereitwillig an seine Kunden weitergab. Drogen, sagte er in jenem Brustton der Überzeugung, der nur völliger Unkenntnis entspringen kann.

Von Georgette nahmen natürlich alle an, daß sie mehr wisse, und das stimmte sogar. Bei dem gestohlenen Gegenstand mußte es sich, da war sie sicher, um den Koffer handeln, der in ihrem *cave* unter dem Kies lag. Sie verrammelte die Haustür und schloß die Fensterläden, um sich besser der Neugier der Nachbarn erwehren zu können, grub den Aktenkoffer aus und verbrachte eine frustrierend erfolglose halbe Stunde mit dem Versuch, die Zahlenkombination herauszufinden und das Geheimnis des Koffers zu lüften. Sie war so gut wie sicher, daß ihr Engländer sich allenfalls eines geringfügigen Vergehens schuldig gemacht hatte, mehr lag einfach nicht in seiner Natur. Und trotzdem… Wo Rauch ist, muß auch Feuer sein. Sie schüttelte den Koffer und hoffte, so wenigstens einen Anhaltspunkt zu bekommen, was darin verborgen sein mochte, aber es war einfach zu gut verpackt. Sie schob den Koffer in die Mulde zurück und strich den Kies wieder glatt. Irgendwann später wollte sie es noch mal probieren.

AM FLUGPLATZ in Cannes warteten zwei Polizeifahrzeuge auf den Hubschrauber. Umsteigen, und los ging's mit schrillem Sirenengeheul, dem die anderen Autofahrer brav auswichen, so daß die Fahrt nicht lange dauerte. Anna und Bennett – noch ganz benommen von dem Tempo, mit dem sie zu gesuchten Verbrechern geworden waren, und verblüfft von den umfangreichen Sicherheitsmaßnahmen, die sie eher bei einer Antiterroraktion als bei der Hatz auf zwei Gelegenheitsdiebe erwartet hätten – hielten sich im Fond des einen Wagens Trost und Halt suchend an den Händen.

Man brachte sie ins Polizeipräsidium, die Personalien wurden festgehalten, Taschen geleert, Fingerabdrücke genommen. Capitaine Bonfils kam aus dem Büro nach hinten und musterte sie finster. Wenn diese Dummköpfe sich unbedingt erwischen lassen mußten, warum konnten sie's dann nicht an einem Wochentag tun? Er winkte sie vor sich her, den Flur hinunter, in Moreaus Büro.

Moreau war ein Mann, der sich auf die Kunst des Kreuzverhörs verstand. Im Laufe Tausender von Stunden, die er damit zugebracht hatte, Kriminelle auszuquetschen, hatte er seine Technik der Befragung immer weiter verfeinert und seine Beobachtungsgabe geschärft. Eine instinktiv verkrampfte Hand, unwillkürliches Blinzeln oder unmotiviertes Herumrutschen auf dem Stuhl – das alles sagte ihm mehr als viele Worte. Für ihn war das Verhör eine Art Schachspiel.

Moreau musterte das Pärchen, das ihm gegenübersaß. Sehen gut aus, alle beide, dachte er. Nur um die Augen hatte der Streß unverkennbare Spuren eingegraben. Er lächelte. „So, Monsieur Bennett – den Rolls-Royce scheinen Sie nicht mehr zu haben, wie?"

Bennett hatte mit allem möglichen gerechnet, nur nicht damit. „Den Rolls-Royce?“ Seine Stimme hörte sich schwach und kläglich an. „Was für einen Rolls-Royce?“

Moreau deutete mit dem Mundstück der Pfeife auf die Gegenstände, die auf seinem Schreibtisch ausgebreitet lagen: Pässe, Bargeld, Kreditkarten und Bennetts Autoschlüssel in einem Beutel aus edlem, fein abgenutztem Leder, verziert mit einem Oval aus Emaille, auf dem das Emblem RR prangte.

„Ach, das. Nur ein Geschenk von jemandem in London, schon lange her.“

Moreau wandte sich Anna zu. „Mademoiselle, wie ich höre, geht es Ihrer Mutter nicht gut. Ich möchte Ihnen sagen, daß mir das aufrichtig leid tut.“

Anna reagierte genauso, wie Moreau es gewollt hatte – auf dem falschen Fuß erwischt und verunsichert. „Woher wissen Sie das?“

„Wir haben Telefone. Und die Kollegen in New York sind sehr hilfsbereit. So etwas wie Privatsphäre gibt es heutzutage kaum noch. Schrecklich, finden Sie nicht auch, Bonfils?“

Bennett riß der Geduldsfaden. „Sagen Sie uns freundlicherweise mal, warum wir überhaupt festgenommen wurden? Was haben wir denn getan?“

„Wie wär's, wenn Sie mir das sagen?“ erwiderte Moreau.

Bennett dachte einen Augenblick nach, dann hoffte er, eine unverfängliche Formulierung gefunden zu haben. „Nun, wir sind gebeten worden, auf der Jacht einen Aktenkoffer abzuholen.“

„Gebeten wurden Sie? Von wem?“

„Von einem alten Freund von Mademoiselle Hersh. Genauer gesagt, war es ein Auftrag. Wir sollten dafür bezahlt werden.“

„Und um wen handelt es sich bei diesem alten Freund?“

„Um einen Mann namens Poe. Julian Poe.“

„Und dieser Aktenkoffer, für dessen Abholung Monsieur Poe Sie bezahlen wollte – was war denn darin?“

Bennett zögerte, tat sich bei der ersten Lüge ein bißchen schwer. „Er war verschlossen. Ich weiß es nicht.“

„Ach, das wissen Sie nicht.“ Moreau langte nach den beiden Pässen. „Die haben Sie auf der Jacht zurückgelassen.“ Er ließ sie in einer Schreibtischschublade verschwinden und schloß ab. „Sehr nachlässig. Haben Sie das Schiff unerwartet verlassen? Überstürzt?“

„Die müssen wir vergessen haben.“

„Ich verstehe. Wie spät war es, als Sie die Jacht verlassen haben?"

„Oh, das weiß ich nicht mehr. Irgendwann nach dem Dinner."

„Mit dem Koffer?"

„Ja."

„Das war also – wann, etwa? Vor drei Tagen?"

Diesmal konnte Bennett sich wirklich nicht mehr erinnern. „Ja, so ungefähr."

„Und dann haben Sie den Koffer natürlich zu Monsieur Poe gebracht, und er hat Sie ausbezahlt."

„Nun, wir hatten noch keine Gelegenheit –"

„Bennett", fiel Anna ihm kopfschüttelnd ins Wort, „vergiß es! Da kommt nichts bei raus."

Moreau blinzelte sie an und nickte zustimmend. „Sie sind eine gescheite junge Frau. Alsdann, Monsieur Bennett, fangen wir noch mal von vorne an. Aber bevor Sie loslegen, sage ich Ihnen ein paar Dinge, die Sie bei Ihrer Aussage berücksichtigen sollten. Erstens, der Koffer enthält eine Formel für den Anbau von Trüffeln, was Ihnen ja nicht neu sein dürfte. Zweitens, Sie haben den Koffer gestohlen."

„Aber er war vorher schon –"

Moreau gebot ihm mit erhobener Hand zu schweigen. „Ich zähle lediglich die uns bekannten Fakten auf. Derzeit stehen Sie beide unter dem Verdacht des schweren Diebstahls. Ich habe keinen Zweifel, daß die Sachlage es ermöglicht, ein Verfahren gegen Sie einzuleiten. Das Dumme ist nur, daß es einige Monate dauert, so einen Prozeß vorzubereiten, und so lange bleiben Sie natürlich in Gewahrsam." Moreau zündete sich umständlich seine Pfeife an. „Irgendwann kommt es dann zur Verhandlung. Dabei gibt es Gesichtspunkte, die sich ungünstig für Sie auswirken könnten. Sobald sich nämlich Frankreichs Regierung für einen Fall interessiert, geht es nicht mehr einfach nur um Diebstahl."

„Also, das ist ja der Gipfel! Mit Ihrer Regierung hat das überhaupt nichts zu tun."

„Jetzt hat's was mit ihr zu tun." Moreau lächelte ein dünnlippiges Lächeln. „Ich entnehme Ihrer Akte, daß Sie seit etlichen Jahren in Frankreich leben, Monsieur Bennett. Da haben Sie sicher schon bemerkt, daß hierzulande den Behörden bemerkenswerte Einflußmöglichkeiten eingeräumt werden." Moreau machte eine Pause. Drohgemälde brauchen Zeit, um ihre Wirkung zu entfalten. „Sollten Sie sich jedoch entschließen, vorbehaltlos mit uns zu kooperieren, könnten wir durchaus dafür sorgen, daß die Anklage fallengelassen wird. Wir würden in diesem Fall verlauten lassen, daß eine bedauerliche Personenverwechslung vorliegt. Inklusive einer offiziellen Entschuldigung wegen der Ihnen entstandenen Unannehmlichkeiten."

Bennett suchte Annas Blick. Alles, was er wollte, war, sie hier rauszuholen und es Poe, Tuzzi und der französischen Polizei zu überlassen, die Sache untereinander auszudiskutieren.

Sie beugte sich – das Gesicht von Moreau abgewandt – zu ihm herüber und bettete den Kopf auf seine Schulter. Und dann hörte er, wie sie ihm sehr, sehr leise zuflüsterte: „Sag ihm nichts von der Reisetasche."

15

Bennett fing ganz vorn an. Um sich warm zu reden, schilderte er seine Bemühungen, einen Job zu finden, recht ausführlich. Moreau pflanzte den Ellbogen auf den Schreibtisch und stützte das Kinn in die gespreizten Finger. Anna hörte mit gesenktem Kopf stumm zu. Bonfils führte verbissen Protokoll.

Bennetts Bericht über seine ersten Tage in Monaco und den Verlust des Aktenkoffers rief bei Moreau keine Reaktion hervor. Erst als Bennett erzählte, wie Poe ihm damals den Inhalt des Koffers beschrieben hatte, nahm er die Pfeife aus dem Mund und stellte eine Frage. „Dieser Mann, dieser *expert de truffes,* der für Poe gearbeitet hat – wie hieß der? Was wissen Sie über ihn?"

Bennett zuckte die Achseln. „Seinen Namen habe ich nie erfahren. Er war im Staatsdienst tätig, ehe Poe auf ihn aufmerksam wurde. Ich erinnere mich, daß Poe das Landwirtschaftsministerium erwähnt hat und daß die Jungs seine Arbeit nicht gebührend zu schätzen wußten. Offenbar der Grund, warum er gegangen ist."

„Sind Sie ihm mal bei Poe zu Hause begegnet?"

Bennett schüttelte den Kopf. „Konnte ich gar nicht. Er ist tot. Ein Autounfall, hat Poe gesagt. Scheint so, daß die Bremsen versagt haben."

Moreau wandte sich an Bonfils. „Am Montag beim Landwirtschaftsministerium prüfen: die Namen aller Mitarbeiter, die in den letzten vier Jahren gekündigt haben." Er wandte sich wieder Bennett zu. Das lief noch besser, als er gehofft hatte. Unterlagen über Forschungsarbeiten während des Anstellungsverhältnisses bei einer Behörde und alle daraus resultierenden Ergebnisse waren Staatseigentum. *En plus* – der Mann war tot und tat sich folglich schwer, gegenteilige Argumente zu vertreten. „Fahren Sie fort, Monsieur."

Bennett schilderte, wie er mit einem falschen Koffer ausgerüstet worden war, Anna in Nizza abgeholt hatte und mit ihr an Bord der *Ragazza* gegangen war, um an der Auktion teilzunehmen.

„Nennen Sie mir Namen!" verlangte Moreau. „Alle, an die Sie sich erinnern können."

„Da haben wir zunächst mal Tuzzi, den Jachteigner, und seinen Partner, Lord Glebe. Dann gab's da einen Amerikaner namens Penato, einen gewissen Kasuga aus Tokio und einen älteren Mann – aus Korsika, hat er, glaube ich, gesagt. Polluce oder so ähnlich."

Bei dem Namen Polluce beugte Bonfils sich noch diensteifriger über seine Notizen. Er sah die Aussichten auf eine Beförderung rapide schwinden, aber das war noch nichts, verglichen mit den Konsequenzen, die ihm drohten, falls er es nicht schaffte, Polluce und dessen Freunden den Koffer wiederzubeschaffen.

„Bonfils?" Moreaus Stimme ließ ihn zusammenschrecken. „Einer Ihrer Landsleute. Wissen Sie was über diesen Polluce?"

„Nie von ihm gehört, Chef. Aber ich werde mich umhören."

„Also, Monsieur Bennett..." Moreau überflog seine Notizen. „Nun waren Sie also mit Ihrem Schwindelkoffer auf der *Ragazza*. Und wie ging's dann weiter?"

Bennett setzte zu einem verbalen Galopp durch die Ereignisse an, in deren Verlauf sie in den Besitz des echten Koffers gelangt waren und die Jacht fluchtartig verlassen hatten.

„Logischerweise hätten Sie nun den Aktenkoffer bei Monsieur Poe abliefern und Ihr Auftragshonorar einstreichen müssen", sagte Moreau. „Das haben Sie aber nicht getan. Weshalb nicht?"

Zum erstenmal mischte sich Anna ein. „Weil ich Zweifel hatte, ob Poe uns wirklich auszahlt. Der Kerl ist falsch wie eine Schlange."

„*Tiens.* Und Sie haben trotzdem für ihn gearbeitet. Wie vertrauensselig." Moreaus Blick pendelte zu Bennett hinüber. „Er wollte also nicht mit dem Honorar rausrücken?"

Anna hielt den Atem an. Mach jetzt nicht alles kaputt, Bennett. Denk daran, wie schön es wäre, wenn wir mit der Million Dollar hier rauskämen, denk an die Villa d'Este.

„Um Ihnen die Wahrheit zu sagen", antwortete Bennett, „wir

waren noch gar nicht bei ihm. Hatten alle Hände voll damit zu tun, Tuzzi aus dem Weg zu gehen."

Anna schickte ein stummes Dankgebet zum Himmel.

„Dann haben Sie ihm den Aktenkoffer also noch nicht übergeben?"

„Nein." Erleichtert, daß Moreau nicht weiter auf der Frage herumhackte, ob sie nun von Poe Geld bekommen hätten oder nicht, fuhr Bennett schnell fort. „Der Koffer befindet sich an einem sicheren Ort. Wissen Sie, im Wagen wollte ich ihn nicht liegen –"

„Wo ist der Koffer?" schnitt Moreau ihm das Wort ab.

Bonfils' Kugelschreiber schien in der Luft festgefroren zu sein. Wenn er es schaffte, die Information schnell genug an Polluce weiterzugeben, war er vielleicht aus dem Schneider.

Bennett dachte fieberhaft nach. „Na ja", sagte er, „ganz genau weiß ich das selber nicht. Er ist bei einem Freund. Aber wenn ich mal telefonieren dürfte, könnte er in mein Haus in Saint-Martin gebracht werden – das geht ganz fix."

„*Bien.*" Moreau wog seine Optionen gegeneinander ab und ließ darüber die Pfeife kalt werden. Das wichtigste war, daß er den Aktenkoffer zu fassen bekam. Dann war ihm Dankbarkeit von höchster Stelle so gut wie sicher. „*Bien*", sagte er noch einmal, „genauso machen wir's." Er schob Bennett über den Schreibtisch eins seiner Telefone hin. „Ich möchte, daß Sie zwei Telefongespräche führen. Erstens, um dafür zu sorgen, daß der Aktenkoffer morgen vormittag um zehn Uhr zu Ihnen nach Hause gebracht wird. Das ist möglich, sagten Sie?"

Bennett nickte.

„Zweitens werden Sie Monsieur Poe anrufen und ihm mitteilen, wo und wann er den Koffer abholen kann. *Allez,* Monsieur Bennett!" Moreau drückte ihm den Hörer in die Hand.

Beim dritten Klingelton nahm Georgette ab.

„Hallo, ich bin's, Bennett."

„*Eh, alors!* Das ganze Dorf fragt mich, ob ich was weiß, aber ich sag nichts. Ich bin verschwiegen wie ein Grab. Wann kommen Sie zurück?"

„Bald. Aber zuvor muß ich Sie um einen Gefallen bitten. Würden Sie so freundlich sein, den Aktenkoffer morgen zu mir nach Hause zu bringen und auf den Wohnzimmertisch zu legen? Bis spätestens um zehn? Und noch etwas: Schließen Sie die Haustür nicht wieder ab, und gehen Sie bitte anschließend gleich nach Hause."

„Selbstverständlich", versprach Georgette, die nicht im Traum daran dachte, etwas zu verpassen.

„Danke", sagte Bennett. „Wenn wir uns wiedersehen, werde ich Ihnen alles erklären."

Moreau war nicht entgangen, daß Bennett wohlweislich vermieden hatte, seinen Gesprächspartner mit Namen anzureden. Wahrscheinlich ein alter Kumpel in seinem Dorf. Er beschloß, nicht weiter nachzuhaken. „Ausgezeichnet. Und jetzt zu Monsieur Poe."

Shimo meldete sich und stellte Bennett durch. Poe verlor keine Zeit mit Präliminarien. „Wo ist er?"

„Er wird in mein Haus in Saint-Martin gebracht. Hausnummer drei in der Allée des Lices. Die Haustür wird offen sein. Der Koffer wird auf dem Wohnzimmertisch liegen. Morgen vormittag um zehn, alles klar?"

„Das will ich hoffen." Klick.

Bennett schob das Telefon zurück zu Moreau. Bonfils rutschte unruhig auf seinem Stuhl herum, stand auf, ging zur Tür. „Chef? *Pipi.* Bin gleich wieder da."

Moreau, ganz in seine Operationsplanungen vertieft, beachtete ihn gar nicht. Er gab Bennett ein Blatt Papier und einen Bleistift und bat ihn, eine grobe Skizze von Saint-Martin zu fertigen. Was benötigte er wohl? Eine Handvoll Männer, unauffällig in Zivil, und einen Hubschrauber für alle Fälle abrufbereit in der Nähe. Er blickte hoch, um Bonfils ein paar Anweisungen zu geben, und runzelte unwillig die Stirn. Wie lange brauchte der Kerl denn?

Bonfils stand am Schreibtisch, den Hörer am Ohr, den Blick auf die Glastür des Büros fixiert. Endlich vernahm er die wohlbekannte kühle Stimme. „Monsieur Polluce? Hier Bonfils. Ich muß mich kurz fassen. Der Koffer wird in ein Dorf namens Saint-Martin gebracht. Die Adresse ist Allée des Lices, Nummer drei. Morgen vormittag um zehn. Was? Nein, unmöglich. Moreau läßt mich nicht aus den Augen. Ich muß mich zu seiner Verfügung halten. Tut mir leid, aber mehr konnte ich beim besten Willen nicht tun." Das Hemd klebte Bonfils auf dem Bauch, als er in Moreaus Büro zurückeilte.

POLLUCE starrte hinaus aufs Meer, das im Licht der Abendsonne wie frisch poliert glänzte. Das Ganze war ein Schlamassel, war möglicherweise gefährlich, auf jeden Fall eine Situation, in die er nicht mit hineingezogen werden wollte. Glücklicherweise gab es aber einen, der für so eine Sache eher in Frage kam, der entbehrlich und, was sich gut traf, gar nicht weit weg war. Er wählte die Nummer der *Ragazza* an, die einen Kilometer vor der Küste vor Anker lag.

„Tuzzi, es gibt gute Neuigkeiten. Unsere Leute haben einwandfreie Arbeit geleistet, die nötigen Arrangements für eine zufriedenstellende Lösung sind getroffen. Ich kann Ihnen mitteilen, daß der Koffer morgen zur Abholung bereitgestellt wird. Und ich weiß auch, wo."

„Bene, bene, mein Freund. Bin ich sehr glückreich für Sie. Bin ich außerhalb von mir vor Freude."

Polluce hatte noch eine Idee. Wenn Tuzzi erfuhr, wo der Koffer war, entsprach es den allgemein üblichen Geschäftsgepflogenheiten, daß er für die Information etwas springen ließ. „Sie müßten sich allerdings mit einigen Details einverstanden erklären. Um an die Information heranzukommen, mußten wir eine bestimmte Summe investieren, die wir, finde ich, am Kaufpreis abziehen sollten. Ein kleiner Preisnachlaß unter Freunden."

Tuzzi sagte nichts. Es fiel ihm schwer, sich von anderer Leute Geld zu trennen.

„Hunderttausend Dollar."

Tuzzi schnaufte. Dieses schmutzige, durchtriebene korsische Schwein. Aber was blieb ihm anderes übrig? „Mein Freund, das leuchtet mir ein. Sie werden bekommen einen Scheck am Montag."

„Bon", sagte Polluce. „Sie können mir den Scheck zusammen mit dem Koffer bringen."

„Den Koffer? Ich?"

„Teil des Arrangements ist, daß er nur an Sie ausgehändigt wird. Es gibt niemanden, auf den mehr Verlaß wäre. Hören Sie gut zu."

Fünf Minuten später gab Tuzzi den Inhalt des Telefonats an Lord Glebe weiter, der mit seiner geschulten Nase sofort roch, daß etwas faul war, und sich schleunigst abseilte. „Wünschte, ich könnte mit dir kommen, alter Junge", sagte er, „aber die Pflicht ruft mich nach London." Er tätschelte Tuzzis Arm. „Du brauchst mich ja nicht unbedingt. Das ist doch ein Kinderspiel. Nimm den jungen Benito mit."

„Glaubst du, daß es ist ein ehrliches Spiel? Kein verfaulter Schwindel?"

„Fauler Schwindel, alter Junge. Nein, ich vermute, Polluce hat nur seine Beziehungen spielen lassen, und das hat gewirkt."

„Ja, aber – warum holt er den Koffer nicht selber ab?"

Glebe zog, während er versuchte, sich eine überzeugende Begründung einfallen zu lassen, ein Zigarillo hervor. „Seltsames Völkchen, diese Korsen“, sagte er schließlich. „Legen ungeheuren Wert darauf, das Gesicht zu wahren. Ich vermute, Polluce sieht das so, daß du für die Unannehmlichkeiten, die er hatte, quasi symbolisch Abbitte leisten mußt.“

VOR MOREAU lag ein arbeitsreicher Abend. Es gab bestimmte Vorbereitungen, die konnte er Bonfils überlassen, aber die wirklich wichtigen Details – ganz zu schweigen von den notwendigen Telefonaten mit hochgestellten Persönlichkeiten in Paris –, das blieb eben an ihm hängen. Er studierte die Skizze von Saint-Martin, die Bennett für ihn gezeichnet hatte. Eine Durchgangsstraße gab es nicht. Ein halbes Dutzend Männer, gut plaziert, konnten den Sack zumachen. Ausgezeichnet.

Bennett und Anna saßen ihm stumm gegenüber, waren blaß und übermüdet. Moreau stellte fest, daß sie ihm ein bißchen ans Herz gewachsen waren. Er zog in Erwägung, ihre Unterstützung in Paris lobend zu erwähnen.

„*Bien*“, sagte er, „das wäre, glaube ich, für heute alles. Zumal wir morgen früh mit den Hühnern raus müssen. Was nun die heutige Nacht angeht…“, er hob bedauernd die Schultern, „…da muß ich Sie ersuchen, sich als unsere Gäste zu betrachten. Eine ruhige Zelle für die beiden, Bonfils, und veranlassen Sie bei dem Restaurant an der Ecke, daß man was zu essen rüberbringt!“ Er verabschiedete sie mit einem kurzen Nicken.

Bonfils war stinksauer, daß Moreau ihn wie einen Hotelpagen behandelte. Er führte Bennett und Anna zu ihrer Zelle, stieß die Tür auf, sagte: „Das Essen wird Ihnen nachher gebracht“, und ging.

Bennett legte die Arme um Anna und spürte, wie ihr Körper sich anschmiegte. Sie sah mit großen Augen zu ihm auf – ein tiefer, ernster Blick. „Es ist so gut wie gelaufen, nicht wahr?“

16

Bennett und Anna folgten Bonfils den Flur hinunter. Links und rechts waren Zellen mit zusammengerollten Gestalten auf den Pritschen oder Männern, die wie ein Häufchen Elend auf dem nackten Fußboden kauerten und schon ausrechneten, wie viele Jahre diesmal zusammenkamen.

Es war sechs Uhr morgens. Die frische, kühle Meeresluft draußen traf sie, als würde ihnen ein Eimer kaltes Wasser über dem Kopf ausgekippt. Drei schwere Citroën warteten vor dem Präsidium, nicht als Polizeifahrzeuge gekennzeichnet. Moreau, Anna und Bennett stiegen in den vordersten. Bonfils prüfte, ob die Besatzung Wagen zwei und drei vollzählig war – sieben *gendarmes* in Jeans und Blousons mit Sonnenbrillen. Die Jungs waren bester Laune, weil sie bei den Undercover-Einsätzen doppelten Tagessatz bekamen. Bonfils stieg in den zweiten Wagen, und der Konvoi brauste los in Richtung Autobahn.

Moreau hatte auf dem Beifahrersitz Platz genommen und machte ausgiebigen Gebrauch vom Autotelefon. Er erinnerte den Kommandanten der Luftwaffenbasis in Salon daran, daß er einen Hubschrauber bereithalten sollte. Léon im Café Crillon in Saint-Martin riß er aus dem Schlaf, um ihn daran zu erinnern, daß er die Kommandozentrale im Vorratsraum hinter der Bar einzurichten gedenke. Dann rief er den zweiten Wagen an, um wieder mal Bonfils zu nerven.

„Ja, Chef, die Männer haben ihre Waffen dabei. Ja, Chef, sie wissen, was sie zu tun haben. Nein, Chef, keine Probleme." Bonfils starrte düster auf den Wagen, in dem Moreau saß. Was für ein scheußlicher Kuddelmuddel bahnte sich da an! Angenommen, Polluce tauchte auf? Wer weiß, der war vielleicht so auf den Koffer versessen, daß er das Risiko einging. Er käme nicht mal zum Luftschnappen, da hätten sie ihn schon als Verdächtigen am Schlafittchen und buchteten ihn ein.

Die drei Citroën rasten mit hundertachtzig Sachen über die Autobahn. Anna und Bennett fiel es schwer, sich nicht anmerken zu lassen, wie aufgekratzt sie waren. Am besten, sie guckten sich überhaupt nicht mehr an, sondern starrten händchenhaltend auf die vorbeiflitzende Landschaft.

Der Konvoi passierte ländliche, immer ungepflegter wirkende Gebiete – ein harter Kontrast zu Cannes' prachtvollen Palmenalleen und sauber getrimmten Rasenflächen. Moreau sah auf die Uhr und ordnete einen kurzen Halt in Cavaillon an. Dort sollten Zeitungen gekauft und an die Männer verteilt werden, damit sie, während sie im Café Crillon darauf warteten, die Falle zuschnappen zu lassen, ihre Rolle glaubwürdig spielen konnten.

Sie erreichten Cavaillon kurz vor acht. Die Männer stiegen aus, um sich die Beine zu vertreten, während Bonfils das Angebot an Zeitungen inspizierte. Nachfragen, wie's mit einem Kaffee wäre, wurden abschlägig beschieden. Moreau hatte es eilig, in Saint-Martin anzukommen und sich in seiner Kommandozentrale im Café Crillon einzurichten. Er erinnerte den Fahrer daran, daß sie ab Cavaillon die D 2 nehmen müßten. Noch ein Viertelstündchen bis Saint-Martin.

ENZO Tuzzi war mit einem Problem ins Bett gekrochen und mit einer Lösung wieder aufgewacht. Die hunderttausend Dollar Preisnachlaß, die Polluce verlangte, waren eine Forderung, die Tuzzi beim Abendessen so gewurmt hatte, daß er sich mit Magendrücken herumplagen mußte. Aber bis zum Morgen war auf einmal ein wunderschöner, ganz einfach zu realisierender Plan herangereift. Er – nicht Polluce – würde die Hunderttausend in Rechnung stellen, deklariert als Wiederbeschaffungskosten, und wenn das dem Korsen nicht paßte, verkaufte er die Formel eben an jemand anderen.

Und jetzt zur Frage der Garderobe. Er entschied sich für ein locker fallendes kariertes Hemd, das er über einer blauen Baumwollhose tragen konnte. Dann nahm er die vernickelte 38er aus dem Nachttisch und schnallte das Lederholster unter dem Hemd am Gürtel fest.

An Deck traf er Lord Glebe dabei an, wie er einem Steward detaillierte Anweisungen für Genghis' Pflege und Fütterung während Herrchens Abwesenheit gab. Tuzzi nahm Glebe beiseite und erklärte ihm seine 100 000-Dollar-Idee.

„Ist einen Versuch wert", meinte Glebe. „Aber ich fürchte, wir müssen uns auf eine gewisse Renitenz von Polluces Seite einstellen. Besonders glücklich wird er nicht sein."

„Na und? Will er den Koffer haben, zahlt er. Wenn nicht, wir machen das Geschäft mit anderen." Tuzzi walkte in seiner Begeisterung Glebes Schulter durch.

Glebe blickte indigniert auf das zerkrumpelte Leinen seines Anzugs und brachte sich außer Reichweite. „Nun, wie schon gesagt, einen Versuch ist es wert. Aber ich würde ihn erst anrufen, wenn ich wieder an Bord wäre. Hitzköpfiges Völkchen, diese Korsen."

„Aha", machte Tuzzi, *„vulcanico."*

„Das ist das richtige Wort. Tja, ich muß sehen, daß ich den Flieger kriege. Viel Glück!" Glebe ging zum Heck, wo das Motorboot wartete, das ihn zur Küste bringen sollte.

JULIAN POE stand auf der Terrasse und bewunderte das Schauspiel, wie das Morgenlicht sich über die Gipfel des Grand Lubéron ergoß. Er hatte mit dem Gedanken gespielt, schon früh nach Saint-Martin zu fahren, sich dann aber dafür entschieden, nichts zu tun, was den Mittelsmann mit dem Koffer verscheuchen konnte. Amateure waren sehr schreckhaft. Bennett und das Mädchen würden bestimmt auch einen Schreck bekommen, wenn Shimo sie in die Mangel nahm. Gérard hatte den Auftrag erhalten, die beiden Punkt zehn Uhr zu holen. Und zwar, ohne sie dabei mit Glacéhandschuhen anzufassen.

Alles in allem versprach es ein überaus erfreulicher Tag zu werden: Er bekam seine Formel wieder, das Geld ebenfalls, und als Bonus kam seine Rache dazu. Poe warf einen Blick auf die Uhr und stellte fest, daß ihm reichlich Zeit für ein zivilisiertes englisches Frühstück blieb. Danach wollte er Chou-Chou in Paris anrufen. Er ging ins Haus, wo Shimo schon unter der Tür auf ihn wartete.

„Morgen, Shimo. Im Sonntagsstaat, wie ich sehe." Der Japaner trug bauschige schwarze Baumwollhosen samt passendem Top und dazu Schuhe mit Kreppsohlen. Sein Kampfdreß – die Hosen locker genug, daß er blitzschnell zutreten konnte, die Kreppsohlen, damit er festen Halt hatte.

Der Japaner neigte den Kopf. „Guten Morgen, Mr. Julian. Das Frühstück steht bereit."

„Großartig." Poe klopfte Shimo auf die Schulter und spürte dabei, wie hart sich die durchtrainierte Muskulatur unter dem Baumwollstoff anfühlte. „Ich kann dich vermutlich nicht zu einem Würstchen verführen, oder? Die sind sehr gut."

Shimo schüttelte den Kopf. „Ich habe um sechs gefrühstückt. Reis und Misosuppe. Gesund und bekömmlich."

GEORGETTE zog den Aktenkoffer aus seinem Versteck im Kies. Nach einem letzten fruchtlosen Versuch, die Geheimnisse der Zahlenkombination zu enträtseln, polierte sie ihn gründlich. Danach lag er auf dem Frühstückstisch – sozusagen ihr stummes Gegenüber –, während sie eine geröstete Scheibe Baguette in ihren *café crème* tunkte und seufzend verfolgte, wie langsam heute der Zeiger ums Zifferblatt kreiste.

EINER nach dem anderen tröpfelten die Frühaufsteher unter den Stammkunden ins Café Crillon. Anny und Léon hantierten hinter dem Bartresen herum und versuchten nach Kräften, so zu tun, als nähme hier alles seinen Gang wie an jedem x-beliebigen Sonntag.

Sie wurden durch die geräuschvolle Ankunft der Autos aufgeschreckt. „Da sind sie!“ Léon kam um die Bar herumgeschossen und hastete zur Tür.

Er dirigierte die drei Citroën auf den Hof hinter dem Café, umarmte Bennett, tauschte einen respektvollen Händedruck mit Moreau und führte die Ankömmlinge durch die Hintertür in den Vorratsraum. „*Voilà*“, sagte er, „komfortabel ist es nicht gerade, aber Sie sind völlig ungestört. Und von hier...“, er stieß den Laden eines kleinen Fensters auf, „...können Sie jeden sehen, der ins Dorf kommt.“

Moreau lugte durch das Fensterchen. Er nickte. Ja, das tat's. „Bonfils, holen Sie die Männer aus den Wagen. Vier setzen wir an die Tische draußen, die anderen plazieren wir innen, ganz vorn.“ Er wandte sich an Bennett und Anna. „Sie bleiben hier bei mir.“

Das Überwachungskomitee der älteren Damen Saint-Martins war inzwischen vollzählig auf dem Posten, rings um die *place* standen Stühle neben den Haustüren. Rasch stellte sich heraus, daß die Kundschaft des Cafés sich heute anders zusammensetzte als sonst. All diese properen jungen Männer... und so früh. Und weshalb ließen sie jedesmal, wenn ein Wagen ins Dorf kam, wie auf Kommando die Zeitungen sinken? Das war ganz und gar nicht normal.

Bennett und Anna hatten am Fenster des Vorratsraumes Posten bezogen, tranken Kaffee und versuchten sich von Bonfils, der wie ein Schatten um sie herumschlich, die Laune nicht verderben zu lassen. Moreau saß auf einem umgestülpten Bierkasten und spielte mit seinem Handy. Schließlich tastete er Chevaliers Nummer ein.

Nach einem kurzen, aber allem Anschein nach überaus zufriedenstellenden Telefonat kam er zum Fenster, um Bennett und Anna an seiner Hochstimmung teilnehmen zu lassen. „Paris ist vom Fortgang der Sache sehr angetan“, ließ er sie wissen. „Man zeigt auf höchster Ebene Interesse. Eine amüsante Vorstellung: der Élysée-Palast und der Vorratsraum eines Cafés auf dem Lande in unmittelbarem Kontakt.“ Er blickte auf die Uhr. Jetzt mußte es jede Minute passieren.

GEORGETTE wagte sich zögernd vor die Haustür, aber erst nachdem sie die Fenster sämtlicher Nachbarhäuser abgesucht hatte. Alles blieb still. Sie nahm den Plastikbeutel, in dem der Aktenkoffer steckte, und huschte um die Ecke in die Allée des Lices. Dort schloß sie auf, ging ins Wohnzimmer und legte, wie Bennett es ihr aufgetragen hatte, den

Koffer auf den Tisch. Sie vergewisserte sich, daß die Haustür nicht abgeschlossen war, und zog sich in die Küche zurück. Hier gedachte sie der Dinge zu harren, die da kommen sollten.

DER DUNKELGRÜNE Range Rover bog mit Schwung in die Dorfstraße ein und hielt neben dem Denkmal für die Toten des Ersten Weltkrieges. Vor dem Café gingen vier Zeitungen auf halbmast. Die älteren Damen rund um die *place* konzentrierten sich ganz auf die Neuankömmlinge. Im Kirchturm sirrte es leise, dann schlug die Glocke zehnmal.

Bennett verfolgte vom Fenster des Cafés aus, wie die Türen aufschwangen und erst Shimo und dann Poe ausstiegen. Er drehte sich um und nickte Moreau zu. „Das ist Poe." Anna tastete nach Bennetts Hand. Julian Poe, der Mann, den sie einmal geliebt hatte.

Moreau behielt Poe fest im Visier. „Bonfils? Wir geben ihm fünf Minuten Vorsprung, dann schnappen wir ihn. Ich will ihn mit dem Koffer in der Hand, *d'accord?*"

Poe und Shimo gingen die Hauptstraße hinauf und bogen in die Allée des Lices ein. Shimo drückte die Tür mit der Nummer drei auf, und sie traten ein. In der Küche hielt Georgette den Atem an und lauschte den Schritten auf dem gefliesten Boden.

Poe beugte sich über den Koffer. „Wollen erst mal sehen, ob tatsächlich alles drin ist." Er stellte die Zahlenkombination ein, schob die Schnappverschlüsse zurück, öffnete den Deckel.

Georgette spitzte die Ohren. Sie hörte es ein paarmal leise klicken und wußte Bescheid: Der Koffer wurde geöffnet. Drei Schritte von ihr entfernt wurde ein Geheimnis gelüftet, und sie als einzige im Dorf hatte die Chance, einen Blick zu riskieren. Wie hätte sie da widerstehen können?

„Bonjour, bonjour, bonjour!" Sie kam ins Wohnzimmer gewieselt, ihre neugierigen Blicke verschlangen den offenen Koffer förmlich. *„Un petit café pour les messieurs?"*

Die beiden Männer fuhren herum, Shimo nahm automatisch seine Kampfposition an, bis ihm klar wurde, daß ihnen von diesem kleinen Persönchen mit der gelben Baseballmütze bestimmt keine Gefahr drohte.

„Wer, zum Teufel, ist das?" wollte Poe wissen.

Shimo lockerte die Muskeln. „Die *femme de ménage.*" Er baute sich so auf, daß Georgette die Sicht auf den Koffer versperrt war.

„Kein Kaffee." Ein Kopfnicken Richtung Küche. „Gehen Sie da rein."

Georgette machte große Augen und zog sich rückwärts zurück. Poe widmete sich wieder dem Studium des Kofferinhalts.

„*Bon*", sagte Moreau, „gehen wir los." Die *gendarmes* erhoben sich wie ein Mann und marschierten unter den Augen von ganz Saint-Martin die Hauptstraße hinunter. Wahrlich, dies war kein gewöhnlicher Sonntag.

Tuzzis Mercedes, von Benito mit jugendlichem Elan gefahren, kam die Dorfstraße heraufgeprescht und hielt mit kreischenden Bremsen vor dem Café. „He, du da!" rief Tuzzi aus dem Wagenfenster, „wo ist die Allée des Lices?"

Dem erschrockenen *gendarme* blieb gerade mal Zeit, die Richtung zu zeigen, da senkte Benito schon wieder den Bleifuß aufs Gaspedal.

Bennett klappte verdutzt der Unterkiefer herunter. „Das war doch Tuzzi", sagte er zu Moreau. „Was hat der denn hier zu suchen?"

An der Einmündung zur Gasse bremste Benito scharf ab. Er zuckte nur die Achseln. Zu schmal. „Warte hier!" ordnete Tuzzi an. „In zwei Minuten ich bin zurück."

Die Tür am Haus Nummer drei war nur angelehnt. Tuzzi stieß sie auf, blieb einen Moment in der Diele stehen und schlich, beinahe lautlos in seinen Espadrilles, zum Wohnzimmer. Er war so gut wie drin, ehe Poe und Shimo ihn bemerkten.

Eine, vielleicht zwei Sekunden lang standen sich die drei Männer reglos gegenüber – Poe mit dem Koffer in der Hand, Shimo einen Schritt seitlich, Tuzzis massige Figur im Türrahmen. Poe ergriff die Initiative. Er wedelte kurz mit der Hand, als wollte er einen lästigen Hund verscheuchen, und sagte zu Shimo: „Klär du das mit ihm."

Der Japaner drehte sich leicht. Für seine Lieblingsattacke (frontale Lobotomie durch einen gezielten Fersenschlag an die Schläfe) blieb nicht genug Platz, der Türrahmen war im Weg. Also mußte er den *mawashi-geri-gedan* anwenden (Fuß gegen das Schambein), gefolgt vom *hadaka-jime,* dem beidhändigen Zugriff à la Kamasutra. Er hatte die beiden ersten Schritte getan, als er wie im Zeitlupentempo Tuzzis Hand hochkommen sah. Mit einem Revolver.

Was sich alsdann vor ihren Augen ereignete, würde Georgette noch viele Jahre lang und vor einer immer wieder hingerissenen Zuhörerschaft zum besten geben. Shimos Fuß traf den Italiener mit in jahrelangem Training entwickelter Geschwindigkeit punktgenau an der Stelle, die er angepeilt hatte. Tuzzi krümmte sich wie ein fetter Wurm, und gleichzeitig gab es eine Explosion, weil er aus Reflex auch den Finger am Abzug gekrümmt hatte. Das Projektil verfehlte Shimos Schulter um Millimeter und suchte sich mit leicht ansteigender Flugbahn ein vom Zufall bestimmtes Ziel. Poe hatte plötzlich auf der Stirn ein drittes Auge und sah, als er das Zeitliche segnete, ein bißchen verwundert aus.

Die *gendarmes* kamen hereingerannt wie ein Wirbelsturm und richteten ihre Waffen auf alles und jeden. Shimo lehnte sich, die Arme vor der Brust verschränkt, an die Wand. Georgette hob die Hände hoch. Poe blutete stumm auf dem Teppich vor sich hin. Und Tuzzi lag wimmernd auf dem Boden.

Einen dramatischeren Höhepunkt seiner Operation hätte Moreau sich nicht wünschen können. Er kauerte sich neben Poes Leiche. „Bonfils, rufen Sie die Mordkommission in Avignon an. Spurensicherung, Ambulanz, den Fotografen – das Übliche."

Georgettes erster Schock begann sich zu legen. Sie kam näher, um sich den Toten anzusehen. „Und mein Teppich? Was ist mit meinem Teppich? Sehen Sie nur, was das für einen Blutfleck gibt!"

Moreau schnaubte ungehalten. „Beruhigen Sie sich, Madame, der wird Ihnen vom Staat ersetzt. Bonfils, machen Sie sich eine entsprechende Notiz!" Er drehte sich zu Bennett um. „Nun, Monsieur, nach bestem Wissen und Gewissen: Ist das der echte Koffer?"

Bennett löste sich von Anna und ging um Poes Leiche herum. „Ich denke, ja." Die in Schaumgummi gebetteten Fläschchen, die Formulare, die Computerausdrucke – alles noch so, wie er es in Erinnerung hatte. Bennett sah auf und nickte.

Zwei Mann blieben zur Bewachung des Toten da, alle anderen mußten das Haus verlassen. So bot sich nun den Einwohnern von Saint-Martin der Anblick einer denkwürdigen Prozession – vorneweg der tiefgebeugte Tuzzi, jammernd auf Benitos Arm gestützt, hinter ihnen Shimo, und alle drei von *gendarmes* mit gezogener Waffe eskortiert.

Bennett legte den Arm um Annas Schultern und merkte an den verspannten Muskeln, wie sehr das Ganze sie mitgenommen hatte. „Geht's dir gut?"

„Ja, mir geht's gut. Er hat gar nicht mitbekommen, was passiert ist, nicht wahr?"

Bennett dachte an Poes ungläubigen Gesichtsausdruck, an das

kreisrunde Loch zwischen den Augenbrauen. „Nein", sagte er, „er hat's gar nicht mitbekommen."

„Können wir jetzt hier verschwinden? Ich hab wirklich genug von Polizisten und Pistolen."

Aber wie ein triumphierender Moreau sie wissen ließ, als sie das Café erreichten, waren da noch gewisse Formalitäten zu erledigen, zu denen zuallererst ein Anruf bei Chevalier gehörte. Er ließ Bennett mit Anna und Georgette an der Bar zurück, wo Léon darauf bestand, ihnen ein Glas Champagner einzuschenken. Das Café war noch nie so voll gewesen. Im Nu bildete sich ein Menschenknäuel um Georgette, welche sich im Bewußtsein ihrer Starrolle bei ihren Antworten einer Zurückhaltung befleißigte, die sie bei dem Maß, mit dem sie dem Champagner zusprach, vermissen ließ. Anna und Bennett flohen an einen der Tische draußen, wo es vergleichsweise gemäßigt zuging.

Nach einer Weile kam Moreau zu ihnen heraus, die Genugtuung stand ihm ins Gesicht geschrieben. „Ich glaube, wir müssen Sie nicht mehr länger aufhalten." Er legte die Pässe und die Autoschlüssel auf den Tisch. „Einer unserer Fahrer bringt Sie nach Les Beaumettes, dort steht Ihr Auto bereit."

„Monsieur Moreau?" Léon stand mit hochrotem Kopf unter der Tür. „Telefon. Es ist das Büro des Präsidenten!"

Totenstille im Café, alle spitzten die Ohren, um möglichst viel mitzubekommen. Moreau nahm Habtachtstellung ein, nickte etliche Male und schien, als er schließlich den Hörer auflegte, um etliche Zentimeter gewachsen zu sein.

„Nun denn!" verkündete er Bennett und Anna. „Ich darf Ihnen mitteilen, daß der Präsident der Republik zufrieden ist." Er senkte die Stimme. „*Entre nous,* es war die Rede von einer Anerkennung Ihrer Verdienste um die französische Landwirtschaft. Hinterlassen Sie für alle Fälle die Adresse, unter der Sie zu erreichen sind, beim Capitaine in Les Beaumettes." Er warf einen Blick auf die Uhr und seufzte gehetzt. „Mich bitte ich zu entschuldigen, es gibt noch viel zu tun. Sie wissen ja, niemand verursacht so viel Papierkram wie ein Toter."

BENNETT und Anna rechneten, als sie bei der *gendarmerie* von Les Beaumettes aufbrachen, insgeheim damit, daß womöglich doch noch eine Polizeisirene hinter ihnen aufheulte. Erst als sie die Ruine oberhalb von Buoux erreichten, fingen sie an, ihrer wiedergewonnenen Freiheit zu trauen.

Bennett klopfte den Staub von der Reisetasche und warf sie auf den Rücksitz. Eine Million Dollar, abzüglich der Summe für den Traktor. „Für den Lunch reicht's", meinte er. „Ich denke, den haben wir uns verdient."

Er hatte während der letzten Tage oft darüber nachgedacht, wohin er sie ausführen würde, bis ihm klargeworden war, daß es nicht nur um ein Essen zu zweit ging. Es war ein Wendepunkt in ihrer beider Leben, ein Ende und ein Neuanfang, eine Belohnung und eine Feier. Und für so einen Anlaß gibt es an einem schönen Sonntagnachmittag im Sommer auf der ganzen Welt kein Land wie Frankreich. Das einzige Problem liegt in der Qual der Wahl. Zu guter Letzt hatte er sich für ein aus Stein gefügtes stattliches Bauernhaus an der Straße unterhalb von Gordes entschieden, in dem sich die Küche und der schöne Innenhof zu einer wundervollen Kombination verbanden.

Anna stieg aus und spitzelte durch die Glastür in den Innenhof. In Blau und Weiß gedeckte Tische, das milde Licht des Halbschattens, große Terrakottakrüge mit Blumen vor den Wänden. Sie fuhr sich mit der Hand durchs Haar, blickte an sich hinunter und schüttelte den Kopf. „So ein Lokal … Da lassen die mich nie rein."

Bennett musterte ihre verstaubten Boots, die zerkrumpelte Jeans und das T-Shirt, das aussah, als müsse es schleunigst in die Waschmaschine. Dann sah er ihr Gesicht. Und sah, wie ihre Augen leuchteten. Und dachte: Du müßtest blind sein, um solchen Augen widerstehen zu können.

Er hob die Reisetasche auf und nahm Anna bei der Hand. Der Mann der Küchenchefin kam ihnen im Innenhof entgegen, hieß sie herzlich willkommen und führte sie zu einem Tisch, an dem ihre einzigen Nachbarn die üppig wuchernden Geranien waren. „Möchten Sie, daß ich die Tasche in Verwahrung nehme, während Sie essen?"

Anna und Bennett grinsten sich an. „Nein, danke", sagte er, „ich glaube, die behalten wir lieber."

PETER MAYLE

Foto: Marc Cator/Impact.

„Bei mir funktioniert offensichtlich die Mischung aus französischem Charme und englischem Humor."

Peter Mayles Bücher sind eine Liebeserklärung an die Provence. „Ich kann mir keine Gegend vorstellen, in der ich glücklicher wäre", schwärmt der 1939 in Oxshot/Surrey geborene Autor. „Die Landschaft ist großartig. Man kann dort ein sehr einfaches Leben führen; wunderschöne Häuser und Dörfer sind überall. Und für Menschen aus dem Norden bedeutet es sehr viel, die meiste Zeit des Jahres im Sonnenschein draußen verbringen zu können."

1975 beschloß Mayle, nach fünfzehn erfolgreichen Jahren als Werbetexter, seinen Beruf an den Nagel zu hängen und Schriftsteller zu werden – und verlegte gleichzeitig seinen Wohnsitz in den kleinen Ort Ménerbes in der Provence. Mit seinen höchst erfolgreichen Büchern *Mein Jahr in der Provence, Toujours Provence* und *Hotel Pastis* löste er jedoch eine solche Tourismuswelle aus, daß er und seine Frau schließlich vor dem Ansturm der Neugierigen fliehen mußten. Sie verkauften ihr Haus und leben heute auf Long Island.

Auf das Schreiben von *Trüffelträume* hat sich Mayle, bekennender Gourmet und Trüffelliebhaber, besonders gern vorbereitet: „Insgesamt habe ich wohl sechs Jahre in Bars, Weinkellern und wunderbaren Restaurants herumgehangen, bis die Geschichte richtig rund war", gesteht er schmunzelnd. Und warum gerade dieses Thema? „Man kann Trüffeln bis heute nicht züchten. Sie gehören zu den wenigen Dingen, die sich der Kontrolle des Menschen entziehen. Das macht sie so faszinierend", glaubt Mayle. „Wenn man die verschiedenen Assoziationen mischt, die das Thema Trüffeln hervorruft – Intrigen, gastronomischen Luxus, Geheimnis und viel Geld –, dann hat man die perfekte Mischung für eine spannende Geschichte."

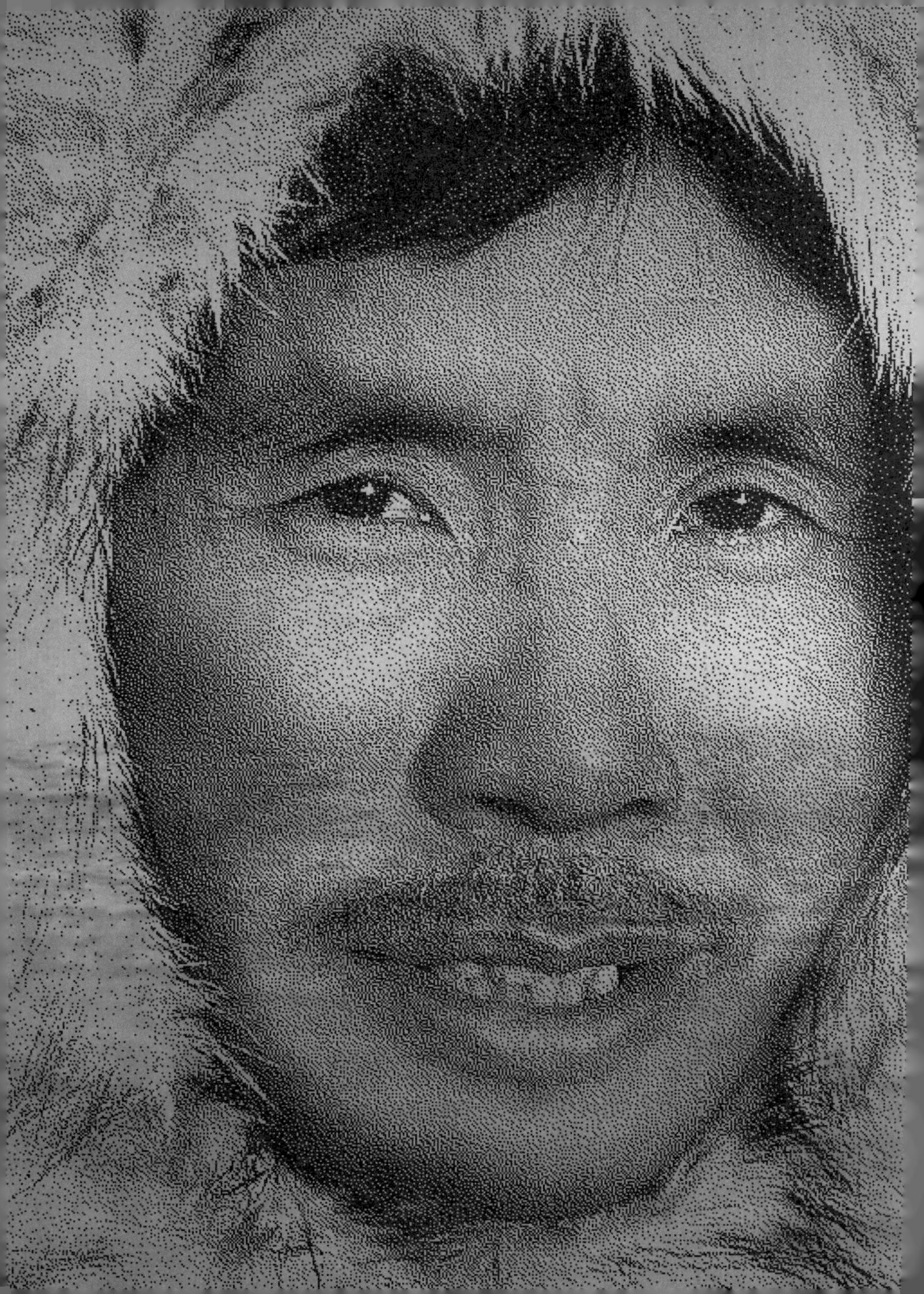

Fred
Bodsworth
Der
Karibujäger

Obwohl Niska dem besten Jäger ihres Stammes versprochen ist, flieht sie am Vorabend ihrer Hochzeit mit Jacob, der das Töten verabscheut. Bevor die beiden in dem wildarmen Gebiet ausreichende Vorräte anlegen können, werden sie vom Winter überrascht. In der Wildnis isoliert und vom Hungertod bedroht, wird ihre Situation immer verzweifelter.

Gott sieht den kleinen Sperling fallen,
Sein zärtlicher Blick ruht auf ihm;
Wenn Gott die Vöglein so sehr liebt,
Weiß ich, er liebt auch mich.

Gott schuf die Vöglein und die Blümelein
Und alles andre, groß und klein;
Er wird die Kleinen nicht vergessen,
Ich weiß, er liebt sie alle.

Maria Straub, 1874

1

Es zieht sich achthundert Kilometer gen Norden, von den steil abfallenden, felsigen Ufern des Oberen Sees bis zur flachen, morastigen Küste der Hudson Bay – ein großes, einsames Land aus Sumpf und Wald.

Die ersten zweihundertfünfzig Kilometer steigen vom Oberen See aus schroff an, eine rauhe Gegend mit zerklüfteten Bergen, durchfurcht von Flüssen, die jenem großen Binnenmeer entgegenstürzen. In dieser südlichen Region gibt es ein loses Netz aus Straßen und Eisenbahnlinien und hier und da eine Ortschaft; doch zum Norden hin, auf den restlichen fünfhundertfünfzig Kilometern bis zur Hudson Bay, werden Wald und Sumpfland nur von vereinzelten Indianersiedlungen und Pelzhandelsposten des weißen Mannes unterbrochen. Hier gibt es keine Straßen, nicht einmal Fußpfade, denn ein Großteil des Landes ist Sumpf, der im Sommer nicht fest genug für einen Fußmarsch ist und im Winter unter tiefem Schnee begraben liegt. Von außerhalb gelangt man nur mit dem Flugzeug dorthin, und im Inneren fährt man im Sommer mit dem Kanu über die Seen und Flüsse, und im Winter nimmt man den Hundeschlitten oder die Schneeschuhe.

Der Wald wird Taiga genannt, ein großer nördlicher Waldgürtel, der in der subarktischen Zone die ganze Welt umspannt. Südlich davon liegen die Laubwälder der gemäßigten Zone. Nördlich, jenseits der

Baumgrenze, dehnt sich die arktische Tundra aus, in der keine Bäume wachsen. Die Taiga – an den meisten Stellen Hunderte von Kilometern breit – ist das dazwischenliegende Waldreich. Ein Wald, der hauptsächlich aus immergrünen Nadelbäumen besteht; es gibt zwar einige winterharte Birken und Pappeln in dieser Region, doch eigentlich gehört das Land den nadligen Fichten, trotzigen Bäumen, die die Natur dafür gerüstet hat, ein Land zu besiedeln, in dem nur wenige überleben können.

Auch für die Menschen und Tiere in dieser Wildnis ist es ein hartes Land, denn jedes Jahr müssen sie einen Winter überleben, der sieben Monate währt. Es gibt zwei große Gruppen von Taigabewohnern: Fleischfresser und Pflanzenfresser – die Jäger und die Gejagten. Die Pflanzenfresser, die Fleischvorräte, sind die zahllosen Mäuse, die Schneeschuhhasen, Biber und Karibus. Die Jäger sind Nerz, Otter, Fuchs, Wolf und, in einer bestimmten Region, auch die *Atihk-anishini,* das Karibuvolk.

Die Mäuse sind süß und zart, als Hauptnahrungsquelle aber zu klein. Die Biber sind ab Wintermitte unter Eiswällen eingeschlossen. Dann gibt es zwar noch die Hasen, aber wegen verschiedener Krankheiten ist ihre Zahl zyklischen Schwankungen unterworfen, und manchmal, wenn eine Epidemie zuschlägt, sind die Hasenpässe im Winter verwaist, und die Fallen der Atihk-anishini bleiben leer.

Das Karibu hat in diesem Land den Namen *Atihk,* Fleisch, und bildet im Winter das Hauptnahrungsmittel der Atihk-anishini. Genauer das Waldkaribu, das in kleinen Gruppen oder alleine lebt, im Unterschied zu den Barren-Ground-Karibus, die weiter oben im Norden in riesigen Herden über die Tundra ziehen. Die Waldkaribus leben hier, weil der größte Teil des Landes aus Wald besteht, der jahrhundertelang nicht vom Fluch des Feuers heimgesucht wurde. So zieht sich die Karibuflechte, die hundert Jahre braucht, um voll auszuwachsen, weich und dick über den Waldboden. Wenn sie lange genug vom Feuer verschont wachsen kann, breitet sich diese Flechte wie ein weißer, federnder, verschlungener Teppich zweieinhalb Zentimeter dick über den Boden aus, eine wichtige Futterquelle in diesem Land. Und weil die Karibus darauf grasen, ist der Schnee ein Fluch für sie. In einem normalen Winter können sie die Flechten freischarren. Wenn der Schnee aber höher liegt, ziehen die Karibus weit umher, auf der Suche nach dünnen Stellen im Eispanzer des Landes.

In langen Abständen fällt einer der zyklischen Tiefstände der

Hasenpopulation mit einem Winter zusammen, in dem der Schnee so hoch liegt, daß sich die Karibus weit von ihrem üblichen Revier entfernen. Und so treffen zwei Naturkräfte zusammen, die den Jägern der Taiga eine Zeit des Hungers einbringt.

Derzeit herrscht ein solch grausamer Winter im Land der Atihk-anishini. Denn die Hasen sind verschwunden, der Schnee liegt höher, als es die ältesten Atihk-anishini je erlebt haben, und so sind auch die Atihks verschwunden. Auch der bohrende Hunger ist jetzt verschwunden. Denn der Hunger ist kein Hunger mehr. Es ist die dumpfe Taubheit des Verhungerns.

2

Die Morgendämmerung legte sich bereits wie ein grauer Film auf das leinene Zeltdach, als Jacob Atook von der Kälte erwachte. An seinen eiskalten Wangen merkte er, daß die Birkenholzscheite, die er in den kleinen Ofen gelegt hatte, um das Feuer über Nacht in Gang zu halten, heruntergebrannt waren.

Er rollte sich zu Niska hinüber und achtete dabei unwillkürlich darauf, daß er fest in sein Atihkfell gewickelt blieb, damit nichts von der Bettwärme verlorenging. Im blassen Licht des anbrechenden Tages betrachtete er ihr Gesicht, und ein Schauer überlief ihn, der nicht von der Kälte kam. Dieses Gesicht war noch vor zwei Monaten jung und voll gewesen, doch jetzt, auch wenn es nichts von seiner Schönheit verloren hatte, war es eingefallen, knochig – alt.

Er wollte sie nicht aufwecken, doch seine Hand bewegte sich langsam wie unter Zwang hinab zu ihrer Taille und unter die dicke wollene Wäsche, und dann strichen seine Finger zärtlich über den runden, harten Bauch. Er wartete, konzentrierte all seine Sinne. Da fühlte er es – ein flüchtiges Beben, ein zaghaftes Anzeichen von Leben.

Niska erwachte und lächelte. Ihre mandelförmigen Augen waren groß und dunkel. „Das Kleine bewegt sich", sagte sie leise. „Hast du es gespürt?"

„Ja, Niska", flüsterte er und lächelte ebenfalls, „das Kleine bewegt sich noch."

„Es heißt, wenn es tritt, wird es ein Junge."

„Ja, ein Sohn."

Sie versank sofort wieder in tiefen Schlaf. Jacob zog die Felle auf dem Lager fester um sie herum, schlüpfte aus dem Bett und richtete sich langsam auf, wobei er das Schwindelgefühl bekämpfen mußte, das ihn neuerdings morgens befiel, wenn er zu schnell aufstand. Er zog eine Hose an, zwei Pullover, die Mokassins aus Elchleder, den schweren Parka aus Atihkhaut mit dem braunsilbernen Fell auf der Innenseite und setzte schließlich seine Wollmütze auf. Wie weißer Rauch hing sein Atem vor ihm in der Luft, als er sich über den Ofen beugte. Draußen knackte ein Baum im Frost, und aus dem Geräusch schloß er, daß es nach der Art des weißen Mannes, die Temperatur zu messen, draußen vierzig Grad unter Null oder noch kälter und hier im Zelt höchstens null Grad waren.

In der Asche im Ofen lagen noch einige rotglühende Kohlen. Jacob schnitt ein paar Späne und ordnete sie sorgfältig über der roten Glut an. Dann blies er hinein, bis das Feuer zu flackern begann, und legte Holz nach. Hell prasselten die Flammen. Er nahm eine Axt und einen der rußgeschwärzten Töpfe und ging zum Eingang des Zeltes. Dort schlüpfte er in seine Handschuhe aus Elchleder und zog die Kapuze seines Parkas über den Kopf. Erneut packte ihn das Schwindelgefühl, als er sich bückte, um die Zeltbahn zur Seite zu schieben, mit der der Eingang verhängt war. Doch sobald er hinausgekrochen war und sich draußen aufrichtete, wurde sein Kopf wieder klar. In den hüfthohen Schnee vor dem Zelt hatte er eine Treppe gegraben, und im Halbdunkel der Morgendämmerung stieg er die festgetretenen Stufen hinauf.

Er zwängte sich durch die Wand aus Fichten, die das Zelt verbarg. Dann blieb er stehen, und seine Augen erforschten, dem Urinstinkt des Jägers folgend, die eintönige, flache Eisdecke des Little-Ninkik-Sees. Er tat dies aus Gewohnheit, ohne Hoffnung. Im Schnee waren keine neuen Fährten zu sehen. Drei Monate waren vergangen, seitdem das letzte Atihk den Little Ninkik hinuntergezogen war. Der Wald war wie ausgestorben, Hunger würde herrschen, bis der Frühling Eis und Schnee hinwegfegen und seine eingeschlossenen Bewohner befreien würde.

Er ging den Weg zum Wasserloch hinunter; der Pfad war so festgetreten, daß er keine Schneeschuhe brauchte. Der See war mit einer dicken Eisschicht bedeckt, doch der Schnee lag dort nur halb so hoch wie vor dem Zelt, denn der Wind hatte einen großen Teil fortgeweht. Er hackte das Eis auf, das sich in der Nacht gebildet hatte, und füllte den Topf mit Wasser.

Als er das Zelt wieder betrat, merkte er, daß sich die Luft inzwischen durch das Feuer erwärmt hatte. Niska schlief noch. Jacob setzte Wasser für Tee auf und schaute sie an. Ihn durchfuhr ein stechender Schmerz.

Es mußte heute geschehen. Er hatte bereits viel zu lange gewartet. Manitu, dessen Stimme er zu Anfang des Winters so deutlich gehört hatte, hatte schon lange nicht mehr gesprochen. Er hatte sie vergessen.

Jacob beugte sich über den Ofen und legte in regelmäßigen Abständen Holz nach. Draußen wurde es langsam heller, und mattes Licht drang in das Zelt. Als das Wasser kochte, nahm er die Dose mit dem Tee und schüttete ein wenig davon in die Kanne.

In diesem Augenblick erwachte Niska. „Nimm Mehl zum Dicken", sagte sie. „Aber nicht zuviel."

„Wir heben es für später auf", erwiderte Jacob. „Heute trinken wir ihn so."

Bei den Atihk-anishini war es üblich, den letzten Rest Mehl zum Dicken des Tees zu verwenden, wenn es kein Schmalz oder Backpulver mehr gab, um Brot zu backen. Doch Jacob und Niska hatten seit über einem Monat nicht einmal mehr Mehl. In ihrem Delirium hatte Niska es vergessen.

Anstelle von Mehl hatte er Flechten und die weiche innere Rinde von Birken und Pappeln genommen. Dies war eine Notmahlzeit, die sein Stamm *Oseepan* nannte. Doch alle nahrhaften Säfte, die die Rinde zu Beginn des Winters noch barg, waren schon lange versiegt, und die einzige Wirkung, die sie noch zu haben schien, war ein bitterer Schaum, der auf dem Tee schwamm. Dennoch hatte er eine gute Handvoll hinzugefügt und ließ sie mit dem Tee kochen. Es mußte doch etwas nützen, versuchte er sich Mut zu machen, denn sie waren noch am Leben. Und das Kleine, das *Keekishkawasso* in Niskas Bauch, lebte auch noch.

Er brachte ihr einen Becher mit dem bräunlichen Getränk, und sie richtete sich langsam auf, stützte sich auf einen Ellbogen und trank den Tee in kleinen Schlucken. Falls ihr auffiel, daß das Mehl darin fehlte, ließ sie es sich nicht anmerken. Jacob saß mit seinem Becher neben ihr.

„Niska", begann er langsam, „ich muß heute weggehen und dich allein lassen. Wir haben zu lange gewartet. Manitu hört dein Beten nicht. Es werden keine Fische mehr in den Netzen sein, bis das Eis taut. Die Hasen und die Waldhühner sind fort. Ich muß die Atihks suchen gehen. Zuerst nach Osten, den Ninkik hinauf, dann hinüber zum Mahkwa und Richtung Norden, wo der Wald lichter wird und die Bäume wie kleine Stöcke aussehen." Damit meinte er die Tundra, in der nur wenige verkümmerte Bäume wuchsen.

„Jacob", rief sie, „am Mahkwa..., dort sind die Cheechoos! Und Taka Cheechoo wird Ausschau halten!"

Jacob sah die Angst in ihren Augen. Er starrte auf seine Füße. „Es ist der einzige Weg", beharrte er. „Es ist der einzige Fluß in der Nähe, der in das Land der kleinen Stöcke führt."

„Meinst du, du kommst an ihrem Lager vorbei, ohne daß sie dich sehen?"

„Ja, ich gehe den Mahkwa hinunter ins Land der kleinen Stöcke", versicherte er hastig. „Die Atihks werden dort sein, Niska. Draußen im sumpfigen Ödland, wo die Schneedecke immer dünn ist, wo man am wenigsten graben muß, um an die Flechten zu kommen. Sie ziehen immer dorthin, wenn im Wald hoher Schnee liegt."

Er hielt inne, um Luft zu holen, und warf ihr einen kurzen Blick zu, schaute dann aber schnell wieder weg.

„Ich hätte das Atihk schießen sollen, Niska, das große, das hier vorbeizog, als der Winter noch jung war. Aber da hatten wir noch Fleisch und waren nicht hungrig, und Pater Webbers Manitu hat gesagt: ‚Töte es nicht, Jacob, denn zu töten, wenn es nicht sein muß, ist schlecht.'" Jacob starrte in seinen Becher mit Tee. „Niska, glaubst du, Manitu könnte sich geirrt haben, als er mir befahl, das Atihk gehen zu lassen?"

„Pater Webber sagt, wenn man die Stimme Manitus in seinem Innern hört, ist es niemals falsch, was sie rät."

„Ich weiß nicht. In letzter Zeit denke ich manchmal, daß Pater Webber auch nicht alles weiß. Wir sind Atihk-anishini. Wir müssen jagen. Wir müssen Fallen stellen, damit wir beim Handelsposten Felle gegen Mehl und andere Dinge, die wir brauchen, tauschen können."

„Pater Webber geht nicht auf die Jagd", erinnerte ihn Niska sanft. „Manitu sorgt für ihn."

„Pater Webber ist aber kein Atihk-anishini", wandte Jacob ein. „Er muß nicht auf die Jagd gehen, denn er kann im Laden anschreiben lassen. Er kauft Konserven und Fleisch, wie es die Weißen essen."

Er sah die winzigen Sorgenfalten in Niskas Augenwinkeln, und das tat ihm weh, aber er hatte noch nicht alles gesagt. „Auf jeden Fall hat uns Pater Webber nicht gepredigt, daß wir nicht jagen dürfen, nur sein Gott hat uns das gesagt. In der Hymne an Manitu heißt es, daß er sogar den kleinen Sperling fallen sieht und daß er alle Geschöpfe liebt; und wenn er schon traurig ist, wenn nur ein Sperling stirbt, muß er noch viel trauriger sein, wenn eines seiner großen Tiere wie das Atihk stirbt. Deshalb hat er uns befohlen, das Atihk nicht zu jagen. Und, Niska ..., ich glaube, Manitu hat sich getäuscht."

„Jacob, sag das nicht! Er hört es bestimmt!"

Jacob senkte den Blick. „Er hört deine Gebete nicht, warum soll er mich jetzt hören?"

„Er hört dich."

Eine Weile schwiegen sie. Ein Gefühl der Reue stieg in Jacob Atook auf. „Es tut mir leid", bekannte er schließlich. „Ich weiß, daß Manitu sich nie täuscht. Es war richtig von mir, das Atihk gehen zu lassen, als er es mir befahl, aber es war nicht richtig, so lange mit der Jagd auf ein anderes zu warten. Aber ich dachte, Manitu würde die Netze wieder mit Fischen füllen. Ich wußte nicht, daß die Fische so lange schlafen würden. Ein kluger Jäger hätte es gewußt. Dein Vater Joe hätte es gewußt. Und Taka Cheechoo auch. Sie wären schon vor langer Zeit auf Atihkjagd gegangen und jetzt wieder zurück. Wenn ich das auch getan hätte, hätten wir jetzt genug Fleisch. Vielleicht wäre Manitu böse ..., aber wir hätten keinen Hunger."

Er zupfte niedergeschlagen an den Balsamtannenzweigen ihres Lagers. „Ich bin kein guter Jäger, Niska. Und ich lasse dich auch nicht gern allein. Aber jetzt haben wir keine Wahl. Vom Posten, wo es Vorräte gibt, sind wir zehn Tagesmärsche entfernt, und dafür bist du zu schwach."

„Du *bist* ein guter Jäger, Jacob."

Er sah ihr jetzt ins Gesicht und zwang sich, in ihre dunklen runden Augen zu schauen. Ihr Blick schmerzte ihn, denn er hatte den Stolz und die Liebe nicht verdient, die sich in ihrem Lächeln zeigten. Für einen Jäger ist es schwer, sich seine Unzulänglichkeit einzugestehen, aber es ist noch schwerer, wenn seine Frau so tut, als wüßte sie nichts davon.

„Das Mehl..." Er wollte es rasch sagen, aber seine Zunge war schwer. „Wir haben nur noch Tee. Es ist kein Mehl mehr da."

„Es war ein Traum, Jacob. Ich weiß, daß kein Mehl mehr da ist."

Er saß lange da, die rissigen Lippen zusammengepreßt, während in seinem Innern ein fürchterlicher Kampf tobte. Schließlich hob er ruckartig den Kopf. „Ich werde beim Lager der Cheechoos haltmachen! Ich werde der alten Nellie von dem Keekishkawasso erzählen und sie bitten, hierherzukommen, Essen mitzubringen und bei dir zu bleiben, bis ich zurück bin." Es bereitete ihm Qualen zuzugeben, daß er bei Feinden um Essen betteln mußte.

„Aber Taka…, er hat bestimmt den ganzen Winter über gesucht." Ihre Lippen zitterten. „Und wenn nicht Nellie kommt, sondern Taka?"

„Sie sind eine große Familie", versuchte Jacob sie zu beruhigen. „Taka …, sein Vater und auch seine Mutter …, sie sind bestimmt alle auf der Jagd. Nur die alte Großmutter wird am Mahkwa sein und sich um die Kinder kümmern." Jacob hoffte, daß das stimmte und daß Niska es glauben würde.

„Aber vielleicht kommt Nellie nicht."

„Sie wird kommen", erklärte Jacob, „wenn ich ihr erzähle, daß sich ein Kind in deinem Bauch bewegt. Sie ist schon so lange Hebamme der Atihk-anishini, ihr gehen Mütter und Babys über alles. Sie hat auch uns beiden auf die Welt geholfen. Sie mag ja Takas Großmutter sein, aber sie ist auch unsere zweite Mutter."

„Aber sie wird den Kindern sagen, wo sie hingeht."

„Ich werde mit ihnen reden. Ich werde ihnen sagen, daß ihre Großmutter irgendwo anders hingehen mußte."

„Aber wenn sie später zurückgeht …, dann wird sie Taka erzählen, wo wir sind."

Schmerz überflutete ihn – ein eisiger Schmerz der Verzweiflung. „Niska, wir haben keine Wahl! Und vielleicht müssen wir uns ja dann wegen Taka gar keine Sorgen mehr machen. Ich werde mit dem Atihk zurückkommen. Dann wird dein Vater den Beweis dafür haben, daß ich ein guter Jäger bin."

Seine Stimme überschlug sich in dem Versuch, Niska zu überzeugen. „Ich werde das Netz einholen, weil wir sowieso keine Fische mehr damit fangen. Ich lasse einen Stapel Holz im Zelt und genug Eisklötze davor, damit du nicht zum Wasserloch gehen mußt."

Sie gab keine Antwort. Jacob ging nach draußen und schnallte seine Schneeschuhe an. Dann nahm er seine Axt und ging mit langen Schritten über den zugefrorenen See; seine Bewegungen waren jetzt kraftvoll, denn zum erstenmal seit vielen Wochen hatte er eine unumstößliche Entscheidung getroffen.

Er hackte das neue blaugrüne Eis aus dem Loch, zog seine Handschuhe aus und holte das Netz mit bloßen Händen ein, um die Handschuhe nicht naß zu machen, denn er hatte nur dieses eine Paar. Alle paar Sekunden mußte er sich mit dem Fuß auf das Netz stellen und es festhalten, damit er seine Hände am Parka abtrocknen und sie unter seiner Hose an seiner bloßen Haut wärmen konnte.

Als er das Netz fast eingeholt hatte, spürte er ein heftiges Zerren. Er zog jetzt schneller, sein Herz klopfte heftig, und das kalte Wasser ließ seine Finger so steif werden, daß er sie nicht mehr krümmen konnte. Er sah einen silbrigen Schimmer, und das Netz schlug vor und zurück. Dann tauchte das mit Zähnen gespickte Maul eines Hechts auf. Jacob packte den Fisch an den Kiemen und schleuderte ihn auf den Schnee, wo er sich einen kurzen Moment lang wild hin und her warf, bevor er zu Eis erstarrte.

Jacob steckte seine Hände tief in die Hose, um sie aufzuwärmen. Als das Blut in seinen Fingern prickelte, stieg noch eine andere, jubelnde Wärme prickelnd in ihm auf, denn auch wenn der Hecht nicht groß war, würde Niska an ihm einige Tage lang genug zu essen haben. Es war seit einem Monat nach Pater Webbers Zeitrechnung der erste Fisch, der sich in dem Netz verfing.

Das übrige Netz ließ sich ohne Widerstand einholen. Er nahm es zusammen mit dem Fisch und ging zurück zum Zelt. „Niska, ein Hecht war im Netz!" rief er. „Du hast jetzt genug zu essen, auch wenn Nellie Cheechoo nicht kommt!"

Er ließ Fisch und Netz jedoch vor dem Zelt fallen und blieb draußen stehen. Ein kleiner Fisch änderte nichts. Er mußte immer noch zum Land der kleinen Stöcke gehen, und es gab Dinge, die ein Jäger tun mußte, bevor er mit der Jagd begann. Daher ging er zur Rückseite des Zeltes, wo ein Beutel aus Atihkhaut an einem Dreifuß aus Holzstangen hing. Darin waren Schädel und Schulterblätter eines Atihks, das von Wölfen am Seeufer gerissen worden war, bevor der Winter begonnen hatte.

IN JENER Herbstnacht waren Jacob und Niska durch das Geheul des Wolfsrudels geweckt worden. Dann hörten sie das lautstarke Gekläffe, das anzeigte, daß die Wölfe ein Tier gerissen hatten.

Jacob schlüpfte bei Morgengrauen aus dem Zelt und fand die Beute. Die Wölfe waren weg. Sie hatten sehr viel übriggelassen, und in der nächsten Nacht würden sie wiederkommen. Jacob säuberte den Schädel von den Fleischresten und rollte ihn zusammen mit den Schulterblättern und einigen größeren Knochen in ein Stück der Haut und nahm alles mit zum Zelt. Mit einem leisen Schuldgefühl stutzte er drei Holzstangen für den Dreifuß zurecht und hängte die Knochen in ihrem Fellbeutel so hoch auf, daß Wölfe und Füchse sie nicht erreichen konnten.

Niska sah zu und runzelte die Stirn. „Pater Webber sagt, es gibt nur einen Geist“, gab sie zu bedenken. „Er sagt, es ist falsch, andere Geister zu verehren.“

„Wir werden die Knochen nicht verehren“, entgegnete Jacob. „Ich hänge sie an einen sicheren Platz, damit wir den Atihkgeist nicht verärgern. Die Atihk-anishini haben das schon immer so gemacht. Man muß den Knochengeistern Respekt erweisen, oder es wird eine schlechte Jagd.“

„Pater Webber sagt, es gibt nur einen Geist, den großen Manitu, und nicht viele Geister.“

„Ich weiß“, antwortete Jacob geduldig, „ich glaube aber, der Pater ist sich nicht ganz sicher, weil er manchmal auch von drei Geistern spricht: Gott, dem Vater, Gott, dem Sohn, und Gott, dem Heiligen Geist. Und wenn es drei statt einem gibt, gibt es vielleicht auch noch mehr, von denen Pater Webber nichts weiß.“

Niska wußte darauf keine Antwort.

Dennoch hängte Jacob den Knochenbeutel mit einem nagenden Gefühl des Zweifels auf. Er wollte Manitu nicht beleidigen, er wollte aber auch nicht riskieren, den Geist des toten Atihks zu kränken. Er lauschte angestrengt auf die Stimme Manitus in seinem Inneren, die ihm sagen sollte, ob er etwas falsch gemacht hatte. Aber da war keine Stimme.

Damals begann Jacob sein Gewissen zu erforschen, und das Lied vom Sperling nahm einen großen Raum in seinen Überlegungen ein. Pater Webber hatte so viel über Manitu und Jesus erzählt, daß vieles davon in der Erinnerung verschwamm. Sie versuchten sich zu erinnern, ob Pater Webber etwas über die Jagd gesagt hatte, und sie waren sich nicht sicher, aber das Lied vom Sperling sprach für sich selbst. Und am Ende kamen sie zu dem Schluß, daß, wenn Manitu den Sperling liebte, er auch das Atihk liebte.

Und so spürte Jacob eine quälende Unruhe, als er mit dem ersten Schnee wieder auf die Jagd ging. Daher war er nicht überrascht, die Stimme Manitus zu hören, als er die Atihkfährte am unteren Lauf des Little Ninkik fand. Sie kam aus der gedämpften Stille, als Jacob neben den Spuren im Schnee stand und sich in seinen Gedanken die Absicht formte, ihnen zu folgen.

„Jacob, du hast die Fische“, sagte ihm Manitu mit klarer, fester Stimme, die aus seinem Innern kam.

Die Abdrücke im Schnee waren groß und rund. Es war ein schwerer Hirsch, etwa zweihundertfünfzig Pfund Fleisch.

„Du hast die Fische. Du brauchst das Atihk nicht auch noch."

Jacob ließ das Atihk laufen. Er war sich nicht sicher, ob Manitu wollte, daß er überhaupt nicht mehr jagte; so kam es jedoch, denn während er darauf wartete, daß Manitu wieder zu ihm sprach, kamen die langen, kalten und lähmenden Schneefälle. Ohne Unterbrechung folgte Schneefall auf Schneefall; in all seinen zweiundzwanzig Wintern hatte Jacob noch nie so tiefen Schnee erlebt. Als er es dann endlich aufgab, auf die Stimme Manitus zu warten, die ihm sagen würde, daß er wieder jagen könne, gab es nichts mehr zu jagen. Die Atihks waren aus dem dichten Waldgebiet in das Land der kleinen Stöcke weitergezogen. Die Schneehasen, denen der Schnee normalerweise nichts ausmacht, waren durch eine tödliche Krankheit stark dezimiert. Es waren nur noch so wenige übrig, daß er bei der Jagd mehr Energie verbrauchen als durch den Verzehr eines Hasen gewinnen würde.

So hatte Jacob die Gelegenheit versäumt, einen Wintervorrat an Fleisch anzulegen, als er das Atihk im frühen Winter ziehen ließ. Und nun, nachdem er das Netz aus dem See gezogen und die Entscheidung getroffen hatte, ins Land der kleinen Stöcke zu gehen, um dort zu jagen, stand Jacob unter dem Dreifuß hinter dem Zelt und betrachtete den Beutel mit den Knochen. Er zog die Holzstangen zu sich herunter und band den Beutel auf. Bevor er begann, wollte er aber ein wenig von dem Fisch zum Kochen bringen. Er ließ den Beutel draußen und ging ins Zelt, um einen Kochtopf zu holen. Dann entschuppte er den Fisch und schnitt ihn in große Stücke. Der Topf wurde voll.

„Ich lass' dir die Hälfte da und nehme die andere für mich mit", sagte er zu Niska. „Deine Hälfte bleibt draußen am Eingang im Topf, damit der Fisch gefroren bleibt."

Er warf zwei Stücke in einen anderen Topf mit kochendem Wasser. Während er darauf wartete, daß sie gar wurden, schlug er Feuerholz und stapelte es neben dem Zelteingang. Als der Fisch fertig gekocht war, legte er die Portion für Niska auf einen ihrer Metallteller. Während er seinen Teil aß, schrie sein Magen vor Hunger. Trotzdem ließ er die Hälfte seines Anteils im Topf, wo Niska den Fisch finden würde, wenn er gegangen war.

Er bewegte sich jetzt schneller, weil er Angst hatte, noch länger zu warten. Er holte den Fellbeutel herein und leerte die Knochen auf den Lehmboden des Zeltes. Er warf einen Blick auf Niska; die Fischmahlzeit hatte wieder ein wenig Leben in ihr Gesicht gebracht, und sie sah aufmerksam zu. Er nahm eines der flachen, dreieckigen Schulterblätter und legte es auf den Ofen. Niska erhob sich langsam aus dem Bett und kauerte sich neben ihn. Zusammen beobachteten sie schweigend den Knochen, wie der Frost langsam herauskroch, wie er dunkler wurde, mit kleinen Tropfen übersät. Als der Knochen in der Hitze trocknete, verkohlte er und begann zu rauchen. Dann riß er mit einem scharfen, abrupten Knall. Niska zuckte zusammen. Jacob untersuchte den Riß. Er war breit und lang und lief fast über die gesamte Länge des Knochens.

„Er zeigt nach Norden", flüsterte sie.

„Ich wußte, daß die Atihks im Norden sind", stimmte er zu. „Im Land der kleinen Stöcke."

„Jacob", wisperte sie, „Pater Webber sagt, daß der Knochengeist nichts weiß und nicht dahin zeigt, wo seine Brüder sind."

Jacob runzelte die Stirn. „Pater Webber ist kein Atihk-anishini, wie soll er also wissen, was die Knochengeister sagen können? Und sein Manitu sagt uns nicht, wo die Atihks sind."

„Er sagt uns mehr als das. Er lehrt uns zu beten."

„Ja, aber wir beten doch auch."

Sie neigten beide den Kopf. „Manitu", murmelte Niska, „gib Jacob dein *Manitokay,* das Atihk zu töten. Und sag Jacob, wohin er gehen soll. Im Namen Jesu Christi, Amen."

Sie hoben die Köpfe wieder. Ein plötzlicher Windstoß erschütterte das Zeltdach.

„Manitu spricht durch den Wind", erklärte sie. „Er bläst nach Norden. Er sagt dir, daß die Atihks im Norden sind."

„Der Knochen hat uns das schon gesagt."

„Trotzdem." Niska gab nicht nach. „Er ist einverstanden mit dem, was der Knochen sagt."

„Es ist ein langer Riß", überlegte er. „Das heißt, die Atihks sind weit weg."

„Ich weiß", antwortete sie ruhig, „aber ich habe den halben Fisch, und Nellie wird mir zu essen bringen."

Er legte den Knochen in den Beutel zurück und hängte ihn wieder an den Dreifuß. Dabei rechnete er im stillen die Tage aus, die ihn die Reise kosten würde. Zwei Tage zum Lager der Cheechoos am Mahkwa, und er wußte nicht genau, wie weit es von da zum Land der kleinen Stöcke war. Noch mal zwei Tage? Dann noch zwei für die Jagd und vier für den Rückweg. Insgesamt zehn Tage. Es dürften nicht mehr als zehn Tage sein. Mit dem Fisch und dem Oseepan, der Rinde, die er zurücklassen würde, hätte Niska für diese Zeit genug zu essen, auch wenn Nellie nicht käme.

In den nächsten Stunden hackte er noch mehr Feuerholz und stapelte es vor dem Zelt, denn nach der Jagd würde er erschöpft sein und nicht sofort nach seiner Rückkehr neues Holz hacken wollen. Er sammelte viele Töpfe Oseepan, schlug Eisklötze aus dem Wasserloch und trug sie zum Zelteingang, wo Niska sie leicht hereinholen könnte, wenn sie Wasser bräuchte. Als alles fertig war, begann er mit den Vorbereitungen für die Jagd.

Es gab nur wenig zu tun. Auf dem Weg würde er so kärglich leben wie die Tiere, die er jagte. Er verstaute eine Leinwandplane als Schutzwand für sein Nachtlager in seinem Rucksack. Dann packte er einen Kochtopf und einen Becher, eine Axt, eine Schachtel mit Munition und ein Paar Wollsocken ein, die einzigen Kleidungsstücke, die er nicht am Leib trug. Das gute Bettzeug ließ er Niska, für sich selbst packte er eine abgetragene Atihkhaut und eine alte Decke aus Kaninchenfellen ein, die mit den Jahren dünn geworden war. Das war alles, was er Niska wegnehmen konnte, dennoch war es nicht genug. Er trennte die leeren Mehlsäcke auf und nähte sie mit groben Stichen zu einer Bettdecke zusammen. Dann ging er nach draußen, schnitt Äste von den Balsamtannen, füllte den Bezug mit den fedrigen Spitzen und machte so eine weiche, dicke, isolierende Steppdecke daraus.

Er schulterte den Tragegurt seines alten Lee-Enfield-Gewehrs, trug den Rucksack nach draußen und zurrte ihn samt ein paar Zeltstangen und der gefüllten Decke auf dem Schlitten fest. Es war eine leichte Last; er hätte sie auch auf dem Rücken tragen können, aber er würde den Schlitten brauchen, um das Atihkfleisch zurückzubringen.

Niska stand vor Kälte zitternd im Zelteingang und beobachtete ihn still. Als er fertig war, schaute er sie an. Quälende Reue stieg plötzlich in ihm auf und verwandelte den Tag in schwärzeste Nacht. Die Welt begann sich um ihn zu drehen, und in der Finsternis seiner Seele stieg nur ein leuchtendes Bild auf, strahlend und spöttisch gegen den düsteren Hintergrund seiner Vision: Niska, hohlwangig, vom Hunger gezeichnet, weil Manitu ihm befohlen hatte, das Atihk nicht zu schießen, und jetzt hatte er zu lange gewartet, um ein anderes zu jagen.

Sein Blick wurde wieder klar. Das Zelt und der grau verhangene Himmel tauchten wieder auf. Niska war immer noch da. Die Liebe zu ihr wallte wie ein reißender Strom in ihm auf, er nahm sie in seine

Arme und küßte sie zum Abschied mit einer Zärtlichkeit, die die Atihk-anishini nur selten ihren Frauen gegenüber zeigen. Dann schob er sie sanft zurück.

„Bleib im Bett, Niska. Dann brauchst du weniger Kraft. Nellie wird in zwei oder drei Tagen hier sein." Er drehte sich um, und sein Blick verdunkelte sich wieder. „Deine Hälfte vom Fisch ..., laß ihn gefroren im Topf." Sie würde erst merken, daß er nichts für sich mitgenommen hatte, wenn er schon lange weg war.

Er warf sich die Zugleine des Schlittens über die Schulter und beugte sich nach vorne. Der Schlitten ächzte im trockenen Schnee. Ein einziges Mal hielt er an, drehte sich um und winkte. Dann steuerte er auf das Eis des Sees zu, ohne einen weiteren Blick zurückzuwerfen.

3

Den ganzen ersten Tag lang zog Jacob das flache, gewundene Ninkiktal hinauf Richtung Osten. Er blieb in der Mitte des zugefrorenen Flusses, denn das Ufer war dicht mit dunklen, schneeverhangenen Fichten und Balsamtannen gesäumt. Keine einzige Tierfährte war zu sehen, kein Zeichen von Leben auf der Decke aus Eis und Schnee.

Der Tag war grau und düster gewesen, spät am Nachmittag jedoch kam die Sonne heraus und tauchte die Schneewelt in ein goldenes Licht. Jacob hielt an, um sein Lager neben einem großen Felsblock aufzuschlagen, der ihn vor dem Wind schützen und die Wärme des Feuers zurückwerfen würde. Mit einem Schneeschuh schaufelte er neben dem Felsen ein Loch in den Schnee, stellte die Zeltstangen auf und warf die Plane darüber. So hatte er einen schrägen Unterstand, der zum Felsen hin, wo das Feuer brennen würde, offen war. Vorne schulterhoch und nach hinten abfallend, bot der Wetterschutz gerade genug Platz für eine Person. Die offenen Seiten baute Jacob mit dem Schlitten, Ästen und Schneewällen zu.

Er fegte den Schnee von der Felswand und riß einige Hände voll Flechten ab, die wie dunkle Schuppen an der Felsoberfläche hafteten. Im Gegensatz zu der für Menschen ungenießbaren weißen Karibuflechte ist diese Pflanze ein Nahrungsmittel in Notzeiten, bei den Völkern der nördlichen Halbkugel oft die letzte Rettung. Jacob machte Feuer, schmolz Schnee in seinem Topf und setzte die Felsflechten darin zum Kochen auf. Während sie auf dem Feuer brodelten, schnitt er Balsamtannenzweige ab für sein Bett. Die Flechten verkochten zu einem geleeartigen Mus. Sein Magen rebellierte nach den ersten bitteren Schlucken, er zwang sich jedoch, den Topf leer zu essen. Das ungewohnte Gewicht von Nahrung in seinem Magen verursachte ihm leichte Übelkeit.

Er spürte jetzt seine Müdigkeit, und obwohl die Sonne noch am Himmel stand, baute er unter der schützenden Plane sein Bett. Die Zweige waren eine gute Isolierung, deshalb nahm er nur die Atihkhaut als Unterlage. Darüber breitete er die alte Decke aus Kaninchenfellen und die mit Zweigspitzen gefüllte Steppdecke. Er zog nur seine schneeverkrusteten Mokassins und die Hose aus, kroch ins Bett und legte sie neben sich, damit sie über Nacht durch seine Körperwärme trockneten.

Er blickte zurück nach Westen auf das Ninkiktal, durch das er gekommen war, und durch den Spalt zwischen Felsen und Unterstand konnte er deutlich die sinkende Sonne sehen.

Auf seinen Ellbogen gestützt, schürte er das Feuer und betrachtete die kupferrote Scheibe am eisblauen Horizont. „Du bringst mir doch morgen wieder einen guten Tag, oder?“ fragte er die untergehende Sonne. „Und danach noch mehr gute Tage, bis ich ins Land der Atihks komme.“

Wie die meisten Menschen, die lange Zeit alleine sind, sprach Jacob Atook mit sich selbst, zur Gesellschaft, aber auch, damit seine Gedanken Gestalt annahmen.

„Atihk, ich bin kein guter Jäger, aber dieses Mal werde ich dich töten. Wenn Manitu, der sogar den Fall eines Sperlings sieht, mir befiehlt, dich nicht zu töten, stopfe ich Moos in meine Ohren. Töten ist schwer, aber ich werde es tun, Atihk, denn Niska und das Kleine brauchen Fleisch.“

Jacob war ein Mann, dessen kraftvoller Geist keine Grenzen kannte. Er konnte mit träumerischer Bewunderung einen Sonnenuntergang beobachten und dabei über die Unwägbarkeiten des Lebens nachsinnen. In einer anderen Kultur wäre er vielleicht Dichter oder Priester geworden, hier in der Taiga war nur ein Leben möglich – das Leben, das dem Wald mühsam abgerungen werden mußte. In diesem Wald- und Sumpfland gibt es nur einen Maßstab für den Wert eines Mannes – die Zahl der Biber, die er fängt, und die der Karibus, die er erlegt. Und das war Jacob Atooks Fluch: ein Jäger zu sein, für den die Notwendigkeit des Tötens eine bittere Tatsache war.

In der Abgeschiedenheit eines Landes, das nur mit dem Flugzeug zu erreichen war, fingen die Atihk-anishini Nerze und Biber und tauschten die Felle in den Handelsposten der Hudson's Bay Company gegen andere Waren. Auf diese Weise wurden einige Nahrungsmittel und Gebrauchsgegenstände aus der Kultur des weißen Mannes auch ein Teil ihrer Kultur. Das war aber nur der äußere Schein. In Wirklichkeit blieben die Atihk-anishini ein primitives Volk von Jägern, das in jedem Herbst die Handelsposten wieder verließ und sich in den riesigen Wäldern verlor; in den darauffolgenden Monaten hing ihr Überleben in erster Linie von ihren Jagdkünsten ab.

Der weiße Mann hatte noch auf andere Weise Einfluß auf Jacob Atook genommen. Die Regierung schickte gelegentlich einen Lehrer, der im Sommer die Kinder der Atihk-anishini unterrichtete, wenn sie sich in dem Dorf am Wapanisheesee trafen. Jacob hatte in seiner Kindheit einige Sommer lang an diesem Unterricht teilgenommen und begierig gelernt, denn er wollte mehr über den weißen Mann wissen. Er hatte besser Englisch sprechen gelernt als alle anderen Kinder, außer Niska, aber während des kurzen Sommerunterrichts konnten die Lehrer nicht sehr viel an Wissen vermitteln.

Die Kindheit ging vorüber, und Jacob mußte sich die Kenntnisse aneignen, die sein Überleben sichern würden. Er begleitete seinen Vater auf langen Wanderungen und lernte die weitverzweigten Wasserstraßen kennen, die Wege seines Landes. Er lernte, ein Kanu im Wildwasser zu lenken, Schneeschuhe anzufertigen, zu jagen und den Schrei der Gänse nachzuahmen, mit dem man sie vor die Flinte lockte. Und manchmal im Winter lernte er den Hunger kennen, dann, wenn die Jagd erfolglos blieb.

Dennoch wuchs in ihm das deutliche Bewußtsein, daß er kein guter Jäger war, und es gab flüchtige Momente, in denen er kurz davorstand, den Grund dafür zu begreifen. In diesen Momenten kam ihm der vage Gedanke, daß er und die Tiere des Waldes nicht nur Gegner in einem Kampf auf Leben und Tod, sondern gleichzeitig Gefährten in einer Gemeinschaft des Lebens waren. Meist tötete er ohne bewußtes Bedauern, denn er kannte kein anderes Leben. Doch manchmal stieg Verwunderung in ihm auf, die Frage, warum das alles so sein mußte.

In einer so kleinen und abgeschlossenen Gesellschaft wie der der Atihk-anishini war es unvermeidlich, daß seine Stammesgenossen bald merkten, daß Jacob eine seltsame Einstellung gegenüber der Jagd hatte. Endgültig bestätigt wurde diese Vermutung bei einer Atihkjagd mit Taka Cheechoo, als Jacob siebzehn war. Taka war zwei Jahre jünger, aber so groß und stark wie er, und als Jäger hatte er Jacob und alle anderen Jungen seines Alters bereits längst übertroffen.

Jacob und Taka fuhren mit ihren Kanus den Wapanisheefluß zum Amihksee hinunter, um Blaubeeren zum Trocknen für den Winter zu sammeln, als Takas ruhelos umherstreifende Augen die runden Abdrücke im Sand am Ufer des Sees entdeckten.

„Atihk! Ein großer Hirsch!"

Die Blaubeeren waren vergessen. Wie besessen nahm Taka die Jagd auf. Die Verfolgung dauerte eineinhalb Tage. Jacob staunte über die Fähigkeiten seines Gefährten. Für Schnee war es noch zu früh, und die Atihkfährte verschwand alle paar Meter im weichen Moos oder auf nackten Felsrücken. Taka aber stürmte weiter, durchstreifte suchend das Gelände und fand die Fährte immer wieder.

Nur den Zeitpunkt, an dem sie auf das Tier treffen würden, hatte er falsch berechnet. Sie überholten das Atihk früher als erwartet, und so kam es, daß Jacob in diesem entscheidenden Moment ihr einziges Gewehr trug.

Das äsende Atihk hatte sie noch nicht gesehen oder ihre Witterung aufgenommen. Taka war mehrere Schritte voraus; Jacob würde das Tier töten müssen. Wie von selbst flog das Gewehr an seine Schulter, und er visierte den Punkt im Nacken des Atihks an, genau hinter der weißen Halsmähne. Dann aber begann er zu zittern, denn ein alles beherrschender Gedanke hatte von ihm Besitz genommen und lähmte seinen Finger am Abzug: Es war warm. Das Fleisch würde bald verderben. Das Fell war in dieser Jahreszeit nur wenig wert, weil es haarte. Sie konnten nur wenig von dem Fleisch zum Wapanisheesee zurückbringen, der vierzig Kilometer entfernt war. Es gab genug Fische, und die Gänse würden bald Richtung Süden fliegen.

Er würde es sinnlos töten.

Jacob konnte Taka vor sich sehen, bewegungslos wie ein Fels, den Blick starr auf den Atihkhirsch gerichtet. Jacob wußte, daß er auf das Krachen des Gewehrs wartete, darauf, daß das Tier vor ihm zusammenbrach. Doch es blieb still. Schließlich gab Taka mit der Hand kleine, aufgeregte Zeichen.

Dann hob er den Arm, und mit einer drängenden Geste zerteilte er die Luft. Da immer noch kein Schuß krachte, wandte er Jacob sein dunkles Gesicht zu, auf dem sich zunächst Verwunderung, dann Empörung und Verachtung spiegelten, als er ihn bewegungslos an einen schulterhohen Felsen gelehnt sah, das Gewehr gesenkt. Rasch sprang Taka auf und rannte auf ihn zu, um sich das Gewehr zu holen. Dadurch aufgeschreckt, warf das Atihk seinen riesigen Kopf hoch und verschwand blitzschnell zwischen den Fichten.

Taka entriß Jacob das Gewehr. „Warum hast du nicht geschossen?" rief er. „Warum?"

„Wir brauchen das Fleisch nicht."

„Ich bin eineinhalb Tage hinter ihm her, und du läßt es laufen!" schrie er. „Es rennt jetzt stundenlang, ohne anzuhalten."

„Das Fleisch würde nur verderben. Wir brauchen es nicht", wiederholte Jacob.

Takas Gesicht wurde dunkelrot vor Wut. Er riß das Gewehr hoch und zielte mit dem Kolben auf Jacobs Kopf. Jacob duckte sich, und die Waffe schlug auf dem Felsen hinter ihm auf. Das Holz splitterte. Außer sich vor Zorn, untersuchte Taka sein Gewehr.

„Du hast mein Gewehr kaputtgemacht!"

„Das warst du selbst."

„Aber du bist schuld!"

Ein etwa drei Zentimeter breiter und zwölf Zentimeter langer Holzsplitter war vom Schaft abgesprungen, und die metallene Kolbenplatte war verformt und verbogen.

Sie brauchten zwei Tage zurück zum Wapanisheesee – zwei Tage, an denen keiner von ihnen sprach. Sobald sie am Handelsposten angekommen waren, erzählte Taka von dem Atihk, das Jacob hatte laufenlassen. Bald begannen viele Jacob zu meiden, belächelten ihn und tuschelten, wenn er vorbeiging.

Und das war erst der Anfang von Jacob Atooks Unglück.

IM NÄCHSTEN Herbst kamen weiße Jäger zur Gänsejagd an den Wapanisheesee, und für Jacob begann eine weitere Zeit der Prüfung.

Die drei rot-silbernen Wasserflugzeuge dröhnten hintereinander über den Wald am Rand des Sees, landeten dann auf dem Wasser und steuerten auf das Dorf am Ufer zu. Die Atihk-anishini rannten hinunter und beobachteten neugierig die Ankunft der Männer. Als die Flugzeuge mit ihren Schwimmern über den Kies knirschten und das Motorengeräusch erstarb, kletterten die Jäger geräuschvoll aus den Kabinen. Sie trugen nagelneue hochgeschnittene Stiefel und rote Jagdjacken, die mit Abzeichen, Knöpfen, Schlaufen und Patronentaschen übersät waren. Jacob starrte sie an und überlegte, ob ihr Kommen gut oder schlecht für die Atihk-anishini war. Schnell stellte sich heraus, daß es gut war. Sie wollten Gänse jagen, sagten die weißen Männer, und dazu die Indianer als Führer anheuern; sie würden zehn Dollar am Tag bezahlen, so viel, wie ein Mann im Winter mit Fallenstellen in einer Woche verdiente.

Die Fremden sprachen mit Mr. Fennel, dem Vertreter der Hudson's Bay Company, und erfuhren von ihm, daß Jacob Atook besser Englisch sprach als die anderen Atihk-anishini. Deshalb war Jacob der erste, den die Jäger aus den sich neugierig um sie drängenden Indianern auswählten. Die anderen Atihk-anishini grinsten verstohlen und stießen sich an: Sie wußten jetzt, daß die weißen Jäger dumm waren. Vielleicht konnten sie durch die Luft fliegen, aber sie waren nicht klug genug, um zu erkennen, was jeder Atihk-anishini wußte, nämlich daß Jacob Atook der schlechteste Jäger des Wapanishee-Ojibwa-Stammes war.

Die Jäger schlugen ihre großen Zelte am Ufer unterhalb des Indianerdorfes auf. Jacob und die anderen Indianer, die als Führer angeheuert waren, hackten Holz, machten Feuer, buken Brot, brieten Weißfisch und wuschen das Geschirr ab. Die weißen Männer sprachen laut und schnell, und außer Jacob konnten nur wenige Atihk-anishini ihrem Gespräch folgen.

Meistens handelten ihre Gespräche von den Atihk-anishini-Mädchen. Unter Gelächter und mit anzüglichem Grinsen fragten sie Jacob nach denen, die sie gesehen hatten. Sie sagten, sie würden den Mädchen, die sie in ihren Zelten besuchen kämen, einen Dollar geben. Jacob versprach, es den Mädchen auszurichten, denn er fürchtete, die weißen Männer würden ihn nicht mit auf die Jagd nehmen, wenn er sich weigerte. Er hatte jedoch nicht die Absicht, den Mädchen von diesem Angebot zu erzählen.

Ein Jäger mit pockennarbigem Gesicht erkundigte sich nach einer ganz bestimmten: „Du weißt, welche ich meine, Jacob. Die mit den großen mandelförmigen Augen und der kleinen Stupsnase. Die hübscher ist als die anderen. Sag ihr, ich zahle ihr fünf Dollar, Jacob."

Und Jacob versprach wieder, das Angebot zu übermitteln. Aber in seinem Inneren fühlte er kalten, bitteren Zorn, denn der Jäger meinte Niska.

Schließlich gingen die Indianer zu ihren Zelten und Hütten und kehrten eine Stunde vor Tagesanbruch zum Lager der weißen Männer zurück; die Gänsejagd konnte beginnen. Noch vor Sonnenaufgang legte eine Flottille großer Boote vom Ufer ab. In jedem saßen ein indianischer Führer und zwei oder drei weiße Jäger. Sie fuhren etwa sechs Kilometer den See hinunter, wo es flachen Schlamm und Riedsümpfe gab. Dort trennten sich die einzelnen Grüppchen und verteilten sich in einiger Entfernung voneinander am Ufer. Dabei gab es viel Geschrei und lautes Gelächter, und einige nahmen bereits große Schlucke aus den mitgebrachten Schnapsflaschen. Einer der beiden Jäger, mit denen Jacob ans Ufer ging, war der Pockennarbige, der nach Niska gefragt hatte.

„Die Süße ...", erinnerte er Jacob. „Hast du ihr gesagt, daß sie fünf Dollar kriegt, wenn sie heute nacht meinen Schlafsack warm hält?"

„Ich hatte gestern abend keine Zeit, sie zu suchen und es ihr zu sagen."

„Heute hast du aber Zeit, Jacob, nicht wahr?"

Schweigend und zitternd vor unterdrückter Wut schnitt Jacob Fichtenzweige und stieß sie mit dem dicken Ende als Tarnung in den Schlamm. Dann krochen die drei Männer dahinter und warteten. Draußen auf dem See, wo die Gänse die Nacht verbracht hatten, formierten sich jetzt die Vögel, um zu ihren Weideplätzen am flacheren Ufer zurückzukehren. Ihre Keil- und Linienformationen zeichneten sich wie schwarze Perlenschnüre gegen die helle Morgendämmerung ab.

Nach einiger Zeit näherte sich ein Flug von zwölf Gänsen. Die Vögel hatten einen Kurs eingeschlagen, der sie über das Ufer in Schußweite der Jäger bringen würde, die hinter Jacobs Tarnwand kauerten.

„Los jetzt, Jacob, ruf die Viecher!" flüsterte der Pockennarbige.

Jacob legte seine Hände wie einen Trichter an den Mund. *„Ka-ronk."* Seine Lippen und seine Kehle formten die zweisilbige Klage.

Die großen Vögel schienen im Flug innezuhalten.

„Ka-ronk! Ka-ronk!" Lauter, drängender klang diesmal der Ruf, den Generationen von Atihk-anishini-Jägern vervollkommnet hatten.

„Ka-ronk, Ka-ronk, ank-ank-ank!" Jacob legte nun einen durchdringenden, einschmeichelnden Klang in seinen Ruf. Jetzt kehrte die Linienformation um und glitt langsam tiefer auf den flachen Sumpf direkt vor der Tarnwand zu. Die Jäger hoben ihre Gewehre.

„Noch nicht!" befahl Jacob mit scharfer Stimme, denn ein Schuß aus dieser Entfernung würde die Tiere nur verkrüppeln und nicht töten. Doch schon donnerten die Gewehre los. Die Gänse drehten ab, aber zwei trudelten mit angeschossenem Flügel zu Boden. Obwohl die

Gruppe jetzt weit außer Schußweite war, krachten die Gewehre erneut los. Eine dritte Gans stürzte in die Tiefe.

Das Narbengesicht schlug seinem Kameraden auf die Schulter. „Mann, das waren Volltreffer!"

Jacob sah zu, wie die drei verletzten Gänse mit taumelnden Bewegungen ins Wasser fielen. Das waren keine Volltreffer, dachte Jacob, die Männer hatten keine Geduld gehabt, sie hatten viel zu früh geschossen. Aber er behielt seine Gedanken für sich. „Wir holen sie, bevor sie wegschwimmen", bestimmte er und sprang auf.

Das Narbengesicht hielt Jacob am Arm fest. „Laß sie!" fuhr er ihn an. „Wir schießen noch viel mehr. Wenn wir jetzt mit dem Boot da rausfahren, verscheuchen wir die anderen."

„Sie werden wegschwimmen und sterben", prophezeite Jacob. „Ihr habt zu früh geschossen. So werdet ihr keine Gänse bekommen."

„Das interessiert uns nicht, mein Junge. Ruf uns lieber mehr Gänse her. Wir sind zum Schießen hergekommen. Wenn es uns um die Gänse ginge, hätten wir sie uns auch im Laden kaufen können."

Das vage Unbehagen, das in Jacob aufgestiegen war, steigerte sich jetzt zu bitterem Zorn. Im Land der Atihk-anishini gab es keine Fleischereien und Lebensmittelläden, in denen die Menschen ihre elementare Abhängigkeit von den Früchten und dem Fleisch der Erde vergaßen. Er fühlte sich als Teil dieses Landes, und die drei sterbenden Gänse waren ein Teil seines eigenen Herzschlags und seines Lebensblutes. Vielleicht hatte das Töten etwas Ehrenhaftes, wenn ein Mensch es mit Respekt vor dem Opfer tat und es untrennbar zu seinem Leben dazugehörte, aber es erschien Jacob plötzlich als Selbstbetrug, die Jagdkünste seines Volkes zu entehren, nur damit andere aus Spaß töten konnten.

Die Jagd dauerte noch bis zum Nachmittag, doch es kamen keine Gänse mehr in die Nähe der Tarnwand. Die beiden Jäger konnten natürlich nicht hören, daß Jacob bewußt einen falschen Ton in seinen Lockruf legte, der die Gänse vertrieb.

Die Jäger blieben noch eine Woche, aber Jacob erschien am nächsten Morgen nicht mehr in ihrem Lager, um wieder mit auf Gänsejagd zu gehen. Noch einige Jahre lang kamen die Jäger im Herbst wieder. Die Männer der Atihk-anishini waren sehr daran interessiert, sie als Führer zu begleiten, denn sie brauchten die zehn Dollar am Tag. Auch Jacob Atook brauchte das Geld, doch er arbeitete nie mehr für sie.

4

Spät am zweiten Tag, nachdem Jacob Niska verlassen hatte, erreichte er das Quellgebiet des Ninkik, wo sich der Fluß in einem Labyrinth von Biberteichen und Sümpfen verlor. Hier war die äußerste Grenze des Atihk-anishini-Landes, mehr als dreihundert Kilometer vom Wapanisheesee entfernt. So weit war Jacob bisher noch nie gekommen, aber er wußte, daß der Pfad, über den die Cheechoos ihre Kanus zum Mahkwasee hinuntertrugen, hier irgendwo anfing.

Es war bereits dämmrig, und er stapfte mühsam an einer Reihe von Biberteichen vorbei, bis er schließlich in einiger Entfernung die helle Öffnung einer Lichtung ausmachte. Dort angekommen, sah er den Pfad wie einen schwarzen Tunnel vor sich liegen, wie der Bau eines Tieres zog er sich durch das dunkle Walddickicht.

Er wußte, daß der Pfad sechseinhalb Kilometer lang war. Er hatte in den letzten beiden Tagen etwa achtzig Kilometer zurückgelegt und sich nur von Felsflechten und Oseepan ernährt, doch er fühlte weder Müdigkeit noch Hunger. Sein sehniger Körper, der von Kindheit an für dieses rauhe Leben abgehärtet worden war, hatte sich auf die anstrengende Wanderung eingestellt; anders als in der Nacht zuvor spürte er keinerlei Erschöpfung, und der Hunger peinigte ihn nicht mehr. Auch an die Kälte hatte er sich gewöhnt, wie immer nach der ersten Nacht im Freien. Es war nicht die Kälte selbst, die einem Jäger zu schaffen machte; es war vielmehr der plötzliche Temperaturwechsel zwischen einer warmen Hütte oder einem Zelt und draußen. Wenn man ständig im Freien war, konnte sich der Körper daran gewöhnen, und man vergaß die Kälte.

Jacob wußte, daß der Pfad direkt zum Mahkwa-See führte, an dessen Ufer die Cheechoos ihr Lager hatten. Wenn er es noch heute nacht erreichen würde, könnte Nellie Cheechoo sich im Morgengrauen auf den Weg zu Niska machen.

Deshalb gönnte er sich keine Rast und trat in den schwarzen Tunnel ein. Als sich dann aber der dunkle Wald über ihm schloß, spürte er, wie ein heftiger Widerwille seinen Schritt verlangsamte. Im Cheechoo-Lager am Mahkwasee sollte Niska jetzt sein, nicht in dem versteckten

Zelt am Little Ninkik. Und nach den Heiratssitten der Atihk-anishini sollte Taka Cheechoo und nicht Jacob Atook ihr Mann sein. Zu den Cheechoos zu gehen, sein Versagen einzugestehen und um Essen zu betteln war für Jacob schlimmer als alles andere, aber die Cheechoos waren als einzige in der Nähe.

Die Nacht senkte sich rasch über den Wald, doch es waren keine Sterne zu sehen. Der frisch gefallene Schnee wehte von den Bäumen und legte sich wie ein Schleier auf Jacobs Gesicht. Jetzt tauchte der Mahkwasee vor ihm auf. Es war ein schmaler See mit flachen Ufern, die sich schwach gegen den Nachthimmel abzeichneten. Der Pfad führte zu seiner Südspitze, und Jacob lief weiter über den vom Wind verkrusteten Schnee in der Mitte des Sees Richtung Norden. Beide Ufer waren nicht weit, und er war sich sicher, daß er nicht am Lager vorbeilaufen würde. Es war unwahrscheinlich, daß er Licht sehen würde, denn die Hütte hatte vermutlich keine Fenster, aber eine helle Lichtung, ein Rauchgeruch in der Luft und vielleicht sogar Feuerfunken aus dem Schornstein würden ihm den Weg weisen.

Er hatte etwa anderthalb Kilometer auf dem See zurückgelegt, als er die Lichtung weiter vorne am Ufer entdeckte. Gegen den Schnee zeichneten sich die dunklen Umrisse deutlich ab: ein kleines Rechteck, wahrscheinlich die Hütte, und zwei Kegel – der Holzstapel und die Räucherhütte. Aber es sprühten weder Funken aus dem Schornstein, noch war Rauch zu sehen.

Er war immer noch etwa vierhundert Meter von der Lichtung entfernt, als ihm die Bedeutung der fehlenden Zeichen – keine Spuren auf dem See, keine Funken aus dem Schornstein, keine heulenden Hunde – plötzlich ins Bewußtsein drang und er endlich begriff.

Er stapfte weiter, mit einemmal fühlte er sich sehr müde, und eisige Wellen der Angst durchfluteten ihn. Er stieß keinen Ruf aus, als er die Hütte erreichte. Die Tür war zugeschneit, und er mußte einige Minuten lang graben, bevor er sie öffnen konnte.

Drinnen war es stockfinster. Er zündete ein Streichholz an und fand einen Kerzenstummel, der das Innere der Hütte schwach erleuchtete. Es gab nicht viel zu sehen – einen Ofen, eine Kiste für Vorräte, Feuerholz, einige Kochutensilien. Jacob ging zu der Vorratskiste und hob den Deckel. Sie enthielt nur einige leere, verbeulte Dosen. Er hielt die Kerze hoch und suchte die Hütte ab, aber da waren keine Mehl- oder Zuckersäcke, keine Schmalztöpfe. Panik ergriff ihn. Er rannte nach draußen und sah sich hastig nach dem Proviantlager um. Die

Cheechoos würden ihre Fisch- und Fleischvorräte sicher so aufbewahren, daß sie vor Tieren geschützt wären. Er fand die Stelle sofort, sie hob sich deutlich gegen den Himmel ab, ein leeres, trostloses Gestell aus Stangen.

Seine Schultern sackten unter dem unbarmherzigen Gewicht seiner Niederlage nach vorne. Auch die Cheechoos hatten nicht genug zu essen gefunden. Sie waren weggegangen, vielleicht zurück zum Handelsposten am Wapanisheesee, vielleicht waren aber auch alle – selbst Nellie und die Kinder – ins Land der kleinen Stöcke gezogen, um näher bei den Atihks zu sein. Es spielte keine Rolle mehr, wohin sie gegangen waren, denn sie waren schon lange fort, und viele Schneefälle hatten ihre Spuren zugedeckt.

Jacob band den Rucksack vom Schlitten. Der Schnee fiel jetzt dichter. Wenn das so blieb, wären es bis zum Morgen etwa dreißig Zentimeter Neuschnee. Zurück in der Hütte, machte er ein Feuer im Ofen und suchte noch einmal nach etwas Eßbarem. Er fand nichts. Schließlich breitete er die Atihkhaut und die Kaninchenfelldecke vor dem Ofen aus, legte sich hin und wickelte sich darin ein. Sein Körper verkrampfte sich. Ein Schluchzen erschütterte ihn.

Sie waren eine kleine Gruppe. Es gab nur etwa dreißig Kinder in Jacobs Alter in den Familien, die jedes Jahr im Mai und Juni zusammenkamen, um den Sommer in den Zelten und Hütten am Ufer des Wapanisheesees zu verbringen. Daher kannte Jacob Niska Nimawassa, so lange er denken konnte.

Normalerweise hätten sie als Kinder nicht viel miteinander zu tun gehabt, denn Mädchen und Jungen spielten in verschiedenen Gruppen. In diesen Jahren aber besuchten Jacob und Niska gemeinsam das Schulzelt der Regierung. Die meisten Atihk-anishini-Kinder nahmen nur sehr unregelmäßig an den Schulstunden teil, aber Jacob und Niska hatten einen wachen Verstand, der durch den Unterricht angeregt wurde, und sie versäumten keine Stunde. Manchmal waren sie sogar die einzigen Schüler.

Irgendwann in seiner frühen Jugend machte Jacob die Entdeckung, daß Niska anders war, nicht nur was ihr Interesse für den Schulunterricht anging, sondern auch auf eine neue und plötzlich aufregende Art und Weise – sie war hübscher als alle anderen Mädchen. Danach fieberte Jacob während der langen Winter mit seiner Familie im Wald mit Spannung jedem neuen Sommer am Wapanisheesee entgegen.

Die Sommer aber waren kurz, und die Mauer der Schüchternheit, die Jacob umgab, war nicht leicht zu überwinden.

Er war achtzehn und Niska ein Jahr jünger, als er sich nach der Schule zum erstenmal traute, sie zu fragen, ob sie am Abend mit ihm am Strand spazierengehen wolle. Zum verabredeten Zeitpunkt wartete er am Ufer, und als es immer dunkler wurde und er schon alle Hoffnung aufgegeben hatte, kam sie. Beim leisen Plätschern der Wellen gingen sie über den weichen warmen Sand und sprachen über die großen Städte in der Ferne, von denen der Lehrer ihnen erzählt hatte. Als sie bei den großen Felsen ankamen, die etwa anderthalb Kilometer weiter unten am Ufer lagen, setzten sie sich eng nebeneinander, und immer wieder berührten sich ihre Hände. Das war alles, weil sie so schüchtern waren. Dennoch wußten sie seit diesem Herbst, ohne darüber zu reden, daß Niska Nimawassa Jacobs Mädchen war.

Zwei weitere Jahre vergingen. Es waren lange und einsame Winter, in denen Jacob mit Isaac, seinem Vater, im Wald Fallen stellte und auf Atihkjagd ging; kurze, bittersüße Sommer, in denen Jacob und Niska sich oft in der schützenden Dunkelheit der Nacht trafen; dann kam der Herbst und die Qual der Trennung bis zum nächsten Frühling.

In dem Herbst, in dem Niska zwanzig und Jacob einundzwanzig wurden, brachte Taka Cheechoo das Atihkgeweih als Symbol seiner Werbung um Niska in ihr Zelt.

Niska erzählte es Jacob abends am See. Sie beschrieb ein riesiges Geweih mit vielen Enden. Mit leiser, belegter Stimme wiederholte sie jedes Wort, das Taka gesagt hatte.

„Ich habe ihn allein geschossen", berichtete ihr Taka, „ohne einen anderen Jäger, mit dem die Jagd leichter gewesen wäre. Solche Atihks werde ich dir schießen, wenn du meine Frau wirst. Jacob Atook kann nur Kaninchen in Fallen fangen, Englisch reden und von seinen Träumen erzählen, aber ich werde dir viele Atihks bringen, die größten Atihks im ganzen Land."

„Was hast du ihm geantwortet?" fragte Jacob schnell.

„Was konnte ich schon sagen?" gab sie zurück, und der Schmerz spiegelte sich in ihren Augen. „Ich habe gesagt: ,Taka, du bist ein guter Jäger. Aber es steht mir nicht zu, darüber zu entscheiden, wessen Frau ich werde.'"

Furcht begleitete Jacob Atook auf seinen Schneeschuhwanderungen in diesem Winter. Niska hatte jetzt den Körper einer Frau, und nach Sitte der Atihk-anishini war es an der Zeit, daß dieser Körper die Aufgaben einer Frau erfüllte. Und nach der Tradition der Atihk-anishini war eine Heirat eine zu ernste Angelegenheit, als daß ein Mädchen und ein Junge allein darüber entscheiden konnten. Mit einer Heirat waren Schwierigkeiten verbunden, die nur die Alten und Weisen einschätzen und darüber entscheiden konnten. Die Jagdgebiete der einzelnen Familien mußten gleichmäßig verteilt werden. Und besonders bei den Töchtern war es die Pflicht eines Vaters, darauf zu achten, daß ein Mädchen richtig verheiratet wurde, in erster Linie mit einem guten Jäger.

Es war abzusehen, daß Joe Nimawassa, Niskas Vater, schon bald die Hochzeitsvorbereitungen für seine Tochter treffen würde. Und Joe gehörte zu denen, die Jacob am lautesten verspotteten.

Noch eine dunkle Ahnung befiel Jacob Atook in seinem einundzwanzigsten Winter. Sein eigener Vater Isaac nahm seine väterliche Verantwortung so ernst, daß er noch nicht einmal Jacob, seinem ältesten Sohn, von seinen Plänen für ihn erzählte. Auf den einsamen Wanderungen zu ihren Fallen deutete der ältere Atook in diesem Winter aber an, daß Jacob vielleicht ein Pishkip-Mädchen heiraten würde. Diese Familie wohnte in ihrer Nähe, und eine Heirat würde den Atooks ein dringend benötigtes zusätzliches Jagdgebiet bringen.

Als Jacob daher im nächsten Mai zusammen mit seiner Familie die lange Bootsreise zum Handelsposten machte, fürchtete er sich vor dem, was dieser Sommer am Wapanishee-See bringen würde.

Niska und er trafen sich am ersten Abend nach der Ankunft der Familie Atook am Ufer des Sees, ohne sich vorher gesprochen zu haben. Die junge Frau lief auf ihn zu, er nahm ihre Hände und zog sie an sich. Seine Liebe zu ihr, seine Freude, sie zu sehen, schnürten ihm die Kehle zu.

Sie löste sich von ihm. „Joe hat heute abend mit dem Ältesten der Cheechoos gesprochen“, eröffnete sie ihm in der Dunkelheit. „Ich habe gehört, wie sie die Hochzeit vereinbart haben.“

Seine Ahnung hatte sich also bestätigt. Eine Mischung aus Zorn und verzweifelter Furcht stieg in Jacob auf. Er hatte noch nie davon gehört, daß ein junger Mann und eine junge Frau der Atihk-anishini gegen den Willen der Eltern und ohne die Hochzeitsriten ihres Volkes zusammenlebten. In ihrer patriarchalischen Gesellschaft würde dies unüberwindbare Schwierigkeiten bedeuten. Die Geister würden Unglück über eine Ehe bringen, die ohne Zustimmung der Ältesten geschlossen wurde. Und danach wären das Winterlager und das Jagdgebiet das größte Problem. Ihre Familien würden sie verstoßen, und das ungehorsame Paar müßte alleine in einem Gebiet überwintern, auf das niemand Anspruch erhob, weil das Jagen und Fallenstellen dort nicht viel einbrachte. Unter solchen Umständen hätte auch Mr. Fennel von der Hudson's Bay Company sicher Einwände, was die Höhe des Kredits für Nahrungsmittel und Ausrüstung für den Winter anging.

Der Winter barg viele Gefahren, und die Atihk-anishini blieben daher immer in Familienverbänden mit zwei oder mehreren Männern zusammen. Ein einzelner Mann oder ein Mann und eine Frau, die alleine überwinterten, galten als tollkühn. Selbst in der besten Jagdzeit war es für einen einzelnen Jäger schwer, ein Tier zu erlegen. Ein auf sich allein gestellter Mann war zudem viel gefährdeter bei Unfällen, die auch die umsichtigsten und erfahrensten Jäger trafen.

Diese Gedanken bewegten Jacob Atook in jener Nacht am dunklen Ufer des Wapanishee-Sees. Aber er wußte, daß er Niska trotz allem bitten würde, seine Frau zu werden, wenn der Zeitpunkt dafür gekommen war.

Am nächsten Abend bestätigten sich seine Befürchtungen; der Augenblick war gekommen.

„Heute hat Joe gesagt, daß ich die Frau von Taka Cheechoo werde", erklärte ihm Niska am Ufer.

„Wann?" fragte Jacob, und seine Stimme zitterte.

„Wenn im Sommer keine Fische mehr ins Netz gehen, will Joe in den Wäldern einen Elch für die Hochzeit erlegen", berichtete sie. „Er sagt, er muß Takas Vater beim Fest Nase und Lippen eines Elchs vorsetzen können."

„Du wirst es aber nicht tun, nicht wahr, Niska? Wir gehen doch vorher weg und schlagen unser eigenes Winterlager auf?"

„Das hat noch nie jemand getan."

„Wir werden es tun!"

In der Dunkelheit sah er, wie sie den Kopf sinken ließ. Er hielt ihre Hände fest und merkte, wie ihr Körper bebte.

Schließlich vernahm er ihre leise Stimme: „Vielleicht, Jacob, vielleicht machen wir es so." Sie drängte sich näher an ihn. „Jacob, liebe mich so, wie Mr. und Mrs. Fennel das machen. Berühre meine Lippen mit deinen."

Er wußte, was sie meinte, aber das war ein merkwürdiges Verhalten, und Jacob zögerte, weil er Angst hatte.

Sie preßte sich noch enger an ihn. Dann hob sie ihr Gesicht ganz nah an seins, und nach einer kaum wahrnehmbaren Bewegung berührten sich ihre Lippen. Ihm wurde schwindlig.

„Jacob, mach das noch mal."

Jetzt war seine Angst plötzlich verschwunden. Er schlang seinen Arm um ihre Schultern, und sie küßten sich wieder – und dieser Kuß dauerte viel länger als bei dem weißen Paar.

Zwei Tage später ereignete sich etwas, das einen Teil ihrer Aufmerksamkeit für mehrere Wochen in Anspruch nahm und neue Aufregung in Jacobs und Niskas Leben brachte.

Ein großes Canso-Flugboot, das neue Vorräte für den Laden der Hudson's Bay Company brachte, steuerte schwerfällig in den Hafen und machte am Steg fest. Die Tür im Rumpf öffnete sich, und heraus trat ein Mann, der keinem anderen Weißen glich, den Jacob bisher gesehen hatte. Er trug ein knöchellanges schwarzes Gewand, und in seinen Händen hielt er ein riesiges schwarzes Buch. Er war klein, fast zerbrechlich, aber in seinem Gesicht lagen eine Stärke und Entschlossenheit, die unverkennbar waren.

Er verlor keine Zeit mit langen Einleitungen und begann mit seiner Mission. Mit ein paar schnellen Schritten eilte er die Gangway herunter, richtete sich zu seiner vollen Größe auf und hielt eine Ansprache an die dort versammelten Atihk-anishini. Er wußte nicht, daß nur wenige von ihnen Englisch verstanden.

„Ich bin gekommen, um unter euch zu leben", begann er. „Ich komme als Bruder, Lehrer und Freund, um euch die Botschaft meines Gottes zu bringen. Ich bin kein Händler. Ich will nicht eure Felle. Ich will eure Freundschaft. Ich bin gekommen, um euch zu sagen, daß die Götter und Geister, die ihr fürchtet und anbetet, falsch sind. Mein Gott ist der einzig wahre Gott. Er ist nicht nur der Gott der Weißen, er ist der Gott aller Menschen auf der Erde ..."

So kam Pater Webber von der Kanadischen Arktischen Evangelischen Mission an den Wapanisheesee, um die christliche Botschaft zu den heidnischen Atihk-anishini zu bringen.

Jacob lauschte mit prickelnder Erregung. Die Lehrer in der Schule hatten den Kindern während des Sommerunterrichts ein wenig über die Religion des weißen Mannes erzählt. Und Jacob wußte, daß lange vor seiner Zeit andere Schwarzröcke wie dieser bei ihnen gelebt hatten. Der letzte war in den Jahren vor Jacobs Geburt dagewesen und war gegangen, weil die Weißen einen Krieg führten und kein Geld mehr hatten, um die Atihk-anishini zu missionieren. Der Schwarzrock war nicht wiedergekommen, und das Volk vom Wapanisheesee war schon bald zu seinem heidnischen Glauben zurückgekehrt. Heute, nach mehr als zwanzig Jahren, erinnerten nur noch vereinzelte anglisierte und biblische Namen, die sich in ihre Kultur eingeschlichen hatten, an diese sporadischen Missionierungsversuche.

Daher wußte Jacob, daß es eine Religion des weißen Mannes gab, und jetzt war endlich die ersehnte Gelegenheit gekommen, mehr darüber zu erfahren. Es war ihm immer schon klar gewesen, daß die Religion des weißen Mannes sehr viel mächtiger sein mußte als die der Atihk-anishini, weil die Weißen so viele wunderbare Dinge besaßen wie kleine Kofferradios und Flugzeuge.

Während der Missionar redete, schaute Jacob ein paarmal verstohlen zu den Leuten seines Volkes, die um den Pater herumstanden. Niska hörte aufmerksam zu, aber die meisten anderen Männer und Frauen scharrten verlegen mit den Füßen. Sie verstanden wenig, und ihre Gesichter waren ausdruckslos. Jetzt hielt der Pater inne, die Verwunderung war ihm ins Gesicht geschrieben.

Mr. Fennel trat auf ihn zu und sprach ihn an. „Sie verstehen kein Englisch, wissen Sie. Das wußten Sie doch sicher?"

Der Missionar starrte Mr. Fennel an. Jacob hörte, wie er sagte: „Das Missionsbüro hat mich geschickt. Niemand hat mir gesagt, was mich erwartet."

Sein schmales Gesicht wurde noch länger vor Verlegenheit. Dann wandte er sich ab und überwachte ungeduldig das Entladen seines Gepäcks aus dem Flugboot. Die Menge löste sich auf. Jacob wartete. Etwas abseits blieb auch Niska stehen.

„Wir werden Ihnen helfen, Vater", sprach Jacob ihn schließlich an. Er erinnerte sich daran, daß die Schwarzröcke mit Vater angeredet wurden, und er freute sich, sein Englisch anwenden zu können.

Der Missionar drehte sich entzückt um. „Einige von euch sprechen also Englisch?" fragte er.

„Ja, einige ..., einige der Jüngeren", antwortete Jacob.

Jacob und Niska halfen dem Missionar, sein Zelt und die Vorräte an eine höhergelegene Stelle zu tragen. Einige andere Atihk-anishini-Männer kamen zurück, um beim Aufbau des Zeltes zu helfen. Es war ein großes Zelt, und der Missionar erklärte, daß es als Kirche und Klassenzimmer genutzt würde, bis er eine Blockhütte gebaut hätte. Die Männer verloren rasch das Interesse und gingen wieder ihren Beschäftigungen nach, aber Jacob und Niska blieben und sahen dem kleinen Mann neugierig beim Auspacken zu. Einen kleinen Tisch stellte er hinten ins Zelt und breitete ein weißes, mit Goldfäden besticktes Tuch darüber. Dann holte er ein glänzendes Metallkreuz, stellte es auf den Tisch und legte behutsam das große schwarze Buch daneben.

„Ich könnte Ihnen einen Bärenschädel bringen“, bot Jacob an, „damit Sie ihn neben das Buch des Gottes legen können. In einem Bärenschädel steckt sehr viel Geisterkraft.“

Der Missionar wirbelte herum, seine Augen funkelten vor Zorn. „Ihr sollt nicht mehr an diese Hexenkünste glauben! Ihr werdet jetzt den wahren Glauben kennenlernen; an die Kirche Jesu Christi, daran sollt ihr glauben!“

Der Missionar packte weiter aus. Jacob schaute wieder auf das große schwarze Buch. Die Geister der Indianer hatten keine Bücher, in die sie schrieben. Sie sprachen mit den Atihk-anishini nur im Traum. Jacob verspürte den brennenden Wunsch, all das zu lernen, was das Buch zu sagen hatte.

Später, als der Missionar mit dem Auspacken fertig war, dankte er ihnen. „Bringt morgen früh alle Kinder hierher“, bat er. „Wollt ihr für mich dolmetschen, damit ich mit ihnen sprechen kann?“

Jacob und Niska nickten eifrig.

„Ich werde mich auf die Kinder konzentrieren, bis ich eure Sprache beherrsche“, fuhr er fort. „Dann werde ich auch den Erwachsenen das Wort verkünden. Wollt ihr mich eure Sprache lehren?“

Wieder nickten sie begeistert. Er fragte sie nach ihren Namen, und sie nannten sie ihm. „Kniet nieder mit mir und betet“, forderte er sie auf. Er kniete nieder, und sie taten es ihm nach.

„Vater, hilf mir bei deinem Erlösungsauftrag für deine heidnischen Kinder. Ich danke dir, Vater, daß du mir so schnell deine Tochter Niska und deinen Sohn Jacob als Führer und Helfer zur Seite gestellt hast. Ich bitte dich, Vater, daß du ihre Herzen öffnest, damit sie die glorreiche Wahrheit und die Weisheit deines heiligen Wortes erkennen …“

PATER WEBBERS Bibelgeschichten weckten in Jacob und Niska dieselbe Faszination geistiger Abenteuer, für die der Schulunterricht in den Sommern ihrer Kindheit das Fundament gelegt hatte. Sie nahmen die Kinder jeden Tag mit zu den Zusammenkünften im Missionszelt und erklärten ihnen die Worte des Missionars in ihrer Sprache. Und wenn der Unterricht beendet war, blieben Jacob und Niska häufig noch da, um

Pater Webber weitere Fragen über Gott und Jesus zu stellen und ihn ihre eigene Sprache zu lehren. Jacob und Niska sprachen von Pater Webbers Gott als Manitu. Es war kein Wort aus der Atihk-anishini-Sprache, aber Pater Webber gab es ihnen und sagte, daß andere indianische Völker den Gott der Weißen so nannten. Und tatsächlich hatte das Wort Wurzeln, die auch in die Atihk-anishini-Sprache reichten, denn die übernatürlichen Kräfte der Waldgeister hießen dort Manitokay.

Pater Webber brachte Abwechslung in die Bibelstunden, indem er den Kindern Lieder beibrachte, denn sie sangen gerne und waren entzückt, wenn der Pater auf seiner Mundharmonika spielte. Während dieser Gesangsstunden lehrte er sie auch „Gott sieht den kleinen Sperling fallen", und eines Tages blieb Jacob da, um mit dem Pater darüber zu sprechen.

„Sieht Gott auch den Elch und das Atihk fallen, wenn die Jäger der Atihk-anishini sie schießen?" fragte er.

„Ich bin sicher, daß er es sieht", antwortete Pater Webber.

„Dann kann Gott den Elch und das Atihk nicht so sehr lieben wie den Sperling", entgegnete Jacob.

Pater Webber musterte ihn prüfend. „Wie kommst du darauf?"

„Wenn Gott den Elch und das Atihk so sehr liebt, wie er den Sperling liebt, warum hat er sie dann in dieses Land gesetzt, wo die Atihk-anishini sie töten oder aber verhungern müssen?"

„Die Tiere wurden für den Menschen geschaffen", erklärte der Missionar. „Gott hat dem Menschen die Herrschaft über alle Dinge auf dem Land und im Meer gegeben."

Jacob starrte nachdenklich auf das zertrampelte Gras, den Boden des großen Zeltes. „Wenn Gott die Erde und alles darauf geschaffen hat", wandte er nachdenklich ein, „und wenn Gott alle gleichermaßen liebt, warum hat er dann den Atihk-anishini, dem Wolf, dem Fuchs und dem Wiesel Mägen gegeben, die Fleisch haben müssen? Die Elche und die Atihks brauchen kein Fleisch. Gott hätte allen solche Mägen geben können, dann müßte niemand töten."

Jetzt schaute Pater Webber nachdenklich auf den Boden. „Gott liebt sie alle", versicherte er zögernd. „Er hat uns gesagt, daß eine Zeit kommen wird, in der der Wolf friedlich neben dem Lamm liegt und der Leopard neben dem Kind. Ich bin sicher, daß Gott will, daß es eines Tages so sein wird."

Jacob verließ das Zelt, immer noch verwirrt von dem, was er gehört hatte.

Jacob sah Taka häufig in diesen Wochen, aber immer nur aus der Ferne. Taka provozierte weder eine Machtprobe mit Jacob, noch warb er um Niska; die Ehe war beschlossen, die Stammestradition verlangte die Heirat, und die Brautwerbung hatte noch Zeit. Völlig mit Pater Webbers faszinierender neuer Religion beschäftigt, sprachen Jacob und Niska immer nur kurz über die bevorstehende Heirat, ohne zu einem Ergebnis zu kommen. Niska hatte noch nicht zugestimmt, daß sie seine Frau würde, und Jacob hatte Angst, sie zu bedrängen. Dann jedoch spitzte sich die Situation so zu, daß die Entscheidung nicht länger verschoben werden konnte. Eines Nachts im Spätsommer, als sie sich an ihrem üblichen Platz am Seeufer trafen, brachte Niska die gefürchtete Botschaft.

„Joe hat unten am Amihk einen Elch geschossen", erzählte sie. „Es wird drei bis vier Tage dauern, bis sie ihn hergebracht haben. Joe erzählt überall, daß in sechs Tagen Hochzeit gefeiert wird."

Jacob zog sie an sich. „Ich möchte gerne mehr über den Manitu von Pater Webber lernen", begann er langsam, „aber es ist keine Zeit mehr dafür." Dann richtete er sich entschlossen auf und sprach schnell weiter. „Wir müssen weggehen und den Winter über fortbleiben. Wenn wir im Frühjahr zurückkommen, werden sie uns als Mann und Frau akzeptieren. Wir müssen allein überwintern, irgendwo, wo Joe und Taka uns niemals finden. Am Little Ninkik, Niska. Keiner erhebt Anspruch auf dieses Land. Man fängt dort nicht viel. Aber nur wir beide werden dort sein, und für zwei Leute gibt es genug Wild."

Sie gingen am Ufer entlang. Nach einer langen Zeit des Schweigens ohne eine Antwort von ihr fragte er ohne Umschweife: „Niska? Werden wir Mann und Frau sein?" Wieder senkte sich die Stille herab, und Jacob begann zu zittern. „Ich liebe dich, Niska. Die Alten sagen, man heiratet, und dann kommt die Liebe. Aber so ist das nicht bei uns. Wir fühlen sie jetzt. Das ist doch so ..., nicht wahr? Nicht wahr, Niska?"

„Ich fühle die Liebe, Jacob", antwortete sie endlich mit erstickter Stimme. „Aber es ist schwer, gegen das zu handeln, was die Alten sagen."

„Ich werde in diesem Winter beweisen, daß ich ein guter Jäger sein kann. Dann wird mich dein Vater als Schwiegersohn annehmen."

„Ja, Jacob, der Little Ninkik ..., dorthin gehen wir", murmelte sie. Aber dann zögerte sie wieder. „Pater Webber ..., er sagt, es ist eine Sünde, wenn ein Mann und eine Frau zusammenleben, ohne in der Kirche Manitus geheiratet zu haben. Und vielleicht wird er uns nicht verheiraten, wenn unsere Väter dagegen sind."

„Wir gehen jetzt sofort zu ihm und fragen ihn", beschloß Jacob.

Pater Webber starrte mißmutig auf das Gras seines Zeltbodens und sprach leise, stockend zu sich selbst, so daß Jacob sein Gemurmel kaum verstehen konnte. „Ich muß zu ihnen durchdringen …, den Alten … Gott verlangt nach ihren Seelen. Wenn ich sie aber so vor den Kopf stoße …, dann wird es sicher noch härter sein!" Er sah auf, seine Augen hatten einen entschlossenen Ausdruck, seine Stimme hatte sich gefestigt. „Es ist Taka Cheechoo? Der, der niemals in unsere Kirche kommt?"

Jacob und Niska nickten.

„Und wenn du ihn heiratest, darfst du dann auch nicht mehr in die Kirche kommen?"

„Nein", flüsterte Niska.

Sie sahen, wie sich sein Mund zu einer schmalen Linie verzog, bevor er sich umdrehte und auf das Goldkreuz auf dem Tisch blickte. Er begann zu beten.

„Vater, leite mich bei dieser Entscheidung. Ist es richtig, daß ich mich ihren Heiratsbräuchen widersetze, bevor ich sie in die Sakramente der Kirche einweihen konnte? Vater …, eine der Seelen, die ich für dich gewonnen habe, soll wieder in die heidnischen Abgründe des Bösen zurückgeworfen werden …"

Hier brach er ab, und sein schmaler Körper straffte sich unter dem schwarzen Rock. Er wirbelte herum. „Es darf nicht sein!" erklärte er. „Ich bin sicher, es wäre eine Sünde in den Augen Gottes. Ihr seid alt genug. Das Gesetz sagt, daß ich euch ohne die Zustimmung eurer Eltern trauen kann. Heimlich, wenn es sein muß!"

So heirateten Niska Nimawassa und Jacob Atook drei Tage später vor dem kleinen Altar mit dem leuchtenden Kreuz. Keiner war dabei außer Mr. und Mrs. Fennel, die Pater Webber dazugebeten hatte, damit sie die Papiere unterzeichneten. Jacob war froh, daß Mr. Fennel kam, denn nun konnte er ihm schlecht den Kredit verweigern, den Jacob für Kanu, Zelt, Fallen und Lebensmittel für sich und Niska im Winter brauchte. Aber auch so gestand Mr. Fennel Jacob nur das Allernotwendigste zum Überleben zu.

In den darauffolgenden beiden Nächten trugen sie im Schutz der Dunkelheit ihre Ausrüstung zusammen. In der dritten Nacht, der Nacht, in der die Hochzeit von Niska und Taka Cheechoo gefeiert werden sollte, trafen sich Jacob und Niska wieder am See. Leise stießen sie mit ihrem schwer beladenen Kanu vom Ufer ab und paddelten die ganze Nacht ohne Unterbrechung, bis sie den Fluß erreichten, der zu einem Labyrinth von Wasserwegen führte. An dieser Stelle, kurz vor der Morgendämmerung, hörten sie zum erstenmal das Brummen des Außenbordmotors, auf das sie die ganze Nacht gewartet hatten. Es klang wie das Summen eines weit entfernten Insekts.

Jacob paddelte mit aller Kraft auf das felsige Ufer zu, auf dem keine Spuren der Landung zu sehen sein würden. Er zog das Kanu hastig an Land, dann schleppten sie die Rucksäcke und das Kanu in den Schutz der Erlen, die das Flußufer säumten. Kurz darauf tauchte der graue, verschwommene Umriß des Bootes im Zwielicht zwischen Tag und Nacht auf und kreuzte unterhalb ihres Verstecks auf dem Fluß.

Sie duckten sich zwischen die dichtbelaubten Büsche am Ufer, Jacob hielt Niskas zitternde Hand, und ängstlich beobachteten sie das Boot. Es saßen zwei Männer darin. Nur wenige Schritte von ihrem Versteck entfernt fuhr es vorbei, und im Sternenlicht erkannten sie die Gesichter von Joe und Taka, die das Ufer absuchten.

„Sie könnten paddelnd mit abgestelltem Motor zurückkommen, um uns zu überraschen“, flüsterte Jacob.

Sie trugen ihr Gepäck und das Kanu weiter vom Ufer weg und versteckten es zwischen den Fichten. Dann warteten sie und lauschten. Eine Stunde später hörten sie den leisen Paddelschlag, der Joes und Takas heimliche Rückkehr anzeigte. Sie beobachteten durch die Bäume, wie das Boot in den See hineinfuhr und am Ufer wendete. Für diesmal war es vorbei, aber es war nicht zu Ende, denn Jacob wußte, daß Taka Cheechoo in den nächsten Monaten weiter nach der Frau suchen würde, die ihm versprochen war.

Sie würden sich tagsüber verstecken müssen und könnten nur nachts weiterreisen, deshalb breiteten sie jetzt ihre Decken auf dem weichen Waldboden aus. Und im rötlichen Licht der ersten Morgensonne zog Jacob Niskas braunen, geschmeidigen Körper zärtlich an sich. Jetzt gab es keine Scheu, keine Angst mehr.

5

In der verlassenen Hütte der Cheechoos am Mahkwa lag Jacob schlaflos auf dem Boden neben dem Ofen. Das Gewicht der Niederlage lastete schwer auf seiner Brust. Wieder stieg ein hartes, ersticktes Schluchzen in seiner Kehle auf.

„Niska, die Alten hatten recht … Sie sind weise … Du hättest Taka heiraten sollen, wie dein Vater es wollte.“

Er wälzte sich ruhelos auf seinem Lager. Dann stand er auf, legte Holz nach und ging zur Tür. Es schneite immer noch heftig. Er trat nach draußen und stellte den Schlitten hoch, damit er über Nacht nicht einschneite.

In der Hütte legte er sich wieder hin, und in seiner Vorstellung durchlebte er wieder die Geschichte seiner Schuld und Verzweiflung.

Joe und Taka waren seit damals nicht wieder aufgetaucht. Um nicht gesehen zu werden, hatten Jacob und Niska wenig befahrene Nebenläufe der Flüsse benutzt, wo die Pfade, über die sie ihr Kanu tragen mußten, oft überwuchert und auch länger waren. Und so fielen die Birken- und Pappelblätter schon wie goldener Regen, als sie endlich am Little Ninkik ankamen.

Sie schlugen eine Lichtung am Ufer frei, ließen aber eine Wand aus Fichten stehen, damit sie niemand vom See aus entdecken konnte. Sie stellten das Zelt auf und hatten gerade mit den Vorbereitungen für den Winter begonnen, als auch schon der erste Frost kam. Das Netz blieb im See, und Jacob zog jeden Tag Fische heraus. Er zimmerte eine Hütte, in der sie die Fische räuchern konnten; er baute einen Schlitten und Schneeschuhe.

Jacob war von seinen eiligen Vorbereitungen für den Winter so sehr in Anspruch genommen, daß er die Veränderung an Niska nicht bemerkte. Der erste Schnee bedeckte schon die Erde, als sie ihm schließlich sagte, daß sie seit zwei Monaten schwanger sei.

Jacob erschrak. Niska las Sorge und Angst in seinem Gesicht und lächelte.

„Hab keine Angst. Es wird im Frühling auf die Welt kommen. Bis dahin können wir am Handelsposten sein.“

Und dann erkannte er im Aufruhr seiner Gefühle, welche Bedeutung dieses Kind haben würde, das er, Jacob Atook, gezeugt hatte.

SIE HATTEN den Wapanisheesee als überzeugte Christen verlassen, aber nun, als sie das primitive Leben in enger Gemeinschaft mit der Wildnis wiederaufnahmen, forderte die Geisterwelt der Atihk-anishini erneut ihr Recht. Die Existenz der Waldwesen konnte am Wapanisheesee leicht ignoriert werden, doch hier, in den einsamen Jagdgebieten, in denen die Geister schon immer gelebt hatten, war das unmöglich. Jacob spürte wieder die Gegenwart von Pinayssi, dem Donnergeist,

Wapahkwa, dem Geist des weißen Bären, und Weentiko, dem Riesen, der Menschen fraß.

Der Glaube der Atihk-anishini gründete größtenteils auf Furcht, darauf, wie man die Geister, die im Wald lauerten, abwehrte. Wichtig dabei war nur, wie man sich im Hier und Jetzt verhielt. Pater Webbers Religion betonte das Leben im Himmel und das, was Manitu von den Menschen verlangte, bevor er ihnen dieses himmlische Leben schenkte.

In jenen Herbstwochen sprachen Jacob und Niska oft über diese Dinge. In ihnen wuchs das Gefühl, daß sich die beiden Religionen eher ergänzten als widersprachen, da sie auf so unterschiedliche Bereiche Wert legten. Nach und nach, ohne daß es besonders auffiel, wurde Pater Webbers Religion so zu einer Ergänzung des alten Atihk-anishini-Glaubens, sie war kein Ersatz mehr.

Ein bißchen ängstlich faßte Jacob es schließlich so zusammen: „Wir wissen, daß es die Geister gibt, Niska, ich hab sie im Wald reden hören. Pater Webber weiß es nicht, aber ich bin mir sicher, daß die Waldgeister die Gehilfen seines Manitus sind. Vielleicht wird Manitu das schon bald in sein Buch schreiben, und dann wird es auch Pater Webber wissen."

Niska nickte langsam. Sie widersprach ihm nicht.

So glaubten sie weiter fest an Manitu, aber das mystische Erbe ihres Volkes nahm seinen angestammten Platz wieder ein.

In der Zwischenzeit hatte der Winter sie langsam eingehüllt, verstohlen, mit der List eines Raubtiers. Das Unheil kündigte sich schleichend an, aber Jacob erkannte die Warnungen nicht. Das volle Ausmaß der Katastrophe hatte ihn eingeholt, bevor er es überhaupt wahrgenommen hatte.

Leise raunend fiel der Schnee und bedeckte den Waldboden wie ein Leichentuch. Die klirrende Kälte kam, und die Temperaturen blieben Woche um Woche weit unter dem Gefrierpunkt. Aber es gab jede Menge Fische, und Jacob wartete weiter sorglos ab; er war sich sicher, daß Manitu wieder sprechen und ihm erlauben würde, nun auf die Jagd zu gehen. Und während er wartete, brauchten sie das Mehl und die Lebensmittel aus dem Laden auf, um ein wenig Abwechslung in ihre Fischmahlzeiten zu bringen.

Endlich erkannte er eine der Warnungen: Die Gischt der Stromschnellen am Zulauf des Little-Ninkik-Sees war gefroren und hatte sich zu bizarren Eisskulpturen aufgetürmt. Die Stromschnellen waren wild und turbulent, und Jacob wußte, daß sie in einem normalen Winter nie ganz zufroren.

Was er nicht wußte, war, daß Fische sauerstoffreiches Wasser zum Atmen und Schwimmen brauchen und daß die Sauerstoffzufuhr eines Sees abgeschnitten wird, wenn sich eine Eisdecke über dem Wasser bildet. Er wußte auch nicht, daß das wirbelnde Wasser der Stromschnellen sehr viel Sauerstoff aufnahm und unter die Eisdecke in den See transportierte. Jacob hatte nur das Wissen eines Volkes von Jägern, das überlebte, weil es die Lebensformen seines Landes kannte. Dieses Wissen sagte ihm, daß der Fischfang so lange gut ist, wie die Stromschnellen offen sind, und daß die Fische schlafen und nicht mehr ins Netz gehen, wenn die Stromschnellen erst einmal zugefroren sind.

Fast täglich ging er hinaus zu den Stromschnellen. Die Temperaturen blieben weiter unter Null, und das Eis kroch von dem im Frost erstarrten Ufer immer weiter auf den See hinaus. Und eines Morgens, als er erwachte, bemerkte er die dumpfe, betäubende Stille draußen vor dem Zelt. Die Stimme der rauschenden Wasser war verstummt.

Binnen zweier Wochen ging die Zahl der Fische in den Netzen zurück, und in der dritten Woche verfingen sich überhaupt keine Fische mehr in den Maschen. Sie begannen, den Fisch zu essen, den sie in den ersten Winterwochen geräuchert hatten. Dann aßen sie die Lebensmittel aus dem Laden auf. Und sie beteten. Sie beteten, daß Manitu ein Atihk zum Little Ninkik schicken und Jacob erlauben würde, es zu töten. In der Zwischenzeit verschwanden nach und nach der getrocknete Fisch, das Mehl, der Reis und die Bohnen, bis nur noch der Tee übrigblieb.

Sie spürten jetzt ständig den quälenden Hunger in ihrem Magen. Aber immer noch schloß Jacob die Möglichkeit aus, zum Handelsposten am Wapanisheesee zurückzugehen. Es war weit, und Niska war von der *Keekishkawasso*-Krankheit und vom Hunger geschwächt. Am meisten jedoch fürchtete er den Spott der anderen, wenn diese erfahren würden, daß Jacob wie ein alter, schwacher Mann bei den Weißen um Hilfe gebettelt hatte.

Die klirrende Kälte zehrte ihre Körper aus und schwächte sie, die Schwindelanfälle begannen. Der Spätwinter kam, und der Hunger war mittlerweile der dumpfen Taubheit gewichen, die einem langsamen Hungertod vorausgeht.

Erst jetzt erkannte Jacob Atook, der im Lied vom Sperling die Befreiung vom Zwang zu töten gefunden hatte, daß Manitu ihre Gebete nicht erhören und nicht wieder zu ihnen sprechen würde.

DIE KERZE brannte nieder und erlosch, aber das Feuer im Ofen malte immer noch gelbe Zungen auf den Boden. Trotz seiner Erschöpfung lag Jacob noch lange wach. Der Gedanke an Niska, die im Zelt am Little Ninkik auf Nellie wartete, die niemals kommen würde, ließ ihn keine Ruhe finden. Sie hatte für zehn Tage zu essen, aber zwei davon waren schon um, und jeder Tag, den er weiterwanderte, bedeutete einen zusätzlichen Tag für die Rückkehr. Vielleicht waren die Atihks weit weg. Sollte er zurückgehen und jetzt noch versuchen, zum Wapanishee-Handelsposten zu kommen, um dort um Nahrung zu bitten? Hatten das auch die Cheechoos getan? Er könnte allein gehen und mit Lebensmitteln für Niska zurückkommen, aber der Weg hin und zurück würde mindestens zwanzig Tage dauern. Sollte er es dennoch versuchen?

„Manitu, ich weiß nicht, was ich tun soll. Sag es mir, Manitu, sag es mir."

Er lauschte auf eine Antwort, aber da war nur das rauschende Knistern des Feuers. Manitu gab keine Antwort.

Dann war ihm, als rausche der Wind in den Fichtenzweigen, und er war irgendwo, weit weg, wo er nie zuvor gewesen war. Die Bäume sahen wie knorrige kleine Stöcke aus, und ein Geisterwesen stand vor ihm. Jacob war nicht selbst zu diesem weit entfernten Ort gelaufen; es gab keine Spuren, die zu der Stelle führten, wo er stand; das Geisterwesen mußte ihn dorthin gebracht haben. Er wußte, daß es ein Geisteratihk war, denn es zeigte keine Angst, und seine Augen waren leuchtende Steine. Mit einem Wink seines großen Geweihs forderte es Jacob auf, ihm zu folgen. Und als es sich in Bewegung setzte, hinterließ es keine Spuren im Schnee.

Jacob ging ihm nach. Er fühlte eine starke Kraft in sich und kam schnell voran, ohne Anzeichen von Müdigkeit. Es war ein offenes Land, wo die Bäume nur vereinzelt und kümmerlich wuchsen. Weit vor ihm blieb das Geisteratihk jetzt stehen. Jacob holte es ein und blieb ebenfalls stehen. Er folgte dem Blick der Steinaugen und sah eine große Mulde im Schnee, sie hatte die Form eines Atihkkörpers. Die Konturen waren vollkommen – Beine, Kopf, Geweih, Ohren, Schwanz. Und es gab Spuren, die zu der Mulde hin und auch wieder weg führten; der Beweis dafür, daß das Tier, das diese Form im Schnee hinterlassen hatte, ein echtes Atihk und kein Geist war.

Jetzt kam das Rauschen wieder von dem Feuer in der Hütte der Cheechoos, aber Jacob wußte, daß sehr viel Zeit vergangen war, weil das

Feuer im Ofen fast heruntergebrannt war. Er zitterte, denn er wußte, daß es kein gewöhnlicher Traum gewesen war, sondern eine Traumreise mit einem hilfreichen Geist. Auf diese Weise sprachen die Geister der Atihk-anishini, sie redeten nicht durch ein Buch wie Manitu.

Er zitterte immer noch, Pater Webbers strenge Ermahnungen fielen ihm ein, daß es keine Waldgeister gab und nur Manitu wirklich war. Und dennoch war das Geisteratihk dagewesen. Dann erinnerte er sich wieder, daß diese Geisterwesen des Waldes die Gehilfen Manitus sein mußten.

„Manitu, du warst es, der es mir geschickt hat. Es war deine Botschaft, die mir der Geist des Atihks überbracht hat. Sag mir, Manitu, ob es so ist."

Jacob lauschte. Plötzlich zuckte sein Zeigefinger. Auch das war ein vertrautes Atihk-anishini-Zeichen. Es hieß, daß der Jäger Wild schießen würde. Das Zucken lief weiter bis in seine Schulter. Jetzt überkam ihn die Aufregung, denn das bedeutete, daß das Fleisch so schwer sein würde, daß seine Schultern das Gewicht kaum tragen konnten.

Nun war Jacob zufrieden. Er zitterte nicht mehr. Manitu hatte gesprochen; er hatte einen Helfer geschickt, um ihm zu sagen, daß die Jagd viel schneller Nahrung für Niska bringen würde als der lange Weg zurück zum Wapanishee-Posten. Er würde auf Atihkjagd gehen, gleich morgen. Mit dem ersten Licht der Morgendämmerung würde er aufbrechen.

Endlich kam der Schlaf. Das Geisteratihk kam nicht wieder, dafür ein anderer Traumbesucher. Diese Erscheinung war verschwommen, flüchtig, aber das dazugehörige Geräusch war täuschend echt. Es war das Quietschen der Eingangstür. Jacob sah, wie sich die Tür langsam öffnete, er sah das graue Rechteck der Morgendämmerung und die gebückte Gestalt, die sich als Silhouette davor abzeichnete. Das Traumbild blieb nur einen Moment und verschwand.

Die Hütte war dunkel, als Jacob erwachte, aber bleiches Licht drang bereits durch die Ritzen in der Hüttenwand, daher wußte er, daß der Tag anbrach. Er stand auf, schichtete Feuerholz auf, nahm den Kochtopf und trat vor die Tür.

Es hatte aufgehört zu schneien. Eine glatte weiße Decke lag über dem alten Schnee und verbarg die Spuren seiner Ankunft. Im schwachen Licht sah er den Schnee, der in der Nacht auf der Windseite des Schlittens angeweht worden war, in seinem Windschatten dagegen lag kein Neuschnee.

Er schaufelte den Topf voll Schnee, und in diesem Moment sah er den Abdruck auf der alten Schneekruste neben dem Schlitten. Er war rechteckig, drei Handbreit tief, vertraut, er erkannte ihn sofort – es war der Abdruck eines Gewehrschaftes, der zurückblieb, wenn man ein Gewehr aufrecht in den Schnee stellte.

Wie gebannt starrte er auf die Stelle, sein Herz schlug heftig, als ihm die Bedeutung des Gewehrabdrucks bewußt wurde. Es war Wirklichkeit gewesen, keine Vision. Die Gestalt in der Tür war kein Traum gewesen.

Jacob ließ seinen Blick suchend über das Ufer wandern, zum Schutz vor der blendenden Weiße des frischen Schnees mußte er seine Augen zusammenkneifen. Gegen seinen Willen wurde seine Aufmerksamkeit wieder von dem Abdruck angezogen, Angst erfüllte ihn. Und jetzt sah er, daß es nicht der Abdruck eines gewöhnlichen Gewehrschaftes war, er war an einem Ende gezackt und kürzer als normal. Und plötzlich erinnerte er sich an den Amihksee vor vier Jahren, als dieser Gewehrschaft auf seinen Kopf gezielt hatte und am Felsen hinter ihm zersplittert war.

Im ganzen Stamm der Atihk-anishini gab es nur ein Gewehr, das einen solchen Abdruck im Schnee hinterlassen konnte.

6

Jacob Atook löste seinen Blick langsam von dem Abdruck des Gewehrkolbens. Voller Furcht schaute er zum Waldrand und fragte sich, ob versteckte Augen ihn beobachteten. Dann riß er sich zusammen und machte sich an die Vorbereitungen für den Tag, denn ein Gejagter war immer im Vorteil, wenn er es sich nicht anmerken ließ, daß er von der Gegenwart seines Jägers wußte.

In der Hütte machte er sich ein Frühstück aus Flechten, und dann brachte er seinen Rucksack nach draußen. Er drehte den Schlitten um und band sein Gepäck darauf fest. Während seine Hände arbeiteten, überschlugen sich die Gedanken in seinem Kopf.

Taka war bis spät in der Nacht unterwegs gewesen, um die Hütte zu erreichen. Das bedeutete, daß er wahrscheinlich eine lange Reise hinter sich hatte, denn dann sehnte man sich immer ungeduldig nach dem

Ziel. Wahrscheinlich war er allein, denn wenn Kinder oder seine Eltern bei ihm gewesen wären, hätten die Stimmen Jacob geweckt.

Taka hatte Jacobs Schneeschuhe und den Schlitten vor der Hütte gesehen und gewußt, daß jemand da war. Er hatte vielleicht geahnt, daß es Jacob war, und vielleicht erwartet, daß Niska bei ihm wäre. Deshalb hatte er einen kurzen verstohlenen Blick hineingeworfen und festgestellt, daß es Jacob war, alleine.

Warum aber war er gegangen, ohne Jacob zur Rede zu stellen? Taka war bewaffnet, und Jacob hatte geschlafen.

Jacob untersuchte noch einmal den Kolbenabdruck. Dann setzte er seinen Mokassin genau auf diese Stelle, damit Taka den Abdruck nicht sehen würde, wenn er zurückkäme.

Jacob schnallte die Schneeschuhe an, nahm das Zugseil des Schlittens und lief auf den See zu. Es gab keine anderen Spuren im frischen Schnee. Jacob wandte sich nach Norden, der Mitte des Sees zu, und spürte den Blick auf seinem Rücken. Der Drang, sich umzudrehen und das Ufer hinter sich abzusuchen, war fast unwiderstehlich, aber er schritt zügig aus und schaute nicht einmal zurück, damit Taka, wenn er ihn beobachtete, keinen Verdacht schöpfte, daß Jacob seine Anwesenheit bemerkt hatte.

Zwei Stunden später wuchsen die Ufer des Sees zusammen und säumten nun einen Fluß. Jacob folgte seinem Lauf; es gab nur diesen Einschnitt zwischen den Hügeln. Dies mußte der richtige Weg sein. Er suchte nach alten Spuren, aus denen er schließen konnte, ob Atihks oder die Cheechoos diesen Weg genommen hatten. Aber der Schnee hatte ihm nichts zu sagen.

Der Fluß zog sich gerade dahin, als ob er den Weg kennen würde. Es war ein schneller Fluß mit vielen kleinen zu Eis erstarrten Stromschnellen. Schließlich gelangte Jacob an eine Stelle, an der der Fluß durch eine enge Schlucht mit steilen Wänden schoß. Hier war eine große Fichte umgestürzt und blockierte den ganzen Weg, so daß er einen Durchgang für den Schlitten freischlagen mußte. Er fegte den Schnee der letzten Nacht von dem Stamm und fand darunter eine alte, verkrustete Schicht. Nach seiner Einschätzung war die Fichte vor mehr als einem Monat umgefallen.

Die oberen Zweige des Baumes, die auf dem Schnee lagen, waren von grauen, bartähnlichen Zotteln aus Baumflechten überzogen. Normalerweise hingen diese Flechten in den Spitzen der Nadelbäume, so hoch, daß kein Atihk sie erreichen konnte. Aber immer wenn ein

Baum umfiel, wurden sie sofort begierig aufgefressen. Die Flechte auf diesen Zweigen war unversehrt, es gab keinerlei Hinweis darauf, daß hier ein Atihk geäst hatte. Das Rudel wäre auf seiner Wanderung ins Land der kleinen Stöcke sicher hier vorbeigezogen, denn auch die Tiere würden dem Flußlauf folgen, und wenn die Flechten damals schon hier gelegen hätten, wären sie zweifellos nicht verschmäht worden.

Die andere Botschaft des Baums war offensichtlich: Es waren keine Axthiebe zu erkennen.

Jacob schlug mehrere Äste ab und zog den Schlitten unter dem Baum durch. Dann stapfte er weiter. Jetzt suchte er den Fluß nicht mehr nach Spuren der Cheechoos oder Atihkfährten ab.

Wenn sie nicht diesen Weg genommen hatten, waren die Cheechoos nicht auf Atihkjagd im Land der kleinen Stöcke. Und anderswo gab es kein Wild zum Jagen, also mußten sie zum Handelsposten am Wapanisheesee gegangen sein. Taka hatte sie sicher dorthin begleitet, denn es waren viele Kinder dabei, und es gab keinen anderen Mann, sein Vater brauchte also seine Hilfe.

Warum aber war Taka allein zur Hütte am Mahkwa zurückgekehrt?

Die Sonne stand bereits tief im Westen, und die Schatten wurden länger. Jacob hielt an, um seinen Unterstand aufzubauen, und wog im Geist immer noch alle Möglichkeiten gegeneinander ab. Während die Oseepan-Rinde auf dem Feuer kochte, schnitt er einen Weidenstock zurecht und schnitzte drei Kerben hinein – eine für jeden Tag seiner Wanderung.

Das Oseepan ließ sich leichter hinunterschlucken als die Felsflechte, aber danach war er immer noch hungrig. Er legte sich hin und hüllte sich in seine Decken. Das Licht der Abenddämmerung war noch nicht ganz der Dunkelheit gewichen, und er wartete, er wollte noch nicht schlafen. Der Himmel über ihm wurde dunkel, und die Sterne tauchten nach und nach am Firmament auf. Bevor Pater Webber gekommen war, hatte er sich oft gefragt, was sie dort oben festhielt, aber jetzt wußte er, daß es Manitu sein mußte. Deshalb schloß Jacob Atook nun seine Augen, preßte seine Handflächen unter der Atihkdecke zusammen und betete.

„Manitu, das Wetter ist gut für die Jagd, denn es weht ein starker Wind. Laß den Wind weiter wehen, Manitu, und führ mich zu den Atihks."

Er betete laut. Dann heulte der Wind stärker in den Bäumen und übertönte seine Stimme. Jacob begann zu schreien, denn er wollte sichergehen, daß Manitu ihn hörte. „Bring mich schnell zu den Atihks, Manitu, weil Niska und das Keekishkawasso nicht mehr lange warten können. Mach schnell, Manitu, denn es bleibt nicht mehr viel Zeit."

Er mußte noch ein Gebet sprechen. „Manitu, ich danke dir für den Schnee letzte Nacht, der meine Spur verdeckt hat, so daß Taka sie nicht zum Little Ninkik zurückverfolgen konnte. Und jetzt laß noch mehr Schnee fallen, damit meine Spur wieder verschwindet."

Jacob wußte jetzt, warum Taka zurückgekommen war. Taka suchte immer noch nach Niska. Vielleicht hatte Taka letzte Nacht daran gedacht, Jacob zur Rede zu stellen, damit er ihm sagte, wo Niska war, aber das offensichtliche Risiko hatte ihn davon abgehalten. Er wußte, daß Jacob hartnäckig schweigen würde, denn Taka konnte ihn nicht töten, bevor er erfahren hatte, wo Niska war, denn damit hätte er auch sie getötet. Es gab einen besseren Weg.

Er mußte nur auf Jacobs Spur bleiben, und dieser würde ihn früher oder später ahnungslos zu Niska führen.

Aber jetzt war Jacob auf der Hut.

„Laß bald noch mehr Schnee fallen, Manitu, bevor ich eine Atihkfährte finde, damit Taka meine Spur verliert, aber ich nicht die Atihkfährte. Darum bitte ich, Manitu. Dies ist das Gebet von Jacob Atook."

AM NÄCHSTEN Tag wurden die Hügel niedriger. Der Fluß schlängelte sich in vielen Biegungen und Windungen durch das Tal. Jacob wußte, daß das auf flaches Land hindeutete, durch das sich das Wasser träge dahinwälzte. Das Flußtal war tief, und er konnte von dem umliegenden Land nichts erkennen. Die Hänge unterschieden sich jedoch nicht von dem Waldland, das er seit seiner Kindheit kannte – die Bäume waren hoch, der Wald dicht. Er war noch nicht im Land der kleinen Stöcke.

Der Fluß machte immer stärkere Biegungen und führte ihn nach Osten, dann nach Westen und sogar nach Süden. Als eine der großen Schleifen ihn schließlich wieder nach Süden führte, blieb Jacob stehen.

„Fluß, du spielst mit mir! Du führst mich weg vom Land der kleinen Stöcke. Ich werde dich verlassen, dummer Fluß, weil du den Weg nicht mehr weißt."

Er machte kehrt in Richtung Norden und kämpfte sich durch das Dickicht. Die Talhänge waren steil und der Aufstieg anstrengend. Als er fast oben angekommen war, war der Wind wie ein durchdringendes Heulen. Er sah, wie eine Schneewächte in Wellen über den Rand des Abgrunds stürzte. Er kletterte weiter bis nach oben, dann packte ihn der Wind. Mit einemmal standen die Bäume nur noch spärlich und waren von kümmerlichem Wuchs, und einige Schlittenlängen weiter hörte der Wald ganz auf. Das Land dahinter war flach, kahl, ohne Bäume, die den Wind in Schach hielten.

Jacob wußte sofort, daß er das Land der kleinen Stöcke erreicht hatte. Gegen den Wind gestemmt, ging er weiter. Jetzt eröffnete sich ihm eine erstaunliche Aussicht. Die Entfernungen hatten plötzlich eine neue Dimension gewonnen, die der Wald nicht kannte. Die Luft war schwer vom aufgewirbelten Schnee, und vor Jacob erstreckte sich das Land so flach wie die unendliche Eisfläche eines riesigen Sees. Diese ungeheuere Größe erfüllte ihn mit Furcht, denn in einem so seltsamen Land gab es sicher Geister, von denen er noch nie gehört hatte.

Die dünnen Zweige und braunen Blätter des Teebusches, die aus dem Schnee schauten, sagten ihm, daß der Boden darunter sumpfig war. Es war aber nicht nur Sumpf, denn jetzt erkannte er durch das Schneegestöber dunkle, weit auseinandergezogene Streifen und Flekken verkümmerter Bäume, die sich über das Land zogen. Jacob starrte blinzelnd durch die dicht fallenden Flocken. Sümpfe und Lichtungen waren ihm vertraut, er hatte sie bisher aber immer nur als Inseln in einem Meer aus Bäumen kennengelernt; hier waren die kleinen Wäldchen Inseln in einem Meer aus endlosem Sumpf.

Trotz der Fremdheit hatte er das Gefühl, schon einmal hier gewesen zu sein. Und dann erinnerte er sich: Es war das Land, in das ihn das Geisteratihk gebracht hatte.

Es war schon spät am Tag. Die blasse Sonne hinter der Wolkendecke näherte sich dem Horizont. Daher stieg er wieder ins Tal hinab, um sein Lager im Wald an windgeschützter Stelle aufzuschlagen. Er aß Oseepan, und in der Dämmerung ging er zum Fluß und spähte den Weg zurück, den er gekommen war, darauf gefaßt, den gelben Schein eines anderen Feuers zu entdecken. Aber er wußte, daß er kein Feuer sehen würde. Taka könnte sich noch so sicher sein, daß Jacob ihn nicht entdeckt hatte; ein solches Risiko würde er niemals eingehen.

Müde trottete Jacob zu seinem Unterstand zurück und versuchte immer noch, neue Schlüsse zu ziehen. Taka würde wissen, daß nur verzweifelte Umstände Jacob zur Hütte der Cheechoos getrieben haben konnten – daß Jacob und Niska kurz vor dem Verhungern waren. Taka litt offensichtlich keinen Hunger. Wenn er mit seiner Familie zum Handelsposten zurückgegangen war, hatte er jetzt Nahrungsmittel bei sich, vielleicht genug für den Rest des Winters.

Jacob kroch auf sein Lager. Dann erinnerte er sich an den Kalenderstock und ritzte eine weitere Kerbe hinein. Vier. Die weißen Rillen grinsten ihn höhnisch an. Heute war der Tag, an dem Niska Nellie erwarten würde. Würde sie erraten, daß etwas schiefgegangen war, und sich das Essen, das sie noch hatte, einteilen?

„Sag es ihr, Manitu. Sag es ihr", betete er.

ALS JACOB am nächsten Morgen ins Land der kleinen Stöcke aufbrach und den schützenden Wald hinter sich ließ, fühlte er sich nackt und hilflos wie ein Kind, das zu früh von der Mutter getrennt wird.

Sein Volk schrieb allen Dingen menschliche Eigenschaften zu, und der Wald war für ihn immer weiblich gewesen – Mutter, Schöpferin, Ernährerin –, aber mit den wechselhaften Launen einer Verführerin, die ihre Gunst einmal großzügig gewährt und im nächsten Augenblick eifersüchtig verweigert. In diesem Winter hatte ihm Mutter Wald nur wenig gegeben, und doch verließ Jacob sie jetzt mit einem Gefühl der Beklemmung. Mehr und mehr breitete sich das Gefühl in ihm aus, daß er an einen Ort gekommen war, an dem er nichts zu suchen hatte.

Der Schnee trug ihn gut, seine Schneeschuhe hinterließen nur eine schwache Spur, und der Schlitten glitt mühelos dahin. Aber der Wind, der den Schnee gehärtet hatte, so daß er ohne Schwierigkeiten vorankam, hatte seinen Preis: Die schneidende Luft peitschte Jacobs Wangen wie mit Dornen. Er zog die Kapuze seines Parkas eng um sein Gesicht, bis nur noch ein schmales Oval aus Augen, Nase und Mund herausschaute; mit seiner vom Handschuh geschützten Hand bedeckte er seinen Mund und streckte seinen Daumen hoch bis zwischen die Augen, weil dort, wo der Nasenrücken den Wind schnitt, die kälteste Stelle überhaupt war. Der Wind wirbelte einen feinen Nebel aus Schnee auf und trieb ihn wie Rauch über den Boden, aber nur wenig davon erreichte Augenhöhe, und darüber war die Sicht gut. Jacob überquerte eine weite, offene Fläche und ging auf eine dunkle Baumreihe zu. Als er näher kam, betrachtete er sie genauer. Einige Bäume sahen kahl und trostlos aus, denn es waren Lärchen, die im Herbst ihre Nadeln verlieren. Die meisten aber waren Schwarzfichten, die in Gruppen standen; es gab also Stellen, an denen sich ein Atihk verstecken konnte.

Jacob nahm sein Gewehr von der Schulter. Er pirschte sich langsam heran und suchte nach Atihkfährten und dem Abdruck im Schnee, den das Geisteratihk ihm gezeigt hatte, denn er erkannte jetzt, daß er diese Bäume schon einmal gesehen hatte – ja, das war der Ort, zu dem ihn das Atihk mit den Steinaugen auf der Traumreise gebracht hatte.

Obwohl der Schneeschleier mittlerweile Augenhöhe erreicht hatte, sah er, daß die Bäume auf einer leichten Anhöhe wuchsen. Er bewegte sich jetzt in ihrem Windschatten, wo der Wind von einem Moment auf den nächsten nachließ und Jacob klare Sicht hatte. Sein Gewicht bei jedem Schritt sorgfältig verlagernd, erreichte er das Wäldchen. Die Bäume waren gerade hoch genug, um ihm Deckung zu bieten.

Auf der Windseite der Fichteninsel war die Schneeschicht dünner; je weiter er nach Norden kam, desto tiefer wurde sie jedoch. In weniger als einer Minute hatte er das Gehölz durchquert und war wieder dem peitschenden Wind ausgesetzt. Völlig verwirrt machte er kehrt und umrundete das ganze Wäldchen. Da war kein Abdruck eines Atihkkörpers im Schnee. Es gab keine Futterstellen, keinerlei Anzeichen dafür, daß die Atihks hier durchgezogen waren. Er hatte sich geirrt – dies war nicht der Ort, an den ihn das Geisteratihk gebracht hatte.

Er warf sein Gewehr wieder über die Schulter, stemmte sich erneut gegen den Wind und ging auf das nächste schwarze Baumdickicht zu. Diese Bauminseln sahen aus wie ausgefranste Flicken oder wie sich dahinschlängelnde Bänder, die sich zuweilen über Kilometer hinzogen. Und immer waren die Bäume klein und vom Wind gebeugt. Dort, wo die Inseln nur wenige hundert Meter voneinander entfernt waren, wehte der Wind nur schwach wie im Wald; wenn aber zwei oder drei Kilometer dazwischenlagen, verwandelte er sich in einen tobenden Sturm.

Den ganzen Tag lang wanderte Jacob von Waldinsel zu Waldinsel, die Augen ununterbrochen auf den Boden gerichtet; er suchte nicht nur nach Spuren vor sich, er drehte sich auch immer wieder um und spähte zurück, denn er war jetzt Jäger und Gejagter. Aber hinter ihm war niemand zu sehen, und keine Atihkfährte unterbrach die Schneefläche vor ihm.

Spät am Nachmittag grub er im Windschatten eines Fichtenwäldchens eine Mulde in den Schnee und baute seinen Unterstand auf. Jetzt spürte er mit einemmal schmerzhaft die Sehnsucht nach dem Wald, der Mutter, denn mit neuer Klarheit erkannte er, daß dieses Land kein Ort für einen Atihk-anishini war. Es gab keine Balsamtannen mit buschigen Zweigen, aus denen man ein weiches Lager machen konnte, das einen Jäger vor dem Frost schützte. Es gab keine Pappeln oder Birken, deren Rinde er abschälen konnte, und keine Felsen, auf denen Flechten wuchsen. Er mußte Fichtenzweige für sein Lager nehmen. Als er Holz für das Feuer hackte, merkte er, daß die Arbeit ihn anstrengte, er spürte eine bleierne Müdigkeit und mußte häufig Pausen machen, um sich auszuruhen. Das Schwindelgefühl war jetzt sein ständiger Begleiter, aber der quälende Hunger war fort. Unter der Schneedecke grub er nach dem Teebusch, streifte die kleinen, getrockneten Blätter ab und kochte Tee. Die Wärme war angenehm, doch nur für kurze Zeit, denn sie weckte wieder den bohrenden Hunger in seinem Magen.

Eine Aufgabe war noch nicht erledigt. Zwei Erfindungen des weißen Mannes waren auch für einen Atihk-anishini zum Überleben notwendig geworden, und Jacob überprüfte sie jeden Abend sehr sorgfältig: zuerst die Streichhölzer, die er in einer Backpulverdose aufbewahrte, von der er jetzt den Deckel abnahm, um nachzuschauen, ob Schnee eingedrungen war und sie feucht geworden waren.

Dann das Gewehr. Es war ein britisches Armeegewehr, ein Lee-Enfield von 1917, verbeult und zerkratzt, das er von seinem Vater bekommen hatte. Nachdem er es gründlich inspiziert hatte, stellte er es in den Schnee und breitete seine Decken aus. Dann legte er das Gewehr vorsichtig unter die Decke aus Mehlsäcken, wo seine Körperwärme verhindern würde, daß das Waffenöl in der bitteren Kälte steif wurde.

Als er sich hinlegte, stachen die spitzen Nadeln der Fichtenunterlage durch seine verschlissene Kaninchenfelldecke. Die dünnen Zweige wurden bald zusammengedrückt und ließen die Kälte des Bodens durch. Es gab keinen Sonnenuntergang an diesem Abend und keine Sterne. Der weit entfernte Himmel blieb dunkel und leer.

Die Kälte drang jetzt in seine Knochen. Niemals zuvor hatte er nachts solch eine Kälte gespürt, und er wußte, daß die dünne Zweigunterlage und die Leere in seinem Magen, der noch nicht einmal mit Oseepan beruhigt worden war, daran schuld waren. Er würde jetzt sein Gebet laut rufen, und vielleicht würde ihn Manitu hören.

„Manitu, hier ist Jacob Atook …“ Er sprach ein langes Gebet. Er bat um Wärme, die sich in seinem Körper ausbreiten sollte, damit er schlafen konnte. Er bat um Kraft, die ihn am nächsten Tag zu den Atihks bringen würde. Er bat Manitu, sich um Niska und das Keekishkawasso zu kümmern. Er betete so lange, bis seine Stimme heiser vom Schreien war.

Zu der Kälte kam jetzt noch die Sehnsucht nach Niska. Aber nach einer Weile wurde ihm langsam ein wenig wärmer, vielleicht hatte Manitu ihn gehört. Es war keine behagliche Wärme, die ihn ganz ausfüllte, aber es war genug, und Jacob schlief ein.

7

Er fand die Zeichen am nächsten Tag. Es waren nur ein paar flache, unauffällige Wellen im Schnee, und selbst als er unmittelbar davorstand, war er sich nicht ganz sicher. Er kniete sich hin und strich mit der Hand vorsichtig den Schnee zur Seite.

Unter den Erhebungen kam alter, aufgewühlter Schnee zum Vorschein, mit verharschten Brocken darin. Die Vertiefungen dazwischen waren nicht so hart, hier war der Schnee feiner, gleichmäßiger; ein Zeichen dafür, daß diese Löcher später wieder zugeschneit waren. Er schnallte einen Schneeschuh ab und schaufelte damit den hüfthohen Schnee zur Seite, bis er auf den Boden stieß. Und dann wußte er Bescheid: Denn hier lagen, zertrampelt und zerfetzt, die weißen, borstigen Zöpfe der Karibuflechte. Die Atihks waren hiergewesen. Aber vor langer Zeit.

Er wanderte weiter nach Norden, immer tiefer ins Land der kleinen Stöcke, und kämpfte ständig mit dem übermächtigen Wind. An diesem Tag sah er noch öfter Atihkspuren, immer in Form von kleinen Dellen in der Schneedecke. Manchmal grub Jacob nach und entdeckte an einigen Stellen Büsche, deren Zweige abgefressen waren. Daher wußte er, daß auch die Atihks Hunger litten, selbst hier im Land der kleinen Stöcke, denn nur ein hungerndes Atihk würde holzige Zweige fressen. Es war ein schlechtes Zeichen. Er konnte daraus schließen, daß die Atihks auf der Suche nach Flechten weite Strecken zurücklegen mußten und ständig in Bewegung waren; es würde für einen Jäger schwer werden, sie aufzuspüren.

Erschöpfung breitete sich in seinem Körper aus. Das Gehen geschah nicht mehr automatisch, er mußte es seinen Beinen befehlen; er mußte sich daran erinnern, die Schneeschuhe hochzuheben.

„Bald, Manitu, bald, es muß bald sein."

Es war Nachmittag, als er das kehlige Krächzen des *Kahkaki*, des Raben, hörte. Er blieb stehen und schirmte seine Augen mit der Hand ab, um sie vor dem Wind zu schützen. Dann sah er ihn, einen grauen Punkt am Horizont, durch den Schneeschleier kaum zu erkennen. Es war das erste Tier, das er seit vielen Wochen sah, außer dem Fisch am letzten Tag mit Niska. Er ließ das Zugseil des Schlittens fallen, nahm sein Gewehr von der Schulter und schob eine Patrone in die Kammer. Gespannt beobachtete er den Raben. Sein Fleisch war normalerweise nicht genießbar, aber jetzt konnte es ihn vor dem Hungertod retten.

„Manitu, halte die Schwingen des Raben fest, bis ich nah genug bin und meine Kugel ihn erreicht!"

Es gab keine Bäume, die ihm Deckung boten. Er hatte nur die Möglichkeit, ganz offen und langsam heranzugehen. Der Schneeschleier hob sich ein wenig. Jetzt waren die Konturen des Raben deutlich zu erkennen; sein Kopf war Jacob zugewandt, er beobachtete ihn. Er war immer noch außer Schußweite, und Jacob trat näher heran. Die schwarzen Schwingen hoben sich. Der große Vogel stieg mühelos in die Luft und krächzte noch einmal, als würde er höhnisch lachen. Dann flog er fort, und bald schon verschwand er hinter einem Fichtenwäldchen.

Jacob schulterte sein Gewehr, und der Wind trieb ihm die Tränen in die Augen. Ein anderer Gedanke durchfuhr ihn: Kahkaki war der Aasvogel der Arktis; gab es vielleicht einen Grund dafür, daß er hergeflogen war? Aufgeregt ging er weiter und sah die Spitze eines Geweihs aus dem Schnee ragen. Neue Kraft durchströmte ihn, und er begann zu rennen. Atemlos erreichte er die Stelle. Er riß das Geweih hoch; ein Stück Atihkschädel hing noch daran. Es war einem Wolf zur Beute gefallen, oder vielleicht war es auch verhungert. Es mußte schon lange dort liegen, denn es war von einer gleichmäßigen harten Schneeschicht bedeckt.

Jacob lockerte den Harsch mit der Axt. Er nahm jeden einzelnen Schneeklumpen in die Hand und zerdrückte ihn, damit ihm nicht das kleinste Stück Aasfleisch entging. Eine halbe Stunde lang arbeitete er fieberhaft, bis er den ganzen Schnee auf einer Fläche von etwa drei Quadratmetern durch seine Hände gesiebt hatte. Er fand drei Hufe mit angenagten Unterschenkelknochen, an denen noch kleine Fleischreste hingen. Zu seiner Ausbeute gehörten auch gefrorene Eingeweidefetzen, Knochen und mehrere Rippen; an einer hing noch ein faustgroßes Stück Fleisch. Als er ganz unten angekommen war, wo der

Schnee mit gefrorenem Blut gesättigt war, schlug er auch hier Eisbrocken heraus. Dann legte er alles vorsichtig auf den Schlitten.

Bei dem Gedanken an die Fleischbrühe lief ihm bereits das Wasser im Mund zusammen, während er den Schlitten in das nächste Wäldchen zog. Er begann Holz für ein Feuer zu schlagen, aber nach den ersten Axthieben hielt er inne. Er hatte nichts zurückgelassen, wo der Geist des toten Tieres wohnen konnte. Er starrte auf die Knochen. Der richtige Wohnort war natürlich der Schädel. Er fällte also drei Bäume, schnitt die Äste ab, band die Stangen oben zusammen und band das Schädelstück daran fest. Er stellte den Dreifuß so auf, daß der Schädel hoch oben im Wind schwankte. Er hob den Kopf und rief: „Manitu, was ich hier mache, muß sein!"

Er schmolz die blutigen Eisklumpen über dem Feuer und warf das Fleischstück von der Rippe und einige Knochen hinein, die er zuvor aufgebrochen hatte, damit das Mark herauskochen konnte. Über das Feuer gebeugt, atmete er den Dampf ein, der aus dem Topf aufstieg. Als er nicht mehr länger warten konnte, schöpfte er einen Becher Brühe ab. Zuerst verbrannte er sich den Mund, aber in der eiskalten Luft kühlte der Rest schnell ab. Er trank mehrere Becher mit einem solchen Genuß, daß ihm fast die Sinne schwanden. Dann aß er das Fleisch und saugte die Knochen aus.

In dieser Nacht war ihm warm auf seinem Lager. Sein Magen war angenehm gesättigt, und er konnte fast spüren, wie die Kraft wieder in seinen Körper zurückkehrte. Manitu schien ihm sehr nahe, denn die Sterne leuchteten hell am Himmel. Er begann zu beten, dann hielt er mitten im Satz inne. Man konnte mit den Waldgeistern reden, während man auf seinem Lager lag, aber jetzt fiel ihm ein, daß Manitu eine bestimmte Art zu beten verlangte.

Er warf die Atihkhaut zurück, kniete nieder und neigte den Kopf. Und er schrie nicht, denn er wußte jetzt, daß ein Gebet erst dann zu einem Gebet wurde, wenn man es auf Knien sprach. Jetzt war er sicher, daß Manitu ihn trotz des Windes hörte.

ER SAH den dunklen Schatten im Schnee in dem Augenblick, als er sich in der grauen Morgendämmerung von seinem Lager erhob. Er wußte sofort, was es war. Ohne Hast schnallte er die Schneeschuhe an. Was er sah, überraschte ihn nicht. Nachdem er am Abend zuvor auf Knien gebetet hatte, war er sicher gewesen, daß Manitu ihm noch vor dem Morgen ein Atihk schicken würde.

Er ging hin, um sich die Stelle anzuschauen. Es war eine halbkreisförmige Mulde im Schnee, dort, wo sich ein Atihk in der Nacht ausgeruht hatte, ohne zu merken, daß Jacobs Lager so nah war. Ihre Kontur war nicht vollkommen, weil sie Wirklichkeit war und kein Traumbild, das die Geister verändern konnten.

Jacob untersuchte den Abdruck. Er fand einige runde Losungsbällchen. Er zog einen Handschuh aus und hob eines davon auf. Es war gefroren, doch es ließ sich leicht zerdrücken, und jetzt wirbelte in seinem Kopf vor Aufregung alles durcheinander, denn nur eine dünne äußere Schicht war gefroren, das Innere war noch feucht.

Ruckartig richtete er sich auf. Forschend wanderte sein Blick über den Schnee. Die Fährte des Atihks war deutlich zu erkennen. Die großen flachen Hufabdrücke führten zu einer ungefähr fünfhundert Meter entfernten Fichteninsel. Die Abdrücke der Hinterhufe deckten sich fast mit denen der Vorderhufe; das Atihk war also langsam weitergezogen. Jacob spähte angestrengt zu dem Fichtendickicht hinüber, in dem die Spuren verschwanden. Dort mußte es sein, nur ein paar Minuten entfernt, denn nach der Nacht hatte es sicher Hunger und würde die erste Gelegenheit nutzen, um nach Flechten zu graben.

Er rannte zurück und packte sein Gewehr. Ruhig und entschlossen durchquerte er das Fichtenwäldchen, bis er vor dem Dickicht stand, in dem das Atihk sein mußte. Zwischen den Bäumen versteckt, beobachtete er das vor ihm liegende Gebiet. Zu seiner Linken bemerkte er ein schmales Fichtenband, das sich über das offene Sumpfland schlängelte und sein Wäldchen mit dem anderen verband. Lautlos formten seine Lippen die Worte „Danke, Manitu", während er sich dem Fichtenband näherte. Es würde ihm Deckung gewähren. So brauchte er den Schutz der Bäume nicht zu verlassen und konnte sich unbemerkt an das Atihk heranpirschen.

Das Atihk war allein, und deshalb war es leichter, sich anzuschleichen, denn wenn die Tiere in einem Rudel zusammen waren, hielt immer eines Wache. Zu dieser frühen Stunde würde es damit beschäftigt sein, Nahrung zu suchen. Weil es unter der Schneedecke nach Flechten graben würde, wäre sein Blickfeld eingeschränkt. Es wehte ein starker Wind, der einem Heulen glich – er mußte noch nicht einmal leise sein.

Und doch war Jacob voller Unruhe und Besorgnis. Er spürte das natürliche Mißtrauen, das einen Jäger in Situationen befiel, in denen die Dinge für ihn allzu günstig standen. Es war nicht so, wie eine Jagd sein sollte. Für Jacob war das Atihk ein Bruder und Partner, der sich genau wie er mühte, Mutter Wald Nahrung zum Überleben abzuringen. Jacob fühlte sogar etwas wie Liebe zu dem Atihk. Deshalb sollte die Jagd nicht leicht sein. Es sollte einen Kampf geben. Bei einer leichten Jagd blieb keine Zeit, dem Gejagten seine Achtung zu erweisen. Die Jagd verlor an Wert.

„Aber ich werde dich trotzdem töten, Atihk. Niska wartet, und wir haben keine Zeit mehr für eine lange Jagd."

Er konnte das Atihk nicht sehen, aber er wußte, wo es war, denn er konnte eine Reihe größerer Fichten am anderen Ende des Wäldchens ausmachen. Im Windschatten dieser Bäume würde die Schneedecke dünn und weich sein, und dort würde das Atihk nach Futter suchen.

Jacob erreichte die andere Baumgruppe und näherte sich den Fichten. Immer wenn ein Baum ihm Deckung bot, hielt er inne und suchte das vor ihm liegende Gebiet mit den Augen ab. Der Wind kam von links – das bedeutete, daß keine Witterung vor ihm hergetragen würde.

Er schlich sich hinunter zum Rand der Bäume. „Laß den Wind weiter blasen, Manitu. Nimm ihn jetzt nicht fort."

Weit entfernt sah er die Spuren des Atihks, dort, wo es im weichen Schnee im Windschatten des Wäldchens einige Schritte tief eingesunken war, bevor es zwischen den Bäumen verschwunden war. Jacob entsicherte das Gewehr und bewegte sich langsam weiter auf die Bäume zu. Dann sah er das Tier, genau an der Stelle, an der er es erwartet hatte – im Windschatten der großen Fichten. Als erstes sah er den weißen Rumpf, der sich undeutlich gegen den Schnee abhob, und es dauerte einige Sekunden, bevor die Beine und der dunkle Umriß des Hinterteils sichtbar wurden.

Er hob die Büchse. Der Rumpf des Atihks ragte schräg in die Höhe, Kopf und Vorderbeine waren in einer freigescharrten Futterstelle verschwunden. Jacob wartete und beobachtete es über den Gewehrlauf hinweg in der Hoffnung, daß es sich aufrichten und umdrehen würde, so daß er es mit einem hohen Lungenschuß erlegen konnte. Der von ihm anvisierte Punkt saß knapp hinter der Schulter, wo die großen Venen und Arterien lagen. Es würde ein schneller Tod sein. Denn eine Jagd sollte zwar lang und hart sein, doch das Töten selbst schnell und sicher.

Das Tier warf den Kopf hoch und drehte sich leicht. Jacob stockte der Atem. Der Gewehrlauf zitterte. Denn jetzt sah er den ganzen Kopf: das Atihk hatte ein Geweih wie ein Hirsch. Zu dieser Zeit im Winter hatten aber alle Atihks ihr Geweih abgeworfen – nur ein trächtiges Tier, konnte jetzt eines haben.

Er dachte an Niska und das andere Keekishkawasso und spürte ein Würgen im Hals.

Das Atihk drehte sich noch ein wenig mehr in Jacobs Richtung, und er sah die hervorstehenden Rippen, ein Zeichen des Hungers, doch unter den spitzen Knochen war eine Rundung und Fülle – wie bei Niska, die auch hungerte, deren Magen leer und deren Bauch doch voll war. Auch für das Atihk war die Zeit bald gekommen; deshalb hatte es das Rudel verlassen und war allein.

Ohne daß er die Lippen bewegte, sagte eine Stimme in seinem Inneren: „Atihk, tritt das Kleine in deinem Bauch auch? Ich will dich nicht töten, Atihk, aber ich muß ..., ich werde es tun."

Er wartete darauf, daß es sich noch weiter drehte, damit er den hohen Lungenschuß abfeuern konnte.

Und dann sprach Manitu.

Nicht laut und gebieterisch, aber stark und entschieden. Jacob hörte es gut, denn die Stimme war in seinem Inneren. „Jacob, es ist ein Muttertier. Du wirst es gehen lassen."

„Nein, Niska und das Keekishkawasso werden sterben! Warum schickst du mir das Atihk und befiehlst mir dann, es gehen zu lassen?"

Das Gewehr begann zu zittern. Der Wind legte sich für eine ganze Weile, dann kehrte er zurück. Doch jetzt spürte er ihn nicht mehr als kalten Luftzug auf seiner linken Wange, sondern als festen Schlag auf seinen Rücken. Panische Angst ergriff ihn. Jetzt konnte er nicht mehr warten, bis das Atihk sich umdrehte, damit er es mit dem hohen Lungenschuß erlegen konnte. Es warf seinen Kopf mit dem Geweih hoch und preschte davon. Der auf und ab hüpfende Rumpf war kein leichtes Ziel; Jacob zitterte jetzt stark, doch er feuerte. Der Schuß ging daneben. Das Atihk stürmte durch die Fichtenwand und war verschwunden, bevor er einen zweiten Schuß abgeben konnte.

8

Die Morgendämmerung war ein gelber Streifen im Osten des trüben Himmels, als Jacob zum Lager zurückkehrte, das Feuer anfachte und den Topf mit etwas blutigem Schnee und ein paar Knochen aufsetzte. Er starrte in die Flammen. Ab und zu geriet

Rauch in seine Augen, denn der Wind spielte ihm immer noch seine Streiche, und er mußte sich an eine andere Stelle hocken, um dem Qualm zu entgehen. Sein Magen knurrte, die Hungerkrämpfe waren wieder da. Der Dampf, der aus dem Kessel stieg, war nicht wie der Duft vom Abend zuvor, denn das beste Fleisch und die ergiebigsten Knochen hatte er bereits gestern gekocht. Während er wartete, glitt Jacobs Geist in nebelhafte Sphären, in die er noch nie zuvor eingedrungen war.

Es war eine zaghafte, tastende Suche, nicht vom Willen gelenkt und ohne Ziel, doch allmählich nahmen seine verwirrenden Gedanken Form an. Jacob sah einen winzigen Busch, der jedoch ein tiefes, ausgedehntes, im Erdreich verborgenes Wurzelwerk besaß. Er hatte Angst, daß sich diese Vorstellung verflüchtigen könnte, wenn er sich ihr zu unvermittelt näherte. Und dann würden die tieferen Gedankenwurzeln, die er sehen wollte, für immer in dem darunterliegenden Boden verschwinden.

Es war schwer, diese Gedanken zu greifen und weiterzuführen, denn er hatte keine Hilfsmittel wie Pater Webber und die anderen Lehrer. Er brauchte einen Stift und Papier, um die Zahlen aufzuschreiben. Und dann war da das Rechnen. Er konnte addieren, und er konnte subtrahieren, wenn die Zahlen nicht allzu hoch waren, aber Multiplizieren war schwerer. Und ebendas brauchte er jetzt.

Der Wind hatte sich jetzt fast ganz gelegt. Es entstand eine lange Pause, in der sich kein Lüftchen regte, und während Jacob angstvoll horchend auf das Heulen des Windes wartete, glitten seine Gedanken ab und verschwanden im Nichts.

Er trank einen Becher Knochenbrühe und vertrieb damit die Schmerzen in seinem Magen. Während er trank, riß die graue Wolkendecke auf, und die gerade aufgegangene Sonne verwandelte sich in einen flammenden Feuerball, der an einem leeren Himmel hing. Die Schneefläche sandte Lichtpfeile aus, die so grell waren, daß Jacob die Flammen des Feuers nicht mehr sah. Es war das erste helle Sonnenlicht, seit er Niska verlassen hatte. Das blendende Licht schmerzte in seinen Augen, und er wußte, daß er bald schneeblind sein würde, wenn er sie nicht schützte.

Er nahm die Atihkhaut von seinem Lager und trennte einen schmalen Streifen ab. Den mittleren Teil ließ er so breit, daß er seine Augen bedeckte, doch die Enden schnitt er spitz zu und drehte sie zu festen Schnüren zusammen. Dann machte er zwei schmale Schlitze für die

Augen hinein, nahm ein Stück Holzkohle aus dem Feuer und schwärzte damit den weißen Rand um die Augenlöcher, um das grelle Licht abzuwehren. Er band sich den Lederstreifen um den Kopf und zog die Kapuze seines Parkas darüber. Die Maske behinderte nicht seine Sicht nach vorne, aber sie verringerte den Lichteinfall von der Seite, von oben und von unten. Er konnte seine Augen jetzt offenhalten, ohne zu blinzeln.

Wie ein Stöhnen war noch einmal ein kurzer Windstoß durch die Fichtenwipfel gefahren, als er an der Augenmaske gearbeitet hatte, doch jetzt vergingen Minuten, und kein Windhauch war mehr zu spüren. Die Stille lag schwer über dem Land.

„Manitu ..., warum? Es wird Tage dauern, bis ich wieder ein Atihk finde. Und du hast dem Wind gesagt, daß er nicht mehr wehen soll. Die Jagd wird jetzt sehr viel schwerer sein."

Jacob trank noch etwas von der Brühe und dachte darüber nach, was er tun sollte, denn jetzt wußte er, daß Manitu es ihm nicht sagen würde.

DIE SONNE wanderte über den Himmel. Die Schatten der Fichten wurden länger, und es war schon Nachmittag, und Jacob saß immer noch da und überlegte.

Neue Furcht überfiel ihn. Immer wieder sah er auf und starrte auf den Pfad, den er am Tag zuvor entlanggekommen war. Auf dieser Seite wurde sein Lager halb von Zweigen verdeckt, aber durch sie hindurch konnte er das nächstgelegene Fichtenwäldchen im Auge behalten, durch das er gekommen war und das etwa einen halben Kilometer entfernt lag.

Taka würde ein gutes Stück zurückbleiben, um ihn nicht einzuholen. Er würde wissen, daß Niska und das Winterlager nicht hier draußen im Land der kleinen Stöcke wären. Nur ein Schneesturm, der Jacobs Spur verwischen würde, könnte Taka zwingen, sein Tempo zu steigern und näher heranzukommen. Ansonsten würde er seine Geschwindigkeit so bemessen, daß er ungefähr eine Tagesreise hinter ihm zurückblieb. Er würde jedoch nicht damit rechnen, daß Jacob einen ganzen Tag rastete. Es konnte also sein, daß er ganz in der Nähe war und zu spät merkte, daß Jacob hier lagerte.

Jacob erwog die verschiedenen Möglichkeiten. Sollte er Taka ein Warnsignal geben? Sollte er die Kraftprobe, die unausweichlich war, noch hinauszögern? Oder sollte er sich ihr jetzt stellen?

Während er darüber nachdachte, breitete sich das Gefühl, eine Niederlage erlitten zu haben, erneut in ihm aus. Das Atihk war weit fort. Manitu hatte sich gegen ihn gewandt. Hatte es überhaupt Sinn, weiter hinter dem Atihk herzujagen, wenn Manitu doch jedesmal den Wind drehte, wenn Jacob in die Nähe seiner Beute kam? Taka hatte sicher etwas zu essen – vielleicht konnte nur Taka Niska retten.

Zutiefst verzweifelt entschloß er sich aufzugeben. Er schaufelte Schnee zusammen und warf ihn aufs Feuer, so daß kein verräterischer Rauch mehr aufsteigen konnte. Dann starrte er unentwegt zu dem anderen Fichtenwäldchen hinüber und wartete auf Taka.

Die Schatten der Bäume wurden lang und schmal. Ohne das wärmende Feuer kroch die Kälte in Jacobs Knochen, und sein Körper zitterte unter dem Parka. Die Hungerkrämpfe quälten ihn wieder. Doch die Sonne sank tiefer, die Schatten wurden länger, und Taka war immer noch nicht aufgetaucht. Schließlich keimte in Jacob eine vage Hoffnung auf. Takas Auftauchen bei der Hütte und sein Verschwinden danach waren noch kein Beweis dafür, daß er Jacob jetzt verfolgte. Vielleicht suchte Taka ja gar nicht nach Niska, vielleicht war er einfach nur zurückgekommen, damit er im Frühling in seinem Jagdrevier war. Die Hoffnung wurde zur Gewißheit. Noch einmal suchte Jacob das andere Fichtenwäldchen sorgfältig mit den Blicken ab. Die Sonne stand schon tief, ihre waagerecht einfallenden Strahlen tauchten den oberen Teil der Bäume in ein warmes Licht, und immer noch gab es keine Anzeichen für die Gegenwart eines anderen. Jetzt war sich Jacob sicher. Die Idee, daß Taka ihm folgte, war nur ein Hirngespinst gewesen.

Er zündete das Feuer wieder an und sah zu, wie die Rauchsäule erneut über den Baumwipfeln aufstieg. Er setzte die Brühe wieder auf. Dann kehrten seine Gedanken zurück zu jener anderen Vorstellung, zu dem Busch mit den Wurzeln, die er nicht sah.

Er wünschte sich, multiplizieren zu können, denn das würde die Sache vereinfachen. Als er seinen Kopf weit zurücklegte, um die Brühe zu trinken, fiel sein Blick auf die unzähligen braunen Zapfen im Wipfel einer Fichte. Er sprang auf.

„Ihr Zapfen, ihr helft mir jetzt beim Multiplizieren!“

Es war ein kleiner, alter Baum, aber die Zapfen hingen alle in der Spitze, so hoch, daß er sie nicht ohne weiteres erreichen konnte. Jacob fällte den Baum mit wenigen Axthieben, pflückte die Zapfen schnell ab und häufte sie auf den Schlitten. Sie waren klein, ungefähr so groß wie sein Daumennagel, doch der ganze Haufen war größer als der Kochtopf. Er zog den Schlitten zu einer Stelle, wo der Schnee glatt und unberührt war, und legte zwei Zapfen nebeneinander.

„Ihr Zapfen, ihr seid jetzt Sperlinge, eine Sperlingsmutter und ein Sperlingsvater. Ihr baut ein Nest und legt vier Eier."

Jacob zog einen Kreis als Nest in den Schnee und legte vier Zapfen hinein.

„Und die Jungen schlüpfen, und jetzt sind es sechs Sperlinge. Und die Mutter und der Vater bauen noch ein Nest und legen noch vier Eier."

Er zog noch einen Kreis in den Schnee und legte vier weitere Zapfen hinein. Jetzt waren es schon zehn.

„Also gibt es in der Nistzeit im nächsten Frühjahr zehn Sperlinge."

Eifrig verschob er die Zapfen, fügte neue hinzu, bis sie in einem Umkreis von mehreren Metern über den Schnee verteilt waren. Dann starrte er lange auf dieses Bild, das schließlich vor seinen Augen verschwamm. In seinem Kopf überschlugen sich die Fragen. In manchen Augenblicken dachte er, er sei kurz davor, in die Tiefen des Bewußtseins vorzudringen, doch immer wieder kam der Nebel zurück. Aber ein Gedanke ließ ihn nicht mehr los. Er fürchtete sich davor und versuchte ihn zu verdrängen. Schließlich jedoch konnte er ihn nicht mehr länger wegschieben.

„Manitu!" Es war nur ein Flüstern, doch in Jacobs Ohren klang es wie ein Donnerschlag in der stillen Luft. „Du liebst den Sperling nicht!"

Er hielt abrupt inne, am ganzen Körper zitternd. Jetzt war Manitu bestimmt zorniger denn je. Aber Jacob starrte auf die Zapfen, und auch er war voller Zorn. Er sammelte die Zapfen auf, legte sie auf den Schlitten und brachte sie zum Feuer. Er wollte sie für weitere Rechnungen aufbewahren.

Plötzlich wurde die Stille von einem Flügelrauschen und dem Krächzen eines aufgescheuchten Raben durchbrochen.

Jacob blickte hastig nach oben. Der große Vogel war allem Anschein nach dicht über den Wald geflogen und hatte Jacob erst bemerkt, als er über seinem Lager war. Nun stieg er mit heftig schlagenden Flügeln rasch auf und stieß noch einmal seinen krächzenden Ruf aus, offensichtlich überrascht, hier, wo es sonst nur Wölfe und Atihks gab, einen Menschen anzutreffen.

Jacob packte sein Gewehr, doch über dem Sumpf flog der Rabe wieder tiefer, so daß die Bäume sich zwischen sie schoben. Jacob rannte.

Als er schließlich den offenen Sumpf erreichte, war der Rabe längst außer Schußweite.

Er blickte ihm nach, mit der gleichen abgrundtiefen Niedergeschlagenheit, die er am Morgen empfunden hatte, als das Atihk entkommen war. Der Rabe hatte sich wieder beruhigt; mit regelmäßigem Flügelschlag stieg er unaufhaltsam in die Lüfte. Jacob wandte sich ab. Doch nach wenigen Schritten wurde ihm mit einemmal klar, in welche Richtung der Rabe flog. Er fuhr herum. Der Rabe flog immer noch auf das andere Fichtenwäldchen zu.

Fast eine Minute lang schaute er ihm mit zusammengekniffenen Augen hinterher, damit er ihn im Licht der untergehenden Sonne nicht aus den Augen verlor. Er hatte nicht wirklich erwartet, daß es passieren würde. Aber da war es.

Trotz der Entfernung konnte Jacob dasselbe plötzliche Aufschwingen und denselben brüsken Richtungswechsel erkennen – das typische Verhalten eines Raben, der unvorhergesehen auf einen Jäger trifft.

Jacob ging zurück zum Feuer. Die Dunkelheit brach herein. Er suchte das andere Wäldchen nach dem Schein eines Feuers ab, doch er sah nichts. Aber er mußte kein Feuer sehen, um Bescheid zu wissen. Der Rabe hatte es ihm gesagt.

Jacob erwachte und schüttelte langsam das Gefühl dumpfer Benommenheit ab. Die Sonne schien hell an jenem Morgen, der Himmel war wolkenlos, kein Wind war zu spüren. Sein Körper schmerzte, als er sich von dem Fichtenlager rollte und das Feuer wieder anfachte. Nur noch wenige Atihkknochen waren in dem Topf, und Jacob setzte sie für ein letztes karges Mahl auf.

Während er wartete, zog er den Kalenderstock aus seinem Rucksack. Sieben Kerben. Niska würde mittlerweile den ganzen Fisch und auch das meiste Oseepan gegessen haben. Wenn er sich heute auf den Rückweg machte, könnte er am elften Tag wieder bei ihr sein. Aber es war sinnlos, ohne Atihkfleisch zurückzukehren. Am Little Ninkik konnte er nach wie vor nichts anderes tun als Oseepan sammeln, und Oseepan ohne Fleisch würde sie nicht mehr lange am Leben halten.

Jetzt gab es noch eine andere Möglichkeit – das endgültige Aufgeben, doch diese Vorstellung erfüllte ihn mit Widerwillen und Abscheu. Er versuchte, den Gedanken daran zu verscheuchen, doch er blieb in seinem Kopf haften. Sein Blick wanderte zu dem anderen Fichtenwäldchen jenseits des Sumpfes.

Taka mußte es spät am Tag zuvor erreicht und Jacob rechtzeitig gesehen haben, so daß er sich noch verstecken konnte. Und jetzt war er dort, mit Mehl, Schmalz, Fleisch, Tee, vielleicht sogar mit solchen Leckereien wie Bohnen und Rosinen. Jacob könnte zu Takas Lager hinübergehen und ihm erzählen, daß Niska am Little Ninkik sei. Sobald Taka wüßte, wo Niska war, hätte Jacob seinen Zweck für ihn erfüllt. Vielleicht würde er ihn töten; im besten Fall würde er ihn hier verhungern lassen. Aber Niska würde leben, und auch Jacob Atooks Sohn in ihrem Bauch würde leben.

Es gab jedoch noch einen anderen Weg. Bei dem Gedanken daran begann Jacob zu zittern. Auch er konnte töten. Und Takas Lebensmittel für sich und Niska nehmen. Es wäre nicht einfach. In diesem offenen Land einen Hinterhalt zu legen war schwer, doch das war nicht der Grund, weshalb Jacob den Gedanken eilig verjagte. Es war auch nicht die Erinnerung an das Sechste Gebot im Buch Manitus. Es war die tieferliegende, furchterregende Erinnerung an den schrecklichen Zorn der Waldgeister, der die Menschen verfolgte, die einen anderen getötet hatten. Taka, dessen ausgeprägter Stolz durch Jacob verletzt worden war, mochte vielleicht töten und den Zorn der Geister auf sich nehmen, doch Jacob hatte Angst.

Der Kalenderstock lag immer noch in seiner Hand. Er zählte erneut die Kerben, während er sich noch einmal in Erinnerung rief, wie groß der Hecht war, den er für Niska gefangen hatte. Dabei fiel ihm die Multiplikation wieder ein, denn die Fische gehörten ja auch dazu. Er dachte an den Hecht, der in den flachen Buchten voller Tang laichte und Tausende von Eiern hinterließ. Und er brauchte die Zapfen nicht, um sich vorstellen zu können, daß bei so vielen Eiern von jedem laichenden Fisch die Seen bald so voller Fische wären, daß nicht alle Platz im Wasser hätten.

Und doch war der Hecht wie der Sperling – er vermehrte sich niemals so, wie die Berechnungen es vorhersagten. Traurigkeit überfiel Jacob Atook. Doch es war nur ein Anflug von Traurigkeit, nicht die tiefe Trauer, die er empfand, wenn er an das Atihk dachte. Die Atihks waren es, die er nach dem Gebot Manitus nicht töten sollte, und an Atihks, nicht an Fische sollte er jetzt denken.

Er suchte seine Zapfen zusammen und fing noch einmal von vorn an. „Ihr seid jetzt keine Zapfen, ihr seid Atihks, eine Mutter und ein Vater. Und wenn der Winter zu Ende ist, bekommt ihr ein Kalb."

Er wollte schon einen dritten Zapfen als Kalb hinlegen, doch plötzlich hielt er inne. Die Multiplikation mit Atihks war schwieriger, denn die Atihks bekamen ja noch keine Jungen, wenn sie ein Jahr alt waren; sie mußten warten, bis sie zwei Jahre alt waren. Bald war er völlig durcheinander und hatte vergessen, welche Zapfen Kälber waren, welche Jährlinge und welche ausgewachsene Atihks, und schließlich gab er auf.

Doch inzwischen lagen viele Zapfen im Schnee, und er bekam erneut eine Ahnung von der Wahrheit, vor der er sich fürchtete.

Es war ein erschreckender, bitterer Gedanke, daß Manitu nicht alle Geschöpfe, groß und klein, lieben konnte, wie es in dem Lied hieß. Jacob hatte das Bild eines liebenden Manitu gefallen, und alle Kraft und aller Trost, die er daraus geschöpft hatte, waren mit einemmal verschwunden. Doch an ihre Stelle trat eine neue Stärke, eine neue Entschlossenheit. Und er faßte einen grimmigen Entschluß: Er würde nicht zu Taka zurückgehen und ihm sagen, wo Niska war. Noch nicht.

Er raffte die Zapfen zusammen und verstaute sie tief in seinem Rucksack. Vielleicht konnte er sie ja noch einmal brauchen. Nachdem er den letzten Rest Knochenbrühe getrunken hatte, belud er den Schlitten. Dann schaute er ein letztes Mal zu dem anderen Fichtenwäldchen hinüber.

„Taka, ich gehe. Du kannst mir jetzt wieder folgen." Er griff nach dem Zugseil des Schlittens und setzte sich in Bewegung.

Ohne den Wind herrschte eine tiefe, drückende Stille. Allein das Knirschen seiner Schneeschuhe und des Schlittens auf dem trockenen Schnee, unhörbar zuvor durch den Wind, hallte jetzt dröhnend in der Lautlosigkeit der Landschaft wider. Jacob fühlte sich seltsam allein und verlassen. Er wollte zu Manitu beten, damit der Wind zurückkäme; doch Manitu war jetzt sein Feind.

Im offenen Sumpf war die Atihkfährte nur noch undeutlich zu erkennen, denn sie war jetzt einen Tag alt. Doch solange kein neuer Schnee fiel, würde er sie leicht sehen können. In der jetzigen Situation konnte er nur weiter der Spur folgen und abwarten, denn das Atihk würde auf der Hut sein. Er würde keine Chance haben, auf Schußweite an das Tier heranzukommen, solange der Wind nicht wieder wehen und das Geräusch seiner Schneeschuhe übertönen würde.

An diesem Tag zwang er sich weiterzulaufen, bis die Fährte im Dämmerlicht nicht mehr zu erkennen war. Als er schließlich haltmachte, um sein Lager aufzuschlagen, war der Hunger wie ein Dolch, der in seinen Eingeweiden herumgedreht wurde. Er grub ein paar Blätter unter dem Schnee aus und kochte Tee.

Der Sonnenuntergang tauchte den Wald in ein Flammenmeer. Als sein Lagerfeuer langsam erlosch und das Knistern der Flammen leiser wurde, brach die Stille über ihn herein, undurchdringlich und beklemmend. Er betrachtete die untergehende Sonne. Wie beim ersten Sonnenuntergang zu Beginn der Jagd spürte er, daß er ein Teil des Sonnenuntergangs war und dieser ein Teil von ihm. Die Lebenskraft, die Jacob Atook durchflutete, war eine magische Mischung aus Sonne, Regen und Erde, dieselbe Lebenskraft, die Atihk, Sperling und Hecht durchströmte. Und diese Lebenskraft, die heute Jacob Atook war, würde morgen vielleicht ein Atihk, ein Elch oder ein Waldhuhn sein.

Als er Zweige schnitt und sein Lager bereitete, ergriff ihn wieder der faszinierende Zwang, die Zapfen zu zählen. Es wurde dunkler, und er legte noch mal Holz auf das Feuer. In sich zusammengekauert starrte er in die Flammen und auf den leeren Teetopf daneben. Nach und nach verschwamm das Feuer, bis nur noch der geschwärzte Teekessel klar zu sehen war, und dann trübte sich sein Blick, und der Topf verwandelte sich in einen riesigen Eimer, randvoll mit Wasser, es lief bereits über. Er schloß die Augen, doch das Bild des gewaltigen Eimers blieb. Und nun sah er, wie starker Regen vom Himmel zu fallen begann, und der Regen vereinigte sich zu einem einzigen mächtigen Strahl, der in den Eimer schoß. Er lief augenblicklich über, das Wasser verschwand, war vergeudet, denn der Eimer war schon voll.

Die Vision verblaßte und war schließlich verschwunden. Jacob öffnete die Augen. Die orangefarbenen Flammen flackerten wieder hoch auf. Der Teetopf stand noch immer beim Feuer, leer wie zuvor.

Er hieb eine weitere Kerbe in den Kalenderstock – jetzt waren es acht. Acht. Vielleicht noch fünf Tage, um mit dem Fleisch, wenn er es überhaupt bekam, zu Niska zurückzukehren. Und das bedeutete, Taka zu ihr zu führen.

Die Kälte der Nacht wurde immer schneidender. Er legte noch mehr Holz nach, schlüpfte in sein Lager und wickelte sich in die Decke. Die Dunkelheit hüllte ihn ein, und die Sterne kamen näher. Doch Jacob betete nicht.

Statt dessen sprach er mit dem Atihk: „Atihk, der Pfad, auf dem wir sind, hat ein Ende. Und dort, am Ende, wirst du tot sein oder Jacob Atook.“

9

Es war so alt wie das Leben, dieses Kräftemessen zwischen Jäger und Gejagtem. Es begann in den Meeren des Kambrium, in denen sich die ersten Anzeichen von Leben regten. Die Anstrengungen der Gejagten, ihren Jägern zu entkommen, führten sie schließlich ans Ufer, und sie siedelten sich auf dem Land an. Zeitalter kamen und gingen. Die Jäger veränderten sich und nahmen unzählige verschiedene Formen an. Eine davon war der Mensch. Die Kunst, Fährten aufzuspüren, war die erste und älteste Gabe, mit der der Mensch aus den Schatten der Urwelt heraustrat. Und diese Kunst und die Instinkte, die aus den vorsteinzeitlichen Anfängen geboren wurden, waren heute ein Teil von Jacob Atook.

Zwei Tage lang hatte er sich mit all seinen Sinnen auf die Fährte der Atihkkuh konzentriert. Bohrender Hunger hatte sich wieder in seinem Magen breitgemacht, doch er hatte seine Bauchmuskeln angespannt und sich weitergeschleppt – ein zusammengekrümmter, langsam dahinkriechender Punkt, ein schwarzer Schatten, der sich in der schimmernden Weite des schneebedeckten Landes unendlich klein ausnahm. Über gleißend helles Sumpfland, durch unzählige Fichtenwäldchen wand und schlängelte sich seine Spur, immer der Atihkfährte hinterher. Und mittlerweile waren sie eins geworden, das Atihk und er, Gejagter und Jäger, verbunden durch die endlose Kette der Hufabdrücke, eine Nabelschnur der Verständigung, über die sich Jacob in das Wesen vor ihm hineinversetzte. Er dachte und fühlte, wie das gejagte Tier denken und fühlen mußte, und es lag etwas Trauriges in dieser Einheit, denn sie bedeutete, daß er beim Töten einen Teil seiner selbst töten würde. Doch in ihm war auch eine Zuversicht, eine tief begründete Zuversicht, anders als das Vertrauen auf Manitu, der ihn im Stich gelassen hatte. Durch das Band zwischen Jäger und Gejagtem fühlte Jacob auch den Hunger im Bauch des Atihks. Es war ein starkes und edles Tier, dieses Atihk, doch es konnte morgen nicht mehr so weiterlaufen wie in den letzten beiden Tagen. Morgen würde der übermächtige Drang, Nahrung aufzunehmen, alles andere überwiegen. Morgen würde es nicht so weit kommen, und Jacob würde es einholen. Der Rest würde einfach sein, denn der Wind wäre wieder da. Ja, der Wind wäre sicher wieder da. Morgen.

In dieser Nacht wachte er mehrmals auf. Er war sofort hellwach und lauschte, doch er hörte keinen Wind. Am nächsten Tag herrschte wieder die drückende Stille, in der sich kein Lüftchen regte.

Er schmolz Schnee und trank warmes Wasser. Dann folgte er weiter der Fährte, ohne etwas zu essen, sogar ohne Tee aus Sumpfstrauchblättern. Die wenigen Tage Aufschub, die ihm die Aasknochen gewährt hatten, waren vorbei; das messerscharfe Stechen des Hungers war wieder einem nagenden Schmerz gewichen. Und jetzt, in den ersten Stunden dieses neuen Tages, spürte Jacob wieder, wie sich die Schwäche in seinem ganzen Körper ausbreitete.

Wie erwartet, fand er zahlreiche freigescharrte Futterstellen, denn der Hunger zwang das Atihk, nach Flechten zu graben. Doch immer noch hatte sich der Abstand zwischen ihnen nicht verringert, denn nicht nur das Atihk verlangsamte seine Flucht, auch sein Verfolger Jacob Atook wurde langsamer.

„Lauft, Beine, lauft. Bleibt nicht stehen. Ihr könnt euch erholen, wenn die Sonne untergeht, und morgen gibt es Atihkfleisch – ja, morgen."

Nun hatte er den Punkt, an dem er noch Hunger gespürt hatte, längst überwunden. Er starrte auf seine Beine hinunter, und die Beine waren lang und reichten immer weiter hinab, als ob seine Augen im Gipfel eines hohen Baumes und seine Füße ganz unten wären. Gehörten sie zu ihm? Ja, sie gehörten zu ihm, denn da war ein brennender Schmerz in Waden und Knöcheln, und es war sein Schmerz.

„Lauft, Beine, lauft. Niska, du hättest Taka Cheechoo heiraten sollen. Vater unser im Himmel ... Er hätte nicht hingehört, Niska. Taka hätte das Atihk im letzten Herbst nicht laufenlassen. Unser tägliches Brot gib uns heute. Amen. Das ist Jacob Atooks Gebet."

Die gewundene Spur der runden Hufabdrücke zog sich weiter ins Unendliche – als lockender Ruf des Lebens, als einzige Verbindung. Plötzlich erinnerte er sich an die unsichtbare Gegenwart irgendwo auf dem Pfad hinter ihm – die andere Verbindung. Doch er schob den Gedanken an Taka fort und taumelte weiter; wie im Traum bog er dort ab, wo die Atihkspur die Richtung wechselte, die getrübten Augen starr auf den Boden gerichtet. Er mußte nicht aufschauen, denn solange diese überwältigende Stille über dem Land lag, konnte er nichts als folgen und darauf warten, daß Wind aufkam.

„Lauft, Beine, lauft. Morgen ..., morgen gibt es Atihk."

Er machte früh halt; inzwischen war er so schwach, daß es ihm Mühe bereitete, das Lager aufzuschlagen, und er unterdrückte den Drang, dabei nachlässig zu werden. Eine Nacht in einem zu flachen Schneeloch, einer zu dünnen Unterlage oder ohne ausreichendes Brennholz, das könnte den lautlosen Tod des Erfrierens bedeuten. Es würde wahrscheinlich passieren, wenn sein Körper versagte, bevor er seine Beute erlegt hatte, nicht am Tag im strahlend hellen Sonnenlicht, sondern still, in den Stunden des Schlafes, in der ersten Nacht, in der er Fehler beim Aufschlagen seines Lagers machte.

Er schnitt einige Streifen von der Atihkhaut ab, die er als Unterlage benutzte, kochte sie in dem Schmortopf und kaute sie, bis der ledrige Geschmack verschwunden war. Er band ein paar Stöcke zu einem Gestell zusammen, schaufelte einen Haufen heißer Holzkohle darunter und legte sich dann auf das Lager. Die Füße hochgelegt, fühlte er die wohltuende Wärme der Glut an seinen Waden. Sein halbes Leben hatte er auf Schneeschuhen verbracht, und nie zuvor hatte er Schmerzen in den Waden gehabt, denn das war etwas, worüber alte Leute klagten, nicht junge. Jacob wußte, daß es ein Zeichen war, daß die Muskeln ausgezehrt waren.

Nach und nach linderte die Wärme der Holzkohle den Schmerz. Er machte Tee und kaute den Bodensatz aus Blättern. Er nahm den Kalenderstock in die Hand, aber er ritzte keine neue Kerbe ein. Er zählte auch keine Zapfen, er spürte nicht den tiefen Wurzeln der Gedanken nach. Als er den Tee getrunken hatte, hüllte er sich in seine Decken hinter dem Wetterschutz ein, und dann kam die Nacht und mit ihr der Schlaf.

Er fühlte sich wie in einem Kanu auf stürmischer See. Der Schnee schien hin und her zu wogen, und dadurch fiel es ihm schwer, das Gleichgewicht zu halten und weiterzugehen. „Lauft, Beine, lauft. Niska wartet."

Sein Schatten war bereits lang. Der Tag ging schon zur Neige. Er würde bald wieder anhalten und sein Nachtlager aufschlagen. Bald. Die letzten Strahlen der sinkenden Sonne ließen Schatten auf den Atihkspuren tanzen, die Ränder verloren mehr und mehr an Kontur. „Lauft, Beine, lauft."

Er wankte weiter, fiel fast zu Boden. Doch die Fährte wollte nicht enden, und dahin, wo sie führte, mußte auch Jacob Atook gehen, denn am Ende wartete das Atihk. Er fühlte sich benommen, sein Kopf war wie losgelöst. Es war wie damals, als er den Krug mit dem Trank gefunden hatte, den die Alten brauten, wenn die Jagd erfolgreich gewesen war. Der Krug war im Gebüsch am Ufer des Wapanisheesees versteckt gewesen – dem Ufer, an dem er mit Niska spazierengegangen war …

„Joe hat heute gesagt, daß ich Taka Cheechoos Frau werde… Die Hochzeit ist in sechs Tagen …“

„Niska, wir gehen von hier weg und bleiben den Winter über … am Little Ninkik, Niska …“

Mit einem seiner Schneeschuhe blieb er in einer Schneewehe hängen und fiel. Er blieb still liegen und genoß die Erleichterung, die er allein dadurch spürte, daß das Gewicht seines Körpers nicht mehr auf seinen schmerzenden Beinen lastete. Dann merkte er erschrocken, daß die Kälte durch seine Kleidung drang, und er zwang sich aufzustehen.

Es war immer gefährlich, wenn man mit Schneeschuhen im tiefen Schnee hinfiel. Das Aufstehen war mühsam, denn mit den Schneeschuhen konnte man die Beine nicht anziehen, und wenn man versuchte, sich auf einer Hand abzustützen, versank die Hand im Schnee.

Jacob tastete nach dem Schlitten hinter sich, aber der war umgestürzt und steckte fest. Er mußte einen Schneeschuh ausziehen, damit seine Hand darauf Halt finden konnte. Er streifte seine Handschuhe ab und öffnete schwerfällig die Schnalle eines Schneeschuhs. Dann zog er den Fuß heraus, stützte sich mit einer Hand auf den Schneeschuh und richtete sich auf. Als er sich bückte, um seinen Fuß wieder in den Schneeschuh zu stecken, rutschte der Gewehrriemen von seiner Schulter. Er griff danach, um zu verhindern, daß das Gewehr hinunterfiel und Schnee in den Lauf geriet. Ein scharfer Schmerz durchfuhr seine Hand. Mit müden Augen starrte er ungläubig auf seine Hand, die an dem kalten Stahl festgefroren war.

„Du bist ein Dummkopf, Jacob Atook!“

Er zog seinen Fuß wieder aus dem Schneeschuh und kniete sich mit einem Bein darauf. Er versuchte, die Finger zu öffnen. Die Haut zog und dehnte sich, haftete aber wie festgewachsen an dem Metall. Er konnte das Gewehr abreißen, doch dann würde die Hand bluten, und er wäre verletzt.

Wieder überfiel ihn Lethargie, friedlich, sanft. Sein Kopf sank nach vorne. Der Schmerz in seiner Hand beruhigte sich, ein taubes Gefühl breitete sich darin aus. Er sah, wie sich auf seinen Fingern und auf dem Handrücken langsam weiße Frostbeulen bildeten.

„Jacob Atook, willst du etwa hierbleiben und sterben?"

Plötzlich spürte er einen quälenden Druck im Unterleib. Er war schon seit einiger Zeit da, aber Jacob hatte sich noch nicht davon befreit, denn wenn der Körper alle nur erdenkliche Wärme brauchte, war es immer klug, den warmen Urin bei sich zu halten. Nun hob er ungelenk die Büchse und öffnete mit seiner freien Hand zitternd seine Hose. Der dampfende gelbe Strahl rann langsam über den Gewehrlauf und die angefrorene Hand. In wenigen Sekunden löste sich die Haut mühelos von dem Stahl, und das Gewehr fiel in den Schnee. Sanft rieb er die erfrorene Hand. Es war ein Schmerz wie von Tausenden von Dornen, als die Frostbeulen zurückgingen. Er knetete und bewegte seine Finger, zog die Handschuhe wieder an und nahm das Gewehr auf.

Das Waffenöl war vor Kälte steif geworden, und es gelang Jacob kaum, das Schloß zu öffnen und herauszuziehen, so daß er den Gewehrlauf nach Schnee absuchen konnte. Es war kein Schnee darin. Das Schloß ließ sich nur schwer zurückziehen, und von der Anstrengung, es wieder in seine Position zu bringen, wurde ihm schwarz vor Augen. Schließlich machte er es mehr nach Gefühl, ohne etwas zu sehen.

Er hängte sich das Gewehr wieder über die Schulter, schnallte den Schneeschuh fest und schleppte sich weiter.

Er hatte jegliches Zeitgefühl verloren. Er wußte nicht, wieviel Zeit vergangen war, als er anhielt, um sein Lager aufzuschlagen. Doch als er die Büchse von der Schulter nahm und sie auf den Schlitten legte, merkte er, daß etwas anders war als sonst. Er schaute sich den Rucksack genauer an; er sah aus wie immer. Sein Blick fiel auf das Gewehr, und er erstarrte vor Schreck. Das Schloß war fort. Er mußte versäumt haben, den Verschluß zu schließen, und das Schloß war wahrscheinlich herausgerutscht. Ab der Stelle, an der er den Lauf untersucht hatte, konnte es nun irgendwo auf seinem Pfad liegen.

Sofort eilte er zurück, um den Pfad noch einmal abzugehen. Doch er ging nicht weit. Er hielt inne, nahm das Messer von seinem Gürtel und ließ es aus Hüfthöhe so fallen, daß es mit der langen, flachen Seite auf den Schnee traf. Er angelte es aus dem Schnee und ließ es noch einmal fallen. Beide Male versank das Messer so tief im Schnee, daß er es nicht mehr sehen konnte. Nun wußte er, daß er das Gewehrschloß nicht mehr finden würde.

Die Atihkjagd war vorbei, ganz gleich, ob Wind aufkäme, ganz gleich, was passierte.

Die Schneeschuhe bleischwer an den Füßen, taumelte und stolperte er zum Lager zurück.

DER TOD wartete, er lockte und verhöhnte ihn, doch Jacob Atook erwachte, als die Sonne erneut strahlend aufging, und der Schlaf hatte ihm wieder etwas Erholung geschenkt.

Er brach das Lager ab und machte sich noch einmal auf den Weg, auch wenn es eigentlich keinen Sinn mehr hatte; er spürte nur, daß die Atihkspur immer noch weiterführte. Vielleicht war Taka hinter ihm her, wartete, hing an ihm wie eine Klette. Doch es war ebenso hoffnungslos, einfach nur im Lager zu liegen und den langen Schlaf zu erwarten. Der Gedanke, daß ein Hoffnungsschimmer nur hier, auf der verblassenden Spur des Atihks, zu finden wäre, hatte sich hartnäckig in ihm festgesetzt.

Doch bereits nach einer Stunde war die Kraft, die ihn beim Erwachen kurz belebt hatte, aufgebraucht. Erneut stolperte er. Der Sonnenball wirbelte über den Himmel. Es war sinnlos weiterzugehen – welche Hoffnung konnte es für einen sterbenden Jäger geben, der nicht einmal mehr ein Gewehr hatte? Zitternd, mit hängenden Schultern blieb er stehen. Dann hörte die Sonne auf, ziellos am Himmel umherzutanzen, und er nahm seine Wanderung wieder auf.

Die Augen fest auf den Boden geheftet, sah er nichts als die Fährte, und er hätte den Raben nicht bemerkt, wenn sein Schatten nicht genau vor ihm über den Schnee gehuscht wäre. Ruckartig hob er den Kopf – da war Bewegung, und Bewegung bedeutete Leben. Zuerst war der Himmel nur blendendes Licht, doch dann sah er ihn, wie er sich auf großen schwarzen Flügeln in die Lüfte schwang. Er stieg hoch auf und begann, weite, gemächliche Kreise über Jacobs Kopf zu ziehen – er wartete, er flog nicht fort.

„Noch nicht, Kahkaki, noch nicht.“

Aber bald. Denn er fühlte, wie ihn die Lebenskraft verließ und wieder in das verborgene Sammelbecken zurückfloß, aus dem sie gekommen war. Dort würde sie sich erneuern und als Lebenskraft eines Atihks, eines Elchs oder eines Wolfs wiederkehren. Nein ..., sie würde auf den Kahkaki übergehen, denn der Aasfresser kreiste noch immer über ihm. Jacob starrte zu ihm hinauf und verzog sein Gesicht zu einer bitteren Grimasse.

Mit einem Schneeschuh blieb er in dem verharschten Schnee hängen; er taumelte, fand sein Gleichgewicht wieder, schleppte sich noch ein paar Schritte weiter und blieb dann stehen.

Wieder schaute er zum Himmel – jetzt waren zwei Raben da.

Er zwang sich, den Blick abzuwenden, und sah sich um; vor seinen Augen flimmerte es. Und immer noch schien die Sonne, leuchtete der Schnee im grellen Licht, standen die Fichten schweigend in der Landschaft, warfen die buschigen Teesträucher ihre löchrigen Schatten auf den Schnee. Alte Kameraden, Gefährten in dem Kampf, der jetzt zu Ende ging; sie waren ein Teil von ihm und er ein Teil von ihnen. Doch jetzt, wo die letzten Reste von Leben seinen Körper verließen, lebten die alten Freunde einfach weiter, ohne etwas zu bemerken, ohne Mitgefühl.

„Lauft, Beine, lauft!"

Die Beine versuchten sich weiterzubewegen, doch die Schneeschuhe hingen fest. Er stolperte und fiel. Der Schnee gab nach und schmiegte sich an seinen Körper, und plötzlich durchflutete ihn ein Gefühl von Glückseligkeit, weil er seine Beine endlich nicht mehr zum Weiterlaufen zwingen mußte. Jacob lag ganz still und genoß dieses Wohlbehagen. Er schloß die Augen, um das gleißende Sonnenlicht abzuwehren. Seine Atmung verlangsamte sich und wurde immer flacher, und die Spuren von grellem Licht, die er hinter seinen geschlossenen Augenlidern sah, verblaßten von Rot zu Grau. Die Kälte zog sich zurück und machte einer seltsamen, angenehmen Wärme Platz.

Doch plötzlich drang ein gedämpftes Geräusch durch die Nebel, die seinen Geist eingehüllt hatten, und riß Jacob Atook in die Wirklichkeit zurück. Es war ein Flügelschlagen, so nah, daß er das Rauschen der Federn hörte. Er zwang sich, die Augen zu öffnen. Die Raben hockten ganz in seiner Nähe im Schnee, die Köpfe schräggelegt, und spähten mit dunklen, glänzenden Augen zu ihm herüber. Und jetzt waren sie zu dritt.

Seine Gedanken wurden nun ganz klar. Die Alten sagten, es wäre immer so, wenn der Tod nahe war. All seine Sinne waren jetzt wieder hellwach, und er sah die nachtschwarzen Raben mit erschreckender Klarheit vor sich, wie sie steifbeinig auf und ab staksten.

„Ihr seid so dreist und dumm, merkt ihr nicht, was für eine leichte Beute ihr seid?"

Sobald sie den Klang seiner Stimme hörten, flogen sie auf. Spröde Federn raschelten in der Luft. Und als er beobachtete, wie sie wieder am Himmel kreisten, besann er sich plötzlich darauf, daß die Atihk-anishini zwar immer schon Jäger waren, aber nicht immer Gewehre gehabt hatten.

Auf den Schlitten gestützt, richtete er sich mühsam auf und wankte weiter.

Als er das nächste Fichtenwäldchen erreichte, begann er hastig zu suchen. Die meisten Bäume waren krumm und von gedrehtem Wuchs, und er brauchte lange, bis er eine Lärche gefunden hatte, die gerade gewachsen war und eine regelmäßige Maserung hatte. Im Gegensatz zu den weichen Fichten würde dieser Baum elastisch wie eine Feder sein.

Er fällte die Lärche und spaltete den Stamm mit der Axt in mehrere schmale, geradfaserige Hölzer. Den Rest des Baumes zerhackte er und machte Feuer, denn er würde Wärme brauchen, während er arbeitete.

Dann kürzte er das kräftigste Holz auf eine Länge, die der Spannweite seiner Arme entsprach. Mit seiner Messerklinge hob er feine Späne von dem Holz ab und achtete dabei darauf, daß es sich zu den Enden hin gleichmäßig verjüngte. Immer wieder unterbrach er seine Arbeit und schaute besorgt zum Himmel, denn jetzt wollte er, daß die Raben blieben.

Er dachte über das nächste Problem nach. Die Riemen seiner Mokassins waren zu kurz. Das Dreifachseil des Schlittens war zu schwer, aber mit einem der Stränge würde es vielleicht klappen. Er drehte das Seil ein Stück auf und schnitt einen Strang ab. Nachdem er die Enden zu Schlingen verknotet hatte, schnitzte er an jeder Seite eine Kerbe für das Seil in das Lärchenholz. Dann spannte er den Bogen, und die Sehne straffte sich. Er zog sie voll aus und ließ sie wieder los. Der Bogen schnellte mit dumpfem Schlag zurück; die Bogensehne hielt.

Viele Generationen waren gekommen und gegangen, seit die Händler den Jägern der Atihk-anishini Gewehre gebracht hatten. Doch im Leben eines jeden Atihk-anishini-Jungen gab es immer noch eine Zeit, in der er ungeduldig auf sein erstes Gewehr wartete, und während er wartete, baute er sich seinen eigenen Bogen aus Lärchenholz und lernte von den Alten, damit umzugehen. Auch Jacob hatte Pfeil und Bogen besessen.

Er begann die anderen Hölzer abzuschaben. Es fiel ihm immer schwerer, das Messer zu halten, doch er machte keine Pause, bis er drei Pfeile vorbereitet hatte, die er nur noch begradigen mußte. Er hatte keine Federn, die er als Fiederung benutzen konnte, deshalb mußten die Pfeile ganz gerade sein, damit sie ihr Ziel nicht verfehlten.

Er verbrachte viel Zeit damit, sie über den dampfenden Teetopf zu halten und sie dann auf dem glatten Schlitten zu rollen. Als sie sich ganz gleichmäßig rollen ließen, schärfte er die Spitzen und kerbte das untere Ende für den Bogen.

Danach schaute er wieder zum Himmel und stapfte schwerfällig aus dem Dickicht auf die offene Schneefläche, den Schlitten zog er hinter sich her. Er sah nicht wieder nach oben. Die Raben waren klug, und sie könnten Verdacht schöpfen, wenn er zuviel Interesse zeigte.

Jacob ließ einen Schneeschuh schleifen. Er tat so, als würde er stolpern, und ließ sich neben den Schlitten fallen, doch dabei warf er zwei Pfeile auf den Schlitten und legte einen an die Bogensehne. Dann blieb er bewegungslos liegen, Pfeil und Bogen fest umklammert.

Würden sie spüren, daß in Jacob Atook noch Lebenskraft war? Er wartete, reglos.

Ein Schatten huschte über den Schnee und verschwand, aber er hatte das Rascheln von Federn gehört. Dann gab es lange Zeit keine Anzeichen mehr dafür, daß die Raben noch da waren. Allmählich verdunkelte sich sein Geist, und sein Körper wurde taub. Die strahlende Helle wurde grau, und nach und nach verschwamm die Welt um ihn herum.

Doch als sein Hörvermögen fast verschwunden war, nahm er hinter sich wieder ein Flügelrauschen wahr. Ein gurgelndes Krächzen ... und erneut das Rascheln von Federn. Die Raben schienen ganz in der Nähe zur Landung anzusetzen. Jacob riß mit Gewalt die Augen auf. Die graue Welt wurde langsam wieder weiß, und plötzlich sah er den Raben ganz deutlich vor sich, selbst den blauen Himmel, der sich schwach in den glänzenden schwarzen Federn spiegelte.

In diesem Moment nahm der Jagdinstinkt von ihm Besitz. Unmerklich richtete er die Pfeilspitze vom Himmel über den schwarzen Schnabel und den schäbigen Hals auf die Brust. Vorsichtig spannte er den Bogen. Behalt die Ruhe, solange du nicht siehst, wie sich die Beine des Raben zum Sprung krümmen, denn das bedeutet, daß er zum Flug ansetzt. Der Bogen war straff gespannt. Jacobs Arm schmerzte und begann zu zittern. Entspann dich, verkrampf dich nicht. Jetzt spähte der Kahkaki neugierig zu ihm herüber, und dann hüpfte er los. Doch der Bogen war fast bis zum Anschlag gespannt, und der Abschuß war sauber. Ein Schwirren zerriß die Luft.

Jacob richtete sich mühsam auf, kniete, kam auf die Beine. Und dann lief er los.

Die schwarzen Flügel zitterten noch, als er den Raben aufhob. Der Pfeil hatte ihn durchbohrt. Von den Federn ging ein fauliger Aasgeruch aus, doch angesichts des nagenden Hungers, den Jacob Atook in seinem Magen spürte, konnte dies seiner Vorfreude nichts anhaben.

10

Das Rabenfleisch war faserig und zäh, mit einem scharfen Geschmack nach Aas. Zunächst aß Jacob nur kleine Mengen und trank viel Tee aus Sumpfstrauchblättern dazu. Nach einer Weile nahm sein Magen die Nahrung an, und Jacob aß gierig. Einige Stunden später, bei Einbruch der Nacht, spürte er, wie er allmählich wieder zu Kräften kam und ihn neue Hoffnung erfüllte: Wenn er eine Nacht schliefe, wäre er stark genug, der Fährte des Atihks noch mindestens einen weiteren Tag zu folgen.

An jenem Abend spähte er viele Male den Pfad zurück; er wußte, daß Taka wieder in der Nähe war. So machte er ein großes Feuer, um ihn zu warnen. Er hatte aber noch einen anderen Grund – er brauchte Licht, denn er mußte etwas erledigen.

Die unbefiederten Pfeile waren für kurze Entfernungen brauchbar, aber auf längere Distanz würden sie ihr Ziel verfehlen. Er nahm mehrere Schwanzfedern des Raben, spaltete die Kiele, schnitt die Hälften zurecht, trennte einen seiner Ersatzsocken ein Stück auf und befestigte die Federn mit dem Garn an den Pfeilen. Dann schnitt er einen Streifen von der Leinenplane ab und nähte ihn zu einem Köcher zusammen, den er über die Schulter hängen konnte.

Mit gerunzelter Stirn betrachtete er die Pfeile. Ohne Spitzen waren sie vielleicht für die Vogeljagd geeignet, doch bei großen Tieren war ihre Durchschlagskraft mit Sicherheit zu gering. Er brauchte einen Pfeil mit einer Spitze. Und eine gute Pfeilspitze hatte er.

Im Licht des Feuers untersuchte er sein Messer. Die Spitze war scharf. Es bliebe ihm immer noch der größte Teil der Schneide, wenn er die Spitze abbrechen würde.

Ohne weiter zu überlegen, nahm er das Messer und stieß es mit der Spitze daumentief in einen Baumstumpf, der noch vom Holzfällen da stand. Dann versetzte er dem Messer mit der Axt einen kräftigen Hieb von der Seite. Es brach sauber an der Oberfläche des Holzes ab, und Jacob grub die Spitze mit der Axt aus. Von der Rinde einer Fichte kratzte er Harz und brachte es im Deckel des Teetopfes zum Schmelzen. Er spaltete die Spitze eines Pfeils, ließ Harz in den Spalt laufen und schob die Messerspitze hinein. Dann umwickelte er das gespaltene Teil mit Garn, strich Fichtenharz darauf und legte den Pfeil außer Reichweite des Feuers, damit das Harz trocknen konnte.

Nach einer Weile überprüfte er den Pfeil. Die Spitze bewegte sich nicht, die Fiederung saß fest.

„Niska, ich bin wieder ein Jäger."

Jetzt besaß er einen Pfeil, der ein Atihk töten konnte – oder einen Menschen.

AM NÄCHSTEN Morgen nahm er nach einer weiteren Mahlzeit die Fährte des Atihks wieder auf. Fest und gleichmäßig schritt er auf seinen Schneeschuhen voran. Doch die Spur, die gleich einem Hoffnungsschimmer vor ihm lag, war schwächer geworden, wieder einen Tag älter. Das Atihk war genauso weit entfernt wie an dem Tag, an dem er die Verfolgung aufgenommen hatte.

Hoch am Himmel zogen Wolkenfetzen vorüber – zarte, flüchtige Gebilde, nicht die großen Wolken, die Wind brachten. So herrschte wieder die Stille, die jedes Geräusch um ein Vielfaches verstärkte. Aber vielleicht war es auch schon zu spät, und der Wind konnte gar nicht mehr helfen, selbst wenn er das Atihk noch einholen würde. Auch wenn der Wind in den Ohren des Atihks rauschte, wäre es für einen einsamen Jäger schwer, sich nahe genug heranzupirschen, um es mit Pfeil und Bogen zu töten.

Aber vielleicht würde ja doch noch der richtige Zeitpunkt kommen, vielleicht gäbe es doch noch einen Weg. Der häßliche Gedanke kroch feige aus dem Versteck tief in seinem Inneren. Ärgerlich und voller Widerwillen stieß er ihn zurück, denn es war eine böse, schmutzige Vorstellung, vor der sein Verstand und sein Herz zurückschauderten.

So schnell er neue Kräfte gefunden hatte, so schnell verließen sie ihn auch wieder; seine Reserven waren schon lange aufgebraucht. Die Mahlzeiten aus Rabenfleisch waren wie grüne Fichtenzweige auf einem ersterbenden Feuer, die ein plötzliches wildes Aufflackern verursachen, aber nicht dauerhaft brennen. Die Schneeschuhe hingen bleischwer an seinen Füßen, er konnte nicht mehr klar sehen ..., und die Atihkspur war immer noch alt.

War es sinnlos, sich weiter vorwärts zu schleppen? Selbst wenn er an das Atihk herankäme, selbst wenn der Wind zurückkehrte – angesichts seiner schwindenden Sehkraft und seiner immer schlechteren Beweglichkeit könnte er gegen die Wachsamkeit eines Atihks doch nichts ausrichten. Wenn nicht ..., doch wieder drängte er den Gedanken zurück.

Er kämpfte sich weiter voran und hielt dabei nach den Raben Ausschau; er hatte jetzt bessere Pfeile. Doch die Raben kamen nicht wieder.

„Manitu, warum hast du mir nicht befohlen, auch den Raben gehen zu lassen? Liebst du den Kahkaki denn weniger als das Atihk, weniger als den Sperling?"

Wo lag die Grenze dessen, was er aushalten konnte? Er hatte sie erreicht, beinahe, noch nicht ganz, sie spielte mit ihm, entzog sich wieder und blieb gerade eben außerhalb seiner Reichweite.

Jacob watschelte jetzt wie ein alter Gänserich, doch er fiel nicht hin, denn sein Wille befahl ihm, auf den Beinen zu bleiben, und die Schneeschuhe über den Boden schleifend, wankte er weiter.

Die Jagd hatte sich auf einen entscheidenden Faktor reduziert. Der Feind war jetzt nicht mehr die Kälte, nicht der Hunger und nicht das Atihk – nur noch die Zeit. Denn die Zeit würde unweigerlich den kurzen Moment bringen, in dem die Kraft und Wachsamkeit des Atihks so sehr nachließen, daß Jäger und Gejagter die gleichen Voraussetzungen hätten. Er hatte es erkannt, als er das Atihk zum erstenmal gesehen hatte, und jetzt ließ sich der Gedanke nicht mehr verdrängen. Und noch während er über diesen Verrat grübelte, suchte er die runden Spuren nach Anzeichen dafür ab, daß die Zeit gekommen war. Doch die Fährte war alt, und vielleicht war weit vor ihm dieser Moment schon gekommen und wieder vergangen.

Da – einige Sekunden lang fragte er sich, ob seine Augen ihm einen Streich spielten oder ob es eine List seines Willens war, damit sein Körper durchhielt. Er rückte seine Augenmaske zurecht und starrte auf den Boden. Aber es konnte kein Traum sein, denn all seine Sinne waren plötzlich vollkommen klar. Und die großen neuen Hufabdrücke waren immer noch da.

Die neue Spur kreuzte die alte Fährte und verlor sich gegen den Horizont. Die Abdrücke hatten keine verwischten, abgerundeten Ränder wie die, denen er bisher gefolgt war; sie grenzten sich scharf und sauber ab. Diese Spur war nur wenige Stunden alt.

Die Atihkkuh hatte einen Bogen geschlagen, ihre alten Spuren beschnüffelt und keine Anzeichen dafür gefunden, daß der Jäger noch hinter ihr her war.

Jetzt waren Jäger und Gejagter wieder eins, wieder verband sie eine frische Spur miteinander. Und jetzt konnte sich der Jäger auch wieder in seine Beute hineinversetzen. Das Atihk war umgekehrt und hatte keine Spuren des Jägers gefunden. Das bedeutete, daß seine Angst verflogen war, daß seine Wachsamkeit nachgelassen hatte. Und selbst wenn es weiterhin auf der Hut war, würde ihm das jetzt nicht mehr viel nützen. Denn warum wollte das Atihk nach all diesen Tagen unbedingt wissen, ob der Jäger noch hinter ihm her war? Jacob wußte, warum, denn die Gedanken des einen waren jetzt auch die Gedanken des anderen.

Er begann der neuen Spur zu folgen. Sein Verstand und seine Augen waren wieder klar, doch sein Herz war voll bitteren Abscheus. Er fragte sich, ob er fähig wäre, es zu tun – wenn der Moment käme.

Er hatte erst zwei Fichteninseln hinter sich gelassen, als er die Stelle erreichte, an der sich das Atihk ausgeruht hatte. Er hielt nach Losung oder einem Urinfleck Ausschau, aber es war nichts zu sehen. Die Spuren, die von der Kuhle wegführten, lagen dicht beieinander – das Atihk bewegte sich nur noch langsam voran. Die Fährte verschwand in einem Fichtenband. Jacob näherte sich den Bäumen ganz offen, ohne Deckung zu suchen. Wenn dies die Gelegenheit zum Töten war, auf die er wartete, waren List und Eile unnötig. Können und Geschicklichkeit des Jägers wurden dabei nicht auf die Probe gestellt.

Er trat zwischen die Bäume, und vor ihm lag eine frische Futterstelle, doch von dem Atihk war weit und breit nichts zu sehen. Die Fährte führte aus der Baumgruppe hinaus und zog sich weiter über das offene Sumpfland hin. Sie verlief jetzt unregelmäßig, mit vielen Windungen. Wieder eine Rastkuhle – es hielt immer häufiger an, um sich auszuruhen. An der Stelle, wo es mühsam wieder auf die Beine gekommen war, waren Furchen im Schnee, und der Platz war mit einer großen Kruste aus klarem frischem Eis überzogen. Die nächste Stelle, an der das Atihk gerastet hatte, war nur ein paar Dutzend Schritte entfernt. Und hier leuchteten die ersten dünnen Blutspuren rosa im Schnee.

Jacob rannte weiter, in das nächste Fichtenwäldchen. Seine Schneeschuhe und der Schlitten knirschten laut auf dem trockenen Schnee, aber er bemühte sich nicht, leise zu sein. Das Atihk war immer noch nicht zu sehen, doch auf dem seidigen Schnee fanden sich wieder Blutflecken. Und dann, ein Stückchen weiter, wuchsen die Flecken zu einer noch nicht gefrorenen dunkelroten Pfütze zusammen.

Als Jacob den Rand des Wäldchens erreichte, sah er die Atihkkuh vor sich im Sumpf liegen – eine große dunkle Masse, die sich gegen den Schnee abzeichnete. Sie hielt den Kopf hoch, die Geweihstangen ragten wie verdrehte Stöcke in die Luft, das Maul und die weißen Trichter der Ohren waren Jacob zugewandt. Als sie ihn bemerkte, stand sie steif auf und fiel in einen unsicheren Trab, doch nach wenigen Schritten verlangsamte sich ihr Tempo.

Jacob ließ den Bogen von seiner Schulter gleiten. Seine Hände zitterten, als er ihn spannte und den mit der Messerspitze bewehrten Pfeil auf die Sehne legte. Er ließ den Schlitten stehen und ging weiter, Pfeil und Bogen schußbereit vor sich haltend. Doch das Atihk lief immer noch so schnell wie er; die Entfernung zwischen ihnen verringerte sich nicht. Dann blieb es plötzlich stehen, sein Körper verkrampfte sich. Schnell lief er näher heran. Er konnte die Kuh jetzt besser sehen – die mageren Hüften und hervorstehenden Knochen, den schmalen Rumpf, dessen weißes Fell blutbefleckt war, und den Bauch, groß und rund, um den sich die Haut fest spannte.

Plötzlich veränderte sich das Bild vor seinen Augen. Jetzt sah er Niska. Auch ihr Bauch war groß und rund. Tränen verschleierten seinen Blick und rannen ihm übers Gesicht.

Die Wehen der Atihkkuh waren bald vorüber. Nach wenigen Augenblicken ging sie weiter, wieder genauso schnell wie Jacob. Ihre Zeit war noch nicht gekommen, aber es konnte nicht mehr lange dauern.

Dann hörte Jacob die Stimme, und er war nicht überrascht. Wieder kam sie aus seinem Inneren: „Jacob, du wirst das Atihk gehen lassen."

Er ließ den Bogen sinken und stapfte mit schweren Schritten zurück zum Schlitten. Vielleicht hatte das Atihk doch noch die Kraft, ihm zu entkommen. Wenn er es jetzt zu sehr bedrängte, würde er es nur in das nächste Wäldchen treiben, wo es schwerer wäre, es zu beobachten, schwerer, sich ihm zu nähern, wenn die Zeit reif war.

„Deshalb warte ich, Manitu. Nicht weil du gesprochen hast. Denn du liebst das Atihk nicht, du tust nur so."

Ein Teil von Jacob hoffte, daß er damit recht hatte, der andere Teil war sich immer noch unschlüssig.

Draußen im Sumpf hatte sich das Muttertier wieder in den Schnee gelegt, doch es hielt den Kopf hoch und beobachtete Jacob. In Jacobs

Kopf wirbelten die Gedanken wild durcheinander. Einerseits erlebte er das Wunder der Erneuerung des Lebens, das ihn mit Ehrfurcht erfüllte. Doch andererseits sah er Fleisch, etwa zweihundert Pfund, obwohl das Tier so mager war – gutes Fleisch, das Niska schnell zu neuen Kräften verholfen hätte, wenn es rechtzeitig gekommen wäre.

Wieder hörte er die Stimme Manitus: „Jacob, du wirst das Muttertier gehen lassen.“

Irgendwo wollte ein Teil von ihm noch immer nachgeben. Wenn es für Niska sowieso zu spät war, brauchte er dann jetzt noch Fleisch? Der Gedanke ließ ihm wieder die Tränen in die Augen treten.

Aber er wußte doch gar nicht, ob Niska tot war.

Nun kam ihm der Busch mit den tiefen Wurzeln wieder in den Sinn, ohne daß er ihn gerufen hatte. Zornig öffnete er den Rucksack und holte die Tannenzapfen heraus. Er warf einen schnellen Blick auf das Atihk. Es lag immer noch ruhig da, also konnte er seine Rechnung langsam und bedächtig angehen, damit er sicher sein konnte, was sie bedeutete.

Er legte zwei Tannenzapfen in den Schnee. „Ihr Zapfen, ihr seid jetzt Sperlinge, Vater und Mutter.“

Er führte die Multiplikation des ersten Jahres aus, dann die des zweiten. Als er beim dritten Jahr angekommen war, hatte er keine Tannenzapfen mehr. Es war schwer, sie zu zählen; einmal zählte er hundertsechsundsiebzig, dann wieder hundertsechsundachtzig. Wie auch immer, es war eine große Zahl an Sperlingen, die in nur drei Jahren von einem Vater und einer Mutter kamen.

Er versuchte sich vorzustellen, wie viele wohl in zehn Jahren da sein würden oder in zwanzig, wenn Manitu die Multiplikation so weitergehen lassen würde. Er wußte, daß sie dann so zahlreich wie die Schneeflocken im Winter wären, und die Atihk-anishini würden durch Sperlinge waten müssen wie jetzt durch den Schnee.

Doch Sperlinge gab es nicht wie Schneeflocken im Winter. Wo in einem Jahr zwei Sperlinge waren, gab es auch im nächsten Jahr nicht mehr als zwei. Wo aber blieben die anderen?

Was er jetzt sah, war eine unendliche Grausamkeit, eine abgrundtiefe Traurigkeit, eine Kette von Schmerz, Töten und Sterben. Verschwommen hatte er das bereits beim ersten Zählen der Tannenzapfen erkannt, doch nun sah er es sehr viel klarer. Denn jetzt fielen ihm das Wiesel und der Habicht und all die anderen Jäger ein, die die Sperlinge zum Überleben brauchten, so wie die Atihk-anishini die Atihks.

„Manitu", murmelte er, „du hast auch den Habicht gemacht. Und wo ist dein zärtlicher Blick, wenn du jedes Jahr zehn Sperlinge auf die Welt schickst, von denen nur zwei überleben? Wenn die meisten nur geboren werden, um sofort wieder den Schmerz des Todes zu erleiden?"

Während er so nachsann, wanderte sein Blick immer wieder zu dem Atihk, das ruhig draußen im Sumpf lag. Die Zeit des Wartens war noch nicht vorbei.

Er schaute noch einmal auf die Tannenzapfen, aber er hatte alles gesehen, was sie ihm sagen konnten: Es gab immer die Eltern und jedes Jahr eine Schar von Kindern, doch nur die wenigen, die gebraucht wurden, um die Alten, die starben, zu ersetzen, würden am Leben bleiben. Die übrigen waren nichts als Futter für die Jäger. Und von allen, die töteten, trug nur der Mensch die Last auf seinen Schultern, zu wissen, was er tat.

Wieder sah Jacob den überfließenden Eimer, und jetzt wußte er, daß der Eimer das große Land war und das hineinströmende Wasser das Leben und daß der Eimer immer gerade randvoll war. Der größte Teil des neuen Wassers konnte nur überlaufen und verschwinden.

Jetzt erfüllte ihn Zorn ob einer neuen Erkenntnis.

„Manitu, wenn du gewollt hättest, hättest du dem Wiesel einen Magen gegeben, mit dem es Körner fressen kann wie der Sperling, und der Wolf würde Moos fressen wie das Atihk. Du hättest es so machen können, daß der Sperling jedes Jahr ein Ei legt und nicht acht und daß das Atihk in seinem Leben zwei Kälber bekommt statt acht oder zehn. Dann würden nur die Alten sterben, und Töten und Schmerz wären nicht notwendig."

Aber Manitu hatte es anders gemacht. Überall war Töten und Getötetwerden, und Jacob Atook war einer von denen, die töteten.

Jetzt stand die Atihkkuh schwerfällig auf. Ihre runden Seiten hoben und senkten sich bebend. Sie schwankte, ihre Beine gaben nach, und sie fiel schwer in den Schnee. Es würde nur kurze Zeit dauern, nur Minuten, bevor sie wieder auf den Beinen wäre und weiterziehen würde. Doch Jacob stand wie versteinert, starr vor Grauen. Vielleicht konnte das Töten ja etwas Ehrenhaftes sein, wenn es auf edle Art geschah, doch das hier – dieses feige Töten eines edlen Lebewesens, das hilflos dalag und gerade dabei war, neues Leben zu schenken, erfüllte ihn mit abgrundtiefer Scham.

„Jacob, du wirst das Atihk gehen lassen."

Diesmal war es vielleicht Manitu, der zu Jacob sprach, oder vielleicht war es auch überhaupt nicht Manitu. Die Schneeschuhe knirschten im Schnee, während Jacob seinen trägen Füßen befahl weiterzulaufen.

„Manitu, du hast es so gemacht, und so ist es."

Jacob ging zu dem Atihk wie zu einem Hund, der an der Kette liegt. Der Pfeil flog durch die Luft. Sein zerrissenes Herz schrie auf: „Manitu, warum?" Dann griff er nach einem weiteren Pfeil, doch ein zweiter Schuß war nicht nötig. Er rannte zu dem Tier und durchbohrte dessen Augen mit der Pfeilspitze, bevor der Geist des Atihks die Schändlichkeit seiner Tat erkennen und Vergeltung fordern konnte. Doch ohne Furcht schaute er hinauf zum leuchtenden Himmel, denn es war ihm jetzt gleichgültig, was Manitu sah.

11

Er schnitt die faltige Kehle des Atihks durch, warf sich bäuchlings in den Schnee, und mit seinen aufgesprungenen Lippen saugte er das Blut auf, das über das Fell sprudelte. Nach einer Weile wusch er sein Gesicht mit Schnee ab und stand auf. Zwei Kräfte durchströmten ihn, als er begann, seine Beute geschickt zu zerteilen. Die eine war die Kraft des Atihkbluts, das nun seinen Magen füllte, die andere der Stolz auf das Wissen, daß er wieder ein Jäger war, von keinem Zweifel gequält. Er dachte an die Ahnen in ihm, deren Lebenskraft mit der seinen zusammenfloß. Ob sie stolz darauf waren, daß Jacob Atook sich nach uralter Art seines Volkes als Jäger behauptet hatte?

Er hätte nicht an die Ahnen denken sollen, denn plötzlich schwand der gerade aufkeimende Stolz und wich einem unendlichen Schmerz. Es würde keine Nachkommen geben, die Jacob Atook als ihren Ahnen ehrten. Die Jagd hatte zu lange gedauert, und die Ahnenreihe war durchbrochen worden, weit weg, in dem Zelt am Little Ninkik, wo Niskas Körper lag und der andere, kleine Körper in ihr. Er lud das Fleisch auf den Schlitten, baute ein Gerüst auf und hängte den Kopf mit dem Geweih an seine höchste Stelle.

Seine Gedanken wanderten zu Taka. War es jetzt noch wichtig, ob er ihm zum Little Ninkik folgte? Er war verwirrt und fand keine Antwort. Doch als er sein Lager aufgeschlagen hatte und große Stücke Atihkleber auf dem Feuer schmorten, untersuchte er den Pfeil, mit dem er das Atihk getötet hatte. Die Messerspitze saß noch immer fest, die Fiederung war unversehrt. Er konnte noch einmal töten.

Am Morgen machte er sich auf den Rückweg. Er lief in Richtung der aufgehenden Sonne auf einer Route, die den Weg, auf dem er gekommen war, mied. Ein Gedanke ließ ihn nicht los: Wenn es zu einer Begegnung mit Taka kommen sollte, dann noch nicht jetzt. Der Schlitten war nun viel schwerer, und an diesem ersten Tag kam er nicht weit. Doch als der zweite Morgen anbrach, war die Kraft des Atihks auf ihn übergegangen; er spürte, daß ihn neuer Lebenswille erfüllte. Aber noch etwas war an diesem Morgen anders – es gab keinen Sonnenaufgang. Der Himmel war von einer dichten Wolkendecke verhangen, und er war erst kurze Zeit unterwegs, als es zu schneien begann. Voller Bitterkeit starrte er in die vom Himmel fallenden Flocken. Sie kamen zu spät – jetzt brauchte er seine Spuren nicht mehr zu verwischen.

Doch der Schnee brachte ihn auf einen neuen Gedanken. Oder vielleicht stieg auch nur deshalb neue Hoffnung in ihm auf, weil sein Körper wieder zu Kräften kam. Irgendwo in ihm kämpfte wieder der Wille um Gehör, der sich nicht der Vernunft unterwerfen wollte. Und er sagte ihm, daß es immer noch Hoffnung gab, daß Niska und das Keekishkawasso noch am Leben waren.

„Niska, bist du aufgestanden und hast noch Oseepan gesammelt, bevor es zu spät war?"

Er blieb stehen und schaute durch den rieselnden Schnee zurück. Irgendwo dort hinten würde Taka jetzt alles daransetzen, die langsam verschwindenden Spuren nicht aus den Augen zu verlieren.

Jacob wandte sich um und ging weiter. Vor ihm lag ein Fichtenwäldchen. Anfangs standen die Bäume noch weit auseinander, doch hundert Schritte weiter bildeten sie eine dichte Mauer. Mitten in dem Wäldchen hielt er an und schaute sich aufmerksam um. Mit seinen Augen maß er die Abstände zwischen den Bäumen. Es gab eine Fichte mit dichtem Geäst und tief herabhängenden Zweigen. Darunter würde eine versteckte Mulde sein, wo kein Schnee hingekommen war.

Er ging weiter und schlug einen kleinen Bogen, so daß die Spur ganz nah an der Fichte vorbeilief, und dann lief er geradeaus weiter über den offenen Sumpf.

Einige Minuten später wechselte er die Richtung und lief in einem großen Bogen zurück. Er versteckte den Schlitten am Rande des Wäldchens, weit weg von seiner ursprünglichen Spur. Und bald schon kauerte er unter den überhängenden Fichtenzweigen, die Beine dicht an den Körper gezogen.

Er konnte die Schneeschuhe nicht ausziehen, was ihm eine bequemere Lage ermöglicht hätte, denn er würde keine Zeit haben, sie wieder anzuschnallen. Seine Beine wurden bald von schmerzhaften Krämpfen geplagt. Das Warten schien ihm unendlich lang. Die Kälte stach durch seinen Parka, und er begann am ganzen Körper zu zittern. Er starrte wieder auf den Bogen, der schußbereit mit dem Pfeil auf der Sehne neben ihm lag, und er fragte sich, ob er ihn wohl mit seinen tauben Armen spannen könnte.

Er musterte die Öffnung hinter sich, dort, wo er ein paar Zweige zurückgebogen hatte, um schnell hinauskriechen zu können. Er würde sehr vorsichtig sein müssen und durfte mit seinen Schneeschuhen nicht auf einen abgebrochenen Ast treten. Er wandte sich in die andere Richtung, wo er auch Fichtenzweige zur Seite gedrückt hatte, damit ein kleines Fenster zum Pfad entstand. Immer noch schneite es leicht. Seine Spuren waren jetzt ungefähr zwei Stunden alt, und schon deckte der Schnee sie langsam zu.

Vielleicht war Taka ja auch weiter zurück, als er gedacht hatte. Vielleicht folgte er seiner Spur nicht direkt, sondern lief parallel dazu, um sich gegen einen solchen Hinterhalt abzusichern. Konnte man einen schlauen Jäger wie Taka mit einem so einfachen Trick überlisten?

Er hörte das Knirschen der Schneeschuhe und des Schlittens, bevor er Taka sah. Einige bange Sekunden lang fragte er sich, ob seine Ohren ihm einen Streich spielten. Dann tauchte Taka auf. Jacob wurde fast schwarz vor Augen, ein Schwindel ergriff ihn. Das Ganze hatte etwas Unwirkliches; er konnte kaum glauben, daß wieder ein Mensch in seiner Nähe war, nach so langer Zeit allein in der Wildnis. Er konzentrierte all seine Sinne. Und Taka kam immer noch auf ihn zu. Den stämmigen Körper weit vorgelehnt, das Zugseil des Schlittens über die Schulter geworfen, die Augen fest auf Jacobs Spur gerichtet. Der weiße Rauhreif aus gefrorenem Atem an Augenbrauen und Kapuze ließ sein Gesicht geisterhaft erscheinen. Das Gewehr hing über Takas Schulter, und der Schlitten war vollbeladen mit Lebensmitteln.

Jacob hob den Bogen. Taka kam genau auf ihn zu. Mit der Spitze des Pfeils zielte Jacob auf Takas Brust und verharrte so. Jacob hatte nicht vor, Taka zu töten, es sei denn, er ließe ihm keine andere Wahl. Doch er mußte auf alles gefaßt sein. Er ließ den Bogen locker und spannte ihn dann ganz, damit sein Arm wieder beweglich wurde.

Plötzlich spürte er einen stechenden Schmerz an der Wange. Der Bogen schnellte mit einem dumpfen Geräusch zurück, der Pfeil fiel zu Boden. Voller Panik starrte er auf die beiden Hälften der zerrissenen Sehne, die von den Enden des Bogens herabhingen.

Der Schlag war so leise gewesen, daß Taka ihn nicht gehört haben konnte. Und nun war er nur noch eine Schlittenlänge von ihm entfernt, den Blick hatte er fest auf Jacobs Spur geheftet. Schon war er an ihm vorbei und wandte Jacob den Rücken zu.

Jacob mußte schnell handeln, denn bald würde seine Spur Taka zu seinem Versteck führen. Die gerissenen Überbleibsel der Sehne waren zu kurz, um sie wieder zusammenzuknoten, und er hatte keine Zeit, eine neue zurechtzuschneiden. Er durfte nicht zulassen, daß sich Taka noch weiter entfernte.

Er richtete sich auf, blieb aber immer noch hinter den Zweigen versteckt. Mit dem unbrauchbaren Bogen samt Pfeil schob er sich durch die Zweige und stellte sich aufrecht hin. Er hob Pfeil und Bogen so, daß sie schußbereit wirkten.

„Taka!"

Taka zuckte zusammen.

„Dreh dich nicht um! Schau nach vorne!"

Taka blieb bewegungslos stehen, er versuchte nicht, sich umzudrehen. Und selbst wenn er den Kopf drehen würde, könnte er nur einen Teil von Jacob sehen, denn die Kapuze des Parkas schränkte sein Blickfeld ein.

Ob Taka wußte, daß Jacob kein Gewehr hatte?

Er hatte bestimmt die abgeschabten Späne und die Rabenfedern an dem Platz gesehen, wo Jacob Pfeile und Bogen geschnitzt hatte. Wenn er ihm dicht auf den Fersen gewesen war, wußte er vielleicht auch, daß kein Gewehrschuß gefallen war, als Jacob das Atihk getötet hatte.

„Ich habe nur Pfeil und Bogen, Taka. Aber ich habe ein Atihk damit getötet."

Taka wußte das, denn der große rote Fleck an der Stelle, an der er das Atihk getötet hatte, war nicht zu übersehen gewesen. Aber vielleicht würde er den Kopf weit genug drehen, um einen flüchtigen Blick über den Rand der Kapuze zu werfen. Dann würde er vielleicht sehen, daß der Bogen nicht mehr zu gebrauchen war. Die Spitze des Pfeils blieb auf Taka gerichtet, als Jacob von hinten an dessen Schlitten heranging und sich hinter die Rucksäcke duckte. Das Gewehr hing immer noch über Takas Schulter.

„Laß das Schlittenseil fallen, Taka!"

Taka ließ das Seil hinter sich zu Boden fallen. Jacob suchte auf dem breiten Rücken nach Anzeichen von Angst, doch Taka wirkte ruhig und entspannt.

„Taka, mein Bogen ist voll ausgezogen. Der Pfeil hat die Spitze von meinem Messer. Ich ziele zwischen deine Schulterblätter. Wenn du dich umdrehst... Ich habe nur einen Pfeil gebraucht – diesen Pfeil, Taka – um das Atihk zu töten."

Er hielt inne und wartete darauf, daß seine Stimme ihren belegten Klang verlor. Das kleinste Anzeichen von Furcht – und Taka würde sich ermutigt fühlen.

„Jetzt ..., nimm das Gewehr ab, und stell es in den Schnee. Und dann beweg dich! Bleib nicht stehen, dreh dich nicht um! Und steck es gerade in den Schnee, Taka. Paß auf, daß kein Schnee in den Lauf kommt ..."

Zu spät merkte er, was er da gesagt hatte. Der Klang der Worte hing noch in der Luft. Würde Taka daraus schließen, daß Jacob das Gewehr unbedingt in schußbereitem Zustand brauchte?

„Los, das Gewehr in den Schnee! Wenn du irgendeinen Trick versuchst, bringe ich dich um, Taka!"

Taka hob das Gewehr langsam über den Kopf. „Es ist nicht geladen. Nimm deinen Bogen runter."

Doch trotz Takas Stimme, die es übertönen sollte, hörte Jacob das Klicken, als Taka das Gewehr entsicherte.

„Ich nehme meinen Bogen nicht runter. Und deine Rucksäcke geben mir Deckung. Selbst wenn du es schaffst, einen Schuß abzufeuern, triffst du wahrscheinlich nur einen der Säcke. Ich dagegen habe Zeit genug zu zielen, damit mein Pfeil trifft."

Hinter den Schlitten geduckt, hielt Jacob den Bogen dicht an den letzten Rucksack, so daß nur der Pfeil und die obere Hälfte des Bogens sichtbar waren. Die zerrissene Bogensehne war noch immer am oberen Ende befestigt, und Jacob hatte das lose Ende um die Hand gewickelt. Dadurch, daß er daran zog, wölbte sich der obere Teil des Bogens.

Taka verlagerte sein Gewicht.

„Wage es bloß nicht!" schrie Jacob.

Doch Taka drehte sich ruckartig um, das Gewehr auf Hüfthöhe. Fast gleichzeitig krachte der Schuß und zerriß die Stille. Jacob fuhr zusammen und fiel beinahe zur Seite. Es schien, als hätte er einen Schlag gespürt – doch er fühlte keinen Schmerz. Einen Augenblick lang drehte sich alles vor seinen Augen, aber dann konnte er wieder klar sehen. Und immer noch spürte er keinen Schmerz.

In dem Moment, in dem Taka sich umgedreht und geschossen hatte, hatte Jacob bemerkt, daß Taka mit seinem rechten Auge gerade am Rand seiner Kapuze vorbeischauen konnte. Doch die Kapuze war ihm jetzt ins Gesicht gerutscht; er konnte nicht erkennen, wohin sein Schuß gegangen war. Da er sich auf seinen Schneeschuhen nicht so schnell umdrehen konnte, versuchte Taka krampfhaft, den Kopf zur Seite zu drehen, um trotz der Kapuze etwas zu sehen. Das Gewehr stützte er immer noch auf seine linke Hüfte. In dieser Position war es schwierig, erneut zu laden.

Jacobs Arm zitterte bei dem Versuch, die Sehne gespannt zu halten. „Er ist danebengegangen, Taka ...“ Seine Stimme bebte vor Angst. Er versuchte, sie wieder unter Kontrolle zu bekommen. „Aber du hast mir Angst eingejagt... Ich werde dir keine Zeit lassen für einen zweiten Schuß. Vielleicht hättest du dann mehr Glück. Nur noch eine Bewegung, Taka ... Heb die Hand über den Kopf. Los! Hoch damit!“

„Ist ja gut, Jacob. Du brauchst nicht zu schießen.“ Taka löste langsam seine rechte Hand von dem Gewehr und hob sie bis auf Kopfhöhe.

„Faß die Kapuze nicht an!“

Schließlich wanderte die Hand in die Höhe. Mit der linken Hand stieß Taka das Gewehr mit dem Kolben in den Schnee und ließ die Waffe hinter sich zurück. „Das wird dir noch leid tun, Jacob.“

Jacob rannte los, packte das Gewehr und lud es hastig. Er warf einen flüchtigen Blick auf den alten gesplitterten Schaft, und ein Lächeln huschte über sein Gesicht.

Draußen im Sumpf wandte sich Taka um. „Bleib da.“ Jacob schwang das Gewehr.

„Willst du mich hier ohne Gewehr lassen?“

„Ich lasse dir meinen Bogen hier. Dafür leihe ich mir etwas von deinem Essen.“

Jacob durchsuchte Takas Gepäck, wobei er sich immer wieder vergewisserte, daß Taka keine Bewegung machte. „Dir macht es nichts aus, wenn ein bißchen davon fehlt.“ Er nahm einen großen Sack Mehl, etwas Schmalz, Tee und Backpulver und verstaute alles in einem von Takas Rucksäcken.

Dann richtete er das Gewehr auf Taka und ging auf ihn zu. Zum erstenmal zeigte sich auf Takas Gesicht eine Spur von Angst.

„Nein, Taka, ich werde dich nicht töten. Du würdest das tun, aber ich nicht. Ich will nur sicher sein, daß du eine Weile hierbleibst. Zieh deine Schneeschuhe aus."

Taka bückte sich langsam und öffnete die Schnallen.

„Wirf sie zu mir rüber."

Taka zog seine Füße aus den Schneeschuhen und versank bis zu den Oberschenkeln im Schnee. Er warf Jacob die Schneeschuhe zu, und Jacob hob sie auf und ging damit zurück zum Schlitten. Jetzt drehte er Taka beruhigt den Rücken zu, denn ohne Schneeschuhe konnte dieser sich nur schwerfällig im Schnee bewegen. Jacob band sie an den Sack mit Lebensmitteln, den er mitnahm.

„Nimm das Essen, aber nicht die Schneeschuhe. Ohne Schneeschuhe brauche ich für anderthalb Kilometer einen ganzen Tag."

„Du hast ein Messer. Du kannst dir ja neue machen. Schneid eine deiner Atihkhäute auseinander und mach Gurte daraus. Aber ich leihe mir deine Axt, damit du auf jeden Fall ein paar Tage brauchst, um die Rahmen zu bauen."

Takas Stimme wurde hart. „Wenn ich zurückkomme und den Alten das erzähle, werden sie dich nicht mehr beim Stamm bleiben lassen."

„Erzähl es ihnen doch, Taka! Erzähl ihnen, daß Jacob Atook ein Atihk mit Pfeil und Bogen erlegt hat, als alle anderen in den Lebensmittelladen am Posten gerannt sind. Und erzähl ihnen auch, daß Taka Cheechoo sich von Jacob Atook mit einem Bogen entwaffnen ließ, mit dem man noch nicht einmal schießen konnte! Sie werden mich nicht aus der Stammesgemeinschaft ausschließen, sie werden dich auslachen!"

Takas Kinnlade fiel herunter. Auf seinem Gesicht spiegelte sich Verwirrung.

„Hier. Ich habe dir ja versprochen, dich nicht unbewaffnet zu lassen." Er schleuderte zuerst die Pfeile zu Taka hinüber, dann den Bogen. Taka starrte finster auf die zerrissene Sehne. Er sagte kein Wort mehr.

Jacob schulterte den Sack, nahm Takas Axt und Büchse und ging zu seinem Schlitten. Er schnürte Takas Rucksack neben das gefrorene Atihkfleisch. Dann griff er nach dem Zugseil und machte sich auf den Weg.

Der heftig fallende Schnee brannte auf seinem Gesicht. In ein oder zwei Stunden würde seine Spur verschwunden sein. Aber es würde aufhören zu schneien, bevor er die Mahkwa-Hütte erreicht hatte, und vielleicht würde Taka versuchen, seine Spur dort wiederaufzunehmen. Sobald eine Fichteninsel ihn vor Takas Blicken schützte, wandte sich Jacob deshalb gen Süden, um den Mahkwa zu umgehen. Auf diesem Weg würde er zum Ninkik-Land gelangen, wo er sich wieder auskannte.

Er hatte sich sehr stolz, sogar ein wenig hochmütig gefühlt, als er Taka zurückgelassen hatte. Die unmittelbare Gefahr hatte in der verstrichenen Stunde sein ganzes Denken beherrscht. Doch jetzt war sein Kopf wieder klar. Er starrte in die Ferne, dorthin, wo das Ninkik-Land liegen mußte, und es befiel ihn wieder die quälende Angst.

12

Trotz des schweren Schlittens legte Jacob die letzten anderthalb Kilometer am Ufer des Little-Ninkik-Sees im Laufschritt zurück. Doch als er die Fichten erreichte, hinter denen das Zelt verborgen lag, war ihm, als hinge ein schweres Gewicht an seinen Füßen. Er bückte sich und spähte durch das Unterholz. Das Zelt war nicht zu sehen. Sein Herz hämmerte wie wild, und er kniff die Augen zusammen. Langsam tauchte das graue Dreieck der Vorderseite des Zelts auf. Der Rest war vom Schnee verdeckt.

Er zwang sich weiterzugehen. In den vergangenen Stunden hatte er versucht nachzurechnen, wie lange er weggewesen war. Die Jagd mußte etwa vierzehn oder fünfzehn Tage gedauert haben, und danach hatte er fünf Tage für die Rückkehr gebraucht. Es hatte doppelt so lange gedauert, wie er gedacht hatte – doppelt so lange, wie ihr Essen reichen sollte.

Jetzt lag kein Feuerholz mehr vor dem Zelt. Kein Rauch stieg aus dem Ofenrohr, keine frische Spur war vor dem Zelteingang zu sehen. Ein Schaudern überlief ihn, und er versuchte zu rufen. Seine Stimme brach und erstarb zu einem Flüstern.

„Niska?" Er zog die Kapuze herunter, um besser zu hören. „Niska!"

Da war es, gedämpft durch den Schnee, der auf dem Zelt lag, aber doch laut genug. Ein Wort. „Jacob."

So schnell er konnte, rannte er zum Zelt, riß die Schnüre auf, die die

Zeltbahn vor dem Eingang hielten, und stürzte hinein, ohne seine Schneeschuhe abzuschnallen. Nach dem grellen Sonnenlicht mußten sich seine Augen zuerst an die Dunkelheit gewöhnen. Er tastete sich zum Bett. Seine Hände fanden Niska, und er strich ihr übers Haar. Ein Gefühl des Entzückens durchströmte ihn, als sie ihre Arme hob und ihn an sich zog. Sie schluchzte leise.

„Ich habe ein Atihk mitgebracht", flüsterte er ihr ins Ohr.

Sie löste sich von ihm und schaute ihn an. Jetzt konnte Jacob sie sehen. Ihr Gesicht war schmaler geworden, aber in ihrem Lächeln lag immer noch Kraft.

„Ich wußte, du würdest es schaffen, Jacob. Und ich bin auch eine gute Jägerin. Ich habe das Netz wieder im See ausgeworfen. Ich habe einen Fisch darin gefangen. Nur einen. Aber einen großen."

Ihre Hände zogen seinen Kopf wieder zu sich herunter. Ihre Lippen fanden seine, und sie vereinigten sich in einem langen, innigen Kuß. Es fiel ihm unendlich schwer, sich von ihren Lippen zu lösen, doch er brannte darauf, ihr mehr zu erzählen.

„Und nicht nur ein Atihk, Niska. Auch Mehl und Tee."

Sie lehnte sich zurück. Ihre Augen blickten fragend.

„Später, Niska. Später erzähle ich dir, was passiert ist."

Er hatte Angst, die entscheidende Frage zu stellen. Sie hatte noch kein einziges Wort darüber verloren, und das bestätigte seine schlimmsten Befürchtungen. Sein Blick wanderte beklommen zu dem Berg aus Decken auf ihrem Bauch. Doch zuerst mußte sie etwas essen. Er mußte ihr die Qual ersparen, es ihm zu erzählen, bevor sie wieder ein wenig zu Kräften gekommen war.

Also zwang er sich, aufzustehen und wieder nach draußen zu gehen. Er zog den Schlitten zum Zelt und brachte das Fleisch und Takas Sack mit den Lebensmitteln herein. Sie hatte ihr langes schwarzes Haar gekämmt, und sein Atem stockte, denn selbst mit ihrem ausgemergelten Gesicht war sie immer noch wunderschön. Während er Brot backte und Fleisch schnitt, erzählte er ihr von der Jagd. In seiner Begeisterung, endlich wieder zu Hause zu sein, fiel es ihm schwer, sich an die lange, qualvolle Jagd genau zu erinnern. Er erzählte ihr, wie das Rabenfleisch ihn gerettet hatte, als er schon nahe am Aufgeben war, wie das Atihk seinen eigenen Weg gekreuzt hatte und er es so hatte erlegen können; er sprach von dem Schneesturm und davon, wie er Taka aufgelauert hatte, und von den Lebensmitteln auf Takas Schlitten.

„Du bist ein guter Jäger, Jacob", lobte sie ihn stolz.

Mit keinem Wort aber erwähnte er die fürchterliche Scham, die in seinem Inneren brannte. Er hatte ihr nichts von dem schlimmen Ende der Jagd erzählt, und jetzt weckten ihre Worte tiefe Reue in ihm. Doch die restliche Geschichte der Jagd, die Erkenntnisse, die er dabei gewonnen hatte, drängten sich in den Vordergrund. Er mußte es jetzt loswerden.

„Niska, es gibt noch etwas, was ich dir sagen muß ..." Wie konnte er es ihr erklären? Sie hatte nicht die Zapfen gesehen, so wie er. Doch er zwang sich, es auszusprechen. „Es ist alles falsch! Manitu liebt den Sperling nicht und auch nicht das Atihk oder sonst jemanden. Morgen zeige ich dir, woher ich das weiß ..."

Er verstummte. Ihr Lächeln war verschwunden, ihr Gesicht ausdruckslos und leer.

„Wir sind ihm gleichgültig!" stieß Jacob hervor.

Das Blut wich aus ihren Wangen, und ihre Augen wurden hart. „Wer hat den Kahkaki zu dir gebracht, als du ihn brauchtest?" fragte sie.

„Sie kommen immer, wenn ein Jäger stirbt!"

„Wer hat das Atihk zurückgeschickt?"

„Sie schlagen immer einen Bogen, wenn sie kurz vor dem Kalben sind."

„Aber das mußte nicht genau in diesem Moment sein. Und wer hat den Schnee geschickt, so daß Taka jetzt deiner Spur nicht folgen kann?"

„Es gibt immer Schneestürme. Es gibt immer ..." Seine Stimme brach. Er starrte auf seine Füße, langsam rieb er seine Mokassins aneinander. Dann fand er seine Stimme wieder. „Ja, und wer hat den Wind gedreht und das Atihk verjagt, als ich es hätte töten können, ganz am Anfang, als die Jagd gerade begann? Niska, vielleicht gibt es überhaupt keinen Manitu!"

Ihr Lächeln war zurückgekehrt, doch jetzt war es spitzbübisch, und leiser Spott lag in ihren Augen. „Jacob, leg dich zu mir ins Bett."

Er hatte diesem Moment entgegengefiebert, doch seine Angst ließ ihn zögern.

„Komm", drängte sie.

Er schlug die Bettdecke zurück und legte sich neben sie. Seine Hand bewegte sich wie von selbst, er konnte nichts dagegen tun. Sie glitt unter die dicke wollene Wäsche. Jetzt konzentrierten sich all seine Sinne, sein gesamtes Sein in dieser brennenden Handfläche. Er wartete lange, und seine Angst steigerte sich zur Panik. Das Keekishkawasso war hart wie ein Stein, es regte sich nicht. Das Fleisch, das er durch seine schreckliche Tat erbeutet hatte, war zu spät zum Little Ninkik gekommen.

Doch Niska lächelte noch immer. Sie schmiegte sich enger an ihn, nahm seine Hand und legte sie auf eine andere Stelle.

„Hier. Du hast vergessen, wo es ist."

Der Bauch bebte, und er dachte, es sei das Zittern seiner Hand. Doch da war es wieder – ein deutlicher Tritt, klar und unmißverständlich.

„Und wer hat es am Leben erhalten, Jacob, als du sicher warst, daß es tot wäre?"

Er suchte nach einer Antwort und bemühte sich, das Dunkel in seinem Inneren zu erhellen. Doch er fand keine Antwort. Statt dessen war der Busch wieder da, mit den tiefen Gedankenwurzeln. Er fragte sich, ob es darunter verborgen noch tiefere Wurzeln gab, jenseits aller menschlichen Erkenntnis. Er wußte es nicht.

Er hörte wieder das dumpfe Geräusch, mit dem der Pfeil in das Fleisch eingedrungen war, aber jetzt empfand er keinen Schmerz mehr. Denn der Tod am Ende der Jagd war nicht das Ende, er war nur ein Austausch von vergänglichem Fleisch inmitten der Beständigkeit des Lebens. Und das vergängliche Fleisch brodelte jetzt über dem Feuer und erfüllte das Zelt mit seinem Duft, und das neue Wesen regte sich wieder unter Jacobs Hand – Tod und Leben widersprachen sich nicht, sie schlossen sich nicht gegenseitig aus, sie waren Kette und Schuß desselben Gewebes, untrennbar miteinander verknüpft. Denn so hatten es die Götter gewollt.

„Mensch und Natur sind untrennbar miteinander verbunden."

Seit seiner Kindheit in einem kleinen Fischerdorf am Eriesee übt die Natur eine starke Faszination auf Fred Bodsworth aus. Seinen ersten Streifzügen durch die nahe gelegenen Wälder folgten bald Expeditionen in die ganze Welt, auf denen Bodsworth anfangs vor allem Vögel beobachtete. Heute ist der Kanadier nicht nur ein international anerkannter Naturwissenschaftler und Schriftsteller, sondern auch ein engagierter Kämpfer für den Naturschutz. So möchte Bodsworth in seinen Büchern besonders zum Ausdruck bringen, daß der Mensch untrennbar ein Teil der Natur ist und daß sein Wohlergehen letztlich von der Natur abhängt.

In den frühen vierziger Jahren begann Bodsworth als Lokalreporter für verschiedene kleine Zeitungen in Ontario zu schreiben und wurde später Redakteur bei der Zeitschrift *Maclean's* in Toronto. Er betont gerne, daß diese Arbeit seinen Horizont beträchtlich erweitert hat, doch nach über hundert Artikeln beschloß er „zu schreiben, wie es mir gefällt". Bisher hat er mehrere Romane, Sachbücher und Aufsätze verfaßt, die sich mit der Natur und dem Naturschutz beschäftigen.

Für eines seiner ehrgeizigen Projekte verbrachte der Autor viel Zeit in den öffentlichen Bibliotheken Torontos. Er recherchierte für ein Sachbuch über Biochemie und die hochkomplizierten Prozesse, die das Leben erst ermöglichen. Auf den Kommentar seiner Frau, er arbeite 24 Stunden am Tag, kontert Bodsworth spontan: „Nicht ganz. Ich *denke* nur 24 Stunden am Tag."

DAS SCHWARZE MANIFEST
Originalausgabe: *Icon*
erschienen 1996 bei Bantam Press, London

TINGULLA
Originalausgabe: *Heart of the dreaming*
erschienen bei Pan Macmillan, Sydney

TRÜFFELTRÄUME
Originalausgabe: *Anything Considered*
erschienen bei Alfred A. Knopf, New York

DER KARIBUJÄGER
Originalausgabe: *The Sparrow's Fall*

Übersetzer:
Das Schwarze Manifest: Wulf Bergner, Peter Pfaffinger und Bernhard Robben
Tingulla: Peter von Wiese
Trüffelträume: Klaus Fröba
Der Karibujäger: Claudia Porger und Sabine van Bebber

Illustrationen und Fotos:
Das Schwarze Manifest: S. 4 (links) und alle Innenillustrationen: Michael Dudash
Tingulla: S. 4 (rechts), 194/195: C. Emmler/laif (Hintergrund);
S. 4 (rechts), 194/195, 196: Richard Smith/Zefa (Frau)
Trüffelträume: S. 5 (links), 354/355: Connie Hayes/Zefa
Der Karibujäger: S. 5 (rechts), 492/493 (Hintergrund): Richard Cooke/Tony Stone;
S. 492/493 (Gesicht): Widstrand/Zefa; S. 494: Jerry Kobalenko/Tony Stone;
Klaus Maßem (Kapitelvignetten)

Die ungekürzten Ausgaben von *Das Schwarze Manifest* und *Trüffelträume*
sind im Buchhandel erhältlich.